L'Énigme Alexandrie

STEVE BERRY

L'Énigme Alexandrie

Traduit de l'anglais (États-Unis)
par Françoise SMITH

ÉDITIONS FRANCE LOISIRS

Titre original : *The Alexandria Link*

Édition du Club France Loisirs,
avec l'autorisation des Éditions du cherche midi.

Éditions France Loisirs,
123, boulevard de Grenelle, Paris.
www.franceloisirs.com

ISBN : 978-2-298-01653-6

Pour Katie et Kevin

Deux étoiles filantes, lentement revenues dans mon orbite.

REMERCIEMENTS

Les écrivains devraient être prudents quand ils emploient le pronom je. Un livre est le résultat d'un travail d'équipe, et j'ai le privilège de faire partie d'une équipe exceptionnelle. Alors, pour la cinquième fois, je tiens à tous vous remercier infiniment. Tout d'abord, merci à mon agent Pam Ahearn qui a survécu à sa rencontre avec l'ouragan Katrina. Merci ensuite à mes collaborateurs merveilleux chez Random House : Gina Centrello, éditrice extraordinaire et personne tout à fait charmante ; Mark Taviani, mon éditeur, désormais marié mais toujours très avisé pour son âge ; Cindy Murray, attachée de presse qui se surpasse à chaque fois ; Kim Hovey, une as du marketing dont le talent dépasse l'entendement ; Beck Stvan, l'artiste talentueux qui a l'art de créer des jaquettes fantastiques ; Laura Jorstad qui a une fois de plus corrigé mon manuscrit avec une extrême précision ; Carole Lowenstein, qui fait toujours de la lecture de mes livres un bonheur pour les yeux et enfin, tous les employés des départements ventes et publicité car, sans leur travail acharné, rien ne pourrait être accompli.

Une autre personne mérite une mention spéciale : Kenneth Harvey. Lors d'un dîner en Caroline du Sud, il y a quelques années, Ken a évoqué le travail du chercheur libanais Kamal Salibi et une théorie pour le moins obscure qui a finalement donné naissance à ce roman. Les idées jaillissent aux moments les plus étranges et proviennent des sources les plus inattendues – la tâche de l'écrivain consiste à les capter. Merci, Ken.

Il y a aussi une nouvelle Elizabeth dans ma vie, une femme intelligente, belle et aimante. Bien évidemment, Elizabeth, ma fille de huit ans, continue à me combler de joie. Enfin, je dédie ce livre à mes grands enfants, Kevin et Katie, qui ont le chic pour me faire sentir à la fois jeune et vieux.

L'histoire, c'est un concentré de preuves ayant survécu au passé.

Oscar HANDLIN
Truth in History (1979)

Depuis le premier Adam qui vit la nuit
et le jour et la forme de sa main,
les hommes inventèrent et fixèrent
dans la pierre ou dans le métal ou sur le parchemin
tout ce qu'enferme la terre ou que modèle le songe.
Voici leur travail : la Bibliothèque.
[...] Les Infidèles affirment que, si elle brûlait,
brûlerait l'histoire. Ils se trompent.
Les veillées humaines engendrèrent
les livres infinis. Si, d'eux tous, il
n'en demeurait qu'un, les hommes recommenceraient
à engendrer chaque page et chaque ligne [...]

Jorge Luis BORGES
Alexandrie, 641 a.d.
(Traduction Roger Caillois)

Les bibliothèques sont la mémoire de l'humanité.

Johann Wolfgang VON GOETHE

Prologue

Palestine
avril 1948

George Haddad perdit patience en regardant l'homme attaché à la chaise. Comme lui, le prisonnier avait le teint olivâtre, le nez aquilin, les yeux creux et marron des Syriens ou des Libanais. Mais il y avait quelque chose chez cet homme que Haddad n'aimait tout simplement pas.

« Je ne vais te le redemander qu'une fois. Qui es-tu ? »

Les soldats de Haddad avaient capturé l'inconnu trois heures plus tôt, juste avant l'aube. Il se promenait seul, sans arme. Quelle idiotie ! Depuis que les Britanniques avaient décidé en novembre dernier de scinder la Palestine en deux États, l'un arabe et l'autre juif, la guerre faisait rage entre les deux camps. Malgré tout, cet idiot avait pénétré dans un bastion arabe, n'avait offert aucune résistance et n'avait pas dit un mot depuis qu'il était attaché à la chaise.

«Tu m'as entendu, pauvre idiot ? Je t'ai demandé qui tu étais, dit Haddad en arabe, langue que l'homme comprenait manifestement.

— Je suis un Gardien. »

Cela ne lui évoquait rien.

« C'est-à-dire ?

— Nous sommes les protecteurs du savoir. »

Haddad n'était pas d'humeur à s'intéresser aux devinettes. La veille à peine, l'armée secrète juive avait attaqué un village voisin. Quarante hommes et femmes avaient été conduits dans une carrière et exécutés. Rien d'inhabituel : les Arabes étaient systématiquement assassinés ou expulsés. La terre que leurs ancêtres occupaient depuis seize cents ans leur était confisquée. La *nakba,* la catastrophe, était en train de se produire. Haddad aurait dû être en train de combattre l'ennemi au lieu d'écouter ces insanités.

« Nous sommes tous des protecteurs du savoir. Le mien consiste à éradiquer tous les sionistes que je serai capable de débusquer.

— C'est la raison de ma venue. Cette guerre est inutile. »

Cet homme était bel et bien un idiot.

« Tu es aveugle ou quoi ? Les juifs sont en train d'envahir notre terre. Nous avons été écrasés. La guerre, c'est tout ce qu'il nous reste.

— Vous sous-estimez la détermination des juifs. Ils survivent depuis des siècles et ne vont pas disparaître comme ça.

— Cette terre nous appartient. Nous vaincrons.

— Certaines choses plus puissantes que les balles peuvent vous conduire à la victoire.

— Exactement : les bombes. Et nous n'en manquons pas. Nous vous écraserons jusqu'au dernier. Vous autres sionistes, n'êtes que des voleurs.

— Je ne suis pas sioniste. »

La déclaration avait été proférée d'une voix calme ; puis l'inconnu se tut. Haddad se rendit compte qu'il devait mettre fin à cet interrogatoire. Pas le temps de perdre son temps.

« Je viens de la Bibliothèque pour m'entretenir avec Kamal Haddad, finit par dire l'inconnu.

– C'est mon père, répondit Haddad, la rage laissant place à la confusion.

– On m'a dit qu'il vivait dans ce village. »

Professeur d'université, spécialiste d'histoire palestinienne, son père enseignait à la faculté de Jérusalem. Homme à la voix et au rire tonitruants, à la forte carrure et au grand cœur, il avait récemment servi d'émissaire auprès des Britanniques dans une tentative visant à mettre un terme à l'immigration massive de juifs et à empêcher que la *nakba* ne se produise. Ses efforts avaient échoué.

« Mon père est mort. »

Pour la première fois, Haddad surprit de l'inquiétude dans le regard impassible de son prisonnier.

« Je l'ignorais.

– Il y a quinze jours, il a placé le canon d'un fusil dans sa bouche et s'est fait sauter la cervelle, expliqua Haddad en exhumant de sa mémoire un souvenir qu'il aurait voulu oublier à jamais. D'après le mot qu'il a laissé, il ne supportait pas d'assister à la destruction de son pays natal. Il se tenait pour responsable de ne pas avoir pu arrêter les sionistes. Pourquoi avais-tu besoin de mon père ? demanda Haddad en braquant son revolver sur le visage de son prisonnier.

– C'est à lui que je dois transmettre les informations que je détiens. Il est l'Invité.

– Qu'est-ce que ça veut dire ? s'exclama Haddad, perdant patience.

– Votre père était un homme éminemment respectable. Un érudit, digne de partager nos connaissances. Voilà pourquoi je suis ici, pour l'inviter à les partager. »

La voix calme de l'inconnu eut le même effet sur Haddad qu'un seau d'eau froide sur un brasier.

« Partager quoi ?

— Ça, ça lui est réservé, répondit l'inconnu en secouant la tête.

— Il est mort.

— Cela signifie qu'un autre Invité sera choisi. »

Le discours de l'inconnu n'avait décidément ni queue ni tête. Haddad avait capturé un grand nombre de juifs et les avait torturés pour apprendre ce qu'il pouvait avant d'achever d'une balle ce qu'il restait d'eux. Avant la *nakba,* Haddad travaillait dans une oliveraie mais, comme son père, le milieu universitaire l'attirait et il avait envie de poursuivre ses études. C'était devenu impossible, désormais. L'État d'Israël était sur le point d'être instauré, ses frontières définies dans le territoire ancestral arabe, les juifs se voyant visiblement attribuer par le reste du monde une compensation pour l'Holocauste. Et tout cela aux dépens du peuple palestinien.

Il nicha le canon de son arme entre les yeux de l'inconnu.

« Je viens de décider que l'Invité, c'est moi. Dis ce que tu sais. »

Le regard de l'inconnu sembla le traverser et, l'espace d'un instant, un étrange malaise l'envahit. Cet émissaire avait incontestablement déjà connu ce genre de dilemme. Haddad admirait son courage.

« Vous menez une guerre superflue, contre un ennemi mal informé, déclara l'homme.

— Au nom de Dieu, de quoi parles-tu ?

— C'est au prochain Invité de le savoir. »

Le milieu de la matinée approchait. Haddad avait besoin de repos. Il avait espéré apprendre de son prisonnier l'identité de certains membres de l'armée secrète juive, peut-être même celle des monstres qui avaient massacré les villageois la veille. Ces maudits Britanniques fournissaient des fusils et des chars d'assaut aux sionistes. Pendant des années, ils avaient interdit la détention d'armes aux Arabes, ce qui les avait sévèrement handicapés. Certes, les Arabes étaient en supériorité numérique, mais les juifs étaient mieux préparés et Haddad craignait qu'à l'issue de cette guerre, l'État d'Israël ne voie sa légitimité reconnue.

Quand il plongea les yeux dans le regard inflexible de l'inconnu, un regard qui ne s'était jamais dérobé au sien, il sut que l'homme était prêt à mourir. Il lui était devenu bien plus aisé de tuer depuis quelques mois. Les atrocités commises par les juifs l'aidaient à apaiser le peu de conscience qu'il lui restait encore. Dix-neuf ans, à peine, et déjà un cœur de pierre.

Mais la guerre, c'est la guerre.

Il appuya sur la détente.

PREMIÈRE PARTIE

1

Copenhague, Danemark
Mardi 4 octobre, de nos jours
1 h 45

Cotton Malone se retrouvait face à son pire cauchemar. Sur le seuil de sa boutique se tenait son ex-femme, la dernière personne sur terre qu'il s'attendait à voir. Il remarqua immédiatement la panique dans son regard las, se souvint des coups frappés à la porte qui l'avaient tiré du sommeil quelques minutes plus tôt et pensa immédiatement à son fils.

« Où est Gary ? voulut savoir Malone.

— Espèce de salaud. Ils l'ont enlevé. À cause de toi. Ils l'ont enlevé, répéta Pam en se jetant sur lui, ses poings serrés lui frappant les épaules. Pauvre type. »

Malone la prit par les poignets pour mettre un terme à l'agression alors qu'elle éclatait en sanglots.

« C'est à cause de ça que je t'ai quitté. Je pensais en avoir fini avec ce genre de chose.

— Qui a enlevé Gary ? »

Les sanglots redoublèrent. Il tenait toujours son ex-femme par les bras.

« Pam, écoute-moi. Qui a enlevé Gary ?

— Comment veux-tu que je le sache, bon sang ?

— Que fais-tu ici ? Pourquoi n'as-tu pas contacté la police ?

— Parce qu'ils me l'ont interdit. Ils ont dit que si je

tentais quoi que ce soit dans ce sens, Gary était mort. Ils ont dit qu'ils le sauraient et je les ai crus.

— De qui s'agit-il ? »

Elle se dégagea d'un geste brusque, le visage blême de colère.

« Je l'ignore. Tout ce qu'ils m'ont dit, c'est d'attendre deux jours avant de venir te remettre ceci », expliqua-t-elle en fourrageant dans son sac dont elle tira un téléphone portable. Des larmes inondaient ses joues.

« Ils ont dit que tu devrais te connecter à internet pour vérifier ton courrier électronique. »

Avait-il bien entendu ?

Il alluma le téléphone pour vérifier la fréquence. L'appareil était suffisamment puissant pour recevoir des messages du monde entier. Il était perplexe. Soudain, Malone se sentit vulnérable. La Højbro Plads était calme. À cette heure tardive, il n'y avait pas âme qui vive sur cette place de Copenhague.

Il émergea de sa torpeur.

« Entre », ordonna-t-il en entraînant Pam dans la boutique avant de fermer la porte. Il n'avait allumé aucune lumière.

« Qu'est-ce qu'il y a ? demanda-t-elle d'une voix hachée sous l'effet de la peur.

— Je ne sais pas, Pam. À toi de me le dire. Notre fils a apparemment été enlevé par Dieu sait qui et tu attends deux jours avant d'en parler à quelqu'un, non ? Ça ne t'a pas paru dément ?

— Je n'avais pas envie de mettre sa vie en danger.

— Moi si, peut-être ? Dis-moi quand cela m'est déjà arrivé.

— En étant égal à toi-même », rétorqua-t-elle, glaciale,

et Malone se rappela instantanément pourquoi il ne vivait plus avec elle.

Un détail le frappa soudain : elle n'était jamais venue au Danemark.

« Comment m'as-tu trouvé ?

– Ils m'ont dit où tu vivais.

– De *qui* parles-tu, bon sang ?

– Je ne sais pas Cotton. Deux hommes. Il n'y en avait qu'un qui menait la danse. Grand, brun, nez épaté.

– Américain ?

– Comment suis-je censée le savoir ?

– Comment s'exprimait-il ?

– Non, pas Américain, répondit-elle, en semblant se reprendre. Ils avaient un accent. Des Européens.

– Que suis-je censé faire de ça ? fit Malone en désignant le téléphone.

– Il a dit que tout deviendrait clair quand tu vérifierais ton courrier électronique. »

Pam lança un regard nerveux aux rayonnages qui s'élevaient dans la pénombre.

« Il faut monter, n'est-ce pas ? »

Gary lui avait certainement expliqué qu'il vivait au-dessus de son magasin. Lui ne risquait pas de l'avoir fait. Ils ne s'étaient parlé qu'une fois depuis qu'il avait fait valoir son droit à la retraite du ministère de la Justice et avait quitté la Géorgie l'année passée ; c'était deux mois plus tôt, lorsqu'il avait raccompagné Gary aux États-Unis à la fin des vacances d'été. Elle lui avait froidement annoncé qu'il n'était pas le père biologique de Gary, mais que celui-ci était le résultat d'une aventure qu'elle avait eue seize ans plus tôt pour se venger de son infidélité à lui. Il luttait depuis lors avec ce démon et n'avait pas encore réussi à accepter toutes les implications de la nouvelle.

Mais à l'époque, il avait pris une décision : il n'avait plus l'intention d'adresser la parole à Pam Malone. Ce qui devrait être dit, il le dirait directement à Gary.

Mais manifestement, la situation avait changé.

« Ouais, il faut monter. »

Ils pénétrèrent dans son appartement et il s'installa au bureau. Il alluma son ordinateur portable et attendit que le système démarre. Pam s'était enfin reprise. C'était tout à fait elle. Ses émotions se succédaient par vagues, de sommets vertigineux en abysses sidéraux. Elle était avocate, comme lui, mais tandis qu'il travaillait pour l'État, elle gérait les procès à haut risque de certaines des entreprises américaines parmi les plus prospères. Lesquelles pouvaient donc se permettre de s'offrir les services exorbitants du cabinet qui l'employait. Lorsque Pam s'était lancée dans des études de droit, il l'avait crue influencée par sa propre décision, par son désir de mener la même vie que lui. Par la suite, il avait appris que c'était un moyen pour elle de conquérir son indépendance.

C'était du Pam tout craché.

L'ordinateur était lancé. Il accéda à sa boîte aux lettres électronique.

Vide.

« Rien.

— Que veux-tu dire ? lança Pam en se précipitant vers lui. Il a dit que tu devais vérifier ton courrier.

— C'était il y a deux jours. Au fait, comment es-tu arrivée jusqu'ici ?

— Ils avaient un billet d'avion déjà réservé. »

Malone n'en croyait pas ses oreilles.

« Tu es cinglée ou quoi ? Tout ce que tu as fait, c'est leur laisser deux jours d'avance.

– Tu ne crois pas que j'en suis consciente ? hurla Pam. Tu me crois complètement stupide ? Ils m'ont dit que mes téléphones étaient sur écoute et que l'on me surveillait, que si je ne suivais pas leurs instructions à la lettre, Gary était mort. Ils m'ont montré une photo de lui. »

Sa voix se brisa et les larmes inondèrent de nouveau ses joues.

« Son regard... Oh, ce regard, balbutia-t-elle, la voix entrecoupée de sanglots. Il avait peur. »

Le cœur de Malone battait la chamade et ses tempes lui brûlaient. Il avait intentionnellement abandonné une vie de dangers quotidiens à la recherche de quelque chose de nouveau. Cette vie l'avait-elle rattrapé aujourd'hui ? Il agrippa le rebord du bureau. Qu'ils craquent tous les deux n'apporterait rien de bon. *S'ils*, quelle que soit leur identité, voulaient la mort de Gary, alors il était déjà mort. Non. Leur fils était un atout, un moyen de solliciter toute son attention, visiblement.

L'ordinateur émit un bruit.

Malone lança un regard dans le coin inférieur droit de l'écran : RÉCUPÉRATION DU COURRIER. Puis il lut SALUTATIONS dans l'espace réservé à l'adresse de l'expéditeur ainsi que LA VIE DE VOTRE FILS dans celui réservé à l'objet du message. Il amena le curseur sur le message et l'ouvrit.

VOUS POSSÉDEZ QUELQUE CHOSE QUE JE VEUX. LE LIEN D'ALEXANDRIE. VOUS L'AVEZ CACHÉ ET VOUS ÊTES LA SEULE PERSONNE AU MONDE QUI SACHE OÙ LE TROUVER. ALLEZ LE CHERCHER. VOUS DISPOSEZ DE 72 HEURES. QUAND VOUS L'AUREZ, COMPOSEZ LE 2 SUR LE CLAVIER DU TÉLÉPHONE. SI JE N'AI PAS DE NOUVELLES DE VOUS AU BOUT DES 72 HEURES,

VOUS N'AUREZ PLUS D'ENFANT. SI DURANT CE LAPS DE TEMPS VOUS FAITES LE MALIN, VOTRE FILS PERDRA L'USAGE D'UN ORGANE VITAL. 72 HEURES. TROUVEZ-LE ET NOUS PROCÉDERONS À L'ÉCHANGE.

« Qu'est-ce que c'est que ce lien d'Alexandrie ? » demanda Pam qui se tenait derrière lui.

Malone ne répondit pas. Cela lui était impossible. Il était effectivement la seule personne au monde à savoir et il avait donné sa parole.

« La personne qui a envoyé ce message est très bien renseignée. De quoi s'agit-il ? »

Les yeux rivés sur l'écran, Malone savait pertinemment qu'il n'y aurait aucun moyen de retrouver la trace de l'expéditeur. Comme Malone, celui-ci savait sans doute comment se servir des trous noirs, ces serveurs qui expédiaient de manière aléatoire les messages à travers un labyrinthe électronique. Pas impossible à suivre, mais extrêmement difficile.

Il se leva et se passa la main dans les cheveux. La veille, il avait prévu d'aller se faire couper les cheveux. Il s'étira pour détendre les muscles de ses épaules engourdis par le sommeil et prit quelques profondes inspirations. Plus tôt, il avait enfilé une paire de jeans et une chemise à manches longues par-dessus un T-shirt gris et la peur lui glaça soudain le sang.

« Putain, Cotton...

— La ferme, Pam. Laisse-moi réfléchir. Tu ne m'aides pas.

— Je ne t'aide pas ? Non mais tu... »

La sonnerie du téléphone retentit. Pam fit mine de s'en emparer mais il l'en empêcha.

« Laisse, ordonna-t-il.

— Que veux-tu dire ? Ce pourrait être Gary.

— Sois réaliste. »

Il se saisit du téléphone au bout de la troisième sonnerie et décrocha.

« Vous en avez mis, du temps », dit la voix masculine à son oreille.

Malone remarqua un accent hollandais.

« Et s'il vous plaît, évitez les déclarations intempestives du genre "si vous faites du mal à mon fils je vous tue." Ni vous ni moi n'avons de temps à perdre. Les soixante-douze heures dont vous disposez sont déjà entamées. »

Malone resta muet mais se souvint d'un conseil appris il y avait longtemps : ne jamais laisser l'adversaire décider des termes du marché.

« Allez vous faire foutre. Je n'irai nulle part.

— Vous prenez beaucoup de risques avec la vie de votre fils.

— Quand j'aurai vu Gary, que je lui aurai parlé, alors je ferai ce que vous demandez.

— Jetez un coup d'œil dehors. »

Malone se précipita à la fenêtre. Quatre étages plus bas, la Højbro Plads était toujours déserte mis à part deux silhouettes postées à l'autre bout de la place pavée.

Les deux inconnus portèrent leur arme à l'épaule.

Des lance-grenades.

« Vous n'êtes pas en mesure de négocier », ironisa la voix masculine.

Des flammes jaillirent dans l'obscurité.

Et deux projectiles firent voler en éclats les vitres à l'étage en dessous.

Les deux engins explosèrent.

2

Vienne, Autriche
2 h 12

L'occupant du fauteuil bleu vit les deux passagers descendre de la voiture devant une porte cochère éclairée. Ce n'était ni une limousine ni un véhicule trop voyant mais une simple berline de marque européenne et de couleur sourde que l'on croisait souvent sur les routes passantes autrichiennes. Le moyen de transport idéal pour éviter d'attirer l'attention des terroristes, des criminels, de la police et des journalistes trop curieux. Le chauffeur d'une autre voiture arriva et déposa ses passagers avant d'aller attendre dans l'ombre que jetaient les arbres sur un petit parking pavé. Deux autres voitures firent leur apparition quelques minutes plus tard. Satisfait, l'occupant du fauteuil bleu quitta sa chambre située au premier étage pour regagner le rez-de-chaussée.

La réunion se déroulerait à l'endroit habituel.

Cinq fauteuils dorés au dossier droit étaient placés en un large cercle sur un tapis hongrois. Tous les fauteuils étaient identiques, à part un dont le dossier rembourré se paraît d'une écharpe bleu roi. À côté de chaque fauteuil, on avait placé une table en bois doré sur laquelle étaient disposés une lampe en bronze, un bloc-notes et une clochette en cristal. À gauche du cercle, la lumière d'un feu qui crépitait dans la cheminée dansait vivement sur les fresques du plafond.

Tous les fauteuils étaient occupés par des hommes, placés par ordre décroissant, en fonction de leur ancienneté. Deux des inconnus avaient encore quelques cheveux et ne semblaient pas trop mal en point. Trois d'entre eux étaient dégarnis et d'allure frêle. Ils avaient tous au moins soixante-dix ans, étaient vêtus de costumes sombres ; leurs manteaux Chesterfield et leurs feutres étaient accrochés à un portemanteau en cuivre dans un coin de la pièce. Derrière chaque homme s'en tenait un autre, plus jeune, le successeur désigné de celui qui occupait le fauteuil, présent pour écouter et apprendre sans toutefois se manifester. Les règles existaient depuis longtemps. Cinq fauteuils, quatre ombres. L'occupant du fauteuil bleu présidait les débats.

« Pardon pour l'heure tardive, mais certaines informations alarmantes me sont parvenues il y a quelques heures, dit l'homme d'une voix tendue et faible. Notre nouvelle entreprise pourrait être compromise.

— Avons-nous été démasqués ? demanda numéro deux.

— Peut-être.

— Le problème peut-il être résolu ? soupira numéro trois.

— Je le pense, oui. Mais il faut agir sans attendre.

— J'avais recommandé de ne pas intervenir, rappela sèchement numéro deux, dubitatif. Les choses auraient dû suivre leur cours naturel. »

Numéro trois acquiesça, comme lors de la réunion précédente.

« C'est peut-être le signe que nous devrions nous garder d'intervenir. L'ordre naturel des choses a du bon.

— Lors du dernier vote, nous nous sommes prononcés contre cette solution, rétorqua l'occupant du fauteuil bleu. La décision a été prise et nous devons nous y tenir. Nous devons nous pencher sur le problème, ajouta-t-il après une pause.

— Il faudra du tact et du talent pour mener cette mission à bien, remarqua numéro trois. Elle requiert la plus grande discrétion, sous peine d'échec. Si nous décidons de poursuivre notre entreprise, je suis d'avis de donner les pleins pouvoirs à *die Klauen der Adler.* »

Les serres de l'aigle.

Deux autres hommes hochèrent la tête en signe d'approbation.

« J'ai pris les devants, déclara l'occupant du fauteuil bleu. Cette réunion a pour but de ratifier la décision unilatérale prise plus tôt. »

Une proposition fut faite, les mains se levèrent.

Quatre voix contre une : décision approuvée.

À la plus grande satisfaction de l'occupant du fauteuil bleu.

3

Copenhague

L'immeuble de Malone fut secoué par l'explosion comme sous l'effet d'un tremblement de terre ; une vague de chaleur s'engouffra dans l'escalier et envahit la pièce. Malone s'élança vers Pam et la plaqua sur le tapis élimé qui recouvrait le parquet. Il la protégea au moment où une nouvelle explosion secouait les fondations de l'immeuble et où d'autres flammes montaient vers l'étage supérieur.

Il jeta un coup d'œil par la porte.

Le feu ravageait les étages inférieurs.

Les tourbillons de fumée formaient un nuage de plus en plus noir.

Il se précipita vers la fenêtre. Dehors, les deux hommes avaient disparu. Les flammes léchaient l'obscurité. Malone comprit dans quelle situation Pam et lui se trouvaient : les deux hommes avaient mis le feu aux étages inférieurs. Ils n'avaient pas eu l'intention de les tuer.

« Qu'est-ce qui se passe ? » s'écria Pam.

Malone l'ignora et ouvrit la fenêtre. La fumée aurait tôt fait de rendre l'atmosphère irrespirable.

« Viens par ici », ordonna-t-il en se hâtant de passer dans la chambre.

Il tira de sous son lit le sac de voyage qu'il gardait

toujours prêt, même depuis qu'il était à la retraite, comme il en avait eu l'habitude pendant les douze années de service à l'unité Magellan. Il contenait son passeport, mille euros, des doubles de ses pièces d'identité, des vêtements de rechange et son Beretta chargé. Grâce à l'influence de son ami Henrik Thorvaldsen, la police danoise venait tout juste de le lui restituer – Malone se l'était vu confisquer au moment de ses démêlés avec les Chevaliers de l'ordre du Temple quelques mois plus tôt.

Il endossa le sac et enfila des chaussures de sport. Pas le temps de nouer les lacets. La pièce était noire de fumée. Il ouvrit les deux fenêtres, ce qui améliora la situation.

« Reste là », ordonna-t-il à Pam.

Il traversa le salon en retenant son souffle pour s'approcher de l'escalier qui desservait les quatre étages de l'immeuble. Le rez-de-chaussée abritait sa librairie, le premier et le second accueillaient le stock et le troisième son appartement. Le rez-de-chaussée et le deuxième étage étaient en flammes. La chaleur du brasier le força à reculer. Aucun doute, songea-t-il, des grenades incendiaires.

Il regagna la chambre à la hâte.

« Impossible d'emprunter l'escalier. Ils ont pris leurs précautions. »

Pam toussait, s'efforçant de respirer l'air pur qui entrait par la fenêtre contre laquelle elle s'était blottie. Il la frôla en passant la tête dehors. La chambre de Malone était située à l'angle du bâtiment. L'immeuble voisin, qui abritait une bijouterie et une boutique de vêtements, faisait un étage de moins ; son toit était plat et bordé d'un parapet de briques qui datait du XVIIe siècle d'après ce qu'il savait. Au-dessus de la fenêtre de la chambre courait une énorme corniche qui faisait saillie et enveloppait la façade et le côté de l'immeuble.

Quelqu'un avait certainement déjà dû appeler les pompiers, mais il n'allait pas attendre qu'on lui amène une échelle pour descendre.

Pam se mit à tousser plus fort et Malone aussi avait du mal à respirer. Il prit le visage de Pam entre ses mains.

« Tu vois la corniche au-dessus de la fenêtre ? Tu vas t'y accrocher et avancer lentement jusqu'à l'angle de l'immeuble. De là, tu pourras sauter sur le toit de l'immeuble voisin.

— Tu es malade ou quoi ? répondit Pam en écarquillant les yeux. On se trouve au troisième étage.

— Pam, il se pourrait que l'immeuble explose. Il est relié au réseau du gaz. Ces grenades ont été lancées pour provoquer un incendie. Ces types n'en ont pas lancé à cet étage-ci parce qu'ils voulaient que l'on s'en sorte. »

Elle ne sembla pas comprendre ce qu'il disait.

« Nous devons quitter les lieux avant que la police et les pompiers arrivent.

— Ils pourraient nous aider.

— Tu as envie de passer les huit prochaines heures à répondre à leurs questions ? Nous ne disposons que de soixante-douze heures pour retrouver Gary. »

Pam parut comprendre instantanément sa logique et leva le regard vers la corniche.

« Je ne peux pas, Cotton, déclara-t-elle d'une voix blanche.

— Notre fils a besoin de nous. Il faut y aller. Regarde-moi et fais exactement ce que je fais. »

Malone endossa le sac et se faufila par la fenêtre. Il agrippa la corniche en pierre ; elle était chaude mais suffisamment fine pour lui permettre d'avoir une bonne prise. Suspendu à bout de bras, il s'approcha petit à petit de l'angle du bâtiment. Il parcourut encore quelques mètres, négocia l'angle et se laissa tomber sur le toit de l'immeuble voisin.

Il s'approcha de la façade à la hâte et leva la tête. Pam n'avait pas bougé de la fenêtre.

« Vas-y ! ordonna-t-il. Fais comme moi. »

Elle hésita.

Une explosion souffla le deuxième étage. Une pluie d'éclats de verre inonda la Højbro Plads. Les flammes perçaient l'obscurité. Pam se réfugia à l'intérieur. Quelle erreur ! Une seconde plus tard, elle réapparut à la fenêtre, secouée de violentes quintes de toux.

« Il faut sortir maintenant », hurla Malone.

Elle parut enfin se faire à l'idée qu'elle n'avait pas le choix. Comme il venait de le faire, elle se faufila par la fenêtre et se cramponna à la corniche. Puis elle quitta la pièce en se hissant à la force des bras.

Malone vit qu'elle avait les yeux fermés.

« Pas besoin de regarder. Contente-toi de bouger une main après l'autre. »

C'est ce qu'elle fit.

Une corniche de deux mètres quarante les séparait. Mais Pam se débrouillait très bien. Petit à petit. C'est alors que Malone aperçut deux silhouettes sur la place. Les deux individus de tout à l'heure étaient de retour, armés de fusils cette fois.

Il prit le Beretta dans son sac et tira deux coups de feu en direction des silhouettes, quinze mètres en contrebas. Les détonations retentirent dans le silence nocturne, résonnant contre les murs des immeubles qui bordaient la place.

« Pourquoi ces coups de feu ? voulut savoir Pam.

— Continue. »

Au troisième coup de feu, les deux silhouettes s'évanouirent. Pam arriva à l'angle de l'immeuble.

« Contourne l'angle et hisse-toi de mon côté », ordonna Malone.

Il fouilla l'obscurité du regard sans voir le moindre signe des deux tireurs. Pam s'efforçait de manoeuvrer, agrippant la corniche d'une main tout en tentant de trouver un appui de l'autre.

Soudain, elle lâcha prise.

Elle tomba.

Malone se pencha vers elle, arme au poing et réussit à la rattraper. Ils parvinrent à rouler sur le toit, tous deux à bout de souffle.

La sonnerie du téléphone retentit.

Malone rampa vers le sac à dos, se saisit du téléphone et décrocha.

« Vous vous amusez bien ? demanda la même voix masculine.

– Qu'est-ce qui vous a poussé à faire sauter ma boutique ?

– Vous disiez n'avoir aucune intention d'obéir.

– Je veux parler à Gary.

– C'est moi qui impose la marche à suivre. Vous avez déjà perdu trente-six minutes sur les soixante-douze heures dont vous disposez. Si j'étais vous, je me bougerais. La vie de votre fils en dépend », déclara l'homme avant de raccrocher.

Les hurlements des sirènes approchaient.

« Il faut y aller, ordonna Malone en s'emparant du sac à dos et en se levant d'un bond.

– C'était qui ?

– Notre problème.

– Qui ?

– Je n'en ai aucune idée! hurla Malone, soudain furieux.

– Qu'est-ce qu'il veut?

– Quelque chose que je ne peux lui donner.

– Comment ça, tu ne peux pas? La vie de Gary en dépend. Regarde autour de toi. Il a fait sauter ta librairie.

– Franchement, Pam, je n'aurais pas remarqué sans toi. »

Malone s'apprêtait à se mettre en route lorsque Pam le retint :

« Où allons-nous?

– Chercher des réponses à nos questions. »

4

De son poste d'observation à l'est de la Højbro Plads, Dominick Sabre regardait la librairie de Malone brûler. Des camions de pompiers jaunes fluorescents étaient déjà sur place et les lances à incendie crachaient des jets d'eau sur le brasier.

Jusque-là, tout se déroulait à la perfection. Malone s'était mis en route. Du chaos faire naître l'ordre, telle était sa devise. L'histoire de sa vie.

« Ils sont descendus de l'immeuble voisin, dit une voix dans son oreillette.

— Où sont-ils allés ?

— Jusqu'à la voiture de Malone. »

Exactement comme il l'avait prévu.

Les pompiers se déployèrent sur la place en tirant d'autres tuyaux, décidés à s'assurer que l'incendie ne se propagerait pas. Le feu semblait se délecter de ces livres rares qui se consumaient de bon cœur. De l'immeuble de Malone il ne resterait bientôt plus que des cendres.

Il s'adressa à l'homme debout près de lui, l'un des Hollandais qu'il avait engagés.

« Tout est en place ?

— J'ai vérifié en personne. Tout est prêt. »

Ce qui s'apprêtait à se produire avait fait l'objet de longs préparatifs. Sabre n'était même pas persuadé que l'opération serait couronnée de succès tant le but à atteindre était intangible, immatériel. Cela dit, si la piste sur laquelle il s'était lancé menait quelque part, il ne serait pas pris au dépourvu.

Cependant, tout dépendait de Malone.

Il avait pour nom de baptême Harold Earl et son dossier ne comportait aucune explication sur ce qui lui avait valu son surnom, *Cotton*. Malone avait quarante-huit ans, onze ans de plus que Sabre. Comme lui, cependant, Malone était Américain, né dans l'État de Géorgie. Sa mère était de la région et son père militaire de carrière, un capitaine de frégate dont le sous-marin avait sombré alors que Malone n'avait que dix ans. Détail intéressant, Malone avait suivi les traces de son père en fréquentant lui aussi l'académie navale d'Annapolis, puis l'école de l'Air, avant de changer brutalement de parcours ; il avait fini par obtenir un diplôme de droit grâce à une bourse d'État. Il avait été transféré au Judge Advocate General's corps, le JAG, où il avait passé neuf ans. Il y avait treize ans de cela, il avait à nouveau changé de direction en demandant sa réaffectation au ministère de la Justice et en intégrant l'unité Magellan. Cette unité spéciale nouvellement créée était chargée de certaines des enquêtes internationales les plus délicates.

Il y avait travaillé jusqu'à l'année précédente et avait fait valoir ses droits à la retraite de commandant plus tôt que prévu, avant de quitter les États-Unis pour s'installer à Copenhague où il avait acheté une librairie spécialisée dans les livres rares.

Crise de la cinquantaine ? Déboires avec le gouvernement ?

Sabre n'aurait su le dire.

Et puis il y avait le divorce. Ce point, il l'avait étudié en profondeur. Difficile de comprendre Malone : l'homme était une énigme. Il avait beau être bibliophile confirmé, rien dans les profils psychologiques que Sabre avait consultés ne donnait d'explication satisfaisante aux changements radicaux qui s'étaient succédés dans sa vie.

D'autres détails ne faisaient que souligner les compétences de son adversaire.

Il se débrouillait dans plusieurs langues, ne s'adonnait ni à l'alcool ni à aucune drogue et on ne lui connaissait aucune névrose. Il avait tendance à faire preuve d'une extrême motivation et d'un dévouement frisant l'obsession. Malone avait également la chance d'être doté d'une mémoire eidétique que Sabre lui enviait.

Compétent, intelligent, doté d'une solide expérience, il était bien différent des imbéciles que Sabre avait engagés, quatre Hollandais sans beaucoup de cervelle, sans aucune morale et guère de discipline.

Il demeura dans l'ombre tandis qu'une foule de curieux envahissait la place pour regarder les pompiers faire leur travail. L'air nocturne lui piquait le visage. Au Danemark, l'automne semblait n'être qu'un fugace prélude à l'hiver, et il fourra ses poings serrés dans les poches de sa veste.

Il avait fallu détruire tout ce pour quoi Malone avait travaillé pendant un an. Cela n'avait rien de personnel. Décision strictement professionnelle. Et si Malone ne lui remettait pas exactement ce qu'il lui avait demandé, il n'hésiterait pas à exécuter l'enfant.

Le Hollandais qui l'accompagnait – c'est lui qui avait parlé à Malone au téléphone – toussa mais ne dit rien. Il avait mis au clair dès le départ une des règles qui n'admettrait aucune entorse : ne parlez que lorsqu'on vous adresse la parole. Sabre n'avait ni le temps ni l'envie de bavarder.

Il profita du spectacle encore quelques minutes avant de chuchoter dans le micro épinglé à son revers : « Restez vigilants. Nous savons où ils se rendent, et vous savez quoi faire. »

5

4 h 00

Malone se gara devant Christiangade, le manoir d'Henrik Thorvaldsen qui s'élevait sur les côtes du Seeland, à l'est du Danemark, région voisine du Sund. Il avait parcouru la trentaine de kilomètres depuis Copenhague dans la Mazda dernier modèle qu'il garait à quelques pâtés de maison de sa boutique, près du château de Christianborg.

Après avoir réussi à descendre du toit, il avait observé les efforts des pompiers pour contenir le brasier qui ravageait son immeuble. Il avait compris que ses livres étaient détruits, et si les flammes ne les engloutissaient pas complètement, la chaleur et la fumée leur causeraient des dommages irréparables. En assistant à la scène, il avait essayé de réprimer la colère qui montait en lui et s'était efforcé de mettre en pratique la maxime apprise il y avait bien longtemps : ne jamais haïr son ennemi. Cela embrouillait les idées. Non, nul besoin de haïr, il fallait réfléchir.

Malheureusement, avec Pam dans les parages, réfléchir devenait une véritable gageure.

« Qui vit ici ? voulut-elle savoir.

— Un ami. »

Elle avait tenté de lui extorquer des informations au

cours du voyage mais il n'avait presque rien dit, ce qui n'avait fait qu'attiser sa colère. Avant de s'occuper d'elle, Malone avait besoin de communiquer avec quelqu'un d'autre.

La bâtisse sombre était un authentique exemple de baroque danois : une construction de trois étages en briques enchâssées dans des blocs de travertin dont le toit vert-de-gris décrivait une pente gracieuse. L'une des ailes était tournée vers l'intérieur des terres, l'autre faisait face à la mer. Trois siècles plus tôt, un ancêtre de Thorvaldsen l'avait érigée après avoir fait fortune en se servant de tonnes de tourbe sans aucune valeur comme combustible dans sa verrerie. Ses descendants en avaient pris grand soin au fil des siècles et avaient fait d'Adelgade Glasvaerker – à l'emblème caractéristique formé de deux cercles soulignés d'un trait – le numéro un danois de la porcelaine. Aujourd'hui, le conglomérat était présidé par le patriarche de la famille, Henrik Thorvaldsen, qui avait convaincu Malone de s'installer au Danemark.

Malone s'approcha de l'épaisse porte d'entrée. Un carillon évocateur de celui d'une église de Copenhague à l'heure de l'angélus annonça sa présence. Il sonna de nouveau avant de frapper contre le battant. Une lumière éclaira soudain l'une des fenêtres à l'étage. Puis une autre. Quelques instants plus tard, on déverrouillait la porte qui s'ouvrit. L'homme qui dévisageait Malone devait encore être en train de dormir quelques minutes plus tôt. Pourtant, sa chevelure cuivrée était impeccablement coiffée et sa robe de chambre en coton impeccablement repassée. Quant à son visage, il ne trahissait aucune émotion.

C'était Jesper, le majordome de Thorvaldsen.

« Réveillez-le, ordonna Malone en danois.

– Quelle est la raison d'une requête aussi extrême vu l'heure matinale ?

– Regardez-moi, fit Malone qui était couvert de sueur, de crasse et de fumée. Ça vous paraît assez grave ?

– Je suis enclin à penser que oui.

– Nous attendrons dans le bureau. J'ai besoin de son ordinateur. »

Malone vérifia d'abord son adresse électronique danoise au cas où on lui aurait fait parvenir d'autres messages, mais il n'y en avait pas. Il se connecta ensuite au serveur sécurisé de l'unité Magellan en se servant du mot de passe que Stéphanie Nelle, son ancienne patronne, lui avait communiqué. Bien qu'il fût à la retraite et que le ministère de la Justice américain ne lui versât plus de salaire, Stéphanie lui avait fourni une ligne directe de communication en remerciement du service qu'il venait récemment de lui rendre en France. Grâce au décalage horaire – il n'était que lundi soir, vingt-deux heures à Atlanta –, il savait que son message lui parviendrait directement.

Il leva les yeux de l'écran lorsque Thorvaldsen entra dans la pièce d'un pas traînant. Le vieil homme avait pris le temps de s'habiller. Les plis d'un pull couleur citrouille trop grand pour lui dissimulaient sa frêle silhouette voûtée, résultat d'une colonne vertébrale qui avait depuis longtemps refusé de se redresser. Il avait une épaisse tignasse grise plaquée d'un côté du crâne, des sourcils épais et broussailleux. De profondes rides lui encadraient la bouche, sillonnaient son front et, à voir son teint cireux, on comprenait qu'il évitait le soleil – Malone savait que tel était bien le cas puisque le vieux Danois s'aventurait rarement dehors. Sur un continent où les vieilles fortunes pesaient plusieurs milliards d'euros, Thorvaldsen arrivait en tête de tous les classements.

« Que se passe-t-il ? demanda Thorvaldsen.

– Henrik, je vous présente Pam, mon ex-femme.

– Enchanté de faire votre connaissance, dit le vieil homme avec un sourire.

– Ne perdons pas de temps en présentations, rétorqua Pam en ignorant son hôte. Il faut qu'on s'occupe de Gary.

– Vous avez une mine affreuse, Cotton et elle a l'air nerveuse.

– Nerveuse ? le reprit Pam. Je viens de m'échapper d'un immeuble en flammes. Mon fils a disparu. Je souffre du décalage horaire et je n'ai pas mangé depuis deux jours.

– Je vais vous faire préparer une collation », annonça Thorvaldsen sans émotion, comme s'il avait à gérer ce genre d'événement tous les soirs.

« Ce n'est pas une collation que je veux, c'est que l'on s'occupe de mon fils. »

Malone mit Thorvaldsen au courant de ce qui s'était passé à Copenhague.

« J'ai bien peur que l'immeuble ne soit détruit, conclut-il.

– C'est le cadet de nos soucis. »

Malone faillit sourire à cette remarque. Il aimait ça chez Thorvaldsen : le vieil homme était de votre côté, quelle que fût la situation.

Pam tournait comme un fauve en cage. Malone remarqua qu'elle avait perdu quelques kilos depuis leur dernière rencontre. Elle avait toujours été mince avec de longs cheveux auburn et les années n'avaient pas altéré la pâleur de son visage couvert de taches de rousseur. Ses vêtements étaient en aussi piteux état que son humeur même si, dans l'ensemble, elle était aussi belle que lorsqu'il l'avait épousée bien des années plus tôt, peu après avoir intégré le JAG. C'était ça le problème avec Pam : elle était géniale vue de l'extérieur, c'était l'intérieur qui clochait. Même en cet instant précis, ses yeux bleus, rougis par les larmes, parvenaient à communiquer une rage glaciale. C'était une femme intelligente et sophistiquée, mais en cet instant précis, elle était désorientée, hébétée, furieuse et terrifiée. Rien de bon, selon Malone.

« Qu'est-ce que tu attends ? » siffla-t-elle.

Malone jeta un coup d'œil à l'écran de l'ordinateur. Il attendait toujours l'autorisation d'accéder au serveur de l'unité Magellan. Mais comme il n'était plus en service, sa demande devait être envoyée directement à Stéphanie pour obtenir son approbation. Dès qu'elle verrait qui appelait, elle se connecterait immédiatement, il le savait.

« C'était ça, ton travail ? demanda Pam. Les gens qui essayaient de te brûler vif, les fusillades ? C'était ça, ta vie ? Tu as vu le résultat ? Regarde où ça nous a menés.

– Madame Malone, intervint Thorvaldsen.

– Ne m'appelez pas comme ça, le rabroua-t-elle. J'aurais dû changer de nom. Le bon sens me poussait à le faire au moment du divorce, mais non, je ne voulais pas que Gary et moi portions des noms différents. Interdit de faire la moindre critique sur son père. Pas un mot. Non, Cotton, tu es génial, un véritable dieu aux yeux de ce gosse. C'est la chose la plus incroyable que j'aie jamais vue. »

Elle cherchait la dispute et Malone aurait presque aimé avoir le temps de lui donner satisfaction.

L'ordinateur émit une brève sonnerie. La page d'accueil de l'unité Magellan apparut à l'écran.

Malone entra le mot de passe et quelques instants plus tard, la communication fut établie.

Les mots CHEVALIERS DU TEMPLE s'affichèrent. Le code de Stéphanie. Il entra ABBAYE DES FONTAINES, l'endroit où quelques mois plus tôt, Stéphanie et lui avaient découvert ce qu'il restait de cet ordre moyenâgeux.

« Qu'y a-t-il, Cotton ? » lut Malone sur l'écran quelques secondes plus tard.

Il écrivit un résumé des événements à l'intention de Stéphanie.

« Notre base de données a été violée, répondit-elle. Il y a deux mois. Quelqu'un a eu accès aux dossiers classés confidentiels.

— Ça vous dérangerait d'être un peu plus précise ?

— Pour l'instant, oui. Nous ne voulions pas que cela s'ébruite. J'ai besoin de vérifier certains détails. Patience, je vous recontacterai rapidement. Où êtes-vous ?

— Chez votre Danois préféré.

— Embrassez-le pour moi. »

Malone entendit Henrik ricaner ; il savait que, tels deux parents divorcés, Stéphanie et Henrik ne se toléraient que pour son bien.

« Nous allons nous contenter d'attendre, c'est ça ? » s'écria Pam.

Henrik et elle lisaient par-dessus l'épaule de Malone.

« C'est exactement ce que nous allons faire, en effet.

— Vas-y, toi, si ça te chante. Moi, je vais essayer de faire quelque chose, rétorqua Pam en se ruant vers la porte.

— C'est-à-dire ?

— Je vais voir la police. »

Elle ouvrit violemment la porte. Posté dans l'entrée, Jesper lui barrait le passage.

« Laissez-moi passer », ordonna Pam au majordome.

Jesper ne bougea pas d'un pouce.

« Dites à votre domestique que s'il ne se pousse pas de là, c'est moi qui me chargerai de le faire bouger, ordonna-t-elle à Henrik avec un regard mauvais.

— Ne vous gênez pas pour essayer », répondit Thorvaldsen.

Malone était ravi de constater que Henrik avait anticipé la sottise de son ex-femme.

« Pam, je suis tout aussi déchiré que toi par l'angoisse. Mais la police est impuissante. Nous avons affaire à un professionnel qui a au moins deux jours d'avance sur nous. Pour agir dans l'intérêt de Gary, j'ai besoin d'informations.

— Tu n'as pas versé la moindre larme. Pas manifesté la moindre surprise, pas la moindre émotion. Comme toujours. »

Il fut blessé par le reproche, d'autant qu'il lui était adressé par une femme qui, à peine deux mois plus tôt, lui avait calmement annoncé qu'il n'était pas le père de leur enfant. Cette révélation ne remettait nullement en question les sentiments que Malone éprouvait pour Gary qui était et resterait toujours son fils, mais ce mensonge changeait complètement le regard qu'il portait sur son ex-femme. Il sentit la moutarde lui monter au nez.

« Tu as déjà tout gâché, Pam. Tu aurais dû m'appeler à la seconde où l'enlèvement s'est produit. Puisque tu es si maligne, tu aurais dû trouver moyen d'entrer en contact avec moi ou avec Stéphanie. Elle vit à Atlanta. Au lieu de ça, tu as donné deux jours d'avance à ces types. Je n'ai ni le temps ni l'énergie de lutter à la fois contre toi et contre eux. Pose tes fesses quelque part et ferme-la. »

Elle resta figée à ruminer ses paroles avant de capituler et de s'affaler dans un canapé en cuir.

Jesper referma doucement la porte et resta dehors.

« Je veux simplement savoir, lança Pam, le regard fixé par terre, le visage de marbre.

— Pourquoi je ne peux pas lui donner ce qu'il demande, c'est ça ? l'interrompit Malone qui savait ce qu'elle voulait. Ce n'est pas si simple.

— La vie d'un enfant est en jeu.

— Et pas n'importe lequel, Pam, notre fils. »

Elle ne répondit pas. Peut-être venait-elle de comprendre qu'il avait raison. Avant d'agir, ils avaient besoin de renseignements. Malone était au point mort. Comme le lendemain des examens de droit, ou lorsqu'il avait demandé sa mutation de la Marine vers l'unité Magellan, ou lorsqu'il était entré dans le bureau de Stéphanie pour lui remettre sa démission.

Attente, espoir, souhaits le disputaient chez lui à l'incertitude.

C'est pourquoi lui aussi se demandait ce que Stéphanie pouvait bien fabriquer.

6

Washington, DC
Lundi 3 octobre,
22 h 30

Stéphanie Nelle était ravie d'être seule. Elle avait le visage inquiet et n'aimait pas que quelqu'un, et encore moins ses supérieurs, la voient préoccupée. Elle se laissait rarement affecter par les événements qui se produisaient sur le terrain, mais l'enlèvement de Gary Malone lui avait fichu un coup. Elle s'était rendue dans la capitale pour affaires et venait de souper avec le conseiller chargé de la Sécurité nationale. Le Congrès, de plus en plus modéré, proposait des changements concernant un certain nombre de lois passées après le 11 septembre. De plus en plus de sénateurs ne souhaitaient pas qu'elles soient reconduites et le gouvernement se préparait à en découdre. La veille, plusieurs hauts responsables avaient fait le tour des émissions politiques pour dénoncer les critiques, et les journaux du matin avaient eux aussi publié plusieurs articles fournis par la machine publicitaire gouvernementale. On l'avait convoquée pour faire pression dès le lendemain sur certains sénateurs clés. La réunion de ce soir visait à préparer la suite, ce serait l'occasion d'annoncer à tout le monde ce qu'elle avait l'intention de dire, elle en avait bien conscience.

Elle détestait la politique.

Au cours de sa carrière au ministère de la Justice, elle

avait travaillé auprès de trois présidents. Pourtant l'actuel gouvernement était sans aucun doute le plus difficile à satisfaire. Résolument à droite du centre de l'échiquier politique et dérivant vers l'extrême un peu plus chaque jour, le président s'était vu confier un second mandat ; il lui restait trois ans à la tête de l'État et il songeait déjà à son bilan. *L'homme qui a vaincu le terrorisme.* Y avait-il plus belle épitaphe ?

Elle se fichait pas mal de tout ça.

Les présidents allaient et venaient.

Et comme les lois antiterroristes qui faisaient débat s'étaient avérées efficaces, elle avait assuré au conseiller pour la Sécurité nationale qu'elle se montrerait obéissante et dirait tout ce qu'il fallait devant le Congrès.

Mais tout ça, c'était avant que le fils de Cotton Malone ait été enlevé.

La sonnerie stridente du téléphone retentit dans le bureau de Thorvaldsen et mit à rude épreuve les nerfs de Malone.

« Ravi de vous entendre, Stéphanie, déclara Henrik en décrochant. Je vous embrasse, moi aussi. »

Le vieil homme sourit de sa facétie.

« Oui, Cotton est là.

– J'écoute, lança Malone en s'emparant du combiné.

– Aux alentours de la Fête du travail, nous avons remarqué que notre système avait été violé plusieurs semaines auparavant. Quelqu'un avait réussi à consulter certains dossiers sécurisés – et un en particulier. »

Malone savait de quel dossier elle parlait.

« Stéphanie, vous vous rendez compte qu'en ne révélant pas cette information vous avez mis la vie de mon fils en danger ? »

Silence à l'autre bout du fil.

« Répondez, bon sang.

– Je ne peux pas, Cotton. Et vous savez pourquoi. Dites-moi simplement ce que vous comptez faire. »

Il comprenait le véritable sens de sa question. Allait-il livrer à l'homme qui l'avait contacté au téléphone le lien d'Alexandrie ?

« Pourquoi pas ?

– Vous êtes le seul à pouvoir répondre à cette question.

– Rien ne justifie que je mette la vie de mon fils en danger. J'ai besoin d'y voir clair dans toute cette histoire, de savoir tout ce que l'on ne m'a pas dit il y a cinq ans.

– Et moi donc. On ne m'a pas mise au courant moi non plus. »

On ne la lui faisait pas.

« N'essayez pas de me rouler. Je ne suis pas d'humeur.

– Je joue franc-jeu cette fois. On ne m'a rien révélé. Il y a cinq ans, vous avez demandé à y aller et on m'a donné le feu vert. J'ai contacté le ministre de la Justice, je compte obtenir des réponses.

– Comment est-il possible que l'on ait même entendu parler du lien ? L'accès au dossier était limité à des personnes bien plus haut placées que vous. Ça faisait partie du marché.

– Excellente question.

– Et vous ne m'avez toujours pas dit pourquoi vous ne m'aviez pas mis au courant de cette affaire.

– Non, Cotton, en effet.

– Le fait que je sois la seule personne au monde qui

sache tout sur ce lien ne vous a pas effleurée ? Vous n'avez pas pu faire le rapprochement ?

— Comment aurais-je pu anticiper tout ceci ?

— Parce que vous avez vingt ans d'expérience. Parce que vous n'êtes pas une idiote. Parce que nous sommes amis. Parce que... explosa Malone, déversant son angoisse. Votre stupidité pourrait coûter la vie à mon fils », conclut-il.

Il vit que sa sortie avait secoué Pam et espérait qu'elle n'allait pas exploser elle aussi.

« J'en suis consciente, Cotton.

— Merci, je vais beaucoup mieux, ironisa-t-il, pas vraiment prêt à faciliter les choses à son ancienne patronne.

— Je vais gérer le problème de mon côté. Mais j'ai une offre à vous faire. Un de mes agents basé en Suède pourra être au Danemark en milieu de matinée. Il vous dira tout.

— Dites-moi où et quand.

— Il a suggéré le château de Kronborg à onze heures. »

Malone connaissait l'endroit. Pas très loin de chez Thorvaldsen, perché sur une langue de terre aride surplombant le Sund. Shakespeare avait immortalisé la monumentale forteresse en y situant l'action d'*Hamlet.* Kronborg Slot était aujourd'hui l'attraction touristique la plus visitée de Scandinavie.

« Il a suggéré la salle des Chevaliers. Je suppose que vous savez où aller ?

— J'y serai.

— Cotton, je vais faire mon possible pour vous aider.

— Cela me semble la moindre des choses, étant donné les circonstances », conclut-il avant de raccrocher.

7

Washington, DC
Mardi 4 octobre,
4 h 00

Stéphanie entra chez O. Brent Green, le ministre de la Justice des États-Unis. Un chauffeur venait juste de la déposer à Georgetown. Avant minuit, elle avait appelé Green pour solliciter un tête-à-tête en lui faisant un résumé succinct des événements. Il lui avait demandé un peu de temps pour faire quelques recherches, ce qu'elle n'avait pas pu lui refuser.

Green l'attendait dans son bureau. Collaborateur du président pendant toute la durée de son premier mandat, il faisait partie de la poignée de ministres qui avaient accepté de participer au second. C'était un défenseur connu des causes chrétiennes et conservatrices, un célibataire endurci natif de Nouvelle-Angleterre dont aucun soupçon de scandale ne venait entacher le nom et qui, même à cette heure tardive, dégageait une impression de sérieux et de force. Sa chevelure et sa barbiche étaient soigneusement entretenues et impeccablement peignées, sa silhouette sèche revêtue d'un costume à fines rayures, l'uniforme qu'il ne quittait jamais. Il avait obtenu six mandats au Congrès et occupait la fonction de gouverneur du Vermont quand le président lui avait proposé le ministère de la Justice. Sa franchise et sa simplicité le rendaient populaire des deux côtés de l'échiquier politique, mais son caractère distant semblait le cantonner à ce rôle subalterne.

Stéphanie n'était jamais venue chez Green et imaginait un décor tristounet et sans imagination, à l'instar de l'homme lui-même. Contrairement à son attente, les pièces étaient chaleureuses et accueillantes, dans une palette de couleurs mêlant terre de sienne, taupe, verts pâles et plusieurs tons de bordeaux et d'orange – l'effet Hemingway, comme l'appelaient certains magasins d'ameublement d'Atlanta dans leur campagne publicitaire.

« C'est une affaire qui sort de l'ordinaire, même pour vous Stéphanie, déclara Green en la saluant. Malone vous en a-t-il appris davantage ?

— Il se reposait avant de se rendre au château de Kronborg. Avec le décalage horaire, il doit être en route à l'heure qu'il est.

— Le problème semble prendre de l'ampleur, indiqua Green après lui avoir offert un siège.

— Brent, nous avons déjà eu cette conversation. Une personne haut placée a eu accès à la base de données sécurisée. Nous savons que les dossiers concernant le lien d'Alexandrie ont été copiés.

— Le FBI mène l'enquête.

— Quelle blague ! Le directeur de l'agence et le président sont comme cul et chemise. Pas le moindre danger que quiconque à la Maison-Blanche soit impliqué.

— Vos propos sont toujours aussi fleuris, mais fidèles à la réalité. Malheureusement, c'est la seule procédure que nous puissions mettre en œuvre.

— Nous pourrions enquêter nous-mêmes.

— Ce qui ne nous attirerait que des ennuis.

— J'y suis habituée.

— En effet, répondit Green avec un sourire. Je me demandais ce que vous saviez sur le lien, au juste, ajouta-t-il après une pause.

— Quand j'ai envoyé Cotton dans l'arène il y a cinq ans, c'était en sachant que je n'avais pas besoin d'être au courant. Ce qui n'a rien d'inhabituel. Je gère pas mal d'affaires similaires et je ne me suis pas inquiétée. Mais aujourd'hui, j'ai besoin de savoir.

— Je m'apprête sans doute à violer une myriade de lois fédérales, annonça Green, visiblement soucieux, mais j'estime moi aussi qu'il est temps de vous mettre au courant. »

Malone contemplait le promontoire sur lequel se dressait le château de Kronborg. Jadis, ses canons étaient pointés sur les bateaux étrangers qui traversaient le détroit en direction ou en provenance de la Baltique, une taxe venant grossir le Trésor danois. Désormais, les murs beiges se détachaient, lugubres, sur l'étendue azur du ciel. Il n'avait plus rien d'une forteresse aujourd'hui : c'était un simple château de la Renaissance scandinave grouillant de tourelles octogonales, de flèches effilées et de toits vert-de-gris plus évocateurs de la Hollande que du Danemark. C'était compréhensible d'ailleurs, songeait Malone, puisqu'un Hollandais avait participé à la conception du château au XVIe siècle. L'endroit plaisait à Malone. C'était parfois dans les lieux publics qu'il était le plus facile de passer inaperçu. Il s'était souvent réfugié dans ce genre d'endroits au cours de ses missions pour l'unité Magellan.

Il ne leur avait fallu qu'un quart d'heure pour faire le trajet depuis Christiangade. La propriété de Thorvaldsen était située à mi-chemin entre Copenhague et Elseneur, ville portuaire très vivante qui jouxtait le château. Malone y était déjà venu, avait erré sur les plages voisines en quête d'ambre, un bon moyen de se détendre le dimanche après-midi. La visite d'aujourd'hui était différente. Prêt à en découdre, il avait les nerfs à vif.

« Qu'est-ce qu'on attend ? » voulut savoir Pam, le visage toujours de marbre.

Il avait été obligé de l'emmener. Elle tenait absolument à l'accompagner, l'avait menacé de causer davantage d'ennuis s'il la laissait chez Henrik. Il pouvait comprendre sa réticence à se contenter d'attendre en compagnie de son vieil ami. Tension et ennui faisaient un mélange explosif.

« Notre agent a dit onze heures, remarqua Malone.

— Nous avons perdu assez de temps.

— Rien de ce que nous avons fait n'a été une perte de temps. »

Après sa conversation avec Stéphanie, il avait réussi à dormir quelques heures. Un père à moitié endormi n'aurait été d'aucune utilité à Gary. Il avait également passé les vêtements de rechange que contenait son sac à dos, tandis que Jesper nettoyait ceux de Pam. Ils avaient pris un petit déjeuner léger.

Il était prêt.

Il consulta sa montre : dix heures vingt.

Le parking commençait à se remplir. Les cars de tourisme ne tarderaient pas à arriver. Tout le monde avait envie de voir le château d'Hamlet.

Malone, quant à lui, s'en fichait éperdument.

« Allons-y », ordonna-t-il.

« Ce que l'on appelle le lien d'Alexandrie est une personne, annonça Green. Un dénommé George Haddad. Un Palestinien, spécialiste des questions bibliques. »

Stéphanie avait déjà entendu ce nom. Haddad était une connaissance de Malone qui, cinq ans plus tôt, avait souhaité que son agent lui vienne personnellement en aide.

« Qu'est-ce qui vaut de mettre la vie de Gary Malone en danger ?

— La bibliothèque d'Alexandrie.

— Vous voulez rire ?

— Haddad pensait l'avoir localisée.

— En quoi cela peut-il être pertinent aujourd'hui ?

— À vrai dire, cela pourrait s'avérer on ne peut plus pertinent. Pendant six siècles, cette Bibliothèque a représenté la plus grande concentration de savoir au monde. Jusqu'au VIIe siècle, quand les musulmans ont pris le contrôle d'Alexandrie et purgé tout ce qui, dans cette Bibliothèque, était contraire à l'islam. Un demi-million de rouleaux, de codex, de cartes : la Bibliothèque abritait un exemplaire de tous les documents possibles et imaginables. Et à ce jour, personne n'en a trouvé la moindre trace.

— Sauf Haddad ?

— C'est ce qu'il a laissé entendre. Il travaillait sur une théorie biblique. De quelle nature, ça, je l'ignore, mais la bibliothèque d'Alexandrie était censée renfermer la preuve de sa théorie.

— Comment peut-il en être certain ?

— Encore une fois, Stéphanie, je l'ignore. Cependant, il

y a cinq ans, lorsque nos agents en Cisjordanie, dans le Sinaï et à Jérusalem ont, en toute innocence, fait une demande de visa, d'accès aux archives et d'autorisation de fouilles archéologiques, les Israéliens ont perdu les pédales. C'est à ce moment-là que Haddad a demandé l'aide de Malone.

— C'était une mission *aveugle,* ce qui ne me plaisait pas. »

Le terme *aveugle* signifiait que Malone avait l'ordre de protéger Haddad sans poser aucune question. Si Stéphanie ne se méprenait pas, Malone n'avait guère apprécié ces conditions lui non plus.

« Haddad ne faisait confiance qu'à Malone, reprit Green. Ce qui explique le fait que Cotton l'ait caché et soit le seul aujourd'hui à savoir où il se trouve. Cacher Haddad n'avait pas l'air de déranger le gouvernement, à condition de contrôler le chemin menant jusqu'à lui.

— Dans quel but ?

— Ce n'est pas très logique, répondit Green, perplexe. Nous disposons d'un indice, cependant, quant aux enjeux possibles. »

Stéphanie était tout ouïe.

« En marge de l'un des rapports auquel j'ai eu accès apparaît la référence Genèse XIII, 14-17. Vous connaissez cette citation ?

— Je n'ai pas une connaissance si intime de la Bible.

— *Yahvé dit à Abram, après que Lot se fut séparé de lui : Lève les yeux et regarde, de l'endroit où tu es, vers le nord et le midi, vers l'orient et l'occident. Tout le pays que tu vois, je le donnerai à toi et à ta postérité pour toujours.* »

Ça, elle le savait. Une alliance qui, depuis une éternité, donnait une justification biblique aux revendications des juifs sur la Terre sainte.

« Abram plia sa tente et alla s'installer dans la plaine de Mambré où il éleva un autel pour le Seigneur, expliqua Green. Mambré, baptisée Hébron aujourd'hui, est située en Cisjordanie, terre que Dieu a donnée aux juifs. Abram est devenu Abraham. Ce passage de la Bible en lui seul est au cœur de toutes les dissensions concernant le Moyen-Orient. »

Ça aussi, elle le savait. Le conflit du Moyen-Orient entre juifs et Arabes n'avait rien d'une bataille politique contrairement à ce que beaucoup imaginaient ; il tourne exclusivement autour de la parole divine.

« Il y a un autre détail intéressant, reprit Green. Peu après que Malone a caché Haddad, les Saoudiens ont envoyé des bulldozers dans l'est de l'Arabie raser des villes entières. La destruction s'est déroulée sur trois semaines. Les habitants ont été déplacés, les bâtiments rasés. Il ne restait rien. Bien évidemment, ce coin du pays étant inaccessible, la presse n'en a pas fait état, personne n'en a parlé.

– Pourquoi ont-ils fait ça ? Ça semble excessif, même pour des Saoudiens.

– Personne n'a jamais fourni d'explication satisfaisante. C'était un acte tout à fait délibéré cependant.

– Nous avons besoin d'en savoir plus, Brent. Cotton a besoin de savoir. Il doit prendre une décision.

– J'ai vérifié auprès du conseiller chargé de la Sécurité nationale il y a une heure. Ça paraît incroyable, mais il en sait encore moins que moi. Il a entendu parler du lien mais m'a conseillé de m'adresser à quelqu'un d'autre. »

Stéphanie se doutait de qui il voulait parler.

« Larry Daley », dit-elle.

Lawrence Daley, qui occupait la fonction de conseiller adjoint chargé de la Sécurité nationale, était un proche du président et du vice-président. Daley n'intervenait jamais dans les émissions politiques du dimanche matin. On ne le voyait jamais ni sur CNN ni sur Fox News. C'était une éminence grise, un intermédiaire entre ceux qui occupaient les échelons supérieurs à la Maison-Blanche et le reste du monde politique.

Mais il y avait un problème.

« Je n'ai aucune confiance en ce type », s'écria Stéphanie.

Green sembla deviner ce que son ton suggérait d'autre mais ne releva pas, se contentant de la dévisager de son regard gris perçant.

« Nous n'avons aucun contrôle sur Malone, précisa Stéphanie. Il va faire ce qu'il a à faire. Et en ce moment, il marche à la colère.

– Cotton est un pro.

– C'est différent quand la vie de l'un des vôtres est en jeu », remarqua Stéphanie.

Elle parlait d'expérience, ayant récemment lutté avec les fantômes de son passé.

« Il est le seul à savoir où George Haddad se trouve, répéta Green. Il a toutes les cartes en main.

– C'est précisément la raison qui les pousse à le faire chanter. »

Green la dévisageait.

Elle savait que la suspicion qu'elle ne parvenait pas à faire disparaître de son regard trahissait son dilemme.

« Dites-moi Stéphanie, pourquoi ne me faites-vous pas confiance ? »

8

Oxfordshire, Angleterre
9 h 00

Parmi la foule, George Haddad écoutait les experts tout en sachant qu'ils se trompaient. Pour le musée Thomas Bainbridge et les cryptanalystes de Bletchley Park dont les travaux avaient peu de retentissement, cet événement constituait une occasion unique d'attirer l'attention des médias. Certes, pendant la Seconde Guerre mondiale, ces anonymes avaient travaillé dans le plus grand secret pour venir à bout du code Enigma allemand, précipitant ainsi la fin de la guerre. Mais malheureusement, leur histoire avait été tenue secrète jusqu'à ce que la plupart d'entre eux aient disparu ou aient été trop vieux pour y accorder la moindre importance. Haddad comprenait très bien leur frustration. Lui aussi était âgé – il approchait des quatre-vingts ans – et occupait des fonctions académiques. Lui aussi avait jadis oeuvré dans le plus grand secret.

Lui aussi avait découvert une information capitale.

Il ne se faisait même plus appeler George Haddad. À vrai dire, il avait utilisé bien trop de noms d'emprunt pour tous se les rappeler. Il se terrait depuis cinq ans et n'avait eu aucune nouvelle de personne. D'un certain point de vue, c'était bien. D'un autre, ce silence le rendait fou. Grâce à Dieu, une seule personne savait qu'il était en vie et il lui faisait tacitement confiance.

En fait, sans cette personne, il serait mort.

S'aventurer dehors aujourd'hui était risqué. Mais il avait envie d'entendre ce que ces soi-disant experts avaient à dire. Il avait lu le programme dans *The Times* et devait admettre qu'il admirait les Britanniques. Ils avaient le chic pour organiser des manifestations publiques qu'ils savaient mettre en scène avec une efficacité toute hollywoodienne. Il y avait pléthore de visages souriants, de costumes, d'appareils photo et de caméras. Aussi mit-il un point d'honneur à ne se trouver devant aucun objectif. C'était chose aisée car la foule n'avait d'yeux que pour le monument.

Il y en avait huit du même type dispersés dans les jardins de la propriété, tous érigés en 1784 par Thomas Bainbridge, encore comte à l'époque. Haddad connaissait bien l'histoire de la dynastie Bainbridge. Elle avait fait l'acquisition de la propriété, nichée dans un vallon du comté d'Oxfordshire en 1624 où elle avait érigé un monumental manoir jacobéen, au beau milieu de ses deux cent quarante hectares. Les descendants avaient réussi à en conserver le titre de propriété jusqu'en 1848 quand la Couronne britannique se l'était approprié après l'avoir saisi ; la reine Victoria en avait fait un musée, ouvrant ainsi la demeure et les jardins au public. Depuis, les visiteurs venaient y admirer les meubles d'époque et se faire une idée de ce que signifiait mener une vie luxueuse il y a plusieurs siècles. La bibliothèque spécialisée dans le mobilier du XVIIIe siècle était considérée comme l'une des plus complètes du monde. Mais depuis quelques années, les visiteurs se déplaçaient surtout pour admirer le monument ; car une énigme entourait

Bainbridge Hall, et les touristes du XXIe siècle étaient friands de mystères.

George Haddad admirait le petit édifice de marbre blanc.

À son sommet, on pouvait voir *Les Bergers d'Arcadie II,* une œuvre sans grand intérêt, peinte par Nicolas Poussin en 1640, image miroir de son précédent tableau *Les Bergers d'Arcadie.* La scène pastorale montrait une femme en train de regarder trois bergers réunis autour d'une tombe ; ces derniers désignaient les lettres *Et in Arcadia ego* gravées dans la pierre. « Et moi en Arcadie », traduisit Haddad. Inscription énigmatique sans aucun sens évident. Au-dessous de cette image, on distinguait un autre rébus : une série de lettres accolées de manière aléatoire qui dessinaient un motif dans la pierre.

D O.V.S.V.A.V.V. M

Haddad n'ignorait pas que les hippies et les amateurs de conspirations internationales s'échinaient depuis des années à percer le secret de cette combinaison de lettres, depuis qu'un journaliste du *Guardian* l'avait redécouverte à l'occasion d'une visite au musée, dix ans plus tôt.

« Au nom de l'équipe de Bainbridge Hall, permettez-moi de vous souhaiter à tous la bienvenue, déclara un homme grand et corpulent au micro. Nous nous apprêtons peut-être à découvrir le sens du message que Thomas Bainbridge nous a laissé par le biais de ce monument il y a plus de deux siècles. »

Haddad reconnut le conservateur du musée flanqué d'un homme et d'une femme, tous deux âgés. Il avait vu leur photo dans le *Sunday Times.* Deux anciens cryptanalystes de Bletchley Park, chargés d'examiner les différentes possibilités et de déchiffrer le code que le monument était censé renfermer. Car tout le monde s'accordait à dire que tel était le cas.

De quoi d'autre aurait-il donc pu s'agir ?

Le conservateur expliquait qu'un appel avait été lancé au public pour tenter d'élucider le mystère du monument et que cent trente solutions avaient été rassemblées émanant de cryptographes, théologiens, linguistes et historiens.

« Certaines étaient pour le moins bizarres, expliqua le conservateur, et liées aux extraterrestres, au Graal et à Nostradamus. Bien évidemment, ces solutions en question n'étaient étayées par aucune preuve et elles ont rapidement été éliminées. Quelques participants pensaient que les lettres formaient une anagramme, mais les mots ainsi composés ne voulaient pas dire grand-chose. »

Ce que Haddad comprenait tout à fait.

« L'une des solutions les plus prometteuses émanait d'un ancien militaire américain spécialisé dans le décryptage de codes secrets. Il a créé quatre-vingt-deux grilles de décryptage dont il a fini par extraire les lettres SEJ. Inversées, elles donnent JES. En allant plus loin dans ses analyses, il a fait apparaître les termes *Jésus H défie.* Nos consultants de Bletchley Park ont estimé que c'était un message niant la nature divine du Christ. C'est une solution tirée par les cheveux, c'est le moins que l'on puisse dire, mais qui n'en reste pas moins fascinante. »

Une telle absurdité fit sourire Haddad. Thomas Bainbridge était un homme très pieux. Il n'aurait jamais renié le Christ.

La dame âgée qui se tenait au côté du conservateur s'avança sur le podium. Elle avait les cheveux gris et portait un tailleur bleu pastel.

« Ce monument constituait une excellente opportunité pour nous, expliqua-t-elle d'une voix mélodieuse. Lorsque mes collaborateurs et moi travaillions à Bletchley Park, nous avons été mis à rude épreuve par les codes allemands. Ils étaient compliqués. Pourtant, si le cerveau humain est capable de concevoir un code, il est également capable de le décrypter. Le choix des lettres que nous voyons ici est plus complexe, personnel, ce qui rend leur interprétation difficile. Ceux d'entre nous à qui a été confiée la tâche d'examiner les cent trente solutions à cette énigme n'avons pu arriver à un consensus satisfaisant. Comme le public, nous avions des avis partagés. Mais une des propositions paraissait sensée. »

Elle se tourna pour désigner le monument.

« Je pense qu'il s'agit d'un message d'amour. »

Elle observa une pause pour donner du poids à ses paroles.

« OUOSVAVV sont les initiales des mots *Optimae Uxoris Optimae Sororis Viduus Amantissimus Vovit Virtutibus.* Ce qui signifie en gros "un veuf fidèle dévoué à la meilleure des femmes et la meilleure des sœurs". La traduction n'est pas parfaite. *Sororis* en latin classique peut signifier "compagnes" aussi bien que "sœurs". Et *vir,* mari, serait plus adapté que *viduus,* veuf. Mais le sens est clair. »

L'un des journalistes présents interrogea la dame sur le sens du D et du M qui encadraient la série de huit lettres principales.

« C'est assez simple, répondit-elle. *Dis manibus.* Une inscription romaine signifiant "Ave aux dieux du monde souterrain", assez proche de notre expression "ci-gît". On trouve ces lettres sur la plupart des tombes romaines. »

Elle avait l'air assez satisfaite d'elle-même. Haddad avait envie de poser quelques questions pertinentes qui la feraient redescendre sur terre, mais il resta muet. Il se contenta de regarder les deux vétérans de Bletchley Park se faire photographier devant le monument avec l'une des machines Enigma allemandes, empruntées au musée pour l'occasion. S'ensuivirent pléthore de sourires, de questions et de commentaires élogieux.

Thomas Bainbridge était réellement un homme brillant. Malheureusement, il n'avait jamais été capable de transmettre efficacement ses réflexions, et son génie avait végété avant de disparaître sans jamais être reconnu de personne. Aux yeux d'un esprit du XVIIIe, c'était un fanatique. Mais pour Haddad, c'était un prophète. Bainbridge avait bien découvert quelque chose. Et l'étrange monument qui s'élevait devant lui, l'un des huit qui parsemaient le jardin, sur lequel était gravée l'image miroir d'un obscur tableau et une étrange série de dix lettres, avait été érigé pour une bonne raison.

Une raison que Haddad connaissait.

Il ne s'agissait ni d'un mot d'amour ni d'un code ni d'un quelconque message.

C'était quelque chose de tout à fait différent.

Il s'agissait d'une carte.

9

Château de Kronborg
10 h 20

Malone versa les soixante couronnes que coûtaient les deux billets d'entrée au château. Pam et lui suivirent un groupe de touristes qui sortait de l'un des trois cars à peine arrivés sur les lieux.

Ils furent accueillis à l'intérieur du monument par une exposition de clichés pris à l'occasion des innombrables représentations théâtrales d'*Hamlet*. Quelle ironie de venir ici en ces circonstances. *Hamlet* relate l'histoire d'un fils qui venge son père tandis que Malone, lui, défendait son fils. Son cœur se serra en pensant à Gary. Il n'avait jamais voulu mettre sa vie en danger, et pendant ses douze années de service dans l'unité Magellan, il avait toujours veillé à séparer sa vie professionnelle de sa vie privée. Aujourd'hui, pourtant, un an après qu'il eut volontairement renoncé à son poste, son fils était retenu prisonnier.

« C'était donc ça ton quotidien ? demanda Pam.

— En partie.

— Comment as-tu pu vivre comme ça ? Je suis toute retournée. Je suis encore secouée après l'attaque de la nuit dernière.

— On s'habitue. »

Il était sincère, même s'il s'était depuis longtemps lassé

des mensonges, des demi-vérités, des invraisemblances et des traîtres.

« Tu avais besoin de ces poussées d'adrénaline, c'est ça ? »

Il avait le corps engourdi par la fatigue et n'était pas d'humeur à supporter la dispute habituelle.

« Non, Pam, je n'en avais pas besoin. C'était mon travail.

– Un égoïste, voilà ce que tu étais. Tu l'as toujours été.

– Et toi, tu étais un véritable rayon de soleil. L'épouse idéale qui soutient son mari. À tel point que tu es tombée enceinte d'un autre homme, et que tu as eu un fils en me laissant croire que j'étais son père pendant quinze ans.

– Je ne suis pas fière de ce que j'ai fait. Mais on ignore combien de tes conquêtes sont tombées enceintes, pas vrai ? »

Il s'arrêta. Il fallait en finir.

« Si tu ne la fermes pas, tu vas faire tuer Gary. Je suis son seul espoir et tu ne m'aides pas en me harcelant sans cesse. »

Cette vérité fit passer un bref éclair de compréhension dans son regard amer et, à cet instant, la Pam Malone qu'il avait jadis connue et aimée réapparut. Il aurait aimé que cette femme puisse s'attarder un peu plus longtemps mais, comme toujours, elle se reprit et lui adressa un regard éteint.

« Je te suis », lança-t-elle.

Ils entrèrent dans la salle des Chevaliers.

Le hall rectangulaire mesurait soixante mètres de long. Les fenêtres s'alignaient de part et d'autre de la pièce, renfoncées dans des alcôves percées dans le mur épais, les rayons de soleil obliques jetant une lueur irréelle et délicate sur le dallage en damier. Une dizaine de visiteurs allaient et venaient, admirant les monumentales toiles représentant pour la plupart des scènes de bataille qui parsemaient les murs jaune pâle.

Tout au fond de la pièce, devant une cheminée, Malone remarqua un homme petit et mince à la chevelure auburn. Il l'avait déjà croisé du temps où il faisait partie de l'unité Magellan. Lee Durant. Il lui avait parlé plusieurs fois à Atlanta. L'agent le repéra et disparut dans une pièce voisine.

Malone le suivit.

Pam et lui traversèrent une série de pièces sobrement décorées de meubles Renaissance et de tapisseries murales. Durant avait une quinzaine de mètres d'avance.

Malone le vit s'arrêter.

Pam et Malone pénétrèrent dans la salle d'angle. Les murs blancs étaient tendus de tapisseries représentant des scènes de chasse. De rares meubles parsemaient le dallage en damier tristounet.

Malone et Durant échangèrent une poignée de main et Malone lui présenta Pam.

« Dites-moi ce qui se passe.

— Stéphanie m'a demandé de vous mettre au courant, mais n'a pas parlé d'elle.

— Même si je préférerais que ce ne soit pas le cas, elle est là, alors détendez-vous. »

Durant sembla peser le pour et le contre.

« On m'a également ordonné de faire tout ce que vous demanderiez, expliqua-t-il enfin.

— Ravi d'apprendre que Stéphanie se montre aussi accommodante.

— Venez-en au fait, intervint Pam. Le temps nous est compté.

— Ne vous occupez pas d'elle, lança Malone. Dites-moi ce qui se passe.

— Quelqu'un a eu accès à nos dossiers sécurisés. Aucune preuve de piratage informatique ni de passage en force à travers les pare-feu, alors le coupable a dû se servir du mot de passe. On le change à intervalles réguliers, mais plusieurs centaines de personnes en disposent.

— Rien ne mène à un ordinateur précis ?

— Zéro. Aucune empreinte digitale dans les données. Ce qui indique que la personne en question savait ce qu'elle faisait.

— Je suppose que quelqu'un mène l'enquête ?

— Le FBI, acquiesça Durant, mais ils n'ont rien pour l'instant. Une dizaine de dossiers ont été consultés, dont celui concernant le lien d'Alexandrie. »

Ce qui pouvait expliquer pourquoi Stéphanie ne l'avait pas immédiatement averti. Il y avait d'autres possibilités.

« Voilà où cela devient intéressant. Les Israéliens sont dans tous leurs états en ce moment, surtout depuis vingt-quatre heures. Nos sources nous ont indiqué que leurs agents palestiniens en Cisjordanie ont appris certaines informations hier.

— Quel est le rapport avec notre affaire ?

— Les termes *lien d'Alexandrie* ont été mentionnés.

— Qu'est-ce que vous savez exactement ?

— Un de mes contacts vient de me communiquer ce détail il y a une heure à peine. Je n'ai même pas encore fait de rapport complet à Stéphanie.

— En quoi tout ça peut-il nous être utile ? intervint Pam.

– J'ai besoin d'en savoir davantage, Durant, fit Malone.

– Je vous ai posé une question, s'emporta Pam.

– Je t'ai dit de ne pas t'en mêler, répondit Malone sans ménagement.

– Tu n'as aucune intention de leur donner quoi que ce soit, n'est-ce pas ? s'écria Pam, le regard furibond, prête à lui sauter à la gorge.

– Mon but c'est de récupérer Gary.

– Tu es prêt à risquer sa vie ? Tout ça pour protéger un dossier débile ? »

Un groupe de touristes armés d'appareils photos fit irruption dans la salle. Pam eut la sagesse de se taire et Malone fut soulagé de voir leur conversation interrompue. Décidément, quelle erreur de l'avoir emmenée ! Il devrait s'en débarrasser dès qu'ils quitteraient le château de Kronborg, même s'il fallait pour cela l'enfermer dans une pièce du manoir de Thorvaldsen.

Les touristes s'éloignèrent.

« Dites-m'en davantage sur... » commença Malone en se tournant vers Durant.

Une détonation le fit sursauter, et la camera fixée au plafond explosa dans une gerbe d'étincelles. Deux détonations retentirent. Durant recula en titubant alors que des roses rouge sang s'épanouissaient sur sa chemise vert olive.

À la troisième détonation, Durant s'effondra à terre.

Malone fit volte-face.

À environ cinq mètres de là se tenait un homme armé d'un Glock. Malone fourra la main sous sa veste pour s'emparer de son arme.

« Pas la peine », annonça l'homme calmement en lui lançant le pistolet.

Malone l'attrapa au vol, serra la crosse dans sa main, doigt sur la gâchette, visa et fit feu.

Pour tout effet, il n'y eut qu'un clic.

Il appuya de nouveau sur la détente.

L'arme restait muette.

« Vous ne pensiez pas sérieusement que j'allais vous donner une arme chargée ? » ironisa l'homme avant de s'enfuir.

10

Washington, DC
4 h 40

Stéphanie réfléchit à la question de son patron et décida de jouer franc-jeu avec lui.

« Tous les membres de ce gouvernement veulent ma peau. Je ne comprends pas pourquoi je suis encore en place. Alors, ces temps-ci, je ne fais confiance à personne. »

Sa méfiance laissa Green perplexe.

« Le pirate informatique qui a eu accès à ces dossiers disposait du mot de passe, ajouta Stéphanie. Il en a consulté une dizaine, certes, mais nous savons tous les deux ce qui l'intéressait. Nous ne sommes pas nombreux à être au courant de l'affaire du lien d'Alexandrie. Je ne suis même pas au courant des détails, juste que nous nous sommes donné beaucoup de mal pour protéger quelque chose d'apparemment insignifiant. Il y a beaucoup de questions sans réponses. Voyons, Brent. Nous ne sommes pas exactement copains comme cochons, pourquoi devrais-je vous faire confiance aujourd'hui ?

— Soyons clairs, déclara Green. Je ne suis pas votre ennemi. Si tel était le cas, cette conversation n'aurait pas lieu.

— Un certain nombre de mes amis dans la partie m'ont dit la même chose à de multiples reprises sans en penser un mot.

— Les traîtres sont comme ça.

— Ne croyez-vous pas que nous devrions mettre d'autres personnes au courant ? demanda-t-elle, ayant décidé de le tester encore un peu.

— Le FBI l'est déjà.

— Brent, nous travaillons à l'aveuglette. Nous avons besoin d'en savoir autant que George Haddad.

— Alors il est temps de contacter Larry Daley à la Maison-Blanche. Tous les chemins mènent directement à lui. Autant aller à la source. »

Stéphanie acquiesça.

Green décrocha son téléphone.

Malone entendit le meurtrier de Lee Durant hurler qu'un homme armé venait de tirer sur quelqu'un.

Et il tenait toujours le Glock.

« Il est mort ? » murmura Pam.

Quelle question stupide ! Mais rester là l'arme à la main l'était encore plus.

« Allez, viens.

— On ne peut pas le laisser là !

— Il est mort. »

La panique envahit le regard de Pam. Malone se souvint de sa réaction la première fois qu'il avait vu quelqu'un mourir et décida de se montrer indulgent.

«Tu n'aurais pas dû assister à ça. Mais il faut y aller. »

Le claquement de pas précipités sur le dallage leur fit tendre l'oreille. Les agents de sécurité sans doute, se dit Malone. Il entraîna Pam à l'autre bout de la chambre d'angle.

Ils s'enfuirent en traversant une succession de pièces qui se ressemblaient toutes, parsemées de rares meubles d'époque et illuminées par la faible lumière du matin. Il remarqua de nouvelles caméras de surveillance et sut qu'il devrait finir par les éviter. Il fourra le Glock dans la poche de sa veste et s'empara de son Beretta.

Pam et Malone pénétrèrent dans une pièce identifiée comme la chambre de la reine.

Des voix s'élevèrent derrière eux. Le corps venait d'être découvert. Les cris et les bruits de pas redoublèrent. Ils se dirigeaient vers eux.

Trois portes permettaient d'accéder aux appartements de la reine. L'une menait à un escalier montant vers les étages supérieurs, l'autre aux étages inférieurs, la troisième s'ouvrait sur une pièce contiguë. Aucune caméra de sécurité en vue. Malone passa rapidement le décor en revue en essayant de trouver une solution. Une large armoire se dressait contre le mur extérieur.

Il décida de tenter sa chance.

Il se précipita vers l'armoire dont il saisit les poignées métalliques. Elle était spacieuse et vide. Suffisamment spacieuse pour eux deux. Il fit signe à Pam. Pour une fois, elle lui obéit sans commentaire.

« Entre », murmura Malone.

Avant de se réfugier dans l'armoire, il entrebâilla les deux autres portes. Il rejoignit Pam à l'intérieur et referma l'armoire sans bruit en espérant que leurs poursuivants penseraient qu'ils avaient pris l'escalier ou qu'ils étaient revenus sur leurs pas.

Brent Green informa Larry Daley de ce qui venait de se passer. Stéphanie ne pouvait s'empêcher de se demander si l'être abject à l'autre bout du fil était déjà au courant des moindres détails de l'affaire. Peut-être même en savait-il davantage.

« Je connais bien le dossier du lien d'Alexandrie, entendit-elle Daley déclarer sur le haut-parleur.

— Cela vous dérangerait de nous en dire un peu plus ? déclara Green.

— Ce serait avec plaisir, si j'en avais la possibilité. Dossier classé confidentiel.

— Même pour le ministre de la Justice et la directrice d'un de nos services de renseignements les plus pointus ?

— Réservé à certains lecteurs triés sur le volet. Désolé, mais vous ne faites partie du club. Ni l'un ni l'autre.

— Alors comment un tiers a-t-il pu s'arranger pour le consulter ? voulut savoir Stéphanie.

— Vous ne l'avez pas encore découvert ?

— Peut-être que si. »

Un silence pesant s'installa. Daley avait apparemment reçu le message.

« Ce n'était pas moi.

— Vous n'allez pas dire le contraire.

— Attention à ce que vous dites.

— Malone va leur livrer le lien, rétorqua Stéphanie en ignorant la pique. Il ne va pas risquer la vie de son fils.

— Dans ce cas, il va falloir l'en empêcher, avertit Daley. Pas question de le partager avec qui que ce soit.

— Vous voulez le garder pour vous, c'est ça ?

— Absolument. »

Stéphanie n'en revenait pas.

« La vie d'un enfant est peut-être en jeu.

— Ce n'est pas mon problème. »

Appeler Daley avait été une erreur et elle voyait bien que Green s'en rendait compte lui aussi.

« Larry, intervint Green, et si nous donnions un coup de main à Malone au lieu de lui rendre la tâche plus difficile ?

– Brent, il n'est pas question de charité mais de Sécurité nationale.

– Intéressant... constata Stéphanie. Cela ne vous fait ni chaud ni froid que certains dossiers sécurisés aient été consultés par un inconnu qui dispose désormais des moindres détails sur le dossier ultrasecret du lien d'Alexandrie – dossier censé concerner la Sécurité nationale pourtant.

– Vous avez signalé cette fuite il y a plus d'un mois. Le FBI gère l'enquête. Et vous, que faites-vous pour régler le problème, Stéphanie ?

– On m'a ordonné de ne pas lever le petit doigt. Et vous, qu'avez-vous fait, Larry ?

– Quelle emmerdeuse, soupira Daley.

– Peut-être, mais elle travaille pour moi, précisa Green.

– Je vais vous dire ce que j'en pense, reprit Stéphanie. Quelle que soit la nature de ce fameux lien, il vient étayer l'idée que se font les petits génies de la Maison-Blanche comme vous de la politique étrangère. Le fait qu'un tiers ait eu accès aux dossiers et dispose désormais de ces informations vous arrange. Ce qui signifie que vous allez lui laisser faire la basse besogne à votre place.

– Dans certaines circonstances, Stéphanie, vos ennemis peuvent en fait être vos amis, murmura Daley. Et vice-versa. »

La gorge de Stéphanie se noua. Ses soupçons étaient avérés.

« Vous allez sacrifier le fils de Malone au bilan de votre président ?

— Je ne suis pas à l'origine de toute cette affaire. Mais j'ai bien l'intention de m'en servir.

— Pas si je puis vous en empêcher.

— Mêlez-vous de cette histoire et vous serez renvoyée. Pas par vous, Brent, mais par le président en personne.

— Cela pourrait poser problème, remarqua Green d'un ton menaçant.

— Vous insinuez que vous prendrez le parti de Stéphanie ? demanda Daley.

— Cela ne fait aucun doute. »

Daley ne pouvait ignorer une telle menace, Stéphanie le savait. Le gouvernement possédait un certain contrôle sur les actes de Green tant qu'il était ministre de la Justice, mais s'il démissionnait ou s'il était renvoyé, il ne se gênerait plus pour tirer à boulet rouge sur la Maison-Blanche.

Il y eut un silence à l'autre bout du fil. Stéphanie imagina Daley assis dans son bureau en train de tenter de résoudre son dilemme.

« Je serai chez vous dans une demi-heure, Green.

— Pourquoi avons-nous besoin de nous rencontrer ?

— Je vous assure que vous ne perdrez pas votre temps. »

La communication fut interrompue.

Debout dans l'armoire, Malone entendit le bruit de pas précipités foulant le sol des appartements de la reine. Pam était nichée tout contre lui ; cela faisait des années qu'ils n'avaient pas été si proches. Un parfum familier émanait d'elle, un parfum de vanille dont il se souvenait avec un mélange de plaisir et d'angoisse. C'est drôle comme les parfums font resurgir les souvenirs.

Il tenait toujours le Beretta en espérant ne pas avoir à s'en servir. Cela dit, il n'avait aucune intention de se laisser arrêter alors que Gary avait besoin de lui. Le meurtre de Durant visait certainement à les isoler, tout en les empêchant de glaner des informations utiles. Malone se demandait comment le tueur avait pu avoir vent du rendez-vous. Il était sûr de ne pas avoir été suivi depuis Christiangade. Ce qui signifiait que le téléphone de Thorvaldsen était sur écoute et que l'on avait anticipé qu'il se rendrait directement chez son ami.

Il n'arrivait pas à voir le visage de Pam mais sentait qu'elle était mal à l'aise. Après avoir été intimes pendant des années, ils étaient devenus des étrangers l'un pour l'autre aujourd'hui.

Peut-être même des ennemis.

Des voix attirèrent son attention. Les bruits de pas se firent plus discrets avant de se perdre dans le silence. Malone attendit, le doigt sur la gâchette, les mains moites.

Le silence s'installa.

Il n'y avait pas moyen de voir quoi que ce soit sans entrebâiller les portes de l'armoire, ce qui pouvait s'avérer désastreux si quelqu'un attendait dans la pièce.

Cela dit, il ne pouvait pas attendre ici indéfiniment. Il entrouvrit la porte, arme au poing.

La chambre de la reine était déserte.

« On descend », articula-t-il sans bruit.

Pam et lui s'engouffrèrent par la porte ouverte et dans l'escalier circulaire qui épousait les contours du mur extérieur. Arrivés au rez-de-chaussée, ils se retrouvèrent devant une porte métallique dont Malone espérait qu'elle n'était pas verrouillée.

Elle s'ouvrit.

Le soleil radieux du matin les accueillit dehors. Un océan de gazon vert vif sur lequel on distinguait çà et là des cygnes au plumage immaculé s'étendait entre les murs du château et la mer. La Suède se dessinait à l'horizon, à environ cinq kilomètres de l'autre côté des eaux marron grisé.

Il fourra le Beretta sous sa veste.

« Il faut qu'on sorte d'ici, dit Malone. Mais lentement. Sans attirer l'attention. »

Il voyait bien que Pam était encore secouée par le meurtre de Durant.

« Tu vas te repasser les images en boucle dans ta tête, mais ça finira par passer, lui expliqua-t-il, bienveillant.

— Je suis touchée par tant de sollicitude, rétorqua Pam d'un ton de nouveau menaçant.

— Alors, cogite donc ça : ce n'est certainement pas le dernier cadavre que tu verras avant la fin de cette histoire. »

Il s'engagea sur les remparts qui commandaient le détroit. De rares touristes allaient et venaient. Ils arrivèrent sur le grand terre-plein garni d'antiques canons où Shakespeare avait permis à Hamlet de rencontrer le fantôme de son père. Un mur se dressait tout près de la mer. Malone lança le Glock dans les eaux clapoteuses.

Des hurlements de sirènes s'élevaient par-delà les jardins.

Pam et lui regagnèrent lentement la sortie principale. En voyant des gyrophares et des agents de police se précipiter en nombre vers les jardins, Malone décida d'attendre avant de sortir. Il était peu probable que quelqu'un puisse les reconnaître et il doutait que le tueur se soit attardé pour donner leur description. L'idée, c'était certainement qu'ils ne se fassent pas arrêter.

Aussi, Malone se mêla-t-il à la foule.

C'est alors qu'il repéra le tueur.

À une quarantaine de mètres d'eux, il se dirigeait droit vers l'entrée principale d'un pas tranquille en s'efforçant lui aussi de ne pas attirer l'attention.

« C'est lui ! s'écria Pam qui venait de le repérer à son tour.

– Je sais, dit Malone en s'élançant dans sa direction.

– Tu ne vas pas faire ça ?

– Rien ne pourrait m'en empêcher. »

11

Vienne, Autriche
11 h 20

L'occupant du fauteuil bleu se demandait si le Cercle avait fait le bon choix. Depuis huit ans, *die Klauen der Adler,* « les serres de l'aigle », accomplissait consciencieusement les missions qui lui étaient confiées. Certes, c'est d'un commun accord qu'ils l'avaient engagé, mais au quotidien, il travaillait directement sous le contrôle de l'occupant du fauteuil bleu, ce qui signifiait qu'il connaissait désormais Dominick Sabre bien plus intimement que les autres.

Sabre était un Américain pure souche, une première pour le Cercle qui avait toujours fait confiance à des Européens jusque-là, même si une fois, un Sud-Africain leur avait donné satisfaction. Chacun de ces hommes, Sabre compris, avait été choisi non seulement pour son talent personnel mais aussi pour son physique médiocre. Ils étaient tous de taille et de corpulence moyennes, avec des traits banals. La seule particularité physique de Sabre, c'étaient les cicatrices de varicelle qui lui grêlaient le visage. Sabre avait les cheveux noirs et raides et toujours lissés avec une noix de brillantine qui leur donnait du lustre. Il avait souvent une barbe de trois jours afin de dissimuler ses cicatrices sans doute, selon l'occupant du fauteuil bleu, mais aussi pour désarmer ceux qui l'entouraient.

Sabre cultivait une allure décontractée et ses vêtements – choisis une taille au-dessus de la sienne en général – dissimulaient un corps mince et musclé. Il faisait son possible pour être constamment sous-estimé et ce détail y contribuait sans doute.

Grâce au profil psychologique effectué avant que Sabre soit engagé, l'occupant du fauteuil bleu savait que l'Américain avait tendance à défier l'autorité. Cela dit, ce même profil révélait que si on lui attribuait une mission, si on lui fixait un objectif et qu'on lui fichait la paix, Sabre s'acquitterait toujours de sa tâche.

Et c'était tout ce qui comptait.

Ni lui ni les autres membres du Cercle ne se souciaient le moins du monde de la façon dont la tâche en question serait accomplie, à condition que le résultat escompté soit atteint. Voilà pourquoi leur collaboration avec Sabre avait été fructueuse. Malgré tout, un homme sans aucune morale et avec un respect limité pour l'autorité méritait d'être surveillé de près.

Surtout quand les enjeux étaient de taille.

Comme c'était le cas aujourd'hui.

Aussi, l'occupant du fauteuil bleu se saisit-il de son téléphone pour composer un numéro.

Sabre décrocha son téléphone portable en espérant que l'appel provenait de son complice au château de Kronborg. Contrairement à ses attentes, la voix lasse à l'autre bout du fil était celle de son employeur.

« Monsieur Malone a-t-il apprécié votre prise de contact ? voulut savoir ce dernier.

— Il s'est bien débrouillé. Son ex-femme et lui se sont faufilés par la fenêtre.

— Comme vous l'aviez prévu. Mais je me demande une chose : nous faisons-nous remarquer inutilement ?

— Plus que je ne l'aurais souhaité, mais c'était nécessaire. Il nous a mis au pied du mur et il devait comprendre qu'il ne mène pas la danse. Mais je me montrerai plus discret à partir de maintenant. »

Sabre était installé dans une résidence de location au nord de Copenhague, à quelques pâtés de maison du palais d'Amalienborg, le palais royal situé en bord de mer. Il avait amené Gary Malone ici depuis la Géorgie en prétextant que son père était en danger, ce que le garçon avait cru grâce aux faux papiers portant le sceau de l'unité Magellan dont Sabre était muni.

« Comment va le gamin ? demanda l'occupant du fauteuil bleu.

— Angoissé, mais il pense qu'il s'agit d'une opération menée par le gouvernement américain. Alors, pour l'instant, il est calme. »

Ils avaient terrorisé Pam Malone en lui montrant une photo de son fils. Le garçon avait accepté de coopérer là aussi en pensant qu'ils fabriquaient des pièces d'identité.

« Ne séquestrez-vous pas le garçon trop près de son père ?

— Il ne serait allé nulle part ailleurs volontairement. Il sait que son père se trouve près d'ici.

— Je n'ignore pas que vous maîtrisez la situation. Mais soyez prudent, je vous en prie. Malone pourrait vous surprendre.

— Voilà pourquoi nous retenons son fils. Il ne le mettra pas en danger.

— Il nous faut le lien d'Alexandrie.

— Malone nous mènera directement jusqu'à lui. »

Malheureusement, il n'avait toujours pas reçu d'appel de son complice posté au château de Kronborg. Pour que tout marche comme prévu, il était crucial que son homme respecte scrupuleusement ses ordres.

« Il faut également que cette affaire soit résolue dans les jours qui viennent.

— Je m'y engage.

— D'après ce que vous m'avez expliqué, ce Malone est un électron libre. Êtes-vous sûr que sa motivation ne faiblira pas ?

— Ne vous inquiétez pas. Pour l'instant, ce ne sont pas les sollicitations qui manquent. »

Malone quitta l'enceinte du château de Kronborg et repéra sa proie qui se dirigeait tranquillement vers Elseneur. Il adorait la place du marché, les ruelles pittoresques, les maisons à colombages. Mais ce charme pittoresque n'avait aucune importance aujourd'hui.

D'autres hurlements de sirène lui parvinrent.

Les meurtres étaient rares au Danemark et comme celui auquel il venait d'assister avait eu lieu dans l'enceinte d'un monument national, il ferait très certainement la une de tous les médias. Il aurait fallu avertir Stéphanie de la mort d'un de ses agents, mais il n'en avait pas le temps. Il supposait que Durant voyageait sous son vrai nom, ce qui faisait partie des pratiques courantes de l'unité

Magellan ; aussi, une fois que les autorités locales auraient déterminé que la victime travaillait pour le gouvernement américain, elles contacteraient qui de droit. Il pensa à Durant. Quel dommage ! Mais Malone avait appris il y avait bien longtemps à ne pas perdre son temps à faire du sentiment alors qu'il ne pouvait rien changer à la situation.

Il ralentit et attira Pam près de lui.

« Il ne faut pas le coller. Il ne fait pas attention, mais il est toujours possible qu'il nous repère. »

Ils traversèrent la rue et longèrent les superbes bâtiments mitoyens alignés sur une étroite allée face à la mer. Le tueur était à moins de cent mètres d'eux. Il bifurqua dans une rue latérale.

Ils lancèrent un coup d'œil dans la ruelle en arrivant à l'angle. L'homme se frayait un passage dans une rue piétonne bordée de boutiques et de restaurants. La foule des badauds allait et venait, aussi Malone décida-t-il de tenter le coup.

Ils suivirent le meurtrier.

« Qu'est-ce qu'on est en train de faire ? demanda Pam.

— La seule chose qu'il y ait à faire.

— Pourquoi ne pas simplement leur donner ce qu'ils demandent ?

— Ce n'est pas si simple.

— Bien sûr que si.

— Merci pour le conseil, lança Malone sans la regarder.

— Quel âne !

— Moi aussi, je t'adore. Maintenant que nous avons éclairci ce point, concentrons-nous sur ce que nous faisons. »

Leur proie tourna à droite avant de disparaître.

Malone se précipita au coin de la rue, jeta un coup d'œil et vit le tueur approcher d'un coupé Volvo sale. Pourvu qu'il ne nous fausse pas compagnie, songea Malone. Ils n'avaient aucun moyen de le suivre. Leur voiture était garée loin de là. L'homme ouvrit la portière côté conducteur et jeta un objet à l'intérieur de la voiture. Il referma la porte et rebroussa chemin.

Pam et Malone se réfugièrent dans une boutique de vêtements au moment même où le tueur passait devant. Malone s'approcha prudemment de la porte et vit l'homme entrer dans un café.

« Qu'est-ce qu'il fait ? demanda Pam.

— Il attend que l'agitation retombe. Ne pas enfoncer le clou. Rester tranquille, se fondre dans la masse. Ne quitter les lieux que plus tard. Voilà le secret.

— C'est dingue. Il vient de tuer un homme.

— Nous sommes les seuls à le savoir.

— Pourquoi commettre ce meurtre ?

— Pour nous faire paniquer. Rendre impossible tout échange d'informations. Les raisons ne manquent pas.

— Quel univers écœurant.

— Pourquoi crois-tu que j'aie laissé tomber ? déclara-t-il en décidant de tirer profit de cet interlude. Amène la voiture ici, indiqua-t-il en désignant la gare située près de la mer. Attends-moi là. Quand il partira, il sera obligé de passer par là. C'est le seul moyen de quitter la ville. »

Il lui tendit les clés et, l'espace d'un instant, les souvenirs d'autres occasions où il avait fait le même geste se bousculèrent dans sa tête. Il pensa au passé. Savoir que Gary et elle l'attendaient à la maison à la fin d'une mission lui avait toujours apporté un certain réconfort. Et même s'ils ne souhaitaient pas se l'avouer, ils s'étaient montrés bons l'un pour l'autre autrefois. Il se souvenait de son sourire, de ses caresses. Malheureusement, son mensonge au sujet de Gary teintait de soupçon tous ces souvenirs agréables. Il se posait des questions, se demandait si leur vie conjugale n'avait été qu'une illusion.

Elle sembla deviner ses pensées et son regard s'adoucit, elle redevint la Pam d'avant que les événements ne les changent tous les deux.

« Je vais trouver Gary, annonça-t-il, je te le promets. Tout ira bien. »

Il aurait voulu qu'elle réponde, mais elle resta muette.

Et son silence le blessa.

Alors il s'éloigna.

12

Comté d'Oxfordshire,
Angleterre
10 h 30

George Haddad pénétra dans Bainbridge Hall. Il venait souvent ici, depuis trois ans. Depuis qu'il avait la certitude que la réponse à son dilemme se trouvait entre les murs de cette bâtisse.

C'était un chef-d'œuvre d'architecture avec son dallage de marbre, ses tapisseries de Mortlake et ses ornements de couleur vive. Le grand escalier aux panneaux floraux sculptés datait du règne de Charles II, les plafonds de 1660. Meubles et tableaux dataient tous des XVIIIe et XIXe siècles. Tout concourait à faire du manoir un pur joyau du style anglais.

Mais c'était bien plus que cela encore.

C'était une énigme.

Tout comme le monument de marbre blanc situé dans le jardin et près duquel les journalistes se pressaient toujours pour écouter les soi-disant experts. Tout comme Thomas Bainbridge lui-même, l'obscur comte anglais qui avait vécu à la fin du XVIIIe siècle.

Le comte était né dans un monde de privilèges et de grandes espérances. Son père avait été le seigneur d'Oxfordshire. Même si sa position sociale avait été déterminée par la fortune et la tradition familiales, Thomas Bainbridge avait esquivé la carrière militaire à laquelle on le destinait pour se tourner vers les humanités – surtout l'histoire, les langues et l'archéologie. À la mort de son père, il avait hérité de son titre et passé plusieurs dizaines d'années à parcourir le monde ; il avait d'ailleurs été l'un des premiers Européens à explorer l'Égypte, la Terre sainte et l'Arabie dans leurs moindres recoins, relatant ses aventures dans une série de journaux qui avaient fait l'objet d'une publication.

Il avait appris seul l'hébreu ancien, langue dans laquelle était rédigé l'Ancien Testament d'origine. C'était un fait tout à fait exceptionnel si l'on considère que le dialecte était surtout vocal et consonantique et que l'on avait cessé de le parler autour du VIe siècle avant J.-C. Son ouvrage publié en 1767 contestait les traductions connues de l'Ancien Testament et remettait en question la plupart des idées reçues de l'époque ; il avait passé la dernière partie de sa vie à défendre ses théories avant de mourir, aigri et brisé, après avoir dilapidé la fortune de la famille.

Haddad connaissait bien cet ouvrage dont il avait étudié chaque page en détail. Il comprenait les difficultés qu'avait connues Bainbridge. Comme lui, il avait bravé les idées reçues, ce qui avait eu des conséquences désastreuses.

Il appréciait la visite de la demeure mais, malheureusement, la plupart des meubles et objets d'origine avaient été cédés aux créanciers depuis bien longtemps, y compris l'impressionnante bibliothèque de Bainbridge. Certains meubles venaient à peine d'être retrouvés au cours des cinquante dernières années. La grande majorité des ouvrages de la bibliothèque manquaient toujours à l'appel après être passés entre les mains de collectionneurs, de vendeurs et avoir été mis au rebut, sort réservé semble-t-il à la majeure partie du savoir que l'humanité avait un jour couché sur le papier. Cependant, Haddad avait pu localiser quelques-uns des précieux volumes en passant de longues heures à fureter dans la myriade de boutiques de livres anciens qui parsemaient Londres.

Et sur internet.

Quel trésor incroyable. Quand il pensait à ce qui aurait pu être fait en Palestine, soixante ans plus tôt, s'ils avaient disposé d'un réseau d'informations instantané de ce genre.

Il pensait beaucoup à l'année 1948 ces derniers temps.

À l'époque où il ne sortait pas sans son fusil et où il tuait des juifs pendant la *nakba*. L'arrogance de la génération actuelle le laissait toujours pantois, étant donné les sacrifices consentis par les générations précédentes. Huit cent mille Arabes avaient été contraints à l'exil. Il avait dix-neuf ans à l'époque et appartenait à la résistance palestinienne dont il était même l'un des chefs de file, mais tout cela n'avait mené à rien. Les sionistes l'avaient emporté. Les Arabes avaient été vaincus. Les Palestiniens étaient devenus des parias.

Mais les souvenirs restaient.

Haddad avait tenté d'oublier. Comme il avait envie d'oublier ! Commettre un meurtre, cela dit, n'allait pas sans conséquences. En ce qui le concernait, c'était une vie entière de regrets. Il était devenu professeur, avait renoncé à la violence et s'était converti au christianisme, mais rien de tout cela n'avait apaisé sa souffrance. Il voyait encore le visage des morts. L'un d'eux, en particulier. L'homme qui s'était fait appeler le Gardien.

« Vous menez une guerre superflue contre un ennemi mal informé », lui avait-il dit.

Ces paroles restaient gravées dans sa mémoire depuis ce jour d'avril 1948, et elles avaient fait de lui un autre homme.

« Nous sommes les protecteurs du savoir. De la Bibliothèque. »

Cette remarque avait changé le cours de sa vie.

Il poursuivit sa visite de la demeure, admirant les bustes et les tableaux, les sculptures, les dorures baroques et les devises énigmatiques gravées çà et là. À contre-courant du flot de nouveaux arrivants, il finit par se retrouver dans le salon où l'antique gravité d'une bibliothèque universitaire se mêlait à une grâce et un esprit on ne peut plus féminins. Il concentra son attention sur les rayonnages qui avaient jadis abrité les fruits hétéroclites de plusieurs siècles d'érudition. Et les tableaux rappelant ceux dont l'action individuelle avait influencé le cours de l'histoire.

Thomas Bainbridge avait été un Invité, comme le père de Haddad. Malheureusement, le Gardien était arrivé en Palestine avec quinze jours de retard pour transmettre l'invitation et une balle tirée par Haddad avait à jamais réduit le messager au silence.

Ce souvenir le fit tressaillir.

L'impétuosité de la jeunesse.

Soixante années s'étaient écoulées et aujourd'hui, il portait un regard plus patient sur le monde. Si seulement c'était celui qu'il avait porté sur le Gardien en avril 1948, il aurait peut-être trouvé plus tôt ce qu'il cherchait.

Qui sait ?

L'invitation se méritait visiblement.

Comment l'obtenir ?

Il balaya la pièce d'un regard.

La réponse se trouvait ici.

13

Washington, DC
5 h 45

Larry Daley s'affala dans l'un des fauteuils club installés dans le bureau de Brent Green. Fidèle à sa promesse, le conseiller adjoint chargé de la Sécurité nationale était arrivé en moins d'une demi-heure.

« Jolie maison, commenta Daley.

– C'est mon chez-moi.

– Vous êtes toujours avare de paroles, n'est-ce pas ?

– Les mots, comme les amis, devraient être choisis avec prudence.

– J'avais espéré que nous ne nous sauterions pas à la gorge d'entrée de jeu, remarqua Daley dont le sourire amical s'était évanoui.

– Nous aimerions ne pas perdre notre temps, conformément à ce que vous nous avez annoncé au téléphone », intervint Stéphanie, nerveuse.

Daley empoigna les accoudoirs rembourrés de son fauteuil.

« J'espère que vous saurez vous montrer raisonnables, tous les deux, dit-il.

– Cela dépend. »

Daley passa la main dans ses cheveux gris coupés court. Son physique agréable dégageait une sincérité enfantine, sincérité qui pouvait aisément désarmer ses interlocuteurs. Reste concentrée, songea Stéphanie.

« Je suppose que vous n'avez toujours pas l'intention de nous apprendre ce qu'est le lien ?

— Je n'ai pas particulièrement envie d'être condamné pour infraction à la loi sur la Sécurité nationale.

— Depuis quand cela vous dérange-t-il d'enfreindre la loi ?

— Depuis aujourd'hui.

— Que faites-vous ici dans ce cas ?

— Que savez-vous, au juste ? l'interrogea Daley. Et ne me répondez pas que vous ne savez rien, vous me décevriez beaucoup tous les deux. »

Green lui répéta les détails concernant George Haddad dont Stéphanie et lui avaient déjà parlé.

« Les Israéliens ont perdu la tête à cause de Haddad, admit Daley. Et puis, les Saoudiens sont entrés dans la danse. Leur intervention nous a déstabilisés, car en général, ils se moquent bien de tout ce qui a trait à la Bible ou à l'histoire.

— C'est pour cela qu'il y a cinq ans, j'ai envoyé Malone dans ce bourbier en aveugle ? souligna Stéphanie.

— Ce qui, si je ne m'abuse, entre dans vos attributions. »

Stéphanie se rappela comment la situation s'était gâtée.

« Et l'attentat à la bombe ?

— C'est à partir de là que ça a vraiment bardé. »

Une explosion à la voiture piégée avait rasé un café de Jérusalem dans lequel se trouvaient Haddad et Malone.

« Cet attentat visait Haddad, expliqua Daley. Évidemment, comme il s'agissait d'une mission en aveugle, Malone l'ignorait. Mais il s'est arrangé pour faire sortir Haddad du café en un seul morceau.

— Quelle chance nous avons eue, ironisa Green.

— Lâchez-moi un peu, d'accord? Nous n'avons tué personne. La dernière chose que nous voulions, c'était la mort de Haddad.

— Vous avez mis la vie de Malone en danger! s'écria Stéphanie de plus en plus en colère.

— C'est un pro. Ça fait partie du boulot.

— Je n'envoie pas mes agents en mission suicide.

— Soyez réaliste, Stéphanie. Le problème avec le Moyen-Orient, c'est que la main gauche ne sait jamais ce que fait la main droite. Ce qui s'est produit est tout à fait typique. Les activistes palestiniens ont simplement choisi le mauvais café.

— Ou peut-être pas, qui sait? intervint Green. Et si les Israéliens ou les Saoudiens avaient choisi le bon?

— Vous apprenez vite, remarqua Daley avec un sourire. Voilà précisément ce qui nous a poussés à accepter les conditions de Haddad.

— Alors expliquez-nous pourquoi il est important pour le gouvernement américain de retrouver la bibliothèque d'Alexandrie.

— Bravo, s'exclama Daley en applaudissant doucement. Bien joué, Brent. Je me disais que si vos sources connaissaient l'existence de Haddad, elles vous livreraient également ce détail.

— Répondez à la question, insista Stéphanie.

— Certaines informations importantes sont parfois conservées dans les endroits les plus insolites.

— Ce n'est pas une réponse.

— C'est tout ce que vous obtiendrez de moi.

— Vous êtes lié à ce qui se passe là-bas, n'est-ce pas?

— Non, pas du tout. Mais je ne peux nier que certains autres membres du gouvernement sont tentés de se servir de cette histoire pour en finir le plus vite possible avec ce problème.

– Quel problème ?

– Israël. Une bande d'idéalistes arrogants qui n'écoutent rien ni personne. Pourtant, pour un oui ou pour un non, ils n'hésitent pas à faire intervenir leurs chars d'assaut ou leurs navires de guerre pour anéantir tout ce qui bouge, et tout ça au nom de leur sécurité. Qu'est-ce qui s'est passé il y a quelques mois de cela ? Ils se sont mis à bombarder la bande de Gaza, une de leurs bombes s'est égarée et a tué tous les membres d'une famille en train de pique-niquer sur la plage. Et qu'est-ce qu'ils ont dit ? Désolés. Pas de chance, fit Daley, l'air navré. Il suffirait d'un soupçon de souplesse, d'un minuscule compromis pour arriver à un résultat probant. Mais non. Ils imposent leurs conditions, à prendre ou à laisser. »

Stéphanie n'ignorait pas que ces derniers temps, le monde arabe s'était montré bien plus conciliant que l'État d'Israël – certainement un résultat de la guerre en Irak où les États-Unis avaient prouvé leur détermination. La compassion pour le sort des Palestiniens n'avait pas cessé de prendre de l'ampleur à travers le monde, alimentée par un changement à la tête de l'autorité palestinienne, la modération des militants et la bêtise des tenants de la ligne dure israélienne. Elle se souvenait des images de l'unique survivante de la famille décimée sur la plage hurlant à la vue du cadavre de son père. Des images fortes. Mais elle se demandait ce qui pouvait être fait en pratique.

« Comment comptent-ils s'y prendre pour faire pression sur Israël ? »

C'est alors que la réponse à sa question lui apparut.

« Vous avez besoin du lien pour y parvenir, c'est ça ? »

Daley resta muet.

« Malone est le seul à savoir où il se trouve, précisa Stéphanie.

– C'est un problème qui n'est cependant pas insurmontable.

– Vous vouliez que Malone agisse. Simplement, vous ne saviez pas comment vous y prendre pour l'y contraindre.

– Cette situation tombe à point nommé, je ne vais pas le nier.

– Espèce de salaud, s'exclama Stéphanie.

– Écoutez, Stéphanie, Haddad voulait disparaître. Il faisait confiance à Malone. Les Israéliens, les Saoudiens et même les Palestiniens l'ont cru mort dans l'attentat. Alors nous avons fait ce qu'il voulait, avant d'abandonner cette idée et de passer à une autre. Mais aujourd'hui, elle intéresse de nouveau tout le monde et il nous faut Haddad. »

Il avait l'air content de lui.

« Et que faites-vous de ceux qui sont certainement à sa recherche, lui lança Stéphanie. Quelle que soit leur identité d'ailleurs ?

– Je vais m'en occuper comme tout politicien le ferait.

– Vous allez passer un accord avec eux ? s'écria Green dont le visage se rembrunit sous l'effet de la colère.

– C'est comme ça que ça marche ici-bas.

– Que peut-on raisonnablement trouver dans des documents vieux de deux mille ans ? l'interrogea Stéphanie. En partant du principe que le manuscrit existe toujours, ce qui est fort improbable. »

Daley lui lança un regard en coin. Elle comprit qu'il était venu pour les empêcher de se mêler de cette affaire,

Green et elle, et peut-être allait-il leur donner un peu de grain à moudre.

« La Septante. »

Elle eut du mal à cacher son étonnement.

« Je ne suis pas expert en la matière, mais d'après ce que l'on m'a appris, environ deux siècles avant Jésus-Christ, les érudits de la bibliothèque d'Alexandrie ont traduit en grec les Écritures hébraïques, ce que nous appelons l'Ancien Testament aujourd'hui. Événement exceptionnel pour l'époque. Cette traduction est tout ce qui nous reste du texte hébraïque original puisqu'il a disparu. Haddad prétend que cette traduction, et toutes celles entreprises par la suite, sont fondamentalement défaillantes. D'après lui, les erreurs ont tout modifié et il prétend être capable de le prouver.

— Et alors ? En quoi cela changerait quoi que ce soit ?

— Ça, je l'ignore.

— Vous l'ignorez ou vous ne voulez pas nous le dire ?

— En l'occurrence, cela revient au même.

— Il se rappelle à jamais son alliance, déclama Green, parole promulguée pour mille générations, pacte conclu avec Abraham, serment qu'il fit à Isaac. Il l'érigea en loi pour Jacob, pour Israël en alliance à jamais, disant : "Je te donne une terre, Canaan, votre part d'héritage." »

Stéphanie vit que Green était sincèrement ému par ces mots.

« Promesse importante, remarqua Green. L'Ancien Testament en est rempli.

— Vous comprenez donc notre intérêt ?

— Je comprends la théorie mais je m'interroge sur la possibilité d'en prouver le bien-fondé. »

Stéphanie ne voyait pas ce qu'il voulait dire, une fois encore, mais, curieuse d'en savoir davantage, demanda :

« Que faites-vous Larry ? Vous chassez des fantômes ? C'est fou !

– Je vous assure que c'est très sensé, au contraire. »

Elle saisissait à présent toutes les implications de cette affaire. Malone avait eu raison de la réprimander. Elle aurait dû l'avertir immédiatement lorsque les dossiers avaient été consultés. Et maintenant, son fils était en danger grâce au gouvernement américain, apparemment prêt à sacrifier l'adolescent.

« Stéphanie, dit Daley, je connais ce regard. Que complotez-vous ? »

Elle n'allait certainement pas révéler la moindre de ses intentions à cet être démoniaque. Aussi Stéphanie ravala-t-elle sa fierté, sourit et déclara :

« Exactement ce que vous voulez, Larry. Absolument rien. »

14

Copenhague
12 h 15

Dominick Sabre savait que l'heure qui venait serait cruciale. La télévision danoise s'était déjà fait l'écho du meurtre du château de Kronborg. Ce qui signifiait que Malone et son ex-femme étaient désormais en fuite. Il avait enfin eu des nouvelles de son complice envoyé sur les lieux et avait été ravi d'apprendre que ce dernier s'était conformé à ses ordres.

Il consulta sa montre avant de passer du salon situé côté rue à la chambre du fond dans laquelle Gary Malone était retenu. Ses hommes et lui avaient réussi à enlever l'adolescent au lycée en se servant de papiers officiels et en jouant les gros durs, tout cela prétendument au nom du gouvernement américain. Deux heures plus tard, ils quittaient Atlanta à bord d'un vol charter. Pam Malone avait été contactée alors qu'ils étaient déjà en route et mise au courant de la marche à suivre. On la leur avait décrite comme une femme difficile mais une photo de son fils et la pensée qu'il pourrait lui arriver quelque chose avaient suffi à s'assurer qu'elle ferait exactement ce qu'ils lui demandaient.

Il ouvrit la porte de la chambre et se força à sourire.

« Je voulais te dire que nous avons eu des nouvelles de ton père », annonça-t-il.

Assis sur le rebord de la fenêtre, l'adolescent était plongé dans sa lecture. La veille, il avait demandé plusieurs ouvrages que Sabre s'était procurés. Le visage de Gary s'éclaira à l'évocation de son père.

« Il va bien ?

— Tout va bien. Et il était heureux de te savoir avec nous. Ta mère est avec lui, elle aussi.

— Maman est là ?

— Une autre de nos équipes l'a escortée jusqu'au Danemark.

— C'est une première. Elle n'est jamais venue ici. Mon père et elle ne s'entendent pas », ajouta l'adolescent après une pause.

Au courant de la situation familiale de Malone, Sabre eut l'intuition qu'il y avait quelque chose.

« Pourquoi ?

— Ils sont divorcés. Ils ne vivent plus ensemble depuis longtemps.

— C'est difficile pour toi ? »

Gary parut réfléchir à la question. Il était grand pour son âge, dégingandé, et avait les cheveux auburn. Cotton Malone avait un physique à l'opposé du sien avec son teint clair, ses membres musculeux et sa chevelure blonde. Il avait beau essayer de trouver une ressemblance entre les traits et l'expression du visage du père et du fils, Sabre n'y parvenait pas.

« Ce serait mieux s'ils étaient ensemble. Mais je comprends pourquoi ils sont séparés.

— Heureusement que tu comprends. Tu as la tête sur les épaules.

— C'est ce que mon père me dit toujours, commenta Gary avec un sourire. Vous le connaissez ?

— Oh, oui. Nous avons travaillé ensemble pendant des années.

— Qu'est-ce qui se passe ? Pourquoi suis-je en danger ?

— Je ne peux pas en parler. Mais des types vraiment méchants visent ton père et s'apprêtaient à se lancer à vos trousses, à ta mère et toi ; c'est pour cela que nous sommes intervenus, pour vous protéger. »

Il voyait bien que son explication n'avait pas complètement convaincu l'adolescent.

« Mais mon père ne travaille plus pour le gouvernement aujourd'hui.

— Malheureusement, ses ennemis s'en moquent pas mal. Ils veulent simplement lui faire du mal.

— Toute cette histoire est vraiment très bizarre.

— Ça fait partie du boulot, j'en ai bien peur, lança Sabre avec un sourire forcé.

— Vous avez des enfants ? »

L'intérêt du garçon l'étonna.

« Non, avoua-t-il. Je n'ai jamais été marié.

— Vous avez l'air gentil.

— Merci. Je fais mon travail, c'est tout. Tu fais du sport ? voulut-il savoir.

— Je joue au base-ball. Mais ça fait un moment que la saison est finie. Ça ne me dérangerait pas de lancer quelques balles.

— Difficile au Danemark. Le base-ball n'est pas le passe-temps national ici.

— J'ai passé les deux derniers étés ici. Le pays me plaît beaucoup.

— Tu passes les étés avec ton père ?

— Ce sont les seuls moments que l'on partage. Mais c'est pas grave. Je suis content qu'il vive ici. Ça le rend heureux. »

Sabre eut une nouvelle intuition.

« Et toi, est-ce que ça te rend heureux ?

— Parfois. D'autres fois, j'aimerais qu'il vive plus près.

— Tu as déjà pensé vivre avec lui ?

— Ma mère en mourrait, répondit Gary, soucieux. Elle n'aimerait pas que je fasse ça.

— Parfois, il faut faire ce qu'on a à faire.

— J'y ai pensé.

— Ne réfléchis pas trop, conseilla Sabre avec un grand sourire. Et essaie de ne pas trop t'ennuyer.

— Mon père et ma mère me manquent. J'espère qu'ils vont bien. »

Sabre en avait suffisamment entendu. Le garçon était apaisé. Il ne poserait pas de problème, du moins pas d'ici à une heure, ce qui lui suffirait amplement.

Ensuite, ce que ferait Gary Malone n'aurait plus aucune importance.

Aussi, Sabre regagna-t-il la porte et dit :

« N'aie crainte. Je suis sûr que toute cette histoire sera bientôt terminée. »

Depuis son poste d'observation dans les rues d'Elseneur, Malone surveillait le café. Les clients affluaient. Assise à une table près de la fenêtre, sa proie sirotait une boisson chaude. Pam devait attendre dans la voiture stationnée près de la gare. Elle avait plutôt intérêt. Quand ce type déciderait d'y aller, ils n'auraient pas droit à l'erreur. Si ses adversaires se trouvaient près de là, ce dont il était persuadé, ce serait peut-être l'unique façon d'arriver jusqu'à eux.

L'apparition de Pam au Danemark l'avait bouleversé. Cela dit, elle lui avait toujours fait cet effet. Jadis, l'amour et le respect les unissaient, du moins c'est ce qu'il avait cru ; aujourd'hui, la seule chose qui les rapprochait, c'était Gary.

Dans son esprit, il se repassait les paroles qu'elle lui avait dites en août, à propos de Gary.

« Après m'avoir menti pendant des années, tu veux être juste ?

— Tu n'as pas été un saint toi non plus, il y a des années.

— Et tu m'as fait vivre l'enfer à cause de ça.

— J'ai moi aussi fait une bêtise, admit Pam avec un haussement d'épaules. Étant donné les circonstances, je ne pensais pas que tu te formaliserais.

— Je t'ai tout dit.

— Non, Cotton. Je t'ai pris sur le fait.

— Mais tu m'as laissé croire que Gary était mon fils.

— Il l'est. Tout vous rapproche, sauf les liens du sang.

— C'est comme ça que tu justifies ton acte ?

— Je n'y étais pas obligée. Je me suis dit que tu devrais savoir la vérité. J'aurais dû tout te dire l'année dernière quand nous avons divorcé.

— Comment peux-tu être sûre qu'il n'est pas mon fils ?

— Fais un test de paternité, Cotton. Ça m'est égal. Sache simplement que tu n'es pas le père de Gary. Fais ce que tu veux de l'information.

— Il est au courant ?

— Bien sûr que non. C'est entre lui et toi. Il n'apprendra jamais rien de ma bouche. »

Il ressentait encore la colère qui l'avait submergé tandis que Pam gardait son calme. Ils étaient tellement différents tous les deux, ce qui pouvait aussi expliquer pourquoi ils n'étaient plus ensemble. Il avait perdu son père quand il n'était qu'un enfant mais avait été élevé par une mère qui l'adorait. Pam avait eu une enfance très troublée. Sa mère dirigeait une crèche ; c'était une femme frivole et instable qui avait dilapidé les économies de la famille plus d'une fois. Elle avait un faible pour les astrologues. Elle n'avait jamais pu leur résister et, fascinée, les écoutait lui raconter exactement ce qu'elle voulait entendre. Le comportement de son père était tout aussi dérangeant ; c'était un être distant, un paumé qui s'intéressait bien plus aux maquettes d'avions qu'à sa femme et à ses trois enfants. Il avait travaillé quarante ans dans une usine de cornets de glace sans jamais dépasser le niveau de cadre moyen. La loyauté doublée de l'illusion d'être satisfait de son sort : voilà ce qui définissait son beau-père jusqu'au jour où, à force de fumer trois paquets de cigarettes par jour, son cœur l'avait lâché.

Avant leur rencontre, Pam n'avait jamais vraiment connu l'amour ni la sécurité. Avare d'émotion mais exigeant une dévotion de tous les instants, elle lui avait toujours donné beaucoup moins qu'elle n'exigeait de lui. Et le lui faire remarquer ne faisait que la mettre en colère. Ses aventures avec d'autres femmes au début de leur mariage n'avaient fait que confirmer ce qu'elle pensait déjà : on ne peut jamais compter sur rien ni personne.

Ni mère, ni père, ni frères, ni sœurs, ni mari.

Ils l'avaient tous trahie.

Elle aussi avait trahi.

Elle avait conçu un enfant en dehors des liens du mariage et n'avait jamais avoué à son mari que cet enfant n'était pas le sien. Elle payait toujours le prix de cette trahison, visiblement.

Il aurait dû se montrer plus indulgent. Mais il fallait

être deux pour conclure un marché et elle n'y était pas résolue – du moins, pas encore.

Le tueur quitta sa place près de la fenêtre.

Malone sortit de sa rêverie.

L'homme quitta le café pour se diriger vers sa voiture, s'installa au volant et démarra. Malone abandonna sa position, s'engouffra dans la ruelle en courant et aperçut Pam.

Il traversa la rue et sauta dans la voiture, côté passager.

« Démarre et tiens-toi prête.

– Moi ? Tu ne veux pas conduire ?

– Pas le temps. Le voilà. »

La Volvo tourna sur la nationale parallèle à la mer et passa devant eux à vive allure.

« Vas-y », ordonna-t-il à Pam.

Elle suivit la Volvo.

George Haddad entra dans son appartement londonien. Sa visite à Bainbridge Hall avait généré la même frustration que d'habitude, aussi ignora-t-il son ordinateur et les messages électroniques qu'il n'avait pas encore lus pour s'asseoir à la table de la cuisine.

Il avait fait le mort pendant cinq ans. Savoir tout en ne sachant pas. Comprendre tout en étant déconcerté.

Il secoua la tête.

Quel dilemme.

Il balaya la pièce d'un regard. Cet appartement n'avait plus le même effet apaisant et purifiant, la magie avait disparu. L'heure était venue, manifestement. Il fallait que d'autres sachent. Il devait cette révélation à toutes les victimes de la *nakba,* dont on avait volé la terre, saisi la propriété. Il le devait aux juifs aussi.

Chacun avait droit à la vérité.

La première tentative, quelques mois plus tôt, n'avait pas eu l'air de marcher. Voilà pourquoi, la veille, il avait passé un nouveau coup de fil.

Aujourd'hui, pour la troisième fois, il composa un numéro à l'étranger.

Malone regardait fixement la route alors que Pam roulait à vive allure sur la nationale qui les conduisait vers le sud et Copenhague. La Volvo avait huit cents mètres d'avance. Ils s'étaient laissé doubler par plusieurs voitures pour faire tampon, mais Malone avait recommandé plusieurs fois à Pam de ne pas trop se laisser distancer.

« Je ne suis pas une experte, avait remarqué son ex-femme, les yeux rivés sur le pare-brise. Je n'ai jamais fait ça de ma vie.

– On n'apprend pas ça en fac de droit ?

– Non, Cotton. On apprend ça en fac d'espionnage.

– Si seulement ce genre d'école existait ! Malheureusement, j'ai dû apprendre le métier sur le tas. »

La Volvo accéléra, et Malone se demanda s'ils avaient été repérés. Il s'aperçut alors que le tueur doublait simplement une autre voiture. Pam commençait à se rapprocher de leur proie.

« Ne fais pas ça, lui recommanda-t-il. S'il surveille ses arrières, il emploie cette astuce pour voir s'il a de la compagnie. J'arrive à le voir alors reste où tu es.

— Je savais bien que les cours du ministère de la Justice finiraient par payer. »

Un peu de légèreté de sa part, c'était rare. Mais il appréciait l'effort. Il espérait que cette piste mènerait quelque part. Gary ne devait pas être loin, et à la première occasion, il récupérerait son fils.

Ils arrivèrent dans les faubourgs de la capitale. La circulation ralentit, les voitures roulant désormais au pas. Ils se trouvaient quatre voitures derrière la Volvo lorsque le conducteur traversa Charlottenlund Slotspark, pénétra dans le quartier nord de Copenhague et se dirigea vers le sud de la ville. Juste avant d'arriver au palais royal, la Volvo prit vers l'ouest et pénétra au cœur d'un quartier résidentiel.

« Attention, avertit Malone. C'est facile de se faire repérer ici. Garde tes distances. »

Pam laissa leur proie prendre de l'avance. Malone connaissait bien cette partie de la ville. Le Rosenborg Slot, château dans lequel les joyaux de la couronne étaient exposés, se dressait à quelques pâtés de maisons de là, à deux pas du jardin botanique.

« Il a une adresse précise en tête, expliqua Malone. Toutes ces résidences se ressemblent, il faut savoir où l'on va. »

Après avoir tourné à deux reprises, la Volvo s'engagea dans une allée bordée d'arbres. Malone ordonna à Pam de s'arrêter à l'angle et vit leur proie se garer devant une maison.

« Gare-toi le long du trottoir. »

Il empoigna son Beretta tandis que Pam s'exécutait.

« Reste ici, lui ordonna-t-il. Je suis sérieux. Ce pourrait être dangereux ; je ne peux pas retrouver Gary et m'occuper de toi en même temps.

– Tu penses qu'il est là ?

– C'est fort possible. »

Il espérait qu'elle n'allait pas faire la forte tête.

« Très bien. J'attends ici. »

Il sortait de la voiture quand Pam le prit par le bras d'un geste ferme mais pas hostile. Une vague d'émotion le submergea.

Il la dévisagea et lut de la peur dans son regard.

« S'il est là, ne reviens pas sans lui. »

15

Washington, DC
7 h 20

Stéphanie était soulagée que Larry Daley soit parti. Plus elle voyait cet homme, moins elle l'aimait.

« Qu'en pensez-vous ? lui demanda Green.

– Une chose est sûre : Daley ignore complètement la nature du lien d'Alexandrie. Il est au courant pour George Haddad et espère qu'il détient certaines informations.

– Qu'est-ce qui vous fait dire ça ?

– S'il savait quelque chose, il ne perdrait pas son temps avec nous.

– Il a besoin de Malone pour trouver Haddad.

– Mais qui nous dit qu'il a besoin de Haddad pour faire le rapprochement avec quoi que ce soit d'autre ? Si les dossiers classés confidentiels étaient complets, pourquoi perdrait-il son temps avec Haddad ? Il mettrait quelques cerveaux sur le coup, découvrirait en quoi consiste le lien et verrait venir. Daley est un menteur de première catégorie, et ce qu'il vient de nous servir, ce n'est que de la foutaise. Il a besoin de Malone pour retrouver Haddad parce qu'il ne sait que dalle. Il espère que Haddad a toutes les réponses. »

Green se rassit sur son fauteuil avec une anxiété non dissimulée. Stéphanie commençait à se dire qu'elle l'avait mal jugé. Il avait pris son parti contre Daley, était allé jusqu'à le menacer de démission si la Maison-Blanche la licenciait.

« Quel sale métier, la politique, maugréa Green. Le président est un canard boiteux. Il est au point mort. Il n'a plus guère de temps. Il cherche manifestement à laisser son empreinte, à s'assurer que son nom apparaîtra dans les livres d'histoire, et les types comme Daley estiment qu'il est de leur devoir de l'y aider. Je partage votre avis. Il va à la pêche aux informations. Mais je me demande vraiment comment tout cela pourrait lui être utile.

– Apparemment, c'est assez explosif pour que les Saoudiens et les Israéliens aient décidé d'agir il y a cinq ans.

– Et c'est significatif. Les Israéliens ne sont guère enclins aux caprices. Quelque chose les a poussés à vouloir éliminer Haddad.

– Cotton est dans le pétrin. Son fils est en danger et nous n'allons pas lever le petit doigt pour l'aider. En fait, officiellement parlant, nous allons nous croiser les bras, le regarder se dépatouiller avant de nous servir de lui.

– Je pense que Daley sous-estime sa résistance. Tout a été planifié dans les moindres détails.

– C'est ça le problème avec les bureaucrates, acquiesça Stéphanie. Ils croient que tout est négociable. »

Le téléphone portable qui vibra dans la poche de Stéphanie la fit sursauter. Elle avait demandé à ne pas être dérangée sauf cas extrême. Elle prit l'appel, écouta un instant avant de raccrocher.

« Je viens de perdre un agent. L'homme que j'ai envoyé à la rencontre de Malone. Il a été tué au château de Kronborg. »

Green resta silencieux.

« Durant avait une femme et un enfant, expliqua Stéphanie attristée.

— Des nouvelles de Malone ?

— Il n'en a pas donné.

— Vous aviez peut-être raison tout à l'heure. Nous devrions impliquer d'autres agences de renseignements.

— Cela ne marcherait pas, fit Stéphanie, la gorge serrée. Nous devons nous débrouiller autrement. »

Immobile, lèvres serrées, inébranlable, Green avait l'air de mesurer les enjeux de la situation.

« J'ai l'intention d'aider Cotton, annonça Stéphanie.

— Que pouvez-vous faire ? Vous n'êtes pas un agent de terrain. »

Elle se rappela que Malone lui avait dit exactement la même chose il n'y avait pas si longtemps en France, mais elle s'était plutôt bien débrouillée.

« Je vais me faire aider moi aussi. Par des gens à qui je peux faire confiance. Beaucoup d'amis me doivent des faveurs.

— Moi aussi, je peux vous aider.

— Je ne veux pas que vous soyez mêlé à cette affaire.

— C'est trop tard.

— Il n'y a rien que vous puissiez faire.

— Vous pourriez être surprise.

— Et que ferait Daley alors ? Nous ignorons complètement qui sont ses alliés. Il vaut mieux que j'agisse discrètement. Restez en dehors de tout ça. »

Green resta de marbre.

« Et le briefing tout à l'heure au Capitole ?

— Je m'en charge, cela calmera Daley.

— Je vous couvrirai comme je peux.

— Vous savez, notre entrevue de ce soir fait sans doute partie des moments les plus agréables que nous ayons passés ensemble, vous et moi, déclara Stéphanie avec un sourire.

– Navré qu'ils aient été si rares jusqu'ici.

– Et moi donc. Mais un de mes amis a besoin de moi. »

16

Malone sortit de la voiture et approcha de la maison devant laquelle la Volvo était garée. Il ne pouvait le faire par l'entrée – trop de fenêtres, aucun abri –, aussi s'engagea-t-il dans une allée couverte d'herbe, adjacente à la maison voisine et approcha par-derrière. Ce quartier de Copenhague lui rappelait son ancien quartier à Atlanta : des résidences en briques compactes entourées de jardinets qui l'étaient tout autant s'alignaient le long d'allées ombragées.

Il garda le Beretta à portée de main et mit le feuillage à profit pour cacher sa progression. Il n'avait vu personne jusque-là. Une haie à hauteur d'épaule séparait les jardins. Il se posta de sorte à pouvoir jeter un coup d'œil par-dessus la haie et remarqua une porte à l'arrière de la maison dans laquelle le tueur était entré. Avant qu'il ait pu prendre une décision, la porte s'ouvrit et deux hommes sortirent de la maison.

Le tueur du château de Kronborg et un autre homme courtaud et au cou de taureau.

Sans cesser de parler, ils firent le tour de la maison. Se fiant à son instinct, Malone quitta sa cachette en courant et pénétra dans le jardin par un trou dans la haie. Il s'élança vers la porte de derrière et, arme au poing, se glissa à l'intérieur.

Il n'y avait pas un bruit dans la maison de plain-pied. Elle comptait deux chambres, dont l'une fermée à clé, un salon, une cuisine et une salle de bains. Malone jeta un coup d'œil rapide dans chacune des pièces. Personne. Il approcha de la porte verrouillée dont il agrippa la poignée de la main gauche tout en serrant l'arme dans la droite, doigt sur la gâchette. Il tourna lentement la poignée puis enfonça la porte.

Il aperçut Gary.

Son fils était assis dans un fauteuil près de la fenêtre en train de lire. Il sursauta, leva les yeux et son visage s'éclaira quand il vit qui était là.

Malone lui aussi exulta.

« Papa, s'exclama Gary. Qu'est-ce qui se passe ? ajouta-t-il en voyant l'arme.

— Je ne peux pas t'expliquer mais il faut y aller.

— Ils m'ont dit que tu avais des ennuis. Les gens qui essaient de vous faire du mal à toi et à maman, ils sont là ?

— Oui, admit-il, sentant la panique l'envahir. Il faut y aller. »

Gary se leva et Malone ne put s'empêcher de le serrer fort contre lui. Ce gosse était le sien – à tous les points de vue. Pam pouvait aller se faire voir.

« Reste derrière moi. Fais exactement ce que je te dis. Compris ?

— Il va y avoir du grabuge ?

— J'espère que non. »

Il revint sur ses pas jusqu'à la porte de derrière et lança un coup d'œil à l'extérieur. Le jardin était désert. Il ne lui faudrait qu'un instant pour fuir.

Malone sortit, Gary sur les talons.

Le trou dans la haie se trouvait à une quinzaine de mètres d'eux.

Malone fit passer Gary devant puisque la dernière fois qu'il avait vu les deux hommes, ils se dirigeaient vers la rue. Le doigt sur la gâchette, il se précipita vers le jardin voisin, surveillant les côtés tout en laissant Gary passer le premier.

Ils passèrent par l'ouverture de la haie.

« Comme vous êtes prévisible. »

Malone se retourna, pétrifié par la surprise.

À quelques mètres de lui, l'homme au cou de taureau braquait un Glock équipé d'un silencieux contre la gorge de Pam. Le tueur du château de Kronborg attendait à côté, son arme braquée droit sur Malone.

« J'ai trouvé votre ex en train de traîner dans les parages, expliqua Cou-de-taureau avec un accent hollandais. Je suppose que vous lui aviez ordonné de rester dans la voiture ? »

Malone dévisagea Pam qui le suppliait du regard de lui pardonner.

« Gary, dit-elle, incapable de bouger.

— Maman. »

Le désespoir était perceptible dans leur voix. Malone cacha Gary derrière lui.

« Voyons, comment avez-vous fait, Malone ? Vous avez filé mon homme depuis le château jusqu'en ville, avez attendu qu'il parte, l'avez suivi en pensant que vous trouveriez votre fils ici. »

C'était la même voix qu'au téléphone la nuit passée.

« J'ai eu raison sur toute la ligne. »

L'homme resta de marbre. L'estomac de Malone se serra. Il s'était fait avoir.

« Ôtez le chargeur de votre Beretta et jetez-le par terre. »

Malone hésita avant de comprendre qu'il n'avait pas le choix. Il fit ce qu'on lui demandait.

« Maintenant, procédons à un échange. Je vous rends votre ex et vous me donnez votre fils.

— Et si je vous disais de garder mon ex ?

— Vous n'avez pas envie que votre fils me voie brûler la cervelle de sa mère, j'en suis sûr ; et c'est exactement ce que je vais faire car elle ne m'intéresse pas vraiment. »

Les yeux de Pam s'écarquillèrent en se rendant compte de la situation dans laquelle sa bêtise les avait mis.

« Qu'est-ce qui se passe, papa ?

— Mon grand, tu vas devoir aller avec cet homme...

— Non ! hurla Pam. Ne bouge pas.

— Il va te tuer », expliqua Malone.

L'homme au cou de taureau pressait fermement la gâchette de son arme et Malone espérait que Pam allait se tenir tranquille. Il plongea le regard dans celui de son fils.

« Tu vas devoir faire ça pour maman, précisa-t-il. Mais je reviendrai te chercher, je te le jure. Tu peux compter sur moi. Je t'aime, déclara-t-il en serrant Gary sur son cœur. Sois courageux, d'accord ? Fais-le pour moi. »

Gary hocha la tête, hésita un moment puis avança vers l'homme qui relâcha son étreinte. Pam prit immédiatement Gary dans ses bras en éclatant en sanglots.

« Tu vas bien ?

— Ça va.

— Laissez-moi rester avec lui, implora Pam. Je serai sage comme une image. Cotton pourra se mettre en quête de ce que vous voulez et nous nous tiendrons tranquilles. Je vous le promets.

— Fermez-la, ordonna l'homme au cou de taureau.

— Je vous le jure. Je ne vous poserai aucun problème. »

L'homme braqua son arme contre son front.

« Radinez-vous par là-bas et fermez-la.

– Ne le pousse pas à bout », conseilla Malone.

Elle serra de nouveau Gary sur son cœur et approcha lentement de Malone.

« Vous avez fait le bon choix », gloussa l'homme.

Malone étudiait son adversaire.

L'homme braqua soudain son arme sur la droite et abattit le tueur du château de Kronborg de trois balles. Il tituba et tomba sur le dos.

« Oh, mon Dieu », s'écria Pam en se couvrant la bouche d'une main.

Malone vit que Gary avait l'air choqué. Aucun enfant de quinze ans n'aurait dû assister à un tel spectacle.

« Il a fait exactement ce que je lui avais demandé. Mais je savais que vous le suiviez. Lui, l'ignorait. Il m'avait même assuré qu'il n'avait pas été suivi. Je n'ai pas de temps à perdre avec des idiots. Ce petit exercice était destiné à laisser votre bravoure s'exprimer. À présent, allez chercher ce que je vous ai demandé. Nous allons partir sans que vous interveniez, ajouta-t-il en pressant l'arme sur le crâne de Gary.

– Je me suis débarrassé de toutes mes balles. »

Malone dévisagea Gary. Bizarrement, on ne lisait pas la moindre anxiété sur le visage du garçon. Ni panique ni crainte. De la détermination, c'est tout.

Gary et l'homme au cou de taureau s'éloignèrent.

Les possibilités se bousculaient dans l'esprit de Malone qui gardait l'arme au poing. Son fils se trouvait à quelques centimètres d'une arme chargée. Il savait qu'une fois Gary parti, il n'aurait d'autre choix que de livrer le lien. Il avait évité de prendre cette décision déplaisante toute la journée, car il serait confronté à une foule de dilemmes s'il s'y résolvait. Son adversaire avait manifestement anticipé tout cela depuis le départ en sachant qu'ils se retrouveraient tous ici.

Son sang se figea et un sentiment de malaise l'envahit.

Désagréable.

Mais familier.

Il s'efforça de rester naturel. C'était la règle. Dans son ancienne profession, tout était question de hasard. Il fallait mettre en balance les chances de succès. Pour réussir, il avait toujours fallu mettre en balance les chances de réussite et les risques. Il avait risqué sa peau plus d'une fois et à trois reprises, les risques l'avaient emporté sur les chances de réussite et il avait fini à l'hôpital.

Cette fois, c'était différent. La vie de son fils était en jeu.

Grâce au ciel, la chance lui souriait.

Gary et l'homme au cou de taureau approchaient de l'ouverture dans la haie.

« Excusez-moi », lança Malone.

L'homme se retourna.

Malone fit feu et la balle toucha son adversaire en pleine poitrine. Il ne semblait pas très bien comprendre ce qui venait de se passer ; sur son visage, la perplexité le disputait à la douleur. Du sang se mit à couler des commissures de ses lèvres et ses yeux se fermèrent.

Il tomba comme une masse, fut secoué de quelques spasmes passagers.

Pam se rua sur Gary et le prit dans ses bras.

Malone baissa son arme.

Sabre vit Malone exécuter le dernier de ses employés. Il observait la scène depuis la cuisine d'une maison donnant sur l'arrière de celle où Gary Malone était séquestré depuis trois jours. Il avait loué les deux habitations en même temps.

Il sourit.

Malone était un malin et ses employés incompétents. En jetant son chargeur, Malone s'était débarrassé de toutes ses balles, sauf de celle déjà dans la chambre de son arme. Tous les bons agents comme Malone gardaient toujours une balle dans la chambre de leur arme. Sabre se souvenait de la fois où, pendant son entraînement avec les forces spéciales, une recrue s'était tiré une balle dans la jambe alors qu'il était censé avoir déchargé son revolver – en oubliant qu'il restait une balle dans le magasin.

Il avait espéré que Malone trouverait le moyen de l'emporter sur les hommes qu'il avait engagés. C'était cela son plan. Et l'occasion s'était présentée lorsqu'il avait vu Pam Malone se diriger vers la maison. Il avait contacté ses subalternes par radio et leur avait expliqué comment se servir de sa négligence pour mettre les points sur les i auprès de Malone, faisant miroiter un bonus à l'homme au cou de taureau s'il exécutait son acolyte.

Heureusement, l'intervention de Malone lui avait épargné le versement de la somme promise.

Cela signifiait également qu'il ne restait plus personne pour lier Sabre à cette affaire.

Et il y avait mieux : Malone avait récupéré son fils, ce qui devrait amadouer son ennemi pendant quelque temps.

Mais cette aventure n'était pas terminée pour autant.

Loin de là.

En réalité, elle ne faisait que commencer.

DEUXIÈME PARTIE

17

Vienne, Autriche
Mercredi 5 octobre,
13 h 30

Sabre freina devant le portail et baissa la vitre côté conducteur. Il n'eut pas besoin de montrer de pièce d'identité pour que le gardien lui fasse immédiatement signe de passer. Le vaste château s'élevait à une cinquantaine de kilomètres au sud-ouest de la ville, en plein cœur de la forêt viennoise. Construit par une famille d'aristocrates trois siècles plus tôt, ses murs ocre à la splendeur baroque enchâssaient soixante-quinze pièces spacieuses surmontées d'un toit pentu en ardoise des Alpes.

Le pare-brise fumé de l'Audi n'arrivait pas à faire barrage au soleil éclatant et Sabre remarqua que l'allée goudronnée et les places de parking qui la longeaient étaient toutes libres. Seuls les gardiens postés près du portail et quelques jardiniers qui entretenaient les allées venaient troubler la tranquillité de la scène.

Apparemment, l'entrevue se déroulerait en privé.

Il se gara sous une porte cochère, sortit de la voiture pour humer l'air qui embaumait. Il boutonna immédiatement sa veste Burberry et s'engagea sur un sentier recouvert de gravier qui menait à la *Schmetterlinghaus,* une structure de fer et de verre à une centaine de mètres au sud de la résidence principale. Simplement badigeonnée d'une couche de peinture verte, ses murs composés de centaines de panneaux de verre de Hongrie, l'imposante serre XIXe se fondait parfaitement dans la forêt avoisinante. À l'intérieur, on avait acclimaté une grande variété de plantes exotiques ; mais c'était aux milliers de papillons qui s'ébattaient en toute liberté entre ses murs que le bâtiment devait son nom.

Sabre poussa une porte en bois branlante et pénétra dans l'entrée couverte de terre battue. Un rideau de cuir maintenait une atmosphère chaude et humide.

Il le souleva pour entrer.

Des papillons dansaient dans les airs au son d'une douce musique. Bach, s'il ne se trompait pas. Un grand nombre de plantes étaient en fleurs et la scène paisible qu'il découvrit offrait un contraste saisissant avec les mornes images automnales que l'on devinait à travers le verre embué.

Le propriétaire du bâtiment, l'occupant du fauteuil bleu, était assis parmi le feuillage. Il avait les traits d'un homme qui travaillait trop, dormait peu et ne se souciait guère de diététique. Le vieil homme avait passé un costume en tweed par-dessus son cardigan. Il devait être mal à l'aise, songeait Sabre. Cela dit, remarqua-t-il *in petto,* les créatures à sang froid avaient besoin de beaucoup de chaleur.

Sabre ôta sa veste en approchant d'une chaise libre.

« Guten morgen, Herr Sabre. »

Il s'installa tout en saluant à son tour le vieil homme. L'idiome du jour serait apparemment l'allemand.

« Les plantes, Dominick. Je ne vous ai jamais posé la question, mais que savez-vous à leur sujet au juste ?

— Rien, à part qu'elles transforment le dioxyde de carbone en oxygène.

— Ne diriez-vous pas qu'elles font bien plus que cela ?

demanda le vieil homme avec un sourire. Que dire de leurs couleurs, leur convivialité, leur beauté ? »

Sabre jeta un coup d'œil à la forêt tropicale acclimatée dans la serre, admira les papillons en écoutant la musique apaisante. Il n'aimait pas ce genre de niaiseries mais se garda bien d'exprimer son opinion.

« Elles ont leur rôle à jouer, se contenta-t-il de dire.

— Que savez-vous sur les papillons ? »

Une assiette en porcelaine maculée de banane blette reposait sur les genoux du vieil homme. Des lépidoptères aux ailes saphir, écarlates et ivoire dévoraient allègrement cette offrande.

« Ils sont attirés par l'odeur des fruits, expliqua le vieil homme en caressant délicatement l'aile de l'un des insectes. Ce sont des créatures absolument magnifiques. De véritables joyaux vivants qui font jaillir la couleur dans la nature. C'est triste mais elles ne vivent que quelques jours avant de rejoindre la chaîne alimentaire. »

Quatre papillons vert et or s'invitèrent au banquet.

« Cette espèce-ci est très rare. *Papilio dardanus.* Le grand porte-queue. J'importe spécialement leurs chrysalides d'Afrique. »

Sabre détestait ces bestioles mais s'efforça d'avoir l'air intéressé en patientant.

« Tout s'est bien passé à Copenhague ? finit par demander l'occupant du fauteuil bleu.

— Malone est parti chercher le lien.

— Exactement comme vous l'aviez prévu. Comment le saviez-vous ?

— Il n'a pas le choix. Pour protéger son fils et éviter qu'il ne soit vulnérable, il doit révéler où se trouve le lien. Les pensées de ce genre de personne sont faciles à deviner.

— Il pourrait se rendre compte qu'il a été manipulé.

— Je suis sûr qu'il le sait mais il est convaincu qu'au bout du compte, il a réussi à prendre le dessus. Je doute qu'il croie que je voulais la mort de mes hommes.

— Ce petit jeu vous plaît, n'est-ce pas? fit le vieil homme, l'œil amusé.

— Il a certains côtés satisfaisants. Quand on sait y jouer », ajouta Sabre après une courte pause.

Quelques autres papillons vinrent rejoindre ceux qui se trouvaient déjà sur l'assiette.

« C'est assez proche du mode de fonctionnement de ces précieuses créatures, remarqua l'occupant du fauteuil bleu. Elles se gavent, leurrées par l'attrait de la nourriture facile. »

Il pinça les ailes de l'un des papillons entre ses doigts noueux; l'insecte tortilla ses stigmates sombres et ses minuscules pattes en tentant de se libérer.

« Je pourrais aisément tuer ce spécimen. Ce ne serait pas très difficile. »

Le vieil homme relâcha son emprise. Le papillon aux ailes orange et jaune hésita un instant avant de s'envoler.

« Mais je pourrais tout aussi bien le laisser s'en aller, ajouta le vieil homme en posant sur Sabre un regard plein d'entrain. Servons-nous de l'instinct de Malone à notre avantage.

— J'en ai bien l'intention.

— Que ferez-vous quand le lien aura été découvert?

— Cela dépend.

— Malone devra être éliminé.

— Je m'en charge.

— Ce sera peut-être problématique, remarqua le vieil homme.

— Je suis prêt.

— Il y a un problème. »

Il s'était demandé pourquoi il avait été convoqué à Vienne.

« Le camp israélien est en état d'alerte. Il semblerait que George Haddad ait passé un nouveau coup de téléphone en Cisjordanie et les espions juifs infiltrés au sein de l'autorité palestinienne en ont averti Tel-Aviv. Ils savent qu'il est vivant et je suppose qu'ils savent également où il se cache. »

Il y avait effectivement un problème.

« En conséquence, le Cercle a ratifié ma décision de vous laisser les mains libres dans cette affaire. »

Il n'avait jamais envisagé qu'il puisse en être autrement.

« Comme vous le savez, les motivations des Israéliens sont bien différentes des nôtres. Nous voulons le lien. Ils veulent le faire disparaître.

— Ils ont assassiné leurs propres compatriotes dans cet attentat dans le simple but d'éliminer Haddad.

— Les juifs constituent un problème, déclara doucement l'occupant du fauteuil bleu. Ils ont toujours été difficiles. La différence et l'obstination engendrent une fierté démesurée. »

Sabre décida de ne pas relever.

« Nous comptons mettre un terme au problème juif.

— J'ignorais qu'il y en eût un.

— Pas pour nous, mais pour nos amis arabes. Aussi devez-vous garder votre avance sur les Israéliens. Nous ne pouvons pas les laisser intervenir.

— Je dois me mettre en route dans ce cas.

— Où Malone s'est-il rendu ?

— À Londres. »

L'occupant du fauteuil bleu se tut, focalisant son

attention sur les papillons qui voletaient sur ses genoux. Il les chassa du revers de la main.

« Avant d'arriver à Londres, vous devez faire étape quelque part.

— Aurai-je le temps ?

— Nous n'avons pas le choix. Un autre de nos contacts au sein du gouvernement israélien dispose de certaines informations qu'il n'accepte de livrer qu'à vous et en personne ; il exige d'être payé.

— Comme tout le monde, non ?

— Il se trouve en Allemagne. Cela ne devrait pas être long. Prenez l'un des jets de la compagnie. Je me suis laissé dire qu'il s'est montré négligent. Il s'est fait repérer même s'il n'en est pas conscient. Soldez nos comptes avec lui. »

Sabre comprit.

« Et inutile de préciser que vous serez observé. Offrez à votre public un spectacle mémorable, voulez-vous ? Il faut que les Israéliens comprennent que les enjeux de cette affaire sont de taille. »

Le vieil homme changea de position avant de baisser son nez effilé vers l'assiette.

« Vous êtes également conscient de ce qui se passera ce week-end, n'est-ce pas ?

— Bien sûr.

— J'ai besoin du dossier financier d'une certaine personne. D'ici vendredi. Est-ce possible ? »

Il connaissait la réponse adéquate même s'il n'avait pas de temps à perdre avec cette requête non plus.

« Certainement. »

Le vieil homme lui indiqua le nom de la personne qui devait faire l'objet de l'enquête puis ajouta : « Faites-moi apporter l'information ici. En attendant, faites ce que vous faites le mieux. »

18

Washington, DC
7 h 30

Stéphanie décida de rester dans la capitale. Les principaux acteurs de l'affaire étaient tous sur place, et si elle comptait aider Malone, elle aurait besoin de se trouver près d'eux. Grâce à son ordinateur portable et son téléphone cellulaire, elle restait en relation avec Atlanta et le quartier général de l'unité Magellan ; de plus, trois de ses agents étaient en ce moment même en route pour le Danemark. Deux autres se trouvaient déjà à Londres et le dernier venait la rejoindre à Washington. Dans l'immédiat, sa chambre d'hôtel servirait de centre de commandement.

Elle attendait depuis vingt minutes et lorsque la sonnerie du téléphone posé sur son bureau résonna, elle sourit. Une qualité qu'il fallait bien reconnaître à Thorvaldsen, c'était sa ponctualité. Elle décrocha le combiné.

« Oui, Henrik ?

– Vous étiez donc sûre que ce serait moi ?

– Pile à l'heure.

– C'est impoli d'être en retard.

– Je suis tout à fait d'accord avec vous. Qu'avez-vous appris ?

– Suffisamment pour savoir que nous avons un problème. »

La veille, Thorvaldsen avait envoyé un escadron d'enquêteurs pour remonter la piste des deux hommes tués par Malone. Comme l'un d'eux avait assassiné un agent fédéral, Stéphanie avait également pu solliciter l'aide d'Europol.

« Avez-vous déjà entendu parler de *Der Orden vom Goldenen Vlies* ? L'ordre de la Toison d'or ?

– C'est un cartel économique européen autant que je sache.

– J'ai besoin d'une connexion internet avec votre ordinateur.

– C'est confidentiel, annonça Stéphanie d'un ton enjoué.

– Je vous assure qu'avec tout ce que je sais, je dispose de toutes les autorisations nécessaires. »

Elle lui indiqua l'adresse du routeur. Une minute plus tard, cinq photos apparurent sur son écran. Trois portraits, deux photos en pied. Les cinq hommes avaient tous plus de soixante-dix ans ; leurs visages étaient ceux de caricatures aux traits anguleux, des visages froids et sans expression qui dégageaient tous une certaine sophistication – en bref, l'allure aristocratique d'hommes habitués à obtenir ce qu'ils voulaient.

« L'ordre de la Toison d'or s'est reformé dans les années quarante, juste après la nationalisation de l'industrie autrichienne. Le siège de l'organisation se trouvait à Vienne, et à l'origine, l'adhésion était strictement réservée à un groupe d'industriels et d'investisseurs triés sur le volet. Dans les années cinquante, l'Ordre s'est ouvert à d'autres membres parmi lesquels des magnats de l'industrie et de l'exploitation minière ainsi qu'à d'autres investisseurs. »

Stéphanie fit glisser un bloc-notes à portée de main et sortir la mine d'un stylo à bille.

« Qu'entendez-vous par *s'est reformé* ?

— Le nom vient d'un ordre français du Moyen Âge que Philippe, duc de Bourgogne, avait créé en 1430. Mais cette coterie de chevaliers disparut au bout de quelques décennies. Au fil des siècles, quelques réincarnations sont apparues, et un ordre de la Toison d'or à vocation associative existe toujours en Autriche. Mais c'est le cartel économique éponyme qui constitue une menace. »

Les yeux de Stéphanie restaient rivés à l'écran de son ordinateur et sa mémoire absorbait les moindres détails des visages sévères.

« Groupe intéressant, souligna Thorvaldsen. Un code strict régit les affaires de l'Ordre. Le nombre des membres est limité à soixante et onze. Un Cercle de cinq membres gouverne. L'occupant du fauteuil bleu préside à la fois le Cercle et l'Ordre. Chaque adhérent porte une robe écarlate et un collier en or composé de briquets alternant avec des pierres environnées de flammes d'où pend une Toison d'or. C'est assez théâtral. »

Stéphanie partageait son avis.

« Laissez-moi vous présenter les cinq hommes dont vous voyez la photo sur votre écran. En haut à gauche, l'industriel autrichien Alfred Hermann. Il occupe actuellement le fauteuil bleu. Il est plusieurs fois millionnaire et possède des aciéries en Europe, des mines en Afrique, des plantations d'hévéas en Asie et des investissements bancaires aux quatre coins du monde. »

Thorvaldsen expliqua à Stéphanie qui étaient les quatre autres. L'un était l'actionnaire majoritaire de la banque VRN présente sur tout le territoire autrichien, en Allemagne, en Suisse et aux Pays-Bas, et possédait aussi des compagnies pharmaceutiques et automobiles. L'autre contrôlait le marché boursier européen grâce à ses compagnies qui géraient les portefeuilles de plusieurs nations de l'Union. Le troisième était propriétaire de deux compagnies françaises et d'une compagnie belge, leaders sur le marché de la construction aéronautique sauf aux États-Unis. Le dernier, qui s'était autoproclamé « roi du béton », était propriétaire de compagnies qui dominaient la production à travers l'Europe, l'Afrique et le Moyen-Orient.

« C'est impressionnant, commenta Stéphanie.

— C'est le moins que l'on puisse dire. Un parfum résolument aryen entoure le Cercle et cela a toujours été le cas – les membres allemands, suisses et autrichiens dominent. Les membres du Cercle sont élus parmi les adhérents de l'organisation et gardent leur siège à vie. Une ombre est choisie simultanément et peut remplacer le membre du Cercle en cas de décès. L'occupant du fauteuil bleu est élu par le Cercle et garde lui aussi son siège à vie.

— Ils sont d'une efficacité diabolique.

— Ils en sont très fiers, en effet. L'organisation au grand complet se réunit deux fois l'an au cours d'une assemblée plénière, la première fois à la fin du printemps et une autre fois juste avant l'hiver dans la propriété de cent soixante hectares d'Alfred Hermann, tout près de Vienne. Le reste de l'année, les affaires sont gérées par le Cercle ou par des comités permanents. Le chancelier, le trésorier et le secrétaire élus sont secondés dans leur tâche par une équipe qui opère depuis le château d'Hermann. L'effectif est volontairement réduit. Pas de temps perdu en palabres inutiles. »

Stéphanie prit quelques notes.

« Le président n'a pas le droit de vote, ni au sein du Cercle ni en assemblée, sauf en cas d'égalité des voix. Le fait que l'assemblée compte soixante et onze membres et le Cercle cinq rend la chose possible. »

Il fallait bien reconnaître que Thorvaldsen n'avait pas ménagé ses efforts pour mener l'enquête.

« Parlez-moi des membres de l'organisation.

— Elle compte une majorité d'Européens mais quatre Américains, deux Canadiens, trois Asiatiques, un Brésilien et un Australien en font aujourd'hui partie. Hommes et femmes. L'organisation est devenue mixte il y a plusieurs dizaines d'années. Les renouvellements sont occasionnels, mais une liste d'attente garantit un effectif constant.

— Pourquoi l'organisation est-elle basée en Autriche ?

— Pour la même raison que beaucoup d'entre nous y ont placé de l'argent. Une disposition expresse de la constitution autrichienne interdit la violation du secret bancaire. Il est difficile de retrouver la trace de l'argent. L'Ordre dispose de fonds importants. Chaque membre reçoit une part égale des excédents. L'année dernière, ils se sont partagé la somme record de cent cinquante millions d'euros.

— Et comment dépensent-ils de telles sommes ?

— Ils s'en servent pour obtenir ce que tout le monde cherche à obtenir depuis des siècles : l'influence politique, surtout vis-à-vis des efforts de la Communauté européenne pour centraliser la devise et réduire les barrières douanières. Ils s'intéressent également à l'émergence des pays de l'Est. Reconstruire l'infrastructure de la République tchèque, de la Slovaquie, de la Hongrie, de la Roumanie et de la Pologne représente un chantier colossal. Grâce à des contributions savamment distribuées, certains membres ont obtenu plus que leur part de contrats.

— Quand bien même, Henrik, cent cinquante millions d'euros ne peuvent pas exclusivement servir à garantir l'obtention de contrats et à soudoyer les hommes politiques.

— Vous avez raison, Stéphanie. Le groupe a un objectif bien plus ambitieux.

— Je vous écoute, déclara Stéphanie qui commençait à s'impatienter.

— Le Moyen-Orient. Voilà leur priorité absolue.

— Comment diable savez-vous tout cela ? »

Sa question fut accueillie par un silence à l'autre bout du fil.

Stéphanie attendit.

« Je suis membre de l'organisation. »

19

Londres
12 h 30

Malone et Pam débarquèrent de leur vol British Airways. Ils avaient passé la nuit à Christiangade avant de prendre un vol reliant Copenhague à Londres ; pour Pam, l'arrêt dans la capitale britannique ne constituait qu'une escale sur le chemin d'Atlanta mais le voyage de Malone s'arrêtait là. Gary avait été confié à Thorvaldsen. L'adolescent connaissait le vieil homme pour avoir passé les deux derniers étés au Danemark. Avant de pouvoir déterminer avec certitude ce qui se passait, Malone était persuadé que Christiangade était l'endroit le plus sûr pour son fils. Par mesure de précaution, Thorvaldsen avait engagé un groupe d'agents de sécurité chargé de quadriller la propriété. Cette décision n'avait pas plu à Pam et ils s'étaient disputés. Mais elle avait fini par comprendre que c'était plus sage, surtout après ce qui s'était passé à Atlanta. À présent que le calme était revenu, il fallait qu'elle se remette au travail. Elle avait quitté la ville à la hâte et sans en avertir son employeur. Rentrer sans Gary ne lui plaisait guère mais elle avait pourtant fini par reconnaître que Malone était plus à même de le protéger.

« J'espère que je n'ai pas perdu mon boulot, déclara-t-elle.

— J'imagine que les horaires que tu fais suffisent à te

garantir l'indulgence de ton patron. Tu vas lui expliquer ce qui s'est passé ?

– Il va bien falloir.

– Peu importe. Dis ce que tu as à dire.

– Pourquoi tu continues ? Pourquoi ne pas laisser tomber ? »

Malone remarqua que Pam était bien mieux disposée après une bonne nuit de sommeil. Elle s'était excusée à plusieurs reprises pour la veille, mais peu lui importait. Il n'avait pas envie de lui parler et grâce aux réservations de dernière minute, ils n'étaient pas assis côte à côte dans l'avion. Tant mieux. Il y avait encore des choses à dire au sujet de Gary. Des choses désagréables. Mais ce n'était pas le moment.

« C'est la seule façon de m'assurer que cela ne se reproduira pas, expliqua-t-il. Si je ne suis pas le seul à être au courant pour le lien, alors je ne suis plus la cible. Et par la même occasion, ni toi ni Gary ne l'êtes non plus.

– Qu'est-ce que tu comptes faire ?

– Je verrai sur place », déclara-t-il, sincère.

Ils se frayèrent un chemin vers le terminal à travers la foule des passagers qui allaient et venaient dans le hall ; ils marchaient en silence, absorbés par leurs pensées : décidément, il valait mieux que chacun parte de son côté. Les réflexes latents aiguisés par les douze années que Malone avait passées au service du ministère de la Justice étaient de nouveau en alerte. Il avait remarqué quelque chose dans l'avion. Un homme. Assis à trois rangées de lui, de l'autre côté de l'allée. Une grande perche, le teint hâlé, les joues recouvertes d'une barbe de trois jours. Il avait embarqué à Copenhague et quelque chose en lui avait retenu l'attention de Malone. Il ne s'était produit aucun incident à bord mais, bien que l'inconnu eût débarqué avant eux, il se trouvait maintenant sur leurs talons.

Cela semblait louche.

« Hier, tu as tué un homme sans l'ombre d'un remord, remarqua Pam. C'est effrayant, Cotton.

— La sécurité de Gary était en jeu.

— C'est ce que tu faisais, avant ?

— Tout le temps.

— En ce qui me concerne, j'ai vu assez de morts comme ça. »

Lui aussi.

Ils avançaient toujours. Il savait qu'elle était en train de réfléchir. Il avait toujours su dire quand son esprit était en ébullition.

« Je n'y ai pas fait allusion hier à cause de tout ce qui s'est passé mais, il y a un nouvel homme dans ma vie. »

Il se réjouissait de la nouvelle mais se demandait pourquoi elle le lui annonçait.

« Ça fait longtemps que l'on ne se rend plus de comptes tous les deux, remarqua-t-il.

— Je sais, mais je tiens à lui. Il m'a offert cette montre », dit-elle en lui montrant son poignet.

Elle semblait en être fière, aussi Malone voulut-il lui être agréable.

« Une TAG Heuer ! Pas mal.

— C'est ce que je me suis dit. Ça m'a carrément surprise.

— Il est gentil avec toi ?

— J'apprécie le temps que nous passons ensemble », acquiesça-t-elle.

Malone ne savait que dire.

« Je ne te parle de lui que dans la mesure où l'heure est peut-être venue de faire la paix. »

Ils pénétrèrent dans le terminal bondé. Il était temps de se séparer.

« Ça te dérange si je t'accompagne ? demanda Pam. Mon avion pour Atlanta ne part que dans sept heures. »

Il avait répété mentalement ses adieux, ayant l'intention de prendre les choses avec nonchalance.

« Ce n'est pas une bonne idée. J'ai besoin d'être seul. »

Inutile de dire à haute voix ce qu'ils pensaient tous les deux. *Surtout après la journée d'hier.*

« Je comprends, concéda-t-elle. Je me disais simplement que ce serait une façon agréable de passer l'après-midi.

— Qu'est-ce qui te donne envie de m'accompagner ? demanda Malone, curieux. Je pensais que tu en avais fini avec tout ça.

— J'ai failli perdre la vie à cause de cette histoire, alors je suis curieuse. Et puis, qu'est-ce que je vais faire dans cet aéroport ? »

Il fallait bien admettre qu'elle était magnifique ; elle avait cinq ans de moins que lui mais paraissait encore plus jeune. Et elle ressemblait trop à la jeune femme qu'il avait connue autrefois, à la fois vulnérable, indépendante et attirante, pour qu'il puisse rester désinvolte. Son visage semé de taches de rousseur, son regard bleu ravivaient les souvenirs, souvenirs qu'il s'était efforcé de refouler, surtout depuis août dernier quand il avait découvert la vérité sur le père de Gary.

Leur mariage avait duré des années. Ils avaient partagé toute une vie. Le meilleur et le pire. Il avait quarante-huit ans, était divorcé depuis plus d'un an, séparé depuis près de six.

Il était peut-être temps de passer à autre chose. Il ne pouvait rien changer à ce qui s'était passé, et puis, il n'avait pas été un ange. Mais les négociations de paix allaient devoir attendre.

« Rentre à Atlanta et évite les ennuis, d'accord ? se contenta-t-il de dire.

– Je pourrais te donner le même conseil, répondit Pam avec un sourire.

– Ça m'est impossible. Mais je suis sûr que le nouvel homme qui partage ta vie voudrait t'avoir près de lui.

– Il faut que nous parlions, Cotton. Nous avons tous les deux évité le sujet.

– Nous le ferons mais quand tout sera fini. Si nous faisions une trêve jusque-là ?

– D'accord.

– Je te tiendrai au courant et ne t'inquiète pas pour Gary. Henrik va s'occuper de lui. Il est entre de bonnes mains. Tu as son numéro de téléphone, alors n'hésite pas à prendre de ses nouvelles quand tu voudras. »

Malone lui adressa un signe aussi enjoué que son sourire avant de se diriger vers la sortie et la station de taxis. Il n'avait pas de bagage. Selon la durée de son séjour, il ferait peut-être quelques achats plus tard, après avoir trouvé le lien.

Mais avant de quitter l'aéroport, il lui fallait vérifier un dernier détail.

Il s'approcha d'un comptoir d'information situé devant la sortie et prit une carte de la ville sur un présentoir. Il se retourna nonchalamment pour l'étudier en balayant du regard le vaste terminal où affluait la foule.

L'inconnu de l'avion devait attendre qu'il parte s'il l'avait effectivement pris en filature.

Mais contrairement à ses attentes, l'homme suivait Pam.

Malone sentit l'inquiétude le gagner.

Il jeta la carte sur le comptoir et traversa le terminal.

Pam entra dans l'un des nombreux cafés de l'aéroport, ayant apparemment l'intention de déjeuner ou de prendre un café pour passer le temps. L'inconnu prit position dans une boutique de produits hors taxe d'où il pouvait observer le café.

Intéressant. Malone n'était apparemment pas le plus intéressant des deux...

Il pénétra à son tour dans le café.

Pam avait pris place dans une alcôve et il la rejoignit. La surprise se lut sur son visage lorsqu'elle le vit.

« Qu'est-ce que tu fais là ? s'étonna-t-elle.

— J'ai changé d'avis. Pourquoi ne m'accompagnerais-tu pas ?

— J'en serais ravie.

— À une condition.

— Je sais. Je serai muette comme une carpe. »

Stéphanie répéta mentalement les paroles de Thorvaldsen avant de lui demander calmement :

« Vous êtes membre de l'ordre de la Toison d'or ?

— Depuis trente ans. Pour moi, ces réunions n'ont jamais été qu'une occasion pour des personnes puissantes et fortunées de se fréquenter, rien d'autre. C'est ce que nous faisons la plupart du temps...

— Quand vous ne soudoyez pas les hommes politiques ou ne versez pas de pots-de-vin en échange de contrats, objecta Stéphanie.

— Allons, Stéphanie. Vous n'êtes pas née de la dernière pluie. Je ne décide pas des règles. Je me conforme à celles qui sont en vigueur, voilà tout.

– Dites-moi ce que vous savez, Henrik. Et pas de bobards, je vous en prie.

– Selon les enquêteurs qui travaillent pour moi, la piste des deux hommes morts hier remonte jusqu'à Amsterdam. La petite amie de l'un d'eux nous a appris que son amant travaillait souvent pour une certaine personne qu'elle a aperçue un jour ; d'après sa description, je crois bien la connaître moi aussi. »

Stéphanie attendit qu'il poursuive.

« Bizarrement, depuis de longues années maintenant, j'ai beaucoup entendu parler de la bibliothèque d'Alexandrie au cours des réunions de l'Ordre. L'occupant du fauteuil bleu, Alfred Hermann, est obsédé par le sujet.

– Savez-vous pourquoi ?

– Il est persuadé que les anciens ont beaucoup à nous apprendre.

– Quel est le rapport entre les deux morts et l'Ordre ? l'interrogea Stéphanie, dubitative mais curieuse.

– L'homme décrit par la petite amie assiste aux réunions de l'Ordre. Il n'en est pas membre. C'est un employé. Elle n'a jamais entendu son nom mais son amant a un jour prononcé un terme qui m'est familier : *die Klauen der Adler.* »

Stéphanie traduisit mentalement : les serres de l'aigle.

« Pouvez-vous m'en dire plus ?

– Lorsque je serai sûr de mes informations, d'accord ? »

En juin dernier, lorsque Stéphanie avait rencontré Thorvaldsen pour la première fois, il n'avait pas été aussi communicatif qu'aujourd'hui, ce qui n'avait fait qu'attiser les tensions qui existaient déjà entre eux. Mais depuis, elle avait appris à ne pas sous-estimer le Danois.

« Bon. Vous avez dit tout à l'heure que l'Ordre s'intéressait principalement au Moyen-Orient. Que vouliez-vous dire par là ?

— J'apprécie que vous n'insistiez pas.

— Il faut bien que je commence à coopérer avec vous à un moment ou à un autre. De plus, vous n'alliez rien me révéler de toute façon.

— Nous nous ressemblons beaucoup, gloussa Thorvaldsen.

— Là, vous m'effrayez.

— Ce n'est pas si grave. Mais pour répondre à votre question au sujet du Moyen-Orient, malheureusement, le monde arabe ne respecte que la force. Les Arabes savent également s'y prendre, cela dit, et ils ont plus d'un atout dans leur jeu, dont le pétrole. »

Difficile de contester cette conclusion.

« Qui est l'ennemi numéro un des Arabes ? demanda Thorvaldsen. Les États-Unis ? Non. Israël. C'est leur bête noire. L'État d'Israël est là, au beau milieu de *leur* région. Un État juif dont les frontières ont été créées en 1948, date à laquelle près d'un million d'Arabes ont été déplacés de force. Les juifs ont eux aussi souffert, certes. Mais un territoire que les Palestiniens, les Égyptiens, les Jordaniens, les Libanais et les Syriens revendiquaient depuis des siècles fut alors livré aux juifs par le reste du monde. Ils ont appelé ça la *nakba,* la catastrophe.

— Et la guerre a immédiatement éclaté, souligna Stéphanie. La première d'une longue série.

— Chacune d'elles remportée par Israël. Depuis soixante ans, les Israéliens s'accrochent à *leur* terre, tout ça parce que Dieu a dit à Abraham qu'il devait en être ainsi. »

Stéphanie se souvint du passage de la Genèse cité par Brent Green. *Yahvé dit à Abram, après que Lot se fut séparé de lui : Lève les yeux et regarde, de l'endroit où tu es, vers le nord et le midi, vers l'orient et l'occident. Tout le pays que tu vois, je le donnerai à toi et à ta postérité pour toujours.*

« L'une des raisons pour lesquelles la Palestine a été donnée aux juifs c'est la promesse de Dieu à Abraham, continua Henrik. Ils étaient ainsi censés reprendre possession de leur terre ancestrale octroyée par Dieu en personne. Qui pourrait contester un tel argument ?

– Au moins un intellectuel palestinien dont j'ai entendu parler.

– Cotton m'a parlé de George Haddad et de la bibliothèque d'Alexandrie.

– Il n'aurait pas dû.

– Je crois qu'il se contrefiche des règles à l'heure qu'il est, et il ne vous porte pas dans son cœur non plus. »

Elle l'avait bien cherché.

« D'après mes sources à Washington, la Maison-Blanche veut que l'on retrouve George Haddad. Je suppose que vous êtes au courant. »

Elle ne répondit pas.

« Je me doutais que vous ne vous prononceriez pas. Mais il est en train de se passer quelque chose ici, Stéphanie. Un événement d'importance. En règle générale, les puissants ne perdent pas leur temps en sottises. »

Stéphanie partageait son point de vue.

« Vous pouvez faire exploser des bombes, terroriser les gens au quotidien. Cela ne résout rien. Mais il vous suffit de détenir ce que votre ennemi convoite, ou ce qu'il souhaite garder à son usage exclusif, pour disposer d'un réel pouvoir. Je connais l'ordre de la Toison d'or. Un moyen de pression : voilà ce que cherchent à obtenir Alfred Hermann et ses acolytes.

– Et qu'en feront-ils ?

– S'il permet de frapper Israël au cœur, comme ce sera

sans doute le cas, alors le monde arabe sera prêt à négocier pour s'en emparer. Tous les membres de l'Ordre pourront tirer profit de relations amicales avec les Arabes. Le prix du pétrole est suffisamment intéressant en lui seul. Cela dit, trouver de nouveaux marchés pour leurs produits et leurs services est encore plus alléchant. Qui sait ? L'information en question pourrait bien remettre en question l'existence même de l'État d'Israël, ce qui pourrait apaiser bien des blessures. Il y a longtemps déjà que la défense d'Israël coûte cher aux États-Unis. Combien de fois le scénario suivant s'est-il vérifié ? Une nation arabe prétend qu'Israël devrait être détruit. Les Nations unies interviennent. Les États-Unis dénoncent cette attaque. Tout le monde se met en colère. On agite les armes. On est ensuite obligés d'accorder des concessions et de distribuer des dollars pour apaiser les esprits. Imaginez que l'on n'ait plus besoin de tout cela, à quel point le monde, y compris les États-Unis, deviendrait accommodant. »

C'était peut-être le genre de bilan que Larry Daley voulait assurer au président.

« Qu'est-ce qui pourrait avoir un tel pouvoir ? voulut savoir Stéphanie.

– Je l'ignore. Mais il y a quelques mois, vous et moi avons lu un document ancien qui a fondamentalement modifié notre façon de penser. Il pourrait bien s'agir de quelque chose d'égale portée.

– Cotton a besoin de cette information, souligna Stéphanie, même si elle était d'accord avec Henrik.

– On la lui transmettra en temps voulu mais pas avant d'avoir découvert de quoi il retourne.

– Et comment comptez-vous faire ?

– La prochaine réunion de l'Ordre aura lieu ce week-end. Je ne comptais pas y assister, mais les choses ont changé. »

20

Londres
13 h 20

Malone sauta du taxi et observa la rue calme le long de laquelle se succédaient les façades à pignon, chambranles moulurés et rebords de fenêtres fleuris de pittoresques demeures de style géorgien qui projetaient une sérénité digne de l'Antiquité. C'était le refuge idéal des rats de bibliothèque et des savants, un refuge idéal pour George Haddad.

« C'est là qu'il vit ? demanda Pam.

— Je l'espère. Je n'ai pas de nouvelles depuis près d'un an. Mais c'est l'adresse qu'il m'a donnée il y a trois ans. »

Il faisait frais et il n'y avait pas trace d'humidité dans l'air. Plus tôt dans la journée, Malone avait lu dans *The Times* que l'Angleterre était toujours en pleine sécheresse, ce qui était tout à fait inhabituel pour la saison. L'inconnu de l'avion ne les avait pas suivis depuis l'aéroport d'Heathrow, mais peut-être qu'un complice avait pris la relève car l'homme était manifestement en contact avec d'autres. Pourtant, il n'y avait pas d'autre taxi en vue. C'était étrange d'être toujours en compagnie de Pam, mais il méritait de se sentir mal à l'aise. Il l'avait bien cherché en insistant pour qu'elle l'accompagne.

Ils grimpèrent le perron et pénétrèrent dans l'immeuble. Malone s'attarda dans l'entrée, à l'abri des regards, et surveilla la rue.

Elle était déserte.

La sonnette de l'appartement du troisième tinta discrètement. L'homme au teint olivâtre qui vint leur ouvrir était petit, avait une silhouette empâtée, la chevelure gris cendré et la mâchoire carrée. Son regard marron s'anima en apercevant son visiteur mais, l'espace d'un instant, une ombre voila le large sourire qu'il lui adressait.

« Cotton, quelle surprise. Je pensais justement à vous l'autre jour. »

Les deux amis échangèrent une poignée de main chaleureuse et Malone fit les présentations. Haddad les pria d'entrer. D'épais rideaux de dentelle filtraient la lumière du jour et Malone balaya des yeux la pièce remplie d'un bric-à-brac d'objets glanés aux quatre coins du monde : il remarqua un piano, plusieurs buffets, des fauteuils, quelques lampes ornées d'abat-jour en soie plissée et une table en chêne où trônait un ordinateur à demi enfoui sous une pile de livres et de papiers.

« Mon univers, Cotton », fit Haddad avec un geste ample du bras.

Les murs étaient parsemés de cartes, à tel point que l'on devinait à peine le papier peint vert sauge. D'un coup d'œil, Malone vit qu'elles représentaient la Terre sainte, l'Arabie et le Sinaï à diverses époques. Certaines n'étaient que des photocopies, d'autres des originaux, mais toutes étaient dignes d'intérêt.

« Toujours la même obsession », commenta George Haddad.

Après avoir échangé quelques banalités, Malone décida d'en venir aux faits.

« Les choses ont changé. Voilà pourquoi je suis là. »

Il fit part à son ami des événements de la veille.

« Votre fils est hors de danger ?

— Il va bien. Il y a cinq ans, je n'ai posé aucune question car je ne faisais que mon travail. Ce n'est plus le cas et je veux savoir ce qui se passe.

— Vous m'avez sauvé la vie.

— Cela devrait me rendre digne de connaître la vérité. »

Haddad les conduisit dans la cuisine où ils s'installèrent autour d'une table ovale. Des effluves de vin et de tabac flottaient dans l'air tiède.

« C'est compliqué, Cotton. Je ne l'ai moi-même découverte qu'il y a quelques années.

— George, j'ai besoin de tout savoir. »

Un certain embarras teinté de mutuelle complicité s'installa entre eux. Les vieilles amitiés peuvent s'atrophier. Les gens changent. Ce que l'on appréciait jadis dans une relation pouvait devenir gênant avec le temps. Mais Malone savait que Haddad lui faisait confiance et il souhaitait en faire autant. Le vieil homme finit par s'exprimer. Il leur parla de l'année 1948 quand, âgé de dix-neuf ans, il se battait dans les rangs de la résistance palestinienne et tentait de faire barrage à l'invasion sioniste.

« J'en ai tué des hommes, souligna Haddad, mais il y en a un que je n'ai jamais oublié. Il était venu voir mon père. Malheureusement, cette sainte âme venait de se suicider. Nous avons capturé l'inconnu en croyant qu'il était sioniste. J'étais jeune, ivre de haine, dépourvu de patience et ce qu'il disait ne rimait à rien. Alors, je l'ai exécuté, expliqua Haddad, les yeux embués de larmes. C'était un Gardien, et je l'ai tué sans avoir rien pu apprendre. Et puis bizarrement, quelque cinquante ans plus tard, reprit George Haddad après une pause, j'ai reçu la visite d'un autre Gardien. »

Malone se demandait ce que tout cela signifiait.

« Il s'est matérialisé chez moi, dans le noir, et m'a dit la même chose que son prédécesseur en 1948. »

« Je suis un *Gardien.* »

Haddad avait-il bien entendu ? La question lui traversa immédiatement l'esprit.

« Vous venez de la Bibliothèque ? Va-t-on m'adresser une invitation ?

— Comment le savez-vous ? »

Il expliqua ce qui s'était passé autrefois. Tout en parlant, Haddad s'efforçait de voir à qui il avait affaire. Maigre et nerveux, son hôte avait les cheveux d'un noir de jais, une épaisse moustache, la peau mordorée, tannée par le soleil. Ses manières étaient aussi impeccables et discrètes que sa tenue. Il n'était pas très différent du premier émissaire.

Le jeune homme garda le silence et Haddad décida que lui aussi se montrerait patient cette fois. « Nous avons étudié vos écrits et vos publications, finit par dire le *Gardien.* Votre connaissance du texte original de la Bible est impressionnante, tout comme votre capacité à lire l'hébreu ancien. Et vos théories sur les traductions admises sont convaincantes. »

Le compliment fit plaisir à Haddad. Rares étaient les gens qui appréciaient ses travaux, en Cisjordanie.

« Notre groupe existe depuis une éternité. Il y a longtemps, les premiers *Gardiens* ont prévenu la destruction d'une grande partie de la Bibliothèque. Tâche ardue. De temps à autre nous offrons une invitation aux gens comme vous, ceux qui peuvent en tirer profit.

— Le *Gardien* que j'ai tué m'a dit que la guerre que nous menions à l'époque ne servait à rien, qu'il y a des choses plus puissantes que les balles. Que voulait-il dire ? demanda Haddad, même si de nombreuses questions se bousculaient dans son esprit.

— Je l'ignore. Votre père ne s'est jamais présenté à la

Bibliothèque, aussi n'a-t-il jamais tiré profit de notre savoir – ni nous du sien. J'espère que ce ne sera pas votre cas.

– Qu'entendez-vous par “ne s'est jamais présenté” ?

– Pour avoir le droit d'utiliser les ressources de la Bibliothèque, vous devez prouver votre valeur grâce à la quête du héros. Interprétez ces mots avec sagesse, annonça l'homme en produisant une enveloppe, et je vous reverrai à l'entrée de la Bibliothèque dont j'aurai l'honneur de vous faire franchir le seuil.

– Je suis un vieil homme, remarqua Haddad en acceptant le pli. Comment voulez-vous que j'entreprenne un si long voyage ?

– Vous trouverez la force de le faire.

– Pourquoi le devrais-je ?

– Parce qu'au cœur de la Bibliothèque, vous trouverez des réponses. »

« Ma seule erreur, reprit Haddad, a été de mettre les autorités palestiniennes au courant de cette visite. J'ai dit la vérité, cependant. Je ne pouvais entreprendre un tel voyage. Quand j'ai rapporté ce qui s'était passé, je croyais m'adresser à des amis en Cisjordanie. Mais les espions d'Israël ont tout entendu, et peu après vous et moi nous trouvions dans ce café lorsqu'il a explosé. »

Malone se souvenait du jour de l'attentat. L'un des plus effrayants de sa vie. Il avait réussi à les sortir de là *in extremis.*

« Que faisais-tu là ? demanda Pam, de l'inquiétude dans la voix.

– George et moi, nous nous connaissions depuis des années. Nous avons une passion commune pour les livres, surtout la Bible. L'homme qui se trouve devant toi est l'un des meilleurs spécialistes mondiaux du sujet. J'aime faire appel à ses lumières.

— J'ignorais que le sujet t'intéressait, remarqua son ex-femme.

— Manifestement, il y avait beaucoup de choses que nous ignorions l'un sur l'autre. »

Malone vit que Pam avait saisi l'allusion, aussi n'insista-t-il pas.

« Lorsque George a flairé les ennuis et qu'il a cessé de faire confiance aux Palestiniens, poursuivit Malone, il a demandé que je lui vienne en aide. Stéphanie m'a envoyé sur place pour essayer d'y voir plus clair. Quand cette bombe a explosé, George a souhaité tout arrêter. Tout le monde a cru qu'il avait perdu la vie dans l'attentat et je l'ai fait disparaître.

— Nom de code de l'opération : lien d'Alexandrie, souligna Pam.

— Quelqu'un a manifestement découvert que j'étais vivant, déclara Haddad.

— Quelqu'un s'est introduit dans le système informatique du ministère. Mais rien n'indique le lieu de votre résidence. Ils ont simplement appris que je suis le seul à savoir où vous vous trouvez. Voilà pourquoi ils s'en sont pris à Gary.

— J'en suis sincèrement désolé. Loin de moi l'envie de mettre la vie de votre fils en danger.

— Alors dites-moi, George : pourquoi veut-on votre mort ?

— À l'époque où j'ai reçu la visite du Gardien, je travaillais sur une théorie concernant l'Ancien Testament. J'avais déjà publié plusieurs articles sur l'état de ce texte sacré, mais je formulais quelque chose de nouveau. »

Les pattes d'oie se creusèrent autour des yeux de Haddad qui eut l'air de lutter avec ses pensées.

« Les chrétiens ont tendance à se focaliser sur le Nouveau

Testament, reprit le vieil homme. Les juifs se cantonnent à l'Ancien. Je pense que la plupart des chrétiens ont une connaissance limitée de l'Ancien Testament et se contentent de croire que les prophéties de l'Ancien s'accomplissent dans le Nouveau. Pourtant, l'Ancien Testament est tout aussi important et truffé de contradictions – contradictions qui pourraient aisément jeter le doute sur le message qu'il véhicule. »

Malone avait maintes fois entendu Haddad se prononcer sur le sujet, mais cette fois, il détecta de l'urgence dans sa voix.

« Les exemples sont légion. La Genèse nous livre deux versions contradictoires de la Création du monde. Elle nous présente deux généalogies d'Adam différentes. Et puis, il y a le Déluge. Dieu ordonne à Noé d'emmener sept couples d'animaux purs et une paire d'animaux impurs. Plus loin dans le texte, ce n'est plus qu'une paire de chaque. Noé envoie un corbeau trouver la terre ferme dans un verset et une tourterelle dans un autre. La durée du déluge elle-même est contradictoire. Quarante jours et quarante nuits ou cent cinquante ? Les deux versions nous sont présentées dans le texte. Sans parler des dizaines de répétitions dans le corps du récit concernant, par exemple, les différents noms de Dieu. Dans une partie du texte il s'agit de YHWH, Yaweh, dans une autre Élohim. Ne pensez-vous pas que le nom de Dieu au moins pourrait faire l'objet d'une certaine cohérence ?»

Malone se rappela que quelques mois plus tôt en France, il avait entendu le même genre de récriminations à propos des Évangiles du Nouveau Testament.

« La plupart des chercheurs s'accordent aujourd'hui à penser que nous devons l'Ancien Testament à toute une série d'auteurs qui l'ont composé sur une période extrêmement longue. Une habile combinaison de sources diverses compilées par des scribes. C'est tout à fait clair et cette conclusion ne date pas d'hier. Un philosophe espagnol du XIIe siècle a été l'un des premiers à remarquer que le verset 6 du chapitre XII de la Genèse – *les Cananéens étaient alors dans le pays* – ne pouvait avoir été rédigé par Moïse. Et comment Moïse aurait-il pu être l'auteur des cinq livres de la Bible quand le dernier décrit avec force détails l'époque et les circonstances de sa mort ?

« Sans parler de tous les apartés littéraires. Par exemple, lorsque les anciens toponymes sont utilisés, le texte souligne alors que ces endroits existent toujours "aujourd'hui". Ce genre de réflexion est la preuve incontestable que des influences postérieures sont venues façonner, compléter et embellir le texte.

— Et à chaque fois que l'un de ces ajouts a été fait, c'est une partie du texte originel qui a été perdue, souligna Malone.

— Sans aucun doute. L'estimation la plus plausible veut que l'Ancien Testament ait été composé entre 1 000 et 586 avant J.-C. Des modifications ont ensuite été apportées entre 500 et 400 avant J.-C. Le texte a pu être remanié jusqu'à 300 avant J.-C. Personne ne sait exactement ce qu'il en est. Tout ce dont nous sommes sûrs, c'est que l'Ancien Testament est un assemblage dont chaque segment a été rédigé dans des circonstances historiques et politiques différentes et qui exprime une diversité de points de vue religieux.

— J'apprécie toutes ces précisions, croyez-le bien, remarqua Malone, en repensant à toutes les contradictions évoquées en France à propos du Nouveau Testament, mais rien de tout cela n'est révolutionnaire. Soit les gens croient que l'Ancien Testament véhicule la parole divine, soit ils pensent que c'est un recueil de fables millénaires.

– Et si le texte avait été altéré au point de faire disparaître le message originel ? Et si l'Ancien Testament tel que nous le connaissons n'est pas et n'a jamais été l'Ancien Testament originel ? Cela pourrait changer bien des choses.

– Je vous écoute.

– C'est ce que j'aime chez vous, dit Haddad avec un sourire, vous savez écouter. »

Malone vit à l'expression de Pam qu'elle n'était pas forcément d'accord, mais elle tint parole en se gardant de tout commentaire.

« Nous avons déjà évoqué le sujet ensemble, vous et moi, reprit Haddad. L'Ancien Testament est fondamentalement différent du Nouveau. Les chrétiens prennent le texte du Nouveau au pied de la lettre, au point de croire qu'il relate des faits historiques. Pourtant, l'histoire des patriarches, de l'Exode et de la conquête de Canaan n'a rien d'authentique. Ces fables narrent de façon imagée la réforme religieuse qui eut jadis lieu dans le royaume de Juda. Chaque histoire contient un noyau de vérité, certes, mais la fiction dépasse la réalité.

« L'histoire de Caïn et Abel en est un bon exemple. À l'époque où se déroule cette fable, il n'y avait que quatre personnes sur terre : Adam, Ève, Caïn et Abel. Pourtant d'après le verset 17 du chapitre IV de la Genèse, "Caïn connut sa femme, qui conçut et enfanta Hénok." D'où venait cette femme ? Était-ce Ève, sa mère ? Ce serait une révélation, non ? Ensuite, dans le chapitre V de la Genèse, dans un passage faisant état de la généalogie d'Adam, on lit que Mahalaléel vécut huit cent quatre-vingt-quinze ans, Yéred neuf cent soixante-deux ans et Hénok trois cent soixante-cinq. Et que dire d'Abraham ? Il est censé avoir été âgé de cent ans quand Sarah, elle-même âgée de quatre-vingt-dix ans, donna naissance à Isaac.

— Personne ne prend tout ça pour argent comptant, intervint Pam.

— Les juifs les plus pieux ne seraient pas d'accord avec vous.

— Qu'essayez-vous de nous dire, George ?

— L'Ancien Testament tel que nous le connaissons aujourd'hui est le résultat de traductions successives. La langue hébraïque dans laquelle le texte d'origine a été rédigé n'est plus parlée depuis 500 avant J.-C. environ. Aussi, deux choix se présentent à nous pour comprendre l'Ancien Testament : accepter les interprétations traditionnelles juives ou nous référer à des dialectes modernes descendants de cette langue hébraïque morte. Nous ne pouvons utiliser la première méthode car les érudits juifs qui ont interprété ce texte entre 500 et 900 de notre ère, au moins mille ans si ce n'est plus après qu'il eut été rédigé, ne savaient pas parler l'hébreu ancien et se sont livrés à des interprétations au jugé. L'Ancien Testament, que beaucoup révèrent comme la parole divine, n'est rien d'autre qu'une traduction fumeuse.

— George, nous en avons déjà parlé. Les érudits débattent de la question depuis des siècles. Ça n'a rien de nouveau. »

Haddad lança à son ami un sourire narquois.

« Mais je ne suis pas arrivé au bout de mes explications. »

21

Vienne, Autriche
14 h 45

L'atmosphère qui régnait dans le château d'Alfred Hermann était évocatrice d'un tombeau. Sa solitude n'était troublée que par les assemblées de l'Ordre ou les réunions du Cercle.

Ce n'était nullement le cas aujourd'hui.

Et il en était ravi.

Il s'était retiré dans ses appartements privés, une série de pièces spacieuses au premier étage du château agencées en enfilade dans le style français pour permettre une circulation fluide. La session hivernale de la quarante-neuvième assemblée débuterait dans moins de deux jours et il était heureux de savoir que les soixante et onze membres de l'ordre de la Toison d'or y participeraient. Même Henrik Thorvaldsen qui avait d'abord fait savoir qu'il ne se déplacerait pas venait de confirmer sa présence. Les adhérents ne s'étaient pas retrouvés réunis depuis le printemps et Hermann savait que les discussions qui se tiendraient au cours des prochaines journées seraient tendues. En tant que président du Cercle, il devait s'assurer que les débats seraient productifs. L'équipe technique de l'Ordre s'affairait déjà à préparer la salle de conférence du château, et tout serait prêt avant que les invités arrivent ce week-end. Mais ce n'était pas l'assemblée qui l'inquiétait, il songeait à la bibliothèque d'Alexandrie et au moyen de la trouver, exploit qu'il rêvait d'accomplir depuis des décennies.

Il traversa la pièce.

La maquette qu'il avait fait réaliser il y avait de cela des années occupait l'angle nord de la pièce ; c'était une miniature spectaculaire montrant ce à quoi la Bibliothèque aurait pu ressembler au temps de César. Il approcha une chaise sur laquelle il s'installa pour examiner les moindres détails de l'édifice tout en laissant son esprit vagabonder.

Deux colonnades dominaient le bâtiment. Elles devaient être remplies de statues, les dallages recouverts de tapis, les murs tendus de tapisseries. Installés sur les nombreux sièges qui s'alignaient le long du couloir d'entrée, les visiteurs se querellaient à propos du sens d'un mot ou du rythme d'un vers, ou échangeaient des propos caustiques au sujet de la dernière découverte en date. Les deux salles couvertes s'ouvraient sur des pièces latérales où les papyrus, les rouleaux et, plus tard, les codex étaient entreposés dans des coffres, négligemment empilés, étiquetés pour pouvoir être répertoriés, ou posés sur des étagères. Dans d'autres salles, des scribes s'affairaient à produire des copies vendues afin d'engranger quelques profits. Les pensionnaires percevaient un salaire élevé, étaient exemptés d'impôts et on leur assurait le gîte et le couvert. La Bibliothèque comprenait plusieurs salles de conférences, des laboratoires, des observatoires et même une ménagerie. Les grammairiens et les poètes se voyaient attribuer les postes les plus prestigieux, les physiciens, mathématiciens et astronomes les équipements les plus perfectionnés. De style résolument grec, l'édifice avait l'allure et l'élégance d'un temple.

Quel endroit exceptionnel, songea Hermann.

Quelle époque exceptionnelle.

Il n'y avait que deux époques dans l'histoire de l'humanité où le savoir s'était développé de façon aussi radicale et à une échelle aussi globale : entre la Renaissance et l'époque contemporaine, et au cours du IVe siècle avant J.-C. quand la Grèce régnait sur le monde.

Il songea au décès soudain d'Alexandre le Grand, trois siècles avant J.-C. Ses généraux s'étaient disputé son gigantesque empire qui avait fini par être scindé en trois; c'est alors qu'avait débuté l'âge hellénistique, période d'hégémonie pour la Grèce. Un visionnaire macédonien du nom de Ptolémée s'était approprié l'une des parties du royaume; s'autoproclamant roi d'Égypte en 304 avant J.-C., il avait fondé la dynastie Ptolémaïque, élisant Alexandrie pour capitale.

Les Ptolémées étaient des intellectuels. Ptolémée Ier était féru d'histoire, Ptolémée II de zoologie, Ptolémée III un ami des lettres, Ptolémée IV un dramaturge. Chacun d'eux avait choisi pour tuteur de ses enfants les plus grands savants et scientifiques de leur temps et encouragé les esprits les plus brillants à s'installer à Alexandrie.

Ptolémée Ier avait fondé le musée d'Alexandrie, lieu où les érudits pouvaient se réunir pour partager leurs connaissances. Pour faciliter leurs recherches, il avait également créé la Bibliothèque. À l'époque du règne de Ptolémée III, en 246 avant J.-C., la Bibliothèque occupait deux sites : le bâtiment principal voisin du palais royal, et un autre plus petit qui occupait le sanctuaire du dieu Sérapis, baptisé le Serapeum.

Les Ptolémées étaient d'opiniâtres collectionneurs de livres et détachaient à cette fin leurs agents à travers le monde. Ptolémée II avait fait l'acquisition de la totalité de la bibliothèque d'Aristote. Ptolémée III avait ordonné que tous les bateaux entrant dans le port d'Alexandrie fussent fouillés. Si des livres étaient découverts à bord, on en faisait une copie restituée au propriétaire et les originaux rejoignaient le fonds de la Bibliothèque. Tous les genres étaient représentés, de la poésie à l'histoire, en passant par la rhétorique, la philosophie, la religion, la médecine, la science et le droit. Le Serapeum accueillit jusqu'à quarante-trois mille ouvrages mis à la disposition du public, tandis que cinq cent mille autres étaient entreposés au musée et réservés aux savants.

Qu'était-il advenu de cette gigantesque collection ?

Selon certains, elle aurait brûlé au cours de la bataille opposant Jules César à Ptolémée XIII, en 48 avant J.-C. César avait ordonné que la flotte royale fût brûlée, et l'incendie qui s'était propagé dans toute la ville aurait pu détruire la Bibliothèque. Une autre version met en cause les chrétiens qui auraient détruit la Bibliothèque principale en 272 après J.-C. et le Serapeum en 391 en s'efforçant de débarrasser la ville de toute influence païenne. Une dernière version rend les Arabes responsables de la destruction de la Bibliothèque après leur conquête d'Alexandrie en 642. Interrogé à propos des livres qui faisaient partie du trésor impérial, le calife Omar aurait déclaré : « S'ils disent la même chose que le Coran, ils sont inutiles ; s'ils le contredisent, ils sont nuisibles ; dans les deux cas, il faut les détruire. » Ainsi, on raconte que six mois durant, les rouleaux de la Bibliothèque auraient alimenté les fourneaux des bains publics d'Alexandrie.

Hermann tressaillait toujours à l'idée que l'une des plus ambitieuses tentatives de l'histoire de l'humanité visant à collecter toutes les productions écrites existantes ait simplement pu disparaître en fumée.

Que s'était-il réellement passé ?

Alors que l'Égypte était confrontée à une instabilité grandissante et aux agressions extérieures, la Bibliothèque avait certainement dû faire l'objet d'attaques, essuyer la violence des foules, être assiégée par les militaires et avait vu ses privilèges abolis.

Quand avait-elle vraiment disparu ?

Personne ne le savait.

Y avait-il une part de vérité dans la légende ? On disait qu'un groupe de passionnés avait réussi à s'emparer de façon méthodique d'un certain nombre de rouleaux, en avait copié certains, en avait volé d'autres, assurant ainsi la préservation du savoir. Les chroniqueurs faisaient allusion à leur existence depuis des siècles.

On les appelait Gardiens.

Hermann aimait à imaginer les manuscrits que ces passionnés avaient bien pu préserver de la destruction. Des œuvres inédites d'Euclide, de Platon, d'Aristote, de saint Augustin, peut-être, et d'innombrables autres auteurs considérés par la suite comme des pionniers dans leurs domaines respectifs ?

Impossible de le dire.

Et c'est ce qui rendait la recherche si captivante.

Sans parler des théories de George Haddad que Hermann mettait à profit pour servir les objectifs de l'Ordre. Le comité politique avait déjà déterminé comment mettre à profit la déstabilisation d'Israël. Le plan de développement était à la fois ambitieux et réaliste, à condition que les théories de Haddad puissent être prouvées.

Cinq ans plus tôt, Haddad avait signalé qu'une personne prétendant être un Gardien lui avait rendu visite. Les espions israéliens avaient transmis cette information à Tel-Aviv. Les juifs avaient réagi de manière excessive, comme toujours, et immédiatement tenté d'éliminer Haddad. Heureusement, les Américains étaient intervenus et le savant était toujours en vie. Hermann se réjouissait tout autant du fait que ses sources au cœur du système politique américain fussent aujourd'hui négociables ; il venait récemment d'en avoir la confirmation et en avait même appris davantage, raison pour laquelle Sabre s'en était pris à Cotton Malone.

Mais pouvait-on réellement avoir des certitudes ? Sabre en apprendrait peut-être davantage de la bouche de l'informateur israélien qui l'attendait en Allemagne ?

La seule certitude, c'était George Haddad.

Il fallait le retrouver.

22

Rothenburg, Allemagne
15 h 30

Sabre marchait nonchalamment dans la rue pavée. Cité fortifiée encerclée de remparts et de tours de guet tout droit sortis du Moyen Âge, Rothenburg ob der Tauber était située à une centaine de kilomètres au sud de Würzburg. Dans l'enceinte, des rues étroites serpentaient entre les bâtiments de briques et de pierres à colombages. L'un d'eux intéressait particulièrement Sabre.

La *Baumeisterhaus* se dressait au bout de la place du marché, à portée de voix de l'ancienne horloge. Un panonceau en fer annonçait que la demeure datait de 1596 ; cependant, depuis un siècle, l'édifice de deux étages abritait une auberge et un restaurant.

En poussant la porte, Sabre fut accueilli par une bonne odeur de pain au levain et de pommes à la cannelle. Une salle à manger étroite aux murs parsemés de trophées de chasse s'ouvrait sur une cour intérieure à deux niveaux.

L'un des contacts de l'Ordre, personnage malingre qu'il ne connaissait que sous le nom de Jonah, l'attendait dans une alcôve en chêne. Sabre alla le rejoindre et se glissa le long du siège. Une délicate nappe rose recouvrait la table sur laquelle reposaient une tasse en porcelaine remplie de café et un feuilleté fourré aux fruits à moitié entamé.

« Il se passe des choses étranges, annonça l'indicateur en anglais.

— Ainsi va le Moyen-Orient.

— Encore plus étranges que d'habitude. »

Jonah était détaché par le ministère de l'Intérieur israélien auprès de sa mission allemande.

« Vous m'avez demandé d'ouvrir l'œil à propos de George Haddad. Il est revenu d'entre les morts, on dirait. C'est la pagaille, au pays.

— D'où tenez-vous cette information ? demanda Sabre en feignant l'ignorance.

— Il a appelé la Palestine il y a peu. Il avait quelque chose à dire à ses compatriotes. »

Sabre avait déjà rencontré Jonah trois fois. Les individus dans son genre qui plaçaient l'argent au-dessus de la loyauté étaient utiles mais en même temps, il fallait faire preuve de la plus grande prudence à leur égard. Tricheur un jour, tricheur toujours.

« Et si nous arrêtions de tourner autour du pot ? Dites ce que vous avez à dire, voulez-vous ? »

Jonah savoura une gorgée de café.

« Avant de disparaître il y a cinq ans, Haddad a reçu la visite d'un certain "gardien". »

Même si Sabre le savait déjà, il ne dit mot.

« L'homme lui a transmis une information. C'est un peu étrange, mais cela ne s'arrête pas là. »

Il n'avait jamais aimé le côté théâtral de Jonah.

« Haddad n'est pas le premier à avoir vécu cette expérience. J'ai eu accès à un certain dossier. Trois autres personnes ont reçu le même type de visite depuis 1948. Israël était au courant, et les trois personnes sont mortes quelques jours ou quelques semaines après la visite du Gardien. Haddad a failli mourir lui aussi, vous vous souvenez ? ajouta Jonah après une pause.

— Votre peuple aimerait garder une certaine information pour lui ? fit Sabre qui commençait à comprendre.

— Apparemment.

— À quelle fréquence ces visites se produisent-elles ?

— Tous les vingt ans environ depuis ces soixante dernières années. Tous ceux qui ont été contactés étaient des savants, un Israélien et trois Arabes, dont Haddad. Tous les meurtres ont été perpétrés par le Mossad.

— Comment vous êtes-vous débrouillé pour obtenir toutes ces informations ?

— En consultant les dossiers dont je vous ai parlé. Un communiqué nous est parvenu il y a quelques heures, annonça Jonah après une pause. Haddad vit aujourd'hui à Londres.

— Il me faut une adresse. »

Jonah la lui donna avant d'ajouter :

« Des hommes ont été dépêchés sur les lieux. Ce sont des tueurs.

— Pourquoi exécuter Haddad ?

— J'ai posé la même question à l'ambassadeur. C'est un ancien membre du Mossad ; il m'a raconté une histoire intéressante.

— Je suppose que c'est la raison de ma présence ici ?

— Je savais que vous étiez intelligent », remarqua l'indicateur avec un sourire.

David Ben Gourion savait que sa carrière politique était finie. Alors qu'il n'était qu'un frêle garçon, en Pologne, il rêvait déjà du retour des juifs sur la Terre promise. Père de la nation israélienne, il était resté à sa tête pendant les années chaotiques de 1948 à 1963, prouvant ses qualités de chef de guerre et d'homme d'État.

Lourde charge pour un homme qui rêvait d'être un intellectuel.

Il avait dévoré les ouvrages de philosophie, étudié la Bible, avait flirté avec le bouddhisme, et même appris seul le grec ancien pour pouvoir lire Platon dans le texte. Les sciences naturelles le passionnaient, mais il détestait les œuvres de fiction. Il préférait les joutes verbales aux dialogues ciselés.

Pourtant, il n'avait pas l'esprit abstrait.

C'était un homme sec au visage taillé à la serpe nimbé d'un halo de cheveux gris, sa mâchoire laissait deviner un tempérament volontaire et volcanique.

Il avait proclamé l'indépendance d'Israël en mai 1948, ignorant les avertissements de dernière minute de Washington et rejetant les prédictions catastrophistes de ses collaborateurs les plus proches. Il se rappelait comment, en l'espace de quelques heures après sa déclaration, les armées de cinq nations arabes avaient envahi Israël, s'alliant aux milices palestiniennes dans le but manifeste d'éliminer les juifs. Il avait pris lui-même la tête de l'armée et la bataille avait coûté la vie à un pour cent de la population juive ainsi qu'à des milliers d'Arabes. Plus d'un demi-million de Palestiniens avaient vu leur foyer détruit. Au bout du compte, les juifs l'avaient emporté et, aux yeux de certains, il faisait figure de héros, mélange de Moïse, du roi David, de Garibaldi et de Dieu tout-puissant.

Il était resté à la tête de son pays pendant quinze ans. Mais en ce jour de 1965, à près de quatre-vingts ans, il était épuisé.

Il y avait pire, cependant : il s'était trompé.

Il admirait l'impressionnante Bibliothèque. Que de savoir ! L'inconnu qui s'était fait appeler Gardien lui avait annoncé que la quête serait difficile mais que s'il réussissait, la récompense serait incommensurable.

Et le messager disait vrai.

Il avait lu un jour que la valeur d'une idée se mesurait à sa persistance dans le temps.

De son vivant, il avait assisté à la naissance de l'État d'Israël mais, du coup, des milliers de personnes avaient perdu la vie et il craignait que bien d'autres ne périssent dans les décennies à venir. Les juifs et les Arabes semblaient destinés à se battre. Il avait cru poursuivre un but moral, une cause juste, mais ce n'était plus le cas aujourd'hui.

Il s'était trompé.

À tous les points de vue.

Il feuilleta de nouveau avec précaution le lourd volume ouvert sur la table. Trois tomes comme celui-ci l'attendaient lorsqu'il était arrivé. Le Gardien qui lui avait rendu visite six mois plus tôt l'attendait à l'entrée, un large sourire éclairant son visage buriné.

Ben Gourion n'aurait jamais pu imaginer qu'un tel lieu consacré au savoir existât et il se réjouissait que sa curiosité lui ait permis de trouver le courage d'aller au bout de la quête.

« D'où vient tout ce qui nous entoure ? avait-il demandé en entrant.

— Du cœur et de l'esprit d'hommes et de femmes. »

Une formule, certes, mais une formule dont le philosophe en lui avait su percevoir toute la profondeur.

« Ben Gourion a raconté cette anecdote en 1973, quelques jours avant de mourir, expliqua Jonah. Certains ont dit qu'il délirait, d'autres qu'il avait perdu l'esprit. Mais il n'a jamais révélé ce qu'il avait pu apprendre dans cette Bibliothèque. Une chose est sûre, cependant : les idées politiques et la philosophie de Ben Gourion ont radicalement changé après 1965. Il est devenu moins engagé, plus conciliant. Il a appelé Israël à faire des concessions aux Arabes. La plupart des observateurs ont attribué ce changement à la vieillesse, mais le Mossad pensait qu'il y avait autre chose. À tel point que Ben Gourion est devenu suspect. C'est la raison pour laquelle il n'a jamais été autorisé à faire son retour au premier plan de la scène politique. Vous vous rendez compte ? Le père d'Israël tenu à distance ?

— Qui sont ces fameux Gardiens ?

— Les dossiers n'en disent rien, avoua Jonah avec un haussement d'épaules. Quant aux quatre hommes qui ont reçu leur visite, le Mossad en a eu vent et a agi sans attendre. Israël refuse à quiconque le droit de leur parler.

— Vos collègues ont donc prévu d'éliminer Haddad ?

— En ce moment même. »

Sabre en avait suffisamment entendu ; il se glissa hors de l'alcôve.

« Vous ne me payez pas ? » lança Jonah.

Sabre tira une enveloppe de sa poche et la jeta sur la table.

« Voilà qui devrait nous permettre d'être quittes. Faites-nous savoir quand vous aurez d'autres informations.

— Vous serez le premier averti », répondit l'indicateur en empochant le pot-de-vin.

Sabre vit l'homme se diriger non vers la sortie mais vers une alcôve abritant les toilettes. Il se dit que c'était l'occasion ou jamais et lui emboîta le pas.

Devant la porte des toilettes, il hésita.

Le restaurant était à moitié plein, sombre et bruyant, les clients ne faisaient pas attention à ce qui les entourait et la salle résonnait de conversations dans une multitude de langues.

Sabre pénétra dans les toilettes, verrouilla la porte derrière lui et jeta un coup d'œil alentour : deux cabinets, un lavabo, un miroir, des appliques à incandescence qui jetaient une lumière ambrée. Jonah occupait le premier cabinet, l'autre était libre. Sabre prit une poignée de serviettes en papier et attendit que la chasse d'eau ait été actionnée avant de tirer un poignard de sa poche.

Jonah sortit du cabinet en remontant sa braguette.

Sabre se retourna, plongea son poignard dans la poitrine de l'homme et tourna la lame vers le haut tout en plaquant les serviettes en papier sur la plaie. D'abord horrifié, Jonah lui adressa bientôt un regard vide. Sabre maintint les serviettes en place puis retira la lame de la plaie.

L'Israélien s'effondra à terre.

Sabre récupéra l'enveloppe dans la poche de Jonah avant d'essuyer la lame sur son pantalon. Il le prit par les bras, tira le cadavre sanguinolent jusqu'au cabinet et l'appuya contre la cuvette.

Il referma la porte du cabinet avant de quitter les lieux.

Dehors, Sabre se mêla à un groupe de touristes qui se rendait à l'hôtel de ville de Rothenburg, sous la houlette d'un guide. La femme d'un certain âge désignait l'édifice ancien tout en évoquant le riche passé de la ville.

Il hésita, puis décida d'écouter. Les cloches sonnaient seize heures.

« Si vous voulez bien vous tourner vers l'horloge et regarder attentivement chaque oeil-de-boeuf de part et d'autre du cadran. »

Tout le monde s'exécuta et les deux lucarnes s'ouvrirent. Un automate apparut et vida un tonneau de vin sous les yeux d'un autre. La guide débita son explication historique d'une voix monocorde, accompagnée des déclics des appareils photo et des bourdonnements des caméras vidéos. Le tout prit environ deux minutes. Comme Sabre s'éloignait, il vit un touriste braquer discrètement l'objectif de son appareil sur lui.

Il sourit.

On courait toujours le risque d'être démasqué quand on faisait de la trahison son mode de vie. Heureusement, il avait appris tout ce qu'il avait besoin de savoir de la bouche de Jonah, ce qui expliquait pourquoi il s'était définitivement débarrassé de ce boulet. Cependant, les Israéliens savaient désormais qui était le contact de Jonah. L'occupant du fauteuil bleu ne semblait pas s'en soucier et lui avait expressément demandé de se donner en spectacle.

Mission accomplie.

Pour les Israéliens et pour Alfred Hermann.

23

Londres
14 h 30

Malone attendit que George Haddad arrive au bout de ses explications. Son vieil ami tournait autour du pot.

« Il y a six ans, j'ai écrit un essai à propos de la théorie sur laquelle je travaillais concernant la première traduction de l'Ancien Testament en grec à partir de la version originale en hébreu ancien. »

Haddad leur parla de la Septante, version la plus ancienne et la plus complète du Nouveau Testament établie entre les IIIe et Ier siècles avant J.-C. à la bibliothèque d'Alexandrie. Il décrivit ensuite le Codex Sinaiticus, manuscrit du Nouveau Testament et d'une partie de l'Ancien datant du IVe siècle après J.-C. dont se servirent plus tard certains érudits pour authentifier d'autres textes bibliques, même si personne n'était sûr de leur propre authenticité. Puis il leur parla de la Vulgate, première version latine de la Bible achevée à peu près à la même époque par saint Jérôme et qui avait fait l'objet d'importantes révisions aux XVIe, XVIIIe et XXe siècles.

« Même Martin Luther King s'y est attaqué, insista Haddad. Il en a supprimé certains passages pour qu'elle corresponde à sa foi luthérienne. Le sens même de cette traduction est confus. Une multitude d'esprits en ont dénaturé le message.

« Prenez la Bible du roi Jacques. Bien des gens croient qu'elle nous présente le texte original mais elle a été créée au XVIIe siècle à partir d'une traduction de la Vulgate en anglais. Ces traducteurs n'ont jamais eu accès au texte original en hébreu, et même s'ils y avaient eu accès, il est fort peu probable qu'ils aient pu le comprendre. Cotton, la Bible telle que nous la connaissons aujourd'hui est à des lieues de la première version jamais écrite, d'un point de vue linguistique. La Bible du roi Jacques est censée être la version autorisée et originale de la Bible, ce qui ne signifie pas pour autant qu'elle soit authentique ou véridique ni qu'elle fasse foi.

— Existe-t-il des exemplaires de la Bible en hébreu ? demanda Pam.

— Le plus ancien exemplaire connu est le codex d'Alep, sauvé de la destruction en Syrie en 1947. Mais il s'agit d'un manuscrit du Xe siècle après J.-C. rédigé près de deux mille ans après le texte d'origine à partir d'un document dont on ne sait rien. »

Malone se rappelait avoir admiré l'impeccable parchemin couleur crème couvert d'une encre marron fanée à la Bibliothèque nationale juive de Jérusalem.

« Dans mon article, reprit Haddad, je partais de l'hypothèse que certains manuscrits pourraient nous aider à résoudre ces questions. Nous savons que certains philosophes de l'Antiquité ont étudié l'Ancien Testament à la bibliothèque d'Alexandrie. Ces hommes comprenaient l'hébreu ancien, eux. Nous savons aussi qu'ils ont couché leurs impressions sur le papier. Il existe des références à ces travaux, des citations, des passages dans certains manuscrits, mais malheureusement les textes originaux de ces philosophes ont disparu. En outre, certains textes hébraïques anciens pourraient avoir échappé à la destruction –

nous savons que la Bibliothèque en avait accumulé un grand nombre. La destruction massive de textes hébraïques est devenue monnaie courante au fil de l'Histoire, surtout ceux de l'Ancien Testament. À elle seule, l'Inquisition a brûlé douze mille copies du Talmud. Pouvoir consulter ne serait-ce que l'un de ces textes pourrait s'avérer décisif en permettant de lever les doutes qui persistent.

— Quelle importance ? intervint Pam.

— C'est très important, au contraire, surtout si certaines erreurs ont été commises.

— Lesquelles ? demanda Malone qui perdait patience.

— Moïse ouvrant les eaux de la mer Rouge. L'Exode. La Genèse. David et Salomon. Depuis le XVIIIe siècle, les archéologues fouillent le sol de la Terre sainte avec acharnement dans l'unique but de prouver que la Bible rapporte des faits historiques. Cela dit, ils n'ont pas mis au jour la moindre preuve tangible venant confirmer ce que l'on peut lire dans l'Ancien Testament. L'Exode en est un bon exemple. Des milliers d'Israélites sont censés avoir traversé à pied la péninsule du Sinaï et établi leurs campements dans des lieux précisément identifiés dans la Bible. Des lieux qui existent toujours aujourd'hui. Pourtant, on n'a jamais retrouvé le moindre tesson, le moindre bracelet, le moindre vestige pouvant confirmer l'Exode. Et à chaque fois que les archéologues se sont efforcés de corroborer d'autres événements relatés dans la Bible, ils se sont heurtés à la même absence flagrante de preuve. Ne trouvez-vous pas cela étrange ? Ne pensez-vous pas que les vestiges d'au moins un incident relaté dans l'Ancien Testament devraient encore être enfouis quelque part dans cette région ? »

Comme beaucoup, Haddad ne croyait qu'à la dimension historique de la Bible. Selon l'école de pensée à laquelle il appartenait, il existait bien dans le texte une part de vérité, mais une part infime. Malone aussi doutait. D'après ce qu'il avait pu conclure de ses lectures, ceux qui voyaient la Bible comme un récit historique fondaient leurs théories sur des considérations théologiques plus que scientifiques.

Et après ?

« George, vous avez déjà évoqué ce sujet et je partage votre avis. J'ai besoin de savoir ce qui peut justifier que l'on vous menace de mort. »

Haddad se leva et les conduisit près des cartes qui couvraient le mur.

« J'ai passé ces cinq dernières années à les rassembler, expliqua-t-il. Ça n'a pas été facile. J'ai honte d'avouer que j'ai dû en voler un certain nombre.

– À qui ?

– Surtout des bibliothèques. La plupart d'entre elles n'autorisent pas les photocopies de livres rares. Et qui plus est, les détails sont moins précis sur la photocopie et ce sont les détails qui comptent. »

Haddad s'approcha d'une carte qui montrait les frontières de l'actuel État d'Israël.

« Lorsque les frontières du pays ont été tracées en 1948 et que l'on a attribué aux sionistes la portion censée leur revenir, on a beaucoup évoqué l'alliance d'Abraham. La parole donnée par Dieu qui fait de cette région, dit Haddad en posant le doigt sur la carte, cet endroit précis la propriété d'Abraham. »

Malone étudia le tracé des frontières.

« Cela m'a énormément aidé de comprendre l'hébreu ancien. Je ne comprends que trop bien peut-être. Il y a environ trente ans, j'ai remarqué un détail intéressant. Mais pour apprécier cette révélation, il est important de bien connaître Abraham. »

Malone connaissait son histoire.

« La Genèse relate un événement qui a profondément marqué l'histoire mondiale, poursuivit Haddad. Il s'agit peut-être du jour le plus important dans l'histoire de l'humanité. »

Haddad évoqua le voyage qui conduisit Abram de la Mésopotamie à Canaan ; il erra parmi les peuples, suivant à la lettre les ordres de Dieu. Stérile, Saraï, son épouse, finit par lui suggérer de se tourner vers sa servante préférée, une esclave égyptienne prénommée Agar, à leur service depuis leur expulsion d'Égypte par le pharaon.

« La naissance d'Ismaël, fils aîné d'Abram et de Agar, devient essentielle au VIIe siècle quand naît une nouvelle religion en Arabie : l'islam. Selon le Coran, Ismaël était un "messager" et un "prophète", "agréé auprès de son Seigneur". Le nom d'Abram apparaît dans vingt-cinq des cent quatorze sourates du Coran. À ce jour, Ibrahim et Isma'il sont encore des prénoms courants chez les musulmans. Le Coran lui-même recommande de suivre les préceptes de la religion d'Abraham.

— "Abraham n'était ni juif ni chrétien. Il était entièrement soumis à Allah. Et il n'était point du nombre des *associateurs*[1]."

— Bien, Cotton, je vois que vous avez étudié le Coran depuis notre dernière conversation.

— Je l'ai lu une ou deux fois, plaisanta Malone. C'est un bouquin fascinant.

— Le Coran précise que ce sont Abraham et Isma'il qui ont bâti les fondements de la Maison.

— La Kaaba, intervint Pam, le sanctuaire le plus saint de l'islam.

---

1. Mot par lequel le Coran désigne les non-musulmans, en particulier les païens et les polythéistes, mais également, parfois, les chrétiens et les juifs. *N.d.T.*

– Tu t'intéresses à l'islam ? demanda Malone impressionné.

– Non, mais je regarde la chaîne Histoire, avoua Pam avec un large sourire.

– La Kaaba se trouve à La Mecque. Tout adulte musulman se doit d'y accomplir un pèlerinage. Le problème c'est que les pèlerins s'y rendent en si grand nombre chaque année que plusieurs centaines d'entre eux se font piétiner à mort. Ça fait la une des informations tous les ans.

– Les Arabes, et plus particulièrement les Arabes musulmans, se revendiquent d'Ismaël », ajouta Haddad.

Malone savait ce qui avait suivi la naissance d'Ismaël. Treize ans après, Dieu annonça à Abram qu'il serait père d'une multitude de nations. Il lui ordonna d'abord d'adopter le nom d'Abraham et de changer celui de Saraï en Sarah. Puis Dieu lui annonça que Sarah donnerait bientôt naissance à un garçon. Ni Sarah ni Abraham ne crurent Dieu, mais moins d'un an plus tard naissait Isaac.

« Le jour de la naissance d'Isaac pourrait bien être le jour le plus important dans l'histoire de l'humanité, continua Haddad. Tout a changé à partir de là. La Bible et le Coran divergent sur bien des points au sujet d'Abram. Chacun des livres saints relate sa propre histoire. Mais d'après la Bible, le Seigneur lui aurait annoncé que le territoire qui l'entourait, la terre de Canaan, lui reviendrait ainsi qu'à son descendant direct, Isaac. »

Malone connaissait la suite de l'histoire. Dieu était apparu à Jacob, fils d'Isaac à qui il avait fait la même promesse : de Jacob naîtrait un peuple à qui la terre de Canaan appartiendrait à jamais. Il demanda à Jacob d'adopter le nom d'Israël. Les douze fils de Jacob formèrent des tribus différentes, unies par l'alliance scellée entre Dieu et

Abraham, et chacun fonda sa propre famille, ou tribu d'Israël.

« Abraham est le père des trois grandes religions monothéistes, souligna Haddad. Il est à l'origine de l'islam, du judaïsme et du christianisme, même si chaque religion présente une version différente de son histoire. Le conflit qui fait rage au Moyen-Orient depuis des millénaires ne vise qu'à déterminer quelle est la version correcte, quelle religion peut en vertu de droit divin revendiquer ce territoire. Les musulmans grâce à Ismaël, les juifs grâce à Isaac et les chrétiens grâce au Christ.

— "Yahvé dit à Abram : Quitte ton pays, ta parenté et la maison de ton père, pour le pays que je t'indiquerai. Je ferai de toi un grand peuple, je te bénirai, je magnifierai ton nom ; sois une bénédiction ! Je bénirai ceux qui te béniront, je réprouverai ceux qui te maudiront. Par toi se béniront tous les clans de la terre", récita Malone.

— Quelle conviction, remarqua Pam.

— Ces mots sont lourds de sens, souligna Haddad. Les juifs pensent qu'ils leur attribuent la propriété exclusive de la Palestine. J'ai passé la plus grande partie de ma vie d'adulte à étudier la Bible. C'est une œuvre étonnante qu'un détail très simple différencie de toutes les autres épopées. On n'y trouve rien de mystique ni de magique : la Bible se préoccupe exclusivement de responsabilité humaine.

— Êtes-vous croyant ? demanda Pam.

— Vous voulez savoir si je crois en la religion ? La réponse est non. J'ai vu à quel point elle est capable de manipulation. Est-ce que je crois en Dieu ? C'est une autre histoire. J'ai été témoin de ses négligences. Je suis né musulman. Mon père était musulman, comme son père avant lui. Cependant, en 1948, après la guerre, il s'est passé quelque chose. C'est là que je me suis pris de passion pour la Bible. J'avais envie de la lire dans sa version originale, pour savoir ce qu'elle signifiait vraiment.

– Pourquoi les Israéliens veulent-ils votre mort ? intervint Malone.

– Ce sont les descendants d'Abraham. Dieu a promis de les bénir et de maudire leurs ennemis. Des millions de personnes ont perdu la vie au cours des siècles, des milliers ces cinquante dernières années simplement pour prouver la véracité de ces mots. Récemment, Cotton, j'ai eu une conversation très animée à ce sujet. Dans un pub du quartier, un homme particulièrement arrogant m'a expliqué que l'existence d'Israël était un droit absolu. Il m'a donné six raisons à cela étayées par l'archéologie, l'histoire, le sens pratique, l'humanité, la défense et pour lui l'essentiel, le droit divin. Le droit divin, Cotton, reprit Haddad après un instant de réflexion, l'alliance d'Abraham. Le don de la terre de Dieu au peuple d'Israël proclamé dans toute sa gloire dans les mots de la Genèse. »

Malone attendit que son ami poursuive.

« Et si nous nous trompions ? ajouta Haddad en jetant un regard mauvais à la carte d'Israël accrochée à côté d'une carte de l'Arabie saoudite.

– Continuez, je vous en prie », l'invita une voix inconnue.

Les trois amis se retournèrent.

Debout dans l'encadrement de la porte d'entrée, ils aperçurent un homme. De petite taille, le front dégarni, il portait des lunettes et était accompagné d'une femme trapue au teint mat d'une trentaine d'années. Ils étaient tous deux armés de pistolets équipés de silencieux. Malone reconnut immédiatement la marque et le modèle des armes et sut pour qui ils travaillaient.

Israël.

24

Washington, DC
9 h 50

Stéphanie termina son petit déjeuner et fit signe au serveur de lui apporter l'addition. Elle était attablée dans un restaurant situé non loin de Dupont Circle et tout près de son hôtel. L'unité Magellan au grand complet avait été mobilisée et sept de ses douze avocats l'assistaient désormais sur cette affaire. Le meurtre de Lee Durant les avait tous motivés à agir mais les efforts allaient de pair avec certains risques. D'autres agences de renseignements ne tarderaient pas à avoir vent de ses activités, ce qui signifiait que Larry Daley ne serait pas loin. Qu'ils aillent au diable. Malone avait besoin d'elle et elle n'avait pas l'intention de le laisser tomber une nouvelle fois.

Elle régla l'addition et héla un taxi qui, un quart d'heure plus tard la déposa sur la dix-septième rue, adjacente au National Mall. La matinée était radieuse et la femme qu'elle avait contactée deux heures plus tôt occupait un banc à l'ombre pas très loin du mémorial de la Seconde Guerre mondiale. C'était une grande blonde athlétique dont la perspicacité poussait Stéphanie à la traiter avec la plus grande prudence. Elle connaissait Heather Dixon depuis près de dix ans. Bien qu'elle portât un patronyme américain hérité d'une liaison sans lendemain, Dixon était une citoyenne israélienne attachée à la mission diplomatique de Washington, membre du contingent nord-américain du Mossad. Elles avaient à la fois coopéré et rivalisé par le passé, ce qui était typique des Israéliens. Stéphanie espérait que la rencontre d'aujourd'hui serait amicale.

« Ravie de vous voir », s'exclama Stéphanie en s'asseyant.

Comme toujours, Dixon était vêtue avec élégance d'un pantalon prince de Galles marron et or, d'une chemise en coton blanche et d'une veste noire en tissu bouclette.

« Vous m'avez semblé inquiète au téléphone.

— Je le suis. J'ai besoin de savoir pourquoi votre gouvernement s'intéresse à George Haddad. »

L'expression de vacuité que cultivait Dixon s'évanouit brièvement.

« Vous n'avez pas perdu de temps, remarqua-t-elle.

— Vous non plus. Haddad fait beaucoup parler de lui ces derniers jours. »

Stéphanie était en position de faiblesse, Lee Durant, son contact auprès des Israéliens, n'ayant pas eu la possibilité de lui rapporter tout ce qu'il avait appris.

« Pourquoi les Américains s'intéressent-ils à lui ? rétorqua Dixon.

— Il y a cinq ans, un de mes agents a failli mourir à cause de Haddad.

— C'est à ce moment-là que vous avez caché le Palestinien. Vous l'avez gardé pour votre propre bénéfice, sans prendre la peine d'en parler à votre allié. »

Ça y est, elles entraient dans le vif du sujet.

« Et vous n'avez pas pris la peine de nous dire que vous aviez tenté de l'éliminer, ainsi que mon agent.

— Je n'ai aucune information sur ce dossier. On ne me met pas au courant de ce genre de chose. Ce que je sais, en revanche, c'est que Haddad a refait surface et qu'il nous le faut.

— Nous aussi, il nous le faut.

— Pourquoi compte-t-il autant à vos yeux ? »

Stéphanie n'arrivait pas à décider si Dixon s'efforçait de gagner du temps ou allait à la pêche aux renseignements.

« À vous de me le dire, Heather. Pourquoi les Saoudiens ont-ils rasé des villages entiers dans l'ouest de l'Arabie il y a cinq ans ? Pourquoi le Mossad fait-il une fixation sur Haddad ? Pourquoi fallait-il qu'il meure ? » ajouta Stéphanie en dévisageant son amie.

Malone se sentit soudain envahi par un sentiment de calme et de fatalisme. Il existait une règle unanimement respectée dans le monde du renseignement : n'essayez pas de jouer au plus fin avec les Israéliens. Malone avait violé cette règle en laissant croire à Israël que Haddad était mort dans l'attentat du café. Maintenant, il savait qu'ils étaient au courant. Lee Durant l'avait averti, les Israéliens étaient furieux, sans pour autant lui annoncer que la couverture de Haddad était compromise. S'il avait su, il n'aurait jamais permis à Pam de l'accompagner.

« Vous devriez vraiment verrouiller votre porte, déclara l'intrus. N'importe qui pourrait entrer.

— Vous avez un nom ? demanda Malone.

— Appelez-moi Adam, et elle, Ève.

— Intéressant, ces noms, pour deux assassins israéliens.

— Assassins ? s'étonna Pam. Qu'est-ce que tu veux dire ?

— Ils sont venus finir ce qu'ils ont commencé il y a cinq ans. »

Malone se tourna vers Haddad qui restait parfaitement calme. « Quel secret veulent-ils protéger ?

— La vérité, dit le vieil homme.

— Je ne vois pas du tout de quoi vous voulez parler, déclara Adam. Je n'ai rien d'un politicard. Je suis juste un tueur à gages, chargé d'éliminer les gêneurs. Vous comprenez de quoi je parle, monsieur Malone ? Vous étiez de la partie autrefois. »

Oui, il comprenait. Pour Pam, en revanche, c'était une autre histoire.

« Vous êtes tous dingues, autant que vous êtes ! s'écria-t-elle. Vous parlez d'assassinat comme si ça faisait partie du boulot.

— À vrai dire, rectifia Adam, c'est mon unique activité. »

En rejoignant l'unité Magellan, Malone avait appris que bien souvent, pour rester en vie, il suffisait de savoir quand laisser tomber. En dévisageant Haddad, ce vieux soldat qui en avait vu d'autres, il comprit que son vieil ami savait qu'était venu pour lui le temps de choisir.

« Je suis désolé, murmura Malone.

— Moi aussi, Cotton. Mais j'ai pris ma décision en passant ces coups de fil. »

Avait-il bien entendu ?

« Les coups de fil ?

— Un appel il y a quelque temps, les deux autres récemment. J'ai contacté la Cisjordanie.

— C'est insensé, George !

— Peut-être, mais j'étais sûr que vous viendriez.

– Ravi de l'apprendre, moi je n'en savais rien.

– Vous m'avez beaucoup appris, remarqua Haddad dont les yeux s'étrécirent. Je n'ai oublié aucun de vos conseils et jusqu'à il y a peu, je m'y suis strictement conformé. Y compris quand vous me recommandiez de mettre en lieu sûr ce qui compte vraiment, ajouta-t-il d'une voix blanche et monocorde.

– Vous auriez dû m'appeler d'abord.

– J'ai une dette envers le Gardien que j'ai exécuté. Je dois m'en acquitter.

– Quelle contradiction, remarqua Adam, un Palestinien qui a de l'honneur.

– Que dire d'un Israélien qui gagne sa vie en commettant des meurtres ? rétorqua Haddad. Mais nous sommes ce que nous sommes. »

Malone envisageait tous les scénarios possibles. Il fallait qu'il fasse quelque chose, mais Haddad sembla deviner ce qu'il mijotait.

« Vous avez fait tout ce que vous pouviez. Pour l'instant, en tout cas. Faites attention à elle, recommanda-t-il en désignant Pam.

– Cotton, tu ne peux pas les laisser le tuer, chuchota-t-elle, désespérée.

– Si, il peut », rétorqua le vieil homme, un soupçon d'amertume dans la voix.

Puis, jetant un regard mauvais à Adam :

« Puis-je dire une dernière prière ?

– Qui suis-je pour vous refuser une requête aussi sensée ? »

Haddad s'avança jusqu'à l'une des commodes alignées contre le mur et tendit la main vers un tiroir.

« J'y range un coussin sur lequel je m'agenouille, vous permettez ? »

Le tueur haussa les épaules.

Haddad ouvrit lentement le tiroir dont il tira un coussin écarlate. Il s'approcha ensuite de l'une des fenêtres et Malone vit le coussin tomber à terre.

George Haddad brandit une arme.

Stéphanie attendait toujours une réponse à sa question.

« Haddad fait peser une menace sur la sécurité d'Israël, expliqua Dixon. C'était le cas il y a cinq ans, et ça l'est toujours aujourd'hui.

— Cela vous dérangerait d'être plus précise ?

— Pourquoi ne pas poser la question à vos collaborateurs ? »

Stéphanie avait espéré éviter ce type de questions mais décida d'être honnête.

« Notre camp est divisé.

— Et où vous situez-vous ?

— Un de mes anciens agents a des problèmes. J'ai l'intention de lui apporter mon aide.

— Cotton Malone. Nous sommes au courant. Cela dit, Malone savait ce qui l'attendait en cachant Haddad.

— Son fils l'ignorait, lui.

— Plusieurs de mes amis ont été victimes du terrorisme, fit Dixon avec un haussement d'épaules.

— C'est une remarque un peu moralisatrice, vous ne trouvez pas ?

— Je ne crois pas, non. Les Palestiniens ne nous laissent guère le choix.

— Ils ne font rien d'autre que ce qu'ont fait les juifs en 1948, rétorqua Stéphanie sans pouvoir se retenir.

— Si j'avais su que nous aurions encore une fois la même dispute, je ne serais pas venue », s'amusa Dixon.

L'agent israélien n'avait pas envie d'entendre parler de la vague de terrorisme qui avait secoué la Palestine à la fin des années quarante et dont il fallait chercher l'origine dans le camp juif plutôt que dans le camp arabe. Mais Stéphanie n'avait pas l'intention de laisser son amie s'en tirer à si bon compte.

« Nous pouvons reparler de l'hôtel King David, si vous voulez. »

Situé à Jérusalem, l'hôtel servait de quartier général aux militaires britanniques et à la police criminelle. Après une descente dans une agence locale juive au cours de laquelle certains documents sensibles avaient été saisis et emportés à l'hôtel pour y être examinés, les militants sionistes avaient riposté en plaçant une bombe en juillet 1946. Il y avait eu quatre-vingt-onze morts, dont quinze juifs, et quarante-cinq blessés.

« Les Britanniques avaient été avertis, souligna Dixon. Ce n'est pas de notre faute s'ils ont choisi d'ignorer la mise en garde.

— Qu'est-ce que ça peut faire qu'ils l'aient été ou non ? Il s'agit d'un acte de terrorisme – les juifs visant les Britanniques –, d'un moyen de faire pression. Les juifs voulaient que les Britanniques et les Arabes quittent la Palestine et n'importe quelle tactique était la bonne à condition qu'elle marche. C'est ce que les Palestiniens essaient de faire depuis des décennies.

— J'en ai marre de toutes ces salades. Cette histoire de *nakba,* c'est de la rigolade. Les Arabes ont fui la Palestine dans les années quarante de leur plein gré, parce qu'ils étaient morts de peur. Les riches ont paniqué, et les autres sont partis après que les leaders arabes le leur ont demandé. Ils étaient tous persuadés qu'ils nous écraseraient en l'espace de quelques jours. Ceux qui ont fui se sont réfugiés à quelques dizaines de kilomètres, sur le territoire d'États arabes voisins. Mais personne, même pas vous, ne parlez des juifs qui ont été expulsés de ces pays arabes-là. C'est comme si l'on disait : "Et après ? On s'en fiche pas mal." Mais pour les pauvres Arabes sans défense, quelle tragédie !

— Confisquez sa terre à un homme et il vous combattra pour toujours.

— Nous n'avons rien confisqué, comme vous dites. Nous avons payé cette terre couverte en grande part de marais incultes et de friches dont personne ne voulait. Et, soit dit en passant, quatre-vingts pour cent des Arabes qui ont pris la fuite étaient des paysans, des nomades ou des bédouins. Les propriétaires terriens, ceux qui poussaient les hauts cris, vivaient à Beyrouth, au Caire ou à Londres. »

Ce n'était pas la première fois que Stéphanie entendait ce raisonnement.

« La ligne du camp israélien n'a pas changé d'un iota.

— Tout ce que les Arabes avaient à faire, c'était d'accepter la résolution prise par l'ONU en 1947 visant à créer deux États, l'un arabe et l'autre juif, et tout le monde aurait gagné. Mais non, certainement pas. Pas le moindre compromis possible. Le rapatriement des populations déplacées a toujours été et est encore aujourd'hui la condition préalable à toute discussion, et cela n'arrivera jamais. L'existence d'Israël est une réalité qui ne disparaîtra pas. C'est écœurant de voir le monde entier s'apitoyer sur le sort des Arabes. Ils vivent dans des camps de réfugiés parce que cela arrange les dirigeants arabes. Si ça ne leur plaisait pas, ils feraient quelque chose pour eux. Au lieu de ça, ils se servent des camps et des quelques zones où les Palestiniens ont le droit de vivre pour culpabiliser le monde de ce qu'il a fait en 1948. Pourtant, personne, pas même les États-Unis, ne les réprimande jamais à ce sujet.

– En ce moment, seuls le fils de Cotton Malone et George Haddad m'importent, Heather.

– C'est le cas de la Maison-Blanche aussi. Nos services ont appris que vous fourriez votre nez dans le dossier Haddad. Larry Daley vous considère comme une emmerdeuse.

– Il est expert en la matière.

– Tel-Aviv exige que personne ne se mêle de cette affaire. »

Stéphanie regretta soudain cette rencontre avec Heather Dixon.

« Qu'est-ce qui peut compter à ce point ? voulut-elle savoir. Dites-le-moi et je déciderai peut-être de ne pas m'en mêler.

– Pas mal votre truc, gloussa Dixon. Quelqu'un s'est déjà fait avoir ?

– Je me disais que ça pourrait marcher cette fois, avoua Stéphanie qui avait cru que leur amitié signifiait quelque chose. Entre nous. »

Dixon lança un regard aux allées bétonnées qui les entouraient. Les passants flânaient sur la promenade, profitant du beau temps.

« C'est sérieux cette fois, Stéphanie.

– À quel point ? »

Dixon glissa la main derrière son dos et brandit une arme.

« À ce point-là. »

25

Londres

Quand Malone vit Haddad l'arme au poing, il sut que son ami avait pris sa décision : ce serait son dernier combat. Il ne se cacherait plus. L'heure était venue de faire face à ses vieux démons.

Haddad tira le premier. Sa balle atteignit Ève en pleine poitrine et la déséquilibra. Le sang gicla de la plaie béante.

Adam riposta et Haddad hurla de douleur lorsque la balle le transperça, lui brisant la colonne vertébrale et projetant sur le mur derrière lui des éclaboussures sanguinolentes.

Ses jambes se dérobèrent sous lui et, bouche bée, il s'effondra par terre sans un cri.

Pam poussa un hurlement.

L'atmosphère était devenue étouffante. Malone se sentit à la merci de l'homme impitoyable qui venait d'assassiner son ami.

Il se retourna vers Adam qui baissa son arme.

« Je suis venu le tuer, lui, c'est tout, expliqua-t-il d'un ton d'où toute trace de cordialité avait disparu. Le gouvernement de mon pays n'a rien à vous reprocher, Malone, en dépit du fait que vous nous ayez trompés. Cela dit, vous n'avez fait que votre travail. Nous passons l'éponge.

— C'est tellement gentil de votre part.

— Je ne suis pas un meurtrier mais un tueur à gages.

— Et elle ? demanda Malone en désignant le cadavre d'Ève.

— Je ne peux rien faire pour elle, tout comme vous ne pouvez plus rien faire pour lui. Il y a un prix à payer pour les erreurs commises. »

Malone resta muet bien qu'il fût à demi-mort de peur et d'angoisse. On avait sans doute entendu les coups de feu et appelé la police.

L'Israélien tourna les talons avant de disparaître.

Le bruit de ses pas s'évanouit dans l'escalier.

Pam avait l'air figée sur place, son regard incrédule fixé sur le cadavre de Haddad dont la bouche restait ouverte comme en signe de protestation. Malone se releva à son tour. Pam et lui échangèrent un regard sans un mot. Il arrivait presque à comprendre le raisonnement de l'Israélien. C'était effectivement un tueur à gages au service d'un État souverain et qui se voyait confier des exécutions. Mais cette ordure n'en restait pas moins un meurtrier.

George Haddad était mort.

Et il y avait aussi un prix à payer pour cette réalité.

Malone était en proie à de sombres pensées. Il se pencha pour ramasser l'arme de Haddad et se tourna vers la porte.

« Reste ici, ordonna-t-il à Pam.

— Que vas-tu faire ?

— Tuer ce salaud. »

Stéphanie fut plus décontenancée qu'effrayée à la vue du pistolet.

« Les règles ont apparemment changé, Heather. Je croyais que nous étions alliées.

— C'est ça qui est amusant dans les relations entre les États-Unis et Israël. Il est parfois difficile de savoir de quel côté nous sommes.

— Et le fait que la Maison-Blanche vous ait contactée vous donne une certaine liberté, on dirait.

— Il est toujours agréable de voir les Américains divisés.

— Larry Daley veut Haddad pour lui tout seul. Vous en êtes consciente, n'est-ce pas ? Ce rendez-vous n'est qu'une diversion : je vous distrais pendant que nos agents mettent la main sur lui.

— Bon courage. Il n'y a que Malone et nous qui sachions où le trouver. »

Stéphanie n'aimait pas ça. L'entrevue n'avait que trop duré. Depuis qu'elle s'était installée sur le banc, sa main droite reposait sur sa cuisse et le bout de ses doigts sur l'émetteur radio qu'elle cachait sous son ample pantalon.

« Cela dépend ; et si les renseignements américains avaient une source au sein de votre organisation ?

— Cette opération est assez confidentielle alors je doute qu'il y ait eu des fuites. En outre, Haddad est sans doute mort à l'heure qu'il est. Nos agents ont été envoyés chez lui il y a déjà plusieurs heures.

— Quel est le but de cette démonstration de force ? demanda Stéphanie en désignant l'arme de Dixon.

— Malheureusement, vous êtes devenue un problème pour votre gouvernement.

— Bon sang, et moi qui pensais que ma démission leur suffirait.

— Plus maintenant. Je crois que l'on vous avait conseillé de rester en dehors de cette affaire et pourtant, vous avez mobilisé l'unité Magellan au grand complet. Contrairement aux ordres que vous aviez reçus, évidemment.

— Je ne reçois pas d'ordres de Larry Daley.

— Mais de son patron. »

Stéphanie se rendit compte en un éclair que si elle était devenue une cible, Brent Green l'était sans doute aussi. Éliminer le ministre de la Justice posait des problèmes logistiques d'un autre ordre que son exécution à elle. Les cadavres n'étaient jamais invités sur les plateaux des émissions politiques du dimanche matin, c'est tout ce qui comptait pour la Maison-Blanche apparemment. Elle s'apprêta à activer le signal d'alarme.

« Vous êtes venue faire le sale boulot pour Larry Daley, c'est ça ?

— Disons simplement que nous avons des intérêts communs. Et puis, nous aimons bien que la Maison-Blanche ait une dette envers nous.

— Vous avez prévu de me descendre ici ?

— Pas la peine. Certains de mes associés sont prêts à s'en charger.

— Vos services ?

— C'est incroyable, Stéphanie, ironisa-t-elle en secouant la tête, mais vous êtes parvenue à faire ce que les politiciens s'efforcent de faire depuis des siècles : amener les juifs et les Arabes à coopérer. Les Saoudiens travaillent avec nous sur ce coup-là. Il semblerait que nous ayons un objectif commun, alors nous oublions tous nos différends. Pour cette fois, ajouta Dixon en haussant les épaules.

— Et par la même occasion, cela permet d'éviter qu'Israël n'assassine un ressortissant américain. »

Dixon plissa le front en feignant de réfléchir.

« Vous voyez les avantages ? Nous localisons le problème, ils l'éliminent. Tout le monde y gagne.

– Sauf moi.

– Vous connaissez les règles. Votre ami aujourd'hui sera peut-être votre ennemi demain, et vice-versa. Israël a peu d'amis en ce monde mais les menaces pèsent de toutes parts. Nous faisons ce que nous avons à faire. »

La première fois que Stéphanie avait vu une arme de si près, c'était en se lançant sur la trace des Templiers en compagnie de Malone. Elle avait vu des gens mourir aussi. Heureusement qu'elle avait pris ses précautions.

« Faites ce que vous avez à faire. »

Du bout de l'index, elle activa le signal qui alerterait son escorte postée à moins d'une minute de là.

Elle n'avait plus qu'à faire de son mieux pour gagner du temps.

Les yeux de Heather Dixon roulèrent soudain dans leurs orbites avant de se fermer ; sa tête tomba en avant et elle s'affaissa.

Son arme tomba à terre avec un bruit sourd.

Stéphanie la rattrapa et aperçut quelque chose : une fléchette plantée dans le cou de Dixon. Elle en avait déjà vu de semblables. Elle se retourna calmement.

À quelques mètres derrière le banc se tenait une femme. Élancée, le teint mat, les cheveux longs et bruns. Elle portait une veste en cachemire d'aspect coûteux et un jean taille basse ; cet ensemble près du corps mettait en valeur sa silhouette filiforme et harmonieuse. Dans sa main gauche, elle tenait un magnum à air comprimé.

« J'apprécie le coup de main, lança Stéphanie en s'efforçant de dissimuler sa surprise.

– À votre service », rétorqua Cassiopée Vitt amusée.

Malone descendit l'escalier quatre à quatre pour regagner le rez-de-chaussée. Tuer Adam ne serait pas chose aisée. Ce n'était jamais le cas avec les pros.

Tout en descendant, il vérifia le chargeur de son arme. Il restait sept balles. Reste prudent, songea-t-il. L'Israélien savait certainement qu'il allait se lancer à sa poursuite. À vrai dire, il l'y avait encouragé en ne confisquant pas le pistolet de Haddad. Les pros n'offraient jamais ce genre d'opportunité. Et sa remarque à propos du professionnalisme de Malone ne rimait à rien. Les assassins professionnels se fichaient pas mal du protocole. Ils faisaient le ménage pour les services de renseignements, étaient chargés d'éliminer tout ce qui traînait. Comme les témoins, par exemple. Alors, pourquoi ne pas faire le ménage à fond ? Peut-être qu'Adam aspirait à un face-à-face ? Tuer un agent américain, qu'il soit ou non à la retraite, n'allait pas sans conséquences. Mais si l'agent attaquait le premier, c'était une autre histoire.

Il retrouva ses esprits en arrivant au rez-de-chaussée. L'index posé sur la gâchette, il se prépara à en découdre.

Des sentiments familiers l'envahirent de nouveau. Des sentiments qui, il l'avait compris quelques mois plus tôt, faisaient partie intégrante de son psychisme. En France, il avait fait la paix avec ces démons en comprenant qu'il serait toujours de la partie et que cela ne changerait jamais, qu'il soit ou non à la retraite. La veille, au château de Kronborg, Pam l'avait accusé d'être dépendant des poussées d'adrénaline qu'il ressentait dans ces moments-là, déplorant le fait que Gary et elle ne lui aient jamais suffi.

L'insulte l'avait blessé car elle ne correspondait pas à la réalité. Il n'avait pas besoin de cette tension mais en revanche, il était tout à fait capable de la supporter.

Il fut accueilli dehors par le soleil d'octobre qui lui parut vif en sortant de la pénombre de l'immeuble. Calmement, il descendit le perron. Il aperçut Adam à une quinzaine de mètres en train de marcher sur le trottoir.

Malone se lança à sa poursuite.

Des voitures stationnaient de part et d'autre de la rue étroite. Des avenues voisines lui parvenait le vrombissement monotone des voitures. Quelques passants flânaient sur le trottoir d'en face.

Il ne servirait à rien de discuter, aussi se prépara-t-il à tirer. Mais Adam se retourna.

Malone plongea à terre.

Une balle le frôla et ricocha sur l'un des véhicules. Il roula sur lui-même et riposta. L'Israélien avait eu la sagesse de déserter le trottoir pour se dissimuler à l'abri des voitures en stationnement.

Malone roula jusqu'à la chaussée et se cacha entre deux voitures.

Il s'agenouilla pour risquer un coup d'œil à travers le pare-brise et tenter de repérer sa cible. Adam se terrait à dix voitures de là. De l'autre côté de la rue, les piétons se dispersèrent.

C'est alors que Malone entendit un gémissement.

Il se retourna pour découvrir Pam étendue sur le perron de l'immeuble de George Haddad.

Le bras gauche ensanglanté.

26

Washington, DC

Stéphanie était ravie de voir Cassiopée Vitt. La dernière fois qu'elle avait travaillé avec la mystérieuse métisse, elle se trouvait sur le versant français des Pyrénées, mêlée à une affaire d'un tout autre type.

« Allongez-la sur le banc et fichons le camp », conseilla Cassiopée.

Stéphanie se leva et laissa la tête de Heather Dixon retomber sur les lattes de bois.

« Elle va avoir un sale hématome, remarqua Vitt.

– Je m'en moque. Elle s'apprêtait à me faire éliminer. Vous voulez m'expliquer ce que vous faites là ?

– Henrik s'est dit que vous pourriez avoir besoin d'aide. Ce que lui renvoyaient ses contacts à Washington le mettait mal à l'aise. J'étais dans les parages, à New York pour être plus précise, alors il m'a demandé de garder l'œil sur vous.

– Comment m'avez-vous trouvée ?

– Ça n'a pas été difficile. »

Pour la première fois, Stéphanie appréciait le tempérament cachottier de Thorvaldsen.

« Faites-moi penser à lui envoyer une carte de vœux à Noël.

– Je pense que ça lui fera plaisir, s'amusa Cassiopée.

— Quelle déception, ajouta Stéphanie en désignant Dixon. Je la prenais pour une amie.

— Les amis sont des oiseaux rares dans votre métier.

— Cotton est dans un sale pétrin.

— C'est aussi l'avis de Henrik. Il espérait que vous pourriez lui apporter votre aide.

— À l'heure actuelle, je suis visée.

— Ce qui nous amène à notre autre problème », remarqua Cassiopée.

Stéphanie n'aimait pas entendre ce genre de phrase.

« Mlle Dixon n'est pas venue seule, précisa Cassiopée en pointant le doigt en direction du Monument Washington. Deux hommes dans une voiture derrière cette petite butte. Et ils n'ont pas l'air israélien.

— Des Saoudiens.

— Alors ça, c'est un exploit. Comment vous êtes-vous arrangée pour mettre tout le monde en colère ? »

Deux hommes apparurent en haut de la butte ; ils marchaient dans leur direction.

« Pas le temps de vous expliquer, répondit Stéphanie. On y va ? »

Elles pressèrent le pas dans la direction opposée, avec une quarantaine de mètres d'avance sur leurs poursuivants, ce qui ne signifiait pas grand-chose s'ils décidaient de faire feu.

« Je suppose que vous aviez anticipé ce genre d'imprévu ? voulut savoir Stéphanie.

— Pas exactement. Mais je peux improviser. »

Malone se désintéressa d'Adam et se hâta de quitter sa cachette derrière les voitures en stationnement pour rejoindre Pam, blessée. Il était couvert de poussière. En se retournant, il aperçut l'Israélien qui s'éloignait en courant.

« Tu vas bien ? » demanda-t-il à Pam.

Elle grimaçait de douleur, la main droite serrée sur son épaule gauche meurtrie.

« Ça fait mal, chuchota-t-elle d'une voix étranglée.

— Montre. »

Pam secoua la tête.

« Ça m'aide... de la serrer. »

Malone écarta doucement les doigts de Pam. Elle écarquilla les yeux sous l'effet de la douleur et de la colère.

« Non ! s'écria-t-elle.

— Il faut que je regarde. »

Inutile de dire ce qu'ils pensaient tous deux. *Pourquoi n'était-elle pas restée dans l'appartement* ?

Elle capitula et lâcha son épaule sanguinolente ; ce que Malone vit vint confirmer ses soupçons. La balle l'avait à peine effleurée. L'os n'était pas touché. Si elle avait été plus gravement touchée, son état en témoignerait déjà. Un blessé par balle tombait en état de choc, son corps arrêtait de fonctionner.

« La balle t'a à peine frôlée, la rassura Malone.

— Merci pour le diagnostic, rétorqua Pam en serrant de nouveau la plaie de la main.

— J'ai une certaine expérience dans ce domaine, tu sais. »

Son regard s'adoucit quand elle comprit qu'il disait vrai.

« Il faut y aller, lança-t-il.

— Je saigne, fit-elle en grimaçant de douleur.

— Pas le choix, dit-il en l'aidant à se relever.

— Bon sang, Cotton.

— Je sais que tu souffres. Mais si tu étais restée là-haut comme je te l'avais demandé... »

Des hurlements de sirènes s'élevèrent au loin.

« Il faut y aller. Mais d'abord, il me reste une chose à faire. »

Pam sembla se reprendre un peu, déterminée à rester calme et lucide, aussi l'entraîna-t-il dans l'immeuble.

« Maintient la pression sur la plaie, lui conseilla-t-il tout en grimpant l'escalier menant à l'appartement de Haddad. Elle devrait arrêter de saigner. Elle est assez superficielle. »

Le bruit des sirènes se rapprochait.

« Qu'est-ce qu'on fait là ? » s'interrogea Pam en arrivant sur le palier du deuxième étage.

Malone se remémora les paroles prononcées par Haddad avant qu'éclate la fusillade. « Vous m'avez beaucoup appris. Je n'ai oublié aucun de vos conseils et jusqu'à il y a peu, je m'y suis strictement conformé. Y compris quand vous me recommandiez de mettre en lieu sûr ce qui compte vraiment. » Lorsqu'il s'était occupé de cacher Haddad, il avait conseillé au Palestinien de rassembler ses biens les plus précieux afin d'être prêt à partir à tout moment. Il était temps de vérifier si le vieil homme disait vrai.

Ils pénétrèrent dans l'appartement.

« Va chercher un torchon à la cuisine pendant que je m'occupe du reste », ordonna Malone à Pam.

Il disposait de deux ou trois minutes au maximum.

Il se rua dans la chambre. Le petit appartement n'était guère plus spacieux que celui où il vivait lui-même à Copenhague. Des piles de journaux et de livres depuis longtemps oubliés s'entassaient par terre. Le lit était défait, les tables de chevet et la commode recouvertes d'un bric-à-brac d'objets dignes d'une brocante. Malone vit que d'autres cartes recouvraient les murs. Israël, hier et aujourd'hui. Pas le temps de les consulter.

Il s'agenouilla près du lit en espérant avoir vu juste.

Haddad avait contacté le Moyen-Orient en sachant qu'une confrontation s'ensuivrait inévitablement. Quand elle avait eu lieu, il n'avait pas cherché à l'éviter et avait au contraire lancé l'offensive, tout en sachant qu'il perdrait. Qu'avait dit son vieil ami, déjà ? « Je savais que vous viendriez. » Quelle idiotie. Haddad n'avait nul besoin de se sacrifier. Le meurtre du Gardien commis des décennies plus tôt hantait apparemment le vieil homme depuis longtemps.

« J'ai une dette envers le Gardien que j'ai exécuté. Je dois m'en acquitter. »

C'était un sentiment que Malone pouvait comprendre.

Il passa la main sous le lit et sentit quelque chose. Il s'en saisit et ramena vers lui une sacoche en cuir qu'il ouvrit rapidement. À l'intérieur, il découvrit un livre, trois carnets à spirales et quatre cartes pliées. Parmi toutes les informations éparpillées aux quatre coins de l'appartement, il venait de mettre la main sur l'essentiel, du moins l'espérait-il.

Il fallait quitter les lieux.

Il se précipita vers le salon. Pam sortit de la cuisine, un torchon serré contre son épaule.

« Cotton ?

— Pas maintenant », répondit-il, ayant deviné sa question.

Emportant la sacoche, il poussa Pam dehors non sans s'être emparé d'un châle jeté sur le dossier d'une chaise.

Ils descendirent rapidement l'escalier.

« Tu saignes toujours ? voulut-il savoir alors qu'ils s'élançaient sur le trottoir.

– Je vais m'en sortir. Cotton ? »

Les sirènes n'étaient plus distantes que d'un pâté de maison. Malone drapa le châle sur les épaules de Pam pour dissimuler sa blessure.

Ils marchaient nonchalamment.

« Maintient le torchon à sa place. »

Une trentaine de mètres plus loin, ils débouchèrent sur un boulevard et se mêlèrent à un océan de visages inconnus en résistant à la tentation de presser le pas.

Malone jeta un regard par-dessus son épaule.

Des gyrophares apparurent au bout de la rue et des voitures de police s'arrêtèrent devant l'immeuble de Haddad.

« Cotton ?

– Je sais. Fichons le camp d'ici. »

Il savait ce qu'elle voulait lui demander. Lorsqu'ils étaient remontés dans l'appartement, il l'avait remarqué, lui aussi. Aucune trace de sang ni sur le mur ni par terre. Ils n'avaient pas non plus senti l'odeur de la mort en entrant.

Et les corps d'Ève et de George Haddad avaient disparu.

27

Vallée du Rhin, Allemagne
17 h 15

Sabre admirait les sommets imposants entre lesquels s'engouffrait la rivière. Des berges escarpées flanquaient l'étroite gorge. Seuls de rares buissons couleur émeraude et des vignes chétives venaient égayer les versants de la montagne couverts d'épaisses forêts de feuillus. Depuis près de sept cents ans, des forteresses baptisées Rheinstein, Sooneck ou Pfalz se dressaient sur les plus hauts sommets. Sabre négocia le périlleux virage du rocher de la Loreley sur lequel les navires s'échouaient jadis, emportés par les courants, et tout en haut de la berge orientale du fleuve, aperçut le donjon circulaire du Burg Katz, le château fort Katz. Plus loin se dressait l'inoubliable silhouette du château de Marksburg. Le dernier repère de son voyage apparut quelques minutes plus tard.

Le château de Stolzenfels aux murs de calcaire vieux de deux siècles dont on avait du mal à discerner la teinte fauve.

Il avait quitté Rothenburg ob der Tauber deux heures plus tôt, roulé vers le nord sur l'autoroute en maintenant une vitesse constante de cent quarante-cinq kilomètres-heure, et n'avait dû ralentir qu'à l'approche de Francfort où il avait été pris dans les prémices de l'embouteillage de l'après-midi. De là, deux routes serpentaient vers Cologne :

l'A61 et la B9 à deux voies qui longeait le lit du Rhin. Il avait décidé d'effectuer la première partie du voyage sur cette dernière mais d'emprunter l'autoroute pour la deuxième partie. Il quitta donc lentement la vallée millénaire et suivit les panneaux bleus en direction de l'A61.

Il aperçut la rampe d'accès et accéléra pour entrer sur l'autoroute. Il fit vrombir le moteur de sa BMW de location et s'installa sur la voie de gauche. Un patchwork de collines, de forêts et de pâturages s'étendait de part et d'autre de la route.

Il jeta un coup d'œil dans le rétroviseur.

La voiture qui le filait, une Mercedes gris argent, était toujours là.

Gardant une distance respectable derrière trois véhicules, elle aurait facilement pu passer inaperçue. Mais Sabre s'attendait à être suivi et n'avait pas été déçu quand ses poursuivants s'étaient lancés à ses trousses dès la sortie de Rothenburg ob der Tauber. Il se demandait si le cadavre du *Baumeisterhaus* avait été découvert. Tuer Jonah avait sans doute évité aux Israéliens de le faire – la trahison se payait extrêmement cher au Moyen-Orient –, mais les juifs avaient également perdu une occasion d'interroger un traître, ce qui avait dû leur rester sur le cœur.

Il adorait la manière dont les Allemands avaient conçu leurs autoroutes : trois larges voies, de rares virages, peu de sorties. Parfait pour garantir vitesse et discrétion. Un panneau lui indiqua qu'il se trouvait à quatre-vingt-deux kilomètres de Cologne. Il connaissait sa position exacte : juste au sud de Coblence, à quinze kilomètres à l'est du Rhin, à un jet de pierre de la Moselle.

Il changea de voie.

Derrière la Mercedes, il remarqua quatre autres véhicules.

Parfaitement à l'heure.

Il s'efforçait de retrouver la bibliothèque d'Alexandrie depuis neuf ans pour le compte de l'occupant du fauteuil bleu. La découverte des vestiges de la collection obsédait le vieil homme et, au début, Sabre avait trouvé cette quête ridicule. Mais au fil du temps, il s'était rendu compte que l'objectif que le vieil homme s'était fixé n'était pas aussi inaccessible qu'il l'avait d'abord cru. Récemment, il s'était même pris à penser qu'il y avait peut-être quelque chose à découvrir. Cette quête passionnait les Israéliens, en tout cas. Alfred Hermann semblait déterminé. Sabre avait beaucoup appris. L'heure était venue de mettre ses connaissances à profit.

Pour son propre compte.

Plusieurs mois auparavant, il avait senti qu'il pourrait saisir cette opportunité. Il ne lui restait qu'à espérer que Cotton Malone soit suffisamment ingénieux pour éviter le piège, quel qu'il soit, que lui avaient tendu les Israéliens à Londres. Comme toujours, ils étaient allés très vite. Mais d'après tous les renseignements dont il disposait et d'après ce qu'il avait vu, Malone était un véritable expert, quoiqu'un peu rouillé. Il devrait être capable de se débrouiller.

Le viaduc apparut devant lui.

Il vit la première des quatre conduites intérieures doubler la Mercedes gris argent, changer de voie et se positionner brusquement devant elle.

Deux autres voitures se placèrent dans la voie de gauche, parallèles à la Mercedes.

Une autre vint la serrer par l'arrière.

Les cinq véhicules se dirigeaient à vive allure vers le pont.

Celui-ci s'étendait sur plus de cinq cents mètres,

enjambant la Moselle qui serpentait vers l'est cent vingt mètres plus bas. Arrivé à la moitié du pont, respectant scrupuleusement les instructions de Sabre, le conducteur de la voiture de tête freina brusquement et celui de la Mercedes gris argent fit de même.

Au même instant, les deux voitures qui roulaient dans la file de gauche vinrent heurter la portière côté passager et celle qui fermait la marche heurta le pare-chocs arrière.

Les chocs combinés, ajoutés à la vitesse, projetèrent la Mercedes vers la droite contre la glissière de sécurité.

En un instant, la voiture décolla.

Sabre imagina la scène.

La force produite par le décollage plaquerait les passagers contre le dossier de leur siège. Ils chercheraient sans doute à détacher leur ceinture de sécurité, mais n'auraient pas la moindre chance de le faire. Et même s'ils y arrivaient, à quoi bon ? La chute de cent vingt mètres ne prendrait que quelques secondes, mais lorsque le châssis de l'automobile heurterait la rivière, il se produirait le même choc que si elle heurtait une dalle de béton. Rien n'y résisterait. L'eau glacée pénétrant dans l'habitacle entraînerait rapidement la carcasse dans les profondeurs boueuses de la rivière où le courant finirait par la traîner vers l'est et les eaux encore plus tumultueuses du Rhin.

Tout était fini.

Les quatre voitures le doublèrent et le conducteur de la dernière lui adressa un signe de la main. Il répondit par le même geste. Les services de ces hommes lui avaient coûté cher, étant donné qu'il les avait engagés au dernier moment, mais cela en valait la peine.

Il poursuivit sa route en direction de Cologne.

Il faudrait quelques jours aux Israéliens pour déterminer ce qui s'était passé. Un de ceux qui lui posaient problème était mort à Rothenburg ob der Tauber et leur équipe de terrain avait disparu. Sabre se demandait s'il avait été identifié. Probablement pas. S'ils connaissaient son identité, pourquoi perdre leur temps à le photographier ? Non, il n'était encore qu'un inconnu pour eux.

La confusion régnait. En Israël et bientôt en Autriche.

Il se régalait.

L'heure était venue de mettre de l'ordre dans tout ce chaos.

28

Washington, DC

Stéphanie se demandait ce que sa compagne avait prévu. Cassiopée Vitt était intelligente, riche et audacieuse, capable de se débrouiller dans les situations difficiles. Pas mal, comme profil. À condition d'avoir pris ses précautions.

« Comment va-t-on sortir d'ici ? voulut savoir Stéphanie tandis que les deux femmes couraient le long de la promenade.

— Vous avez une idée ? »

Stéphanie avait effectivement une idée, mais ne dit rien.

« C'est vous qui êtes sortie de nulle part.

— Pas la peine d'être sarcastique, rétorqua Cassiopée amusée.

— On nous pousse dans une certaine direction. Je pensais que vous le saviez. »

Le Mémorial Lincoln se profilait à l'horizon, à l'ouest de la promenade. Le bassin de la Reflecting Pool leur barrait la route au sud. Au nord courait un boulevard animé bordé d'arbres majestueux.

« Contrairement à ce que vous et Henrik pensez, je ne suis pas complètement sans défense, souligna Stéphanie. Deux de mes agents se trouvent sur Constitution avenue.

Je venais juste d'activer le signal d'alarme que je porte sur moi quand vous êtes arrivée.

— Mauvaise nouvelle : vos deux hommes sont partis.

— Que voulez-vous dire ?

— Juste après que vous avez rejoint Dixon, ils sont partis en voiture. »

La promenade s'arrêtait au pied du Mémorial Lincoln. Stéphanie se retourna. Leurs deux poursuivants s'étaient arrêtés.

« Nous sommes arrivées là où ils voulaient nous mener, on dirait. »

Un taxi roulait vers les deux amies en provenance d'Independence avenue.

« Il était temps », s'exclama Cassiopée, en agitant un mouchoir noir.

Le chauffeur s'arrêta et les deux femmes sautèrent dans le taxi.

« J'ai appelé il y a quelques minutes, expliqua Cassiopée en claquant la portière arrière. Contentez-vous de faire le tour du quartier, ordonna-t-elle au chauffeur. Nous vous préviendrons quand nous voudrons descendre. »

Le taxi démarra en trombe.

Stéphanie tira son téléphone portable de sa poche. Elle composa le numéro des agents qui devaient lui servir de renfort. Deux hommes étaient sur le point de perdre leur boulot.

« Vous voulez m'expliquer pourquoi vous m'avez plantée là ? dit-elle calmement quand on prit son appel.

— On nous a ordonné de partir, dit l'agent.

— Je suis votre patronne. Qui peut contredire mes ordres ?

— Votre patron à vous.

— Lequel ? demanda Stéphanie, ébahie.

— Le ministre de la Justice. Brent Green est venu en personne nous ordonner de quitter les lieux. »

Malone jeta la sacoche récupérée chez George Haddad sur le lit. Pam et lui se trouvaient dans une chambre d'hôtel non loin de Hyde Park, quartier qu'il connaissait bien et qu'il avait choisi pour son animation. Comme on le lui avait appris, il n'y avait pas mieux que la foule pour passer inaperçu. Il appréciait aussi la pharmacie voisine où il avait acheté de la gaze, un antiseptique et des pansements.

« Il faut que je m'occupe de ton épaule, annonça-t-il à Pam.

— Comment ça ? Trouvons un hôpital.

— J'aimerais que ce soit si simple. »

Il s'installa à côté d'elle sur le lit.

« Mais ça l'est ! Je veux voir un docteur.

— Si tu étais restée dans l'appartement comme je te l'avais ordonné, on n'en serait pas là.

— Je croyais que tu avais besoin d'aide. Tu allais tuer ce type.

— Tu ne comprends donc pas, Pam ? Ça ne t'a pas suffi d'assister au meurtre de George ? Ces salauds sont prêts à tout. Ils n'hésiteront pas une seconde à t'éliminer.

— Je suis venue pour t'aider », expliqua Pam doucement.

Et Malone vit dans ses yeux quelque chose qu'il n'y avait pas lu depuis des années : de la sincérité. Ce qui soulevait tout un tas de questions qu'il n'avait pas envie de poser et auxquelles elle n'aurait certainement pas envie de répondre non plus.

« Un docteur contacterait la police, ce qui pourrait poser problème », expliqua Malone.

Il inspira plusieurs fois profondément. La fatigue physique et l'inquiétude l'avaient épuisé.

« Pam, il y a beaucoup de monde impliqué dans cette histoire. Ce ne sont pas les Israéliens qui ont enlevé Gary...

– Comment le sais-tu ?

– Appelle ça l'instinct. Je sens qu'ils n'ont rien à voir avec l'enlèvement.

– Ils ont tué ce vieil homme, ça, c'est sûr.

– C'est pour lui éviter ça que je l'avais caché au départ.

– Il les a appelés, Cotton. Tu l'as entendu. Il a passé ces coups de téléphone en sachant qu'ils viendraient.

– Il faisait pénitence. On ne tue pas impunément. Aujourd'hui, George a été rattrapé par son passé. »

En pensant à son ami décédé, il éprouva une nouvelle pointe de regret.

« Il faut que je m'occupe de ta blessure. »

Il retira le châle qui ceignait les épaules de Pam et remarqua que le torchon était imbibé de sang.

« La plaie s'est rouverte ?

– Sur le chemin de l'hôtel.

– La situation est compliquée, dit-il en soulevant la compresse. George n'est pas mort sans raison...

– Son corps avait disparu, Cotton, et celui de la femme aussi.

– Les Israéliens n'ont pas traîné pour faire le ménage. »

Malone examina prudemment le bras de Pam et constata que la plaie était effectivement superficielle.

« Ce qui ne fait que corroborer ma théorie. Beaucoup de monde est impliqué. Au moins deux camps, peut-être trois voire quatre. Israël n'a pas pour habitude d'éliminer les agents américains. Mais ça n'a pas l'air de gêner ceux qui ont exécuté Lee Durant. C'est presque comme s'ils cherchaient les ennuis. Et ça, c'est quelque chose que les Israéliens ne font jamais. »

Il entra dans la salle de bains. En regagnant la chambre, il déboucha un flacon d'antiseptique et lui tendit une serviette propre.

« Tiens, mords ça.

– Pourquoi ? demanda Pam, décontenancée.

– Je dois désinfecter la plaie et je ne veux pas que l'on t'entende crier.

– Ça fait mal ? fit-elle, les yeux écarquillés.

– Plus que tu ne peux l'imaginer. »

Stéphanie éteignit son téléphone. « Brent Green est venu en personne nous dire de quitter les lieux. » Elle se raidit sous l'effet du choc, mais après plusieurs décennies passées dans l'univers des renseignements, rien dans son apparence ne vint trahir sa surprise.

Elle se tourna vers Cassiopée assise près d'elle à l'arrière du taxi.

« À l'heure actuelle, vous êtes la seule personne en qui je puisse avoir confiance, je le crains.

– Vous avez l'air déçue.

– Je ne vous connais pas, après tout.

– C'est faux. En France, vous avez vérifié mes antécédents. »

Cassiopée avait raison – Stéphanie s'était renseignée de manière approfondie à son sujet et avait appris que la beauté au teint cuivré avait vu le jour à Barcelone trente-sept années plus tôt. À moitié musulmane, même si elle n'était pas pratiquante, Cassiopée avait obtenu des diplômes d'ingénieur et d'histoire médiévale. Elle était à la tête d'une multinationale basée à Paris qui investissait à l'international dans des secteurs d'activité très variés et dont le capital s'élevait à plusieurs milliards d'euros. Son père, un Espagnol, avait créé la compagnie dont elle avait hérité, même si elle ne s'investissait guère dans sa gestion au quotidien. Elle présidait également une fondation hollandaise partenaire des Nations unies dans la lutte contre le sida et contre la faim, qui se consacrait plus particulièrement à l'Afrique. Stéphanie savait d'expérience que Cassiopée Vitt ne se laissait pas facilement effaroucher et qu'elle savait manier les armes avec la précision d'un tireur d'élite. Parfois un peu trop culottée pour son propre bien, Cassiopée avait été en contact avec le défunt ex-mari de Stéphanie et en savait plus long sur sa vie privée qu'elle ne l'aurait souhaité. Mais elle lui faisait confiance. C'était indéniable. Thorvaldsen avait fait preuve de sagesse en l'envoyant auprès d'elle.

« J'ai un gros problème.

– Ça, nous le savons.

– Et Cotton a des ennuis. Il est impératif que j'entre en contact avec lui.

– Henrik n'a aucune nouvelle. Malone lui a dit qu'il le contacterait quand il serait prêt, et vous le connaissez mieux que personne.

– À quoi ressemble Gary ?

– Il est comme son père. Solide. Il est en sécurité auprès de Henrik.

— Où est Pam ?

— En route pour les États-Unis. Malone et elle ont pris un vol pour Londres d'où elle devait regagner Atlanta.

— Les Israéliens sont à Londres eux aussi. Des tueurs à gages.

— Cotton est un grand garçon. Il est capable de se débrouiller. Il faut que nous décidions comment gérer votre problème. »

Stéphanie réfléchissait elle aussi au problème en question. « Brent Green est venu en personne nous ordonner de quitter les lieux. » Cela pouvait expliquer pourquoi les agents de police n'étaient pas très présents aux environs du Capitole. Ils étaient partout d'ordinaire. En jetant un coup d'œil par la fenêtre, elle s'aperçut que le taxi se trouvait tout près de Dupont Circle et de son hôtel.

« Nous devons nous assurer que nous ne sommes pas suivies.

— Il vaudrait peut-être mieux prendre le métro. »

Stéphanie acquiesça.

« Où allons-nous ? demanda Cassiopée.

— Vous avez d'autres fléchettes empruntées au marchand de sable ? demanda Stéphanie en apercevant le pistolet à air comprimé caché sous la veste de sa compagne.

— Tout un tas.

— Dans ce cas, je sais exactement où nous devons aller. »

29

Londres
19 h 30

Malone regardait Pam dormir. Il était affalé dans un fauteuil près de la fenêtre de leur chambre d'hôtel, la sacoche de George Haddad sur les genoux. Il avait eu raison pour le désinfectant : Pam avait mordu la serviette à pleines dents pendant qu'il en arrosait la plaie. Les larmes lui étaient montées aux yeux mais elle s'était montrée forte. Pas un cri n'avait trahi sa souffrance. Mû par la compassion, il lui avait acheté un T-shirt neuf dans la boutique de l'hôtel.

Il était fatigué, lui aussi, mais ses « nerfs d'agent secret », comme il les appelait, fournissaient à son corps une énergie sans limite. Il se rappelait l'époque où il lui arrivait de ne pas manger pendant plusieurs jours, marchant à l'adrénaline, concentré sur sa survie et la mission qu'il devait mener à bien. Il avait cru que ce genre de sensation appartenait au passé, et que jamais plus il ne les éprouverait.

Et puis voilà.

Il se retrouvait au beau milieu de la bagarre.

Les dernières heures auraient pu n'être qu'un horrible cauchemar, sauf que la situation était bien réelle et qu'il revoyait le film des événements avec la plus grande clarté. Son ami George Haddad avait été abattu sous ses yeux. Des individus déterminés s'étaient mis en quête de quelque chose. À n'importe quel autre moment, il aurait considéré que ce n'était pas ses affaires. Mais certaines de ces mêmes personnes avaient enlevé son fils et fait exploser sa librairie. Non, Malone se sentait personnellement impliqué.

Il avait une dette envers Gary et George.

Et comme Haddad, il avait bien l'intention d'honorer ses dettes.

Mais il avait besoin d'en savoir davantage.

Haddad s'était contenté de commentaires sibyllins, avant et après l'apparition des Israéliens. Le pire, c'est qu'il n'avait jamais été jusqu'au bout de son explication à propos de ce qu'il avait découvert autrefois – ce qui poussait vraiment les Israéliens à vouloir sa peau. Malone tira un livre, trois carnets et quatre cartes de la sacoche posée sur ses genoux en espérant y trouver quelques réponses.

Le livre à reliure de cuir repoussé, une peau séchée au soleil et friable, datait du XVIIIe siècle. Le titre étant illisible, Malone feuilleta l'ouvrage avec précaution pour déchiffrer la page de titre.

Le Voyage du héros, d'Eusebius Hieronymus Sophronius.

Il parcourut les pages en diagonale.

C'était un roman écrit plus de trois siècles auparavant dans un style ampoulé et sans imagination. Malone était perplexe quant à l'importance que lui avait accordée George et espéra que les carnets lui en apprendraient davantage.

Il les feuilleta tour à tour.

L'écriture serrée était celle de Haddad, le texte rédigé en anglais. Il s'arrêta sur un passage.

> ... Les indices que m'a laissés le Gardien s'avèrent troublants. La quête du héros est difficile. Je crains de m'être

montré idiot. Mais je ne suis pas le premier. Thomas Bainbridge était idiot lui aussi. À la fin du XVIIIe siècle, on lui a vraisemblablement remis une invitation à la Bibliothèque et il a trouvé la clé de l'énigme. L'une des conditions de l'invitation consiste certainement à garder le secret sur sa visite. Les Gardiens n'ont pas passé deux mille ans à protéger leur cache pour qu'un Invité dévoile où elle se trouve. Mais Bainbridge viola leur confiance en relatant son expérience dans un livre. Il tenta de minimiser sa trahison en faisant passer ses aventures pour une œuvre de fiction qu'il intitula – je vous le donne en mille – *Le Voyage du héros*. L'ouvrage fut publié à une poignée d'exemplaires et passa inaperçu. À l'époque, le public était abreuvé de fables fantastiques – des romans qui ne suscitaient guère le respect –, aussi ce périple qui conduisait le protagoniste principal jusqu'aux portes d'une bibliothèque mythique fut-il accueilli sans grand enthousiasme. Il y a trois ans, j'ai dérobé un exemplaire du livre dans une propriété galloise. Sa lecture ne nous éclaire guère sur le sujet. Cependant, Bainbridge ne put s'empêcher de trahir une dernière fois la confiance que lui avaient témoignée les Gardiens. Pendant les dernières années de sa vie, il érigea un monument en marbre dans le jardin de son manoir de l'Oxfordshire sur lequel il fit graver la reproduction d'un tableau accompagnée de lettres de l'alphabet romain. Le tableau de Poussin était à l'origine intitulé *Le Bonheur vaincu par la mort*, mais aujourd'hui on s'y réfère plus communément sous le titre *Les Bergers d'Arcadie II*.

Malone ne connaissait Poussin que de nom. Heureusement, Haddad fournissait quelques détails à son sujet dans l'un de ses carnets.

Né en Normandie en 1594, Poussin était un être tourmenté, comme Bainbridge. Les trente premières années de sa vie sont marquées par un certain nombre de vicissitudes.

Il n'a pas de mécène, souffre de l'indifférence de la Cour, d'ennuis de santé et contracte des dettes. Même le travail exécuté au Palais du Luxembourg ne l'inspire guère. Ce n'est que lorsque Poussin quitte la France pour l'Italie, en 1624, qu'un changement se produit. Ce voyage qui n'aurait dû être l'affaire que de quelques semaines lui prend près de six mois. Une fois arrivé à Rome, Poussin se met à peindre dans un style et avec une confiance tout neufs qui ne passent pas inaperçus et lui valent de devenir le peintre le plus en vue de la ville. Les spéculations vont bon train : Poussin, dit-on, se serait vu révéler un grand secret sur le chemin de Rome. Bizarrement, lorsque *Les Bergers d'Arcadie* fut achevé, le mécène qui en avait commandé l'exécution – on dit qu'il se serait agi du cardinal Rospigliosi, le futur pape Clément IX – décida de ne pas accrocher le tableau en public mais de le garder dans ses appartements privés. Rospigliosi était un esthète qui se passionnait pour la magie et l'ésotérisme. Il possédait une bibliothèque personnelle remarquable et les historiens l'ont baptisé « le pape libre-penseur ».

On trouve un indice de ce qui a pu arriver à Poussin dans une lettre rédigée six ans après que son célèbre tableau eut été achevé. L'auteur du brouillon, prêtre et frère du ministre des Finances de Louis XIV, était persuadé que les révélations que Poussin lui avait faites pouvaient intéresser la monarchie française. J'ai découvert la lettre il y a quelques années dans les archives de la famille Cossé-Brissac :

Nous avons abordé certains sujets, lui et moi, dont j'aurai le plaisir de m'entretenir avec vous en détail ; par l'entremise de M. Poussin, vous pourrez alors accéder à certains privilèges que même les rois auraient beaucoup de mal à obtenir de lui et auxquels, d'après lui, il se pourrait que personne n'accède dans les siècles à venir. Et qui plus est, ces choses dont il m'a parlé sont tellement difficiles à découvrir qu'il s'agit véritablement du plus beau cadeau que le ciel puisse nous faire.

Déclaration d'importance – et énigmatique aussi. Mais le monument que Bainbridge a érigé dans son jardin l'est encore davantage. Après avoir achevé *Les Bergers d'Arcadie,* pour une raison inexplicable, Poussin composa son image inversée et intitula le tableau *Les Bergers d'Arcadie II.* C'est cette image que Bainbridge choisit de faire graver sur son bas-relief en marbre. Pas l'original mais son image inversée. Bainbridge était malin et pendant deux siècles, ce monument pétri de symboles est resté dans l'ombre.

Malone poursuivit sa lecture, perdu dans un labyrinthe de spéculations. Malheureusement, Haddad n'en révélait pas davantage. Le reste des notes concernait l'Ancien Testament, ses traductions et ses incohérences narratives. Pas un mot de découvertes qui auraient pu susciter un tel intérêt. Pas la moindre mention non plus d'un quelconque message transmis par un des Gardiens. Aucun détail concernant la quête du héros si ce n'est une note en passant dans les dernières pages de l'un des carnets.

Dans le salon de Bainbridge Hall, le propriétaire des lieux fait une nouvelle fois la preuve de son arrogance. Le titre de ce tableau est particulièrement évocateur : *L'Épiphanie de saint Jérôme.* Fascinant et tout à fait approprié, quand on sait que toutes les grandes quêtes commencent souvent par une épiphanie.

Malone en savait désormais un peu plus sur Bainbridge mais beaucoup de questions demeuraient encore sans réponse. Et le meilleur moyen de perdre tout esprit d'analyse, c'était de se focaliser sur des questions sans réponses.

« Qu'est-ce que tu lis ? »

Malone leva les yeux. Pam était toujours allongée sur le lit, tête sur l'oreiller, yeux ouverts.

« Les documents que George a laissés. »

Elle s'assit lentement, se frotta les yeux et consulta sa montre.

« Je dors depuis longtemps ?

— Une heure, à peu près. L'épaule, ça va ?

— Ça fait mal.

— La douleur va persister quelques jours.

— Combien de fois as-tu été blessé par balle, Cotton ? demanda-t-elle en étirant ses jambes. Trois fois ? »

Il acquiesça.

« Ça ne s'oublie pas.

— Moi non plus, je n'ai rien oublié. Si tu te souviens bien, je me suis occupée de toi. »

Elle disait vrai.

« Je t'ai aimé, avoua Pam. Je sais que tu ne me crois peut-être pas, mais c'est vrai.

— Tu aurais dû me dire la vérité à propos de Gary.

— Tes frasques m'ont blessée. Je n'ai jamais compris pourquoi tu avais besoin d'aller voir ailleurs. Pourquoi je ne te suffisais pas.

— J'étais jeune, stupide, suffisant. C'était il y a vingt ans, bon sang. Et puis ensuite, j'ai regretté. J'ai essayé d'être un bon mari, je t'assure.

— Combien de femmes y a-t-il eu ? Tu ne me l'as jamais dit.

— Quatre, avoua-t-il sans chercher à se dérober. Des aventures d'un soir à chaque fois. Et toi ?

— Un seul homme. Mais je l'ai vu pendant plusieurs mois.

— Tu l'aimais ? demanda Malone, blessé.

– Autant qu'une femme mariée peut aimer un autre homme. »

Il comprit ce qu'elle voulait dire.

« Gary est né de cette aventure. »

Pam avait l'air aux prises avec une question qui la hantait.

« Quand je regarde Gary, une part de moi est en colère pour ce que j'ai fait – que Dieu me vienne en aide –, mais une partie de moi est reconnaissante aussi. Gary a toujours été là. Toi, tu allais et venais.

– Je t'aimais, Pam. Je voulais être ton mari. J'ai sincèrement regretté ce que j'ai fait.

– Cela ne suffisait pas, murmura Pam sans le regarder. Je l'ignorais à l'époque, mais j'ai compris que cela ne serait jamais suffisant. C'est pourquoi nous sommes restés séparés pendant cinq ans avant de divorcer. Je voulais sauver notre couple, tout en m'y refusant.

– Tu me détestais à ce point ?

– Non, je me détestais moi pour ce que j'avais fait. Il m'a fallu des années pour le comprendre. Fais confiance à une experte : quand on se déteste on est dans de sales draps. Mais on n'en est pas forcément conscient, c'est là le problème.

– Pourquoi ne m'as-tu rien dit sur le moment ?

– Tu ne méritais pas la vérité. Du moins, c'est ce que je pensais. Je n'ai compris mon erreur qu'au cours de l'année dernière. Tu étais allé voir ailleurs, moi aussi. Mais je suis tombée enceinte. Tu as raison, j'aurais dû te l'avouer il y a bien longtemps. Mais c'est la maturité qui nous permet de le comprendre et comme tu l'as dit tout à l'heure, à l'époque, nous étions tous les deux jeunes et bêtes. »

Elle se tut. Malone respecta son silence.

« C'est pour cela que je t'en veux toujours, Cotton. Ça me permet de me défouler sur quelqu'un d'autre que moi-même. Mais c'est aussi pour ça que je t'ai enfin tout avoué pour Gary. Tu te rends compte que si j'avais décidé de ne pas dire un mot tu n'en aurais jamais rien su ? Je voulais me racheter et faire la paix avec toi...

– Et avec toi-même.

– Surtout avec moi-même, acquiesça-t-elle, la voix brisée par l'émotion.

– Pourquoi es-tu venue me rejoindre en bas de chez Haddad ? Tu savais qu'il y aurait des coups de feu.

– Encore une décision idiote de ma part, disons. »

Mais il n'allait pas avaler de telles sornettes. Il était temps de dire la vérité.

« Tu ne peux pas rentrer à Atlanta. Un homme te suivait à l'aéroport. C'est pour ça que je suis revenu.

– Tu aurais dû me le dire, répondit Pam, soucieuse.

– Ouais, j'aurais dû.

– Pourquoi quelqu'un aurait-il envie de me suivre ?

– Pour saisir une nouvelle opportunité. Peut-être pour finir le boulot. »

Malone vit qu'elle avait compris ce qu'il voulait dire.

« Ils veulent me tuer, c'est ça ?

– Je n'en ai aucune idée. C'est ça le problème. On navigue à vue dans cette histoire. »

Pam se rallongea sur le lit, apparemment trop fatiguée, courbaturée et perplexe pour argumenter.

« Que vas-tu faire ? Haddad est mort. Les Israéliens devraient repartir.

– Ce qui nous donne une occasion unique de découvrir ce que George cherchait. Cette quête du héros, ces documents, il a laissé tout ça exprès. Il voulait que nous allions jusqu'au bout.

– Non, il voulait que tu ailles jusqu'au bout, Cotton, rectifia Pam en posant la tête sur l'oreiller.

– Je vais aller chercher de la glace pour ton épaule, proposa Malone en voyant son ex-femme tressaillir de douleur. Ça aide.

– Je ne vais pas essayer de te contredire. »

Malone se leva, attrapa le seau à glace vide et se dirigea vers la porte.

« J'aimerais vraiment savoir ce qui peut valoir de sacrifier sa vie, remarqua Pam.

– Tu pourrais être surprise : parfois, ce n'est pas grand-chose.

– Je vais profiter de ton absence pour appeler Gary, je crois. Je veux m'assurer qu'il va bien.

– Dis-lui qu'il me manque.

– Il est bien où il est ?

– Henrik va bien s'occuper de lui. N'aie aucune inquiétude.

– Alors, par où allons-nous commencer nos recherches ?»

Bonne question. Mais en apercevant le contenu de la sacoche à l'autre bout de la pièce, il comprit qu'il n'y avait qu'une réponse possible.

30

Londres
21 h 00

Sabre jeta un coup d'œil par la fenêtre. Il faisait nuit. Un de ses agents posté à l'aéroport d'Heathrow, avait suivi Malone jusqu'à cet appartement, situé au cœur d'un quartier où s'alignaient les immeubles à pignon où les gens menaient certainement de petites vies proprettes, bien rangées et protégeaient farouchement leur intimité.

Attitude typiquement britannique.

Son agent avait également entendu des coups de feu provenant de l'intérieur de l'immeuble et avait assisté à une fusillade opposant Malone à un autre homme ; l'ex-femme de Malone avait été légèrement blessée. L'assaillant s'était alors enfui et Malone était retourné dans l'immeuble, accompagné de son ex-femme, avant d'en ressortir avec une sacoche en cuir.

Cela s'était passé quelques heures plus tôt et il n'avait pas eu de nouvelles de son agent. Bien sûr, il avait passé le plus clair de son temps à bord d'un avion entre Cologne et Londres, mais elle aurait tout de même dû lui faire son rapport depuis longtemps.

Il était fatigué mais revigoré à l'idée de voir son objectif se rapprocher lentement.

Il n'eut aucun mal à pénétrer dans l'appartement de George Haddad ; il s'était demandé si le vieil homme serait chez lui, mais il n'y avait personne. Des cartes parsemaient les murs. Avec sa lampe torche, il avait examiné la collection hétéroclite et n'avait pas été surpris de constater qu'il s'agissait de cartes du Moyen-Orient. La plupart des livres et des documents qui traînaient dans la pièce concernaient également le sujet à la mode.

La bibliothèque d'Alexandrie.

Il étudiait tout ce qu'il avait glané depuis une heure à la pâle lueur de sa torche. Il se demandait ce qui avait pu arriver à Haddad. L'homme que Malone avait affronté dans la rue était sans doute israélien. À Rothenburg, Jonah lui avait assuré que des tueurs étaient en route pour Londres. Malone les avait-il interrompus ? Avaient-ils mené leur tâche à bien ? Haddad avait-il réussi à fuir pour se mettre à l'abri ? Impossible à dire, puisque son agent avait judicieusement choisi de suivre Malone.

Il n'éprouvait aucun sentiment de satisfaction, même s'il avait retrouvé la trace de Haddad exactement comme prévu. Restait à espérer que, de son côté, son agent se soit montrée aussi consciencieuse.

Il avait gardé pour la fin l'examen du contenu de l'ordinateur de Haddad. Il l'alluma et parcourut l'écran des yeux.

Contrairement au désordre qui régnait dans l'appartement, Haddad avait apparemment organisé ses notes avec une grande méticulosité.

Sabre ouvrit quelques dossiers qu'il compulsa rapidement.

Le vieil homme avait mené des recherches très précises sur la bibliothèque d'Alexandrie. Mais, détail intéressant, il s'était également penché sur le sujet des Gardiens. Alfred Hermann avait évoqué leur existence lors de ses conversations avec Sabre. Jonah lui avait apporté quelques détails supplémentaires. Mais l'un des documents de Haddad allait encore plus loin.

... Leur origine est inconnue, perdue à jamais à cause de la bêtise de certains Anciens qui, il y a bien longtemps et en toute impunité, ont pris la liberté d'effacer des pans entiers de la mémoire de l'humanité.

Dès le IIe siècle, l'homme était passé maître dans l'art de la guerre et de la torture. Dans de nombreuses régions du monde, des empires étaient nés; ils instituaient des lois et apportaient au peuple une certaine sécurité. Mais aucun de ces deux concepts ne protégeait les hommes des gouvernants eux-mêmes. Les religions naquirent et les prêtres s'allièrent volontairement aux despotes qui régnaient. L'Égypte fut le théâtre de ce genre de mascarade. C'est aux environs du IIe siècle que vit le jour dans cette région un ordre religieux qui révérait non le pouvoir, mais la sauvegarde du savoir.

Des hommes qui partageaient les mêmes idées et les mêmes objectifs se réunirent alors pour créer une congrégation. Les monastères dans lesquels ils se retirèrent étaient intentionnellement isolés et peu accueillants. Les membres de la congrégation étaient employés ou régisseurs sur les deux sites de la bibliothèque d'Alexandrie, une chance car ils avaient ainsi accès à toute la collection; au fur et à mesure que la race humaine prospérait et devenait de plus en plus experte dans l'art de l'extermination, cette congrégation se replia sur elle-même.

À l'origine, les Gardiens se contentaient de copier certains textes mais ils finirent par se livrer au chapardage. Le volume même de la Bibliothèque (qui renfermait plusieurs centaines de milliers de manuscrits) les forçait à opérer une sélection draconienne; cela dit, au cours des trois siècles suivants, alors que la Bibliothèque avait de moins en moins les faveurs du pouvoir, il devint de plus en plus facile de dérober des ouvrages, surtout si l'on considère qu'il n'existait aucun inventaire précis. Au moment de l'invasion musulmane au VIIe siècle, les Gardiens s'étaient approprié une grande partie de la bibliothèque d'Alexandrie. C'est alors qu'ils disparurent, ne réapparaissant que rarement pour offrir à certains l'occasion de venir étudier auprès d'eux.

Sabre poursuivit sa lecture en se demandant comment George Haddad avait pu obtenir des informations aussi détaillées. Quel homme étonnant.

Un mouvement à la périphérie de sa vision éveilla son attention. Les ombres s'animèrent. Une silhouette sombre approcha lentement.

Ses mains abandonnèrent le clavier de l'ordinateur. Malheureusement, il n'était pas armé. Il se retourna brusquement, prêt à en découdre.

Une femme se matérialisa dans la lueur de l'écran.

Son agent.

« Vous risquez votre vie à cause de ce genre de bêtise, l'avertit Sabre.

— Je n'ai pas envie de rire. »

Il employait régulièrement cette femme pour régler ses affaires sur tout le territoire britannique. Elle avait une silhouette filiforme et des traits fins. Aujourd'hui, elle avait lissé ses cheveux noirs retenus en une lourde natte.

« Où étiez-vous ? demanda Sabre.

— Je suivais Malone. Lui et son ex-femme sont dans un hôtel près de Hyde Park.

— Et Haddad ?

— Je ne sais pas. Je suis restée près de Malone. Il a risqué gros en remontant dans l'appartement – la police arrivait – et il a quitté les lieux avec la fameuse sacoche. »

Sabre admirait son instinct.

« Nous devons tout de même retrouver le Palestinien.

— Il reviendra, s'il n'est pas déjà mort à l'heure qu'il est. Il y a quelque chose de différent chez vous. »

Les mèches aux reflets bruns et les vêtements informes de Sabre avaient disparu. Il avait désormais les cheveux courts ébouriffés et châtain clair. Il était vêtu avec soin d'un jean, d'une chemise en toile et d'une veste légère. Avant de quitter l'Allemagne, il avait remis son rapport à l'occupant du fauteuil bleu puis avait modifié son apparence – tout cela faisait partie du plan qu'il avait minutieusement conçu et dont Alfred Hermann ignorait presque tout.

« Ça vous plaît ? voulut-il savoir.

— Je préférais avant.

— La prochaine fois, peut-être, fit-il avec un haussement d'épaules. Quoi de neuf ?

— Quelqu'un surveille l'hôtel. Il m'appellera si Malone quitte les lieux.

— Rien sur les Israéliens ?

— Leur homme s'est volatilisé. »

Il balaya la pièce du regard. Il allait peut-être se contenter d'attendre le retour de Haddad. C'était ce qui semblait le plus facile. Il avait absolument besoin du contenu de l'ordinateur de Haddad, mais il ne voulait pas emporter l'engin, trop encombrant. Une copie des dossiers serait plus pratique ; il remarqua une clé USB sur le bureau parmi le fouillis. Il s'en empara et la brancha dans un port libre.

La clé était vide.

En quelques clics de souris il copia tous les dossiers entreposés sur le disque dur.

C'est alors qu'il distingua quelque chose, derrière le moniteur.

Une minuscule lumière rouge.

Il s'approcha et à travers les papiers en désordre aperçut un magnétophone de poche posé sur le bureau. En soulevant l'appareil, il constata qu'il n'avait laissé aucune trace dans la couche de poussière qui recouvrait la table. Ce qui signifiait que l'appareil avait été posé là récemment. La cassette était pleine mais l'appareil était resté allumé.

Sabre rembobina la cassette.

Son agent resta muette.

Il mit le magnétophone en marche.

La rencontre entre Malone et Haddad, puis avec les Israéliens, avait été enregistrée. Ahuri, Sabre entendit les détails de l'assassinat du vieil homme et Malone déclarer qu'il allait « tuer ce salaud. »

Il éteignit le magnétophone.

« Haddad est mort ? s'étonna la femme. Tué, ici ? Pourquoi l'appartement n'est-il pas sous scellés ?

– J'imagine que les Israéliens ont fait le ménage avant l'arrivée de la police.

– Et maintenant ?

– Nous avons Malone. Voyons où il nous mène. »

31

Malone sortit de la chambre et longea le couloir. Plus tôt, il avait remarqué une machine à glaçons. De plus en plus d'appareils américains de ce type semblaient envahir les hôtels européens.

Il s'en voulait d'avoir mis Pam en danger. Mais avait-il eu le choix ? Il n'aurait pas pu la laisser à Heathrow alors qu'un homme la suivait. De qui s'agissait-il d'ailleurs ? Était-il de mèche avec les kidnappeurs de Gary ? Cela paraissait logique. Mais il en savait bien peu, à vrai dire.

Les Israéliens n'avaient pas tardé à réagir en apprenant que Haddad était en vie. Cela dit, Pam avait raison : maintenant que son vieil ami était mort, leurs intérêts étaient protégés, leur problème résolu. Pourtant, c'était Pam qui était suivie, pas lui.

Pourquoi ?

Il trouva la machine à glace mais s'aperçut qu'elle ne fonctionnait pas. Le compresseur tournait mais il n'y avait pas un glaçon dans le réceptacle. Encore un point commun avec les États-Unis, songea-t-il.

Il prit l'escalier pour descendre un étage.

Là, la machine était remplie de glaçons. Dans un recoin du couloir, il attendit que son seau se remplisse.

Il entendit la porte d'une des chambres claquer, puis

un bruit de voix. Il était encore en train de remplir son seau à glace quand deux hommes passèrent devant lui, en parlant d'un ton animé. En se retournant pour partir, Malone remarqua le profil de l'un des deux hommes, sa silhouette dégingandée et sa peau mate.

L'échalas de l'aéroport d'Heathrow.

Ici, un étage en dessous de la chambre qu'il occupait avec Pam.

Malone se retira dans l'alcôve et, à l'abri du chambranle de la porte, vit les hommes entrer dans l'ascenseur.

Ils montaient.

Il se précipita vers l'escalier qu'il grimpa quatre à quatre. Il entrait dans le couloir de l'étage supérieur quand l'ascenseur arriva ; les deux hommes en sortirent.

Malone se glissa dans le couloir et lança un coup d'œil prudent. L'un des deux hommes ramassa un plateau posé par terre. L'autre s'empara d'un revolver à canon court. Ils se dirigeaient droit vers la chambre où Pam l'attendait.

Il se maudit en silence.

L'arme de Haddad était posée sur une table dans la chambre. Il ne l'avait pas prise avec lui.

Très malin. Il faudrait improviser.

Les deux hommes s'arrêtèrent devant la porte. L'homme armé frappa avant de faire un pas de côté. L'autre fit semblant d'être un serveur en brandissant le plateau à bout de bras.

Ils frappèrent de nouveau.

Pam était-elle encore au téléphone avec Gary ? Cela lui donnerait suffisamment de temps pour agir.

« Service d'étage », s'exclama l'homme.

Contrairement à ceux des États-Unis, les hôtels de Grande-Bretagne ne disposaient pas de judas. Et cet hôtel ne faisait pas exception. Restait à espérer que Pam ne serait pas assez bête pour ouvrir la porte.

« J'ai une commande pour vous », expliqua l'homme en levant la voix.

Un silence accueillit ses propos.

« C'est un monsieur qui a passé commande. »

Mince. Pam pourrait très bien croire qu'il avait commandé à manger pendant qu'elle dormait. Il fallait agir. Il se cacha le visage avec le seau à glace et longea le couloir.

« La commande correspond bien à votre numéro de chambre », expliquait l'homme.

Pam déverrouilla la porte.

Le visage toujours caché derrière le seau de glace, Malone vit que l'homme armé l'avait remarqué. L'arme disparut. L'ex-agent profita de ce moment d'inattention pour frapper l'Israélien en plein visage avec le seau avant de donner un coup de poing dans la mâchoire de l'homme au plateau. Il sentit l'os se briser et son adversaire s'effondra sur la moquette, le contenu du plateau éparpillé par terre.

L'autre homme se remettait du choc initial et levait son arme quand Malone lui assena deux coups sur le crâne et lui enfonça son genou dans la poitrine.

Son assaillant se recroquevilla et tomba inanimé.

La porte de la chambre s'ouvrit.

Pam le dévisageait.

« Qu'est-ce qui t'a pris d'ouvrir ?

— Je croyais que tu avais commandé à manger.

— Sans te le dire ? » s'indigna-t-il en fourrant l'arme de l'Israélien sous sa chemise.

Il fouilla rapidement les deux hommes sans trouver aucun papier.

« Qui sont-ils ? l'interrogea Pam.

— Celui-ci te suivait à l'aéroport. »

Il saisit l'échalas par le bras et le traîna dans leur chambre ; puis il agrippa l'autre par la jambe pour faire de même.

« Tu es têtue, remarqua Malone en refermant la porte d'un coup de pied.

— J'avais faim.

— Comment va Gary ?

— Ça va. Mais je n'ai pas pu lui dire grand-chose. »

L'un des deux hommes se mit à gémir. Ils reviendraient à eux d'ici peu. Malone s'empara de la sacoche en cuir et de l'arme de Haddad.

« Allons-y, ordonna-t-il.

— On s'en va ?

— À moins que tu ne veuilles être là à leur réveil. »

Il vit que cela ne lui disait rien.

« Tu es armé, lui rappela-t-elle.

— Pas question de me servir de ces armes. Nous ne sommes pas au Far West. Nous sommes dans un hôtel rempli de clients. Alors, la meilleure chose à faire c'est de quitter les lieux. Ce ne sont pas les hôtels qui manquent dans cette ville. »

Pam s'emmitoufla avec précaution dans le châle. Malone et elle s'engouffrèrent dans l'ascenseur. La nuit était fraîche. Malone jeta un coup d'œil alentour et en conclut qu'il leur serait difficile de savoir s'ils étaient suivis. Trop de choses à surveiller. Malone se dirigea vers la station de métro la plus proche, à deux pâtés de maison de là, déterminé à ouvrir l'œil.

Les idées se bousculaient dans son esprit.

Comment l'homme d'Heathrow avait-il pu les retrouver ? Encore plus troublant : comment l'homme qui se faisait passer pour un serveur pouvait-il savoir qu'il ne se trouvait pas dans la chambre.

« C'est un monsieur qui a passé commande », avait dit l'homme.

« Avant d'ouvrir, as-tu dit à ce type que tu n'avais rien commandé ? demanda-t-il à Pam sur le chemin.

– Oui et c'est là qu'il a dit que c'est toi qui l'avais fait. »

Ce n'était pas tout à fait exact.

Quand bien même. Avait-il dit cela au hasard ?

Impossible.

32

Washington, DC
21 h 00

Stéphanie guida Cassiopée à travers les rues tranquilles du quartier. Depuis quelques heures, elles se cachaient en banlieue. Le coup de téléphone que Stéphanie avait passé au quartier général de l'unité Magellan depuis la cabine d'un restaurant Cracker Barrel lui avait appris que Malone n'avait donné aucune nouvelle. Contrairement à la Maison-Blanche. Le bureau de Larry Daley avait appelé trois fois. Elle avait chargé ses collaborateurs de lui dire qu'elle le rappellerait à la première occasion. C'était exaspérant, c'est vrai. Mais après tout, Daley pouvait bien se faire du mouron en se demandant si la prochaine fois qu'il verrait son visage jovial, ce serait en direct sur CNN. Cette crainte eût dû suffire dans l'immédiat à calmer les ardeurs du conseiller adjoint pour la Sécurité nationale. Quant à Heather Dixon et les Israéliens, ça, c'était une autre histoire.

« Où allons-nous ? voulut savoir Cassiopée.

— Régler un problème. »

Le quartier était riche de demeures de style beaux-arts jadis prisées par les industriels du XIXe siècle qui, les premiers, s'étaient installés le long de ces avenues ombragées. Les maisons mitoyennes de style colonial et les ruelles pavées ne faisaient qu'ajouter à l'atmosphère cossue des lieux.

« Je ne suis pas l'un de vos agents, la reprit Cassiopée. J'aime savoir dans quoi je mets les pieds.

— Vous êtes libre de partir quand vous le souhaitez.

— Bien joué, mais vous n'allez pas vous débarrasser de moi aussi facilement que cela.

— Alors cessez de poser des questions. Vous faites subir ce genre d'interrogatoire à Thorvaldsen aussi ?

— Pourquoi ne l'aimez-vous pas ? En France, vous n'avez pas arrêté de vous chamailler avec lui.

— Regardez où j'en suis, Cassiopée : Cotton a de gros ennuis. Mes collaborateurs veulent ma mort. Les Israéliens et les Saoudiens sont à mes trousses. Vous trouvez sage que je fasse confiance à quelqu'un, vous ?

— Vous n'avez pas répondu à ma question. »

Effectivement. Mais Stéphanie ne pouvait avouer la vérité : le fait que, grâce à sa collaboration avec son défunt mari, Thorvaldsen avait appris à connaître ses forces et ses faiblesses et qu'en sa présence, elle se sentait vulnérable.

« Disons simplement que nous nous connaissons trop bien, lui et moi.

— Henrik s'inquiète pour vous. Voilà pourquoi il m'a demandé de venir. Il avait flairé les problèmes.

— Ce que j'apprécie. Mais je ne suis pas forcée de l'aimer pour autant. »

Stéphanie repéra la maison, l'une des nombreuses résidences symétriques aux murs de briques, avec sculptures, portique et toit mansardé. Seules les lumières du rez-de-chaussée brillaient. Elle lança un regard alentour.

La rue était calme.

« Suivez-moi. »

Alfred Hermann dormait rarement. Il avait depuis longtemps déjà conditionné son esprit à fonctionner avec moins de trois heures de sommeil.

Il n'était pas assez âgé pour avoir fait l'expérience directe de la Seconde Guerre mondiale, même s'il avait été frappé, enfant, de voir les troupes nazies défiler dans les rues de Vienne. Au cours des décennies suivant la guerre, il avait activement combattu les Soviétiques et s'était opposé aux régimes fantoches qui gouvernaient alors l'Autriche. La fortune des Hermann remontait aux Habsbourg et avait réussi à survivre à deux siècles d'un climat politique explosif. Au cours du dernier demi-siècle, la fortune de la famille avait été multipliée par dix, et ce succès pouvait être en grande partie attribué à l'ordre de la Toison d'or. Être intimement associé à un groupe international aussi sélect allait de pair avec certains avantages dont son père et son grand-père n'avaient jamais joui. Mais lorsqu'on se trouvait aux commandes, les avantages s'avéraient encore plus importants.

Cela dit, il ne serait plus à la tête de l'organisation bien longtemps.

À sa mort, sa fille hériterait de toute sa fortune. Et cette idée n'était pas faite pour le réconforter. Certes, elle lui ressemblait par certains côtés. Intrépide et déterminée, elle appréciait le passé et convoitait, avec un enthousiasme similaire au sien, le bien le plus précieux de l'humanité : le savoir. Mais elle était malheureusement mal dégrossie. Une œuvre en cours et dont il craignait qu'elle reste inachevée.

Il observait sa fille qui, comme lui, dormait peu. Il

l'avait baptisée Margarete, comme sa mère. Elle était en train d'admirer la maquette de la bibliothèque d'Alexandrie.

« Penses-tu pouvoir la retrouver ? demanda-t-elle doucement.

— Je crois que Dominick touche au but », répondit Hermann en la rejoignant.

Elle le jaugea de son regard gris et perçant.

« Il ne faut pas faire confiance à Sabre. Ni à aucun Américain. »

Ils avaient déjà eu cette conversation.

« Je ne fais confiance à personne.

— Pas même à moi ? »

Il sourit. Ils avaient déjà eu cette conversation-là, aussi.

« Pas même toi.

— Sabre dispose de trop de liberté.

— Pourquoi lui en vouloir ? Nous lui confions des tâches difficiles. Nous ne pouvons exiger qu'il se conforme à nos exigences par-dessus le marché.

— C'est dangereux – l'ingéniosité américaine et tout ça –, tu ne t'en aperçois simplement pas.

— Dominick est un homme opiniâtre. Il a besoin d'un objectif. C'est ce que nous lui offrons. En retour, il sert notre cause.

— J'ai perçu quelque chose d'autre chez lui récemment. Il fait tout ce qu'il peut pour cacher son ambition, mais elle est réelle. Il faut juste y faire attention.

— Tu te sens peut-être attirée par lui ? lança Hermann pour la faire râler.

— Ça n'arrivera jamais, se moqua-t-elle. En fait, je le virerai dès que tu ne seras plus là. »

Cette remarque laissa Hermann songeur : Margarete supposait qu'elle hériterait de tout ce qu'il possédait.

« Rien ne garantit que tu me succéderas à la présidence de l'Ordre. La sélection se fait parmi les membres du Cercle.

– Je ferai partie du Cercle. Je t'assure. Il est facile d'accéder à ton poste à partir de là. »

Hermann n'en était pas aussi certain. Il était au courant des contacts de sa fille avec les quatre autres membres du Cercle. Il les avait même encouragés, pour voir ce que cela donnerait. Son immense fortune avait une origine bien plus ancienne que celle des autres, ce qui lui permettait d'exercer une influence sans égale. Les activités de plusieurs adhérents de l'organisation – dont trois membres du Cercle – étaient intimement liées aux institutions financières que Hermann contrôlait. Ils souhaitaient à tout prix éviter que les autres n'aient vent de leur vulnérabilité et le prix de son silence avait toujours été leur loyauté. Il les manipulait depuis des décennies grâce à leur faiblesse, mais sa fille manquait de conviction. Aussi, un avertissement était-il nécessaire.

« C'est vrai, une fois que je serai parti, Dominick aura à traiter avec toi, et toi avec lui. Mais ne va pas si vite en besogne. Un homme comme lui, audacieux, qui ne fait pas de sentiment et qui n'a aucun sens moral... Il se peut que tu le trouves précieux. »

Il espérait avoir capté son attention mais craignait comme toujours qu'elle ne l'écoute que d'une oreille. Sa mère était morte quand elle avait huit ans et, dans sa jeunesse, elle semblait être le portrait de son père – « née de la côte », comme elle aimait à le souligner –, mais avec la maturité, les promesses de la jeunesse ne s'étaient pas concrétisées. Elle avait d'abord suivi des études en France, puis en Angleterre avant de les achever en Autriche et d'aguerrir son expérience des affaires dans les conseils d'administration de plusieurs compagnies possédées par son père.

Mais les rapports qui en avaient émané n'avaient rien d'encourageant.

« Que ferais-tu si tu découvrais la Bibliothèque ? voulut-elle savoir. »

Il cacha son amusement. Elle ne semblait plus avoir envie de parler ni de Sabre ni d'elle.

« Il est difficile d'imaginer combien de grandes idées elle renferme.

— Tu en parlais hier. Dis-m'en davantage.

— Ah, la carte de Piri Reis qui date de 1513, découverte à Istanbul. Je suis intarissable sur le sujet. J'ignorais que tu écoutais.

— J'écoute toujours. »

La remarque l'amusa car ils savaient tous deux que ce n'était pas le cas.

« J'expliquais au chancelier que la carte avait été dessinée sur une peau de gazelle par un amiral turc et ancien pirate. Elle renferme des détails incroyables. Les côtes de l'Amérique du Sud y sont inscrites alors que les navigateurs européens n'en avaient pas encore fait le relevé à l'époque. Le continent Antarctique y est représenté lui aussi, bien avant d'être recouvert de glace. Ce n'est que tout récemment et en se servant de radars que les scientifiques ont été capables de déterminer les contours de ce continent. Pourtant, la carte de 1513 est aussi précise que celle dont nous disposons aujourd'hui. Sur le document, le cartographe a noté qu'il s'est servi de documents datant du règne d'Alexandre le Grand, seigneur des deux cornes. Tu te rends compte ? Des navigateurs ont peut-être exploré l'Antarctique il y a des siècles, avant que le continent ne soit pris par les glaces et ont consigné leurs observations ! »

Hermann avait le vertige en songeant à toutes les connaissances perdues dans le domaine des mathématiques, de l'astronomie, de la géométrie, de la météorologie et de la médecine.

« Tout savoir dont on ne garde pas trace écrite est à terme perdu ou dénaturé. Tu as entendu parler de Démocrite ? Il a eu l'intuition que la matière était constituée d'un nombre défini de particules. Aujourd'hui, nous les nommons atomes, mais il fut le premier à reconnaître leur existence et à formuler la théorie atomique. Il est l'auteur de soixante-dix ouvrages – nous le savons grâce aux références qu'y font d'autres auteurs ; malheureusement, aucun ne nous est parvenu. Et des siècles ont passé avant que d'autres scientifiques, à d'autres époques, élaborent les mêmes théories.

« Il ne reste presque rien des écrits de Pythagore. Manéthon de Sebennytos a écrit l'histoire de l'Égypte : disparue. Galien, le grand médecin romain, a écrit cinq cents traités de médecine dont il ne reste que des fragments. Aristarque de Samos pensait que le Soleil et non la Terre était le centre de l'Univers, mais c'est Copernic, qui vécut dix-sept siècles plus tard, que l'histoire crédite de cette révélation. »

Hermann pensait à d'autres : les géographes Érastothène et Strabon, Archimède le physicien et mathématicien. Zénodote et sa grammaire, le poète Callimaque, Thalès, le premier philosophe.

Toutes leurs idées avaient disparu.

« Ça a toujours été comme ça, remarqua-t-il, le savoir est toujours la première chose que l'on éradique en accédant au pouvoir. L'histoire l'a prouvé maintes et maintes fois.

– Que craint donc Israël ? » l'interrogea Margarete.

Il savait bien qu'elle finirait par l'amener sur ce terrain.

« Leur crainte est peut-être irrationnelle, ajouta-t-elle. Il est difficile de changer le monde.

— Mais c'est possible. Des hommes... et des femmes, se reprit-il, le font depuis des siècles. Et ce n'est pas toujours à la violence que l'on doit les changements les plus immenses. Souvent, c'est à de simples mots qu'on le doit. La Bible a fondamentalement changé l'humanité, le Coran aussi, tout comme la Magna Carta, et la Constitution américaine. Ces mots guident l'existence de millions de personnes. Ils ont modifié la société. Ce ne sont pas tant les guerres mais les traités qui sont signés à leur issue qui changent vraiment le cours de l'histoire. Le plan Marshall a plus concrètement changé le monde que la Seconde Guerre mondiale elle-même. Les véritables armes de destruction massive, ce sont les mots.

— Tu éludes ma question, dit Margarete d'un ton enjoué qui rappelait à Hermann sa défunte épouse.

— De quoi Israël a-t-il peur ? reprit-il.

— Pourquoi ne me le dis-tu pas ?

— Peut-être parce que je l'ignore.

— J'en doute. »

Il songea à tout lui dire. Mais s'il avait survécu jusqu'à présent, c'est parce qu'il avait su faire preuve d'intelligence. Les confidences avaient précipité la chute de plus d'un homme brillant.

« Disons que la vérité est toujours difficile à accepter. Pour les individus, les cultures et même les nations. »

En passant derrière la maison, Stéphanie fut surprise de l'allure manucurée du jardin. Les fleurs abondaient : asters aux couleurs éclatantes, fleurs de cire, verges d'or, pensées et chrysanthèmes. Des meubles de jardin en fer forgé et des jardinières débordant de fleurs étaient dispersés sur la terrasse dallée qui avançait sur la pelouse.

Stéphanie guida Cassiopée jusqu'au tronc épais d'un grand érable, l'un des trois arbres majestueux qui ombrageaient le jardin.

Elle consulta sa montre : vingt et une heures quarante-trois.

Mue par un mélange de colère et de curiosité, elle les avait entraînées jusqu'ici, mais elle s'apprêtait maintenant à franchir le point de non-retour.

« Préparez-vous à tirer, chuchota-t-elle.

— Je fais preuve d'une obéissance aveugle à vos exigences les plus folles, j'espère que vous vous en rendez compte », souligna sa compagne en glissant une fléchette dans le canon de son pistolet.

Stéphanie réfléchit à la suite.

Elle avait la possibilité d'entrer par effraction dans la résidence. Cassiopée avait toutes les qualités requises pour le faire. Mais se contenter de frapper à la porte marcherait aussi. Elle aimait bien cette approche, à vrai dire. Cependant, elles n'eurent guère le choix. La porte de derrière s'ouvrit ; une silhouette sombre sortit nonchalamment de la résidence et passa sous l'étroite colonnade soutenue par de minces piliers. L'homme élancé portait une robe de chambre resserrée à la taille et des chaussons dont les semelles frottaient contre les dalles de la terrasse.

D'un geste, Stéphanie indiqua l'arme puis la silhouette.

Cassiopée visa et tira.

Un coup sec et la fléchette s'envola avec un sifflement.

La pointe vint trouver l'épaule de l'homme qui hurla en portant la main à sa blessure. Il tâta la fléchette, suffoqua avant de s'effondrer par terre.

« Ça agit vite, votre truc, commenta Stéphanie en accourant vers l'homme.

— C'est le but. Qui est-ce ? »

Elles le dévisagèrent.

« Félicitations, Cassiopée. Vous venez de tirer sur le ministre de la Justice des États-Unis d'Amérique. Aidez-moi à le traîner à l'intérieur. »

33

Londres
Jeudi 6 octobre,
3 h 15

Sabre fixait l'écran de son ordinateur. Il parcourait depuis trois heures les documents copiés chez George Haddad.

Et il n'en croyait pas ses yeux.

Il n'aurait pu tirer d'informations plus précises du Palestinien et s'était épargné la contrariété de devoir le forcer à parler. Haddad avait visiblement passé des années à faire des recherches sur la bibliothèque d'Alexandrie et les mythiques Gardiens et avait rassemblé une somme impressionnante de données.

Toute une série de dossiers concernait un comte anglais baptisé Thomas Bainbridge dont il avait entendu Alfred Hermann parler. Bainbridge avait visité la bibliothèque d'Alexandrie à la fin du XVIIIe siècle avant d'écrire un roman relatant son aventure qui, d'après les notes de Haddad, renfermait certains indices sur l'emplacement de la Bibliothèque.

Haddad en avait-il trouvé une copie ?

Malone l'avait-il récupérée ?

Et puis, il y avait le domaine de la famille Bainbridge au nord de Londres. Haddad s'y était rendu plusieurs fois, convaincu d'y trouver d'autres indices, plus particulièrement un certain monument de marbre érigé dans le jardin et ce qu'il appelait *L'Épiphanie de saint Jérôme,* sans pour autant fournir le moindre détail quant à leur signification.

Et puis il y avait la quête du héros.

Une heure plus tôt, il était tombé sur un compte rendu de ce qui s'était passé cinq ans plus tôt au domicile de Haddad, en Cisjordanie. Il avait lu les notes avec intérêt et reconstituait à présent le cours des événements dans sa tête non sans une pointe d'excitation.

« Vous dites que la Bibliothèque existe toujours ? demanda Haddad au Gardien.

– Nous la protégeons depuis des siècles. Nous avons sauvé ce qui, sans nous, aurait été détruit par l'ignorance et la convoitise.

– Et cette quête du héros indique le chemin ? s'étonna Haddad en agitant l'enveloppe que son visiteur lui avait remise.

– À ceux qui comprennent, le chemin apparaîtra clairement, acquiesça l'homme.

– Et si je ne comprends pas ?

– Alors nous ne nous reverrons jamais.

– Il vaut sans doute mieux que je n'apprenne jamais ce que je veux savoir, remarqua le vieil homme en songeant à tout ce qu'il pourrait découvrir.

– Pourquoi dites-vous cela ? On ne doit jamais craindre de savoir. Je connais votre travail. J'étudie l'Ancien Testament moi aussi. C'est pourquoi on m'a choisi pour être votre Gardien. Nous disposons de sources dont vous n'avez même pas idée, dit le jeune homme, radieux. Des textes originaux. Des lettres. Des analyses. Tous émanent d'Anciens qui en savaient bien plus que vous ou moi. Ma maîtrise de l'hébreu ancien est bien inférieure à la vôtre. Voyez-vous, il existe plusieurs niveaux de compétence chez les Gardiens, et la seule façon de grimper les échelons c'est de progresser.

Comme vous, je suis fasciné par l'interprétation chrétienne de l'Ancien Testament, la façon dont le texte a été manipulé. Je veux en savoir plus et vous, monsieur, avez beaucoup à m'apprendre.

– Apprendre vous aidera à progresser dans la hiérarchie ?

– Prouver le bien-fondé de vos théories serait une grande réussite pour vous comme pour moi. »

George Haddad décacheta l'enveloppe.

Sabre sauta quelques lignes pour découvrir ce que contenait l'enveloppe. Le vieil homme avait scanné le document qui apparaissait sur l'écran. Le texte était rédigé en latin, d'une écriture très anguleuse et masculine. Heureusement, Haddad avait traduit le message. Sabre prit connaissance de la quête du héros, censée mener à la bibliothèque d'Alexandrie.

Comme les manuscrits sont étranges, grand voyageur de l'inconnu. Ils ont leur existence propre mais, aux yeux de ceux qui savent que les couleurs de l'arc-en-ciel se fondent en une unique lumière blanche, ils semblent ne faire qu'un. Comment découvrir ce rai de lumière unique ? C'est un mystère, mais rends-toi dans la chapelle proche du Tage à Bethléem, consacrée à notre saint patron. Commence ton voyage dans les ténèbres et achève-le dans la lumière là où, au couchant, l'étoile croise une rose, perce une croix de bois et change l'argent en or. Dans un univers d'adresses virtuelles, tu trouveras un autre lieu. Alors, comme les bergers du peintre Poussin, déconcertés par l'énigme, la lumière de l'inspiration te submergera. Rassemble les quatorze pierres éparses, puis sers-toi de l'équerre et du compas pour trouver le chemin. À midi, sens la présence de la lumière rouge, admire l'anneau infini du serpent rouge de colère. Mais prends garde aux lettres. Celui qui se hâte court un grand danger. Si tu restes fidèle à ta trajectoire, le chemin sera sûr.

Sabre était perplexe. Les énigmes n'étaient pas son point fort. Et il n'avait pas le temps de se colleter avec celle-ci. Il avait passé en revue tous les dossiers copiés sur son ordinateur mais Haddad n'avait pas déchiffré le message.

C'était un problème.

Il n'était ni historien ni linguiste ni spécialiste de la Bible. L'expert, c'était Alfred Hermann, mais Sabre se demandait ce que l'Autrichien savait réellement. C'étaient tous deux des opportunistes qui tentaient de profiter d'une situation exceptionnelle.

Leurs motivations étaient différentes malgré tout.

Hermann s'efforçait de construire un bilan, d'imprimer sa marque sur l'ordre de la Toison d'or. Peut-être même de faciliter à Margarete l'accession au pouvoir. Dieu lui était témoin qu'elle avait besoin d'aide. Il savait qu'elle se débarrasserait de lui une fois que Hermann ne serait plus là. Si seulement il pouvait garder son avance sur elle, ne serait-ce que d'une foulée, et rester hors de sa portée, il se pourrait bien qu'il réussisse. Il voulait un voyage tous frais payés jusqu'au sommet. Une place à table, un argument lui permettant de devenir membre à part entière de l'ordre de la Toison d'or. Si la bibliothèque d'Alexandrie renfermait ce dont Alfred Hermann lui avait parlé, se l'approprier valait plus que n'importe quel héritage.

Son téléphone portable sonna.

Le numéro de son agent s'afficha sur l'écran à cristaux liquides. Pas trop tôt.

« Malone a mis les voiles, dit-elle. Il est sacrément tôt. Que voulez-vous que je fasse ?

— Où est-il allé ?

— Il a pris le métro jusqu'à la gare de Victoria et de là, un train vers le nord.

— Le comté d'Oxfordshire se trouve-t-il sur cette route ?

— Il va le traverser. »

Apparemment, Malone était curieux, lui aussi.

« Vous êtes-vous occupée de recruter du personnel supplémentaire, comme je vous l'avais demandé ?

— Ils sont là.

— Attendez à la gare de Victoria. J'arrive », ordonna-t-il en raccrochant.

Il était temps de passer à l'étape suivante.

Stéphanie jeta un verre d'eau sur le visage de Brent Green. Les deux femmes avaient traîné le corps du ministre évanoui dans la cuisine et l'avaient attaché à une chaise avec du scotch épais trouvé dans un tiroir. Il s'efforça de reprendre ses esprits et secoua la tête pour chasser l'eau de ses yeux.

« Bien dormi ?» ironisa Stéphanie.

Green n'était pas encore complètement revenu à lui, et Stéphanie l'aida en l'aspergeant de nouveau.

« Assez, s'écria Green, les yeux grands ouverts, le visage et la robe de chambre trempés. Je suppose que vous avez une bonne raison de violer les lois fédérales. »

Il s'était exprimé au ralenti sur un ton sinistre, ce qui était normal pour lui. Il ne parlait jamais ni vite ni fort.

« À vous de me le dire, Brent. Pour qui travaillez-vous ?

— Et moi qui croyais que notre relation s'améliorait,

lança-t-il en jetant un coup d'œil aux liens qui lui entravaient les poignets et les chevilles.

— C'était le cas jusqu'à ce que vous me trahissiez.

— Stéphanie, voilà des années que l'on me parle de vous comme d'un franc-tireur, ce qui ne m'a jamais empêché d'admirer vos qualités. Cela dit, je commence à comprendre les récriminations de vos ennemis.

— Je ne vous faisais pas confiance, lui dit-elle en s'approchant, mais vous avez fait volte-face devant Daley et je me suis prise à douter, à penser que j'avais peut-être tort.

— Vous vous rendez compte de ce qui se passerait si mes gardes du corps venaient vérifier comment je vais ? Ce qu'ils font tous les soirs, soit dit en passant.

— Pas d'histoires ! Vous les avez renvoyés il y a des mois de cela sous prétexte que vous n'en aviez pas besoin, à moins que la menace terroriste ne soit élevée, ce qui n'est pas le cas en ce moment.

— Et comment pouvez-vous être sûre que je n'ai pas déclenché l'alarme que je porte sur moi avant de m'effondrer sur la terrasse ? »

Stéphanie sortit son transmetteur de sa poche.

« Moi j'ai appuyé sur le mien, Brent, quand je me trouvais sur le Mall, et vous savez ce qui s'est passé ? Absolument rien.

— Ce sera peut-être différent en ce qui me concerne. »

Comme tous les hauts fonctionnaires du gouvernement, Green était équipé d'un signal d'alarme qui relayait instantanément le moindre problème à une escorte postée à proximité ou au centre de commandement des services secrets. Il pouvait également servir de dispositif de détection.

« J'ai surveillé vos mains, répondit Stéphanie, vides

toutes les deux. Vous étiez trop occupé à vous demander par quoi vous aviez été piqué.

— C'est vous qui m'avez tiré dessus ? demanda-t-il en fusillant Cassiopée du regard.

— À votre service, dit la jeune femme en lui faisant une révérence gracieuse.

— De quelle substance chimique s'agit-il ?

— Un agent extrêmement puissant dégoté au Maroc. Rapide, indolore et dont l'effet s'estompe rapidement.

— Je vous le confirme. Ce doit être Cassiopée Vitt ? ajouta Green en se tournant vers Stéphanie. Elle a connu votre mari Lars avant son suicide.

— Comment diable êtes-vous au courant ? » s'exclama Stéphanie qui n'avait révélé à personne de ce côté de l'océan Atlantique ce qui s'était passé.

Seuls Cassiopée, Henrik Thorvaldsen et Malone étaient au courant.

« Posez-moi la question qui vous amène ici, dit Green calmement.

— Pourquoi avez-vous renvoyé mes gardes du corps ? J'étais nue comme un ver face aux Israéliens. Avouez.

— J'avoue. »

Une telle franchise la surprit. Elle était trop habituée aux mensonges.

« En sachant que les Saoudiens allaient m'éliminer ?

— J'étais au courant de ça aussi.

— J'écoute, articula-t-elle, à deux doigts d'exploser.

— Mademoiselle Vitt, avez-vous la possibilité de garder un œil sur madame jusqu'à ce que cette affaire soit réglée ?

— En quoi ma sécurité vous concerne-t-elle ? hurla Stéphanie. Vous n'êtes pas responsable de moi.

— Il faut bien que quelqu'un s'en charge. Ce n'était pas

très malin de contacter Heather Dixon. Qu'est-ce qui vous a pris ?

— Inutile de me le rappeler.

— Regardez-vous. Vous venez d'agresser le premier policier des États-Unis en vous fiant à des renseignements tronqués voire même inexistants. Vos ennemis, en revanche, ont accès à une abondance de renseignements dont ils tirent le meilleur parti possible.

— Qu'est-ce que vous racontez ? Vous n'avez pas encore répondu à ma question.

— C'est exact. Vous vouliez savoir pourquoi j'avais renvoyé votre escorte. La réponse est simple. On m'a demandé de le faire et j'ai obtempéré.

— Qui vous l'a demandé ? »

Green la dévisagea de l'air imperturbable d'un Bouddha.

« Henrik Thorvaldsen. »

34

Bainbridge Hall,
Angleterre
5 h 20

Malone admirait le monument de marbre qui se dressait dans le jardin de Bainbridge Hall. Le train les avait conduits Pam et lui dans la ville la plus proche du manoir, à une vingtaine de kilomètres de Londres, d'où ils avaient pris un taxi. Il avait consulté toutes les notes que renfermait la sacoche en cuir de Haddad et lu le roman en diagonale en s'efforçant de comprendre la situation et de se souvenir de tout ce dont il avait parlé avec son vieil ami au fil des années. Malgré tout, il était forcé de conclure que son ami avait emporté l'essentiel avec lui dans la tombe.

Un ciel de velours s'étendait au-dessus de leur tête. Un courant d'air froid lui glaça le sang. Une pelouse manucurée les séparait du manoir telle une mer de plomb, les buissons et les arbustes formant çà et là des îlots d'ombres. L'eau dansait dans une fontaine voisine. Il s'était dit qu'une visite au manoir avant le lever du jour serait le meilleur moyen d'en savoir plus et avait obtenu une lampe torche auprès du concierge de l'hôtel.

Aucune barrière ne délimitait la propriété et, autant qu'il sache, il n'y avait aucun système de surveillance. À l'intérieur, ce serait certainement différent. D'après ce qu'il avait lu dans les notes de Haddad, la propriété abritait un musée d'importance mineure, comme la couronne britannique en possédait par centaines. La lumière brillait dans plusieurs des salles du rez-de-chaussée et Malone remarqua à travers les vitres ce qui ressemblait à une équipe d'agents d'entretien.

Malone fixa de nouveau son attention sur le monument.

Le vent faisait bruire les feuilles et balayait les nuages. La lune disparut, mais ses pupilles étaient accoutumées à la lueur sinistre de l'aube.

« Tu as l'intention de m'expliquer ce que nous avons sous les yeux ? » l'interrogea Pam.

Elle s'était montrée particulièrement silencieuse pendant le voyage, ce qui ne lui ressemblait pas.

« Cette scène est tirée d'un tableau intitulé *Les Bergers d'Arcadie II,* répondit Malone en braquant le faisceau de sa torche sur la gravure. Thomas Bainbridge s'est donné beaucoup de mal pour la faire graver. »

Il répéta à son ex-femme les explications données par George à propos de la scène puis se servit de sa torche pour éclairer les lettres qui se trouvaient dessous.

D O.V.S.V.A.V.V. M

« Qu'a-t-il dit à propos de ces lettres ?

– Rien, si ce n'est qu'il s'agit d'un message et qu'il y en a d'autres à l'intérieur.

– Ce qui explique certainement notre présence ici à cinq heures du matin.

– Je n'aime pas la foule, rétorqua Malone qui avait relevé son irritation.

– Je me demande pourquoi il a séparé le D et le M comme ça. »

Malone n'avait aucune idée sur la question, mais en revanche, un détail ne lui avait pas échappé. Dans la scène pastorale représentée dans *Les Bergers d'Arcadie II,* on pouvait voir une femme observer trois bergers réunis autour d'une tombe ; chacun désignait du doigt une phrase gravée dans le marbre : ET IN ARCADIA EGO. Il connaissait la traduction de cette phrase.

Et moi en Arcadie.

Inscription énigmatique qui ne voulait pas dire grand-chose mais qu'il avait déjà vue. C'était en France, dans un codex du XVe siècle décrivant les aventures secrètes des Chevaliers du Temple avant la vague d'arrestations massives dont ils avaient fait l'objet en octobre 1307.

ET IN ARCADIA EGO.

L'anagramme de İ TEGO ARCANA DEI.

Je renferme les secrets de Dieu.

Il expliqua ce qu'il savait à Pam.

« Tu plaisantes, non ?

— Je te dis simplement ce que je sais. »

Il fallait qu'ils explorent la maison. À l'abri d'un écran de cèdres majestueux, à bonne distance du manoir, Malone surveilla ce qui se passait au rez-de-chaussée. Les agents d'entretien allumaient et éteignaient les lumières à mesure qu'ils avançaient dans leur travail. Ils avaient entrebâillé les portes donnant sur la terrasse de derrière avec des chaises. Un homme sortit avec deux sacs poubelles qu'il empila avant de disparaître de nouveau à l'intérieur.

Malone vérifia l'heure : cinq heures quarante.

« Ils ne vont pas tarder à finir. Une fois qu'ils seront partis, nous devrions avoir quelques heures devant nous avant que les employés n'arrivent. Le musée n'ouvre pas avant dix heures. »

C'est ce qu'indiquait un panneau près de l'entrée principale.

« Inutile de te faire remarquer que c'est de la folie ?

— Tu as toujours voulu savoir en quoi consistait mon travail et je n'ai jamais pu te le dire. C'était top secret, et tout le baratin. L'heure est venue pour toi de le découvrir.

— Je préférais ne rien savoir.

— Je ne te crois pas. Ça t'agaçait, je m'en souviens.

— Au moins, à l'époque, je ne me faisais pas tirer dessus.

— Ton rite de passage, s'amusa-t-il avant de lui faire signe d'avancer. Après toi. »

Sabre vit les silhouettes de Cotton Malone et de son ex-femme se confondre avec celles des arbres derrière Bainbridge Hall. Malone était venu directement dans l'Oxfordshire. Bien. Tout dépendait de sa curiosité. Son agent avait elle aussi fait son travail en engageant les trois hommes dont il avait besoin et en lui fournissant une arme.

Il respira calmement et se délecta de l'air frais et vivifiant de la nuit avant de tirer le Sig Sauer de la poche de sa veste.

Il était temps de faire la connaissance de Cotton Malone.

À la faveur de l'obscurité, Malone longea le mur jusqu'à la porte de derrière et jeta un coup d'œil à l'intérieur.

La porte s'ouvrait sur un salon à la décoration raffinée. Une cascade de lumières scintillantes tombait du plafond voûté, illuminant les meubles en bois doré et les murs lambrissés que venaient égayer tapisseries et tableaux. Il n'y avait personne en vue mais le gémissement d'une cireuse électrique accompagné de la clameur d'une radio s'élevait au fond d'un des couloirs voûtés.

À son signal, Pam et lui entrèrent dans le manoir.

Il ne connaissait pas le plan de la bâtisse mais un panonceau lui apprit qu'il se trouvait dans la salle d'Apollon. Il se remémora ce qu'il avait lu dans les notes de Haddad : « Dans le salon de Bainbridge Hall, le propriétaire des lieux fait une nouvelle fois la preuve de son arrogance. Le titre de ce tableau est particulièrement évocateur : *L'Épiphanie de saint Jérôme.* Fascinant et tout à fait approprié, quand on sait que toutes les grandes quêtes commencent souvent par une épiphanie. »

Il leur fallait trouver le salon en question.

Malone guida Pam vers l'une des portes de sortie ; elle donnait sur un vestibule aux proportions majestueuses d'un transept de cathédrale dont les arches se superposaient élégamment. Intéressant ce changement abrupt de style architectural. La pénombre relative gommait les contours des meubles qui n'étaient plus que des ombres grises. Il repéra un buste sous l'une des arches.

Il traversa le vestibule à pas de loup en évitant que ses semelles en gomme ne crissent sur le dallage de marbre et découvrit à quoi ressemblait Thomas Bainbridge. Cet homme d'âge mûr avait un visage sillonné de rides, des traits anguleux, la mâchoire serrée, un nez d'aigle, le regard froid et perçant. D'après ce que Malone avait lu dans les notes de son vieil ami, Bainbridge était un homme féru de sciences et de littérature doublé d'un collectionneur averti d'art, de livres et de sculptures. C'était aussi un aventurier qui avait sillonné l'Arabie et le Moyen-Orient à une époque où ces contrées étaient aussi familières aux Occidentaux que la Lune.

« Cotton », chuchota Pam.

En se retournant, Malone vit que son ex-femme se tenait près d'une table sur laquelle des brochures étaient empilées.

« Le plan du manoir. »

Il s'empara d'un plan et ne tarda pas à découvrir l'emplacement du salon.

« Par ici », indiqua-t-il après s'être orienté.

La cireuse et la radio rivalisaient toujours à l'étage.

Pam et Malone quittèrent le vestibule sombre et, sillonnant de larges couloirs, finirent par pénétrer dans un hall illuminé.

« Oh la la ! », s'écria Pam.

Malone était impressionné, lui aussi. L'espace grandiose lui rappelait le vestibule d'un palais impérial romain. Cette pièce offrait de nouveau un contraste saisissant avec le reste de l'édifice.

« On se croirait à Disneyworld, à l'Epcot Center, remarqua Malone, chaque pièce nous transporte à une époque et dans un pays différents. »

Un lustre puissant illuminait l'escalier de marbre sur lequel courait un chemin d'escalier bordeaux. Les marches menaient tout droit à un péristyle agrémenté de colonnes ioniques de marbre rose entre lesquelles couraient des volutes et des boucles de fer forgé. Des niches accueillaient bustes et statues, comme dans les galeries d'un musée. Malone leva les yeux vers le plafond qui n'aurait pas déparé dans la cathédrale Saint-Paul.

Il était perplexe.

Rien dans l'apparence extérieure de la bâtisse ne laissait deviner une telle opulence.

« Le salon se trouve en haut des marches, indiqua-t-il à Pam.

– J'ai l'impression qu'on est sur le point de rencontrer la reine d'Angleterre », plaisanta-t-elle.

Ils gravirent les marches. Des portes à panneaux et à doubles battants s'ouvraient sur une pièce sombre. Malone actionna un interrupteur et un autre lustre orné de défenses d'éléphants illumina un salon aux murs tendus de velours vert pomme plein de meubles patinés par le temps et d'aspect confortable.

« C'est le moins qu'il pouvait faire, après une entrée pareille, ironisa Malone en fermant les portes.

– Qu'est-ce qu'on cherche ?»

Malone étudia les tableaux, des portraits des XVIe et XVIIe siècles, pour la plupart. Aucune de ces figures ne lui était familière. Des bibliothèques en érable s'alignaient sous les portraits. Le bibliophile averti qu'il était s'aperçut vite que les ouvrages exposés étaient sans intérêt et ne servaient qu'à la mise en scène puisqu'ils n'avaient aucune valeur historique ou littéraire. Des bronzes surmontaient les étagères. Là non plus, rien de familier.

« L'Épiphanie de saint Jérôme, dit-il. C'est l'un de ces portraits peut-être ? »

Pam fit le tour de la pièce en étudiant chacun des tableaux. Malone les compta. Quatorze. Des femmes, pour la plupart, vêtues avec recherche, ou des hommes portant perruque et vêtus de manteaux fluides à la mode de l'époque. Deux sofas et quatre chaises formaient un U devant la cheminée de pierre. C'était certainement dans cette pièce que Thomas Bainbridge passait le plus clair de son temps, songea Malone.

« Aucun de ces portraits n'a de rapport avec saint Jérôme, dit Pam.

– D'après George, le tableau est ici, remarqua Malone, décontenancé.

– C'est possible, mais pas aujourd'hui en tout cas. »

35

Washington, DC

Stéphanie dévisagea Brent Green et son impassibilité laissa place à la surprise.

« Thorvaldsen vous a ordonné de renvoyer ma protection rapprochée ? Comment se fait-il que vous le connaissiez ?

— J'ai une foule de relations. Cela dit, à l'heure qu'il est, je me sens complètement à votre merci, ajouta-t-il en désignant les liens qui l'entravaient.

— Renvoyer les gardes du corps de Stéphanie était une décision idiote, intervint Cassiopée. Et si je n'avais pas été là ?

— Henrik m'avait assuré du contraire ; et aussi que vous sauriez gérer la situation.

— Il s'agissait de ma peau ! s'écria Stéphanie en s'efforçant de contrôler sa rage.

— Que vous avez si bêtement risquée.

— Je ne me serais jamais doutée que Dixon s'en prendrait à moi.

— Justement ! Vous ne réfléchissez pas, insista-t-il en montrant de nouveaux ses liens. Encore un exemple de votre bêtise. Contrairement à ce que vous croyez, d'ici peu, des renforts vont venir vérifier si tout va bien. C'est systématique. J'ai beau vouloir préserver mon intimité, contrairement à vous, je n'ai rien d'une tête brûlée.

– À quoi jouez-vous ? Pourquoi êtes-vous mêlé à cette histoire ? Vous travaillez avec Daley ? Pendant notre dernière entrevue, vous m'avez fait votre cinéma tous les deux, c'est ça ?

– Je n'ai ni le temps ni la patience de subir ce genre d'interrogatoire.

– J'en ai soupé des mensonges, remarqua Stéphanie froidement. Le fils de Malone a été enlevé par ma faute. Cotton se trouve à Londres à l'heure où nous parlons avec un commando de tueurs israéliens aux trousses. Il est introuvable et je ne peux pas l'avertir. La vie de George Haddad est peut-être en danger. Et maintenant, j'apprends que mon patron me lâche en sachant pertinemment que les Saoudiens veulent ma peau. Que suis-je censée croire ?

– Que votre ami Henrik Thorvaldsen tient suffisamment à vous pour vous envoyer du renfort. Que votre autre ami ici présent a décidé de laisser votre ange gardien travailler seule. Que pensez-vous de ça ? Ça vous paraît logique ? »

Stéphanie réfléchit à ce que son patron venait de dire.

« Et puis-je ajouter quelque chose ?» demanda Green.

Elle lui lança un regard mauvais.

« Votre ami ici présent s'inquiète particulièrement de votre sort. »

Malone était agacé. Il était venu à Bainbridge Hall dans l'espoir d'obtenir des réponses. S'il en croyait les notes de

Haddad, c'est ici qu'elles se trouvaient. Pourtant, ils n'avaient rien découvert.

« Il y a peut-être un autre salon », proposa Pam.

Après avoir vérifié sur le plan, Malone jugea qu'ils se trouvaient dans la seule pièce ainsi baptisée. Un détail lui échappait. Soudain, à côté des niches ornées de vitraux délicats qui n'attendaient que les rayons du soleil pour s'embraser, il remarqua quelque chose : un pan de mur nu. Le moindre petit espace était occupé par des portraits, sauf celui-là. Et l'on devinait sur le velours la forme d'un rectangle.

« Il en manque un, s'exclama-t-il en se précipitant vers le mur.

— Cotton, ne crois pas que je me montre négative, mais il se peut que l'on soit venu pour rien.

— George voulait que nous venions. »

Malone réfléchit en faisant le tour de la pièce et comprit qu'ils ne pouvaient s'attarder bien longtemps. Un agent d'entretien pouvait faire irruption dans la pièce à tout moment et, même s'il était armé des revolvers de Haddad et de l'Israélien, il n'avait aucune intention de s'en servir.

Pam examinait les tables contre lesquelles les sofas étaient adossés. Des ouvrages et des magazines étaient joliment disposés parmi des sculptures et des plantes d'intérieur. Elle étudiait l'un des petits bronzes représentant un vieillard à la peau flétrie, aux muscles saillants, la taille ceinte d'un bout de tissu. Le personnage était perché sur un rocher, son visage barbu penché sur un livre.

« Il faut que tu voies ça », l'interpella-t-elle.

Malone lut l'inscription gravée à la base de la statue.

SAINT JÉRÔME
DOCTEUR DE L'ÉGLISE

Il était tellement occupé à rechercher des pièces compliquées que cette évidence lui avait échappé. Pam désigna un volume placé juste sous la statue.

« *L'Épiphanie de saint Jérôme,* lut-elle.

– Bien vu.

– Tu vois que je peux être utile.

– C'est ça, rends-toi utile et attrape le livre », lui ordonna-t-il en soulevant la lourde statue.

Stéphanie n'était pas sûre de savoir comment prendre la remarque de Brent Green.

« Qu'est-ce que vous voulez dire ?

– Il est un peu difficile d'en discuter à l'instant précis. »

Elle lut quelque chose d'étrange dans le regard de son patron. De l'angoisse. Depuis cinq ans, il servait de chien d'attaque au gouvernement dans les nombreuses batailles qui l'avaient opposé au Congrès, à la presse et aux groupes de pression. Avocat, professionnel jusqu'au bout des ongles, il plaidait la cause du gouvernement sur la scène nationale. Mais c'était aussi un homme profondément croyant et, à sa connaissance, il avait une réputation sans tache.

« Disons simplement, murmura Green, que je n'aurais pas voulu que les Saoudiens vous éliminent.

– Ce qui ne me rassure pas vraiment, en l'occurrence.

– Et l'équipe chargée de sa protection ? voulut savoir

Cassiopée. J'ai le sentiment qu'il ne bluffe pas sur ce point.

— Vérifiez l'entrée et surveillez la rue », ordonna Stéphanie en indiquant d'un regard qu'elle souhaitait rester seule avec Green.

Cassiopée sortit de la cuisine.

« OK, Brent. Qu'avez-vous à me dire qu'elle ne pouvait pas entendre ?

— Quel âge avez-vous, Stéphanie ? Soixante et un ans ?

— Je n'aborde jamais le sujet.

— Votre mari est mort il y a une dizaine d'années. Ce doit être dur. Je n'ai jamais été marié, alors je ne peux qu'imaginer ce que peut signifier la perte d'un conjoint.

— Ce n'est pas facile. Mais quel est le rapport avec le problème qui nous préoccupe ?

— Je sais que Lars et vous étiez en mauvais termes à sa mort. Il est temps que vous fassiez confiance à quelqu'un.

— Bon, voilà ce que je vais faire : je vais organiser des entretiens et tout le monde, y compris ceux qui essaient de me supprimer, auront la possibilité de me convaincre de leur dévouement.

— Ni Henrik ni Cassiopée ni Cotton Malone n'essaient de vous supprimer. Moi non plus, ajouta-t-il après une courte pause.

— Vous avez renvoyé mes renforts en sachant que j'avais des ennuis.

— Et qu'est-ce qui se serait passé si je ne l'avais pas fait ? Vos deux agents auraient fait irruption sur les lieux, une fusillade aurait éclaté. Aurions-nous été plus avancés pour autant ?

— Heather Dixon aurait été arrêtée.

— Et libérée dès ce matin après l'intervention du

ministre des Affaires étrangères et peut-être même du président. Et puis vous auriez été renvoyée et les Saoudiens auraient pu vous tuer à leur guise. Vous savez pourquoi ? Parce que vous n'auriez plus intéressé personne. »

Son raisonnement était sensé. Qu'il aille au diable.

« Vous avez agi trop vite sans aller au fond des choses. » Le regard de Green s'était adouci et Stéphanie y lut quelque chose de nouveau.

De l'inquiétude.

« Tout à l'heure, je vous ai offert mon aide. Vous l'avez refusée. Maintenant, je vais vous apprendre ce que vous ignorez. Ce que je ne vous ai pas dit à ce moment-là. »

Stéphanie attendit qu'il s'explique.

« C'est grâce à moi que les pirates informatiques ont eu accès aux informations sur le lien d'Alexandrie. »

Malone ouvrit le livre sur saint Jérôme, un fin volume publié en 1845 ne comptant que soixante-treize feuillets jaunis. Il glana quelques détails en le feuilletant.

Jérôme vécut d'environ 340 à 420 après J.-C. Il parlait latin et grec couramment et, jeune homme, fit peu d'efforts pour maîtriser ses instincts de jouisseur. Baptisé par le pape en 360, il se consacra à Dieu. Pendant les soixante années suivantes, il voyagea, écrivit des traités, défendit la foi et fut reconnu comme l'un des Pères de l'Église chrétienne. Il commença par traduire le Nouveau Testament puis, vers la fin de sa vie, traduisit l'Ancien Testament en latin, créant ainsi la Vulgate qui devint le texte de référence de l'Église catholique après le concile de Trente qui se tint onze cents ans plus tard.

Trois mots retinrent l'attention de Malone.

Eusebius Hieronymus Sophronius.

Le nom de naissance de Jérôme.

Il songea au roman que renfermait la sacoche en cuir, *Le Voyage du héros,* signé Eusebius Hieronymus Sophronius.

Thomas Bainbridge n'avait visiblement pas choisi son pseudonyme au hasard.

« Tu as trouvé quelque chose ? demanda Pam.

— Ce n'est rien de le dire », répondit Malone, mais son enthousiasme s'évanouit et il eut un frisson en se rendant compte de leur situation.

« Il faut qu'on fiche le camp. »

Il se précipita vers la sortie, éteignit la lumière et entrebâilla les portes. Le silence régnait dans le hall de marbre. La radio jouait toujours au loin ; elle retransmettait à présent un événement sportif accompagné des clameurs du public et du commentateur. La cireuse s'était tue.

Il conduisit Pam jusqu'en haut de l'escalier.

Trois inconnus firent alors irruption dans le hall, arme au poing.

L'un deux leva son revolver et tira un coup de feu. Malone poussa Pam au sol.

La balle ricocha contre la pierre. Malone et Pam roulèrent rapidement à l'abri de l'une des colonnes ; Pam grimaça de douleur.

« Mon épaule », dit-elle.

Trois autres balles furent tirées dans leur direction. Malone empoigna le pistolet automatique de Haddad et se prépara. Aucun des tirs n'avait jusque-là été accompagné d'une déflagration ; il n'y avait eu que de petits bruits secs. Des silencieux. Au moins, Malone dominait la situation. Grâce à son point de vue sur le rez-de-chaussée, il aperçut deux tireurs qui se dirigeaient vers la droite tandis que le troisième restait sur la gauche. Il ne pouvait laisser les deux hommes se poster à cet endroit – les colonnes ne les protégeraient plus –, aussi fit-il feu.

La balle rata sa cible mais de peu et ses assaillants hésitèrent suffisamment pour que Malone puisse ajuster son tir et toucher l'homme qui menait l'attaque. Ce dernier hurla avant de s'effondrer par terre. L'autre se mit à l'abri, mais Malone réussit à tirer un nouveau coup de feu qui fit déguerpir son agresseur vers le hall d'entrée. Le sang de l'homme blessé formait une flaque écarlate sur le marbre blanc.

D'autres balles s'abattirent sur eux. L'air empestait la poudre.

Il restait cinq balles dans le revolver de Haddad mais Malone disposait aussi de celui dérobé à l'Israélien. Cinq de plus, peut-être. Il lut de la peur dans le regard de Pam, mais elle restait relativement calme étant donné les circonstances.

Il songea à battre en retraite dans le salon. En bloquant les portes avec des meubles, ils auraient peut-être suffisamment de temps pour s'échapper par l'une des fenêtres. Mais ils se trouvaient au premier, ce qui ne faisait que compliquer la situation. Néanmoins, il ne leur restait pas d'autre choix, à moins que leurs assaillants ne prennent le risque d'être à découvert et d'essuyer ses tirs.

C'était peu probable.

L'un des deux hommes se rua au bas de l'escalier. L'autre le couvrit en tirant quatre balles qui ricochèrent sur le mur derrière Pam et Malone. L'ex-agent devait économiser des munitions et ne pouvait se permettre de tirer avant que cela ne fût absolument nécessaire.

C'est là qu'il comprit ce que les deux hommes essayaient de faire.

Pour pouvoir tirer sur l'un d'eux, il devrait s'exposer aux tirs de l'autre en sortant de l'abri offert par la colonne. Il décida donc de les surprendre : ignorant l'homme posté à gauche et contournant la colonne, il tira une balle dans le chemin d'escalier, dans les pieds de son assaillant.

L'homme sauta au bas des marches pour se mettre à l'abri.

Pam porta la main à son épaule et Malone aperçut du sang. Sa plaie s'était rouverte. Elle avait été trop bousculée. Elle le dévisagea, effrayée.

Deux coups de feu retentirent à travers le hall.

L'arme n'était pas équipée d'un silencieux. C'était un gros calibre.

Un silence s'ensuivit.

« Bonjour », lança une voix masculine.

Malone risqua un coup d'œil sans quitter son abri derrière la colonne. Il aperçut un inconnu aux cheveux châtain clair cendré au pied de l'escalier. Il avait le front large, un nez court et le menton rond. Trapu, il portait un jean et une chemise en toile sous une veste en cuir.

« J'avais l'impression que vous aviez besoin d'aide », dit l'homme, arme au poing droit.

Les deux assaillants étaient étendus par terre dans une mare de sang. L'inconnu était bon tireur.

« Qui êtes-vous ? l'interrogea Malone en se cachant derrière la colonne.

— Un ami.

— Permettez-moi d'être sceptique.

— Je ne vous en voudrais pas. Restez donc là où vous êtes en attendant la police. Vous pourrez tout lui expliquer au sujet des trois cadavres, ironisa l'homme en s'éloignant. Inutile de me remercier, au fait, ajouta-t-il.

– Et les agents d'entretien ? Ils auraient dû se ruer ici il y a longtemps.

– Ils sont à l'étage, inconscients, expliqua l'homme en s'arrêtant.

– Grâce à vous ?

– Non.

– Qu'est-ce qui vous amène ici ?

– La même chose que tous ceux qui se sont un jour retrouvés ici au milieu de la nuit. La bibliothèque d'Alexandrie. »

Malone garda le silence.

« Bien. Je suis descendu au Savoy, chambre 453. Je dispose de certaines informations dont je doute que vous disposiez, et vous savez peut-être des choses que j'ignore. Si vous avez envie de discuter, venez me trouver. Dans le cas contraire, nos chemins se croiseront certainement de nouveau à l'occasion. À vous de choisir. Mais ensemble, nous pourrions sans doute accélérer les choses. À vous de voir. »

Les pas de l'homme claquèrent sur le marbre tandis qu'il s'éloignait.

« C'était quoi, ça ? s'exclama Pam.

– Sa manière à lui de se présenter.

– Il a abattu deux hommes.

– Ce dont je lui sais gré.

– Cotton, il faut filer d'ici.

– Sans blague. Mais d'abord, il faut découvrir qui sont nos agresseurs. »

Malone dévala les marches, Pam sur les talons. Il fouilla les trois cadavres sans trouver le moindre papier d'identité.

« Prends leurs armes, ordonna-t-il en s'emparant de six

chargeurs pleins. Ces types ne risquaient pas d'être pris au dépourvu.

— Je m'habitue à la vue du sang, au fait.

— Je t'avais dit que ça deviendrait plus facile. »

Il réfléchit à ce qu'avait dit l'inconnu. Le Savoy, chambre 453. Sa façon de lui dire *faites-moi confiance.* Pam avait toujours le livre sur saint Jérôme et lui, la sacoche trouvée chez Haddad.

Pam tourna les talons.

« Où vas-tu ? voulut savoir Malone.

— J'ai faim. J'espère que le Savoy sert un excellent petit déjeuner. »

Malone lui adressa un large sourire.

Elle apprenait vite.

36

Washington, DC

Stéphanie n'était pas sûre de pouvoir en supporter davantage. Elle planta son regard dans celui de Brent Green.

« Expliquez-vous, le somma-t-elle.

— Nous avons autorisé le piratage des dossiers. Il y a un traître parmi nous et nous voulons le ou la coincer.

— Nous qui ?

— Le ministère de la Justice. C'est une enquête top secrète. À part moi, deux personnes sont au courant : mes deux adjoints, et je leur confierais ma vie.

— Les menteurs n'ont rien à faire de votre confiance.

— Effectivement. Mais le traître ne travaille pas au ministère de la Justice. Il est plus haut placé. À l'extérieur du ministère. Nous l'avons appâté et il a mordu à l'hameçon.

— En risquant la vie de Gary Malone au passage, c'est ça ? s'indigna-t-elle, incrédule.

— Personne n'aurait pu le prévoir. Nous ignorions qu'outre les Israéliens et les Saoudiens, quelqu'un d'autre s'intéressait à George Haddad. La personne que nous cherchons à coincer nous mène vers eux. Vers eux seuls.

— Pour autant que vous sachiez, remarqua-t-elle en songeant à l'ordre de la Toison d'or.

– Si j'avais eu le moindre indice montrant que la famille de Malone était en danger, je n'aurais jamais donné mon accord pour que l'on emploie cette tactique. »

Elle avait envie de le croire.

« À vrai dire, nous ne pensions pas que révéler aux Israéliens que George Haddad se cachait prêtait à conséquence ou l'exposait à un quelconque risque, surtout qu'aucun détail du dossier ne permettait de le localiser.

– Si ce n'est le lien direct avec Malone.

– Et nous sommes partis du principe que, s'il était impliqué, Malone saurait se débrouiller.

– Il s'est rangé, Brent, s'écria Stéphanie, il ne travaille plus pour nous. On ne met pas un ex-agent en danger, surtout sans le tenir au courant.

– Nous avons pesé le pour et le contre et avons décidé que pour découvrir notre traître, cela valait le coup de prendre quelques risques. L'enlèvement du gamin a tout changé. Je suis heureux que Cotton ait réussi à le récupérer.

– C'est merveilleux de votre part. Vous devrez vous estimer heureux qu'il ne vous casse pas la figure.

– Ce gouvernement est une abomination, murmura Green. Une bande de cons, moralisateurs et corrompus. »

C'était la première fois qu'elle entendait Green employer un tel langage.

« Ils mettent en avant leur charité, leur patriotisme mais ils ne font allégeance qu'à eux-mêmes – et au dollar. Chacune des décisions prises sous couvert de patriotisme ne fait qu'engraisser les grandes compagnies qui ont largement contribué à soutenir la cause de leur parti. J'en suis malade. J'assiste à des réunions où l'on se soucie plus des sondages que de ce qui est bon pour la nation. Je garde le silence. Je ne participe pas au débat. Je joue le jeu. Mais cela ne signifie pas que je vais les laisser compromettre l'intégrité de ce pays. J'ai prêté serment et, contrairement à beaucoup de membres de ce gouvernement, cela signifie quelque chose pour moi.

— Alors pourquoi ne pas révéler leur véritable nature dans ce cas ?

— Jusqu'ici, à ma connaissance, personne n'a violé la loi. S'est-il passé des choses écœurantes, immorales et motivées par l'avidité ? Oui, certes, mais rien de tout ça n'est illégal. Je vous assure que si quelqu'un, y compris le président, avait franchi la ligne jaune, j'aurais agi. Mais personne n'est allé jusque-là.

— À part la taupe.

— Précisément, et c'est pour cela qu'elle m'intéresse autant ; pour qu'un édifice s'effondre, il faut d'abord qu'il y ait une faille.

— Voyons les choses en face, Brent, dit Stéphanie qui n'était pas dupe, vous aimez être le premier flic des États-Unis, et vous ne feriez pas long feu en cas d'échec après avoir décidé de vous en prendre à l'un d'eux.

— Il m'importe davantage que vous restiez en vie, rétorqua Green, l'air abattu.

— Avez-vous trouvé le traître ? dit-elle, négligeant le regard soucieux de Green.

— Je crois que nous...

— Nous avons de la visite, l'interrompit Cassiopée en faisant irruption dans la cuisine. Deux hommes viennent de se garer sur le trottoir. Costumes et oreillettes. Les services secrets.

— Mes gardes du corps, remarqua Green. Ils viennent vérifier que tout est en ordre avant la nuit.

— Il faut y aller, annonça Cassiopée.

— Non, détachez-moi et je vais m'occuper d'eux. »

Cassiopée se dirigea vers la porte de derrière.

Stéphanie prit alors une décision, le genre de décision qu'elle avait prise des centaines de fois. Et même si elle n'avait pas été très perspicace ce jour-là, elle mettait la devise de son père en pratique : « Bonne ou mauvaise, l'important c'est de prendre une décision. »

« Attendez. »

Stéphanie s'approcha du comptoir et fouilla deux ou trois tiroirs à la recherche d'un couteau.

« On le libère, annonça-t-elle en rejoignant Green. J'espère que je ne le regretterai pas. »

Sabre se hâta de traverser la forêt de ce coin de l'Oxfordshire pour retrouver sa voiture. L'aube se levait sur la campagne anglaise. La brume enveloppait les champs alentour et l'air frais du matin était chargé d'humidité. Il était satisfait de sa première rencontre avec Cotton Malone. Il en avait fait juste assez pour attiser la curiosité de l'Américain tout en apaisant sa paranoïa. Éliminer les hommes qu'il avait engagés lui était apparu comme la manière idéale d'établir le contact. Il les aurait tués tous les trois si Malone n'en avait pas abattu un lui-même.

L'ex-agent avait dû fouiller leur cadavre après son départ, mais Sabre s'était assuré qu'ils ne pussent être identifiés. Ils avaient pour mission d'attaquer Malone et de le coincer. Mais une fois que Malone avait éliminé le premier de ses assaillants, les règles du jeu avaient changé. Il n'était pas surpris. À Copenhague, l'Américain avait prouvé qu'il savait se débrouiller.

Il remerciait le ciel d'avoir découvert le magnétophone dans l'appartement de Haddad. Ajouté à ce qu'il avait lu sur l'ordinateur du vieil homme, l'enregistrement lui en avait appris suffisamment pour pouvoir pousser l'ex-agent à lui faire des confidences. Tout ce qu'il lui restait à faire, c'était de retourner au Savoy et d'attendre.

Malone viendrait.

Sabre sortit de la forêt et aperçut sa voiture derrière laquelle un autre véhicule était garé. Son agent faisait les cent pas.

« Espèce de salaud, hurla-t-elle. Vous les avez tués !

— Où est le problème ?

— Je les avais engagés. Combien d'autres hommes de main vais-je pouvoir recruter à votre avis si l'on vient à apprendre que nous tuons les nôtres, bon sang ?

— Nous sommes les seuls à être au courant.

— Espèce d'ordure ! Je vous ai observé depuis l'extérieur : vous leur avez tiré dans le dos. Ils n'ont rien vu venir. Vous aviez l'intention de les tuer depuis le début.

— Vous avez toujours été très intelligente, remarqua Sabre en regagnant sa voiture.

— Allez vous faire voir, Dominick. C'étaient des amis.

— Vous couchiez avec l'un d'eux ?

— Ça ne vous regarde pas.

— Vous avez raison, admit-il avec un haussement d'épaules.

— J'en ai marre de vous. C'est fini. Trouvez-vous une autre assistante, s'emporta-t-elle en se ruant vers sa voiture.

— Hors de question. »

La jeune femme fit volte-face, s'attendant à une réprimande. Ils n'en étaient pas à leur première dispute. Mais cette fois il lui tira une balle en plein visage.

Il ne permettrait à rien ni à personne de se mettre en travers de son chemin. Son plan avait exigé trop d'efforts. Il s'apprêtait à trahir l'un des cartels économiques les plus puissants de la planète. Un échec aurait des conséquences désastreuses. Il était hors de question qu'il échoue. Aucune preuve ne le lierait à cette affaire.

Il ouvrit la portière et se glissa dans la voiture.

Il ne lui restait plus qu'à s'occuper de Malone.

Stéphanie et Cassiopée attendaient dans la cuisine quand Brent Green alla parler aux deux agents des services secrets. Si Stéphanie n'avait pas deviné juste, les deux femmes ne tarderaient pas à être arrêtées.

« C'est de la folie, murmura Cassiopée.

– C'est un risque que je suis prête à prendre ; en outre, je n'ai demandé à personne – ni à Henrik ni à vous – de se mêler de cette histoire.

– Quelle tête de mule !

– Et vous donc ! Vous auriez pu partir. J'aurais tendance à dire que vous êtes un peu têtue vous-même. »

Elle entendit Green parler de la météo de la soirée et de la maladresse qui lui avait fait renverser un verre d'eau sur sa robe de chambre. Après avoir libéré Green, elle l'avait observé, l'œil amusé, se débarrasser du scotch collé sur ses poignets et ses chevilles. Les présentateurs d'émissions satiriques auraient payé cher pour le voir grimacer de douleur en s'arrachant les poils des bras et des jambes. Mais le ministre s'était hâté de lisser ses cheveux trempés et de sortir de la cuisine.

Elle songea de nouveau à la conviction de Green

lorsqu'il lui avait dit : « Votre ami ici présent s'inquiète particulièrement de votre sort. »

« S'il nous donne, c'en est fini de nous, chuchota Cassiopée.

– Il ne le fera pas.

– Comment pouvez-vous en être si sûre ?

– Parce que j'ai vingt années d'erreurs derrière moi. »

Green souhaita enfin bonne nuit aux agents. Stéphanie poussa la porte battante et vit Green jeter un dernier coup d'œil à travers les persiennes.

« Satisfaite ? » lui demanda-t-il.

Elle traversa la salle à manger et Cassiopée l'imita.

« Bon, que faisons-nous à présent, Brent ?

– Ensemble, nous allons sauver votre peau et trouver l'origine de la fuite.

– Au fait, vous ne m'avez toujours pas dit de qui il s'agissait.

– Non, c'est vrai, parce que je l'ignore.

– Je croyais avoir compris que vous aviez identifié le traître.

– Je m'apprêtais à vous dire qu'à mon avis, nous avons identifié le problème.

– Je vous écoute.

– Ça ne va pas vous plaire.

– Mettez-moi à l'épreuve.

– À l'heure actuelle, le principal agent de renseignement des Israéliens n'est autre que Pam Malone. »

TROISIÈME PARTIE

37

7 h 40

Henrik Thorvaldsen détestait prendre l'avion, raison pour laquelle aucune de ses compagnies ne possédait de jet privé. Afin de limiter ce qu'il considérait comme un désagrément, il volait toujours en première classe et tôt le matin. Des sièges plus larges, un meilleur environnement et un moment qui lui convenait mieux soulageaient sa phobie. Gary Malone, quant à lui, semblait beaucoup apprécier l'expérience. Il avait englouti la totalité du petit déjeuner servi par l'hôtesse, plus la moitié de celui de Henrik.

« Nous allons bientôt atterrir, observa le vieil homme.

– C'est génial. Je devrais être à l'école mais au lieu de ça je suis en Autriche. »

Gary et lui étaient devenus proches ces deux dernières années. Lorsqu'il avait rendu visite à son père pendant les vacances d'été, Gary avait passé plus d'une nuit à Christiangade. Père et fils aimaient à naviguer sur le ketch de douze mètres amarré au ponton de la propriété et dont Henrik avait fait l'acquisition il y avait bien longtemps pour traverser le Sund vers la Norvège et la Suède, mais dont il ne se servait plus guère aujourd'hui. Son fils Cai adorait naviguer. Son garçon lui manquait terriblement. Son décès remontait à près de deux ans. Abattu à Mexico sans qu'il ait jamais pu découvrir pourquoi. Malone était en mission sur les lieux et avait fait ce qu'il avait pu, ce qui avait finalement amené les deux hommes à se rencontrer. Mais Thorvaldsen n'avait jamais oublié ce qui s'était passé là-bas. Il avait fini par découvrir la vérité sur la mort de son fils. De telles dettes ne pouvaient rester impayées. Cependant, passer du temps en compagnie de Gary lui apportait un peu de la joie dont la vie l'avait si cruellement privé.

« Je suis ravi que tu aies pu venir, je n'avais pas envie de te laisser à la propriété.

– Je ne suis jamais allé en Autriche.

– Un très bel endroit avec des forêts profondes, des montagnes enneigées, des lacs d'altitude, des paysages impressionnants. »

Il avait gardé l'œil sur l'adolescent la veille et en avait conclu que Gary avait l'air de bien se remettre de sa mésaventure, d'autant qu'il avait assisté au meurtre de deux hommes. Lorsque Malone et Pam étaient partis pour l'Angleterre, Gary avait compris la raison de leur départ. Sa mère devait se remettre au travail et son père devait découvrir pourquoi Gary était en danger. Christiangade était un endroit familier où il s'était fait un plaisir de séjourner. Mais la veille, après avoir parlé à Stéphanie, Henrik avait su ce qu'il avait à faire.

« Cette réunion à laquelle vous devez assister, elle est importante ? demanda Gary.

– Sans doute. Je vais devoir prendre part à plusieurs assemblées mais nous allons te trouver des occupations pendant ce temps.

– Et papa ? Il est au courant ? Je n'ai rien dit à maman. »

Pam Malone avait appelé quelques heures plus tôt et

parlé brièvement à son fils. Mais elle avait raccroché avant que Henrik ait pu lui parler.

« Je suis sûr que s'ils appellent chez moi, Jesper leur apprendra où nous sommes. »

Thorvaldsen prenait un risque en emmenant Gary avec lui, mais il avait décidé que c'était la meilleure chose à faire. Si Alfred Hermann avait manigancé l'enlèvement de l'adolescent, ce dont Thorvaldsen était persuadé, alors l'emmener à l'assemblée, où il serait entouré d'hommes et de femmes influents originaires des quatre coins du monde et disposant tous d'une équipe d'assistants et d'agents de sécurité, semblait le plus sûr. Il s'interrogeait sur cet enlèvement. D'après le peu qu'il avait pu glaner sur Dominick Sabre, l'Américain était un professionnel, et employer le genre d'assistants peu rigoureux qui avaient saboté l'enlèvement de Gary ne lui ressemblait pas. Quelque chose clochait. Malone était fort, il fallait le lui reconnaître, mais les événements s'étaient enchaînés avec une précision troublante. Avaient-ils été mis en scène à la seule attention de Malone ? Était-ce un moyen de le forcer à agir ? Si c'était bien le cas, cela voulait dire que Gary ne courait désormais plus vraiment de danger.

« Tu te souviens de ce dont nous avons parlé ? rappela-t-il à Gary. Fais attention à ce que tu dis. Contente-toi d'écouter.

– Compris.

– Excellent », dit Thorvaldsen avec un sourire.

À présent, restait à espérer qu'il avait vu clair dans le jeu d'Alfred Hermann.

38

Vienne
8 h 00

Hermann repoussa son assiette. Il détestait manger, surtout en public, en revanche il adorait la salle à manger du château. Il en avait personnellement choisi le décor épuré et néogothique, les fenêtres à battants et les caissons du plafond arborant les armoiries d'illustres Croisés, les murs recouverts de tableaux dépeignant la prise de Jérusalem par les chrétiens.

Le petit déjeuner était spectaculaire, comme d'habitude, et une armée de serveurs en veste blanche s'occupait des invités. Sa fille était installée à l'autre bout de la longue table, et les autres places étaient occupées par certains membres de l'Ordre triés sur le volet. Ils formaient le bureau politique de l'organisation et étaient arrivés la veille pour participer à l'assemblée du week-end.

« J'espère que tout le monde s'amuse », dit Margarete à la cantonade.

Elle n'était jamais plus à l'aise qu'en société.

Hermann vit qu'elle tiquait car il n'avait pas touché à son assiette, mais elle s'abstint de toute remarque. Elle lui adresserait ses réprimandes en privé – comme si l'appétit à lui seul suffisait à apporter longue vie et bonne santé aux gens. Si seulement les choses étaient si simples.

Plusieurs membres du comité s'extasiaient sur le château et ses meubles d'un goût exquis et remarquaient les changements que leur hôte avait apportés au décor depuis le printemps précédent. Même si tous ses invités étaient fortunés, leurs fortunes combinées n'atteignaient pas le quart de la sienne. Cependant, chacun d'eux s'avérait utile d'une manière ou d'une autre. Aussi les remercia-t-il en se contentant de patienter.

« J'ai hâte de savoir ce que le bureau politique compte dire à l'assemblée concernant la résolution 1 223 », finit-il par déclarer.

Cette initiative, adoptée trois ans plus tôt à l'assemblée de printemps, incluait un plan d'une grande complexité visant à déstabiliser Israël et l'Arabie Saoudite. Il avait épousé cette cause, raison pour laquelle il cultivait ses sources au sein des gouvernements israélien et américain, des sources qui, contre toute attente, l'avaient mené jusqu'à George Haddad.

« Avant d'aborder ce sujet, intervint le président du bureau politique, pouvez-vous nous dire si vos efforts portent leurs fruits ? Nos projets devront être modifiés en cas d'échec.

— Les choses se mettent en place. Et rapidement. Mais en cas de succès, sommes-nous certains de pouvoir vendre l'information ?

— Nous avons contacté la Jordanie, la Syrie, l'Égypte, le Yémen, annonça un autre membre du bureau politique. Tous ces pays sont intéressés, au moins par la perspective de négociations. »

La nouvelle le satisfaisait. Il avait appris que l'enthousiasme d'un État arabe – qu'il soit question de biens, de services ou de terrorisme – était directement proportionnel à l'intérêt de ses voisins.

« Il est risqué d'ignorer les Saoudiens, dit un autre invité. Ils ont des relations avec bon nombre d'adhérents de l'organisation. Les représailles pourraient se révéler coûteuses.

— Vos intermédiaires devront veiller à ce qu'ils ne bronchent pas avant que les négociations présentent un intérêt pour nous.

— L'heure n'est-elle pas venue pour vous de nous dire exactement de quoi il retourne ? voulut savoir un invité.

— Non, pas encore.

— Alfred, vous nous impliquez dans une affaire à propos de laquelle j'ai des doutes, pour être parfaitement sincère.

— De quoi doutez-vous, au juste ?

— Qu'est-ce qui pourrait être tellement alléchant pour la Jordanie, la Syrie, l'Égypte et le Yémen qui ne le serait pas pour l'Arabie Saoudite ?

— L'élimination d'Israël. »

Le silence envahit la salle.

« C'est un objectif commun à toutes ces nations, certes, mais c'est aussi un objectif inatteignable. Cet État existe pour de bon.

— On disait la même chose de l'Union soviétique. Pourtant, lorsque sa raison d'être a été sérieusement remise en question, et que l'on a découvert que ce régime n'était qu'une imposture, regardez ce qui est arrivé. La dissolution n'a pris que quelques jours.

— Et vous seriez capable d'un tel exploit ?

— Je ne nous ferais pas perdre notre temps si je n'en étais pas persuadé. »

L'un des invités, et ami de longue date, avait l'air frustré de ses réponses évasives. Aussi Hermann décida-t-il de se montrer un peu plus conciliant.

« Permettez-moi simplement de vous poser une question : et si la validité de l'Ancien Testament était remise en question ?

– Et alors ? s'exclama l'un des invités tandis que plusieurs autres exprimaient leur perplexité.

– Cela pourrait fondamentalement affecter le dossier du Moyen-Orient. Les juifs ont tendance à insister sur la fiabilité de la Torah qui transmettrait la parole divine, etc. Personne ne les a jamais sérieusement contredits. Certains ont abordé le sujet, plusieurs hypothèses ont été formulées, mais si l'on arrivait à prouver les erreurs de la Torah, imaginez ce qu'il adviendrait de la crédibilité juive. Imaginez à quel point cette nouvelle pourrait encourager les autres États du Moyen-Orient. »

Il était convaincu de ce qu'il disait. Aucun oppresseur n'avait jamais été capable de vaincre les juifs. Ils étaient nombreux à avoir essayé. Assyriens, Babyloniens, Romains, Turcs. L'Inquisition. Même Martin Luther les détestait. Malgré cela, ce peuple qui se disait élu avait refusé de se rendre. Hitler était sans doute le pire. Et pourtant, après ses méfaits, le monde s'était contenté de leur attribuer leur Terre promise.

« Qu'avez-vous contre Israël ? interrogea l'un des membres du bureau politique. Je me demande depuis le début pourquoi nous perdons notre temps avec cette histoire. »

Cette femme avait effectivement exprimé son désaccord et deux autres personnes l'avaient soutenue. Ils étaient clairement minoritaires et relativement inoffensifs et Hermann les avait autorisés à s'exprimer pour donner l'illusion de la démocratie.

« L'enjeu n'est pas simplement limité à Israël, déclara-t-il, conscient de l'impact de ses propos sur son auditoire, y compris sa fille. En nous débrouillant bien, nous pourrons déstabiliser Israël et l'Arabie Saoudite. En l'occurrence, le sort de ces deux pays est lié. Si nous arrivons à provoquer juste ce qu'il faut de troubles dans les deux États, à les gérer correctement, puis à divulguer l'information au bon moment, nous serons peut-être capables de renverser les gouvernements des deux pays. Vous êtes-vous mis d'accord sur la façon dont les membres de l'organisation pourront tirer partie de ce processus une fois qu'il sera lancé ?» demanda-t-il au président du bureau politique.

Le vieil homme acquiesça. C'était un ami depuis des décennies et il était parmi les favoris pour entrer dans le Cercle.

« Le scénario envisagé implique que les Palestiniens, les Jordaniens, les Syriens, les Égyptiens veuillent tous obtenir ce que nous aurons à leur proposer...

— Cela n'arrivera pas, intervint l'un des dissidents.

— Qui aurait pensé que près d'un million d'Arabes seraient déplacés et que les juifs se verraient attribuer un territoire ? précisa Hermann. Nombreux étaient ceux au Moyen-Orient qui n'y croyaient pas non plus. »

Il se rendit compte qu'il s'était exprimé sèchement et se radoucit.

« Nous pourrions au moins abattre ce mur stupide que les Israéliens ont érigé pour protéger leurs frontières et jeter le doute sur leurs revendications les plus anciennes. L'arrogance des sionistes en prendrait un coup, peut-être même suffisamment pour pousser les États arabes voisins à agir de concert. Et je n'ai même pas fait allusion à l'Iran à qui rien ne ferait plus plaisir que d'anéantir Israël. C'est une véritable bénédiction pour eux.

— Qu'est-ce qui peut bien avoir un tel pouvoir ?

— Le savoir.

— Vous n'êtes pas sérieux ? Toute cette histoire a pour but de nous apprendre quelque chose ? »

Il ne s'était pas attendu à une discussion aussi franche, mais c'était le moment ou jamais. Le règlement de l'organisation conférait au bureau politique réuni autour de cette table le pouvoir de fixer la ligne politique collective, intimement liée aux initiatives du bureau économique car, pour l'Ordre, politique était synonyme de profits. Le bureau économique escomptait un rendement de trente pour cent pour les adhérents souhaitant investir massivement au Moyen-Orient. Une projection avait été réalisée, tablant sur un certain capital de départ en euros, les bénéfices potentiels estimés en tenant compte de la conjoncture économique et politique, puis des différents scénarios envisagés. Conclusion : l'objectif de trente pour cent était envisageable. Mais au Moyen-Orient, les marchés étaient pour le moins limités. La région entière pouvait s'embraser à la suite du plus insignifiant des événements. On frôlait la catastrophe au quotidien. Le bureau politique privilégiait donc la cohérence. Les méthodes qui avaient fait leurs preuves – chantage et menaces – s'avéraient inefficaces avec des gens ayant pour habitude de porter des ceintures d'explosifs. Dans des endroits comme la Jordanie, la Syrie, le Koweït, l'Égypte et l'Arabie Saoudite, les décideurs étaient bien trop riches, prudents et fanatiques. L'Ordre avait fini par comprendre qu'il lui fallait recourir à une monnaie d'échange d'une autre nature – et Hermann était persuadé qu'il l'aurait bientôt entre les mains.

« Le savoir est la plus puissante de toutes les armes, murmura-t-il.

— Tout dépend de quel type de savoir vous parlez, déclara l'un des invités.

– Notre succès dépendra de notre capacité à vendre l'information au bon client, au bon prix et au moment opportun.

– Je vous connais, Alfred, remarqua un vieil homme. Vous avez tout prévu dans les moindres détails, n'est-ce pas ?

– Il y a enfin du progrès, répondit-il avec un large sourire. Les Américains sont désormais intéressés, et cela nous ouvre un nouveau champ de possibilités.

– Qu'en est-il des Américains exactement ? » s'écria Margarete avec une pointe d'impatience dans la voix.

La question de sa fille agaça Hermann. Il fallait qu'elle apprenne à dissimuler l'ampleur de son ignorance.

« Il semblerait qu'à la tête des États-Unis certaines personnes souhaitent humilier Israël elles aussi. Elles estiment que la politique étrangère du pays pourrait en bénéficier.

– Comment est-ce possible ? demanda un invité. Les Arabes se combattent entre eux et combattent les juifs depuis des millénaires. Qu'est-ce qui pourrait leur faire peur à ce point ? »

Il s'était fixé, ainsi qu'à l'Ordre d'ailleurs, un objectif abstrait, mais au fond de lui, une petite voix lui disait que son obstination était sur le point d'être récompensée. Il dévisagea donc les hommes et les femmes assis face à lui et déclara : « J'aurai la réponse à cette question avant la fin du week-end. »

39

Washington, DC
3 h 30

Stéphanie était épuisée. Brent Green était affalé sur le canapé en face de la chaise qu'elle occupait, ce qu'elle ne l'avait jamais vu faire auparavant. Cassiopée s'était endormie à l'étage. L'un d'eux au moins serait reposé. Ce ne serait certainement pas son cas à elle. On aurait dit que quarante-huit jours et non quarante-huit heures s'étaient écoulés depuis sa dernière visite ici ; elle ne faisait pas confiance à Green, à l'époque, se méfiait de ce qu'il avait à dire et s'en voulait d'avoir mis la vie de Gary Malone en danger. Et même si l'adolescent était désormais hors de danger, les mêmes doutes au sujet du ministre de la Justice se bousculaient dans son esprit, surtout après avoir entendu ce qu'il lui avait dit quelques heures plus tôt.

« Le principal agent de renseignement des Israéliens n'est autre que Pam Malone. »

Elle tenait au creux de ses mains une canette de Dr Pepper light dénichée dans le réfrigérateur de Green.

« Vous n'allez pas me dire que vous buvez ça ? lança-t-elle en désignant sa boisson.

— Ça a le goût de l'original mais sans le sucre. Concept intéressant, selon moi.

— Vous êtes un drôle de type, Brent, dit-elle avec un sourire.

— Je suis juste quelqu'un de discret qui ne parle pas de ses goûts. »

Elle avait le cœur lourd, elle était lasse et s'efforçait de maîtriser la profonde angoisse qui lui occupait l'esprit. Ils avaient intentionnellement laissé les lumières éteintes pour montrer à ceux qui surveillaient peut-être la maison que son occupant s'était retiré pour la nuit.

« Vous pensez à Malone ? l'interrogea Green.

— Il est dans le pétrin.

— Il n'y a rien que vous puissiez faire avant qu'il vous contacte.

— Ça ne suffit pas.

— Vous avez un agent à Londres. Quelles sont ses chances de retrouver Cotton ? »

Elles étaient minces. Londres était une grande ville et on ne pouvait être certain que Malone s'y trouvait toujours. Il aurait pu quitter la ville pour se rendre dans n'importe quel coin de Grande-Bretagne. Mais elle n'avait pas envie d'être négative.

« Ça fait longtemps que vous êtes au courant pour Pam ? voulut-elle savoir.

— Non. »

Elle lui en voulait de ne pas la mettre au courant et décida que pour obtenir quelque chose, elle allait devoir donner.

« Quelqu'un d'autre est mêlé à cette affaire.

— Je vous écoute », dit Green.

Stéphanie avait éveillé son intérêt. Il y avait au moins une information qu'il ignorait.

Elle lui apprit ce que Thorvaldsen lui avait révélé sur l'ordre de la Toison d'or.

« Henrik ne m'en a jamais rien dit.

— Eh bien, quel choc ! ironisa-t-elle avant d'avaler une

gorgée de soda. Il ne vous dit que ce qu'il veut que vous sachiez.

— Ce sont eux qui ont enlevé le fils de Malone ?

— Ils sont en haut de la liste des suspects.

— Cela explique certaines choses, remarqua Green. Les Israéliens se sont montrés particulièrement prudents au cours de cette opération, ce qui ne leur ressemble pas. Nous nous sommes servis du lien en espérant que leur contact ici morde à l'hameçon. Cela fait plusieurs années que les diplomates israéliens se renseignent en secret sur George Haddad. Nous ne les avons pas complètement bernés quand Malone l'a fait entrer dans la clandestinité. Ils ont passé au crible ce qui restait du café après l'attentat, mais la bombe avait fait du bon travail. Pourtant, même après que nous leur avons servi le lien sur un plateau, les Israéliens ont fait preuve d'une extrême prudence.

— Vous ne m'apprenez rien.

— Nous avons été pris au dépourvu par l'enlèvement du fils de Malone. Voilà pourquoi j'ai repoussé notre entrevue lorsque vous avez téléphoné pour me l'apprendre.

— Et moi qui pensais que c'était simplement parce que vous ne m'aimiez pas.

— Il faut de la patience pour vous supporter, je l'avoue, mais j'ai appris à m'adapter. »

Stéphanie lui adressa un large sourire.

Green se servit des cacahouètes dans le bol de cristal posé sur la table basse. Elle avait faim elle aussi et en prit une poignée.

« Nous savions qu'Israël n'était pas derrière l'enlèvement de Gary Malone, reprit Green, et nous étions curieux de savoir pourquoi ils n'avaient pas réagi quand il avait eu lieu. »

Il observa une pause.

« Et puis après votre appel, reprit-il, on m'a transmis l'information concernant Pam Malone. »

Stéphanie était tout ouïe.

« Il y a environ trois mois, elle a commencé à sortir avec un homme, un avocat de renom qui travaille pour un cabinet d'Atlanta, un des associés de la boîte, mais aussi un patriote juif. Partisan acharné d'Israël. Le ministère de la Sécurité nationale pense qu'il a contribué à financer l'une des factions les plus virulentes du gouvernement israélien. »

Stéphanie n'ignorait pas que l'argent américain alimentait depuis longtemps la politique israélienne.

« J'étais loin de me douter que vous suiviez cette affaire au quotidien.

— Encore une fois, Stéphanie, il y a beaucoup de choses que vous ignorez sur moi. Il y a l'image publique que ma fonction exige, mais quand j'ai accepté ce poste, ce n'était pas pour faire de la figuration. Je suis le premier policier du pays et je fais mon travail. »

Stéphanie remarqua qu'il n'avait mangé aucune des cacahouètes qu'il gardait dans sa paume à plat et qu'il triait une à une.

« Qu'est-ce que vous faites ?

— Je cherche les cacahouètes cassées.

— Pourquoi ?

— Elles sont plus salées.

— Pardon ?

— Dans une cacahouète entière, le milieu n'est pas salé. Mais si la cacahouète est cassée en deux avant d'être salée, alors elle prend deux fois plus de sel.

— Vous n'êtes pas sérieux ? »

Il en croqua une.

« Comment une moitié de cacahouète peut-elle être plus salée qu'une cacahouète entière ?

— Vous n'écoutez pas, ou quoi ? s'étonna-t-il, amusé. Deux moitiés salées réunies sont plus salées qu'une cacahouète entière », répéta-t-il en en avalant une autre.

Stéphanie n'arrivait pas à savoir s'il était sérieux ou s'il se moquait d'elle, mais il n'en continua pas moins à chercher des cacahouètes cassées.

« Et que faites-vous de celles qui sont entières ?

— Je les garde pour la fin. Je ne les mange qu'en dernier recours. Mais je vous échange volontiers une moitié contre une entière. »

Elle l'aimait bien, ce Brent Green. Un soupçon de fantaisie, un humour pince-sans-rire. Soudain, elle eut envie de le protéger.

« Vous avez envie de coincer ces imbéciles arrogants qui occupent la Maison-Blanche tout autant que moi. Vous savez ce que l'on dit de vous, n'est-ce pas ? Ils vous appellent le révérend Green. Ils vous cachent certaines informations. Ils ne se servent de vous que pour améliorer leur image.

— J'aime à penser que je ne suis pas aussi insignifiant que cela.

— Le fait de leur dire d'aller se faire voir n'a rien d'insignifiant. Si quelqu'un a besoin de l'entendre, c'est bien eux, y compris le président.

— Je suis tout à fait d'accord », reconnut-il en se frottant les mains pour se débarrasser des miettes de cacahouètes sans cesser de mâcher.

Stéphanie commençait vraiment à apprécier l'homme assis en face d'elle.

« Dites-m'en plus au sujet de Pam.

— Elle sort avec l'avocat en question depuis environ

trois mois. Nous savons qu'il avait des contacts avec Heather Dixon. Ils se sont rencontrés plusieurs fois.

– J'ai raté quelque chose ou quoi ? s'écria Stéphanie, perplexe. Comment les Israéliens ont-ils pu savoir que Pam Malone serait mêlée à cette affaire ? Cotton et elle sont brouillés depuis longtemps. C'est à peine s'ils se parlent. Et puis, ils n'ont pas enlevé Gary, vous l'avez dit vous-même.

– Les Israéliens devaient connaître un détail que nous ignorions. Ils avaient prévu tout ce qui vient de se passer, savaient que cela allait arriver et que Pam allait se mettre en rapport avec Cotton. C'est la seule possibilité logique. On s'est servi d'elle. Maintenant, parlez-moi de ce fameux ordre de la Toison d'or. À mon avis, les Israéliens savaient qu'il était impliqué lui aussi et que le gamin allait être enlevé à un moment ou à un autre. Peut-être avaient-ils songé à le faire eux-mêmes ?

– Pam transformée en espionne ?

– Nous ignorons à quel point elle est impliquée. Et malheureusement, son petit ami, l'avocat d'Atlanta, est mort avant-hier. Abattu dans un parking, précisa Green après une pause. »

Rien de nouveau sous le soleil. Le Moyen-Orient dévorait jour après jour ses propres enfants.

« Que savez-vous de lui ?

– Nous enquêtions sur sa participation dans une affaire de vente d'armes. Tel-Aviv prétend publiquement qu'elle s'efforce d'y mettre un terme, mais encourage la pratique en secret. D'après ce que je sais, c'est l'avocat qui a tenté de séduire Pam. Il a passé beaucoup de temps en sa compagnie, lui a offert des cadeaux, ce genre de chose. Pam Malone a beau vouloir faire croire aux gens qu'elle est une dure à cuire, elle se sent seule et vulnérable.

– Ça vaut aussi pour vous ? » remarqua Stéphanie, ayant senti quelque chose dans sa voix.

Green ne répondit pas immédiatement et elle se demanda si elle n'était pas allée trop loin.

« Vous n'imaginez pas à quel point », finit-il par murmurer.

Elle avait envie d'en savoir plus et s'apprêtait à s'aventurer sur ce terrain lorsque des pas résonnèrent dans l'escalier. La silhouette de Cassiopée apparut à la porte.

« Nous avons de la compagnie. Une voiture vient de se garer sur le trottoir.

– Je n'ai pas vu de phare, fit remarquer Green en se levant.

– Elle roulait tous feux éteints.

– Je vous croyais endormie, s'étonna Stéphanie, inquiète.

– Il faut bien que quelqu'un veille sur vous. »

Le téléphone sonna.

Personne ne bougea.

À la seconde sonnerie, Green traversa la pièce obscure, mit la main sur le combiné sans fil et répondit. Il feignit d'avoir été réveillé par l'appel.

Il y eut quelques secondes de silence.

« Dans ce cas, entrez, je vous en prie. Je descends dans une minute. »

Green raccrocha.

« Larry Daley. Il est dehors et souhaite me voir.

– Ça ne me dit rien qui vaille, souligna Stéphanie.

– Possible. Mais cachez-vous et voyons ce que veut ce satané Daley. »

40

Londres
8 h 15

Malone adorait le Savoy. Il y était descendu plusieurs fois aux frais des gouvernements américain et britannique. Il fallait bien reconnaître qu'en travaillant pour l'unité Magellan, les avantages étaient proportionnels aux risques encourus. Il n'était pas venu depuis des années, mais il était ravi de constater que l'hôtel érigé à la fin de l'époque victorienne dégageait toujours ce même mélange grandiose d'opulence et d'insolence. Une nuit dans l'une des chambres donnant sur la Tamise équivalait à un an de salaire pour le commun des mortels. Visiblement, leur sauveur avait l'air d'aimer le luxe.

Ils s'étaient hâtés de quitter Bainbridge Hall à bord du camion de l'équipe d'entretien qu'ils avaient laissé à quelques kilomètres de la gare. Là, ils avaient pris le train de 6 h 30 pour Londres. Tout était calme à la gare de Victoria et ils avaient évité les taxis, préférant emprunter le métro pour regagner l'hôtel.

L'épaule de Pam semblait aller pour le mieux. Elle ne saignait plus. Dans le hall de l'hôtel, Malone trouva un téléphone et demanda à être mis en relation avec la chambre 453.

« Vous ne traînez pas, dit la voix masculine à l'autre bout du fil.

— Que voulez-vous ?

— Pour l'instant, j'ai faim, alors prendre le petit déjeuner est en tête de mes priorités.

— Descendez, dit Malone, qui avait compris le message.

— Au café, dans dix minutes ? Ils ont un merveilleux buffet.

— Nous vous y attendons. »

L'homme qu'ils avaient rencontré quelques heures plus tôt se présenta à leur table, mais il avait troqué ses vêtements pour un pantalon en toile kaki et une chemise en sergé de coton marron clair. Il était rasé de près et son visage séduisant respirait la bienveillance et la politesse.

« Je m'appelle McCollum, James McCollum. Appelez-moi Jimmy. »

Malone était trop fatigué et méfiant pour se montrer amical, mais il se leva néanmoins. Ils échangèrent une poignée de main ferme et pleine d'assurance. L'homme le dévisageait d'un regard couleur jade, avide. Pam resta assise. Malone fit les présentations avant d'en venir aux faits.

« Que faisiez-vous à Bainbridge Hall ?

— Vous pourriez au moins me remercier de vous avoir sauvé la vie. Je n'étais pas obligé de le faire.

— Vous passiez justement dans le coin ? »

Un sourire se dessina sur les lèvres minces de leur interlocuteur.

« Vous êtes toujours comme ça ? Sans préambule, droit au but ?

— Vous esquivez ma question.

— Je meurs de faim, lança McCollum en s'asseyant à table. Mangeons quelque chose et je vous dirai tout.

— Répondez à ma question, insista Malone sans bouger d'un pouce.

— Très bien, par souci de bonne volonté. Je suis un chasseur de trésor sur la trace de la bibliothèque d'Alexandrie. Je suis en quête de ses vestiges depuis plus de dix ans. Je me trouvais à Bainbridge Hall à cause de ces trois hommes. Ils ont tué une femme il y a quatre jours, une excellente source, et je les ai suivis en espérant découvrir pour qui ils travaillaient. Mais ils m'ont mené jusqu'à vous.

— Vous m'avez dit là-bas que vous disposez d'informations que j'ignore. Qu'est-ce qui vous fait croire ça ? »

McCollum recula sa chaise pour se lever.

« J'ai dit que j'avais peut-être des informations dont vous ne disposiez pas. Écoutez, je n'ai ni le temps ni la patience de me livrer à ce petit jeu. Ce n'était pas ma première visite à la propriété. Vous n'êtes pas le premier à vous y rendre. Vous, les amateurs, vous êtes tous en possession d'une pépite de vérité mêlée à beaucoup de fiction. Je suis prêt à échanger quelques-unes des informations dont je dispose pour apprendre le peu que vous savez peut-être. C'est tout, Malone. Ça n'a rien de très mystérieux.

— Alors vous avez abattu deux hommes d'une balle dans la tête pour prouver votre théorie ? s'étonna Pam, en bonne avocate sceptique.

— J'ai tué ces hommes pour vous sauver la vie, rétorqua McCollum en la dévisageant avant de jeter un coup d'œil à la salle du restaurant. J'adore cet endroit. Saviez-vous que le premier martini de l'histoire a été servi ici, dans le bar américain ? Hemingway, Fitzgerald, Gershwin : ils sont tous venus prendre un verre ici. L'histoire est omniprésente.

— Vous aimez l'histoire ?

— Ça fait partie du métier.

— Vous allez où, comme ça ? »

McCollum ne bougeait pas, calme et imperturbable, bien que Malone ait tenté de le déstabiliser.

« Vous êtes beaucoup trop méfiant à mon goût. Allez-y, essayez de résoudre la quête du héros. J'espère que vous réussirez. »

Cet homme était bien renseigné.

« Comment êtes-vous au courant de ce détail ?

— Comme je vous l'ai dit, cela fait un moment que j'enquête. Et vous, ça fait combien de temps ? Laissez-moi deviner ? Vous êtes un débutant. Pire, un débutant qui se prend au sérieux. J'ai rencontré des tas de gens de votre genre. Ils croient tout savoir. La vérité, c'est qu'ils ne savent que dalle. Ce n'est pas un hasard si la Bibliothèque reste introuvable depuis quinze cents ans. Vous savez, Malone, ajouta-t-il après avoir observé une pause, vous êtes comme l'âne debout dans un merveilleux champ d'herbe tendre qui tend le cou par-dessus la barrière pour brouter du chiendent. Ravi de vous avoir rencontré. Je vais aller m'asseoir là-bas et prendre mon petit déjeuner. »

McCollum se faufila entre les tables à moitié vides.

« Qu'en penses-tu, Pam ?

— Arrogant, mais on ne peut pas lui en vouloir.

— Il sait quelque chose et on ne va pas découvrir quoi que ce soit en restant plantés là.

— Tu as raison, dit Pam en se levant, allons prendre le petit déjeuner avec notre nouvel ami. »

Sabre s'installa à table et patienta. S'il ne s'était pas trompé, ils viendraient le rejoindre d'ici peu. Malone ne pouvait tout simplement pas résister. Ce qu'il savait devait se limiter aux informations transmises par George Haddad, ce qui, d'après ce qu'il avait entendu sur l'enregistrement, ne l'amènerait pas loin. Les documents que Malone avait récupérés chez Haddad avant de prendre la fuite avaient peut-être comblé quelques lacunes, mais il faisait le pari que les questions les plus cruciales restaient sans réponses.

C'était aussi son problème.

Il se forçait à communiquer. C'était nouveau pour lui qui était accoutumé au silence de ses propres pensées – il était rare qu'il admette quelqu'un dans son intimité, sauf les femmes qui, à l'occasion, lui accordaient leurs faveurs. Il payait la plupart d'entre elles. Des professionnelles, comme lui, qui faisaient leur travail, disaient pendant la nuit ce qu'il avait envie d'entendre et repartaient le matin venu. Dans son cas, le danger physique et la tension nerveuse neutralisaient ses instincts sexuels plus qu'ils ne les stimulaient. Il était obnubilé par des problèmes autrement plus graves. À l'occasion, il passait la nuit en compagnie de la call-girl engagée. Mais comme dans le cas de la collaboratrice britannique qu'il avait abattue tout à l'heure, cela s'accompagnait parfois de conséquences pénibles. Il aspirait à la solitude, pas au romantisme.

Il avait déjà joué ce rôle précis avec d'autres dont il voulait s'assurer la confiance. Les propos, les gestes, sa façon de marcher et de se tenir, son assurance, lui avaient été inspirés par l'un des nombreux petits amis de sa mère. Le type en question était un flic sur le retour, qui travaillait à Chicago où sa mère et lui avaient vécu lorsqu'il avait douze ans. Il se souvenait que ce type avait essayé d'impressionner sa mère en en faisant des tonnes. Il se rappelait un match des White Sox et une promenade au bord du lac Michigan. Il avait appris plus tard que, comme la plupart des amants de sa mère, le flic ne s'était intéressé à lui que pour la conquérir. Une fois qu'ils avaient obtenu ce qu'ils voulaient, ce qui se mesurait en général en nombre de nuits dans le lit de sa mère, l'attention disparaissait. Il en était venu à détester tous ses courtisans. Pas un ne s'était déplacé à son enterrement. Elle était morte seule et démunie.

Et il refusait d'avoir le même destin.

Il se leva et prit sa place dans la file pour le buffet.

Il adorait le Savoy, les chambres meublées d'antiquités hors de prix et le service à l'ancienne. Le genre de luxe dont Alfred Hermann et les autres membres de l'ordre de la Toison d'or jouissaient régulièrement. Lui aussi voulait ce genre de privilège. À ses propres conditions, pas aux leurs. Mais pour modifier la réalité, il avait besoin de Cotton Malone et il se demandait si la sacoche en cuir que portait son compatriote ne renfermait pas une partie de ce qu'il cherchait. Jusqu'ici, il avait réussi à garder une longueur d'avance sur son adversaire. Du coin de l'œil, il fut ravi de constater qu'il gardait l'avantage.

Malone et son ex-femme se frayaient un chemin entre les tables où se pressaient des clients de plus en plus nombreux.

« Très bien, McCollum, annonça Malone en approchant. Nous voici.

— C'est vous qui régalez ?

— Certainement. C'est la moindre des choses.

— J'espère qu'en ce qui vous concerne, qui peut le moins peut le plus », observa-t-il avec un rire forcé.

41

Washington, DC

Stéphanie et Cassiopée se retirèrent dans la cuisine au moment où Brent Green ouvrait la porte d'entrée. Après avoir repris leur poste d'observation près des portes battantes, elles entendirent le ministre de la Justice faire entrer Daley dans la salle à manger, puis les deux hommes s'installer autour de la table.

« Brent, c'est sérieux, il faut que nous parlions, annonça Daley.

— Ce n'est pas la première fois, Larry, commenta Green.

— Nous avons un gros problème, et j'emploie le pronom nous car je suis venu vous aider à le régler.

— Je me doutais que c'était important, étant donné l'heure tardive. Alors pourquoi ne pas me dire en quoi consiste notre fameux problème ?

— Trois cadavres viennent d'être découverts dans une propriété du nord de Londres. Deux des victimes avaient reçu une balle dans la tête, la troisième dans la poitrine. Un autre cadavre, celui d'une femme, a été découvert à quelques kilomètres de là. Une balle dans la tête. Trois balles sur quatre étaient du même calibre. Le camion d'une entreprise d'entretien a été volé sur place. Les agents d'entretien avaient été assommés. Le camion a été abandonné dans une ville voisine. On a vu un homme et une femme sortir du camion et prendre un train pour Londres. L'enregistrement vidéo de la gare de Victoria station a confirmé que Cotton Malone et son ex-femme sont descendus de ce train. »

Stéphanie avait compris où il voulait en venir.

« Si j'ai bien compris, vous insinuez que Malone a tué ces quatre personnes ?

– Ça m'en a tout l'air.

– Visiblement, Larry, vous n'avez jamais plaidé dans une affaire de meurtre.

– Vous si, peut-être ?

– Dans six, pour être précis, quand j'étais assistant du procureur. Vous ignorez complètement si Malone a effectivement commis ces meurtres.

– Peut-être, Brent, mais j'ai de quoi énerver les Britanniques. Quant aux détails, à eux de voir. »

Stéphanie comprit que cela pouvait s'avérer problématique pour Cotton et, dans le regard de Cassiopée, elle vit que son amie était du même avis.

« Les Britanniques ont identifié Malone. Ils nous ont demandé ce qu'il faisait là-bas, c'est la seule chose qui les a empêchés de se lancer à ses trousses. Ils veulent savoir s'il est en mission officielle. Vous ne connaîtriez pas la réponse, par hasard ? »

Un silence pesant s'installa et Stéphanie s'imagina le visage de marbre de Green. Les réponses évasives, c'était sa spécialité.

« Cela dépasse ma juridiction. Et qui sait si ce que Malone fait là-bas nous concerne ?

– J'ai l'air d'un crétin, sans doute ?

– Pas toujours.

– Très drôle, Brent. L'humour, c'est nouveau chez

vous. Mais comme je viens de vous le dire, Malone a une bonne raison d'être à Londres et quatre personnes ont perdu la vie à cause de lui, qu'il ait ou non appuyé sur la détente. Et je parie que cela a quelque chose à voir avec le lien d'Alexandrie.

— Encore des conjectures. C'est comme ça que la Maison-Blanche détermine sa politique ?

— Je n'impliquerais pas la Maison-Blanche si j'étais vous. On ne peut pas dire que vous fassiez partie de leurs chouchous en ce moment.

— Si le président ne souhaite plus que j'occupe la fonction qui est la mienne actuellement, il sait ce qu'il a à faire.

— Je ne suis pas sûr que votre démission suffise. »

Daley en venait enfin à la raison de sa visite.

« À quoi songez-vous ?

— Bon, voilà : la cote de popularité du président n'est pas très bonne. Il nous reste trois ans avant d'achever notre second mandat, certes, mais nous aimerions partir en maîtrisant la situation. Qui ne le souhaiterait pas ? Or rien ne vaut un bon ralliement autour du drapeau pour faire grimper les sondages, et rien ne vaut un attentat terroriste pour y parvenir.

— Pour une fois, vous avez raison.

— Où est Stéphanie ?

— Comment le saurais-je ?

— À vous de me le dire. Il y a un ou deux jours, vous étiez prêt à démissionner pour lui témoigner votre soutien. Je lui ordonne de ne pas mêler l'unité Magellan à cette affaire et elle mobilise l'agence entière, bon sang. Elle a fait ça avec votre accord ?

— Je ne suis pas responsable d'elle.

– Le président l'a limogée. Elle est démise de ses fonctions.

– Sans me consulter ?

– Il s'est consulté lui-même, cela suffit. Elle ne fait plus partie de l'agence.

– Et qui prend la tête de l'unité Magellan ?

– Et si je vous racontais une petite histoire ? Je ne l'ai pas inventée, elle est tirée de l'un de mes livres préférés, *Hardball,* de Chris Matthews. Il n'est pas de mon côté de l'échiquier politique, mais il n'en reste pas moins un type intelligent. Il raconte que l'ancien sénateur Bill Bradley assistait à un dîner donné en son honneur. Bradley avait envie d'une noix de beurre mais n'arrivait pas à attirer l'attention du serveur qui faisait passer le beurrier. Il finit par aller trouver le serveur et lui fit remarquer qu'il ne savait apparemment pas à qui il avait affaire. "Je suis Bill Bradley. Boursier Rhodes, basketteur professionnel, sénateur américain et j'aimerais un peu plus de beurre." Le serveur ne fut pas impressionné par cette tirade et répondit froidement que Bradley, lui, ne savait apparemment pas à qui il avait affaire. "Je suis le type chargé de faire passer le beurre", dit-il simplement. Voyez-vous, Brent, le pouvoir, c'est ce que vous avez entre les mains qui vous le donne. Alors, pour l'instant, je suis le type chargé de l'unité Magellan.

– Vous n'apparteniez pas à un groupe de pression avant de travailler à la Maison-Blanche ? Avant ça, vous étiez consultant politique, non ? Qu'est-ce qui vous fait croire que vous avez les compétences requises pour gérer la division de renseignements la plus pointue du ministère de la Justice ?

– Le fait que mon avis compte beaucoup aux yeux du président.

— Et aussi que vous lui léchez les bottes à la moindre occasion.

— Je ne me suis pas déplacé pour discuter de mes compétences. La décision est prise, alors, où est Stéphanie ?

— Dans sa chambre d'hôtel, je suppose.

— J'ai lancé un mandat d'arrestation.

— Et qui vous a prêté main-forte au ministère de la Justice ?

— Les avocats de la Maison-Blanche se sont occupés des détails. Elle a violé un certain nombre de lois.

— Cela vous ennuierait d'être plus précis ?

— Agression d'un ressortissant étranger pour commencer. Un agent de la mission israélienne jure que Stéphanie a tenté de l'assassiner. La vilaine bosse sur son crâne en témoigne.

— Vous comptez engager des poursuites ?

— J'ai l'intention de traîner cette pauvre idiote dans un endroit où il n'y a pas de reporters.

— D'où elle ne reviendra pas. »

Il y eut un silence.

« Personne n'est à l'abri d'un accident, Brent.

— Ça vaut aussi pour moi ?

— Oui, en effet. Les Israéliens ne vous aiment pas, on dirait, même s'ils refusent de dire pourquoi. C'est peut-être à cause de tous vos boniments de chrétien conservateur, ironisa Daley avant d'observer une pause. Ou peut-être parce que vous êtes un gros con, reprit-il. J'hésite.

— Quel respect vous avez pour ma fonction !

— J'ai du respect pour ceux qui m'ont nommé à mon poste, vous devriez en avoir vous aussi. Soyons clairs. Une bonne vieille attaque terroriste nous serait très utile et personne dans mon entourage ne versera la moindre larme si vous en êtes la victime. C'est tout bénef pour nous. D'une pierre trois coups, vous connaissez le proverbe : vous disparaissez, les Israéliens sont contents, pour une fois, et la cote de popularité du président s'envole. Tout le monde se tourne vers lui pour gérer la crise. La vie est belle.

— Si j'ai bien compris, vous êtes venu menacer le ministre de la Justice du gouvernement américain ?

— Allons, pourquoi dites-vous une chose pareille ? Je suis venu vous transmettre la menace. C'est naturel que vous soyez au courant pour que les mesures de sécurité adéquates soient prises. Pour Stéphanie aussi. Les Israéliens lui en veulent à elle aussi, pour une raison ou une autre. Mais bien entendu, vous ignorez où elle se trouve et nous ne pouvons pas la prévenir. Dommage. Vous, en revanche, c'est une autre histoire. Considérez-vous comme averti.

— J'imagine que les Israéliens eux-mêmes ne participeraient pas à un meurtre ?

— Bien sûr que non. Israël n'a rien d'un État terroriste. Mais ces gens-là sont pleins de ressources et peuvent sous-traiter l'affaire. Ils comptent parmi leurs relations des... comment dirais-je ? Des personnages peu recommandables. Voilà pourquoi on vous avertit. »

Stéphanie entendit quelqu'un se lever.

« Tout ça fait partie du boulot, Brent.

— Et si je me montre obéissant et me mets au pas, ces personnages peu recommandables, comme vous les appelez, se désintéresseront de moi, n'est-ce pas ?

— Impossible d'être catégorique, mais peut-être. Essayez, on verra bien. »

Le malaise était palpable. Stéphanie se représenta deux prédateurs face à face.

« Le bilan du président mérite-t-il tout cela ? intervint Green.

— Vous croyez que c'est ce dont il s'agit ? Pas du tout. Il s'agit de mon bilan à moi. Ce dont je suis capable moi. Ce genre de capital politique vaut de l'or. »

Des pas claquèrent sur le plancher. Quelqu'un s'éloignait de la cuisine.

« Larry », s'écria Green.

Les pas s'arrêtèrent.

« Vous ne me faites pas peur.

— Vous avez tort.

— Faites de votre mieux. Et puis, ce sera mon tour.

— Ouais, c'est ça. Brent, quand j'en aurai fini avec vous, vous rentrerez dans le Vermont les pieds devant.

— Je n'y compterais pas si j'étais vous. »

Daley gloussa.

« L'ironie dans cette histoire, c'est que les deux plus grands emmerdeurs que je connaisse vont peut-être sortir ce gouvernement de l'impasse. Voilà qui s'appelle faire avec ce qu'on a sous la main.

— Vous pourriez être surpris.

— Continuez de rêver. Bonne journée. »

Il y eut un bruit de porte qui s'ouvre et se referme.

« Il est parti, annonça Green.

— Vous ne pouvez plus me donner d'ordre désormais », déclara Stéphanie en sortant de sa cachette.

Elle vit de la lassitude dans le regard gris du ministre. Elle aussi était fatiguée.

« Vous avez enfin réussi à vous faire virer.

— C'est le moindre de nos soucis, remarqua Cassiopée.

– Il y a un traître au sein de ce gouvernement, et j'ai bien l'intention de le démasquer.

– Monsieur le Garde des sceaux, vous ne savez pas ce que c'est que d'avoir affaire à ces fameux personnages peu recommandables, je vous assure. Daley a raison, les Israéliens ne feront pas le sale boulot eux-mêmes. Ils délégueront. Et ce sont leurs employés qui posent problème.

– Dans ce cas, il va falloir nous montrer prudents. »

Stéphanie faillit sourire. Brent Green était plus courageux qu'elle ne se l'était imaginé. Mais ce n'était pas tout. Elle s'était doutée de quelque chose un peu plus tôt, et maintenant elle en était sûre.

« Vous avez un plan, n'est-ce pas ?

– Oh, bien sûr que oui. Je ne suis pas sans défense. »

42

Vienne, Autriche
10 h 50

Alfred Hermann prit congé des membres du bureau politique et sortit de la salle à manger. On lui avait enfin annoncé l'arrivée de son invité de marque.

Il traversa les couloirs du rez-de-chaussée et pénétra dans le vaste hall du château au moment même où Henrik Thorvaldsen arrivait.

« Henrik, quel plaisir de vous voir », s'exclama-t-il avec un sourire forcé.

Thorvaldsen sourit lui aussi en apercevant son hôte.

« Alfred. Je ne pensais pas venir mais j'ai décidé qu'il fallait absolument que je voie tout le monde. »

Hermann le rejoignit et ils échangèrent une poignée de main. Cela faisait quarante ans qu'il connaissait Thorvaldsen et le Danois n'avait guère changé. Il avait toujours eu ce dos raide et tordu, plié à un angle grotesque comme un morceau d'aluminium martelé. Il avait toujours admiré la façon dont Thorvaldsen restait maître de ses émotions, toujours étudiées ; il avait des manières parfaites en toutes circonstances comme s'il récitait un texte appris par cœur. Il fallait un certain talent pour y parvenir. Le problème c'est que Thorvaldsen était juif. Il n'était pas pratiquant et n'affichait pas ses convictions religieuses, mais il n'en restait pas moins juif. Pire encore, c'était l'ami intime de Cotton Malone, et Hermann était convaincu que Thorvaldsen n'était pas venu à l'assemblée pour revoir ses amis.

« Je suis ravi de vous voir, déclara Hermann, j'ai tant de choses à vous dire. »

Ils passaient souvent du temps ensemble à l'occasion de l'assemblée. Le Danois était l'un des rares adhérents dont la fortune pouvait se mesurer à celle de la famille Hermann. Il entretenait des liens étroits avec la plupart des gouvernements européens et ses millions d'euros étaient sa meilleure carte de visite.

« J'ai hâte d'entendre tout ce que vous avez à me dire, répondit le Danois, le regard brillant.

— Et qui est ce jeune homme ? voulut savoir Hermann en désignant Gary.

— Gary Malone. Il passe quelques semaines chez moi pendant que son père est en voyage et j'ai décidé de l'amener. »

Fascinant. Thorvaldsen le testait.

« Formidable. Quelques autres jeunes gens accompagnent certains de nos adhérents. Je vais veiller à ce qu'ils ne s'ennuient pas.

— Je n'en attendais pas moins de vous. »

Quelques domestiques entrèrent en tirant des valises. Hermann leur fit signe de les monter à l'étage. Il avait déjà décidé quelle chambre Thorvaldsen occuperait.

« Venez, Henrik, allons dans mon bureau pendant que l'on s'occupe de vos bagages. Margarete a hâte de vous voir.

— Mais Gary est avec moi.

— Qu'il nous accompagne, tout ira bien. »

Tout en prenant son petit déjeuner, Malone s'efforça de jauger Jimmy McCollum, même s'il s'interrogeait sérieusement sur son identité.

« Vous pouvez me dire pourquoi vous vous intéressez à la bibliothèque d'Alexandrie ? demanda McCollum. Ce n'est pas exactement le Saint-Graal. En général, ceux qui se lancent à sa recherche sont des fanatiques ou des dingues. Ça n'a pas l'air d'être votre cas.

– Ni le vôtre, remarqua Pam. Quel intérêt pour vous ?

– Qu'est-ce qui est arrivé à votre épaule ?

– Qui a dit qu'il lui était arrivé quoi que ce soit ? »

McCollum enfourna une bouchée d'œufs brouillés.

« Vous la ménagez comme si elle était cassée.

– C'est peut-être le cas.

– Bon, vous refusez d'en parler. Vous faites preuve de beaucoup de méfiance à l'égard de quelqu'un qui vous a sauvé la vie.

– Pam a posé une question intéressante : pourquoi vous intéressez-vous à la Bibliothèque ?

– Disons que si je parvenais à trouver quelque chose, certaines personnes seraient prêtes à faire n'importe quoi pour récompenser mes efforts. Personnellement, je pense que c'est une perte de temps. Mais le fait que les gens soient prêts à s'entre-tuer m'intrigue. Quelqu'un sait quelque chose. »

Malone décida de ferrer le poisson.

« La quête du héros dont vous avez parlé, j'ai entendu dire qu'elle contenait certains indices menant à la Bibliothèque.

– Oh, c'est bien le cas, croyez-moi. Certains sont parvenus à en percer le mystère. Je ne les ai jamais rencontrés personnellement, mais j'ai entendu parler de leur expérience. La quête du héros est une réalité, et les Gardiens aussi. »

Encore un mot-clé. Cet homme était décidément bien informé. Malone tartina son muffin de confiture de prune.

« Quel service pourrions-nous mutuellement nous rendre ?

— Pourquoi ne pas me dire pourquoi vous vous êtes rendu à Bainbridge Hall ?

— *L'Épiphanie de saint Jérôme.*

— Ça, c'est nouveau. Vous pouvez être plus précis ?

— D'où êtes-vous ? demanda brusquement Malone.

— Vous essayez toujours de me jauger ? gloussa McCollum. Très bien, je vais jouer le jeu. Né à Louisville, dans le formidable État du Kentucky. Et pour vous éviter de me poser la question, je ne suis pas allé à l'université. Je me suis engagé dans l'armée. Les forces spéciales.

— Comme si en vérifiant, j'allais découvrir qu'il existe bien un Jimmy McCollum parmi les recrues ? Soyons sérieux.

— Navré de vous décevoir mais je possède un passeport et un certificat de naissance qui peuvent confirmer mon identité. J'ai fait mon temps et j'ai choisi de ne pas renouveler mon contrat. Mais est-ce vraiment important ? Tout ce qui compte c'est le présent, non ?

— Qu'est-ce que vous cherchez ?

— J'espère pouvoir me servir quand on aura découvert la Bibliothèque. En revanche, j'ignore toujours pourquoi vous vous y intéressez.

— Cette quête sera peut-être difficile.

— Enfin une parole sensée !

— Ce que je veux dire, c'est que nous ne serons peut-être pas les seuls à chercher.

— Vous ne m'apprenez rien.

— Et les Israéliens ? »

L'espace d'un instant, McCollum eut l'air perplexe mais il se reprit et sourit.

« J'adore les défis. »

Il était temps de remonter le poisson. « Nous avons *L'Épiphanie de saint Jérôme.*

— Ça ne vous servira pas à grand-chose si vous ne connaissez pas sa signification. »

Malone en convint.

« J'ai en ma possession le texte de l'énigme », annonça McCollum.

Cette révélation retint l'attention de Malone, d'autant que George Haddad ne leur avait rien révélé à ce propos.

« J'aimerais savoir si vous avez le roman de Thomas Bainbridge », ajouta McCollum.

Pam continuait à manger des fruits et un yaourt. Comme tout bon avocat, elle connaissait la règle de base du métier : ne jamais révéler ce que l'on sait, mais Malone décida que pour recevoir, il allait devoir donner.

« Oui, je l'ai. Et ce n'est pas tout, ajouta-t-il pour titiller son interlocuteur.

— Je savais que j'avais fait le bon choix en vous sauvant la vie », fit McCollum avec une grimace d'admiration.

Thorvaldsen quitta le bureau de Hermann en compagnie de son jeune protégé. Margarete se trouvait aux côtés de son père. Ils venaient de passer trente minutes très agréables à bavarder.

« Qu'en penses-tu ? demanda-t-il à sa fille.

— Henrik s'est montré fidèle à lui-même. Il écoute bien plus qu'il ne parle.

— C'est sa nature, il est comme moi », et tu ferais bien d'en prendre de la graine, songea-t-il.

« As-tu remarqué autre chose ? »

Margarete fit non de la tête.

« Rien sur le garçon ?

— Il a l'air bien élevé. »

Hermann décida de lui révéler certaines informations qu'elle ignorait.

« Henrik est indirectement concerné par une initiative que mène actuellement le Cercle. Une initiative cruciale dans l'affaire dont nous avons discuté au petit déjeuner.

— La bibliothèque d'Alexandrie, c'est ça ?

— L'un de ses associés, un certain Cotton Malone, est mêlé à l'affaire.

— Sabre mène l'opération ?

— Il se débrouille plutôt bien. Tout se déroule comme prévu.

— Le gamin s'appelle Malone. Il a quelque chose à voir là-dedans lui aussi ?

— C'est le fils de Cotton Malone.

— Pourquoi est-il ici ? s'exclama Margarete, surprise.

— C'est très intelligent de la part de Henrik, à vrai dire. En présence des membres de l'organisation, tout le monde aura un comportement irréprochable. C'est sans doute l'endroit le plus sûr pour eux. Bien sûr, personne n'est à l'abri d'un accident.

— Tu serais prêt à faire du mal au gamin ?

— Je ne reculerai devant rien pour protéger nos intérêts, précisa-t-il, le regard dur. Ce devrait être ton cas à toi aussi. »

Sa fille ne dit rien, et il lui laissa un moment pour réfléchir.

« Est-il dans notre intérêt qu'un accident se produise ? » finit-elle par demander.

Il était heureux de voir qu'elle commençait à prendre la mesure de la gravité de la situation.

« Cela dépend de ce que notre cher ami Henrik a en tête. »

« D'où tirez-vous votre surnom, Cotton ? demanda McCollum.

— En fait, c'est assez... commença Pam.

— Longue histoire, intervint Malone. Nous en reparlerons. Pour l'instant, parlez-moi de la quête du héros.

— Vous êtes toujours aussi susceptible à propos de votre nom ?

— Je deviens susceptible quand je perds mon temps. »

McCollum finissait sa salade de fruits. Malone remarqua que son interlocuteur se nourrissait sainement : flocons d'avoine, fraises, œufs, jus de fruit.

« Très bien, Malone, je suis en possession de la fameuse énigme. Je l'ai récupérée auprès d'un Invité mort avant d'avoir pu la déchiffrer.

— Vous l'avez tué ?

— Non, pas lui. Mort naturelle. J'ai découvert son cadavre et subtilisé l'énigme. Pas la peine de me demander son nom, je ne vous le donnerai pas. Mais j'ai les indices.

— Et vous savez s'ils sont fiables ?

— Dans mon métier, vous ne le découvrez qu'une fois

sur place, gloussa McCollum. Mais je suis prêt à tenter le coup.

— De quoi avez-vous réellement besoin ? l'interrogea Pam qui, contrairement à ses habitudes, était restée particulièrement discrète pendant le petit déjeuner. Vous en savez visiblement plus que nous. Pourquoi perdre votre temps avec nous ?

— Pour être honnête, j'ai un problème. Depuis quelques semaines, la quête du héros me donne du fil à retordre. C'est une énigme et je n'arrive pas à la résoudre. Je me suis dit que vous pourriez me donner un coup de main. En retour, je suis prêt à vous faire profiter de ce que je sais.

— Et à abattre deux hommes d'une balle dans la tête, souligna Malone.

— Ils en avaient autant en réserve pour vous. Ce qui, soit dit en passant, devrait vous faire réfléchir. Qui serait prêt à faire ça ? »

Excellente question, songea Malone. Personne ne les avait suivis depuis Londres, il en était certain. Il était invraisemblable que des tueurs les attendent à Bainbridge Hall. Il n'avait décidé de s'y rendre que quelques heures plus tôt.

« Cette énigme, reprit McCollum, est bien plus complexe que je ne l'avais pensé au départ. Et maintenant, vous m'annoncez que les juifs sont impliqués eux aussi.

— Un de mes amis a été tué hier, ce qui devrait couper court à l'intérêt d'Israël.

— Cet ami savait-il quelque chose à propos de la Bibliothèque ?

— C'est précisément ce qui lui a coûté la vie.

— Il n'est pas le premier.

— Je suppose que vous comptez fourguer à des marchands les manuscrits que vous découvrirez ?

— Je veux être payé pour ma peine, dit McCollum avec un haussement d'épaules. Ça vous dérange ?

— Si les manuscrits existent toujours, il faudrait les préserver, les étudier.

— Je ne suis pas gourmand, Malone. Il y aura sans doute dans le lot quelques broutilles que je pourrai revendre pour me payer. En plus de me voir attribuer le mérite de la découverte, bien entendu, ajouta-t-il après une pause, ce qui aurait une certaine valeur en soi.

— La gloire et la fortune, dit Pam.

— La récompense suprême de tout temps à jamais. Il y a du bon dans l'une comme dans l'autre.

— Communiquez-nous les indices », intervint Malone qui en avait assez entendu.

McCollum leur adressa un regard froid et diabolique. Il faudrait l'avoir à l'œil, celui-là. Il avait la gâchette bien trop facile. Mais s'il était en possession de la quête du héros, il était sans doute leur seul espoir d'aller de l'avant.

« Voici le début », déclara McCollum en tirant un bout de papier de sa poche.

Malone accepta le billet qu'il lui tendait et le lut.

> Comme les manuscrits sont étranges, grand voyageur de l'inconnu. Ils ont leur existence propre mais, aux yeux de ceux qui savent que les couleurs de l'arc-en-ciel se fondent en une unique lumière blanche, ils semblent ne faire qu'un. Comment découvrir ce rai de lumière unique ? C'est un mystère, mais rends-toi dans la chapelle proche du Tage à Bethléem, consacrée à notre saint patron.

« Et le reste ?

– Résolvez d'abord cette partie et puis on verra. Une chose à la fois. »

Malone se leva.

« Où allez-vous ? demanda McCollum.

– Gagner ma croûte. »

43

Washington, DC
5 h 30

Stéphanie avait déjà été confrontée à beaucoup de choses, mais jamais à une arrestation. Larry Daley faisait monter les enchères.

« Nous devons attaquer Daley sans attendre », annonça-t-elle.

Stéphanie, Green et Cassiopée attendaient dans la cuisine que le café finisse de passer. L'arôme qu'il dégageait lui rappela qu'elle avait faim.

« À quoi pensez-vous ? » l'interrogea Cassiopée.

En douze ans, elle n'avait jamais compromis la sécurité de l'unité Magellan. Elle prenait à cœur le serment qu'elle avait prêté. Mais le doute qui la submergeait l'empêchait de prendre une décision pour la suite des événements. Elle finit par se dire qu'il n'y avait qu'une option possible et déclara :

« Nous étions en train d'enquêter sur Daley.

— Je vous écoute, dit Green, le visage grave.

— Je voulais connaître les motivations du bonhomme et j'ai demandé à l'un de mes agents de les découvrir. Elle l'a surveillé plus ou moins régulièrement pendant près d'un an. J'ai beaucoup appris.

— Vous ne cessez de m'étonner, Stéphanie. Vous savez ce qui aurait pu arriver s'il l'avait découvert ?

— J'aurais été virée je suppose, mais cela importe peu désormais.

— Il essaie de vous éliminer. Il est peut-être au courant.

— J'en doute. L'agent était très efficace. Daley est dans les ennuis jusqu'au cou. Vous m'avez dit tout à l'heure que vous n'aviez jamais trouvé de preuve d'infraction à la loi. Moi si. Des tonnes. Financement occulte des campagnes électorales, chantage, fraude. C'est par le biais de Daley que les gens fortunés obtiennent ce qu'ils veulent de la Maison-Blanche, les gens qui n'ont pas envie que leur nom figure sur un formulaire officiel.

— Pourquoi n'avez-vous rien tenté contre lui ?

— J'étais sur le point de le faire quand nous avons découvert la fuite. J'étais obligée d'attendre.

— Et maintenant qu'il est à la tête de l'unité Magellan, va-t-il découvrir ce que vous avez fait ? demanda Cassiopée.

— Non, tous les renseignements sont sous clé et l'agent qui a mené l'enquête a été transféré dans un autre service il y a des mois. Nous sommes les seuls à être au courant. »

Green remplit deux tasses de café.

« Que voulez-vous faire ?

— Comme mon amie ici présente est très douée dans de nombreux domaines, je me disais que nous pourrions boucler l'enquête.

— Ça ne me dit rien qui vaille, commenta Cassiopée.

— Accommodez votre café à votre goût, mesdames.

— Vous n'en prenez pas ?

— Non, jamais.

— Pourquoi avez-vous une cafetière dans ce cas ?

— Il m'arrive de recevoir. À l'occasion », ajouta-t-il.

La solidité de Green, sa fiabilité toute masculine avaient cédé le pas l'espace d'un instant à une sincérité enfantine qui plut à Stéphanie.

« Je la connais ? » le questionna-t-elle.

Green sourit.

« Vous êtes plein de surprises.

— Exactement, comme cette autre personne que nous connaissons tous », remarqua Cassiopée en sirotant son café.

Green acquiesça et parut soulagé de changer de sujet.

« Henrik est un homme fascinant. Il a toujours une longueur d'avance. Mais Stéphanie, qu'entendez-vous par boucler l'enquête ? »

Stéphanie savoura le café fumant qui vint lui réchauffer la gorge.

« Il faut que nous allions faire un tour chez Daley.

— Pourquoi ? s'écria Cassiopée. Même si nous arrivions à nous introduire chez lui, son ordinateur est certainement sécurisé par un mot de passe.

— Ce n'est pas un problème », s'amusa Stéphanie.

Green la dévisagea, curieux, puis s'exclama sans pouvoir cacher plus longtemps son étonnement : « Vous n'avez pas besoin de mot de passe, n'est-ce pas ?

— L'heure est venue de coincer ce salaud. »

Malone pénétra dans la salle de réunion du Savoy. La vaste pièce était équipée d'ordinateurs, de télécopieurs, de photocopieuses. Il expliqua à l'assistant ce dont il avait besoin et fut promptement conduit vers un ordinateur ;

le prix de la connexion serait ajouté à la note de McCollum.

Il allait s'installer devant l'écran quand Pam lui coupa l'herbe sous le pied.

« Tu permets ? »

Il décida de lui laisser ce privilège. Malone devinait que Pam savait ce qu'il avait l'intention de faire.

« Pourquoi pas ? À toi de jouer. »

Il lui tendit le billet sur lequel était inscrit le début de l'énigme avant de se tourner vers McCollum.

« Vous dites que vous venez d'obtenir ce document ?

— Non, je n'ai jamais dit *quand* je me l'étais procuré. Vous cherchez à me rouler, Malone ?

— J'ai besoin de savoir. C'est important. Au cours de ces derniers mois ? »

Leur bienfaiteur hésita avant de hocher la tête.

« D'après ce que je sais, expliqua Malone, cela fait des siècles que les Gardiens accueillent des hôtes à la Bibliothèque. Les indices doivent changer. Ils doivent adapter l'énigme à l'époque. Je parie qu'ils l'adaptent même à chaque Invité. C'est logique, non ? Cela permet de la rendre plus personnelle. Ils se donnent beaucoup de mal pour tout le reste, alors pourquoi pas pour le contenu de l'énigme ?

— C'est logique en effet. »

Pam tapotait sur le clavier.

« Voici ce que dit le début, reprit Malone, "Comme les manuscrits sont étranges, grand voyageur de l'inconnu. Ils ont leur existence propre mais, aux yeux de ceux qui savent que les couleurs de l'arc-en-ciel se fondent en une unique lumière blanche, ils semblent ne faire qu'un. Comment découvrir ce rai de lumière unique ?" C'est du baratin, juste une façon de dire qu'il y a beaucoup d'informations. Quant au reste, "C'est un mystère, mais rends-toi dans la chapelle proche du Tage à Bethléem, consacrée à notre saint patron", c'est de là qu'il faut partir.

– J'ai trouvé », dit Pam.

Il sourit. Elle avait une longueur d'avance sur lui, ce qui lui plut.

« J'ai fait une recherche sur Tage et Bethléem.

– N'est-ce pas trop facile ? commenta McCollum.

– Les Gardiens ne peuvent pas faire abstraction du monde qui les entoure. Internet est une réalité, pourquoi ne partiraient-ils pas du principe qu'un Invité s'en servirait ? »

Le site internet que Pam avait découvert concernait le Portugal, une page touristique sur les attractions de Lisbonne et ses environs.

« Belém, dit Pam. Juste en périphérie de la ville. L'endroit où le Tage plonge dans l'océan. Belém est la traduction portugaise de Bethléem. »

Malone parcourut les informations concernant ce quartier à l'ouest de Lisbonne. C'était de là que les caravelles portugaises s'étaient élancées vers le Nouveau Monde : Vasco de Gama vers l'Inde, Magellan pour faire le tour du monde, Dias pour doubler le cap de Bonne-Espérance. Belém avait par la suite prospéré grâce aux richesses, surtout les épices, en provenance du Nouveau Monde qui affluaient dans le pays. Le roi du Portugal y avait fait bâtir un palais d'été, attirant les gens aisés. Jadis municipalité indépendante, la ville était aujourd'hui devenue un aimant à touristes qui venaient profiter de ses boutiques, ses cafés et ses musées.

« Le nom d'Henri le navigateur est étroitement lié à la ville, commenta Pam.

– Essayons de trouver quelque chose sur "la chapelle consacrée à notre saint patron" », proposa Malone.

Après quelques clics de souris, Pam désigna l'écran et dit : « Je suis très en avance sur toi. »

L'image d'un monument aux proportions gigantesques envahit l'écran. Des flèches finement travaillées s'élançaient vers le ciel nuageux. Le style était un mélange d'architecture gothique et Renaissance, avec des influences mauresques évidentes. La façade de pierre était décorée avec exubérance.

« Le monastère royal de Santa Maria de Belém », lut Malone.

Pam fit défiler l'article et Malone apprit que c'était l'un des monuments les plus connus du Portugal, plus connu sous le nom de Monastère des Hiéronymites. La plupart des personnages les plus emblématiques du pays, y compris les rois et les reines, y étaient inhumés.

« Pourquoi cette page s'est-elle affichée ?» demanda Malone.

Pam cliqua sur un lien.

« J'ai entré plusieurs mots clés et le moteur de recherche m'a amenée directement sur ce site. En 1499, quand Vasco de Gama rentra du voyage au cours duquel il venait de découvrir la route des Indes, le roi du Portugal Manuel Ier fit don des fonds qui permirent d'ériger le monastère. L'ordre des Hiéronymites prit possession des lieux en l'an 1500, et la première pierre fut posée le 6 janvier 1501. »

Malone connaissait la signification de cette date depuis l'enfance. Sa mère était catholique et ils allaient régulièrement à l'église, surtout après le décès de son père. Le 6 janvier, c'était l'Épiphanie.

Qu'avait-il lu dans le journal de Haddad déjà ?

Les grandes quêtes commencent souvent par une épiphanie.

« La chapelle principale du monastère fut finalement consacrée à saint Jérôme. Cotton, tu te souviens de ce que Haddad nous a dit à son sujet ?»

Oui, il s'en souvenait. C'était l'un des premiers Pères de l'Église qui, au IVe siècle, avait traduit de nombreux textes bibliques en latin, dont l'Ancien Testament.

« Ce lien nous en dira davantage sur Jérôme », dit Pam, et en un clic de souris, un nouveau site apparut à l'écran.

Ils se mirent tous trois à déchiffrer le texte. Malone fut le premier à découvrir l'information clé.

« Il est le saint patron des bibliothèques. On dirait que cette quête commence à Lisbonne.

– Pas mal, Malone, déclara McCollum.

– On remplit notre contrat oui ou non ?

– Comme je vous l'ai dit, les énigmes ne me réussissent pas, contrairement à vous deux. Mais la suite est plus difficile.

– Et si on s'y mettait tous les trois pour voir où cela nous mène ? » proposa Malone avec un grand sourire.

44

Vienne
13 h 00

Thorvaldsen sortit de la salle de bains et vit que Gary avait défait ses bagages. Le garçon n'ayant d'autres vêtements que ceux qu'il portait quand il avait été enlevé quelques jours plus tôt, la veille, Jesper s'était rendu à Copenhague pour faire quelques achats.

« C'est une vieille maison, n'est-ce pas ? demanda Gary.

— Bâtie il y a plusieurs générations, comme Christiangade.

— Il y a beaucoup de vieux trucs en Europe, ce n'est pas comme chez nous.

— Nous sommes là depuis un peu plus longtemps, observa Thorvaldsen amusé.

— Cette chambre est géniale. »

Lui aussi trouvait leurs appartements intéressants. Ils étaient situés au premier, près de ceux de leur hôte. C'était une première pour le Danois qui s'était vu attribuer une chambre décorée avec délicatesse dans un style très féminin ayant sans doute appartenu jadis à une femme de goût.

« Tu aimes l'histoire ?

— Je ne m'y intéresse que depuis ces deux derniers

étés. C'est beaucoup plus intéressant sur place, quand on voit les monuments de ses propres yeux. »

Thorvaldsen décida qu'il était temps d'expliquer leur situation au garçon.

« Qu'as-tu pensé de notre hôte et de sa fille ?

— Pas très sympas. Mais ils ont l'air de vous apprécier.

— Je connais Alfred depuis longtemps mais je crains qu'il ne manigance quelque chose. »

Gary s'assit sur le lit.

« Je pense qu'il est peut-être responsable de ton enlèvement. »

Il vit que le garçon commençait à comprendre dans quelle situation fâcheuse ils se trouvaient.

« Vous êtes sûr ?

— Oui, c'est pour cela que nous sommes ici. Pour découvrir la vérité.

— Moi aussi, je veux savoir. Ma mère était dans tous ses états à cause d'eux, et je n'aime pas ça.

— Tu as peur ?

— Vous ne m'auriez pas amené ici si c'était dangereux. »

Henrik apprécia sa réponse. Ce gamin était intelligent.

« Tu as vu deux hommes mourir. Cela arrive à peu d'enfants de ton âge. Ça va ?

— Celui que papa a tué n'a eu que ce qu'il méritait. Il a essayé de m'emmener. Papa a fait ce qu'il avait à faire. Et vous, qu'allez-vous faire ?

— Je ne sais pas encore. Mais il y aura beaucoup de monde ici ces prochains jours. Des gens puissants. Ils devraient m'apprendre ce que nous avons besoin de savoir.

— C'est une espèce de club ou quoi ?

— En quelque sorte, oui. Des gens avec des intérêts communs qui se retrouvent pour en parler. »

Le téléphone portable de Thorvaldsen posé sur la table de chevet sonna. Il reconnut le numéro de Jesper et décrocha.

« Un appel pour vous. De Tel-Aviv.

— Passez-le-moi, s'il vous plaît.

— Henrik, qu'avez-vous fait ? dit un homme à la voix de baryton au bout de quelques secondes, une fois la communication établie.

— Que voulez-vous dire ?

— Ne jouez pas au plus fin. Hier, quand vous m'avez appelé, j'étais méfiant mais à l'heure qu'il est je suis devenu paranoïaque. »

La veille, Henrik avait appelé le bureau du Premier ministre. Comme il donnait plusieurs millions à des œuvres caritatives juives et finançait une multitude d'hommes politiques israéliens, dont le Premier ministre en exercice, son appel n'avait pas été ignoré. Il s'était contenté de poser une question simple : pourquoi l'État d'Israël s'intéressait-il à George Haddad ? Il avait délibérément évité de s'adresser au Premier ministre en personne, chargeant son directeur de cabinet de lui transmettre sa requête ; celui-ci était mal à l'aise à présent.

« Avez-vous trouvé la réponse à ma question ?

— Le Mossad nous a dit de nous occuper de nos affaires.

— C'est comme ça qu'ils parlent aux responsables du pays ?

— Oui, quand ils veulent que nous nous occupions de nos affaires.

— Alors vous n'avez aucune réponse à me fournir ?

— Ce n'est pas ce que j'ai dit. Ils veulent éliminer

George Haddad et arrêter Malone. Il semblerait que Malone et son ex-femme soient en ce moment même en route pour Lisbonne, et ce, après que quatre personnes ont été tuées hier soir dans un musée du nord de Londres. Ce qui est étrange, c'est que les Britanniques savent que Malone est impliqué dans ces meurtres mais n'ont rien fait pour le mettre sous les verrous. Ils l'ont laissé quitter le pays. Ici, on pense que c'est parce que les Américains lui ont donné le feu vert et on a l'impression que les États-Unis se mêlent de nouveau de nos affaires. En ce qui concerne George Haddad du moins.

— Comment vos employés peuvent-ils être au courant de tous ces détails ?

— Ils ont un lien direct avec Malone. Ils savent exactement où il est et ce qu'il fait. En outre, ça fait un moment qu'ils s'attendaient à ce genre d'histoire.

— Tout le monde est très occupé chez vous on dirait.

— C'est le moins que l'on puisse dire. Votre amitié compte beaucoup pour le Premier ministre et moi-même. Vous êtes l'un des bienfaiteurs du pays. C'est ce qui vous vaut ce coup de téléphone. Le Mossad s'apprête à éliminer Malone. Des agents sont en route pour Lisbonne. Si vous pouvez le prévenir, ne vous gênez pas.

— J'aimerais pouvoir, mais je n'ai aucun moyen de le faire.

— Que Dieu lui vienne en aide, dans ce cas. Il va en avoir besoin. »

L'homme raccrocha.

Henrik éteignit son téléphone.

« Un problème ? le questionna Gary.

— Juste une petite difficulté avec l'une de mes compagnies, répondit Henrik en se ressaisissant. J'ai toujours une entreprise à gérer, tu sais.

L'adolescent sembla se satisfaire de l'explication.

« Vous m'avez dit que vous étiez venu pour assister à une réunion d'une espèce de club, mais vous ne m'avez jamais dit en quoi ça me concernait.

– Excellente question. Allons nous promener et je t'expliquerai. Viens, je vais te montrer la propriété. »

Alfred Hermann entendit la porte de la chambre de Thorvaldsen se refermer. Le mouchard installé dans la pièce avait parfaitement fonctionné. Assise en face de son père, Margarete le regarda éteindre le haut-parleur.

« Ce Danois est un problème », commenta-t-elle.

Il lui avait fallu du temps pour s'en rendre compte. Thorvaldsen était manifestement venu pour enquêter, mais Hermann s'interrogeait sur le coup de téléphone. Son vieil ami n'avait pas dit grand-chose pour en indiquer la nature et il doutait qu'il ait un quelconque rapport avec ses affaires.

« Est-ce qu'il dit vrai ? voulut savoir Margarete. As-tu enlevé ce gamin ? »

Il l'avait autorisée à écouter pour une bonne raison et il acquiesça.

« Cela fait partie de notre plan. Mais nous lui avons également laissé la vie sauve. À l'heure où nous parlons, Dominick récolte ce que nous avons semé.

– La Bibliothèque ?

– Nous pensons avoir retrouvé sa trace.

– Et tu comptes confier cette information à Sabre ?

– C'est notre émissaire.

– Père, c'est un opportuniste, un être avide ! s'écria-t-elle en secouant la tête de dégoût. Cela fait des années que je te le répète.

– Je ne t'ai pas mis dans la confidence pour que nous nous disputions, rétorqua Hermann, à bout de patience. J'ai besoin de ton aide.

– Bien sûr, je suis allée trop loin, je n'en avais pas l'intention.

– Margarete, le monde est un endroit compliqué. Il faut savoir se servir des moyens mis à sa disposition. Concentre-toi. Aide-moi à gérer la situation à laquelle nous sommes confrontés et laisse Dominick s'inquiéter de son côté. »

Elle prit une profonde inspiration, mâchoire serrée, une habitude chez elle lorsqu'elle se sentait devenir nerveuse.

« Que veux-tu que je fasse ?

– Promène-toi dans la propriété. Fais semblant de tomber sur Henrik par hasard. Il se croit en sécurité ici. Conforte-le dans cette idée. »

45

Washington, DC
10 h 30

Stéphanie n'aimait pas sa nouvelle apparence. Ses cheveux blond argenté étaient devenus auburn clair après que Cassiopée lui eut fait une couleur rapide. Un maquillage différent, de nouveaux vêtements et une paire de lunettes achevaient de la transformer. Ce n'était pas parfait mais cela suffirait à passer inaperçue en public.

« Je n'ai pas porté de pantalon en laine depuis longtemps, remarqua-t-elle.

— Je l'ai payé une fortune, alors prenez-en soin.

— Comme si vous ne pouviez pas vous permettre d'en acheter un autre », s'amusa-t-elle.

Un chemisier à col rond et une veste bleu marine complétaient sa tenue. Les deux femmes étaient assises à l'arrière d'un taxi pratiquement à l'arrêt dans les embouteillages de cette fin de matinée.

« J'ai du mal à vous reconnaître, dit Cassiopée.

— Vous êtes en train de me dire que je m'habille comme une vieille ?

— Votre garde-robe gagnerait à être un peu actualisée.

— Si je survis à tout ça, vous pourriez peut-être m'emmener faire les magasins ? »

Une lueur amusée brilla dans le regard de Cassiopée.

Stéphanie appréciait cette jeune femme. Sa confiance en elle était contagieuse.

Elles étaient en route pour le domicile de Larry Daley. Il vivait à Cleveland Park, magnifique quartier résidentiel à deux pas de la National Cathedral. Jadis refuge des citadins cherchant à échapper à la chaleur étouffante de la ville, il accueillait désormais des boutiques originales, des cafés à la mode et un théâtre art déco très couru.

Stéphanie demanda au chauffeur de s'arrêter à trois pâtés de maison de l'adresse de Daley et régla la course. Les deux amies finirent le chemin à pied.

« Daley est idiot et arrogant, dit Stéphanie. Il croit que personne ne le surveille. Il conserve toutes ses notes de travail. C'est complètement débile si vous voulez mon avis, mais c'est vrai.

– Comment l'avez-vous abordé ?

– C'est un séducteur. Je lui ai simplement offert une opportunité de séduire.

– Confidences sur l'oreiller ?

– Oh, oui, et révélation d'informations sensibles à la clé. »

La résidence de Daley était l'une des bâtisses victoriennes qui faisaient la renommée du quartier. Stéphanie s'était demandé comment Daley pouvait rembourser l'emprunt immobilier à coup sûr astronomique avant d'apprendre qu'il était locataire. Un autocollant apposé sur une fenêtre du rez-de-chaussée annonçait que la maison était protégée par une alarme. On était à la mi-journée et Daley devait se trouver à la Maison-Blanche où il resterait pendant au moins dix-huit heures. La presse conservatrice aimait chanter les louanges de son éthique du travail, mais Stéphanie n'était pas dupe. Il ne supportait pas qu'on lui cache quelque chose, voilà tout.

« Passons un marché », dit Stéphanie.

Un sourire rusé éclaira le visage de Cassiopée.

« Vous voulez que je force la porte, c'est ça ?

– Et moi, je m'occupe de l'alarme. »

Sabre s'adaptait lentement à la personnalité de Jimmy McCollum. Quant au nom, c'était une autre histoire. Il ne s'en était pas servi depuis longtemps mais trouvait cela plus prudent en l'occurrence car Malone pourrait très bien vérifier ses antécédents. Si tel était le cas, ce nom apparaîtrait bien dans les archives de l'armée. Il possédait un certificat de naissance et une carte de sécurité sociale mais guère plus car il avait changé de nom en s'installant en Europe. Le patronyme Dominick Sabre inspirait confiance tout en étant entouré d'une aura mystique. Ses employeurs ne savaient pas grand-chose de lui hormis son nom et il fallait donc qu'il projette quelque chose de suffisamment fort. Il avait remarqué ce patronyme dans un cimetière allemand, sur la tombe d'un aristocrate décédé au XIXe siècle.

Aujourd'hui, il redevenait Jimmy McCollum.

Sa mère l'avait baptisé James en l'honneur de son grand-père maternel qu'il appelait Grand-Papa, l'un des seuls hommes dans sa vie à lui avoir témoigné du respect. Il n'avait jamais connu son père et avait toujours cru sa mère incapable de dire lequel de ses amants était responsable de sa grossesse. C'était une mère dévouée et affectueuse, mais sa vie personnelle était un fiasco ; elle était passée d'un homme à un autre, s'était mariée trois fois et avait dilapidé ses économies. Il avait quitté la maison à dix-huit ans pour s'engager dans l'armée. Elle aurait voulu qu'il aille à l'université, mais les études ne l'intéressaient pas. Comme sa mère, c'était un opportuniste.

Contrairement à elle, cependant, il avait réussi à saisir toutes les occasions qui se présentaient à lui.

L'armée, les forces spéciales, l'Europe, le Cercle.

Pendant seize ans, il avait trimé pour les autres, fait tout ce qu'on lui ordonnait, accepté les témoignages de gratitude, s'était satisfait de maigres compliments.

L'heure était venue de travailler pour son propre compte. Était-ce risqué ? Certainement.

Mais le Cercle respectait le pouvoir, admirait l'habileté et ne négociait qu'avec les puissants. Il voulait devenir membre de l'Ordre. Peut-être même faire partie du Cercle. En outre, si la bibliothèque d'Alexandrie renfermait ce dont Alfred Hermann lui avait parlé, il pourrait bien influer sur le cours des événements mondiaux.

Il voulait s'emparer du pouvoir.

Il fallait qu'il trouve la Bibliothèque.

Et l'homme assis de l'autre côté du couloir dans cet avion de la TAP en route pour Lisbonne allait l'y conduire.

Cotton Malone et son ex-femme avaient résolu la première partie de l'énigme en quelques minutes. Il était convaincu qu'ils pourraient déchiffrer le reste et, une fois que cela serait fait, il les éliminerait tous les deux.

Mais il n'était pas idiot. Malone se tiendrait certainement sur ses gardes.

Il faudrait simplement qu'il se montre imprévisible.

Cassiopée força la serrure de la porte de derrière au domicile de Larry Daley.

« Moins d'une minute, commenta Stéphanie. Pas mal. C'est ça qu'on vous apprend à Oxford ?

– C'est effectivement à Oxford que j'ai forcé ma première serrure. Un buffet renfermant des boissons alcoolisées, si je me souviens bien. »

Stéphanie ouvrit la porte et tendit l'oreille.

Une sonnerie retentit depuis un couloir voisin. Elle se précipita vers le pavé numérique et entra le code à quatre chiffres en espérant que cet imbécile de Daley n'ait pas modifié la séquence.

La sonnerie s'arrêta et le témoin lumineux passa du rouge au vert.

« Comment saviez-vous ?

– Mon agent le surveillait.

– Il est complètement idiot, ou quoi ?

– Ça s'appelle avoir la tête ailleurs. Il pensait qu'elle n'était là que pour le satisfaire. »

Stéphanie étudia l'intérieur baigné de lumière. Décor moderne. Beaucoup de noir, d'inox, de blanc et de gris. Des toiles d'art abstrait étaient accrochées çà et là sur le mur. Rien de personnel, aucun objet possédant une valeur sentimentale. Cela cadrait parfaitement avec le personnage.

« Qu'est-ce qu'on cherche ? la questionna Cassiopée.

– Venez par ici. »

Elles empruntèrent un petit couloir pour gagner une alcôve dont Stéphanie savait qu'elle servait de bureau à Daley. Son agent lui avait rapporté qu'il téléchargeait tous ses dossiers sur des clés USB sécurisées par des mots de passe et ne gardait jamais aucune information ni sur son portable ni sur son ordinateur à la Maison-Blanche. La call-girl que son agent avait engagée pour séduire Daley avait remarqué cette particularité un soir pendant que Daley s'affairait sur son ordinateur et qu'elle s'affairait sur lui.

Stéphanie apprit à Cassiopée ce qu'elle savait.

« Malheureusement, elle n'a pas réussi à découvrir sa cachette.

— Trop occupée ?

— Chacun son métier. Inutile de dénigrer. C'est souvent grâce aux call-girls que l'on glane les renseignements les plus précieux.

— Et vous osez dire que je suis tordue !

— Il faut trouver la cachette. »

Cassiopée s'affala dans un fauteuil de bureau en bois qui craqua et grinça malgré sa minceur.

« Elle doit se trouver à portée de main. »

Stéphanie passa le contenu de l'alcôve en revue. Sur le bureau se trouvaient un buvard, un pot à crayons et des photos de Daley en compagnie du président et du vice-président, ainsi qu'une lampe. Des étagères étroites couvraient deux des murs sur toute leur hauteur. L'alcôve mesurait environ deux mètres de côté. Le sol était recouvert de parquet, comme dans le reste de la maison.

Les cachettes possibles étaient rares.

Les livres rangés sur les étagères attirèrent son attention. Daley semblait amateur de traités politiques. Il n'y en avait pas beaucoup, une centaine environ, livres de poches et reliés se côtoyaient ; les craquelures sur bon nombre des ouvrages indiquaient qu'ils avaient été lus.

« Daley est un fin connaisseur de la politique moderne, et les auteurs sont de tous bords.

— Pourquoi avez-vous cette attitude avec lui ?

— Il m'a toujours révulsé. Sans parler du fait qu'il

cherche à me virer depuis le premier jour. Et il a fini par y arriver », ajouta-t-elle après réflexion.

Une clé tourna dans la serrure de l'entrée.

Stéphanie fit volte-face.

La porte s'ouvrit et elle entendit la voix de Larry Daley. Puis celle d'une femme.

Heather Dixon.

À son signal, Cassiopée et elle se précipitèrent dans l'une des chambres.

« Je vais désactiver l'alarme », indiqua Daley.

Il y eut quelques secondes de silence.

« C'est bizarre, ça.

— Un problème ? »

Stéphanie sut tout de suite ce qui se passait : elle avait omis de réactiver le système après être entrée.

« Je suis sûr d'avoir allumé l'alarme avant de partir », dit Daley.

Il y eut un silence puis le déclic d'un revolver que l'on armait.

« Faisons le tour de la maison », ordonna Dixon.

46

Lisbonne
15 h 30

Malone admirait le monastère de Santa Maria de Belém. Pam, Jimmy McCollum et lui avaient pris l'avion jusqu'à Lisbonne puis un taxi jusqu'au bord de mer.

Lisbonne était perchée sur un large éperon dominant l'estuaire du Tage aussi vaste qu'un bras de mer ; c'était une ville traversée de larges boulevards symétriques et parsemée de jolies places ombragées. L'un des ponts suspendus les plus monumentaux du monde enjambait le fleuve majestueux et menait à la gigantesque statue du Christ Roi qui étend ses bras au-dessus de la ville depuis la rive orientale. Malone était venu plusieurs fois à Lisbonne et la ville lui faisait toujours penser à San Francisco, de par sa configuration et sa propension aux tremblements de terre. Plusieurs d'entre eux avaient laissé leur empreinte sur la cité.

On trouvait des monuments merveilleux dans tous les pays du monde : les pyramides d'Égypte, la basilique Saint-Pierre de Rome, l'abbaye de Westminster, le château de Versailles. D'après ce que leur avait dit le chauffeur de taxi qui les avait conduits jusqu'ici, le monastère qui se dressait sous leurs yeux était une véritable fierté nationale. Sa façade de travertin blanc, polie comme l'ivoire, était plus vaste qu'un terrain de football et combinait les influences mauresque, byzantine et gothique français en une exubérance de détails qui semblaient donner vie à l'imposante structure.

Une foule compacte se pressait alentour. Une procession incessante de touristes armés de leurs appareils photos entrait et sortait de l'édifice. De l'autre côté d'un boulevard à grande circulation et de la voie de chemin de fer qui courait le long de la façade sud, des cars de tourisme garés en épi ressemblaient à des navires ancrés au port. Un panneau informait les visiteurs que l'édification du monument avait commencé en l'an 1501 pour honorer la promesse du roi Manuel Ier à la Vierge Marie, sur l'ancien emplacement de la chapelle érigée par le prince Henri le navigateur et où les moines accueillaient jadis les marins de passage. Colomb, de Gama et Magellan étaient tous venus s'y recueillir avant de prendre la mer. Au fil des siècles, le bâtiment monumental avait servi de monastère, d'hospice et d'orphelinat. Il était aujourd'hui classé au patrimoine mondial de l'humanité et depuis que des travaux de restauration avaient été entrepris, avait en grande partie retrouvé sa splendeur passée.

« Ce monastère est consacré à saint Jérôme, expliquait un guide à un groupe de touristes italiens. C'est symbolique, dans la mesure où saint Jérôme, comme ce monastère, représente un nouveau point de départ pour le christianisme. De ce port, des navires s'élançaient vers le Nouveau Monde pour apporter la parole du Christ aux indigènes. Jérôme a traduit la Bible en latin pour mettre sa beauté à la portée du plus grand nombre. »

Malone vit que McCollum comprenait la guide, lui aussi.

« Vous parlez italien ? le questionna-t-il.

— Je me débrouille.

— Vos talents sont multiples.
— La fin justifie les moyens, fit McCollum, maussade.
— Et la suite de l'énigme ? »

McCollum lui tendit un nouveau bout de papier sur lequel il avait noté un passage du premier extrait et d'autres phrases énigmatiques.

> C'est un mystère, mais rends-toi dans la chapelle proche du Tage à Bethléem, consacrée à notre saint patron. Commence ton voyage dans les ténèbres et achève-le dans la lumière là où, au couchant, l'étoile croise une rose, perce une croix de bois et change l'argent en or. Dans un univers d'adresses virtuelles, tu trouveras un autre lieu. Alors, comme les bergers du peintre Poussin, déconcertés par l'énigme, la lumière de l'inspiration te submergera.

Malone passa le billet à Pam en disant :

« Bon, entrons voir ce qu'il y a là-dedans. »

Les trois Américains suivirent un groupe compact de touristes jusqu'à l'entrée. Un panneau indiquait que la visite de l'église était gratuite mais qu'il fallait se munir d'un billet payant pour le reste du monument.

Dans la partie inférieure de l'église, il régnait une obscurité impressionnante à cause de la voûte à nervures très basse. À gauche de l'entrée se dressait le cénotaphe de Vasco de Gama. Simple et solennel, il était couvert de symboles maritimes. À sa droite, le poète Luís de Camões reposait dans son tombeau, près des fonts baptismaux. Les murs nus des deux niches ajoutaient à l'austérité et à la majesté des lieux. Les touristes se pressaient dans les alcôves. Les flashes crépitaient. Les guides débitaient leurs laïus sur les personnalités inhumées en ces lieux.

Malone avança nonchalamment dans la nef et la

pénombre initiale céda la place à une époustouflante luminosité. Six minces colonnes richement décorées et couvertes d'un entrelacs de fleurs sculptées se dressaient vers le ciel. Le soleil de cette fin d'après-midi entrait à flots par les vitraux. Rais de lumière et ombres jouaient à cache-cache sur les murs de travertin auxquels les années avaient donné une patine grisâtre. La voûte ressemblait à la membrure d'un navire, les colonnes à des mâts, les nervures au gréement. Malone eut l'impression de sentir la présence des Sarrasins qui avaient jadis régné sur Lisbonne et remarqua quelques fantaisies de style mauresque. Une profusion de motifs ornait l'édifice sans jamais la moindre répétition.

Une œuvre remarquable.

D'autant plus remarquable d'ailleurs, songeait Malone, que les bâtisseurs de l'époque avaient eu l'audace d'ériger cet imposant monument sur le sol instable de Lisbonne.

Les bancs où prenaient jadis place les moines n'accueillaient plus désormais que les curieux. Un murmure sourd résonnait à travers la nef, périodiquement couvert par une voix calme réclamant le silence dans une multitude de langues par le biais de la sonorisation. Malone repéra bientôt l'origine de ces réprimandes : devant l'autel, au centre de l'église au plan en croix latine, un prêtre s'exprimait au micro. Personne ne sembla accorder la moindre attention à l'avertissement – surtout pas les guides qui poursuivirent les discours grâce auxquels ils gagnaient leur vie.

« Quel endroit magnifique ! » s'exclama Pam.

Malone partageait son avis.

« Le panonceau à l'entrée indique que le monastère ferme ses portes à dix-sept heures. Il nous faut un billet pour visiter le reste du monument.

— Je m'en charge, proposa McCollum. Mais l'indice ne nous guide-t-il pas exclusivement vers l'église ?

— Aucune idée. Pour être bien sûr, jetons un coup d'œil à tout ce qu'il y a à voir. »

McCollum se fraya un chemin à travers la foule pour regagner le portique.

« Qu'en penses-tu ? demanda Pam qui tenait toujours la feuille.

— De lui ou de l'énigme ?

— Problématiques tous les deux. »

Malone sourit. Pam avait raison. Mais en ce qui concernait l'énigme, le sens de certains passages était désormais très clair.

« "Commence ton voyage dans les ténèbres et achève-le dans la lumière" : c'est exactement ce qui se passe lorsqu'on entre dans l'édifice. Comme si après avoir pénétré dans une cave, on débouchait très vite sur un grenier inondé de lumière. »

Le prêtre exhorta de nouveau la foule au silence et fut de nouveau ignoré.

« Il a un travail difficile, commenta Pam.

— Comme le gamin chargé de surveiller la classe quand le professeur s'absente.

— Bon, petit génie, que penses-tu de : "Là où, au couchant, l'étoile croise une rose, perce une croix de bois et change l'argent en or. Dans un univers d'adresses virtuelles, tu trouveras un autre lieu." ? »

Tout en réfléchissant, Malone porta son attention vers le fond de l'église et le chœur. Le transept rectangulaire donnait sur un mur concave servant de toile de fond à l'autel principal surmonté d'un dôme hémisphérique agrémenté d'une voûte en berceau et d'un plafond à caissons de pierre. Sur trois des côtés du chœur, des colonnes ioniques et corinthiennes se dressaient de manière symétrique, encadrant les niches de pierre qui abritaient des tombeaux royaux richement décorés. Cinq tableaux encerclaient le mur concave ; tout était fait pour que l'œil fût attiré par le majestueux tabernacle baroque qui se dressait au centre, en hauteur, au-dessus de l'autel principal.

Malone évita les touristes qui traînaient à l'autre bout de l'autel. Des cordes en velours interdisaient l'accès au chœur. Un panneau informait le public que le tabernacle en argent massif avait été réalisé par l'orfèvre João da Sousa entre 1674 et 1678. Même à une distance de quinze mètres, le réceptacle richement décoré, débordant d'une profusion de détails, paraissait magnifique.

Malone se retourna pour regarder la nef, derrière les colonnes et les bancs, vers l'entrée.

C'est là qu'il remarqua un détail : dans la tribune, derrière une épaisse balustrade de pierre, quinze mètres au-dessus du sol. Percé dans le haut du mur extérieur le plus éloigné de lui, un œil gigantesque l'observait. Le vitrail mesurait plus de trois mètres de diamètre. Des lobes de pierre partaient de son centre. Les nervures du plafond serpentaient jusqu'à lui et semblaient se dissoudre dans son éclat sans pareil, lumineux comme un projecteur inondant l'église.

Cet ornement, commun à beaucoup d'édifices religieux, tirait son nom de sa forme originale.

Une rosace.

Dirigée vers l'ouest, en cette fin d'après-midi, elle rayonnait telle un soleil.

Mais ce n'était pas tout.

Au centre de la balustrade de la tribune se dressait une large croix. En approchant, Malone s'aperçut qu'elle s'inscrivait parfaitement dans la rosace, inondée par les rais éblouissants du soleil qui éclairaient la nef.

« [...] là où, au couchant, l'étoile croise une rose, perce une croix de bois et change l'argent en or. »

Ils étaient au bon endroit, songea Malone.

47

Vienne
16 h 30

Thorvaldsen admirait la propriété d'Alfred Hermann, les fleurs, les plans d'eau, le marbre, le vaste jardin manifestement fruit du travail de plusieurs générations. Les sentiers ombragés qui reliaient le château à des clairières plantées d'herbe étaient pavés de briques et bordés de statues, de bas-reliefs et de fontaines. De place en place, l'influence française cédait le pas à un goût manifeste pour l'Italie.

« Qui sont les propriétaires de cet endroit ? demanda Gary.

– La famille Hermann est l'une des plus vieilles d'Autriche, tout comme la mienne au Danemark. Ils sont très riches et puissants.

– C'est un ami à vous ? »

Question intéressante, étant donné ses soupçons.

« Je pensais que oui jusqu'à il y a quelques jours. Mais je n'en suis plus si sûr aujourd'hui. »

La curiosité du jeune homme lui faisait plaisir. Il savait que Malone n'était pas son père biologique. Après avoir ramené Gary à la fin des vacances l'été précédent, Malone lui avait fait part des révélations de Pam. Thorvaldsen avait feint de ne pas la reconnaître lorsqu'il l'avait vue pour la première fois quelques jours auparavant bien qu'il ait immédiatement su qui elle était. Sa présence chez lui en compagnie de Malone était synonyme d'ennuis, raison pour laquelle il avait demandé à Jesper de monter la garde devant la porte du bureau. Pam Malone était une femme nerveuse. Heureusement, elle avait fini par se calmer. Elle aurait dû être de retour à Atlanta, contrairement à ce que lui avait appris son correspondant à Tel-Aviv.

Que se passait-il donc ? Pourquoi se rendre à Lisbonne ? Et où était celui que l'on surnommait « Les serres de l'aigle » ?

« Nous sommes ici pour aider ton père.

— Papa n'a jamais parlé d'un voyage. Il m'a demandé de rester tranquille et de faire attention.

— Mais il t'a aussi demandé de m'obéir.

— Alors quand il me passera un savon, je dirai que tout est de votre faute ?

— Aucun problème, répondit Thorvaldsen amusé.

— Vous avez déjà vu quelqu'un se faire tirer dessus ? »

Henrik savait que le souvenir de la fusillade de mardi devait travailler Gary, même s'il feignait de se montrer courageux.

« Plusieurs fois.

— Papa a tiré une balle dans la tête du bonhomme. Mais vous savez quoi ? Je m'en fichais.

— Attention Gary, le rabroua Henrik en réaction à sa fanfaronnade, ne t'habitue jamais à tuer, même si la personne en question le mérite.

— Ce n'est pas ce que je voulais dire. Il était malfaisant, c'est tout ; il a menacé de tuer maman. »

Ils passèrent devant une colonne de marbre surmontée d'une statue de Diane. Une légère brise caressait les arbres et des ombres frémissantes jouaient sur l'herbe qui ondoyait.

« Ton père a fait ce qu'il avait à faire. Ce n'était pas de gaieté de cœur. Il l'a fait, c'est tout.

– J'aurais fait la même chose. »

Au diable les gènes : Gary était bien le fils de Malone. Et il avait beau n'avoir que quinze ans, il était capable d'indignation – comme son père – surtout si un être cher était menacé. Gary savait que ses parents s'étaient rendus à Londres, mais il ignorait que sa mère était toujours impliquée dans cette histoire. Il méritait de connaître la vérité.

« Ton père et ta mère sont en route pour Lisbonne.

– C'est pour vous l'apprendre qu'on vous a téléphoné ? »

Henrik acquiesça. Le courage avec lequel Gary encaissait les nouvelles le fit sourire.

« Pourquoi ma mère est-elle encore avec papa ? Quand elle a appelé hier soir, elle n'a pas fait la moindre allusion au fait de rester. Ils ne s'entendent pas.

– Je l'ignore. Il faudra attendre que l'un d'eux nous appelle », répondit Henrik même s'il mourait d'envie de connaître la réponse.

Il aperçut l'endroit vers lequel ils se dirigeaient, droit devant eux. Un pavillon circulaire de marbre coloré, surmonté par une structure en fer doré. La balustrade ouverte dominait un lac ombragé aux eaux cristallines dont rien ne venait troubler la surface argentée.

Ils entrèrent et Henrik s'approcha de la balustrade.

Des vases massifs remplis de fleurs odorantes parsemaient l'intérieur du pavillon. Comme à son habitude, Hermann avait veillé au moindre détail pour que la propriété ait l'air d'un joyau.

« Quelqu'un arrive », l'avertit Gary.

Il ne se retourna pas. Il n'en eut pas besoin. Il se la représenta mentalement. Petite, boulotte, elle haletait en marchant. Il continua d'admirer le lac en jouissant de l'odeur de l'herbe, des fleurs et de l'expérience qu'il était en train de vivre.

« Elle marche vite ?

— Comment saviez-vous qu'il s'agit d'une femme ?

— Tu sauras, Gary, qu'il est impossible de remporter une bataille si ton ennemi n'est pas prévisible, d'une manière ou d'une autre.

— C'est la fille de monsieur Hermann. »

Henrik continua à admirer le lac, observant une famille de canards barboter vers le rivage.

« Ne lui parle de rien. Écoute et parle peu : c'est ainsi que tu apprendras ce que tu as besoin de savoir. »

Des pas claquèrent sur le dallage et Henrik se retourna au moment où Margarete approchait.

« On m'a dit que vous étiez ici, dit-elle. Et je me suis rappelé que c'était l'un de vos endroits préférés.

— Il est propice au recueillement, précisa Thorvaldsen en souriant devant son évidente satisfaction. Cet endroit est tellement éloigné du château. Les arbres apportent une certaine tranquillité. J'aime beaucoup y venir. C'était aussi l'un des préférés de votre mère, si je ne m'abuse ?

— Père a fait construire ce pavillon spécialement pour elle. C'est ici qu'elle a passé sa dernière journée parmi nous.

— Elle vous manque ?

— Elle est morte quand j'étais jeune et nous n'avons jamais été proches. Mais elle manque à Père.

— Votre mère ne vous manque pas ? » s'étonna Gary.

Bien que l'adolescent eût violé les recommandations de Thorvaldsen, ce dernier ne lui en voulut pas de sa question. Il avait lui aussi envie de savoir.

« Bien sûr qu'elle me manque. C'est juste qu'il n'y a jamais eu de complicité féminine entre nous.

— Vous semblez vous intéresser davantage aux affaires de la famille et à celles de l'ordre de la Toison d'or, n'est-ce pas ? »

Les pensées se bousculaient dans l'esprit de Margarete. Elle avait hérité de la rudesse tout autrichienne du physique de son père plus que de la beauté prussienne de sa mère. Ce n'était pas une femme particulièrement attirante avec ses cheveux bruns, ses yeux marron, son nez grand et fin. Mais était-il vraiment bien placé pour émettre un tel jugement avec sa colonne vertébrale tordue, sa tignasse hirsute et sa peau flétrie ? Il se demanda si elle avait des soupirants mais décida que cette femme ne se donnerait jamais à quiconque. Elle était plutôt du genre à prendre qu'à donner.

« Je suis la dernière représentante de la lignée des Hermann, déclara-t-elle avant de lui adresser un sourire qui se voulait certainement rassurant mais qui trahissait sa contrariété.

— Cela veut-il dire que vous hériterez de tout ceci ?

— Bien sûr, pourquoi devrait-il en être autrement ?

— J'ignore complètement ce qu'en pense votre père, dit Henrik avec un haussement d'épaules. Cependant, je constate que rien n'est sûr en ce monde. »

Il vit qu'elle n'appréciait pas le sous-entendu. Il ne lui laissa pas le temps de réagir.

« Pourquoi votre père a-t-il tenté de faire du mal à ce garçon ? » déclara-t-il.

Elle fut déconcertée par sa question. Elle n'avait visiblement rien d'une stoïque non plus, contrairement à son père.

« Je ne vois pas du tout de quoi vous voulez parler. »

Il se demanda si Hermann lui avait révélé ses projets.

« Dans ce cas, vous n'avez aucune idée de ce que fait *die Klauen der Adler* en ce moment ?

— Il n'est pas sous ma responsab... bredouilla Margarete avant de se reprendre

— N'ayez crainte, ma chère, je suis au courant de son existence, je me demandais simplement si vous l'étiez aussi.

— Voilà un personnage qui pose problème. »

Henrik savait désormais qu'elle n'était pas mêlée à toute cette affaire. Elle était bien trop prodigue de détails.

« Je suis entièrement d'accord avec vous. Mais comme vous le dites, ni vous ni moi ne sommes responsables de lui. Il n'a de compte à rendre qu'au Cercle.

— Les membres de l'organisation savent qu'il existe ? Je l'ignorais.

— Je suis bien informé. Et je sais très bien ce que manigance votre père. Cela pose problème également. »

Margarete eut l'air de remarquer la conviction dans sa voix. Un sourire nerveux éclaira son visage poupin.

« N'oubliez pas où vous vous trouvez, Henrik. Vous êtes sur la propriété des Hermann. Nous décidons de ce qui se passe ici. Vous ne devriez pas vous en mêler.

— Voilà une observation intéressante, j'essaierai de m'en souvenir.

— Je pense que Père et vous devriez poursuivre cette conversation en tête-à-tête. »

Elle fit volte-face ; à ce moment même, Thorvaldsen leva vivement la main.

Trois hommes vêtus de treillis surgirent d'un épais bosquet de cyprès séculaires. Ils regagnèrent le pavillon au pas de course et barrèrent la route à Margarete au moment où elle en sortait.

Deux d'entre eux se saisirent de la jeune femme.

L'autre lui posa une main sur la bouche.

Elle résista.

« Henrik, s'écria Gary. Que fait Jesper ici ? »

Le troisième homme n'était autre que le majordome de Thorvaldsen arrivé un peu plus tôt en avion pour s'introduire dans la propriété. Ses visites précédentes avaient appris à Henrik que, contrairement à ce dont s'était vantée Margarete, les mesures de sécurité les plus draconiennes étaient réservées au château. Les dizaines d'hectares de terrain de la propriété n'étaient quant à eux ni délimités par des barrières ni surveillés.

« Ne bougez pas », lui ordonna-t-il.

Elle cessa de lutter.

« Vous allez suivre ces messieurs. »

Elle secoua violemment la tête.

Il s'attendait à ce qu'elle se montre difficile. Aussi, à son signal, la main qui lui couvrait la bouche fut remplacée par un chiffon suffisamment imbibé d'anesthésiant pour la faire sombrer dans un profond sommeil. Il ne fallut que quelques secondes pour que les vapeurs fassent leur effet. Les jambes de Margarete se dérobèrent sous elle.

« Qu'est-ce que vous faites ? s'écria Gary. Pourquoi lui faites-vous du mal ?

— Je ne lui fais aucun mal. Mais je t'assure qu'eux n'auraient pas hésité à t'en faire si ton père n'était pas intervenu. Mettez-la en lieu sûr, comme convenu », ordonna-t-il à Jesper.

Son domestique acquiesça. L'un des hommes posa le corps robuste de Margarete sur son épaule et les trois hommes se retirèrent dans les bois.

« Vous saviez qu'elle viendrait nous retrouver ?

– Comme je te l'ai dit, il est bon de connaître son ennemi.

– Pourquoi l'enlevez-vous ? »

Il aimait jouer au professeur et Cai, son élève, lui manquait.

« On ne conduit pas sans assurance. Ce que nous nous apprêtons à faire est risqué. Notre assurance, c'est elle. »

48

Washington, DC

Stéphanie se figea. Heather Dixon était armée et sur ses gardes. Cassiopée balaya la pièce du regard, espérant y trouver un objet susceptible de leur servir d'arme.

« Qu'est-ce qu'il y a ? demanda Daley à Dixon.

— Ton alarme est débranchée. Cela signifie qu'il y a quelqu'un ici.

— Il me semble que tu conclus un peu vite, tu ne crois pas ?

— Tu as enclenché la sécurité avant de sortir ? »

Il y eut un silence. Stéphanie sut qu'elles étaient piégées.

« Je ne sais pas, répondit Daley. J'ai pu oublier. Ce ne serait pas la première fois.

— Je vais jeter un coup d'œil juste pour être sûre, qu'en dis-tu ?

— Non, ne perds pas ton temps à jouer au soldat, cette arme entre tes doigts me met dans tous mes états. Tu es sacrément sexy.

— Tu es bien flatteur aujourd'hui. Tu obtiendras de moi ce que tu voudras. »

Il y eut un nouveau silence, puis on entendit une protestation et un gémissement à moitié étouffé.

« Vas-y doucement, cette bosse me fait mal.

— Ça va ? »

Un bruit de fermeture Éclair que l'on ouvre.

« Débarrasse-toi de ton arme », suggéra Daley.

Des pas lourds dans l'escalier.

Stéphanie dévisagea Cassiopée et chuchota :

« Je n'en crois pas mes oreilles.

— Au moins, nous savons où ils se trouvent tous les deux. »

Effectivement, mais cela ne la soulageait pas pour autant.

« Il faut que je voie ça de mes propres yeux.

— Laissez-les tranquilles », ordonna Cassiopée en lui serrant le bras.

Au cours des douze heures qui venaient de s'écouler, Stéphanie avait pris des décisions pour le moins hasardeuses, mais elle y voyait clair à présent. Elle savait ce qu'elle avait à faire.

Elle sortit de la chambre à pas de loup pour entrer dans le salon. Droit devant elle, l'escalier menait au premier et la porte d'entrée se trouvait à sa droite. Elle perçut un murmure de voix, des rires et les craquements du parquet.

« Que diable font-ils là-haut ? se demanda Stéphanie tout haut.

— Vous n'avez pas appris ce détail au cours de votre enquête ?

— Pas un mot sur le sujet. Ça doit être récent. »

Cassiopée disparut au fond du couloir. Stéphanie s'attarda un moment et remarqua le revolver que Heather Dixon avait brandi sur elle la veille, abandonné sur un fauteuil.

Elle s'en empara et sortit du salon.

Sans cesser d'admirer la rosace, Malone consulta sa montre : seize heures quarante. À cette époque de l'année, le soleil commencerait à se coucher d'ici quatre-vingt-dix minutes.

« Ce bâtiment est orienté est-ouest, expliqua-t-il à Pam. Le vitrail est là pour capter les rayons du soleil couchant. Nous devons absolument monter. »

Il aperçut une porte et une flèche indiquant la direction de la tribune. Il s'en approcha et découvrit, niché contre le mur nord de l'église, un large escalier de pierre surmonté d'une voûte en berceau qui lui donnait plutôt des allures de tunnel.

Il suivit la foule en haut des marches.

Les visiteurs accédèrent à la tribune.

Des rangées de stalles à hauts dossiers se faisaient face, ornées de festons et d'arabesques. Au-dessus étaient suspendues des toiles baroques représentant divers apôtres. L'allée qui courait entre les bancs menait au mur ouest de l'église et à la rosace, neuf mètres plus haut.

Malone leva les yeux.

Des grains de poussière flottaient dans les rais de l'éblouissante lumière. Il se retourna pour étudier la croix qui se dressait au fond de la tribune. Pam et lui s'approchèrent de la balustrade pour admirer le réalisme spectaculaire de la figure sculptée du Christ crucifié. Au pied de la croix, un panonceau bilingue indiquait :

CRISTO NA CRUZ

CHRIST EN CROIX

C. 1550

ESCULTURA EM MADEIRA POLICROMA

SCULPTÙRE POLYCHROME SUR BOIS

« “Là où, au couchant, l'étoile croise une rose, perce une croix de bois”, répéta Pam. Nous y sommes. »

Elle avait raison. Mais Malone réfléchissait à la phrase suivante.

« Et change l'argent en or ! »

Il se retourna vers la rosace flamboyante et suivit des yeux les rayons chargés de poussière qui tombaient sur la croix. Avant de pénétrer dans la nef, ils traçaient une ligne sur le dallage en damier le long d'une allée bordée de bancs. Les touristes allaient et venaient sans y prêter attention. Le faisceau continuait vers l'autel à l'est, jetant une lueur diffuse sur le tapis rouge.

McCollum pénétra dans la nef et avança le long de l'allée centrale en direction du chœur.

« Il va se demander où nous sommes passés, dit Pam.

— Il n'ira nulle part. Il a besoin de nous, j'ai l'impression. »

McCollum s'arrêta entre les deux dernières colonnes, regarda autour de lui, se retourna et les remarqua. Malone lui fit signe de ne pas bouger et lui indiqua qu'ils descendraient dans une minute.

Il avait dit la vérité à McCollum. Il était doué pour les énigmes. Celle-ci l'avait dérouté au départ mais à présent, face à toutes ces sculptures, ces nervures, ces arches, ces lignes harmonieuses et ces pierres imbriquées entre elles et sur lesquelles ni le temps, ni les caprices de la nature, ni la négligence des hommes n'avaient prise, la solution lui apparut.

Il suivit des yeux les rayons du soleil couchant qui traversaient le chœur, coupaient en deux l'autel et tombaient sur le tabernacle d'argent.

Il jetait des reflets dorés.

Il n'avait pas remarqué ce phénomène tout à l'heure

quand ils étaient tout près. Ou peut-être le soleil couchant n'était-il pas encore placé à l'angle adéquat. Mais désormais la transformation était évidente.

L'argent changé en or.

Il vit que Pam aussi l'avait remarqué.

« C'est incroyable que la lumière puisse faire ça. »

La rosace était de toute évidence placée de sorte que les rayons du soleil couchant tombent ne serait-ce que l'espace d'un instant sur le tabernacle d'argent. Il avait été placé là délibérément et l'un des six tableaux avait été supprimé, ce qui venait perturber la symétrie si chère aux bâtisseurs du Moyen Âge.

Malone songea à la dernière phrase de l'énigme.

« Dans un univers d'adresses virtuelles, tu trouveras un autre lieu. »

Il se rua vers l'escalier.

En bas, Malone s'approcha des cordes de velours qui interdisaient toujours l'accès du chœur. Le mélange de marbre noir, blanc et rouge donnait de la noblesse à l'édifice – choix tout à fait approprié puisque le chœur accueillait les mausolées de la famille royale.

Le tabernacle se trouvait à une quinzaine de mètres de là.

Une inspection minutieuse du réceptacle d'argent n'était pas prévue au programme de la visite. Le prêtre posté près de l'autel annonça que l'église et le monastère fermeraient leurs portes d'ici cinq minutes. La plupart des groupes quittaient déjà les lieux et d'autres se dirigeaient vers la sortie.

Malone avait déjà remarqué que la porte du tabernacle était gravée. Il devait jadis renfermer des reliques. Peut-être y conservait-on encore l'hostie? Bien qu'il s'agisse d'un monument inscrit au patrimoine mondial de l'humanité, qui tenait plus de l'attraction touristique que du lieu de culte, certaines cérémonies exceptionnelles devaient toujours s'y dérouler, comme à la cathédrale Saint-Paul et à l'abbaye de Westminster. Ce qui pouvait expliquer pourquoi on maintenait le public à distance de ce que l'on pouvait sans doute considérer comme le clou de la visite.

« J'ai les billets, annonça McCollum en venant le rejoindre.

— Il faut que je voie ça de près, indiqua Malone en désignant le tabernacle, mais sans témoin.

— Ça pourrait s'avérer compliqué. Je suppose que tout le monde va être refoulé d'ici quelques minutes.

— Vous ne me donnez pas l'impression d'être quelqu'un qui se soumet à l'autorité d'autrui.

— Vous non plus. »

Malone repensa à Avignon et à ce que Stéphanie et lui avaient fait là-bas par une nuit pluvieuse de juin.

« Alors, trouvons une cachette où nous pourrons attendre que tout le monde soit parti. »

Stéphanie retourna dans l'alcôve sur la pointe des pieds. Il fallait qu'elle découvre la cachette de Daley avant que la partie qui se jouait à l'étage n'arrive à son terme. Elle espérait que les deux tourtereaux n'étaient pas pressés, même si Daley avait eu l'air plutôt impatient.

Cassiopée était déjà en train de chercher sans bruit.

« Le rapport indiquait qu'il n'avait jamais les clés USB quand il quittait le bureau. Il s'en servait sur son portable mais ne sortait jamais d'ici avec. Il lui disait toujours de ne pas l'attendre, qu'il la rejoindrait dans la chambre, chuchota Stéphanie.

— On prend vraiment de gros risques en restant. »

Stéphanie ne bougea plus et écouta.

« On dirait qu'ils sont encore occupés. »

Cassiopée ouvrit les tiroirs du bureau à la recherche de cachettes potentielles. Mais Stéphanie doutait qu'elle y trouverait quoi que ce soit. C'était trop évident. Elle se tourna de nouveau vers la bibliothèque et son regard s'attarda sur l'un des essais politiques qui y étaient rangés, un fin volume couleur taupe dont le titre se détachait en lettres bleues.

Hardball, de Chris Matthews.

Elle se souvint de l'anecdote que Daley avait partagée avec Green lorsqu'il s'était vanté de ses nouvelles fonctions à la tête de l'unité Magellan.

Qu'avait-il dit déjà ?

« Le pouvoir, c'est ce que vous avez entre les mains qui vous le donne. »

Elle attrapa le livre, l'ouvrit et découvrit qu'un tiers des pages avait été collées en fin d'ouvrage et évidées. Cinq clés USB y étaient nichées, chacune marquée d'un chiffre romain.

« Comment avez-vous deviné ? murmura Cassiopée.

— Cela m'inquiète beaucoup d'avoir trouvé, à vrai dire. Je commence à raisonner comme cet imbécile. »

Cassiopée se dirigea vers l'arrière de la maison et la porte de service, mais Stéphanie la prit par le bras et désigna l'entrée. Perplexe, Cassiopée lui adressa un regard qui semblait vouloir dire *Pourquoi chercher les ennuis ?*

Elles gagnèrent l'entrée en traversant le salon.

Un pavé électronique adjacent à la porte d'entrée

indiquait que le système d'alarme était toujours éteint. Stéphanie serrait l'arme de Dixon dans sa main.

« Larry ? » appela-t-elle.

Pas de réponse.

« Larry ? Vous avez une minute ? »

Des pas résonnèrent sur le plancher à l'étage et Daley apparut dans l'encadrement de la porte, torse nu.

« J'adore vos cheveux, Stéphanie. C'est votre nouveau look ? Et la tenue. Elle ne passe pas inaperçue.

— J'ai changé spécialement pour vous.

— Que faites-vous ici ?

— Je suis venue piller votre cachette », lui assena-t-elle en montrant le livre.

La panique envahit le visage aux traits enfantins.

« Eh oui, vous avez du souci à vous faire. Heather ? lança-t-elle en levant la voix. Vos choix en matière d'amants me déçoivent. »

Dixon sortit de la chambre en se pavanant ; elle était nue et ne parut pas le moins du monde gênée.

« Vous êtes finie, annonça-t-elle.

— Ça reste à prouver. Pour le moment, c'est moi qui ai votre arme.

— Que comptez-vous faire ?

— Je ne l'ai pas encore décidé. Et vous deux, ça fait longtemps ?

— Cela ne vous regarde pas, rétorqua Dixon.

— Simple curiosité. Je ne vous ai interrompus que pour vous faire savoir que désormais, ma peau n'est plus la seule en jeu dans cette affaire.

— Vous êtes bien renseignée, on dirait, remarqua Daley. Qui est votre amie ?

— Cassiopée Vitt, intervint Dixon.

— Flattée que vous me connaissiez.

— La fléchette anesthésiante, c'était vous ?

— Inutile de me remercier.

— Vous deux, vous pouvez aller vous recoucher, conseilla Stéphanie.

— Je ne crois pas, non. »

À ces mots, Dixon fit mine de se diriger vers l'escalier mais Stéphanie pointa l'automatique dans sa direction.

« Ne me poussez pas à bout, Heather. Je viens de perdre mon boulot et un mandat d'arrêt a été lancé contre moi. »

L'agent israélienne ne bougea plus, sentant peut-être qu'il valait mieux ne pas insister.

« Dans la chambre », répéta Stéphanie.

Dixon hésita.

«Tout de suite. »

Dixon recula jusqu'en haut des marches. Stéphanie rassembla les vêtements de l'Israélienne, y compris ses chaussures.

« Vous ne prendriez pas le risque de sortir nu en public pour vous lancer à nos trousses, fit-elle remarquer à Daley. Elle en revanche, si. Voilà qui devrait au moins la ralentir. »

Cassiopée et Stéphanie quittèrent la résidence.

49

Vienne
18 h 40

Thorvaldsen avait revêtu l'habit de cérémonie écarlate. Tous les membres de l'organisation se devaient de le porter à l'occasion de l'assemblée. La première session débuterait à dix-neuf heures et c'était sans aucune hâte qu'il s'y préparait. D'ordinaire, il y avait trop de blabla et trop peu d'action. Il n'avait jamais eu besoin de coopérer pour atteindre ses objectifs, mais il appréciait l'esprit de camaraderie qui régnait après les réunions.

Gary était assis dans l'un des fauteuils de la chambre.

« De quoi ai-je l'air ? le questionna Henrik, jovial.

— D'un roi. »

La robe majestueuse qui lui arrivait aux chevilles était coupée dans du velours et richement brodée de fils d'or de la devise de l'ordre ANTE FERIT QUAM FLAMMA MICET, « il frappe avant que la flamme ne brille ». Tout cela datait du XVe siècle, au temps de la création de l'ordre de la Toison d'or.

Il attrapa le collier en or pur composé d'une succession de briquets incrustés d'émail noir auquel était suspendue la Toison d'or.

« Chaque membre reçoit ce collier lorsqu'il entre dans l'Ordre. C'est notre symbole.

— Ça a l'air précieux.

– Ça l'est.

– C'est vraiment important pour vous ?

– Cela m'amuse, fit Henrik en haussant les épaules. Mais ça n'a rien de comparable avec une religion.

– Papa m'a dit que vous êtes juif. »

Henrik acquiesça d'un hochement de tête.

« Je ne sais pas grand-chose des juifs, à part que des millions d'entre eux ont été tués pendant la Seconde Guerre mondiale. Je ne comprends pas vraiment ce qui s'est passé.

– Tu n'es pas le seul. Voilà des siècles que les Gentils peinent à accepter notre existence.

– Pourquoi les gens détestent-ils les juifs ?»

Henrik s'était maintes fois posé la question, tout comme les philosophes, théologiens et hommes politiques qui réfléchissaient au problème depuis des siècles.

« Tout a commencé avec Abraham. Il avait quatre-vingt-dix-neuf ans quand Dieu lui est apparu et a conclu avec lui une alliance, donnant du même coup naissance à un peuple élu à qui devait revenir la terre de Canaan. Mais malheureusement, cet honneur était assorti de certaines responsabilités. »

Thorvaldsen perçut l'intérêt de Gary.

« As-tu déjà lu la Bible ? »

Gary fit non de la tête.

« Tu devrais, c'est un livre formidable. D'une certaine manière, Dieu a accordé une véritable bénédiction aux Israélites : devenir le peuple élu. Mais c'est leur réaction à cette bénédiction qui a scellé leur destin.

– Que s'est-il passé ?

– L'Ancien Testament rapporte qu'ils se sont rebellés, ils ont brûlé de l'encens, ont attribué leur bonne fortune aux idoles qu'ils vénéraient, n'en ont fait qu'à leur tête. Et pour les punir, Dieu les a dispersés parmi les Gentils.

— C'est pour ça que tout le monde les déteste.

— Difficile à dire, dit Henrik en finissant d'attacher sa cape. Mais les juifs font depuis lors l'objet de persécutions.

— On dirait que Dieu a mauvais caractère.

— Le Dieu de l'Ancien Testament est très différent de celui du Nouveau.

— Je ne suis pas sûr de l'aimer, celui-là.

— Tu n'es pas le seul. Les juifs ont été les premiers à souligner le fait que l'homme est responsable de ses actes. Ce n'est pas la faute des dieux si les choses tournent mal. C'est ta faute. Ça a fait de nous des gens différents. Les chrétiens sont allés plus loin. C'est la faute de l'homme s'il a dû quitter le jardin d'Éden mais comme Dieu aimait l'homme, il a racheté sa faute par le sang de son fils. Le Dieu des juifs est en colère. Son but, c'est la justice. Le Dieu des chrétiens est miséricordieux. La différence est de taille.

— Dieu est censé être gentil, non ? »

Henrik sourit avant de jeter un coup d'œil à l'élégante chambre qu'ils occupaient. Il était temps de passer à la vitesse supérieure.

« Que penses-tu de ce qui s'est passé tout à l'heure au pavillon ?

— Je ne suis pas sûr que M. Hermann apprécie que vous ayez enlevé sa fille.

— Tes parents non plus n'ont pas apprécié ce qui t'est arrivé. La différence, c'est que c'est une adulte et tu n'es qu'un adolescent.

— Pourquoi tout ce remue-ménage ?

— J'imagine que nous ne tarderons pas à le savoir. »

La porte s'ouvrit brusquement et Alfred Hermann fit irruption dans la chambre. Lui aussi avait revêtu la majestueuse tenue, le collier d'or et une cape de soie bleue.

« C'est vous qui détenez ma fille ? s'écria-t-il, hors de lui.

– En effet, répondit Henrik, de marbre.

– Et visiblement, vous savez que des micros sont cachés dans votre chambre.

– Il ne faut pas être très intelligent pour le deviner. »

La tension montait. Hermann n'était plus en terrain balisé.

« Henrik, je ne tolérerai pas un tel geste.

– Que comptez-vous faire ? Rappeler "Les serres de l'aigle" pour qu'il s'occupe de moi ?

– C'est ce que vous cherchez, n'est-ce pas ? fit Hermann, hésitant.

– Vous avez dépassé les bornes en enlevant ce jeune garçon.

– Où est Margarete ?

– En lieu sûr.

– Vous n'aurez pas l'estomac de lui faire du mal.

– J'ai assez d'estomac pour faire ce qu'il faut. Vous devriez le savoir. »

Le regard intense de Hermann se planta dans le sien. Il avait toujours trouvé que le visage anguleux de l'Autrichien ressemblait plus à celui d'un fermier qu'à celui d'un aristocrate.

« Je pensais que nous étions amis.

– Moi aussi. Mais visiblement, cela n'a eu aucune importance quand vous avez enlevé cet enfant à sa mère et à son père dont vous avez également détruit la librairie. »

La première session de l'assemblée plénière était sur le point de commencer, raison pour laquelle Henrik avait planifié sa révélation avec soin. En tant qu'occupant du fauteuil bleu, Hermann devait faire preuve de discipline et d'assurance en toute circonstance. Il ne devait jamais révéler aux membres de l'organisation dans quelle situation délicate il se trouvait.

Et il ne pouvait pas se permettre d'être en retard non plus.

« Il faut y aller, ordonna Hermann. C'est loin d'être terminé, Henrik.

— Je suis tout à fait d'accord. En ce qui vous concerne, ce n'est qu'un début. »

50

Washington, DC
13 h 30

« Vous n'avez pas l'impression d'être allée un peu loin avec Daley, Stéphanie ? » demanda Green.

Cassiopée et elle avaient pris place dans la limousine du ministre de la Justice dont la banquette arrière était isolée de l'avant par une plaque de Plexiglas. Green les avait récupérées en ville après qu'elles eurent été sorties de chez Daley.

« Il ne se serait pas lancé à notre poursuite. Heather aurait à la rigueur pu porter ses vêtements mais pas ses chaussures. Je ne pense pas qu'elle se serait lancée à nos trousses pieds nus et sans arme.

— Je suppose que vous aviez une bonne raison de faire savoir à Daley que vous étiez là... remarqua Green, perplexe.

— Ça m'intéresserait de la connaître, moi aussi, renchérit Cassiopée. Nous aurions pu sortir sans qu'il soit jamais au courant.

— Et je serais encore dans ses filets. Maintenant, il est obligé d'être prudent. Je possède quelque chose qui l'intéresse. Et Daley est le roi du marchandage.

— Qu'est-ce qu'il y a de si vital là-dedans ?» la questionna Green en désignant l'exemplaire de *Hardball*.

Stéphanie glissa l'une des clés USB dans l'ordinateur

portable qu'elle lui avait demandé d'amener et tapa Aunt B's dans l'espace réservé au mot de passe.

« Votre agent a découvert ça aussi ? s'étonna Cassiopée.

– Un restaurant du Maryland. Daley le fréquente régulièrement le week-end. Cuisine du terroir. L'une de ses préférées. Ça m'a semblé bizarre, je prenais Daley pour un grand gastronome. »

Une liste de dossiers s'afficha à l'écran, tous référencés grâce à un terme.

« Des représentants du Congrès, dit Stéphanie en cliquant sur une icône. J'ai découvert que Daley a une maîtrise parfaite des dates et du temps. Quand il extorque son vote à un représentant, il garde trace de la moindre contribution financière envoyée à l'intéressé. C'est bizarre car il ne touche jamais directement à l'argent mais il laisse plutôt faire le sale boulot à des lobbyistes qui apprécient l'idée et qui cherchent à gagner les faveurs de la Maison-Blanche. Cela m'a conduit à penser qu'il tient les comptes. Personne n'a aussi bonne mémoire. Ici, par exemple : quatorze paiements à ce type pour un total de cent quatre-vingt-sept mille dollars sur six ans. Avec la date, le lieu et l'heure de chaque paiement. Rien n'effraie plus un homme politique que les détails.

– On est en train de parler de pots-de-vin ? la questionna Green.

– Des versements en espèce, acquiesça Stéphanie, de l'argent de poche. Pas assez pour attirer l'attention, mais suffisamment pour que la communication reste possible. Simple et efficace, mais c'est le genre de capital politique que Daley accumule et que l'actuel gouvernement utilise. Ils se sont arrangés pour faire passer des lois plutôt sympathiques.

— Il doit y avoir au moins une centaine de représentants.

— Daley est efficace, il faut le reconnaître. L'argent est distribué de chaque côté de l'échiquier politique. »

Stéphanie cliqua sur une autre icône et une liste d'une trentaine de Sénateurs s'afficha à l'écran.

« Il a aussi un escadron de juges fédéraux sous sa coupe. Ils ont des problèmes financiers, comme tout le monde, et les acolytes de Daley se tiennent prêts à les aider. J'en ai trouvé un dans le Michigan qui a accepté de parler. Il était au bord de la faillite jusqu'à ce qu'un de ses amis apparaisse avec de l'argent. Sa conscience a fini par reprendre le dessus, surtout après que Daley lui eut demandé de rendre certains jugements allant dans son sens. Il semblerait qu'un avocat plaidant dans un procès qu'il présidait ait fait des dons conséquents au parti du président et qu'il ait eu besoin d'une petite garantie sur sa victoire.

— Les cours fédérales sont de véritables foyers de corruption, maugréa Green. Je le dis depuis des années. Attribuer un poste à vie à quelqu'un, c'est courir au-devant des ennuis. Trop de pouvoir et pas assez de contrôle.

— Une seule de ces clés USB suffirait à faire inculper plusieurs de ces charognards.

— Cette description leur va comme un gant.

— Leurs robes noires les font ressembler à des vautours perchés sur une branche, prêts à se jeter sur la première carcasse qui traîne.

— Vous faites preuve de si peu de respect pour notre pouvoir judiciaire, plaisanta Green.

— Le respect, cela se gagne.

— Puis-je vous suggérer quelque chose ? intervint Cassiopée. Pourquoi ne pas rendre toute cette affaire publique ? Révéler toutes ces malversations ? Ce n'est pas ma manière habituelle de fonctionner, mais il me semble que cela pourrait marcher en l'occurrence.

— Comme vous l'avez remarqué tout à l'heure, je ne sais pas grand-chose des Israéliens, souligna Green. Quant à vous, vous ne comprenez pas comment fonctionne la machine publicitaire de ce gouvernement. Ces types sont passés maîtres dans l'art du mensonge. Ils embrouilleront les choses au point de ne plus rien y comprendre et nous perdrons à la fois le traître et Daley.

— Il a raison, renchérit Stéphanie. Ça ne marchera pas. Nous devons nous en charger nous-mêmes. »

La limousine s'arrêta à cause d'un embouteillage au moment où le téléphone de Green fit entendre sa douce sonnerie. Il tira l'appareil de la poche de son costume et en examina l'écran à cristaux liquides.

« Ce devrait être intéressant. »

Il appuya sur deux touches.

« J'attendais votre appel, dit-il à travers le haut-parleur.

— Je n'en doute pas, répondit Daley.

— Ma concession perpétuelle dans le Vermont va devoir attendre, on dirait.

— C'est comme ça dans le jeu d'échecs, Brent. Chaque coup est une aventure. Bon, il faut bien que je l'admette, c'était bien joué de votre part.

— Tout le mérite en revient à Stéphanie.

— Je suis sûr qu'elle est près de vous alors, félicitations, Stéphanie.

— À votre service, Larry.

— Cela ne change pas grand-chose, souligna Daley. Ces fameux éléments dont je vous ai parlé sont encore dans tous leurs états.

— Vous devez les calmer, dit Stéphanie.

– Vous voulez discuter ? » proposa Daley.

Stéphanie allait répondre quand Green la fit taire d'un geste de la main.

« Quel intérêt ?

– Potentiellement très important. Les enjeux sont énormes.

– Plus importants que sauver votre peau ?

– Bien plus.

– Vous mentiez quand vous avez dit ne rien savoir du lien d'Alexandrie, n'est-ce pas ? déclara Green.

– Menti ? Le terme est un peu fort. C'est plutôt que j'ai dissimulé certains faits dans l'intérêt de la Sécurité nationale. Vais-je devoir en payer le prix ?

– Je pense que c'est raisonnable, étant donné les circonstances. »

Daley se rendrait vite compte que Green et Stéphanie pouvaient diffuser ses secrets comme bon leur semblait. Les relations qu'ils cultivaient dans les médias auraient adoré salir le gouvernement en exercice.

« Très bien, reprit Daley d'un ton résigné. Comment voulez-vous procéder ?

– Dans un endroit public. Beaucoup de témoins.

– Ce n'est pas une bonne idée.

– C'est à prendre ou à laisser.

– Dites-moi où et quand », dit Daley après une longue pause.

51

Lisbonne
19 h 4 0

Malone se réveilla, assis, appuyé contre un mur de pierre brute.

« Il est dix-neuf heures trente passées, chuchota Pam à son oreille.

– J'ai dormi longtemps ?

– Une heure. »

Il n'arrivait pas à distinguer son visage. Ils étaient totalement enveloppés par l'obscurité. Il reprit ses esprits.

« Tout va bien là-haut, McCollum ? demanda-t-il à voix basse.

– Rien à signaler. »

Ils étaient sortis de l'église juste avant dix-sept heures et avaient regagné à la hâte la tribune où une porte s'ouvrait sur le cloître. Les visiteurs avaient mis du temps pour vider les lieux, profitant du soleil de la fin de l'après-midi pour prendre quelques dernières photos des opulents ornements mauresques. Ils n'avaient pu se réfugier dans la galerie supérieure mais en longeant le mur nord, ils avaient découvert onze portes de bois. Un panonceau expliquait que ces espaces compacts servaient jadis de confessionnaux.

Dix des portes étaient verrouillées mais McCollum avait réussi à en ouvrir une grâce à un trou percé sous le pêne. Le verrou était apparemment défectueux et les employés se servaient du trou pour ouvrir la porte. McCollum s'était servi d'un imposant couteau qu'il gardait au fond de sa poche pour faire glisser le pêne et avait refermé la porte derrière eux. Malone ignorait qu'il fût armé. Il n'aurait pu monter dans l'avion avec son couteau, mais il avait mis un petit sac à la consigne de l'aéroport de Lisbonne. Malone avait fait de même avec la sacoche de Haddad. Le fait que McCollum n'y ait pas fait allusion ne faisait que rendre Malone plus méfiant encore.

À l'intérieur du confessionnal, une grille en fer ouvrait sur une autre cellule sombre qui communiquait avec l'église et permettait aux pénitents d'y accéder. La grille séparait les deux cellules pour que la confession puisse avoir lieu.

Malone se souvenait d'un endroit similaire dans son église, même s'il était d'une construction plus simple. Il n'avait jamais compris pourquoi il n'avait pas le droit de voir le prêtre qui lui donnait l'absolution. Lorsqu'il avait voulu se renseigner, les religieuses qui lui faisaient la classe s'étaient contentées de dire que cette séparation était nécessaire. Au fil du temps, il avait appris que la religion catholique adorait les principes mais n'aimait pas particulièrement les justifier. C'est ce qui expliquait en partie pourquoi il n'était plus pratiquant.

Il jeta un coup d'œil au cadran lumineux de la montre de Pam. Il était presque vingt heures. C'était tôt, mais le site était fermé depuis trois heures.

« C'est calme dehors ? chuchota-t-il à McCollum.

— Pas un bruit.

— Allons-y. Pas la peine de rester là plus longtemps. »

Malone entendit le bruit sec du couteau qui s'ouvrait, puis le frottement de la lame contre le métal.

La porte du confessionnal s'ouvrit avec un grincement.

Malone se leva mais dut se pencher à cause du plafond bas.

McCollum poussa la porte. Ils entrèrent sous les arcades du rez-de-chaussée, heureux de sentir la fraîcheur de l'air nocturne les envelopper après trois heures passées dans cette espèce de placard. À l'autre bout du cloître, sous les arcades de l'étage et du rez-de-chaussée, des lumières incandescentes brillaient doucement, laissant à peine deviner l'ombre des nervures entre les arches. Malone avança pour observer le ciel. L'absence d'étoiles ne faisait qu'accentuer l'obscurité qui régnait dans le cloître.

Il se dirigea droit vers l'escalier qui menait à la tribune. Il espérait que la porte qui communiquait avec l'église – celle qu'il avait empruntée tout à l'heure – n'était pas verrouillée.

Il fut ravi de constater que c'était bien le cas.

Un silence de mort régnait dans la nef.

La lumière crue des projecteurs qui inondait la façade illuminait les vitraux. Seule une poignée d'ampoules de faible intensité perçait l'épaisse obscurité du chœur.

« L'endroit est très différent la nuit », remarqua Pam.

Malone était du même avis et se tenait sur ses gardes.

Il se dirigea droit vers le chœur et enjamba les cordes de velours. Arrivé à l'autel, il gravit cinq marches jusqu'au tabernacle.

Il se retourna pour regarder la rosace, à l'autre bout de l'église.

L'iris gris pâle que les rayons du soleil n'animaient plus désormais le fixait.

McCollum, qui avait visiblement anticipé ce dont il aurait besoin, le rejoignit avec un cierge et des allumettes.

« La table à offrandes, au fond, près des fonts baptismaux. Je l'avais repérée tout à l'heure. »

Malone prit le cierge dont McCollum alluma la mèche, puis l'approcha du tabernacle pour étudier l'image gravée sur la porte.

Marie était assise, l'enfant Jésus sur les genoux, Joseph derrière elle, le front ceint d'une auréole. Trois personnages barbus s'agenouillaient devant l'enfant pour lui présenter leurs hommages. Trois autres personnages, dont un portant ce qui ressemblait étrangement à un casque, observaient la scène. Dans les cieux, une étoile à cinq branches luisait entre les nuages.

« La Nativité, s'exclama Pam.

– Ça m'en a tout l'air, renchérit Malone. Les Rois mages qui ont suivi l'étoile viennent rendre hommage au roi nouveau-né. »

Il se souvint de l'énigme et de ce qu'ils étaient censés découvrir là où l'argent se transformait en or. « Dans un univers d'adresses virtuelles, tu trouveras un autre lieu. »

Pas simple, cette énigme.

« Il faut ficher le camp d'ici, mais il nous faut aussi une photo de cette gravure et comme aucun d'entre nous n'a d'appareil photo... Des suggestions ?

– Après avoir acheté les billets, dit McCollum, je suis monté à l'étage. Il y a une boutique de souvenirs qui regorge de livres et de cartes postales. On va forcément y trouver une photo.

– Bonne idée, s'écria Malone. On vous suit. »

Sabre grimpa les marches jusqu'aux arcades de l'étage, ravi d'avoir fait le bon choix. Quand Alfred Hermann l'avait chargé de découvrir la bibliothèque d'Alexandrie, il n'avait pas tardé à élaborer un plan et l'élimination de l'équipe de surveillance israélienne en Allemagne avait scellé son destin.

Hermann n'aurait jamais accepté de provoquer délibérément les juifs, et il lui aurait été impossible d'expliquer pourquoi ces meurtres étaient nécessaires, alors qu'ils ne visaient qu'à déstabiliser le camp adverse l'espace de quelques jours, ce qui lui laissait le temps d'atteindre son objectif.

Si un tel objectif était atteignable...

Tout de même, la possibilité existait.

Il n'aurait jamais pu déchiffrer l'énigme seul, et impliquer n'importe qui d'autre à part Malone n'aurait fait qu'augmenter le risque d'être découvert. Voilà pourquoi il s'était dit que faire semblant de s'allier avec l'ex-agent américain était la seule voie possible.

C'était risqué, mais la démarche s'avérait productive : la moitié de l'énigme semblait résolue.

Il pénétra sous les arcades, tourna à gauche et se dirigea droit vers une double porte en verre, incongrue dans ce monument historique. Alfred Hermann lui avait déjà laissé quatre messages sur le répondeur du téléphone portable caché dans la poche de son pantalon. Il s'était demandé s'il devait contacter le vieil homme pour soulager son angoisse, mais avait décidé que ce serait idiot. Trop de questions auxquelles il n'avait pas de réponse à fournir. Il étudiait l'Ordre depuis longtemps, Alfred Hermann en particulier, et pensait avoir compris leurs points forts et leurs faiblesses.

Les membres de l'organisation étaient avant tout des commerçants.

Et avant d'extorquer leur argent aux Israéliens, aux

Saoudiens ou aux Américains, l'ordre de la Toison d'or devrait négocier avec lui, Sabre.

Et Sabre saurait se faire payer.

Malone suivit Pam et McCollum sous les arcades à la voûte nervurée en admirant le savoir-faire des bâtisseurs. D'après les bribes qu'il avait pu glaner en écoutant les guides, l'ordre hiéronymite qui avait pris possession des lieux en 1500 était une communauté fermée qui se consacrait à la prière, à la contemplation et aux théories réformistes. Les moines n'étaient chargés d'aucune mission évangélique ni pastorale. Ils s'employaient simplement à vivre une vie chrétienne exemplaire à travers leur culte, suivant ainsi l'exemple de leur saint patron Jérôme dont l'ouvrage trouvé par Malone à Bainbridge Hall relatait la vie.

Le trio s'arrêta devant des portes en verre taillées sur mesure pour épouser la forme de l'une des arches délicates. Elle donnait accès à la boutique de souvenirs.

« Il ne doit pas y avoir d'alarme, commenta McCollum. Qu'est-ce qu'il y a à voler à part des souvenirs ? »

Les portes étaient taillées dans d'épaisses plaques de verre ornées de gonds en métal noir et de poignées chromées.

« Elles s'ouvrent vers l'extérieur, impossible de les ouvrir d'un coup de pied, remarqua Malone. Ce verre fait plus d'un centimètre d'épaisseur.

– Vérifie si elles sont verrouillées », proposa Pam. Malone tira sur l'une des poignées.

La porte s'ouvrit.

« Je comprends pourquoi tes clients apprécient tes conseils.

– Pourquoi irait-on les fermer ? Ce monastère est une véritable forteresse. Et McCollum a raison, qu'y a-t-il à voler ? Les portes ont plus de valeur que toute la marchandise réunie. »

Sa logique le fit sourire. La Pam revêche était de retour, mais Malone était plutôt content. Son mauvais caractère l'aidait à rester vigilant.

Ils entrèrent dans la boutique. L'obscurité et l'atmosphère confinée lui rappelèrent le confessionnal, aussi bloqua-t-il les portes en position ouverte, comme en plein jour pour accueillir le flot de touristes qui s'y pressaient.

Une rapide estimation lui apprit que la boutique mesurait environ six mètres de côté ; trois grandes vitrines s'appuyaient contre l'un des murs, deux bibliothèques contre deux autres, un comptoir et une caisse enregistreuse occupaient le dernier. Au centre de la pièce, un comptoir couvert de livres.

« Il nous faut de la lumière. »

McCollum approcha d'une autre double porte vitrée menant à un escalier sombre. Trois interrupteurs saillaient du mur.

« Nous nous trouvons en plein cœur du monastère, constata Malone, et la lumière ne filtrera pas à l'extérieur. Mais ne laissons la lumière allumée que quelques minutes, le temps de voir ce que nous pouvons trouver. »

McCollum actionna l'un des interrupteurs et quatre petits projecteurs halogènes illuminèrent les vitrines. Ces lumières indirectes suffiraient amplement.

« Ça ira. À présent, trouvons des photos. »

Sur le comptoir central étaient empilés des livres reliés en portugais et en français, tous intitulés *Monastère de*

Santa Maria de Belém. Papier glacé, beaucoup de texte. Des photos aussi. Deux fins volumes entassés à côté comptaient plus de photos que de texte. Malone feuilleta la première pile tandis que Pam feuilletait la seconde et que McCollum examinait les étagères. Arrivé aux trois quarts d'un volume, Malone tomba sur un passage consacré au chœur comportant une image en couleur de la porte en argent du tabernacle.

Il s'approcha de la lumière. La photo offrait un gros plan très détaillé.

« Voilà exactement ce qu'il nous faut. »

En parcourant le chapitre consacré au tabernacle pour voir si certains détails leur seraient utiles, il apprit qu'il était fait de bois recouvert d'argent. Pour l'installer dans le chœur, il avait fallu enlever le tableau central inférieur ; il avait disparu par la suite. L'image de ce tableau disparu avait été gravée sur la porte du tabernacle pour parachever le cycle consacré à l'Épiphanie. L'image sur la porte montrait Gaspard, l'un des Rois mages, en train de se prosterner devant le roi nouveau-né. Le livre soulignait que l'Épiphanie était considérée comme la soumission du pouvoir séculier au pouvoir divin et que les Rois mages symbolisaient le monde tel qu'on le connaissait alors : Europe, Asie, Afrique.

Malone tomba sur un passage intéressant.

> On raconte qu'un étrange phénomène se produit à certaines périodes de l'année lorsque les rayons du soleil pénètrent dans l'église d'une façon extraordinaire. Pendant les vingt jours précédant l'équinoxe de printemps et trente jours après celle d'automne, les rayons dorés du soleil, de l'heure des vêpres au coucher du soleil, entrent par l'ouest et, couvrant une distance de quatre cent cinquante pas,

passent en ligne droite à travers le chœur et l'église pour toucher le tabernacle, transformant l'argent en or. L'un des prêtres de la paroisse de Belém, étudiant passionné par cette histoire, a observé il y a longtemps que « le soleil semble prier son Créateur de le dispenser de sa tâche illustre l'espace de quelques heures, promettant d'être de retour à l'aube et de briller de nouveau ».

Il lut le passage à ses compagnons avant d'ajouter :

« Les Gardiens sont visiblement bien renseignés.

— Et leur sens de l'à-propos est impeccable, ajouta Pam. L'équinoxe d'automne a eu lieu il y a à peine quinze jours. »

Malone arracha la photo du livre et songea au reste de l'énigme. « Dans un univers d'adresses virtuelles, tu trouveras un autre lieu. » Voilà ce qui les attendait, et c'était bien plus difficile.

« Cotton, ne me dis pas que tu n'as pas remarqué le rapport. »

Il l'avait bien remarqué et fut ravi de constater qu'il n'était pas le seul à réfléchir.

« "[...] Là où, au couchant, l'étoile croise une rose, perce une croix de bois et change l'argent en or. Dans un univers d'adresses virtuelles, tu trouveras un autre lieu [...]" La porte du tabernacle, dit-elle en désignant la photo. Bethléem, la Nativité. Nous sommes à Belém. Souviens-toi de ce que nous avons lu cet après-midi à Londres : Belém est la traduction portugaise de Bethléem. Et qu'a écrit Haddad, déjà ? "Les grandes quêtes commencent souvent par une épiphanie."

— Tu es prête pour la finale de *Questions pour un champion ?* », s'amusa Malone.

Il y eut un bris de glace.

« Le bruit venait de l'intérieur du cloître », annonça McCollum.

Malone se jeta sur les interrupteurs pour éteindre les halogènes. L'obscurité les engloutit de nouveau et il fallut quelques minutes à ses yeux pour s'y habituer.

Un autre bris de glace.

Malone avança à pas de loup jusqu'à la porte vitrée et réussit à déterminer d'où provenait le bruit : au fond du cloître, au rez-de-chaussée.

Il vit quelque chose bouger dans la pénombre et distingua trois hommes au moment où ils franchissaient une porte vitrée. Ils étaient tous armés.

Ils se dispersèrent sous les arcades du rez-de-chaussée.

52

Washington, DC
14 h 45

Stéphanie tendit son billet à l'hôtesse et entra dans le musée de l'Air et de l'Espace. Green ne les avait pas accompagnées car la présence du ministre de la Justice dans un endroit public ne serait pas passée inaperçue. Stéphanie avait choisi ce lieu pour ses nombreux murs de verre, sa réputation de musée le plus visité au monde et l'abondance d'agents de sécurité et de détecteurs de métaux sur les lieux. Daley n'invoquerait pas de rendez-vous officiel pour justifier sa présence ici car cela pourrait conduire à des questions gênantes, mais il était capable de venir en compagnie de Heather Dixon et de ses nouveaux associés arabes.

Elles se frayèrent un passage dans la foule et jetèrent un coup d'œil à l'intérieur du musée qui couvrait trois pâtés de maison, tout en acier, marbre et verre. Les plafonds atteignaient près de trente mètres de haut, ce qui donnait l'impression de se trouver dans un hangar ; y était retracée la conquête de l'Air, depuis l'avion des frères Wright jusqu'à la fusée *Apollo 11,* en passant par le *Spirit of Saint Louis* de Lindbergh.

« Quel monde ! » maugréa Cassiopée.

De nombreux visiteurs faisaient la queue devant une salle de cinéma IMAX ; Stéphanie et Cassiopée entrèrent dans le hall consacré à la conquête spatiale. Daley les attendait près d'une reproduction grandeur nature d'un module lunaire aux allures d'araignée, exposé comme s'il venait de se poser, un astronaute en équilibre sur l'échelle d'alunissage.

Daley semblait calme étant donné les circonstances. Pas un de ses cheveux n'avait échappé à l'habituelle couche de brillantine.

« Vous avez pris la peine de vous rhabiller avant de venir, à ce que je vois, dit Stéphanie en approchant.

– Je vous avais sous-estimée, Stéphanie. Je m'étais trompé et ça ne se reproduira plus.

– Vous êtes venu sans vos gardes du corps ? »

Elle savait que Daley sortait rarement sans son escorte.

« Il n'y en a qu'un qui m'accompagne. »

À son geste, Stéphanie et Cassiopée se retournèrent pour voir apparaître Heather Dixon qui contournait le Skylab.

« Marché annulé, Larry.

– Si vous voulez tout savoir sur le lien d'Alexandrie, elle seule peut vous renseigner. »

Dixon fendit la foule d'un pas nonchalant. Un groupe de gamins bruyants s'agglutinèrent autour du module lunaire et s'accrochèrent à la barrière en bois qui entourait l'appareil. Daley entraîna Stéphanie et Cassiopée vers un étroit passage, parallèle à une cloison de verre qui abritait la cafétéria du musée.

« Je suis toujours décidée à avoir votre peau, déclara Dixon.

– Je ne suis pas venue vous écouter proférer des menaces.

– Et moi, je suis ici à la demande du gouvernement de mon pays.

— Commençons par le commencement », proposa Daley.

Dixon s'empara d'un appareil électronique de la taille d'un téléphone portable qu'elle alluma.

« Elles ne transportent pas de micro », dit-elle au bout de quelques secondes.

Stéphanie savait comment fonctionnait cet appareil. Les agents de l'unité Magellan s'en servaient souvent. Elle se saisit du détecteur et le tendit vers Dixon et Daley.

Négatif pour eux aussi.

« Bon, puisque nous sommes seuls, je vous écoute, dit-elle en lançant l'appareil à Dixon.

— Vous n'êtes qu'une pétasse.

— Parfait. Maintenant, arrêtez votre cinéma et dites-moi de quoi il retourne.

— Bon, alors voilà, commença Daley. Un jour, il y a trente ans, George Haddad étudiait les toponymes de l'ouest de l'Arabie trouvés dans un exemplaire d'une gazette saoudienne publiée à Riyad et les traduisait en hébreu ancien. J'ignore complètement pourquoi il faisait cela. C'est comme regarder la peinture sécher, si vous me demandez mon avis. Mais il a commencé à remarquer que certains des toponymes apparaissaient dans la Bible.

— L'hébreu ancien est une langue difficile, intervint Cassiopée. Sans voyelles, difficile à interpréter et terriblement ambiguë. Il faut savoir ce que l'on fait.

— Vous êtes experte en la matière? voulut savoir Dixon.

— Loin de là.

— Haddad l'est, lui, insista Daley, et voici le problème : il remarqua que ces toponymes bibliques se concentraient dans une langue de terre d'environ six cent quarante kilomètres de long sur cent soixante de large dans la portion occidentale de l'Arabie Saoudite.

— Vous parlez du Assir ? s'étonna Cassiopée. Non loin de La Mecque ? »

Daley acquiesça.

« Haddad a passé des années à chercher dans d'autres régions mais n'a jamais pu découvrir une telle concentration de toponymes bibliques en hébreu ancien dans aucun autre endroit au monde, Palestine comprise. »

Stéphanie savait que l'Ancien Testament relatait les tribulations des juifs de l'époque. Si en traduisant en hébreu ancien les toponymes de l'ouest de l'Arabie actuelle on obtenait des noms bibliques, les répercussions politiques pourraient être énormes.

« Vous voulez dire qu'il n'y avait pas de juifs en Terre sainte ?

— Bien sûr que non, intervint Dixon. Nous y étions présents. Tout ce qu'il dit, c'est que pour Haddad, l'Ancien Testament est un témoignage des tribulations des juifs dans l'ouest de l'Arabie avant qu'ils n'entreprennent leur voyage vers le nord et le territoire que nous appelons aujourd'hui la Palestine.

— La Bible viendrait d'Arabie ? s'étonna Stéphanie.

— C'est une façon de voir les choses, dit Daley. Les conclusions de Haddad ont été confirmées quand il s'est mis à les comparer à certaines données géographiques. Depuis plus d'un siècle, les archéologues essaient de trouver en Palestine des sites correspondant aux descriptions bibliques. En vain. Haddad a découvert que si l'on traduit en hébreu ancien les toponymes de l'ouest de l'Arabie, tous les lieux correspondent avec la géographie biblique.

— Pourquoi personne n'a-t-il remarqué cela avant ?

demanda Stéphanie, toujours sceptique. Haddad n'est certainement pas la seule personne capable de comprendre l'hébreu ancien ?

— D'autres l'ont remarqué, dit Dixon. Trois personnes entre 1948 et 2002.

— Mais le gouvernement de votre pays s'est occupé d'elles, n'est-ce pas ? Voilà pourquoi il voulait la peau de Haddad ! »

La question de Stéphanie resta en suspens.

« Tout ça c'est une histoire de revendications contradictoires, n'est-ce pas ? demanda Cassiopée, rompant le silence gêné. Dieu a conclu une alliance avec Abraham et lui a donné la Terre sainte. On lit dans la Genèse que grâce à Isaac, fils d'Abraham, le peuple juif en bénéficie.

— Depuis des siècles, on part du principe que le territoire délimité par Dieu et offert à Abraham se trouve dans ce que nous appelons aujourd'hui Palestine, expliqua Daley. Mais si ce n'était pas le cas ? Et si le territoire délimité par Dieu se trouvait ailleurs ? Quelque part loin de la Palestine, dans l'ouest de l'Arabie ?

— Vous êtes dingue, gloussa Cassiopée. L'Ancien Testament trouverait ses origines dans cette région ? Au cœur de l'islam ? La terre des juifs, promise par Dieu, jouxterait La Mecque ? Il y a quelques années, des factions islamistes se sont révoltées dans le monde entier à cause d'une caricature de Mahomet. Vous imaginez de quoi elles seraient capables si une telle information se répandait ?

— C'est la raison pour laquelle les Saoudiens et les Israéliens voulaient la mort de Haddad, expliqua Daley, impassible. Il disait que l'on trouverait la preuve confirmant sa théorie à la bibliothèque d'Alexandrie. Et cette information lui a été fournie par quelqu'un qui se faisait appeler le Gardien.

— Comme les trois autres, ajouta Dixon. Chacun d'eux a reçu la visite d'un émissaire appelé Gardien qui lui a proposé un moyen de découvrir la Bibliothèque.

— Quel genre de preuve pourrait bien exister ?

— Il y a cinq ans, Haddad a annoncé à l'Autorité palestinienne que certains documents anciens pourraient bien servir à vérifier ses conclusions, répondit Daley, non sans marquer une certaine impatience. Un exemplaire original de l'Ancien Testament écrit avant la naissance du Christ en hébreu ancien aurait pu s'avérer décisif. Il n'en existe pas aujourd'hui datant d'avant le Xe siècle. Haddad savait pour avoir lu d'autres documents qui nous sont parvenus que la bibliothèque d'Alexandrie renfermait des textes bibliques. En découvrir un pourrait bien être la seule façon de prouver quoi que ce fût puisque les Saoudiens interdisent les fouilles archéologiques dans la région du Assir. »

Stéphanie se rappela ce que Green lui avait dit à l'aube mardi matin.

« Voilà pourquoi ils ont rasé ces villages. Ils avaient peur. Ils ne voulaient pas que l'on découvre quelque chose qui puisse être associé à la Bible des Juifs.

— Et c'est ce qui les pousse à vouloir vous tuer, ajouta Dixon. Vous vous mêlez de leurs affaires. Ils ne veulent prendre aucun risque. »

Stéphanie observait le hall consacré à la conquête spatiale où les fusées se dressaient vers le ciel. Des écoliers surexcités se frayaient un chemin entre les appareils exposés.

« Votre gouvernement croit à toutes ces histoires ? demanda-t-elle à Dixon avec un regard mauvais.

— C'est pour cela que ces trois hommes ont perdu la vie. C'est pour cela que nous tenions Haddad dans notre ligne de mire.

– Ce n'est pas un ami d'Israël, dit Stéphanie en désignant Daley. Il serait prêt à tout pour mettre votre gouvernement à genoux.

– Stéphanie, vous perdez la tête, se moqua Dixon.

– Cela ne fait aucun doute, c'est ce qu'il cherche.

– Vous ne savez rien de mes motivations, s'indigna Daley.

– Je sais que vous êtes un menteur. »

Daley la dévisagea, troublé. Il avait presque l'air déconcerté, ce qui la surprit. Aussi lui demanda-t-elle :

« Qu'est-ce qui se passe vraiment, Larry ?

– Cela dépasse tout ce que vous pouvez imaginer. »

53

Lisbonne
20 h 45

Malone trouva refuge dans la boutique tout en surveillant les trois hommes armés qui traversaient la galerie du rez-de-chaussée avec circonspection. Des pros. Génial...

Il s'abrita derrière l'une des vitrines adjacentes à la porte ouverte, Pam près de lui, et continua de surveiller le cloître. McCollum était accroupi derrière le comptoir central.

« Ils sont en bas, nous en haut. Cela devrait nous laisser quelques minutes. L'église et les arcades sont spacieuses. Cela va leur prendre du temps de tout passer au peigne fin. Elles sont verrouillées ? demanda-t-il à McCollum en désignant les autres portes.

– J'en ai bien peur. Elles permettent de descendre et de sortir. Ils doivent les verrouiller par précaution.

– Il faut qu'on sorte d'ici, dit-il, persuadé qu'ils se trouvaient en mauvaise posture.

– Cotton », l'appela Pam, et Malone se retourna vers la galerie supérieure.

L'un des hommes venait de surgir de l'escalier et se dirigeait vers la boutique.

McCollum se glissa derrière Malone et chuchota :

« Emmenez-la vers la caisse et cachez-vous derrière le comptoir. »

Un type capable d'abattre deux hommes d'une balle dans la tête avant d'avaler son petit déjeuner méritait qu'on lui prête attention. Aussi Malone décida-t-il de ne pas discuter. Il attrapa Pam par le bras et l'entraîna derrière le comptoir.

Il vit McCollum s'emparer de son couteau.

Il se glissa dans l'un des espaces qui séparait les trois vitrines alignées. L'obscurité le protègerait, au moins jusqu'à ce que sa proie n'ait plus le temps de réagir.

L'homme armé approchait.

Stéphanie était en train de perdre patience avec Larry Daley.

« Que voulez-vous dire par "Cela dépasse tout ce que vous pouvez imaginer" ?

– Certains membres du gouvernement veulent prouver la théorie de Haddad, répondit Daley.

– Vous, par exemple, dit Stéphanie qui se souvenait de ce qu'il avait dit à Green lorsqu'il se croyait seul avec lui.

– C'est faux.

– Soyons sérieux, Larry. Vous vous êtes déplacé uniquement parce que j'ai les moyens de vous faire chanter.

– Soyez réaliste, Stéphanie. Notre service de presse fera passer ça pour une histoire de preuves fabriquées de toutes pièces par une employée qui a perdu les pédales et tente de garder son boulot. Bien sûr, la situation sera sans doute délicate, les journalistes y fourreront leur nez mais vous n'avez pas assez de preuves pour me faire virer, ni personne d'autre d'ailleurs. Je n'ai personnellement pas remis un centime à qui que ce soit. Et avec les groupes de pression, c'est un dialogue de sourds. Vous allez perdre cette bataille.

— Peut-être, mais vous serez pestiféré, un homme fini.

— Ce sont les risques du métier », remarqua Daley, fataliste.

Cassiopée surveillait le hall et Stéphanie sentit qu'elle était tendue.

« Venez-en aux faits, voulez-vous ? dit-elle à Daley.

— Voici les faits, intervint Dixon. Nous voulons que tout ça disparaisse. Mais un membre de votre gouvernement refuse de laisser tomber.

— Exactement. C'est lui », dit Stéphanie en désignant Daley.

Cassiopée se rapprocha du module lunaire et du groupe d'adolescents agglutinés autour.

« Stéphanie, reprit Daley, vous m'avez rendu responsable de la fuite concernant le lien d'Alexandrie. Mais vous êtes incapable de distinguer vos amis de vos ennemis. Vous détestez ce gouvernement. Vous pensez que le président est un crétin. Mais ce n'est pas lui le pire. Il y a des gens dangereux dans ce gouvernement.

— Non, ce sont tous des fanatiques, fidèles à un parti qui nous raconte des bobards depuis des années. Aujourd'hui, ils sont en position d'agir.

— Et pour le moment, Israël est en tête de leurs priorités.

— Arrêtez de jouer aux devinettes, Larry et dites-moi ce que vous voulez que je sache.

— Le vice-président est derrière toute cette affaire.

— Soyons sérieux.

— Il entretient des liens étroits avec les Saoudiens qui lui apportent leur soutien financier depuis longtemps. Il n'est pas né de la dernière pluie. Plusieurs mandats au Congrès, ministre des Finances pendant trois ans et aujourd'hui deuxième personnage de l'État. Il veut briguer les plus hautes fonctions, n'en fait pas un mystère et les fidèles du parti lui ont promis l'investiture. Certains de ses amis ont besoin que les relations avec les Saoudiens soient bonnes et ce sont eux qui le financeront. Le président et lui sont en désaccord sur le dossier du Moyen-Orient. C'est un proche de la famille royale saoudienne mais il ne s'en vante pas. Il leur est tombé sur le dos une ou deux fois publiquement, mais il s'est arrangé pour que les Saoudiens soient au courant à propos du lien d'Alexandrie. Pour les récompenser de leur bonne volonté. »

Les propos de Daley contredisaient ceux de Brent Green, puisque le ministre de la Justice lui avait avoué être responsable de la fuite.

Cassiopée vint la rejoindre.

« Qu'y a-t-il ?

— Sortons d'ici.

— Un problème ?

— Une impression désagréable.

— Votre vie est trop riche d'intrigues, ironisa Dixon.

— Et la vôtre de mensonges. »

Stéphanie se tourna vers Daley, indécise.

« Je croyais vous avoir entendu dire il y a quelques minutes que certains membres du gouvernement voulaient prouver la théorie de Haddad. Maintenant, vous me dites que le vice-président a vendu la mèche aux Saoudiens qui eux voudraient enterrer l'affaire. Où est la vérité ?

— Stéphanie, les documents que vous avez dérobés chez moi pourraient anéantir ma carrière. J'ai toujours été un homme de l'ombre, mais quelqu'un doit se charger de ce genre de boulot. Vous voulez ma peau ou celle du véritable instigateur de toute cette affaire ? »

Il n'avait pas répondu à sa question.

« Je veux votre peau à tous.

– Ça, c'est impossible. Écoutez, pour une fois. Vous pouvez taper toute la journée sur un tronc d'arbre avec une hachette et arriver à l'entailler. Mais si vous plantez un coin en plein milieu, le tronc se fendra à coup sûr.

– Vous vous efforcez simplement de vous en tirer.

– Dites-lui tout, ordonna-t-il à Dixon.

– Votre gouvernement est divisé. Nos nations sont toujours amies, mais certains aimeraient que cela change.

– Ce n'est pas nouveau, rétorqua Stéphanie, guère impressionnée. Les avis divergent forcément.

– Cette fois, c'est différent. Il se passe autre chose. Et Malone est au Portugal. »

Cette information retint son attention.

« Le Mossad a prévu de l'éliminer sur place.

– Stéphanie, dit Daley en se passant une main dans les cheveux, deux factions s'opposent. D'un côté les Arabes, de l'autre les juifs. Ils veulent la même chose et, pour une fois, c'est aussi pour la même raison. Le vice-président est de mèche avec les Arabes... »

Une alarme retentit dans l'immense édifice, puis quelqu'un annonça d'une voix blanche par le biais de la sonorisation que le musée devait être évacué immédiatement.

Stéphanie agrippa Daley.

« Je n'y suis pour rien », se défendit-il.

Sabre resta parfaitement immobile. Il fallait que l'homme armé pénètre dans la boutique de souvenirs.

Il allait le faire.

Il y serait obligé.

Sabre se demandait où ses deux acolytes étaient passés. Il eut sa réponse en entendant un bruit derrière les portes vitrées verrouillées.

Intéressant.

Les trois hommes connaissaient visiblement la géographie des lieux et savaient aussi qu'ils trouveraient leurs proies dans la boutique.

Avaient-ils aperçu la lumière ?

Les deux hommes armés essayèrent d'ouvrir les portes à sa gauche et les trouvèrent fermées à clé. Ils reculèrent et tirèrent plusieurs coups de feu.

Il n'y eut pas d'écho, juste des bruits sourds comme un clou qu'on enfonce. Les balles claquèrent contre le verre sans parvenir à le briser.

Du verre blindé.

Le troisième homme s'engouffra par la porte ouverte, arme au poing. Il hésita un moment, évalua la situation et Sabre saisit l'occasion pour se jeter sur lui. D'un coup de pied, il lui fit lâcher son arme, brandit le couteau et lui trancha la gorge. L'homme n'eut pas le temps de comprendre ce qui lui arrivait. Sabre lui plongea le couteau dans la nuque.

Il émit quelques gargouillis avant de s'écrouler par terre.

D'autres balles vinrent heurter la porte vitrée. Les coups de pied n'eurent aucun effet sur les gonds. Des pas claquèrent sur les marches : les deux hommes descendaient.

Sabre s'empara du pistolet de l'homme qu'il venait de tuer.

L'alarme continuait de hurler. Des centaines de visiteurs se précipitèrent vers la sortie du musée. Stéphanie agrippait toujours le col de Daley.

« Le vice-président a des alliés, dit-il. Il ne peut pas faire ça tout seul. »

Stéphanie ouvrit grand ses oreilles.

« Stéphanie, Brent Green travaille avec lui. Il n'est pas votre ami. »

Stéphanie dévisagea Heather Dixon.

« Il dit la vérité, déclara-t-elle. Qui d'autre savait que vous veniez ici ? Si nous voulions vous tuer, nous n'aurions pas accepté de vous rencontrer dans ce musée. »

Elle avait cru maîtriser la situation, mais elle n'en était plus si sûre à présent. Green était effectivement le seul à être au courant de leur présence ici – si Dixon et Daley disaient vrai.

Stéphanie lâcha Daley.

« Green est de mèche avec le vice-président. Cela fait un moment que ça dure. On lui a promis la vice-présidence. Brent n'a aucune chance de se faire élire, c'est son seul espoir de grimper les échelons. »

Un nouveau message ordonna aux visiteurs d'évacuer le musée. Un gardien sortit de la cafétéria et leur annonça qu'ils devaient quitter les lieux.

« Que se passe-t-il ? voulut savoir Daley.

– Simple précaution. Nous devons évacuer le bâtiment. »

À travers les parois de verre, Stéphanie vit la foule envahir la route et l'esplanade qui séparaient le musée de la promenade couverte de pelouse.

Simple précaution, tu parles !

Le petit groupe se hâta de regagner l'entrée principale. Les visiteurs se dépêchaient de sortir. Ils bavardaient, le visage inquiet ; c'étaient en majorité des adolescents, des familles qui se demandaient ce qui pouvait bien se passer.

« Empruntons un chemin détourné, proposa Cassiopée. Montrons-nous un peu imprévisibles, au moins. »

Elle avait raison. Elles s'éloignèrent. Daley et Dixon restaient figés sur place comme s'ils tentaient de les convaincre.

« Stéphanie », appela Daley.

Elle se retourna.

« Je suis votre seul allié. Venez me voir quand vous l'aurez compris. »

Elle ne releva pas, même si elle détestait le sentiment d'incertitude qui la submergeait.

« Il faut y aller », la pressa Cassiopée.

Elles traversèrent au pas de course d'autres salles remplies d'avions rutilants, passèrent devant la boutique de souvenirs d'où les clients fuyaient en hâte. Cassiopée avait apparemment l'intention d'utiliser l'une des sorties de secours – une bonne idée puisque les alarmes étaient déjà activées.

Tout à coup, un homme surgit de derrière une vitrine remplie de maquettes d'avions. Grand, vêtu d'un costume sombre. Il leva la main. Stéphanie remarqua qu'il portait une oreillette.

Les deux amies s'arrêtèrent et se retournèrent. Deux

autres hommes d'allure identique se trouvaient derrière elles. Stéphanie comprit qui ils étaient à leur regard et à leurs manières.

Les services secrets.

Le premier adressa quelques mots à quelqu'un dans le micro épinglé au revers de sa veste et l'alarme se tut.

« Pouvez-vous nous faciliter la tâche, madame Nelle ?

— Pourquoi le devrais-je ?

— Parce que le président des États-Unis souhaite vous parler », dit-il en s'approchant.

54

Lisbonne
21 h 30

Malone fit le tour du comptoir et s'accroupit à côté de McCollum, occupé à fouiller sa victime. Il avait vu le soi-disant chercheur de trésor tuer leur assaillant avec la précision d'un expert.

« Les deux autres font le tour par l'église pour revenir ici, expliqua Malone.

— Compris. Voici quelques chargeurs pleins. Et une autre arme. Vous avez une idée de qui il s'agit ?

— Des Israéliens, c'est sûr.

— Je croyais vous avoir entendu dire qu'on n'avait plus à s'en soucier.

— Et vous disiez que vous étiez un amateur. Vous êtes plutôt doué, d'après ce que je viens de voir.

— On fait ce qu'on a à faire pour sauver sa peau. »

Malone remarqua quelque chose à la taille de l'homme. Il décrocha l'objet métallique.

Un émetteur-récepteur GPS. Il s'en était servi maintes fois pour suivre les cibles sur lesquelles il avait caché un mouchard. Il activa l'écran et vit que l'appareil suivait quelque chose en mode silencieux. Un flash indiquait que la cible était proche.

« Il faut y aller, dit Pam.

— On va avoir du mal, répondit Malone. La seule issue

se trouve au bout de cette galerie, mais les deux autres tireurs doivent se trouver près de l'escalier maintenant. Il faut trouver un autre moyen de descendre. »

Malone empocha le récepteur. Arme au poing, ils sortirent sans bruit de la boutique.

Les deux tireurs surgirent de derrière les arcades à une vingtaine de mètres du petit groupe et se mirent à tirer.

Les coups de feu retentirent à travers le cloître.

Malone plongea et plaqua Pam au sol. Le cloître était octogonal et Malone profita du léger renforcement à chaque angle pour se cacher.

« Avancez par là-bas, je vais les occuper », proposa McCollum.

Un banc en pierre d'une seule pièce faisait tout le tour du cloître, reliant les arches et formant ainsi une balustrade très élaborée. Pam et Malone s'accroupirent et s'éloignèrent à la hâte de la boutique, laissant McCollum les couvrir.

Des balles ricochaient sur les murs tout autour d'eux. Malone comprit alors que leurs ombres projetées sur les murs par les appliques encore allumées trahissaient leur présence. Malone agrippa Pam, s'arrêta et se mit à plat ventre. Il visa et en trois coups de feu, détruisit les appliques.

L'obscurité les enveloppait désormais.

McCollum avait arrêté de tirer, tout comme les deux agresseurs.

Malone et Pam se remirent à avancer, toujours accroupis, en s'abritant derrière les arches, les nervures et le banc de pierre.

Ils arrivèrent au bout de la galerie.

Face à eux, légèrement sur leur droite se dressait le mur

de la galerie suivante. Aucune porte en vue. Au bout, un autre mur plein. À gauche de ce mur, deux portes vitrées dont une, grande ouverte, invitait les visiteurs à entrer. Un panonceau indiquait qu'il s'agissait du réfectoire. Peut-être y découvriraient-ils un moyen de descendre vers l'église ?

Il fit signe à Pam d'entrer.

Trois balles vinrent claquer contre les portes. Aucune ne traversa le verre, blindé là aussi. Que Dieu bénisse celui qui avait choisi ces portes.

« Cotton, on a un problème », s'écria Pam.

Il lança un coup d'œil dans le réfectoire.

À travers l'obscurité, à peine troublée par les rayons épars qui perçaient à travers les fenêtres, il vit un large rectangle surmonté d'un plafond à nervures semblable à celui de l'église. Une petite corniche encerclait la pièce sous laquelle courait une mosaïque colorée. Il n'y avait aucune issue. Les fenêtres étaient à trois mètres du sol sans aucun moyen d'y accéder.

Il ne vit que deux ouvertures.

L'une au fond, à une quinzaine de mètres d'eux. Il s'en approcha en courant et s'aperçut qu'il avait dû s'agir d'une cheminée mais qu'aujourd'hui, elle ne servait plus que de niche décorative.

Scellée.

L'autre ouverture, plus petite, mesurant un mètre sur un mètre cinquante environ, se trouvait dans un renfoncement d'environ quatre-vingt-dix centimètres percé dans le mur extérieur. Les moines prenaient jadis leurs repas dans ce réfectoire et les repas étaient peut-être préparés ici avant d'être servis.

Pam avait raison. Ils avaient un problème.

« Grimpe là-dedans », ordonna Malone.

Elle ne se fit pas prier et se faufila sur une étagère en pierre au-dessus d'une vasque.

« Il faut vraiment que je sois dingue pour me retrouver ici.

– C'est un peu tard pour t'en rendre compte. »

Malone surveillait les portes vitrées menant à l'étage supérieur. Une ombre se dessina dans l'obscurité. Il vit que Pam était en sûreté dans la niche et l'y rejoignit, se faisant aussi petit que possible.

« Que vas-tu faire ? chuchota Pam à son oreille.

– Ce qu'il faudra. »

Sabre avait vu leurs agresseurs partir chacun de son côté : l'un à la poursuite de Malone, l'autre sous l'arche qui menait à l'église. Il décida qu'il serait plus en sécurité en haut et avança prudemment vers la même porte, espérant qu'elle menait à la tribune où Malone et son ex-femme l'attendaient tout à l'heure.

Ce jeu du chat et de la souris lui procurait un réel plaisir, surtout quand la proie lui permettait de se dépasser. Il se demanda qui étaient ces hommes. Des Israéliens, comme le pensait Malone ? Logique. Jonah lui avait appris que des tueurs avaient été dépêchés à Londres, mais ils s'étaient déjà occupés de George Haddad. Leur confrontation avait été enregistrée et Malone le lui avait confirmé. Alors que faisaient les Israéliens au Portugal ? S'étaient-ils lancés à sa poursuite ? Tout à fait improbable. Qui d'autre pourchassaient-ils ?

Il se glissa par la porte.

À sa gauche, l'escalier descendait vers l'église. Des pas résonnèrent dans l'obscurité. Ils venaient de la nef.

Il pénétra dans l'église, s'arrêta là où la balustrade rejoignait le mur extérieur et lança un regard prudent en dessous. La lumière ambiante illuminait les vitraux perchés haut dans la façade sud de l'édifice. La silhouette d'un homme armé descendit l'allée qui séparait les bancs du mur nord ; il s'efforçait de gagner la nef à la faveur de l'obscurité.

Sabre tira deux coups de feu.

Les tirs étouffés par le silencieux retentirent à travers l'église caverneuse. L'une atteignit sa cible. L'homme hurla, tituba avant de s'effondrer contre un banc. Sabre réajusta son tir, ce que la faible lumière rendait modérément difficile, et appuya à deux reprises sur la détente. L'homme s'écroula par terre.

Pas mal.

Il laissa tomber le chargeur de son arme et le remplaça par un chargeur plein qu'il gardait dans sa poche.

Il fit volte-face, prêt à partir. Il était temps de retrouver Malone.

Quelqu'un braqua un revolver sur son visage.

« Lâchez votre arme », lui ordonna l'homme.

Il hésita et chercha du regard le visage de son agresseur, mais l'obscurité ne lui permit de distinguer qu'une ombre. Il s'aperçut soudain que l'inconnu était cagoulé. Le contact glacé du canon d'un autre revolver lui mordit la nuque.

Double problème.

« Je vous dis de lâcher votre arme. »

Il n'avait pas le choix. Le revolver tomba au sol avec un bruit métallique.

L'homme baissa le pistolet qu'il braquait sur son visage. Puis il y eut un bruit sourd et quelque chose s'abattit sur sa tempe. Avant que son cerveau ait pu enregistrer la moindre douleur, le silence se fit autour de lui.

55

Malone empoigna le pistolet automatique et attendit. Il risqua un coup d'œil hors de l'alcôve où Pam et lui avaient trouvé refuge.

L'ombre continua à grandir à mesure que le tueur approchait.

Leur agresseur savait-il qu'il n'existait aucune issue ? Il se dit que non car dans le cas contraire, pourquoi continuerait-il dans cette direction ? Il aurait pu se contenter d'attendre dans la galerie. Mais il savait depuis longtemps que beaucoup de tueurs professionnels avaient un défaut : l'impatience. Pas question de traîner sur place après avoir fait leur travail. Attendre ne faisait qu'accroître les possibilités d'échec.

Pam avait le souffle court et il ne pouvait pas le lui reprocher. Son cœur aussi battait la chamade. Il s'efforça de se maîtriser. Réfléchis. Tiens-toi prêt, songea-t-il.

L'ombre couvrait désormais le mur du réfectoire.

L'homme fit irruption dans la salle, arme au poing.

Il ne verrait d'abord qu'une pièce sombre et dépourvue de mobilier. L'alcôve sur le mur du fond devrait attirer immédiatement son attention, puis la deuxième cavité dans le mur. Mais Malone n'attendit pas qu'il prenne ses repères pour agir. Il roula sur lui-même pour sortir de l'alcôve et appuya sur la détente.

La balle frôla sa cible et ricocha sur le mur. L'agresseur sembla abasourdi l'espace d'un instant mais se remit vite de ses émotions ; il braqua son arme sur Malone avant de se rendre compte qu'il était à découvert.

Un duel s'annonçait.

Malone tira un nouveau coup de feu et la balle toucha l'homme à la cuisse.

Il hurla de douleur mais sans tomber à terre.

Malone lui tira une autre balle en pleine poitrine. L'homme vacilla et tomba sur le dos.

« Vous êtes coriace, Malone », s'écria un inconnu qui se tenait derrière la porte.

Malone reconnut la voix : Adam, le meurtrier de Haddad. Maintenant, il savait à qui il avait affaire : les Israéliens. Mais comment avaient-ils pu le retrouver ?

Un bruit de pas précipités : Adam s'éloignait en courant. Malone hésita puis se rua vers la porte, déterminé à achever ce qu'il avait commencé à Londres.

Il s'arrêta et jeta un coup d'œil dans la galerie.

« Par ici, Malone », appela Adam qui attendait sous une arche à l'autre bout du cloître.

Malone ne s'était pas trompé.

« Vous êtes bon tireur, mais pas si bon que ça. Il ne reste que vous et moi, à présent. »

Adam s'engouffra dans l'église.

« Ne bouge pas de là, Pam. Si tu ne fais pas ce que je te dis cette fois, tu n'auras qu'à te colleter avec le tireur toi-même. »

Malone sortit au pas de charge du réfectoire et descendit la galerie en courant. Où était McCollum ? Deux tireurs avaient été abattus. Il n'en avait vu que trois tout à l'heure. Adam avait-il tué McCollum ? «Il ne reste que vous et moi, à présent », lui avait-il dit.

Malone décida qu'il serait idiot de suivre l'Israélien dans l'église. Il lui fallait se comporter de manière imprévisible. Aussi sauta-t-il sur l'un des bancs qui faisaient le tour du cloître pour risquer un coup d'œil en bas. Une impressionnante profusion de détails et de nervures ornait l'édifice. Il fourra son arme dans sa ceinture pour enjamber la balustrade, agrippant le haut du banc de pierre et prenant appui sur une gargouille qui servait de gouttière. Il se pencha en essayant de garder l'équilibre, agrippa la pierre et pivota pour atteindre la base d'une arche qui formait une saillie. De là, il était à moins de deux mètres de la pelouse du jardin au centre du cloître.

Adam sortit soudain de l'église et s'éloigna en courant.

Malone agrippa son arme et fit feu ; la balle rata sa cible mais attira l'attention d'Adam qui plongea à terre et trouva refuge derrière le banc de pierre comme Malone l'avait fait.

Soudain, il se releva pour riposter.

Malone plongea entre deux des colonnes supportant les arcades, heurtant violemment le dallage. Il eut le souffle coupé. Il y avait des choses que sa carcasse de quarante-huit ans ne supportait plus, en dépit de tout ce qu'il avait pu faire au quotidien autrefois. Il se réfugia derrière le banc et jeta un coup d'œil prudent vers le cloître.

Adam s'éloignait en courant.

Malone se releva d'un bond, prit à gauche et fondit droit sur son adversaire qui disparut par une autre porte vitrée, édifiée entre deux arches finement décorées et flanquées de statues.

Malone s'en approcha et attendit avant d'en franchir le seuil.

Un panonceau indiquait que cet espace sombre n'était autre que la salle capitulaire où les moines tenaient jadis leurs assemblées. Il aurait été idiot d'ouvrir la porte. Le peu de lumière qui filtrait ne permettait pas de voir grand-chose de l'autre côté ; il ne distinguait clairement que deux fenêtres.

Il décida de mettre à profit ce qu'il savait.

Aussi choisit-il d'ouvrir l'une des portes et de s'abriter derrière l'autre en cas de tir.

Personne ne fit feu.

Une tombe monumentale occupait le centre de la tour rectangulaire.

Il balaya la salle des yeux sans rien distinguer. Son regard fut attiré par les fenêtres. Celle de droite était brisée, des éclats de verre recouvraient le sol ; une corde glissait le long du mur et disparaissait par la fenêtre.

Adam avait disparu.

Des pas claquèrent sur le dallage ; Pam et McCollum rejoignaient Malone en courant.

« Que vous est-il arrivé, McCollum ?

– J'ai été assommé. Deux hommes, là-haut. J'en ai abattu un dans l'église, et puis les deux autres m'ont eu.

– Pourquoi vous ont-ils laissé la vie sauve ?

– Je n'en sais rien, Malone, vous n'avez qu'à le leur demander. »

Malone fit le compte mentalement : trois morts, deux autres inconnus étaient censés avoir agressé McCollum. Cinq hommes ? Pourtant, lui n'en avait vu que trois.

Malone braqua son arme sur McCollum.

« Ces types entrent par effraction, nous pourchassent, essaient de nous tuer, Pam et moi, mais en revanche, ils vous assomment avant de s'en aller ? C'est un peu gros, vous ne croyez pas ?

— Où voulez-vous en venir, Malone ?

— Ils travaillent pour vous, s'écria-t-il en tirant l'émetteur de sa poche. Ils étaient là pour nous descendre et vous épargner cette peine.

— Je vous assure que si je voulais votre mort, vous ne seriez plus là.

— Ils sont venus droit à la boutique. Ils ont tourné autour comme des charognards. Ils connaissaient la géographie des lieux. Et ils savaient où nous allions. J'en ai tué un en haut et j'étais à deux doigts d'abattre le troisième, et vous dites qu'il s'est contenté de partir, c'est ça ? Jamais vu des tueurs professionnels aussi bizarres. »

Malone alluma le GPS et le braqua sur McCollum. Il annula le mode silence et un tintement doux indiqua que le récepteur avait trouvé sa cible.

« C'est vous qu'ils surveillaient. Nous allons en avoir le cœur net grâce à cet appareil.

— Ne vous gênez pas, Malone. Faites ce que vous avez à faire.

— Je croyais t'avoir dit de rester là-haut, lança-t-il à Pam qui se tenait à l'écart, silencieuse.

— C'est ce que j'ai fait jusqu'à ce qu'il arrive. Et au fait, Cotton, il a une vilaine bosse sur la tête.

— Il aurait très bien pu mettre en scène sa propre agression par l'un de ses acolytes. »

Il tendit le GPS vers McCollum mais le rythme du signal resta constant.

« Satisfait ? »

Malone dirigea l'émetteur vers la gauche, puis vers la droite sans que le signal change. McCollum n'était pas la source. Pam, qui inspectait la salle capitulaire, passa devant l'émetteur.

Le signal accéléra.

McCollum le remarqua, lui aussi.

Malone braquait toujours son arme sur lui, lui interdisant de faire le moindre geste. Il dirigea le GPS vers Pam et le rythme du signal accéléra de nouveau.

Elle se retourna en l'entendant.

Il baissa son arme et se rapprocha d'elle en remuant l'émetteur de droite à gauche. Le signal devint de plus en plus faible, avant de devenir régulier quand il braqua l'émetteur sur son ex-femme.

« Qu'est-ce qui se passe ? demanda-t-elle, l'air abasourdi.

– C'était toi qu'ils suivaient. C'est comme ça qu'ils ont trouvé George. C'était toi. »

La colère le submergea. Il posa le GPS, fourra l'arme dans sa poche et se mit à la fouiller.

« Qu'est-ce que tu fais, bon sang ? » hurla Pam.

Elle avait visiblement peur, mais il ne la ménagea pas.

« Pam, même si je dois te mettre à poil et t'examiner sous toutes les coutures, je t'assure que je vais trouver ce que tu caches. Alors, dis-moi où tu l'as mis.

– Quoi ? s'écria-t-elle, déboussolée.

– Ce que cet émetteur a repéré.

– La montre », s'exclama McCollum.

Malone se retourna.

« Ça paraît logique. Elle contient une source d'énergie et le boîtier est assez grand pour dissimuler un mouchard. »

Malone défit le bracelet de la montre, la fit glisser du poignet de Pam et la jeta par terre. Il brandit le récepteur et le braqua sur la montre. Un signal régulier indiqua qu'il s'agissait bien de l'émetteur. Il dirigea le récepteur vers Pam et le signal se tut.

« Oh, mon Dieu, murmura Pam. Le vieil homme est mort par ma faute. »

56

Malone entra dans la salle de conférence du Ritz Four Seasons. Ils étaient ressortis par le portail principal du monastère. Comme les portes pouvaient être ouvertes de l'intérieur, il offrait l'issue la plus rapide.

Ils avaient ensuite fait le tour de l'édifice et découvert par où Adam et ses complices étaient entrés. Les élégantes fenêtres nervurées de la salle capitulaire étaient les seules à ne pas avoir de barreaux. Elles se trouvaient à moins de deux mètres du sol et donnaient sur une ruelle sombre. L'épais feuillage de deux arbres leur avait permis d'entrer par effraction sans être vus.

Malone, Pam et McCollum avaient ensuite parcouru quelques centaines de mètres vers l'est, s'enfonçant dans le quartier des affaires de Belém où ils avaient sauté dans un tramway pour regagner le centre de Lisbonne. De là, un taxi les avait conduits à l'hôtel, situé à quelques kilomètres au nord de la ville. Personne n'avait ouvert la bouche pendant le trajet. Malone s'efforçait de résoudre son dilemme. Alors qu'il considérait McCollum comme la véritable menace, il la découvrait plus proche de lui encore. En tout cas, il s'était assuré qu'on ne puisse plus les suivre à la trace en jetant la montre dans une haie bordant le jardin du cloître.

Il avait besoin de réfléchir.

Ils entrèrent donc dans l'une des salles de conférence de l'hôtel et fermèrent la porte. Un téléphone et un ordinateur les attendaient, ainsi que des stylos et du papier. C'est ce qu'il aimait au Four Seasons : il suffisait de demander pour obtenir ce dont on avait besoin.

« Cotton, s'écria Pam sans attendre, cette montre était un cadeau. Je te l'ai dit. De l'homme que je fréquente. »

Malone se rappelait effectivement l'avoir entendue le dire à Londres. Une TAG Heuer. Un cadeau coûteux. Il avait été impressionné.

« Qui est-ce ?

— Il est avocat dans une firme concurrente. C'est l'un des associés.

— Depuis combien de temps vous vous voyez ? la questionna-t-il comme si cela lui importait alors que ce n'était pas le cas.

— Quelques mois. Allons. Comment aurait-il pu savoir que tout cela allait arriver ? Il m'a offert cette montre il y a des semaines de ça. »

Il avait envie de la croire. Mais il était déjà arrivé que certaines femmes d'agents fussent compromises par le passé. Il prit le téléphone et composa le numéro des bureaux de l'unité Magellan à Atlanta. Il déclina son identité et indiqua à la réceptionniste ce qu'il voulait. On lui demanda de patienter. Deux minutes plus tard, une voix masculine lui répondit :

« Cotton ? Brent Green à l'appareil. On m'a transmis votre appel.

— J'ai besoin de parler à Stéphanie.

— Elle n'est pas disponible. Il se passe pas mal de choses ici. Il faudra vous contenter de ma personne.

— Pourquoi le ministre de la Justice se mêle-t-il des

affaires de l'unité Magellan ? En général, vous gardez vos distances.

— C'est compliqué, Cotton. Stéphanie a été démise de ses fonctions et nous sommes tous les deux en pleine bataille.

— Et tout ça est lié à ce que je suis en train de faire ici, n'est-ce pas ? dit Malone, que la nouvelle ne surprenait pas.

— Précisément. Certains membres du gouvernement ont mis la vie de votre fils en danger.

— Qui ?

— Nous n'en sommes pas sûrs. C'est ce que Stéphanie essaie de déterminer. Vous pouvez m'expliquer ce qui se passe de votre côté ?

— On s'éclate. La fête à longueur de journée. Lisbonne, c'est le pied.

— Vous avez une raison particulière de vous montrer sarcastique ?

— Je pourrais vous en citer des tas. Mais j'ai besoin que vous me rendiez un service. Vérifiez le dossier d'un certain James McCollum. Il prétend avoir été dans l'armée, dans les forces spéciales. »

Il donna à Green une description physique succincte.

« J'ai besoin de savoir s'il existe vraiment et de connaître ses antécédents. »

Il dévisagea McCollum tout en adressant sa requête à Green, mais celui-ci ne broncha pas.

« Qu'est-ce qui est arrivé à Stéphanie ?

— Cela serait trop long à expliquer. Mais nous avons besoin de savoir ce que vous faites. Cela pourrait l'aider.

— J'ignorais que vous vous souciiez d'elle à ce point.

— Je ne vois vraiment pas pourquoi tout le monde pense que je n'aime pas cette femme. En fait, elle a beaucoup de qualités. Mais pour l'instant, elle est dans le pétrin. Je n'ai aucune nouvelle d'elle ni de Mlle Vitt depuis plusieurs heures.

— Cassiopée est à Washington ?

— Avec Stéphanie. Votre ami Henrik Thorvaldsen l'a dépêchée sur place. »

Green avait raison : il se passait beaucoup de choses là-bas.

« J'ai aussi un problème avec mon ex-femme, ajouta Malone. On dirait que les Israéliens la surveillent.

— Nous sommes au courant. L'homme qu'elle voyait à Atlanta était un sympathisant israélien. Le Mossad lui a demandé de lui faire cadeau d'un certain nombre d'objets, une montre, un médaillon, une bague, tous équipés d'une puce GPS. Nous supposons qu'ils espéraient lui voir porter l'un de ces bijoux à un moment ou à un autre.

— Cela prouve que les Israéliens savaient qu'on allait s'en prendre à mon fils et qu'ils s'apprêtaient à en profiter.

— C'est tout à fait probable. Le lien d'Alexandrie est-il toujours intact ?

— Les Israéliens l'ont éliminé de façon permanente hier et ont failli nous avoir il y a peu. Il faut que j'y aille. Vous avez un numéro direct auquel je pourrais vous joindre ? »

Green le lui donna.

« Ne bougez pas. Je vous rappelle très vite.

— Cotton, lança Green, cet avocat avec qui sortait votre femme, il est mort. Abattu il y a quelques jours. Le Mossad n'a laissé aucune trace. Si j'étais vous, je garderais l'œil sur elle. C'est un élément gênant, elle aussi.

— Ou peut-être pire.

— De toute façon, elle leur pose un problème. »

Malone raccrocha. Pam le dévisageait.

« Ton amant est mort, lui assena-t-il. Israël s'est occupé de lui. Il travaillait avec eux. »

Elle grimaça, sous le choc. Malone s'en moquait éperdument. Cet homme avait contribué à mettre Gary en danger.

« Voilà ce qui arrive quand on fait ami-ami avec un traître. Je me demandais comment ils avaient pu nous retrouver à l'hôtel, à Londres. Personne ne nous avait suivis depuis l'appartement de Haddad. »

Il vit combien Pam était bouleversée, mais ses sentiments devraient attendre, le temps leur faisait défaut. Se faire du mouron sans raison valable pouvait vous coûter la vie. Il se tourna vers McCollum.

« Vous m'avez entendu, je vérifie votre dossier.

— Vous avez fini votre cinéma ? N'oubliez pas que j'ai le reste de l'énigme et que nous ne savons toujours pas quoi faire.

— C'est vous qui le dites. »

Malone déplia la photo volée dans le livre à la boutique du monastère.« "Dans un univers d'adresses virtuelles, tu trouveras un autre lieu." Bon, nous avons trouvé l'endroit où l'argent se change en or : l'église. La Nativité, Bethléem, Belém. Où trouve-t-on des adresses virtuelles ? »

Malone désigna l'ordinateur.

« Beaucoup d'adresses virtuelles sont réunies à un même endroit : Internet. »

Il s'installa devant l'écran.

« Il fallait aux Gardiens un moyen de contrôler les indices. Ils ne semblent pas du genre à lancer quelque chose dans la nature et à le laisser en plan. Une fois que l'Invité ou un inconnu serait arrivé jusqu'ici, il leur fallait un moyen de mettre un terme à la quête s'ils le désiraient. Quel meilleur moyen que de placer les ultimes indices sur un site Internet dont ils ont le contrôle ? »

Il entra l'adresse *Bethleem.com,* mais fut dirigé vers un site commercial rempli de babioles. Il tenta *Bethleem.net* et obtint un résultat similaire. Puis sur *Bethleem.org,* une question s'afficha en lettres noires sur l'écran devenu blanc.

Que cherchez-vous ?

Le curseur clignota sous la question au-dessus d'une ligne noire, en attendant qu'il entre sa réponse. Il entra LA BIBLIOTHÈQUE D'ALEXANDRIE. Une lueur dansa sur l'écran et une nouvelle question s'afficha.

Rien d'autre ?

Il crut savoir ce qu'ils attendaient. Il tapa :

La connaissance

Quelque chose s'afficha à l'écran.

28° 41,41 N
33° 38,44 E

Malone comprit ce que ces nombres représentaient.

« C'est *l'autre endroit* en question, s'écria-t-il.

— Des coordonnées géographiques », ajouta McCollum.

McCollum avait raison, mais encore fallait-il pouvoir les situer sur une carte ; Malone trouva un site Internet et entra les coordonnées.

Quelques secondes plus tard, une carte apparut à l'écran.

Il reconnut immédiatement la forme caractéristique de l'endroit : un triangle isocèle inversé, un coin séparant l'Afrique et l'Asie, combinaison unique de montagnes et de déserts, cerné par l'étroit Golfe de Suez à l'ouest, le Golfe d'Aqaba encore plus étroit à l'est et la mer Rouge au sud.

La péninsule du Sinaï.

Les coordonnées correspondaient à un site de l'extrême sud de la région, dans les montagnes, près de la pointe du triangle inversé.

« On dirait qu'on a trouvé l'endroit en question.

– Et comment comptez-vous vous y rendre ? l'interrogea McCollum. Il se trouve en territoire égyptien surveillé par les Nations unies, près de la frontière israélienne.

– Cela ne devrait poser aucun problème », lui assura Malone en décrochant le téléphone.

QUATRIÈME PARTIE

57

Vienne
22 h 30

Henrik Thorvaldsen assistait à l'assemblée hivernale de l'ordre de la Toison d'or qui se tenait dans la grande salle du château. Comme tous les autres adhérents, il était installé sur l'une des chaises anciennes en bois doré alignées par rangées de huit face au Cercle. Drapé d'un carré de soie bleu, le fauteuil d'Alfred Hermann se trouvait au centre. Tout le monde semblait très désireux de s'exprimer et la discussion avait rapidement gravité autour du Moyen-Orient et du projet élaboré par le bureau politique au printemps précédent. À l'époque, il n'était encore qu'à l'état d'ébauche. Les choses avaient changé. Et les avis divergeaient.

À vrai dire, les dissentiments étaient plus nombreux que ne l'avait visiblement escompté Alfred Hermann. Fait rarissime, l'occupant du fauteuil bleu était déjà intervenu deux fois dans le débat. Thorvaldsen savait bien qu'en règle générale, Hermann gardait le silence.

« Il est tout à fait impossible, et je dirais même grotesque, de vouloir déplacer les juifs », s'écria l'un des membres de l'organisation.

Thorvaldsen connaissait l'homme, un patron de pêche norvégien qui exploitait les ressources de l'Atlantique Nord.

« Dans les Chroniques, il apparaît clairement que Dieu a choisi Jérusalem et a sanctifié le temple qui y avait été érigé. Je connais bien la Bible. Le premier chapitre des Rois stipule que Dieu a donné une tribu à Salomon pour que David ait toujours une lampe devant Dieu à Jérusalem, ville qu'il a choisie pour y placer son nom. Le rétablissement de l'Israël moderne n'est pas accidentel. Beaucoup croient que l'inspiration divine est à son origine. »

Plusieurs autres membres de l'organisation renchérirent avec d'autres citations de la Bible extraites des Chroniques et des Psaumes.

« Et si tout ce que vous citiez était faux ? »

La question avait été posée par un membre du Cercle. Hermann se leva.

« Vous rappelez-vous de la date de la création d'Israël ? »

Personne ne répondit à sa question.

« Le 14 mai 1948, à seize heures trente-deux, David Ben Gourion déclarait dans l'enceinte du musée de Tel-Aviv qu'"en vertu des droits naturels et historiques du peuple juif", l'État d'Israël était établi.

— D'après le prophète Isaïe, une nation peut naître en un jour, ajouta l'un des adhérents. Dieu a tenu parole en concluant une alliance avec Abraham. Le peuple juif s'est vu rendre sa terre.

— Et comment connaissons-nous l'existence de cette alliance ? demanda Hermann. Il n'existe qu'une seule source : l'Ancien Testament que nombre d'entre vous venez de citer. Ben Gourion a parlé des "droits naturels et historiques du peuple juif" et, ce faisant, il se référait lui aussi à l'Ancien Testament. C'est la seule référence existante qui mentionne ces révélations divines, mais on peut sérieusement douter de son authenticité. »

Thorvaldsen balaya la salle des yeux.

« Si je faisais traduire l'acte de propriété de vos domaines respectifs, documents datant de plusieurs décennies, par des gens qui ne savent même pas parler votre langue d'origine, ne remettriez-vous pas l'authenticité de la traduction en question ? Ne réclameriez-vous pas d'autres preuves qu'une traduction non vérifiée et non authentifiée ? Pourtant, nous admettons sans sourciller que l'Ancien Testament relaie indiscutablement la parole divine. Ce texte a façonné le Nouveau Testament, et son influence se fait encore sentir aujourd'hui au niveau géopolitique. »

L'assemblée attendait que Hermann en vienne au fait.

« Il y a sept ans, un certain George Haddad, chercheur palestinien spécialiste de la Bible, a rédigé un essai publié par l'université de Beyrouth. D'après Haddad, la traduction de l'Ancien Testament était erronée.

– Tout un programme, remarqua une femme corpulente. Je prends la parole divine plus au sérieux que vous, ajouta-t-elle.

– Vraiment ? »

Hermann paraissait visiblement amusé.

« Que savez-vous de cette fameuse parole divine ? Connaissez-vous son histoire ? Son auteur ? Ses traducteurs ? Ce texte a été rédigé il y a des milliers d'années en hébreu ancien, langue morte depuis plus de deux mille ans, par des scribes anonymes. Que savez-vous de l'hébreu ancien ? »

La femme ne répondit pas.

« Votre ignorance est compréhensible. C'était une langue flexionnelle, dans laquelle le sens des termes était davantage véhiculé par le contexte que par l'orthographe. Le même mot pouvait avoir plusieurs sens distincts selon son emploi. Ce n'est que plusieurs siècles après la rédaction de l'Ancien Testament que les savants juifs traduisirent ce texte en hébreu classique, et pourtant ces érudits ne parlaient même pas l'hébreu ancien. Ils se contentèrent de deviner le sens, ou pire, de le modifier. Les siècles passèrent et d'autres savants, chrétiens cette fois, traduisirent une nouvelle fois le texte. Eux non plus ne savaient pas parler l'hébreu ancien et ils en devinèrent à leur tour le sens. Avec tout le respect que je dois à vos croyances, laissez-moi vous dire que nous ignorons tout de la parole divine.

— Homme de peu de foi, commenta la femme.

— Exact, mais sur ce point seulement, car cela n'a rien à voir avec Dieu. Il s'agit de l'œuvre de l'homme.

— En quoi consiste la théorie de Haddad ? interrogea un autre adhérent, visiblement intéressé.

— Il soutient avec justesse qu'au moment où l'on a commencé à raconter l'histoire de l'alliance conclue par Dieu avec Abraham, les juifs habitaient déjà la Terre promise, l'actuelle Palestine. Bien évidemment, c'était plusieurs siècles après que la promesse eut été faite. On lit dans la Bible que la Terre promise s'étendait de la rivière d'Égypte à l'Euphrate. Beaucoup de toponymes y sont cités. Mais quand Haddad a comparé les toponymes bibliques, retraduits en hébreu ancien, avec les véritables lieux sur le terrain, il a découvert quelque chose d'extraordinaire. »

Hermann observa une pause, apparemment content de lui.

« La Terre promise de Moïse et la terre d'Abraham étaient toutes deux situées dans l'ouest de l'Arabie Saoudite, dans la région du Assir.

— Non loin de La Mecque ? »

Hermann acquiesça d'un hochement de tête. Thorvaldsen vit que de nombreuses personnes avaient immédiatement saisi la portée de ses propos.

« C'est impossible, s'exclama quelqu'un.

— Laissez-moi vous montrer », annonça Hermann.

À son signal, un écran télescopique descendit d'un support fixé au plafond. Un projecteur s'alluma. Une carte de la région du Assir, dont la côte découpée était bordée du nord au sud par la mer Rouge, apparut à l'écran. D'après l'échelle, la région faisait environ quatre cents kilomètres de long sur trois cents de large. À l'est, à plus de cent kilomètres des côtes, une région montagneuse s'étendait jusqu'aux portes du désert, au centre du pays.

« Je savais qu'il y aurait des sceptiques parmi vous. »

Hermann sourit tandis que quelques rires nerveux s'élevaient dans l'assemblée.

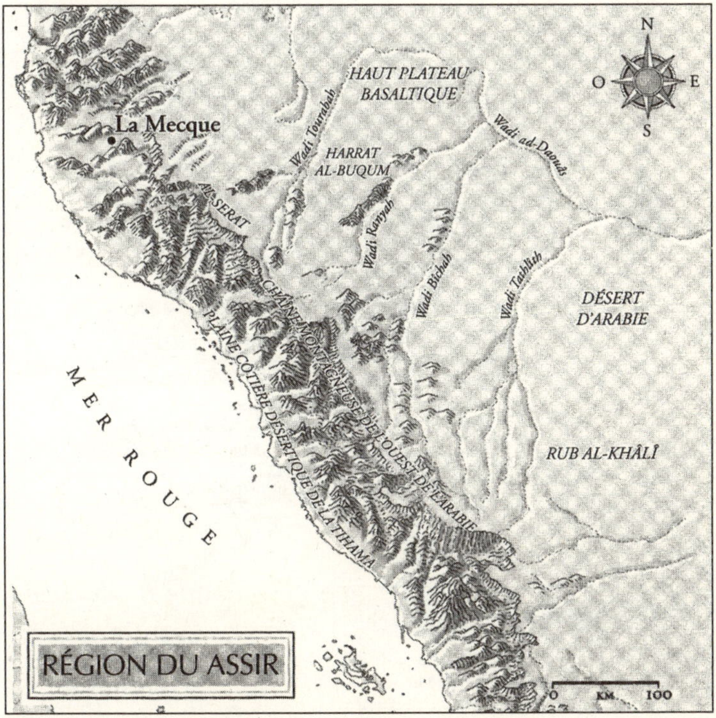

« Voici la région du Assir. »

À son signal, une autre carte s'afficha à l'écran.

« Si l'on projette les frontières de la Terre promise biblique sur la carte en se servant des lieux précisément identifiés par George Haddad, les pointillés délimitent la terre d'Abraham, la ligne pleine celle de Moïse. Les toponymes bibliques traduits en hébreu ancien correspondent parfaitement à ceux des rivières, villages et montagnes situés dans cette région. Ils sont nombreux à avoir gardé leur désignation en hébreu ancien, adaptée en arabe bien entendu. Demandez-vous pourquoi aucune preuve paléographique ni archéologique venant confirmer que ces lieux bibliques se trouvaient bien en Palestine n'a jamais

été découverte. La réponse est simple : ces lieux ne se trouvent pas à cet endroit mais à des milliers de kilomètres au sud, en Arabie Saoudite.

– Et pourquoi personne ne l'a jamais remarqué avant Haddad ? »

Bonne question, songea Thorvaldsen qui se la posait également.

« Il n'existe qu'une demi-douzaine de spécialistes capables de comprendre l'hébreu ancien. Aucun, à part Haddad, ne s'est apparemment montré suffisamment curieux pour mener des recherches dans ce domaine. Mais pour être absolument sûr, j'ai engagé l'un de ces experts il y a trois ans pour confirmer les découvertes de Haddad. Et c'est ce qu'il a fait, au moindre détail près.

– Pouvons-nous lui parler ?

– Malheureusement, c'était un homme âgé et il est décédé l'année dernière. »

On l'avait sans doute poussé dans la tombe, songea Henrik. La dernière des choses dont Hermann avait besoin, c'était qu'un autre expert soit l'auteur d'un autre scoop dans ce domaine.

« Cela dit, je dispose d'un rapport détaillé que je tiens à votre disposition. C'est tout à fait passionnant. »

Une deuxième carte de la région du Assir apparut à l'écran.

« Prenons un exemple pour démontrer la théorie de Haddad. Dans Juges : 18, la tribu israélite de Dan établit un campement dans un village baptisé Laïsh, dans la région éponyme. La Bible rapporte que Laïsh est proche du village de Sidon et que près de ce village s'élève la ville fortifiée de Tyr. Au IVe siècle après J.-C., les historiens chrétiens firent apparemment correspondre Dan avec un village aux sources du Jourdain. En 1838, des fouilles ont mis à jour un talus qui, pour les archéologues, n'était autre que les vestiges de la Dan biblique. C'est là que l'on situe officiellement Dan aujourd'hui. Un village appelé Dan s'élève d'ailleurs aujourd'hui sur ce site. »

Thorvaldsen remarqua que Hermann s'amusait visiblement beaucoup, comme s'il préparait ce moment depuis longtemps. Mais il se demandait si, par hasard, l'enlèvement inopiné de Margarete n'avait pas chamboulé les priorités de son hôte.

« Les archéologues explorent ce talus depuis quarante ans. Ils n'ont pas découvert la moindre preuve venant confirmer qu'il s'agit bien de la Dan biblique. »

Au signal de Hermann, l'image à l'écran changea de nouveau. Des noms apparurent sur la seconde carte du Assir.

« Voici ce que Haddad a découvert. La Dan biblique peut aisément être identifiée à un village de l'ouest de l'Arabie baptisé al-Danadinah, situé dans la région côtière d'al-Lîth dont la ville principale est également baptisée al-Lîth. Traduit, ce nom correspond parfaitement au toponyme biblique Laïsh. Le village voisin de Sidon s'élève à proximité encore aujourd'hui. Encore plus près d'al-Danadinah, on trouve al-Sur qui une fois traduit donne Zor, ou Tyr. »

Il fallait bien admettre que les coïncidences géographiques étaient fascinantes. Thorvaldsen ôta ses lunettes sans monture pour se masser l'arête du nez tout en essayant de réfléchir.

« Il existe d'autres corrélations topographiques. Dans le verset 6 du chapitre XXIV de Samuel, on lit que la ville de Dan est proche de Tahtim-Hodchi. Or, aucun lieu baptisé Tahtim n'existe à ce jour en Palestine. Dans l'ouest de l'Arabie, en revanche, le village d'al-Danadinah est situé près de la chaîne côtière de Djebel Tuwaya, version arabe de Tahtim. Ce ne peut être une coïncidence. D'après Haddad, si les archéologues procèdent à des fouilles dans la région, ils mettront à jour des preuves corroborant la présence d'un ancien village juif. Mais cela ne s'est jamais produit. Les Saoudiens sont fermement opposés à l'ouverture de fouilles. En fait, il y a cinq ans, se sentant menacés par les conclusions de Haddad, ils ont rasé plusieurs villages de la région et ont détérioré les sites au point de rendre pratiquement impossible toute future découverte de preuve archéologique concluante. »

L'attention croissante de l'assemblée décuplait la confiance de Hermann.

« Ce n'est pas tout. Tout au long de l'Ancien Testament, le terme hébreu *yarden* a été traduit par Jourdain. Mais ce terme n'est jamais décrit comme un fleuve. En fait, il signifie "descendre" ou "gouffre". Pourtant, toutes les traductions décrivent le Jourdain comme un fleuve dont la traversée représente un événement capital. Le Jourdain situé en Palestine n'a rien d'un fleuve majestueux. Les habitants des deux berges le traversent à gué depuis des siècles. Ici, en revanche, dit-il en désignant une barrière montagneuse qui coupait la carte, se trouve le Hedjaz. Impossible de traverser ces montagnes, si ce n'est dans la partie proche de la côte, et même là cela reste difficile. À chaque fois que l'Ancien Testament fait référence au Jourdain, les descriptions géographiques et historiques correspondent à ce que l'on trouve sur le terrain ici, en Arabie.

— Le Jourdain serait une chaîne de montagnes ?

— C'est la seule traduction logique. »

Hermann scruta les visages de ses auditeurs avant d'ajouter :

« La transmission des noms de lieux fait partie d'une tradition sacrée. Les noms anciens survivent dans la mémoire collective et finissent en général par s'imposer à nouveau. Haddad a découvert que c'était particulièrement le cas dans la province du Assir.

— Certaines découvertes n'ont-elles pas permis de lier la Palestine à la Bible ?

— Si, il y en a eu. Mais aucune des inscriptions mises au jour jusqu'ici ne prouve quoi que ce soit. Les inscriptions gravées sur la stèle de Mesha découverte en 1868 font allusion aux conflits ayant opposé les Moabites et Israël, et auxquels la Bible fait allusion dans le deuxième livre des Rois. Un autre objet exhumé dans la vallée du Jourdain en 1993 dit la même chose. Mais aucun des deux n'affirme qu'Israël fût situé en Palestine. Les archives assyriennes et babyloniennes font état de conquêtes en Israël mais elles ne précisent pas où cet Israël-là était situé. Dans Rois, on lit que les armées d'Israël, de Juda et d'Édom marchèrent sept jours durant dans des déserts d'où l'eau était totalement absente. Mais la traversée de la vallée du rift en Palestine – dont on s'accorde à dire qu'il s'agit du désert en question – ne prend pas plus d'une journée et, en outre, l'eau n'y manque pas. »

Hermann parlait désormais sans retenue, comme s'il avait tu la vérité trop longtemps.

« Il ne reste rien du Temple de Salomon. On n'en a jamais découvert le moindre vestige, bien que, selon la Bible, l'on ait utilisé "de grands blocs, des pierres de choix, des pierres de taille" pour établir les fondations du Temple. Ne pensez-vous pas qu'il devait en rester au moins une ? »

Il en venait au fait, à présent.

« Je vais vous dire ce qui s'est passé : les spécialistes ont laissé leurs préjugés fausser leur interprétation des faits. Ils voulaient que la Palestine fût la terre des juifs de l'Ancien Testament, et la fin a justifié les moyens. La réalité est bien différente. Si l'archéologie a prouvé quelque chose, c'est que la population de la Palestine biblique vivait dans des hameaux ou de petits villages ; c'étaient des fermiers incultes dont les troupeaux se nourrissaient de broussailles. La société était rustique alors et ces gens n'avaient rien à voir avec les Israélites d'un grand raffinement qui vécurent après le règne de Salomon. Ça, c'est un fait scientifiquement prouvé.

– Que dit le Psaume, déjà ? "La vérité germera de la terre", remarqua un adhérent.

– Que comptez-vous faire ? le questionna un autre.

– Malgré le refus saoudien d'autoriser les fouilles

archéologiques, Haddad estime qu'il demeure des preuves de cette théorie. Nous nous employons en ce moment même à mettre la main sur cette preuve. Imaginez les conséquences si l'on parvenait à corroborer cette théorie – au moins assez pour mettre en doute la validité des promesses de l'Ancien Testament. Israël et l'Arabie Saoudite seraient déstabilisés. Et Dieu sait si ce gouvernement corrompu nous a tous agacés. Imaginez de quoi seraient capables les musulmans radicaux du pays en découvrant que le saint des saints de l'islam se trouve en fait sur le territoire ancestral des juifs décrit par la Bible. Cela deviendrait la nouvelle pomme de discorde, un nouveau Mont du Temple à Jérusalem que les trois principales religions se disputent. Cela fait des millénaires que cet endroit est source de chaos et le séisme provoqué par une telle nouvelle dans l'ouest de l'Arabie serait d'une amplitude tout aussi considérable. »

Cela faisait trop longtemps que Thorvaldsen gardait le silence.

« Vous ne pouvez croire que ces révélations, même si leur véracité était prouvée, auraient une influence aussi profonde sur la région ! s'exclama-t-il en se levant. Quelque chose d'autre a dû susciter l'intérêt du bureau politique. »

Hermann le dévisagea avec un mépris que seuls les deux hommes étaient capables de mesurer. Le Cercle avait décidé de s'attaquer à Cotton Malone en enlevant son fils. Aujourd'hui, Thorvaldsen s'était à son tour attaqué à Hermann. Bien évidemment, l'occupant du fauteuil bleu n'aurait jamais révélé sa vulnérabilité. Thorvaldsen avait intelligemment joué sa carte maîtresse ici, à l'assemblée, où Hermann devait se montrer prudent. Mais quelque chose lui disait que l'Autrichien avait encore une carte à jouer.

Et le sourire qui se dessina sur les lèvres fines du vieil homme réduisit Thorvaldsen au silence.

« C'est exact, Henrik. Il y a bien autre chose. Quelque chose qui poussera les chrétiens à prendre part au conflit eux aussi. »

58

Vienne
22 h 50

Après avoir fermé la porte de ses appartements privés, Alfred Hermann ôta sa robe et sa chaîne en or. Leur poids éprouvait ses muscles fatigués. Il posa la tenue sur son lit, satisfait du déroulement de l'assemblée. Au bout de trois heures, les membres de l'Ordre avaient enfin commencé à comprendre. Le plan de l'Ordre était tout à la fois grandiose et ingénieux. Il ne lui restait désormais qu'à tenir ses engagements.

Il commençait à s'inquiéter cependant.

Il n'avait pas de nouvelle de Sabre depuis bien trop longtemps.

L'anxiété lui donnait des crampes d'estomac, sensation dont il n'avait pas l'habitude. Pour faire avancer les choses, il avait remanié son emploi du temps. Ce serait peut-être son dernier grand projet en tant que président du Cercle puisque la fin de son mandat approchait. L'ordre de la Toison d'or était synonyme d'opportunité et de succès. Un certain nombre de gouvernements avaient été remaniés, quelques-uns même renversés pour que la prospérité du collectif fût assurée. Ce qu'il avait concocté pourrait bien en mettre un certain nombre d'autres à genoux, peut-être même le gouvernement américain lui-même s'il se montrait suffisamment adroit.

Il se doutait que Thorvaldsen pourrait lui poser problème et avait donc demandé à Sabre de lui préparer un dossier sur les finances du Danois. Lorsque Sabre avait accepté cette mission la veille dans la *Schmetterlinghaus,* Hermann était à cent lieues d'imaginer que Thorvaldsen se montrerait aussi agressif. Ils se connaissaient depuis longtemps et, sans être amis intimes, ils s'entendaient bien. Cela dit, Thorvaldsen avait rapidement fait le lien entre ce qui s'était passé à Copenhague et l'ordre de la Toison d'or.

Il ne s'attendait pas à ce qu'une piste remonte jusqu'à lui.

Et cela l'amenait à se poser des questions sur Sabre.

S'était-il montré négligent et si oui, à quel point ?

Était-ce intentionnel ?

Les avertissements de Margarete à son sujet résonnaient dans son esprit. « Tu lui laisses trop de liberté. Tu lui fais trop confiance. » Pourquoi n'avait-il pas appelé ? Aux dernières nouvelles, Sabre était en route pour Londres pour trouver George Haddad, après un crochet par Rothenburg. Il avait essayé de le joindre plusieurs fois, en vain. Il avait besoin de Sabre. Ici. Tout de suite.

Quelqu'un frappa discrètement à la porte.

Hermann alla ouvrir.

« L'heure est venue de poursuivre notre conversation », déclara Thorvaldsen.

Il était du même avis.

Le Danois entra dans le bureau et referma la porte derrière lui.

« Tout ceci n'est pas sérieux, Alfred. Vous rendez-vous compte de ce que votre plan pourrait déclencher ?

— Vous parlez en tant que juif, Henrik. C'est votre

défaut. Vous êtes aveuglé par les prétendues promesses de Dieu, ce fameux droit que vous êtes censés détenir.

— Je parle en tant qu'être humain. Qui sait si l'Ancien Testament dit ou non la vérité ? Je n'en ai aucune idée, pour ma part. La moindre allusion au fait que le lieu le plus saint de l'islam ait pu être souillé par la présence juive sera intolérable pour les musulmans. Leur réaction sera violente.

— Nous offrirons aux Saoudiens la possibilité de conclure un marché avant que l'information ne soit communiquée à quiconque. C'est notre façon de fonctionner, vous le savez. Si violence il y a, elle sera de leur fait, pas du nôtre. Nous ne visons que le profit. Le bureau politique estime qu'un grand nombre de concessions pourront être obtenues sur le plan économique, concessions qui bénéficieront aux membres de notre organisation, et je partage son avis.

— C'est de la folie.

— Et que comptez-vous faire ?

— Ce qu'il faudra.

— Vous n'avez pas les reins assez solides pour vous lancer dans cette bataille, Henrik.

— Je pourrais bien vous surprendre. »

Hermann décida de provoquer Thorvaldsen pour voir jusqu'où il était prêt à aller.

« Vous devriez peut-être vous préoccuper davantage de votre propre sort. J'ai vérifié votre situation financière. Je ne m'étais jamais rendu compte à quel point l'industrie de la verrerie était fragile. Le succès d'Adelgade Glasvaerker, votre entreprise, repose sur toutes sortes de facteurs.

— Et vous pensez pouvoir peser sur ces facteurs ?

— Je suis persuadé de pouvoir vous causer du tort.

– Mes bénéfices nets sont aisément aussi élevés que les vôtres.

– Mais vous tenez à votre réputation, déclara Hermann en souriant. Il serait impensable que l'une de vos entreprises soit perçue comme un échec financier.

– Ne vous gênez pas pour essayer, Alfred. »

Hermann se rendait bien compte qu'ils étaient tous les deux à la tête de fortunes de plusieurs millions d'euros dont la majeure partie avait été accumulée par leurs ancêtres et qu'ils se contentaient simplement de gérer. Et ils n'étaient pas idiots.

« N'oubliez pas que je détiens votre fille », lui rappela Thorvaldsen.

– Et moi, je vous ai vous et le garçon, répondit Hermann en haussant les épaules.

– Vraiment ? Vous seriez prêt à risquer sa vie ? »

L'Autrichien n'avait pas encore décidé quelle réponse apporter à cette question.

« Est-ce que vous faites tout ça pour Israël ? Je sais que vous vous prenez pour un patriote.

– Et moi, je sais que vous êtes un bigot.

– C'est la première fois que vous me parlez sur ce ton, s'écria Hermann, pris de colère.

– J'ai toujours su ce que vous pensiez, Alfred. Votre antisémitisme est flagrant. Vous vous efforcez de le dissimuler – après tout, l'Ordre compte plusieurs juifs au nombre de ses adhérents –, mais c'est évident. »

L'heure était venue de jouer franc-jeu.

« Votre religion est source de problème et l'a toujours été.

– Pas plus que le christianisme. Nous avons simplement renoncé à faire la guerre et avons assisté aux massacres perpétrés par les chrétiens au nom du Christ ressuscité.

— Je ne suis pas croyant, vous le savez, Henrik. Il est ici question de politique et de profit. Et ces juifs membres de l'Ordre, c'est ce qui leur importe à eux aussi. Pas un seul n'a manifesté son désaccord au cours de l'assemblée. Israël est un frein au progrès. Les sionistes sont terrifiés par la vérité.

— Que vouliez-vous dire en suggérant que les chrétiens seraient bientôt impliqués eux aussi ?

— Si l'on venait à découvrir la bibliothèque d'Alexandrie, certains textes qu'elle renferme pourraient révéler à quel point la Bible est une imposture.

— Vous aurez peut-être un peu de mal à atteindre cet objectif, remarqua Thorvaldsen, incrédule.

— Je vous assure, Henrik, que j'ai tout prévu.

— Où est celui qu'on appelle « Les serres de l'aigle » ?

— Bien joué, fit Hermann avec un regard approbateur. Mais vous n'avez aucun contrôle sur lui.

— Vous, en revanche, si.

— Vous ne pouvez l'emporter. Le fait que vous déteniez ma fille ne m'arrêtera pas.

— Il faut peut-être que je me fasse comprendre. Ma famille a enduré l'occupation nazie du Danemark. J'ai perdu un grand nombre de mes parents et nous avons tué un grand nombre d'Allemands. Ma vie a été une suite d'épreuves. Personnellement, je n'aime guère Margarete. C'est une jeune sotte, arrogante et gâtée. Mon ami Cotton Malone, son fils et mon pays d'adoption sont tout ce qui m'importe. Si je dois la tuer, je le ferai. »

Hermann s'était inquiété des menaces extérieures, mais la plus pressante venait de l'intérieur. Il fallait apaiser Thorvaldsen. Au moins pour un temps.

« J'ai quelque chose à vous montrer.

– Vous devez mettre un terme à tout ça.

– Il n'est pas simplement question dans cette affaire de diversifier nos participations financières.

– Montrez-moi dans ce cas.

– Je m'en occupe. »

59

Maryland
16 h 50

Stéphanie était assise à l'arrière d'un véhicule utilitaire sport avec Cassiopée. Le chauffeur franchit le portail sans s'arrêter en passant à toute allure devant des gardes armés. Depuis Washington, ils avaient pris vers le nord et s'étaient enfoncés dans le paysage sauvage du Maryland. Stéphanie avait immédiatement deviné leur destination.

Camp David, propriété où le président passait ses week-ends.

Ils passèrent devant d'autres gardes et un autre poste de contrôle, puis le VUS s'arrêta devant une élégante cabane en rondins enfouie sous les arbres et entourée par une terrasse couverte. L'agent des services secrets du musée fit un signe de la main et la porte d'entrée s'ouvrit.

Le président Robert Edward Daniels Jr. sortit de la maison.

Le président n'employait jamais son nom de baptême, Stéphanie le savait. Il avait adopté depuis longtemps le surnom de *Danny*. Personnage sociable doté d'une voix de baryton, Danny Daniels avait reçu le don divin de gagner les élections. Il avait obtenu trois mandats de gouverneur et un de sénateur avant de briguer la fonction suprême. Sa réélection l'année précédente pour un second mandat à la tête du pays n'avait posé aucun problème.

« Stéphanie, c'est formidable que vous ayez pu venir », s'exclama-t-il en descendant les marches de la terrasse d'un pas sautillant.

Le président était vêtu d'un jean, d'une chemise en coton et de bottes.

Stéphanie s'arma de courage et s'avança à sa rencontre.

« Avais-je vraiment le choix ?

— Pas vraiment, non, mais c'est quand même bien que vous soyez venue. Vous avez des ennuis en ce moment, d'après ce qu'on m'a dit, gloussa froidement Daniels, mais Stéphanie n'était pas d'humeur à plaisanter – pas même avec le chef du monde libre.

— Grâce à votre équipe.

— Cela reste à prouver, dit-il en levant les mains en signe d'impuissance. Vous n'avez même pas entendu ce que j'ai à dire. Vous avez changé de look ? La couleur de cheveux, la tenue : j'adore. »

Sans lui laisser le temps de répondre, le président se tourna vers Cassiopée.

« Vous devez être Mlle Vitt. J'ai beaucoup entendu parler de vous. Vous menez une vie fascinante. Et ce château fort que vous construisez en France, j'adorerais le visiter.

— Vous devriez venir, je vous ferais faire le tour du propriétaire.

— Je me suis laissé dire que vous employiez les méthodes en vigueur il y a six cents ans. C'est incroyable. »

Stéphanie se rendit compte que Daniels lui adressait un message. Elles étaient à Camp David, il était informé, autant se détendre.

Bon, il était temps de voir où tout cela mènerait.

« Contrairement à ce que vous pensez, Stéphanie, je ne suis pas idiot », souligna Daniels.

Stéphanie, Cassiopée et le président étaient assis sur la terrasse devant la cabane, dans des fauteuils à bascule en bois à haut dossier. Daniels se balançait vigoureusement et sa forte carrure faisait craquer les lames du plancher.

« Je ne pense pas vous avoir jamais traité d'idiot, se défendit Stéphanie.

– Mon père disait toujours à ma mère qu'il ne l'avait jamais traitée de garce en face. Il disait vrai, lui aussi. »

Stéphanie resta muette.

« Je me suis donné beaucoup de mal pour vous faire sortir de ce musée. C'est l'un de mes endroits préférés. J'adore les avions et l'espace. Je me suis passionné pour le sujet quand j'étais jeune. Ce qu'il y a de bien quand on est président c'est qu'on peut assister au lancement d'une navette spatiale quand on veut, plaisanta Daniels en croisant les jambes et en se calant dans son fauteuil. J'ai un problème Stéphanie, un problème sérieux.

– Nous sommes deux, dans ce cas. Je suis au chômage et d'après votre conseiller adjoint à la Sécurité nationale, en état d'arrestation. Au fait, ce n'est pas vous qui m'avez renvoyée ?

– Si. Larry m'a demandé de le faire, et j'ai accepté. Mais il fallait que ce soit fait pour que vous puissiez vous trouver ici ce soir.

– Je me posais des questions, mais maintenant j'en suis sûre, intervint Cassiopée : vous travaillez avec les Israéliens, n'est-ce pas ? Cela fait un moment que j'essaie de comprendre ce qui se passe. C'est logique, à présent. Ils vous ont contacté.

– Je me suis laissé dire que votre père était l'un des

hommes les plus brillants d'Espagne. Il a bâti un empire financier à partir de zéro et vous avez pris la relève.

– Les affaires, ce n'est pas mon point fort.

– Mais j'ai entendu dire que vous étiez un excellent tireur, d'une bravoure incroyable et que vous aviez le QI d'un génie.

– Et en ce moment, je suis prise au beau milieu d'une embrouille politique.

– Une embrouille, répéta Daniels, amusé, c'est exactement le terme approprié. Et vous avez raison, Israël m'a bien contacté. Cotton Malone les agace au plus haut point. »

Stéphanie savait que Daniels avait un faible pour Malone. Deux ans plus tôt, l'agent avait été impliqué dans un procès pour meurtre au Mexique ; la victime, qui n'était autre que le directeur de la brigade des stupéfiants et colocataire du président pendant leurs études universitaires, avait été exécutée. Stéphanie avait dépêché Malone sur place pour qu'il obtienne une condamnation mais un jour, pendant la pause déjeuner, Malone s'était retrouvé au milieu d'une fusillade qui avait coûté la vie au juge mexicain et au fils de Henrik Thorvaldsen. Malone avait tué les agresseurs, avait reçu une balle dans l'épaule mais avait obtenu la condamnation des meurtriers. Quand il avait émis le souhait de faire valoir ses droits à la retraite, Daniels l'y avait personnellement autorisé en remerciement de ses services.

« Et vous, monsieur, demanda Stéphanie, est-ce que Malone vous agace aussi ?

– *Monsieur* ? Ça, c'est une première. J'ai remarqué les quelques fois où nous nous sommes croisés que vous n'avez jamais employé ce terme.

– Je n'avais pas remarqué que vous étiez si attentif.

– Stéphanie, je suis extrêmement attentif à tout un tas de choses. Par exemple, Cotton Malone vient d'appeler l'unité Magellan il y a peu. Bien sûr, comme vous étiez occupée, l'appel a été transmis à Brent Green à la demande expresse du ministre de la Justice.

– Je croyais que Daley était aux commandes.

– Moi aussi. Pourquoi Green irait-il faire ça ?

– Comment êtes-vous au courant ? intervint Cassiopée.

– Son téléphone est sur écoute.

– Vous le surveillez ? s'écria Stéphanie, abasourdie.

– Exactement. Lui et quelques autres. Eh oui, Larry Daley figure parmi eux. »

Une vague d'incertitude submergea Stéphanie qui se força à rester concentrée. Il y avait visiblement quantité de pièces à ce puzzle.

« Stéphanie, j'ai travaillé toute ma vie pour en arriver là où j'en suis aujourd'hui. C'est un poste où l'on peut vraiment agir. Et je me suis bien débrouillé. Le chômage est à son plus bas depuis trente ans. L'inflation est inexistante. Les taux d'intérêt sont faibles. J'ai même obtenu une baisse d'impôts il y a deux ans.

– Grâce à Larry Daley qui tient le Congrès en laisse. Difficile de perdre dans ces conditions. »

Elle n'avait pas pu résister. Il avait beau être président, elle avait beaucoup de mal à supporter les bobards à l'heure qu'il était.

Daniels se balançait en silence, le regard perdu sur l'épaisse forêt.

« Vous vous souvenez de *Rocky III* ? »

Stéphanie ne répondit pas.

« J'adorais ces films. Rocky se prenait toujours des raclées mémorables jusqu'à ce que cette musique formidable retentisse, avec les sonneries de trompettes et tout. Soudain, il avait une révélation, trouvait un second souffle et écrasait son adversaire. »

Stéphanie l'écoutait, l'air amusé.

« Dans *Rocky III,* il découvre que Mickey, son entraîneur, lui fait disputer des combats arrangés d'avance lui garantissant des victoires faciles pour pouvoir conserver son titre sans se blesser. Stallone joue ça à la perfection. Il veut se battre contre Mr. T. mais Mickey refuse, dit qu'il va se faire massacrer. Rocky devient furieux en se rendant compte qu'il n'est peut-être pas aussi fort qu'il le pensait. Bien évidemment, Mickey meurt et Rocky obtient le K.-O. contre Mr. T., conclut le président, du respect dans la voix. Daley, c'est mon Mickey à moi. Il a arrangé mes combats. Et je suis comme Rocky, ça ne me plaît pas.

— Et vous l'ignoriez ? »

Daniels acquiesça avec un mélange étrange d'agacement et de curiosité.

« J'essayais de le coincer quand j'ai découvert que vous enquêtiez sur lui. Employer une call-girl, c'était malin. Mon équipe ne s'est pas montrée aussi créative. Quand on me l'a appris, j'ai changé d'avis à votre sujet.

— Comment saviez-vous que j'enquêtais ?

— Mes agents adorent les écoutes téléphoniques et la surveillance vidéo, alors ils ont écouté et surveillé. Nous étions au courant pour les clés USB. Nous connaissions même sa planque. Nous nous contentions d'attendre.

— Cette enquête date d'il y a plusieurs mois. Pourquoi n'avez-vous rien tenté contre lui ?

— Et vous ?

— Je n'ai pas le pouvoir de le virer, vous si. »

Daniels posa les pieds bien à plat sur la terrasse et s'assit au bord du siège.

« Les scandales sont difficiles à gérer Stéphanie. Personne dans ce pays ne va gober que je n'étais pas au courant de ce que faisait Daley. Il fallait que je m'en débarrasse mais sans laisser d'empreintes.

– Alors Daley devait se trahir lui-même, remarqua Cassiopée.

– C'était préférable. Mais Larry est un spécialiste de la survie et je dois avouer qu'il excelle dans ce domaine.

– Qu'est-ce qu'il a sur vous ? » le questionna Stéphanie.

Son audace sembla davantage faire plaisir au président que l'irriter.

« Pas grand-chose, à part ces photos compromettantes de moi avec une chèvre.

– Il fallait que ce soit clair, fit Stéphanie avec un grand sourire.

– En effet. Je comprends ce que l'on dit sur vous, Stéphanie. Vous pouvez vous montrer pénible. Et si nous en revenions à la question que je vous ai posée et que vous semblez considérer comme sans intérêt ? Pourquoi Brent Green a-t-il souhaité parler directement à Cotton ?

– Daley m'a dit que Brent cherche à se faire nommer vice-président.

– Ce qui nous amène au but de cet entretien, dit Daniels en se calant de nouveau dans son siège pour se balancer. J'aime donner l'image d'un brave type, cela correspond à l'éducation que j'ai reçue dans les montagnes du Tennessee. C'est l'une des raisons pour lesquelles j'adore Camp David : ça me rappelle ma région. Mais il est temps de me montrer digne de ma fonction présidentielle. Quelqu'un a accédé à nos fichiers sécurisés et au dossier concernant le lien d'Alexandrie avant de divulguer l'information à deux gouvernements étrangers qui sont depuis dans tous leurs états. Les Israéliens sont vraiment furax. Je sais qu'officiellement, on dirait que nous nous détestons, mais officieusement, je les aime bien. Personne, et j'ai bien dit personne, n'ira chercher des noises à Israël tant que je serai au pouvoir. Malheureusement, certains membres du gouvernement ne sont pas du même avis. »

Stéphanie se retint de lui demander des noms.

« L'enlèvement du fils de Malone a enclenché quelque chose, reprit le président. Heureusement, ces types ignorent complètement à qui ils ont affaire en la personne de Malone. Il va leur en faire baver. Ce qui nous donne l'occasion d'étoffer notre plan de bataille. Un de mes oncles disait toujours : "Si tu veux tuer des serpents, c'est bien simple : mets le feu aux broussailles et attends qu'ils sortent en rampant. C'est là que tu peux leur trancher la tête." C'est exactement ce que nous allons faire.

– Comme je l'ai dit tout à l'heure, monsieur le président, c'est la pagaille, intervint Cassiopée, sceptique. Je ne suis mêlée à cette affaire que depuis un ou deux jours, mais j'ignore toujours qui dit la vérité.

– Vous dites ça pour moi ?

– Entre autres, oui.

– C'est bien. Soyez méfiantes, approuva-t-il, sincère. Mais j'ai besoin de votre aide. Voilà pourquoi je vous ai virée, Stéphanie. Vous aviez besoin d'avoir les mains libres. C'est le cas désormais.

– Pour quoi faire ?

– Trouver le traître. »

60

Vienne
23 h 20

Thorvaldsen conduisit Gary au rez-de-chaussée du château. Il n'avait pas eu de nouvelles d'Alfred Hermann depuis leur brève conversation. Gary avait passé la soirée avec quelques autres invités. Deux membres de l'Ordre étaient accompagnés de leurs enfants et Hermann avait prévu qu'ils dînent dans la serre, à l'arrière du château.

« C'était génial, s'exclama Gary. Les papillons se sont posés sur nos assiettes. »

Henrik avait visité plusieurs fois la *Schmetterlinghaus* qu'il trouvait fascinante lui aussi, au point d'avoir songé à en construire une à Christiangade.

« Les papillons sont des créatures remarquables qu'il faut traiter avec grand soin.

— On aurait dit une forêt tropicale. »

Ni Henrik ni Gary n'arrivaient à dormir. L'adolescent était apparemment plutôt un couche-tard comme lui, aussi se dirigèrent-ils vers la bibliothèque de Hermann.

Thorvaldsen avait entendu dire que leur hôte comptait s'entretenir avec le bureau économique de l'organisation. Ces discussions dureraient certainement un bon moment, ce qui lui donnerait le temps de lire et de se préparer. Demain, à l'assemblée, certaines décisions seraient prises. Les débats devraient être précis et justes. Tout le monde partirait dimanche. L'assemblée ne s'éternisait jamais. L'équipe administrative et les différents comités se limitaient aux projets exigeant l'approbation collective ; ils étaient ensuite présentés, discutés et soumis au vote. Cela permettait d'établir le programme de l'Ordre jusqu'au printemps.

Il fallait qu'il soit prêt.

L'immense bibliothèque était construite sur deux étages et lambrissée de lattes de châtaignier verni. Une cheminée de marbre noir flanquée de figurines baroques et une tapisserie française occupaient l'un des murs. Des étagères créées sur mesure couvraient entièrement les autres murs et la fresque qui ornait le plafond donnait l'illusion d'une bibliothèque à ciel ouvert.

Un escalier en colimaçon permettait d'accéder aux étagères supérieures. Henrik s'agrippa à la rampe métallique et monta lentement les étroites marches.

« Que faisons-nous ici ? demanda Gary en arrivant en haut.

— Il y a quelque chose que j'ai envie de lire. »

Il savait qu'une magnifique Bible était exposée sur un podium dans la bibliothèque. Hermann s'était vanté de posséder l'une des éditions les plus anciennes du livre sacré. Thorvaldsen admira la reliure très travaillée de l'incunable.

« Le premier livre à avoir été fabriqué quand l'imprimerie a enfin été inventée au XVe siècle fut la Bible. Gutenberg en a imprimé de nombreuses copies dont celle que tu as sous les yeux. Comme je te l'ai conseillé tout à l'heure, tu devrais la lire. »

Gary examinait le volume, même si Thorvaldsen savait qu'il ne pouvait en apprécier la signification.

« Ces mots ont changé le cours de l'histoire de l'humanité. Ils ont pesé sur le développement social des peuples et forgé des systèmes politiques. La Bible et le Coran sont sans doute les deux livres les plus importants du monde.

— Comment les mots peuvent-ils avoir un tel impact ?

— Il ne s'agit pas seulement des mots mais de ce qu'on en fait. Une fois que Gutenberg a lancé l'imprimerie de masse, les livres se sont rapidement mis à circuler. Ils n'étaient pas bon marché, mais dès l'an 1500, ils étaient monnaie courante. L'accès accru à l'information devenait synonyme de diversité d'opinions, de discussions plus approfondies, de critique du pouvoir plus répandue. L'information a transformé le monde. Et ce livre a tout changé, ajouta-t-il en désignant l'ouvrage de Hermann qu'il ouvrit avec précaution.

— Il est écrit en quelle langue ?

— En latin, répondit Henrik en parcourant l'index.

— Vous lisez le latin ?

— Je l'ai appris, enfant, reconnut-il, et l'incrédulité de Gary le fit sourire. Tu devrais l'apprendre, toi aussi.

— À quoi ça me servirait ?

— À lire la Bible que tu as sous les yeux pour commencer. Elle est composée de trente-neuf livres. Les juifs révèrent les cinq premiers : Genèse, Exode, Lévitique, Nombres et Deutéronome. Ils racontent l'histoire du peuple d'Israël de la création du monde en passant par le Déluge, l'Exode d'Égypte, l'errance dans le désert jusqu'à ce que Dieu remette les tables de la loi à Moïse sur le mont Sinaï. Une véritable épopée. »

Ces textes étaient très importants aux yeux des juifs, tout comme la section intitulée Prophètes – Josué, Juges, Samuel et Rois – qui relate l'histoire des Israélites de leur traversée du Jourdain à la conquête de Canaan, l'essor et le déclin de leurs nombreux royaumes et leurs défaites face aux Assyriens et aux Babyloniens.

« Ces livres, souligna Henrik, sont censés nous raconter l'histoire du peuple d'Israël des milliers d'années avant la naissance du Christ, un peuple dont le destin était étroitement lié à Dieu et aux promesses qu'il lui avait faites.

— Mais cela remonte à très longtemps, non ?

— Quatre mille ans. Pourtant les Arabes et les juifs se font la guerre depuis en essayant de prouver que tout cela est vrai. »

Henrik feuilleta lentement la Genèse et trouva le passage qu'il était venu étudier. Il se mit à lire :

« "Yahvé dit à Abram, après que Lot se fut séparé de lui : Lève les yeux et regarde, de l'endroit où tu es, vers le nord et le midi, vers l'orient et l'occident. Tout le pays que tu vois, je le donnerai à toi et à ta postérité pour toujours." Ces mots ont coûté la vie à des millions de personnes. »

Henrik relut en silence les six termes les plus importants du passage.

« Qu'est-ce qu'il y a ? » l'interrogea Gary.

Il dévisagea l'adolescent. Combien de fois Cai lui avait-il posé la même question ? Son fils avait appris le latin, lu la Bible et pratiqué leur foi. C'était un homme bon, mais comme tant d'autres, il avait été victime de la violence aveugle.

« La vérité est importante », dit-il plus à son intention qu'à celle de Gary.

De l'endroit où tu es...

« Vous avez eu des nouvelles de papa ? demanda Gary.

— Aucune, non. Il est parti à la recherche d'un endroit qui ressemble beaucoup à celui où nous nous trouvons. Une bibliothèque qui renferme peut-être la clé qui nous permettra de comprendre le texte de la Bible. »

Un bruit venant d'en bas attira l'attention du vieil

homme. La porte de la bibliothèque s'ouvrit et des voix s'élevèrent. Il reconnut celle d'Alfred Hermann.

À son signal, Gary et lui trouvèrent refuge dans une alcôve percée d'une fenêtre. La pièce du bas était faiblement éclairée par un assortiment hétéroclite de lampes, et le balcon par des spots encastrés dans le plafond. Il fit signe à Gary de ne pas dire un mot et l'adolescent hocha la tête en signe d'assentiment.

Henrik était tout ouïe.

L'homme qui accompagnait Hermann s'exprimait en anglais.

Il était Américain.

« C'est important, Alfred, dit-il. C'est plus qu'important, c'est capital.

— Je suis tout à fait conscient de la situation dans laquelle vous vous trouvez. Mais vos préoccupations ne sont pas plus importantes que les nôtres.

— Malone est en route pour le Sinaï. Vous m'avez dit que tout irait bien.

— Et ce sera le cas. Je vous sers un cognac ?

— Vous cherchez à m'apaiser ?

— J'essaie simplement de vous servir un cognac. »

Henrik fit signe à Gary de ne pas bouger tandis qu'il avançait à pas de loup pour risquer un coup d'œil par-dessus la balustrade en fer forgé richement travaillée. Il aperçut Alfred Hermann, une carafe à la main. À ses côtés se tenait un homme plus jeune que lui, environ la cinquantaine, vêtu d'un costume sombre, le visage couronné d'une épaisse toison blonde. Rasé de près, il avait un visage énergique, angélique ; il aurait fait un modèle ou un acteur parfaits.

On n'était pas loin de la réalité, d'ailleurs.

Thorvaldsen connaissait cet homme.

C'était le vice-président des États-Unis.

61

Camp David,
Maryland

« Le traître ? Que voulez-vous dire ? s'écria Stéphanie.

— L'un des membres du gouvernement me cherche des noises, répondit Daniels, le regard inquiet. Il promeut sa propre politique, poursuit ses propres objectifs en pensant que je suis trop paresseux, trop nul ou trop bête pour m'en rendre compte. Pas besoin d'être un génie pour savoir qui mène la danse : mon vice-président, soi-disant si loyal. C'est un ambitieux.

— Monsieur le président...

— Ça aussi, c'est une première. *Monsieur le président.* Notre relation s'améliore, on dirait.

— J'ai certaines réserves vous concernant, vous et votre gouvernement.

— C'est le problème des hauts fonctionnaires. Nous les politiques, nous ne faisons que passer, mais les gens comme vous s'accrochent. Ce qui signifie que vous disposez de certains éléments de comparaison. Malheureusement pour moi, Stéphanie, il s'avère que vous avez raison cette fois. Je suis entouré de traîtres. Mon vice-président a tellement envie d'être à ma place qu'il a du mal à se contrôler. Et pour obtenir ce qu'il veut, il est prêt à faire un pacte avec le diable. L'ordre de la Toison d'or », ajouta Daniels après une pause.

Stéphanie avait-elle bien entendu ?

« Il est à Vienne en ce moment même. Il a rendez-vous avec le président de l'organisation, un certain Alfred Hermann. »

Elle avait sérieusement sous-estimé Danny Daniels, tout comme Brent Green d'ailleurs. Les deux hommes étaient fort bien informés. Cassiopée se balançait sur son fauteuil mais Stéphanie voyait bien qu'elle écoutait attentivement. Stéphanie lui avait expliqué ce qu'elle savait de l'organisation.

« Mon père était membre de l'organisation », lança Cassiopée.

Elle n'avait pas mentionné ce détail jusque-là.

« Pendant de nombreuses années, Henrik et lui ont tous deux assisté aux assemblées. J'ai décidé de ne pas reconduire l'adhésion à sa mort.

— Excellent choix, dit Daniels. Ce groupe est lié à un certain nombre de tentatives de déstabilisation à l'échelle internationale. Et ils sont forts. Ils ne laissent aucune empreinte. Bien sûr, les acteurs principaux finissent tous par mourir. Comme dans n'importe quel gang qui se respecte, ils ont une branche armée, un homme qu'ils appellent "Les serres de l'aigle". C'est typiquement européen : un tueur professionnel avec un nom ronflant. Ce sont eux qui ont enlevé le fils de Malone.

— Et c'est maintenant que vous nous dites ça ?

— Oui, Stéphanie, exactement. L'une de mes prérogatives en tant que chef du monde libre, c'est de pouvoir faire à peu près tout ce dont j'ai envie, assena-t-il en disséquant Stéphanie du regard. Il se passe beaucoup de choses, la situation évolue très vite dans différentes directions. Étant donné les circonstances, j'ai fait du mieux que j'ai pu.

— Que fait le vice-président avec l'occupant du fauteuil bleu ?

— Je vois que vous êtes bien renseignée, vous aussi. Je n'en attendais pas moins de vous. Le vice-président est sur le point de vendre son âme. Cette organisation cherche à retrouver... je vous le donne en mille... la bibliothèque d'Alexandrie. Ils veulent prouver l'une de leurs théories. Et même si j'ai toujours trouvé tout ça bizarre, l'affaire ne s'arrête apparemment pas là.

— Qu'en disent les Israéliens ? le questionna Cassiopée.

— Ils n'ont pas envie que l'on découvre quoi que ce soit. Point. Pour eux, il faut laisser tomber. Il semblerait que l'organisation presse la famille royale saoudienne comme un citron depuis des dizaines d'années et qu'elle ait maintenant décidé de tout chambouler, de mettre les juifs et les Arabes en boule. C'est assez astucieux, en vérité. Nous faisons la même chose, c'est bien connu. Mais il va y avoir une escalade cette fois-ci. Les fanatiques sont imprévisibles, qu'ils soient arabes, israéliens... ou américains, ajouta-t-il.

— Que voulez-vous que je fasse ?

— Je vais vous donner une information que vous ignorez : Cotton a rappelé Green. Il avait besoin d'une faveur. Alors, tenez-vous bien : Green a donné son accord pour qu'un avion militaire emmène Malone, son ex-femme et une troisième personne dans le Sinaï. Ils sont en route en ce moment même. Nous pensons que l'homme qui les accompagne est à la solde de l'ordre de la Toison d'or. Malone a également demandé à Green de vérifier les antécédents de cet homme, mais le ministre de la Justice n'a pas donné suite. Il n'a pas bougé le petit doigt. Alors nous nous en sommes chargés. Le nom que Cotton a donné est celui de James McCollum. La description physique ne correspond pas, mais il existe un homme du même nom, ancien militaire, membre des forces spéciales, aujourd'hui mercenaire. Il semble avoir le C.V. idéal pour être engagé par l'ordre de la Toison d'or, vous ne pensez pas ?

– Comment se fait-il qu'il accompagne Malone ? voulut savoir Cassiopée.

– Je l'ignore mais je suis content que Cotton soit avec lui et pas un autre. Malheureusement, nous ne pouvons rien faire pour lui venir en aide.

– Nous pourrions contacter l'avion par radio.

– Impossible. Personne ne doit savoir que nous sommes au courant. Je veux les traîtres et pour les cueillir, nous devons garder le silence.

– Et les finalistes sont : Larry Daley et Brent Green, commenta Stéphanie.

– Le vainqueur remporte un séjour tous frais payés en prison. Mais pas avant que je lui aie personnellement botté les fesses. »

Il semblait retrouver ses réflexes de chef de l'État.

« Je ne peux compter que sur vous pour trouver la réponse à cette question. Pour des raisons évidentes, il m'est impossible d'impliquer les services de l'État. J'ai accepté que les choses se passent ainsi pour vous permettre d'agir. Stéphanie, je savais que vous étiez au courant pour Daley mais, Dieu merci, vous n'avez rien tenté contre lui. Aujourd'hui, nous devons découvrir la vérité.

– Vous pensez vraiment que le ministre de la Justice est mêlé à cette histoire ? demanda Cassiopée.

– Je n'en ai aucune idée. Brent est parfait dans son rôle de saint et il se peut même qu'il soit vraiment intégriste. Mais c'est aussi quelqu'un qui n'a pas envie d'abandonner une position grâce à laquelle il jouit de tant de pouvoir et d'influence pour aller occuper un emploi bidon dans un cabinet d'avocats à Washington. C'est ce qui l'a poussé à rester pour mon second mandat. Tous les autres rats ont quitté le navire, peaufiné leur C.V. en mettant en avant l'expérience juteuse acquise au gouvernement avant d'en récolter les fruits dans le secteur privé. Pas Brent.

– Il m'a dit qu'il avait révélé certaines informations sur le lien d'Alexandrie en cherchant le traître de son côté.

– C'est peut-être vrai, je n'en sais rien. Ce dont je suis sûr, en revanche, c'est que mon conseiller adjoint à la Sécurité nationale distribue des pots-de-vin au Congrès, que mon vice-président complote avec l'une des plus grandes fortunes du monde et que deux États du Moyen-Orient qui d'habitude se méprisent, travaillent main dans la main pour empêcher la découverte d'une bibliothèque vieille de quinze siècles. J'ai bien résumé la situation, Stéphanie ?

– Oui, monsieur le président. C'est à peu près ça.

– Alors trouvez le traître.

– Comment voulez-vous que l'on s'y prenne ? »

Sa fermeté le fit sourire.

« J'y ai longuement réfléchi. Mangeons quelque chose, puis vous pourrez vous reposer. Vous avez l'air vannées. Vous pourrez dormir tranquilles ici.

– Cela ne peut pas attendre jusqu'à demain, protesta Stéphanie.

– Il le faudra bien. Vous savez comment réussir un excellent gruau de maïs ? Il ne faut surtout pas le faire bouillir mais le faire mijoter dans une cocotte couverte sur feu éteint. C'est ce qui transforme une farine de maïs grossière en pur délice. Nous allons laisser la situation mijoter quelques heures et puis je vous dirai ce que j'envisage de faire. »

62

Vienne

Thorvaldsen recula au fond de l'alcôve tout en tendant l'oreille vers la conversation qui se tenait toujours en bas. La présence du vice-président ici, dans le château de Hermann, laissait entrevoir une foule de nouvelles implications. Il fit signe à Gary de garder le silence.

Des verres s'entrechoquèrent.

«À notre amitié, s'exclama Hermann.

— C'est ce que j'aime en vous, Alfred : votre loyauté. C'est une qualité rare de nos jours.

— Votre supérieur est certainement du même avis que vous.

— Daniels est un imbécile, gloussa l'hôte de Hermann. Il a une vision simpliste de la vie et du monde.

— Diriez-vous que vous vous montrez loyal ?

— Absolument. J'ai supporté Danny Daniels pendant cinq ans en faisant tout ce qu'il voulait. J'ai souri, je l'ai défendu, j'ai essuyé les critiques à sa place. Mais je n'en peux plus et les Américains non plus.

— J'espère que vous n'avez pas perdu votre temps.

— J'ai passé cinq ans à construire des alliances, à cultiver les amitiés, à apaiser les inimitiés. J'ai tout ce qu'il me faut...

— À part l'argent.

– Je ne dirais pas les choses comme cela. Certaines personnes ont apporté une contribution non négligeable pour mettre les choses en route. Mes amis arabes se montrent assez généreux.

– L'Ordre aussi se montre reconnaissant envers ceux qui le soutiennent. Votre président n'a pas favorisé le commerce international. Il semble apprécier les droits de douane, les restrictions commerciales, la transparence des opérations bancaires.

– C'est un tout autre problème. Je vous assure que de nombreuses personnes à Washington pensent différemment. »

Thorvaldsen déduisit que les deux hommes s'asseyaient. Il approcha sans bruit de la rambarde. Hermann était assis sur un fauteuil et le vice-président sur l'un des canapés de la bibliothèque, un verre à la main.

« Israël s'efforce de découvrir ce qui se passe, expliqua le vice-président. Ils savent que le lien est découvert.

– J'en ai été informé. L'un de mes associés s'occupe du problème en ce moment même.

– Mon directeur de cabinet m'a appris qu'une équipe de surveillance israélienne avait disparu en Allemagne et qu'un fonctionnaire du ministère des Affaires étrangères, soupçonné d'être un informateur, avait été retrouvé mort à Rothenburg. Une équipe de tueurs a été envoyée à Londres. Bizarrement, Tel-Aviv voulait que nous le sachions.

– Je suis au courant, cher ami.

– Dans ce cas, vous savez certainement que Cotton Malone, l'un de nos anciens agents, est en route pour le Sinaï en compagnie de son ex-femme, ce qui est plutôt cocasse, et d'un autre homme. »

Hermann ne répondit pas.

« Cela a piqué notre curiosité et les empreintes de

l'inconnu ont été relevées sur la rambarde de l'avion militaire dans lequel il est monté à Lisbonne. C'est un Américain, un certain James McCollum. Vous le connaissez ?

– *Alias* Dominick Sabre. Il travaille pour nous.

– Comme vous êtes mon ami, Alfred, et avec tout le respect que je vous dois, permettez-moi de vous dire que vous vous fichez de moi. Je l'ai vu dans vos yeux : vous ignoriez que votre homme fût en route pour le Sinaï. »

Il y eut un nouveau silence.

« Il n'est pas tenu de m'informer de ses moindres faits et gestes, remarqua Hermann. Tout ce qui compte, ce sont les résultats.

– Alors, dites-moi ce qu'il fait avec Cotton Malone. Va-t-il mettre la main sur la Bibliothèque ?

– Vous m'avez parlé du Sinaï. La situation géographique concorde. Elle est suffisamment proche d'Alexandrie pour rendre le transport des manuscrits possible à l'époque, mais l'endroit est tout de même isolé. Les routes commerciales traversaient la région, que ce soit avant ou après la naissance du Christ. Les pharaons y exploitaient des mines de cuivre et de turquoise. Le Sinaï n'avait aucun secret pour les Égyptiens.

– Et l'histoire n'a aucun secret pour vous.

– Le savoir est quelque chose de positif, surtout ici.

– Alfred, il ne s'agit pas d'un exercice intellectuel ; j'essaie de transformer fondamentalement la politique étrangère des États-Unis. Daniels et moi nous nous sommes affrontés à ce sujet et maintenant, j'ai la possibilité d'agir. L'heure est venue de faire preuve avec les Arabes de la même considération dont nous avons toujours fait preuve à l'égard d'Israël. Et je partage votre point de vue : seuls les résultats comptent. Vos acolytes et vous recherchez le profit ; moi, c'est le pouvoir qui m'intéresse.

— Et nous souhaitons vous voir prendre les commandes.

— Dans ce cas, Alfred, dites-moi quand le président des États-Unis doit-il mourir ? »

Thorvaldsen eut des frissons dans le dos en entendant les propos du vice-président.

« L'idée vous séduit enfin, on dirait, répliqua Hermann.

— Vous m'avez convaincu.

— Tout est arrangé. Le voyage impromptu de Daniels à Kaboul s'achèvera de façon spectaculaire.

— Une fois qu'il aura décollé, je vous confirmerai tout ça par le biais dont nous avons parlé. D'après ce que je sais aujourd'hui, son départ est fixé à jeudi prochain. Nous ne sommes que quatre à être au courant : lui, moi et nos directeurs de cabinet respectifs. Même le président afghan ignore qu'il fait le déplacement. Il l'apprendra peu avant qu'il atterrisse. Ce voyage pour apporter son soutien aux troupes n'est qu'un numéro du service de la communication de la Maison-Blanche visant à faire décoller la cote de popularité du président.

— Les missiles sont déjà sur place, confirma Hermann. Nous avons conclu un marché avec l'un des lieutenants de Ben Laden. Il s'est montré très reconnaissant. Ce sera leur première attaque importante contre les États-Unis en plusieurs années. Nous avons déjà traité avec ces êtres maléfiques en gardant toujours nos distances et avec prudence, mais toujours avec succès.

— Je reste tout de même inquiet. Des Arabes qui tuent Daniels... Cela dit, mes amis en Arabie Saoudite me disent que beaucoup en ont assez de Ben Laden aussi. Ils adoreraient se débarrasser de lui. Son cinéma complique la tâche de ceux qui cherchent à redorer le blason des Arabes.

Il leur est impossible de s'associer à nous tant que primera l'idée qu'Israël a toujours raison. Mais une fois Daniels éliminé et notre volonté de changer de politique clairement affirmée, ils se joindront à nous pour avoir la peau de Ben Laden.

— D'après le bureau politique de l'Ordre, les Arabes seront on ne peut plus disposés à négocier.

— Le bureau politique est au courant de nos projets ? s'étonna le vice-président.

— Bien sûr que non. Il se contente d'envisager certains scénarios, dont un changement dans la politique étrangère des États-Unis. Nous l'espérons depuis longtemps.

— Maintenant, Alfred, vous savez ce qui me préoccupe, n'est-ce pas ?

— Aucune piste ne remonte jusqu'à nous, s'amusa Hermann. Les émissaires qui ont négocié l'accord avec Ben Laden seront envoyés auprès d'Allah la semaine prochaine. Le collaborateur dont nous avons parlé y veillera personnellement. Aucun indice ne permettra de remonter la piste.

— Vous témoignez une grande confiance à cet homme.

— Il ne nous a jamais déçus.

— Il ne doit pas commencer maintenant. Je serai à Chicago le jour du départ de Daniels. La Maison-Blanche ne fera aucune annonce. On fera comme si le président se trouvait à Washington en train de travailler et tout d'un coup, les informations montreront des images de son voyage en Afghanistan. Ensuite, ils me mettront à l'abri jusqu'à son retour. C'est la procédure standard depuis le 11 septembre.

— Que ferez-vous une fois que l'avion aura été abattu ?

– Je prêterai serment et gouvernerai pendant trois ans. Et puis, je me représenterai, serai réélu pour quatre ans avant de m'effacer.

– Sachez qu'en cas de découverte de la Bibliothèque, ce dont nous avons parlé s'enclenchera immédiatement.

– Absolument. Le plus tôt sera le mieux. J'ai besoin qu'Israël et les Arabes soient déstabilisés. Je les caresserai dans le sens du poil et vous leur mettrez une bonne claque. Les Saoudiens devront faire avec. Ils ne peuvent pas se permettre de voir leur pays imploser. Et je souhaite voir les prix du pétrole baisser tout autant que vous. Une baisse de quelques dollars par baril modifie notre PNB de plusieurs milliards. Je mobiliserai les États-Unis pour venger la mort de Daniels. Tout le monde m'apportera son soutien sur ce coup-là. Le monde entier se ralliera à nous. Les Arabes seront dans l'incertitude. Ils auront désespérément besoin d'amis. C'est là qu'ils se joindront à nous, et tout le monde aura gagné.

– Le bureau politique pense que toute la région pourrait être déstabilisée.

– Quelle importance ? Ma cote de popularité atteindra des sommets. Rien de tel pour regonfler les Américains qu'un bon rassemblement autour de la bannière étoilée. Et c'est ce que je compte organiser pendant les sept années qui viennent. Les Arabes sont des commerçants. Ils comprendront que l'heure de la coopération a sonné, surtout si cela fait du mal à Israël.

– Apparemment, vous avez tout prévu.

– Je ne pense à rien d'autre depuis quelques mois. J'ai essayé de pousser Daniels à changer de politique, mais il refuse de plier dès lors qu'il est question d'Israël. Ce satané pays pas plus grand qu'un comté américain causera notre perte à tous. Et je n'ai pas l'intention de laisser cela se produire.

— Lors de notre prochaine rencontre, vous serez président des États-Unis.

— Alfred, outre les terroristes qui vont se charger de l'attentat, nous sommes vous et moi les seuls au monde à savoir ce qui se prépare. Je m'en suis assuré.

— Moi aussi.

— Alors, faisons tout pour que cela marche et que nos efforts soient récompensés. »

63

Hermann était las d'essayer de lire dans les pensées de son hôte. Celui-ci avait beau être vice-président des États-Unis, il n'était pas différent de la myriade d'autres politicards à travers le monde que Hermann avait soudoyés et trahis, hommes et femmes dont la soif de pouvoir n'avait d'égale que l'absence de scrupules. Les Américains aimaient à se faire passer pour des êtres irréprochables, mais impossible de résister aux sirènes de l'ambition quand on a entrevu ses avantages. L'homme avec qui il bavardait dans sa bibliothèque, alors que venait de se tenir l'assemblée d'hiver, ne faisait pas exception à la règle. Il avait beau invoquer de nobles objectifs politiques dont certains changements dans la politique étrangère de son pays, il avait toujours été prêt à trahir sa patrie, son président et ses propres idéaux.

Dieu merci.

L'ordre de la Toison d'or se nourrissait de l'absence de moralité d'autrui.

« Alfred, soyez franc : vous pensez vraiment qu'il existe une preuve de l'illégitimité des revendications d'Israël sur la Terre sainte ?

– Absolument. L'Ancien Testament était l'un des principaux sujets d'études à la bibliothèque d'Alexandrie.

Les prémices du Nouveau Testament y ont également été analysées en détail avant la disparition de la Bibliothèque. Certains manuscrits nous l'ont appris. On peut raisonnablement penser que le texte de la Bible et les analyses dont il a fait l'objet, dans sa version originale en hébreu ancien, existent toujours. »

Hermann repensa aux informations glanées par Sabre à Rothenburg. Trois personnes avaient été tuées par les Israéliens. Elles avaient toutes reçu la visite d'un Gardien et se spécialisaient dans l'étude de l'Ancien Testament. Haddad avait lui aussi reçu une invitation. Qu'est-ce qui avait bien pu lui valoir un tel honneur ? Et pourquoi Israël avait-il tenté d'éliminer le chercheur palestinien ?

Il devait y avoir un lien.

« Je reviens d'Angleterre, déclara le vice-président, où j'ai pu admirer le Codex Sinaiticus. J'ai appris qu'il date du IVe siècle et qu'il s'agit de l'un des plus vieux exemplaires de l'Ancien Testament qui nous soit parvenu. Il est écrit en grec.

— Voilà un exemple parfait. Vous connaissez son histoire ?

— Des bribes, seulement. »

Hermann raconta à son hôte l'histoire du savant allemand Tischendorff qui, en 1844, parcourait l'Orient à la recherche de manuscrits anciens. Il se rendit au monastère de Sainte-Catherine dans le Sinaï ; un jour, il remarqua une corbeille dans laquelle s'entassaient quarante-trois feuillets d'un vieux manuscrit rédigé en grec ancien. Les moines lui apprirent qu'ils allaient s'en servir de combustible, comme d'autres avant eux. Tischendorff put déterminer que ces pages étaient extraites d'une Bible et les moines l'autorisèrent à les conserver. Quinze ans plus tard, il retourna sur place à la demande du Tsar

Alexandre II. On lui montra le reste du manuscrit biblique qu'il parvint à ramener en Russie. Après la révolution d'Octobre, les communistes finirent par le vendre à la Grande-Bretagne où il est encore exposé aujourd'hui.

« Le Codex Sinaiticus, poursuivit Hermann, est l'un des manuscrits les plus anciens qui existent à ce jour. Certains ont émis l'hypothèse que Constantin en personne ait pu en commanditer la rédaction. Mais n'oubliez pas qu'il est rédigé en grec et qu'il a donc été traduit de l'hébreu par un scribe dont nous ne savons strictement rien, à partir d'un manuscrit original dont nous ignorons tout. Alors, que devons-nous en déduire exactement ?

– Que plus d'un siècle après les faits, les moines de Sainte-Catherine n'ont toujours pas digéré la perte de leur Bible. Cela fait des années qu'ils implorent le gouvernement américain d'intervenir auprès des autorités britanniques. C'est pour cela que je suis allé voir le manuscrit. Je voulais savoir ce qui causait tout ce raffut.

– Je me réjouis que Tischendorff l'ait emporté. Ces moines l'auraient brûlé ou laissé se désagréger. Malheureusement, la majeure partie du savoir de l'humanité a connu un sort analogue. Espérons que les Gardiens se seront montrés plus prudents.

– Vous croyez vraiment à tout ça, n'est-ce pas ? »

Hermann hésitait à se livrer davantage. La situation évoluait rapidement et cet homme qui deviendrait bientôt président devait en mesurer les véritables enjeux.

Hermann se leva.

« Je vais vous montrer quelque chose. »

L'angoisse submergea Thorvaldsen dès qu'il entendit Hermann se lever et reposer son verre. En risquant un coup d'œil par-dessus la rambarde, il vit son hôte et le vice-président traverser la pièce en direction de l'escalier en colimaçon. En levant les yeux vers la passerelle, il s'aperçut que c'était bien la seule issue dont Gary et lui disposaient. Des fenêtres perçaient entre les étagères sur les trois autres murs, mais il leur serait impossible d'y trouver refuge.

Ils seraient immédiatement découverts.

Cependant, Hermann et le vice-président ignorèrent l'escalier pour s'arrêter devant une vitrine.

Hermann désigna la vitrine illuminée dans laquelle était exposé un codex ancien dont la reliure en bois était criblée de trous, comme si elle avait été rongée par des insectes.

« C'est aussi un manuscrit du IVe siècle, un traité sur les premiers enseignements de l'Église dont l'auteur n'est autre que saint Augustin lui-même. Mon père en a fait l'acquisition il y a des années. Il n'a aucune valeur historique – il en existe plusieurs copies – mais il est impressionnant. »

Il tendit la main sous le podium et poussa un bouton qui ressemblait à l'une des vis d'acier inoxydable de la vitrine. Il fit pivoter la partie supérieure du meuble sur un axe placé à l'un des angles de la vitrine. À l'intérieur reposaient neuf papyrus d'une grande fragilité.

« Ces documents, en revanche, sont extrêmement précieux, souligna Hermann. Mon père les a également achetés il y a des années à celui qui lui avait vendu le codex. Certaines de ces pages ont été écrites par Eusebius Hieronymus Sophronius qui vécut entre les IVe et Ve siècles. C'était l'un des Pères de l'Église. Il traduisit la Bible en latin, créant ainsi une œuvre connue sous le nom de Vulgate et qui finit par faire autorité. Il est passé à la postérité sous le nom de saint Jérôme.

— Vous êtes un personnage étrange, Alfred. Les choses les plus bizarres vous stimulent. Comment ces vieilles pages froissées pourraient-elles avoir la moindre influence sur le cours des choses aujourd'hui ?

— Elles présentent un grand intérêt, je vous assure. Suffisamment grand pour bouleverser notre façon de penser. Certaines de ces lettres ont été écrites par saint Augustin. Il s'agit d'une correspondance entre Jérôme et Augustin, ajouta-t-il avant de s'apercevoir que sa révélation ne faisait ni chaud ni froid à l'Américain.

— La poste existait à l'époque ?

— Sous une forme rudimentaire. On confiait ses messages aux voyageurs qui se rendaient dans la bonne direction. Certains des témoignages les plus précis sur l'époque apparaissent dans ce type de correspondance.

— Voilà qui est intéressant.

— Vous êtes-vous déjà demandé comment la Bible était née ?

— Pas vraiment, non.

— Et si tout cela n'était qu'un mensonge ?

— C'est une affaire de foi, Alfred. Quelle importance ?

— Elle est de taille. Et si les Pères de l'Église comme Augustin et Jérôme, ces hommes qui ont façonné l'évolution de la pensée religieuse, avaient décidé de changer le cours des choses ? Souvenez-vous qu'à l'époque – nous sommes quatre siècles après la naissance du Christ, bien après que Constantin eut fait du christianisme la religion officielle – l'Église naissante éliminait les philosophies contraires à ses enseignements. Le Nouveau Testament était en pleine élaboration à partir de divers Évangiles intégrés et adaptés afin de constituer un message cohérent : en gros, Dieu est amour et miséricorde et l'avènement du Christ s'est produit. Mais l'Ancien Testament demeurait. Les juifs s'y référaient mais les chrétiens voulaient eux aussi l'intégrer à leur religion. Heureusement pour les premiers Pères de l'Église, les textes de l'Ancien Testament étaient peu nombreux et tous écrits en hébreu ancien.

— Mais vous venez de dire que ce fameux Jérôme avait traduit la Bible en latin.

— C'est exactement là où je veux en venir, s'écria Hermann en attrapant l'une des pages fanées dans la vitrine. Ces pages sont écrites en latin, la langue de référence à l'époque de Jérôme, ajouta-t-il en prenant des pages dactylographiées cachées sous les originaux. J'ai fait traduire ces lettres par trois experts différents pour être sûr de leur sens. J'aimerais vous lire un passage qui vous permettra de comprendre à quoi je fais allusion. »

> J'ai conscience à quel point il est difficile de faire comprendre aux orgueilleux les vertus de l'humilité, qualité qui nous grandit et qui ne doit rien à l'arrogance humaine mais tout à la grâce divine. Il nous incombe de faire en sorte que l'âme humaine s'élève et que le message soit clair à travers les paroles du Christ. Les paroles de sagesse que vous m'avez prodiguées quand j'ai entrepris la tâche qui m'occupe se sont révélées exactes. L'œuvre que j'ai entreprise est la première interprétation des anciennes Écritures dans une langue que même les plus ignorants pourront comprendre.

Il semble logique, en effet, qu'il existe un lien entre l'ancien et le nouveau ; qu'un divorce existe entre ces deux Écritures semble aller à l'encontre du but recherché car la philosophie juive s'en trouverait grandie puisqu'elle existe depuis bien plus longtemps que notre foi. Depuis notre dernier échange, j'ai péniblement traduit une nouvelle portion du texte ancien. La profusion de doubles sens rend toute avancée laborieuse. Je sollicite de nouveau vos conseils sur un point délicat. Jérusalem est la cité sacrée du texte ancien. Le terme *Yeruwshalaim* est souvent employé pour identifier ce lieu et pourtant j'ai remarqué que le terme *iyr Yeruwshalaim,* qui signifie littéralement « cité de Jérusalem », n'apparaît nulle part. Permettez-moi de vous expliquer plus précisément mon problème. En hébreu, dans un passage du livre des Rois, Yahvé dit à Salomon : « Jérusalem, la cité/la capitale que j'y ai choisie. » Plus loin, Yahvé déclare : « Pour que la ville qui me rappelle la mémoire de David – la cité dans laquelle j'ai choisi d'établir mon nom – soit préservée. » Mon frère, comprenez-vous mon dilemme ? Le texte ancien n'évoque pas Jérusalem en tant que ville mais en tant que région. Il est toujours question de la ville « à Jérusalem », pas de « Jérusalem » tout court. Samuel en parle comme d'une région et le texte en hébreu précise : « Le roi et ses hommes se mettent en route pour Jérusalem pour combattre les Jébusites qui habitaient la région. » Je peine sur la traduction, espérant découvrir quelque erreur, mais l'emploi de ce terme est consistant à travers le texte hébreu. Le mot *Yeruwshalaim,* Jérusalem, renvoie toujours à un endroit englobant un certain nombre de villes et non à une unique cité ainsi baptisée.

Hermann fit une pause pour dévisager le vice-président.

« Jérôme a adressé cette lettre à saint Augustin au moment où il traduisait l'Ancien Testament en latin.

Permettez-moi de vous lire la réponse que lui adressa Augustin. »

Il passa à une autre traduction.

Très éminent frère Jérôme, le travail que vous avez entrepris paraît à la fois ardu et merveilleux. Comme il doit être incroyable de révéler la nature de ce que des scribes depuis longtemps disparus ont couché sur le papier, et tout cela sous la divine guidance de notre très illustre Seigneur. Il ne vous aura certainement pas échappé quels combats nous devons tous livrer en ces temps d'extrêmes dangers. Les dieux païens perdent de leur influence. Le message du Christ gagne du terrain. Son message de paix, de miséricorde et d'amour convainc ceux qui l'entendent. Nombreux sont ceux qui découvrent notre message nouveau simplement parce qu'ils y ont accès. Vos efforts pour donner vie au texte ancien n'en deviennent que plus cruciaux encore. Vos missives expliquent clairement le problème auquel vous êtes confronté. Pourtant, le futur de notre Église, de notre Dieu, est entre nos mains. Faire correspondre le message ancien au nouveau n'est pas un péché. Comme vous l'avez dit, chaque terme est polysémique, alors qui peut trancher ? Ni vous ni moi, certainement. Puisque vous m'avez demandé conseil, je vais vous aider. Faites que le texte ancien soit conforme au nouveau. Car si l'ancien était différent du nouveau, nous risquerions certainement de troubler nos fidèles et d'attiser le mécontentement de nos nombreux ennemis. Votre tâche est noble. Offrir à tous la possibilité de lire le texte ancien signifie beaucoup. Les savants et les rabbins n'auront plus le monopole d'un texte aussi essentiel. Aussi, mon cher frère, ne ménagez pas votre peine et sachez que vous accomplissez l'œuvre de Dieu.

« Vous êtes en train de me dire qu'ils ont intentionnellement modifié la teneur de l'Ancien Testament ? s'exclama le vice-président.

— Absolument. Cette simple référence à Jérusalem en est un bon exemple. La traduction de Jérôme, qui fait toujours autorité aujourd'hui, se réfère à Jérusalem comme à une ville. Dans la traduction du livre des Rois, on lit : "Jérusalem, la ville que j'ai choisie." Ce n'est pas ce que Jérôme écrit dans sa lettre : "Jérusalem la ville/capitale que j'y ai choisie." La différence est énorme, vous ne pensez pas ? Et l'on retrouve cette description de Jérusalem tout au long de la traduction de Jérôme. Par la volonté de Jérôme, la Jérusalem de l'Ancien Testament est devenue la ville de Palestine que nous connaissons.

— C'est fou, Alfred. Personne ne va marcher.

— Peu importe que les gens marchent ou pas. Une fois que la preuve aura été découverte, il sera impossible de nier l'évidence.

— Quel genre de preuve ?

— Un manuscrit de l'Ancien Testament rédigé avant la naissance du Christ devrait constituer une preuve irréfutable. Nous aurons alors accès au texte sans le filtre chrétien.

— Je vous souhaite bonne chance.

— Je vais vous dire : occupez-vous de gouverner les États-Unis et laissez-moi m'occuper de cette affaire. »

Thorvaldsen vit Hermann poser les lettres dans la vitrine qu'il referma. Le vieil homme et son hôte s'attardèrent encore quelques minutes dans la bibliothèque avant de sortir. Il était tard, mais Henrik n'avait pas sommeil.

« Ils vont assassiner le président, s'écria Gary, nerveux.

— Je sais. Viens, il faut sortir d'ici. »

Ils descendirent l'escalier en colimaçon.

Les lumières brillaient toujours dans la bibliothèque. Henrik se rappela combien Hermann aimait à se vanter de ses vingt-cinq mille ouvrages, dont beaucoup d'éditions originales vieilles de plusieurs siècles.

Il conduisit Gary jusqu'à la vitrine renfermant le codex. L'adolescent n'en avait pas vu autant que lui depuis leur poste d'observation. Henrik passa la main sous la vitrine à la recherche d'un bouton mais ne sentit rien. Il lui serait difficile de se baisser. Sa colonne vertébrale tordue l'en empêchait.

« Qu'est-ce que vous cherchez ?

— Cette vitrine s'ouvre. Jette un coup d'œil et vois s'il y a un bouton là-dessous. »

Gary se mit à genoux pour regarder.

«Il ne sera pas facile à trouver, je pense, remarqua Henrik en regardant tour à tour la porte et la vitrine. Tu trouves ? »

Il y eut un déclic et le haut de la vitrine se sépara du bas à environ un tiers de sa hauteur.

« C'était l'une des vis. Pas mal. Pas moyen de trouver à moins de presser dessus.

— Bien joué. »

Henrik ouvrit le compartiment secret dans lequel il aperçut les épais papyrus manuscrits. Il en compta neuf. En jetant un coup d'œil sur les rayonnages, il remarqua plusieurs atlas de grande taille.

« Va me chercher l'un de ces grands livres », ordonna-t-il à Gary.

Gary revint avec l'un des volumes. Henrik glissa avec précaution les papyrus et leurs traductions entre les pages de l'atlas pour les dissimuler et les protéger.

Il referma la vitrine.

« Qu'est-ce que c'est ? l'interrogea Gary.

— Ce que nous sommes venus chercher, j'espère. »

64

Vendredi 7 octobre
9 h 15

Malone s'appuya contre la cloison de l'énorme Hercule C130. Brent Green n'avait pas traîné en obtenant qu'ils puissent prendre place à bord d'un avion de ravitaillement qui ralliait l'Afghanistan depuis l'Angleterre. Un arrêt à Lisbonne sur la base aérienne de Montijo, officiellement pour procéder à une réparation mineure, leur avait permis de monter à bord sans trop de tapage. Des vêtements propres les attendaient et Malone, Pam et McCollum portaient désormais des uniformes de combat dans diverses teintes de beige, vert et marron ainsi que des chaussures montantes. Pam était inquiète de devoir porter un parachute mais elle s'était laissé convaincre lorsque Malone lui avait expliqué qu'il faisait partie de l'équipement standard.

Il leur faudrait huit heures pour arriver dans le Sinaï et Malone avait réussi à dormir un peu. Il se souvenait sans nostalgie d'autres vols, à bord d'autres avions de transport, et l'odeur de kérosène qui flottait dans l'air lui rappelait sa jeunesse. Les jours passés en mission plus nombreux que ceux passés en famille. Les erreurs commises qui le tourmentaient encore aujourd'hui.

Pam n'avait absolument pas apprécié les trois premières heures du vol. C'était compréhensible étant donné que le confort était le cadet des soucis de l'armée de l'Air. Mais elle avait fini par trouver une position confortable et s'était endormie.

Quant à McCollum, c'était une autre histoire.

Il avait l'air parfaitement à l'aise et avait revêtu son parachute avec la précision d'un expert. C'était peut-être un ancien des forces spéciales comme il le prétendait. Malone n'avait pas encore obtenu de Green les informations sur McCollum, mais tout ce qu'il pourrait apprendre ne lui servirait bientôt plus à grand-chose. Ils étaient sur le point d'être coupés de tout, au milieu de nulle part.

Malone laissa son regard errer par le hublot.

À perte de vue, on apercevait une étendue poussiéreuse et aride, de hauts plateaux accidentés qui grimpaient progressivement au fur et à mesure que la péninsule du Sinaï devenait plus étroite et se muait brusquement en montagnes escarpées de granit brun, gris et rouge. C'est ici qu'était censé s'être produit l'épisode du Buisson ardent, quand Dieu était apparu à Moïse. L'immense étendue sauvage que mentionnait l'Exode s'étendait sous leurs pieds. Des siècles durant, les moines et les ermites en avaient fait leur refuge, comme si la solitude les rapprochait du paradis. Ils avaient peut-être raison. Curieusement, la phrase de Sartre dans *Huis clos* lui revint en mémoire.

L'enfer, c'est les autres.

Il détourna le regard et vit McCollum sortir du local du *loadmaster,* le responsable de la cargaison, et se diriger vers lui ; il s'assit sur l'un des bancs en aluminium qui couraient sur la carlingue. À quelques mètres de là, Pam dormait toujours. Malone mangeait l'un des plats préparés – du steak aux champignons – accompagné d'eau minérale.

« Vous avez mangé ?

– Pendant que vous dormiez. Des *fajitas* au poulet. Pas mauvais. Je ne me souviens que trop bien de ces plats préparés.

– Vous avez l'air particulièrement à l'aise, en effet.

– C'est du déjà-vu pour moi. »

Ils avaient enlevé leurs boules Quiès qui ne les isolaient guère du vrombissement incessant des moteurs. L'appareil était chargé de palettes couvertes de pièces automobiles en route pour l'Afghanistan. Il devait y avoir plusieurs vols de ce type par semaine, songea Malone. Tandis qu'autrefois le ravitaillement se faisait à dos de cheval, par chariots et par camions, les voies aériennes et maritimes étaient les plus rapides et les plus sûres désormais.

« Vous avez l'air d'avoir déjà fait ça vous aussi, remarqua McCollum.

– Ça me rappelle quelques souvenirs, en effet. »

Il faisait attention à ce qu'il disait. Que McCollum les ait aidés à quitter Belém en un seul morceau ne comptait pas, il n'en restait pas moins un inconnu. En outre, il tuait avec une précision experte et sans aucun remords. Qu'est-ce qui le rachetait aux yeux de Malone ? Il était en possession de l'énigme.

« Vous êtes bien introduit, dit-il. C'est le ministre de la Justice en personne qui a organisé ce vol ?

– J'ai quelques amis, c'est vrai.

– Vous devez travailler pour la CIA, les services de renseignements ou un truc du genre, non ?

– Aucun des deux. Je suis à la retraite, en fait.

– Elle est bien bonne, gloussa McCollum. À la retraite, c'est ça. Vous êtes mouillé jusqu'au cou dans toute cette affaire. »

Malone termina son repas et vit que le *loadmaster* le

regardait. Il se rappela qu'il leur arrivait de se montrer tatillons sur la façon de se débarrasser des détritus. L'homme fit signe à Malone qui comprit. Le conteneur au bout du banc.

L'homme ouvrit et ferma ensuite sa main quatre fois de suite.

Vingt minutes encore.

Malone acquiesça d'un signe de tête.

65

Vienne
8 h 30

Thorvaldsen s'installa dans la *Schmetterlinghaus* et ouvrit l'atlas. Gary et lui s'étaient réveillés une heure plus tôt et avaient pris une douche avant d'avaler un petit déjeuner léger. Il était venu dans la serre à la fois pour éviter les mouchards installés dans sa chambre mais aussi pour attendre que l'inévitable se produise. Hermann ne tarderait pas à découvrir le vol dont il avait été victime.

Les adhérents de l'organisation disposaient d'une matinée libre puisque la prochaine réunion de l'assemblée n'était pas prévue avant la fin de l'après-midi. Les parchemins étaient restés entre les pages de l'atlas caché sous son lit toute la nuit. Maintenant, il avait hâte d'en apprendre davantage. Il comprenait le latin mais son grec était rudimentaire et il ignorait tout du grec ancien, langue dans laquelle la correspondance entre Jérôme et Augustin devait sans doute être rédigée. Il était heureux que Hermann en ait commandité la traduction.

« Vous m'avez dit hier soir que ces documents étaient peut-être ce que nous étions venus chercher, lui rappela Gary assis en face de lui.

— Tu as été enlevé pour forcer ton père à retrouver quelque chose qu'il a caché il y a des années, avoua Henrik, estimant que Gary méritait de connaître la vérité. Je pense qu'il existe un lien avec ces documents.

– De quel genre de document s'agit-il ?

– Une correspondance entre deux érudits, saint Augustin et saint Jérôme. Ils ont vécu entre les IVe et Ve siècles et ont participé à l'élaboration de la religion chrétienne.

– Je commence à apprécier l'Histoire, mais tout ça est tellement complexe...

– Et le problème c'est que nous ne disposons plus que de rares documents d'époque aujourd'hui. Les guerres, la politique, le passage du temps et les mauvais traitements ont eu raison des documents originaux. Mais ceux que tu vois là sortent tout droit de l'esprit de deux savants. »

Augustin était né en Afrique du Nord d'une mère chrétienne et d'un père païen. À l'âge adulte, il s'était converti au christianisme et avait consigné ses excès de jeunesse dans un recueil, les *Confessions,* qui faisait toujours partie des lectures obligatoires dans la plupart des universités. Il était devenu évêque d'Hippone, l'un des intellectuels les plus influents du christianisme et partisan convaincu de l'orthodoxie ; il passait pour avoir formulé la majeure partie de la philosophie de l'Église chrétienne primitive.

Jérôme lui aussi avait vu le jour dans une famille païenne et avait gâché sa jeunesse. Lui aussi était un savant et l'on considère qu'il est le plus brillant des Pères de l'Église sur le plan intellectuel. Il avait vécu en ermite et consacré trente années de sa vie à traduire la Bible. On l'associait depuis aux bibliothèques, à tel point qu'il en était devenu le saint patron.

D'après les bribes glanées par Thorvaldsen la veille au soir, les deux érudits qui vivaient dans différents coins du monde antique, avaient apparemment communiqué l'un avec l'autre à une époque où Jérôme travaillait à l'œuvre de sa vie. Hermann avait prouvé au vice-président que le texte de la Bible avait été manipulé, mais Henrik avait besoin de se faire une idée vraiment précise de la situation décrite par ces lettres. Aussi se plongea-t-il dans la lecture à haute voix de leur traduction.

Très éminent frère Augustin, il fut un temps où je considérais la traduction de la Septante comme une tâche extraordinaire. J'ai lu ce texte à la bibliothèque d'Alexandrie. Avoir accès aux pensées de ces scribes faisant le récit des tribulations des Israélites, a permis à la foi qui emplissait mon âme depuis longtemps de s'épanouir. Cependant, cette joie a maintenant laissé place à la confusion. Je m'aperçois en traduisant ce texte ancien que les auteurs de la Septante ont pris de grandes libertés avec le texte hébreu. Les passages erronés se succèdent. Jérusalem n'est pas une ville mais une région qui en comprend plusieurs. Le Jourdain, ce fleuve on ne peut plus sacré, n'en est pas un puisqu'il s'agit d'une montagne escarpée. Quant aux noms des lieux, la plupart sont erronés. La traduction grecque n'est pas conforme au texte d'origine en hébreu. L'ensemble du message semble avoir été altéré, non par ignorance mais par dessein.

Jérôme, mon ami, la tâche qui vous incombe est ardue, et l'importante mission qui est la nôtre décuple vos difficultés. D'autres avaient déjà remarqué ce que vous venez de découvrir. J'ai moi aussi passé beaucoup de temps à la bibliothèque d'Alexandrie. Nous sommes nombreux à avoir lu attentivement les mêmes manuscrits. J'ai lu le récit que fait Hérodote de son voyage en Palestine au Ve siècle avant la naissance de notre Seigneur. Les Perses régnaient alors sur la région peuplée par les Syriens. Il ne remarqua aucune présence israélite ni juive. Pas la moindre mention de Jérusalem ni de la Judée. J'ai trouvé cela remarquable car d'après le texte ancien, c'est justement à cette époque que le temple de Jérusalem fut reconstruit. De plus, la Judée semble avoir joui alors du statut de grande province. Si tout ceci avait existé, le savant grec l'aurait remarqué car une réputation de perspicacité extrême est attachée à son nom. J'ai découvert que l'antique Israël a été identifié pour la première fois à ce que nous appelons la Palestine par le Romain Strabon. Son *Histoire* est un compte-rendu sérieux que j'ai eu le privilège de lire à la Bibliothèque. L'œuvre de Strabon a été rédigée vingt-trois ans après la naissance de notre Seigneur et son travail est donc contemporain du Christ. D'après lui, le nom de Judée a été employé pour parler de la Palestine pour la première fois pendant la domination grecque, le terme grec étant *Ioudaia.* Un siècle seulement avant la naissance de notre Seigneur. Ainsi, à un moment donné entre la visite d'Hérodote et celle de Strabon, à environ quatre siècles d'intervalle, les juifs avaient établi une présence en Palestine. Strabon lui-même fait mention d'un nombre important d'Israélites ayant fui leur région d'origine vers le sud pour s'établir en Palestine. Il ne savait pas exactement de quelle région ils venaient mais partait du principe que, vu la proximité de l'Égypte et sa facilité d'accès, c'est de là que devaient venir les réfugiés. Rien ne vient cependant étayer cette conclusion. De son propre aveu, Strabon tient cette histoire des juifs d'Alexandrie qu'il a beaucoup fréquentés. Il parlait couramment l'hébreu et remarque dans son *Histoire* qu'il a lui aussi relevé certaines erreurs dans la Septante. D'après lui, les savants de la bibliothèque d'Alexandrie chargés de la traduction en grec se seraient contentés de faire le lien entre le texte ancien et ce qu'ils avaient appris des juifs à l'époque. D'après Strabon, les juifs d'Alexandrie avaient oublié leur passé et ne semblaient pas se formaliser d'en créer un de toutes pièces.

Très éminent frère Augustin, j'ai lu les écrits de Flavius Josèphe, un juif qui tient ses informations de sources sûres. Il vécut un siècle après la naissance de notre Seigneur. Il identifie clairement la Palestine avec le territoire décrit dans le texte ancien et note qu'il s'agit de la seule région où existe une entité politique juive. Plus récemment, Eusèbe de Césarée a, à la demande de notre très éminent empereur Constantin, attribué à des lieux situés en Palestine des noms tirés du texte ancien. J'ai lu son *Livre des Topiques, ou noms des lieux marqués dans la Sainte Écriture.* Mais après avoir étudié un extrait du texte ancien en hébreu, il apparaît clairement que le travail d'Eusèbe est inexact. Il semble avoir librement attribué un sens à certains noms de lieux et, dans certains cas, s'est même contenté d'en deviner le sens. Or son travail est d'une importance capitale. De nombreux fidèles crédules s'y réfèrent pendant leurs pèlerinages.

Jérôme, mon ami, nous devons mener notre tâche à bien avec la plus grande diligence. Les menaces pèsent de toute part sur notre religion naissante. Ce que vous tentez d'accomplir est d'une importance capitale pour l'existence de notre foi. Le plus grand nombre aura bientôt accès au texte ancien en latin grâce à vous. Je vous conseille vivement de ne pas altérer l'œuvre entamée par les créateurs de la Septante. Le Christ, notre Seigneur, vécut en Palestine. Quant au message que nous sommes en train de formuler par le biais du Nouveau Testament, nous devons parler d'une seule voix. J'entends ce que vous me dites : que le texte ancien ne semble pas relater l'histoire des Israélites dans un pays que nous appelons la Palestine. Cela compte-t-il vraiment ? Nous poursuivons un but différent de celui que poursuivaient ceux qui créèrent la Septante. Notre Nouveau Testament doit représenter l'accomplissement de l'Ancien. C'est à ce prix que le sens de notre message surpassera celui du texte ancien. Faire le lien entre le nouveau message et l'ancien prouvera combien le Christ notre Seigneur était capital et combien son message l'est encore. Il n'est nul besoin de corriger les erreurs que vous avez relevées dans la Septante. Comme vous l'avez écrit, les juifs qui apportèrent leur aide aux traducteurs de la Septante avaient oublié leur passé. Ils ne savaient rien de leur existence passée, n'étaient au courant que de ce qui se passait autour d'eux à l'époque. Aussi, dans vos traductions, la Palestine que nous connaissons doit-elle rester la Palestine des deux testaments. Telle est la tâche qui nous incombe, mon cher frère, telle est notre mission. Le futur de notre religion, du Christ notre Seigneur, repose entre nos mains et il nous inspire pour accomplir sa volonté.

Thorvaldsen interrompit sa lecture.

Ces deux Pères de l'Église, peut-être les plus brillants de l'histoire, s'efforçaient de manipuler la traduction de l'Ancien Testament en latin. Jérôme avait visiblement eu accès à un manuscrit original en hébreu et avait relevé certaines erreurs dans la précédente traduction en grec. Augustin connaissait le travail d'Hérodote et de Strabon, respectivement considérés comme les pères de l'histoire et de la géographie. L'un grec l'autre romain. Deux hommes qui avaient vécu à plusieurs siècles d'intervalle et fondamentalement changé le monde. La *Géographie* de Strabon qui est parvenue jusqu'à nous est considérée comme le plus précieux des textes de l'Antiquité car il en dit beaucoup sur le monde et l'époque antiques. Son *Histoire,* en revanche, a disparu.

Il n'en subsiste aucun exemplaire.

Pourtant Augustin l'avait lu.

À la bibliothèque d'Alexandrie.

« Qu'est-ce que ça veut dire ? l'interrogea Gary.

– Ça veut dire beaucoup. »

— Tu faisais un métier difficile. »

C'était la première fois qu'elle lui faisait une concession à propos de son travail.

« Je ne demandais que ça.

— Je commence à peine à mesurer ce que tu as dû vivre. Je suis encore traumatisée par la montre trafiquée. Quelle idiote j'ai été de croire que je plaisais vraiment à ce type.

— C'était peut-être le cas.

— C'est ça. Il s'est servi de moi, Cotton, insista Pam, visiblement meurtrie.

— Se servir des gens fait partie de ce boulot. Ça ne m'a jamais plu », ajouta-t-il après une pause.

Pam avala quelques gorgées d'eau.

« Je me suis servi de toi, Cotton », admit-elle.

C'était tout à fait vrai.

« J'aurais dû tout te dire au sujet de Gary. Mais je ne l'ai pas fait. Alors, qui suis-je pour porter un jugement ?»

Ce n'était pas le moment d'aborder ce sujet, mais Malone voyait bien que Pam était bouleversée par tout ce qui venait de se passer.

« Détends-toi. Faisons ce que nous avons à faire et on en reparlera.

— Je ne m'en fais pas. Je voulais simplement que tu saches ce que je ressentais. »

Ça aussi, c'était une première.

Un gémissement insupportable accompagna l'ouverture de la rampe à l'arrière de l'avion. Une bourrasque s'engouffra dans la cabine.

« Qu'est-ce qui se passe ?

— Ils ont des choses à faire. N'oublie pas que l'on profite juste du voyage. Va rejoindre le *loadmaster* et reste près de lui.

— Pourquoi ?

— Parce qu'ils nous l'ont demandé. Je t'accompagne.

— Comment va notre ami ?

— Il met son nez partout. Il faut qu'on le tienne à l'œil »

Il la regarda gagner l'arrière de l'appareil, puis se dirigea vers l'avant.

« Il faut y aller », indiqua-t-il à McCollum en se postant en face.

Il avait remarqué qu'il les écoutait.

« Elle est au courant ?

— Pas encore.

— Vous ne trouvez pas ça un peu cruel ?

— Vous ne diriez pas ça si vous la connaissiez.

— Rappelez-moi de ne pas vous prendre à rebrousse-poil.

— À vrai dire, vous n'auriez pas pu mieux dire. »

Malone vit que McCollum avait compris le message.

« Très bien, Malone. Je me suis contenté de vous sauver la vie.

— C'est ce qui vous vaut d'être ici.

— C'est tellement généreux de votre part si l'on considère que je possède le texte de l'énigme. »

Malone ramassa le sac renfermant ce que George Haddad lui avait laissé, ainsi que l'ouvrage sur saint Jérôme. Il l'avait récupéré à l'aéroport avant de quitter Lisbonne. Il l'accrocha sur sa poitrine.

« Et moi, j'ai ça. Un partout, la balle au centre. »

McCollum accrocha un sac sur sa poitrine lui aussi. Il contenait certaines provisions dont ils pourraient avoir besoin : de l'eau, des rations de nourriture, une balise GPS. D'après la carte, il y avait un village à environ cinq kilomètres de l'endroit où ils se rendaient. S'ils ne trouvaient rien, ils pourraient marcher jusqu'au village et trouver un moyen de regagner l'aéroport qui se trouvait à une trentaine de kilomètres au sud, près du mont Moïse et du monastère de Sainte-Catherine, deux lieux très appréciés des touristes.

Ils passèrent des lunettes de protection et des casques avant de regagner l'arrière de l'appareil.

« Que font-ils ? » demanda Pam quand Malone fut à portée de voix.

Il devait bien admettre que le treillis lui allait bien.

« Ils doivent procéder à un parachutage.

— Ils vont laisser tomber la cargaison dans le désert ? »

La vitesse de l'avion tomba à cent vingt nœuds, s'il se rappelait bien, et le pilote releva le nez de l'appareil.

Il passa un casque en Kevlar sur la tête de Pam et lui attacha rapidement la sangle sous le menton.

« Qu'est-ce que tu fais ? » s'écria-t-elle, troublée.

Il ajusta des lunettes de protection sur ses yeux et répondit :

« La rampe arrière a été baissée. Nous devons tous porter cet équipement par mesure de précaution. »

Il vérifia son harnais et s'assura que les quatre sangles étaient bouclées dans le déclencheur de sécurité. Il avait déjà vérifié les siennes. Il attacha leurs deux mousquetons à la corde.

McCollum était déjà attaché.

« Comment pouvons-nous atterrir alors que la rampe est ouverte ? hurla Pam.

— On n'atterrit pas. »

Il vit qu'elle venait de comprendre.

« Tu n'es pas sérieux. Tu ne crois tout de même pas que je vais...

— Le parachute va s'ouvrir automatiquement. Laisse-toi aller et profite du spectacle. Ce parachute est lent.

Conçu spécialement pour les novices. Quand tu toucheras le sol, cela équivaudra à une chute d'un mètre de haut.

– Cotton, tu es complètement dingue. Mon épaule me fait toujours mal. Il est hors de question que... »

Le *loadmaster* leur fit signe qu'ils se trouvaient près des coordonnées GPS que Malone lui avait fournies. Pas le temps de discuter. Malone souleva Pam et la poussa en avant.

« Cotton, je t'en supplie, je ne peux pas. Je t'en supplie », l'implora-t-elle en essayant de se libérer.

Il la poussa dans le vide.

Ses cris s'évanouirent.

Il savait exactement ce qu'elle ressentait. Les quatre ou cinq premiers mètres, on tombait en chute libre, sensation proche de l'apesanteur, pendant que la corde se déroulait. Elle aurait l'impression que son cœur lui battait au fond de la gorge. C'était très excitant, à vrai dire. Ensuite, elle se sentirait tirée en arrière quand le parachute se déploierait. Il regarda Pam voler dans le ciel du matin.

Elle fut secouée quand le parachute se gonfla.

Moins de cinq secondes plus tard, elle flottait vers la terre ferme.

« Elle va être dans une colère noire », souffla McCollum à son oreille.

Il la regarda descendre.

« Ouais, mais c'est un truc que j'ai toujours rêvé de faire. »

67

Les mains serrées sur les courroies de son parachute, Sabre profitait de la descente que l'air du matin et le parachute dernier cri rendaient lente. Malone lui avait tout expliqué sur les nouvelles toiles, très différentes de celles dont il se souvenait et avec lesquelles on tombait comme une pierre en espérant ne pas se casser une jambe.

Malone et lui avaient sauté de l'avion après Pam ; l'appareil avait rapidement disparu vers l'est. L'équipage n'avait cure de les voir toucher le sol sains et saufs car il avait accompli sa mission.

Sabre admira le paysage hostile.

À perte de vue s'étendait une vaste plaine sablonneuse et rocheuse. Alfred Hermann lui avait parlé de cette région au sud du Sinaï, apparemment le désert le plus sacré de la planète. Berceau de civilisations, passerelle entre l'Afrique et l'Asie. Théâtre de multiples combats, c'était le territoire le plus souvent assiégé de l'histoire. Syriens, Hittites, Assyriens, Perses, Grecs, Romains, Croisés, Turcs, Français, Anglais, Égyptiens et Israéliens l'avaient tous envahi. À maintes reprises, Hermann avait discouru sur l'importance stratégique de la région. Sabre s'apprêtait à en faire l'expérience lui-même aujourd'hui.

Il était à peu près à trois cents mètres du sol. Pam

Malone flottait au-dessous de lui, Malone au-dessus. Le silence résonnait à ses oreilles, contraste saisissant avec le vacarme constant de l'avion. Il se souvenait de ce silence pour l'avoir vécu lors de ses précédents sauts. Le rugissement de l'appareil qui faiblissait avant de laisser place au néant. Seul le vent pouvait venir troubler cette tranquillité, mais il n'y en avait pas un souffle aujourd'hui.

À quatre cents mètres à l'est, le paysage désertique laissait place à des monts de granit arides que rien ne distinguait les uns des autres, un fouillis de pics et de rochers escarpés. La bibliothèque d'Alexandrie se trouvait-elle parmi eux ? Tout le laissait croire, en tout cas.

Il poursuivit sa descente.

Près de la base de l'un de ces monts déchiquetés, à environ quatre cents mètres de là, il remarqua la silhouette trapue d'un bâtiment. Il ajusta les courroies de direction pour modifier sa trajectoire et s'approcher de l'endroit où Pam Malone s'apprêtait à atterrir, une étendue vierge de tout rocher. Bien.

En jetant un coup d'œil au-dessus de lui, il vit que Malone l'imitait.

Ce type se révélerait peut-être plus difficile à éliminer qu'il ne l'avait d'abord cru. Mais au moins, il était armé. Il avait conservé le revolver du monastère ainsi que des chargeurs de rechange, comme Malone. Quand il s'était réveillé dans l'église après avoir été assommé, il avait toujours son arme, ce qui l'avait surpris.

Quel était donc le but de cette agression ?

Peu importait maintenant.

Au moins, il était prêt.

Malone tira sur les courroies pour maîtriser sa descente. Le chef de saut de la base aérienne de Lisbonne leur avait dit que les parachutes dernier modèle étaient différents et il avait raison. L'ancien agent venait d'effectuer une descente en douceur. Les militaires n'étaient pas très chauds pour laisser sauter Pam – une novice qui ne saurait pas qu'elle allait sauter avant qu'il ne soit trop tard –, mais comme l'ordre de coopérer venait droit du Pentagone, personne n'avait discuté.

« Va te faire voir, Cotton, hurla Pam. Va au diable. »

Il jeta un coup d'œil en bas.

Elle se trouvait à cent cinquante mètres du sol.

« Plie les jambes quand tu toucheras le sol, s'écria-t-il. Tu te débrouilles très bien. Le parachute fera le travail pour toi.

– Je t'emmerde.

– Il faut bien dire que tu t'y connais dans ce domaine. Prépare-toi. »

Elle heurta le sol, dérapa dans la terre alors que le parachute tombait derrière elle. McCollum détacha son parachute de réserve avant de toucher le sol des deux pieds.

Malone serra ses courroies de direction et décéléra au point d'être presque à l'arrêt. Il détacha à son tour sa réserve et sentit ses rangers effleurer le sable.

Lui aussi atterrit debout.

Cela faisait un moment qu'il n'avait pas effectué de saut et il était content de savoir qu'il en était toujours capable. Il détacha son harnais et se libéra.

McCollum faisait de même.

Pam était toujours couchée à terre. Il la rejoignit, sachant ce qui s'annonçait.

« Espèce de salaud ! s'écria-t-elle en se levant d'un bond. Tu m'as poussée de ce satané avion. »

Elle essayait de se jeter sur lui mais n'avait pas détaché son harnais et le parachute gonflé par le vent limitait ses mouvements en la clouant au sol.

Il resta hors de portée.

« Tu as perdu la tête ? Tu n'avais absolument pas parlé d'un saut en parachute.

– Comment croyais-tu que nous allions arriver jusqu'ici ? demanda Malone calmement.

– Tu connais le mot atterrissage ?

– Nous sommes en territoire égyptien. C'est suffisamment gênant d'avoir dû sauter en plein jour. Mais même moi, je pensais que sauter la nuit serait trop cruel. »

Ses yeux bleus brillaient de rage, il ne l'avait jamais vue hors d'elle à ce point.

« Nous devions arriver sur place sans que les Israéliens le sachent. Il aurait été impossible d'atterrir. J'espère qu'ils sont toujours en train de suivre le signal transmis par ta montre et qui ne les mènera nulle part.

– Tu es un crétin, Cotton, un crétin fini. Tu m'as poussée de cet avion.

– Eh oui, je l'avoue. »

Pam commença à tripoter maladroitement son harnais, cherchant à se défaire de l'emprise du parachute.

« Tu vas te calmer, Pam ? »

Elle continua à chercher le déclencheur puis s'arrêta.

« Il fallait qu'on arrive jusqu'ici. Ce vol était parfait. Nous avons juste sauté en route ; personne n'en sait rien. Cette région est plutôt désertique, il y a moins de trois habitants au kilomètre carré. Il est improbable que nous ayons été repérés. Et puis, on en a déjà parlé : tu as toujours voulu savoir ce que je faisais. Eh bien voilà.

– Tu aurais dû me laisser au Portugal.

– Ce n'était pas une bonne idée. Tu poses un problème

aux Israéliens. Il valait mieux que tu disparaisses en même temps que nous.

– Non. Tu ne me fais pas confiance, alors il vaut mieux que je t'accompagne ; au moins tu peux me garder à l'œil.

– Cette idée m'a traversé l'esprit, je l'avoue. »

Elle garda le silence un instant, comme si elle comprenait enfin.

« Très bien, Cotton, reprit-elle d'un ton étonnamment calme. Tu m'as convaincue. Nous sommes ici, en un seul morceau. Maintenant, est-ce que tu peux m'aider à me débarrasser de ce truc ? »

Malone s'approcha d'elle et détacha le harnais.

Elle leva les bras et laissa le sac tomber par terre. Et soudain, sans crier gare, elle lui assena un violent coup de genou dans l'entrejambe.

Une douleur vive lui parcourut la colonne vertébrale et atteignit son cerveau. Ses jambes flageolèrent et il s'effondra par terre.

Il eut le souffle coupé.

Cela faisait un moment qu'il n'avait pas pris une telle raclée.

Il adopta la position fœtale et attendit que l'atroce douleur disparaisse.

« J'espère que ça t'a plu autant qu'à moi », lança Pam en s'éloignant.

68

Vienne
9 h 28

Hermann entra dans sa bibliothèque en refermant la porte derrière lui. Il avait mal dormi, mais il n'y avait pas grand-chose à faire si ce n'est attendre que Thorvaldsen commette une erreur. Quand cela arriverait, il serait prêt. Même si Sabre n'était pas là, Hermann pouvait toujours compter sur une équipe de gardes du corps dévoués. L'Italien qui se trouvait à sa tête avait clairement manifesté son intérêt pour la place de Sabre à plus d'une occasion. Hermann n'avait jamais considéré sa demande sérieusement, mais en l'absence des « Serres de l'aigle », il avait besoin d'aide ; aussi avait-il ordonné à l'homme de se tenir prêt.

Il aurait d'abord recours à la diplomatie. C'était toujours préférable. Il pourrait peut-être raisonner Thorvaldsen une fois que son vieil ami aurait compris que la preuve de la manipulation de l'Ancien Testament constituait un moyen de pression efficace – si l'on s'en servait à bon escient. À plusieurs reprises à travers l'histoire, le chaos et la confusion s'étaient transformés en atouts. Le moindre bouleversement au Moyen-Orient affectait le prix du pétrole. Être au courant de ce qui allait se produire n'aurait pas de prix. Contrôler la portée des événements serait inestimable. Les membres de l'organisation avaient l'opportunité d'engranger d'énormes gains.

Et leur nouvel allié à la Maison-Blanche en tirerait profit lui aussi.

Mais pour mener tout cela à bien, il avait besoin de Sabre.

Que faisait-il dans le Sinaï ?

En compagnie de Cotton Malone, de surcroît.

Il prenait ces deux informations pour des signes positifs. Sabre comptait pousser Malone sur la piste du lien d'Alexandrie. Ensuite, le succès dépendait de l'ex-agent américain. Ils apprendraient ce qu'ils pourraient avant de l'éliminer ou s'allieraient à lui pour voir où leur collaboration pourrait mener. Sabre avait apparemment choisi la seconde solution.

Il pensait depuis plusieurs années à ce qu'il adviendrait quand il ne serait plus là, sachant que Margarete mènerait la famille à sa perte. Ce qu'il y avait de pire, c'est qu'elle ne soupçonnait pas l'ampleur de sa propre incompétence. Il s'était efforcé de la former, mais tous ses efforts étaient restés vains. À dire vrai, le fait que Thorvaldsen l'ait enlevée lui plaisait. Il espéra un instant que le Danois le débarrasserait du problème, mais il n'y croyait guère. Henrik n'avait rien d'un meurtrier malgré ses déclarations intempestives.

Hermann avait appris à apprécier Sabre. C'était un individu très prometteur. Il savait écouter et agir rapidement, mais jamais au hasard. Il s'était souvent dit que Sabre ferait un excellent successeur. La lignée des Hermann allait s'éteindre et il devait s'assurer de la pérennité de sa fortune.

Pourquoi Sabre n'avait-il donc pas fait son rapport ?

Se passait-il autre chose ?

Il chassa les doutes de son esprit et se concentra sur des préoccupations plus immédiates. Il y aurait une nouvelle assemblée dans peu de temps. La veille, il avait alléché les membres de l'Ordre en leur parlant de son plan. Aujourd'hui, il allait en venir au but.

Il se dirigea vers un coffret encastré dans la partie inférieure d'une étagère. Il renfermait la carte qu'il avait commandée trois ans plus tôt au chercheur engagé pour confirmer les théories de George Haddad sur l'Ancien Testament qui y avait reporté ses découvertes. Il lui avait appris que la géographie biblique correspondait point par point à celle du Assir.

Mais Hermann avait souhaité se rendre compte par lui-même.

En comparant les repères bibliques aux toponymes hébreux, dans l'Ancien Testament et sur le terrain, l'expert qui travaillait pour lui avait localisé des lieux tels que Gilgal, Sidon, al-Lîth, Dan, Hébron, Bersabée et la Cité de David.

Il rangea la carte dont l'image était déjà chargée dans l'ordinateur de la salle de conférence. Les membres de l'Ordre pourraient bientôt voir ce que lui admirait depuis longtemps.

Même la question des vingt-six portes de Jérusalem évoquées dans les Chroniques, le livre des Rois, les livres de Zacharie et de Néhémie avait été résolue. Une cité fortifiée ne devait pas avoir plus de quatre portes, une pour chaque point cardinal. Aussi, le chiffre de vingt-six était-il suspect dès le départ. Cependant, le terme hébreu employé dans l'Ancien Testament dans ce contexte était *shaar*. Ce terme, comme tant d'autres, possédait un double sens, celui de passage ou col de montagne. Fait intéressant, il existait vingt-six cols dans

la montagne qui s'élevait entre ce qu'il avait identifié comme le territoire de Jérusalem et la Judée. Hermann se souvenait de sa surprise quand l'expert lui avait expliqué cet état de fait. La porte du roi, la porte de la prison, la porte de la fontaine, la porte de la vallée et toutes les autres qui faisaient l'objet d'un inventaire tellement précis dans l'Ancien Testament pouvaient être identifiées de manière quasi parfaite – grâce à leur proximité avec des villages existant toujours – à des cols de montagne du Assir.

Rien d'approchant n'existait en Palestine.

La preuve semblait incontestable.

Les événements relatés dans l'Ancien Testament ne s'étaient pas déroulés en Palestine mais à des centaines de kilomètres au sud de cette région, en Arabie. Jérôme et Augustin le savaient et avaient pourtant choisi sciemment de conserver la version erronée de la Septante et de lui permettre de devenir la version autorisée en altérant d'autres passages de l'Ancien Testament afin qu'ils annoncent de manière prophétique et incontestable les Évangiles du Nouveau Testament. Il ne fallait pas que les juifs puissent jouir du monopole de la parole divine. Pour que leur nouvelle religion prospère, les chrétiens devaient être liés à Dieu, eux aussi.

Aussi fabriquèrent-ils un lien de toutes pièces.

La simple découverte d'une Bible antérieure à la naissance du Christ pourrait se révéler décisive, mais celle d'un exemplaire de *l'Histoire* de Strabon pourrait également répondre à un certain nombre de questions. Si la Bibliothèque existait encore, restait à espérer que l'un ou l'autre de ces volumes ait été préservé.

Il approcha de la vitrine qu'il avait montrée au vice-président la veille au soir. Son hôte américain n'avait guère été impressionné, mais qu'importe ? Le nouveau président des États-Unis serait témoin des ravages que l'Ordre causerait. Cela dit, il espérait que Thorvaldsen serait davantage impressionné en voyant les lettres. Il pressa sur le bouton sous le meuble, poussa la partie supérieure de la vitrine et, l'espace d'un instant, crut que ses yeux le trahissaient.

Elle était vide.

Les lettres et leur traduction avaient disparu. Comment était-ce possible ? Ce ne pouvait être le vice-président. Hermann avait vu son escorte quitter le domaine. Personne d'autre ne connaissait la cachette.

Il n'y avait qu'une explication possible.

Thorvaldsen.

La colère le poussa vers sa table de travail. Il décrocha son téléphone et appela le chef de ses gardes du corps avant d'ouvrir le tiroir où il cachait son arme.

Que Margarete aille au diable.

69

Péninsule du Sinaï

Malone avait encore du mal à tenir debout tant son entrejambe le faisait souffrir. Pam n'avait pas dit grand-chose depuis leur dispute et McCollum avaient sagement évité de se mêler de leur bagarre. Mais Malone n'avait pas le droit de se plaindre. Il l'avait bien cherché et Pam ne s'était pas défilée.

Il admira le paysage désolé et d'une grande sérénité qui s'étendait à perte de vue. Le soleil s'était levé rapidement et l'on se serait cru dans un four. Il avait récupéré le système GPS dans son sac et déterminé que les coordonnées géographiques obtenues à Lisbonne se trouvaient à moins de deux kilomètres de là.

« Bon, McCollum, et maintenant ? »

L'homme prit un bout de papier dans sa poche et lut tout haut :

« "Alors, comme les bergers du peintre Poussin, déconcertés par l'énigme, la lumière de l'inspiration te submergera. Rassemble les quatorze pierres éparses, puis sers-toi de l'équerre et du compas pour trouver le chemin. À midi, sens la présence de la lumière rouge, admire l'anneau infini du serpent, rouge de colère. Mais prends garde aux lettres. Celui qui se hâte court un grand danger. Si tu restes fidèle à ta trajectoire, le chemin sera sûr." C'est sur ces mots que s'achève l'énigme », conclut McCollum.

Malone répéta mentalement les phrases énigmatiques. Pam s'assit lourdement par terre pour boire un peu d'eau.

« Sur le monument en Angleterre, il y avait une gravure tirée d'un tableau de Poussin. C'était quoi, déjà ? Une espèce de tombe sur laquelle était gravée une inscription, non ? Thomas Bainbridge a visiblement laissé quelques indices, lui aussi. »

Malone y avait déjà pensé.

« Vous voyez ce bâtiment là-bas en bas ? demanda Malone à McCollum. À environ quatre cents mètres à l'ouest. Il correspond à nos coordonnées géographiques.

— Il n'y a pas à hésiter, dans ce cas. »

Malone endossa son sac. Pam se leva.

« Tu as fini d'essayer de prouver que tu avais raison ? la questionna Malone.

— Pousse-moi d'un autre avion et tu vas voir ce qui va se passer.

— Vous êtes toujours comme ça, tous les deux ? intervint McCollum.

— Seulement quand on est ensemble », précisa Malone en se mettant en marche.

Il approcha du bâtiment aperçu pendant son saut. Il n'y avait pas grand-chose. Il s'agissait d'un édifice bas, ramassé, surmonté d'un toit en tuiles fatiguées, dont les fondations s'écroulaient, comme sur le point de retourner en poussière. Les murs extérieurs aussi hauts que larges n'étaient percés que par deux fenêtres ; ils étaient bruts et mesuraient environ trois mètres de haut. En guise de porte d'entrée, il découvrit une épaisse planche de cèdre très abîmée qui pendait à des gonds métalliques de guingois.

Malone l'ouvrit d'un coup de pied.

Un lézard s'enfuit devant eux.

« Cotton. »

Il se retourna et vit Pam qui désignait un autre affleurement. Il avança, le sable crissant sous ses pas.

« Ça ressemble à la gravure de Bainbridge Hall », s'écria Pam.

Bien vu. Malone examina le rectangle composé de quatre blocs de pierre recouverts d'une dalle convexe. Il en examina les côtés à la recherche de gravures, en particulier de l'inscription *Et in arcadia ego.* Il ne trouva rien. Ce n'était pas étonnant car le désert avait dû effacer depuis longtemps le moindre vestige de gravure.

« Nous nous trouvons aux coordonnées géographiques exactes et cette tombe ressemble comme deux gouttes d'eau à celle gravée sur le monument de Bainbridge Hall. »

Malone se remémora le texte de l'énigme : «Alors, comme les bergers du peintre Poussin, déconcertés par l'énigme, la lumière de l'inspiration te submergera. »

Il trouva appui contre les pierres érodées.

« Et maintenant, Malone ? » l'interrogea McCollum.

Les monticules de pierres se transformaient progressivement en montagnes arides où de profonds sentiers serpentaient entre les rochers à pic. La brûlure du soleil se faisait de plus en plus cruelle à mesure qu'il se hissait au zénith.

Malone réfléchit à la suite de l'énigme : « Rassemble les quatorze pierres éparses, puis sers-toi de l'équerre et du compas pour trouver le chemin. À midi, sens la présence de la lumière rouge, admire l'anneau infini du serpent, rouge de colère. »

À Belém, tout avait été plutôt évident, mélange d'histoire et de technologie, la marque de fabrique des Gardiens, visiblement. Après tout, l'idée c'était que l'Invité mène la quête à bien. Cette partie-ci était compliquée.

Mais pas impossible à résoudre.

Il examina le bâtiment en ruines et la tombe de fortune. C'est alors qu'il les remarqua. Il les compta.

Elles étaient quatorze.

Sabre se demandait s'il ne devrait pas simplement les tuer tous les deux tout de suite. Était-il assez près du but pour deviner le reste lui-même ? Malone l'avait conduit jusqu'ici et, exactement comme il l'avait espéré, s'était servi de ses contacts pour les conduire d'Angleterre au Sinaï *via* le Portugal.

Patience, songea Sabre.

Il n'aurait jamais pu déchiffrer l'énigme tout seul, et encore moins aussi vite. Hermann devait être à sa recherche à présent. L'assemblée battait son plein et il espérait que cela occuperait son patron jusqu'au lendemain. Cependant, il savait que Hermann mourait d'envie de savoir si cette piste était prometteuse. Il était également au courant des autres projets du vieil homme et il n'ignorait pas combien sa propre participation à ces projets serait cruciale au fil de la semaine suivante. Trois émissaires avaient été chargés de négocier avec Ben Laden. Il allait leur rendre visite, en tuerait deux et épargnerait l'autre.

Il se servirait de cet homme et de la Bibliothèque pour faire valoir ses arguments.

Mais c'était en partant du principe qu'il y avait quelque chose à découvrir ici.

Si ce n'était pas le cas, il tuerait Malone et son ex-femme. Ensuite, il s'en sortirait par un mensonge. Du moins, l'espérait-il.

Malone examinait l'un des murs du bâtiment en ruines. À trois mètres du sol s'ouvrait l'un des trous béants faisant office de fenêtres. Il fit le tour du bâtiment et en aperçut un autre à une hauteur similaire.

«Je crois que j'ai compris, annonça-t-il en rejoignant McCollum et Pam. Le bâtiment est carré, comme ces deux ouvertures.

— "Sers-toi de l'équerre et du compas", récita Pam.

— Ces deux ouvertures nous permettront de trouver la clé de l'énigme.

— Que voulez-vous dire? l'interrogea McCollum. Ça va être un peu dur de se hisser jusque-là.

— Pas vraiment. Regardez autour de vous. »

Le sable était parsemé de rochers et de blocs de pierre.

« Vous remarquez quelque chose concernant ces blocs ? »

Pam s'approcha, s'accroupit et passa la main sur l'un d'eux.

« Carré. Environ trente centimètres de côté.

— Bonne estimation. Rappelez-vous l'indice : "Rassemble les quatorze pierres éparses, puis sers-toi de l'équerre et du compas pour trouver le chemin." Il y a quatorze pierres comme celle-ci éparpillées par terre.

— La quête présente aussi un défi physique, on dirait, fit remarquer Pam. N'importe qui ne pourrait pas soulever ces blocs. Je suppose qu'ils nous permettront de nous hisser jusqu'à l'ouverture dans le mur, c'est ça ? »

Malone laissa tomber son sac à dos.

« Il n'y a qu'un moyen de le savoir », renchérit McCollum en l'imitant.

Il leur fallut vingt minutes pour rassembler les quatorze blocs de pierre et les agencer en forme de pyramide, six au sol, cinq autres par-dessus puis trois au sommet. Si nécessaire, l'une des trois pourrait être empilée sur les deux restantes pour se rapprocher encore, mais Malone estimait que la pile était suffisamment haute.

Il grimpa sur le tas de pierres en essayant de garder l'équilibre.

McCollum et Pam s'assuraient que la pyramide restait stable.

Malone regarda par l'ouverture carrée qui perçait le mur en ruine. Par l'ouverture opposée, à six mètres de lui, il aperçut des montagnes situées à huit cents mètres. « À midi, sens la présence de la lumière rouge, admire l'anneau infini du serpent, rouge de colère », songea-t-il.

Le bâtiment décrépit au toit délabré avait délibérément été orienté d'est en ouest.

Il n'avait rien d'une habitation. Non, tout comme la rosace à Belém, orientée est/ouest elle aussi, il s'agissait d'un compas.

« Sers-toi de l'équerre et du compas pour trouver le chemin. »

Il consulta sa montre.

Dans une heure, c'est exactement ce qu'il ferait.

70

Maryland
7 h 30

Stéphanie était au volant du véhicule utilitaire fourni par le président Daniels. Il leur avait également prêté deux revolvers et des chargeurs empruntés aux services secrets. Elle n'était pas sûre de ce qui les attendait, elle et Cassiopée, mais visiblement, le président voulait qu'elles soient préparées.

« Vous vous rendez compte que cette voiture est probablement équipée d'un mouchard GPS ? souligna Cassiopée.

— Espérons-le.

— Et vous vous rendez compte que tout ça, c'est de la folie, n'est-ce pas ? Nous ignorons complètement à qui faire confiance, président des États-Unis compris.

— C'est évident. Nous sommes de simples pions dans ce jeu. Mais un simple pion peut faire échec au roi s'il est bien placé.

— Stéphanie, on se sert de nous comme appât. »

Stéphanie le savait mais ne dit rien.

Elles arrivèrent dans une petite ville à une cinquantaine de kilomètres au nord de Washington, une de ces innombrables villes dortoirs qui entouraient la capitale. Elle suivit les indications qu'on lui avait données et reconnut le nom du restaurant dont la vitrine était nichée sous une voûte de feuillage.

Aunt B's.

L'un des repères préférés de Larry Daley.

Elle se gara et elles entrèrent dans le restaurant, accueillies par une forte odeur de bacon aux pommes. Les clients affamés se pressaient devant le buffet en libre-service. Les deux amies passèrent devant la caisse et aperçurent Daley, assis seul à table.

« Prenez quelque chose, c'est moi qui régale », s'écria-t-il. Il avait devant lui une assiette remplie à ras bord d'œufs et de gruau de maïs accompagnés d'une côte de porc.

Comme convenu, Cassiopée alla s'installer à une table voisine d'où elle pouvait surveiller la salle.

« Non merci », répondit Stéphanie en s'installant face à Daley.

Elle remarqua une affiche colorée près du buffet montrant deux énormes cochons roses entourés du slogan VENEZ VOUS REQUINQUER CHEZ AUNT B'S.

« C'est pour ça que vous venez manger ici, pour vous requinquer ? le questionna-t-elle.

– J'aime cet endroit. Ça me rappelle la cuisine de ma mère. Je sais que vous trouvez cela difficile à croire, mais je suis un être humain.

– Pourquoi n'êtes-vous pas en train de gérer les affaires de l'unité Magellan ? Vous êtes aux commandes, désormais.

– On s'en occupe. Nous avons un problème plus urgent à régler.

– Sauver votre peau, par exemple ? »

Il découpa un bout de côte.

« Cette viande est géniale. Vous devriez manger quelque chose. Vous avez besoin de vous requinquer, Stéphanie.

— C'est gentil à vous de remarquer ma minceur. Où est votre petite amie ?

— Aucune idée. Je suppose qu'elle couchait avec moi pour voir ce qu'elle pouvait apprendre. Rien du tout, en d'autres termes. J'en faisais autant. Encore une fois, contrairement à ce que vous pensez, je ne suis pas complètement idiot. »

À la suggestion de Daniels, elle avait contacté Daley deux heures plus tôt et sollicité un rendez-vous. Il l'avait accepté sans hésitation. Mais un détail la tracassait : si Daniels souhaitait qu'elle rencontre Daley, pourquoi avait-il interrompu leur entrevue au musée ? Elle s'était contentée d'ajouter cette question à la liste qui n'en finissait pas de s'allonger.

« Nous n'avons pas terminé notre conversation.

— Il est temps d'être réaliste, Stéphanie. Les informations que vous avez sur moi ? Gardez-les, servez-vous-en, je m'en moque. Si je tombe, le président tombe avec moi. Pour vous dire la vérité, j'avais envie que vous les découvriez. »

Stéphanie trouvait cela difficile à croire.

« J'étais parfaitement au courant de votre enquête. Cette prostituée que vous avez placée sur mon chemin ? Ma faiblesse a des limites. Vous croyez que c'est la première qui tentait d'apprendre certaines informations sur mon compte ? Je savais que vous fouiniez, alors j'ai fait en sorte de vous faciliter la tâche. Mais on peut dire que vous avez pris votre temps.

— Vous êtes malin, Larry, mais ça ne prend pas. »

Daley s'attaqua à un mélange d'œufs et de gruau.

« Je sais que vous n'allez pas croire un mot de tout ce

que je vais vous révéler, mais pour une fois, essayez de faire abstraction du fait que vous ne pouvez pas me sentir et contentez-vous d'écouter, d'accord ? »

C'était pour ça qu'elle était venue.

« J'ai fureté discrètement. Ça bouge pas mal. Il se passe des choses étranges. Je ne fais pas partie de l'entourage immédiat du président mais je suis suffisamment proche pour me faire une idée. Quand j'ai découvert que vous aviez l'œil sur moi, je me suis dit que vous finiriez par sévir à un moment ou à un autre et qu'alors on pourrait négocier.

— Pourquoi ne pas avoir demandé mon aide ?

— Soyez réaliste. Vous ne supportez pas d'être dans la même pièce que moi et vous alliez m'aider ? Je me suis dit que lorsque vous auriez eu un aperçu de ce qui se passait, vous vous montreriez beaucoup plus réceptive. Comme en ce moment.

— Vous continuez à faire du chantage aux parlementaires ?

— Ouais. Moi, comme un bon millier d'autres lobbyistes. On devrait en faire une discipline olympique. »

Stéphanie lança un coup d'œil à Cassiopée et ne vit rien d'alarmant. Les nombreuses tables du restaurant étaient occupées par des familles et des couples âgés.

« Oubliez tout ça. C'est le cadet de nos soucis, conseilla Daley.

— J'ignorais que vos soucis étaient les miens.

— Il se passe beaucoup d'autres choses, dit-il avant d'avaler quelques gorgées de jus d'orange. Bon sang, ils mettent une tonne de sucre là-dedans. Mais que c'est bon !

— Comment faites-vous pour rester aussi mince en mangeant comme ça ?

— C'est le stress. Le meilleur régime qui soit. Certaines personnes conspirent, Stéphanie.

— Dans quel but ?

— Remplacer le président. »

Ça, c'était nouveau.

« C'est la seule explication plausible, ajouta Daley en repoussant son assiette. Le vice-président assiste à un sommet économique en Europe. Mais je me suis laissé dire qu'il avait quitté son hôtel tard hier soir pour aller rencontrer un certain Alfred Hermann. Il prétend qu'il s'agit d'une visite de courtoisie, mais le vice-président n'a rien d'un homme courtois. Il ne fait rien par hasard. Ce n'est pas la première fois qu'il rencontre Hermann, j'ai vérifié.

— Et vous avez découvert que Hermann préside une organisation baptisée l'ordre de la Toison d'or, n'est-ce pas ?

— Je savais que vous pourriez m'aider ! s'écria Daley, abasourdi. Vous êtes déjà au courant, alors ?

— J'aimerais savoir pourquoi ces informations sont importantes.

— Cette organisation exerce son influence politique aux quatre coins de la planète. Hermann et le vice-président sont amis depuis un moment. J'ai entendu parler de l'homme et de l'Ordre, mais le vice-président ne se confie pas facilement. Je sais qu'il veut devenir président. Il se prépare à présenter sa candidature mais je crois qu'il cherche peut-être un raccourci. »

Daniels n'avait pas abordé le sujet.

« Vous avez toujours ces clés USB dérobées chez moi ? »

Stéphanie acquiesça.

« Sur l'une d'elles, vous trouverez des enregistrements

de conversations téléphoniques. Ils ne sont pas nombreux mais extrêmement intéressants. Je m'entretiens avec le directeur de cabinet du vice-président, le pire abruti que j'aie jamais rencontré. Il a livré le lien d'Alexandrie directement à Alfred Hermann.

— Et comment vous êtes-vous arrangé pour apprendre ça ?

— J'étais là. »

Stéphanie resta de marbre.

« Là, à ses côtés. J'ai consigné cette rencontre par écrit. Nous avons rencontré Alfred Hermann à New York il y a cinq mois. Nous lui avons remis toutes les informations. C'est à ce moment-là que j'ai contacté Dixon. »

Ça aussi, c'était nouveau.

« Ouais. Je suis allé la voir pour lui raconter ce qui se passait. Je lui ai aussi raconté l'entrevue avec Hermann.

— Ce n'était pas très malin.

— Ça semblait malin à l'époque. Les Israéliens sont les seuls alliés que j'aie pu trouver. Mais ils ont cru que cette histoire avec Hermann n'était qu'un moyen détourné de leur causer du tort et tout ce que j'ai gagné, c'est une babysitter : Dixon. »

Il avala une gorgée de jus d'orange.

« L'expérience n'était pas complètement négative.

— Tout ça me donne la nausée.

— Environ un mois plus tard, le directeur de cabinet du vice-président et moi nous nous sommes retrouvés en tête à tête. Il est tellement con qu'il aime se vanter. C'est ce qui met ce genre de type dans le pétrin, en général. On avait bu quelques verres et il a fait certains commentaires. Je me méfiais déjà et je gardais un magnétophone de poche sur moi. J'ai découvert des trucs intéressants ce soir-là. »

Cassiopée se leva pour approcher de la devanture. Les voitures allaient et venaient dans le parking obscur.

« Il a évoqué le vingt-cinquième amendement. Il a dit qu'il l'étudiait, qu'il apprenait certains détails. Il a voulu savoir ce que j'en savais, ce qui se résume à pas grand-chose. Je faisais semblant d'être ivre et de trouver le sujet sans intérêt, même si c'était loin d'être le cas. »

Stéphanie connaissait le texte du vingt-cinquième amendement.

En cas de destitution, décès ou démission du président, le vice-président deviendra président.

71

Péninsule du Sinaï

Malone vérifia sa montre. 11 h 58. Il avait déjà regardé par les deux ouvertures sans voir quoi que ce fût. Il était toujours en équilibre sur les quatorze blocs de pierre, Pam et McCollum s'assurant qu'ils ne bougeaient pas.

À midi, un carillon résonna au loin.

« C'est complètement irréel, ici, au milieu de nulle part, s'exclama Pam.

– Ça a l'air de venir d'assez loin », dit Malone.

Du paradis, peut-être ? songea-t-il.

Le soleil dardait ses rayons au-dessus de leurs têtes. Il avait le corps et les vêtements couverts de sueur.

Il regarda de nouveau par les ouvertures.

L'une après l'autre, des cavités apparurent sur la crête de la montagne. Les grottes où avait dû se réfugier plus d'un ermite perçaient la roche comme autant d'yeux noirs. Un détail frappa Malone. Un sentier caillouteux grimpait sur l'un des monticules. Une piste empruntée par les chameaux ? Avant de quitter Lisbonne, il avait fait quelques recherches et découvert que les montagnes de la région recélaient des cavités fertiles que les Bédouins avaient baptisées *farsh*. Elles étaient en général synonymes de sources et attiraient les rares habitants que comptait la région. Le monastère de Sainte-Catherine, situé au sud, près du mont de Moïse, occupait un de ces *farsh*. Il s'était douté qu'il en existait d'autres alentour.

Les ombres s'évanouirent et les montagnes de granit couleur d'étain se parèrent de rouge profond. Le sentier qui serpentait en haut de la colline était désormais rouge foncé. Les deux ouvertures encadraient le point de vue comme un tableau.

« Admire l'anneau infini du serpent rouge de colère », songea Malone.

« Tu vois quelque chose ? l'interrogea Pam.

— Tout ce que l'on cherchait. »

« Vous êtes en train de me dire que le vice-président prévoit d'assassiner le président des États-Unis ? s'écria Stéphanie en lançant un regard mauvais à Larry Daley.

— C'est exactement ce que je soupçonne.

— Comment se fait-il que vous soyez l'unique personne sur la planète à l'avoir deviné ?

— Je n'en sais rien, Stéphanie. Peut-être parce que je suis un type intelligent. En tout cas, je sais qu'il se trame quelque chose. »

Il fallait qu'elle en sache davantage, et c'était dans ce but que Daniels l'avait envoyée ici.

« Larry, vous vous efforcez juste de sauver votre peau.

— Stéphanie, vous connaissez l'histoire du type qui cherche sous un lampadaire la pièce de monnaie qu'il vient de perdre ? Quelqu'un arrive et lui demande ce qu'il est en train de faire et il répond :

“— Je cherche ma pièce.

“— Où est-ce que vous l'avez perdue ?

“– Là-bas, dit le premier type en désignant un endroit au loin.

“– Mais alors, pourquoi chercher ici ? demande l’autre, troublé.

“– Parce qu’ici, il y a de la lumière.” »

« Vous êtes comme le type qui cherche sa pièce, Stéphanie. Arrêtez de chercher sous le lampadaire et regardez là où il faut.

– Donnez-moi quelque chose de concret, alors.

– J’aimerais pouvoir le faire. C’est une suite de petites choses qui s’additionnent : des réunions auxquelles le vice-président n’a pas assisté et qu’un futur candidat ne manquerait pas; agacer des gens dont il aura besoin; ignorer le parti. Rien de manifeste, mais le genre de petits détails qui ne peuvent pas échapper à un drogué de la politique dans mon genre. Nous ne sommes pas nombreux dans les milieux autorisés à être au courant de tout ça. Ces types restent extrêmement prudents.

– Brent Green en fait-il partie ?

– Je l’ignore. Brent est un type bizarre. Il n’appartient à aucun camp. J’ai essayé de le pousser à bout hier, je l’ai menacé mais il ne s’est pas laissé ébranler. J’avais envie de voir comment il réagirait. Et puis, quand vous vous êtes introduite chez moi et que vous avez trouvé ma cachette, j’ai su que c’est avec vous que je devais m’allier.

– Vous avez peut-être fait le mauvais choix, Larry. Je ne crois pas un mot de ce que vous me dites. Assassiner un président n’est pas chose aisée.

– Je n’en suis pas si sûr. Tous ceux qui ont assassiné des présidents ou ont envisagé de le faire étaient soit légèrement déséquilibrés, soit complètement cinglés, ou alors simplement chanceux. Imaginez ce dont seraient capables des professionnels. »

Il avait raison sur ce point.

« Où sont les clés USB ?

– C'est moi qui les ai.

– J'espère bien car si quelqu'un met la main dessus, nous courrons à la catastrophe. Les traîtres sauront que je suis au courant de leurs manigances. Il me sera impossible d'expliquer pourquoi j'ai enregistré les conversations avec le directeur de cabinet du vice-président. Il faut que je les récupère, Stéphanie.

– Ça n'arrivera pas. J'ai une suggestion à vous faire, Larry : pourquoi ne pas vous rendre à la police, avouer que vous avez soudoyé des parlementaires et demander la protection de la police ? Vous pourrez alors débiter toutes vos conneries à qui voudra bien les entendre.

– Vous savez, je pensais que pour une fois, nous pourrions rester polis et discuter calmement. Mais non, il faut que vous fassiez preuve de suffisance. J'ai fait ce que j'avais à faire, Stéphanie, parce que c'est ce que voulait le président. »

Ça devenait intéressant.

« Il savait que vous soudoyiez les parlementaires ?

– Comment croyez-vous que ma cote a monté si vite à la Maison-Blanche ? Il voulait que les lois soient adoptées et je me suis assuré que ce serait le cas. Notre président actuel a remporté beaucoup de succès auprès du Congrès, ce qui explique qu'il ait pu si aisément se faire réélire.

– Vous pouvez prouver son implication ?

– Vous voulez savoir si j'ai enregistré certains de ses propos ? Non. C'est juste la réalité, Stéphanie. Quelqu'un doit faire bouger les choses. C'est comme ça que ça marche ici-bas. Je suis l'éminence grise de Daniels. Nous le savons tous les deux. »

Stéphanie lança un coup d'œil à Cassiopée en se

remémorant ce que la jeune femme lui avait dit dans la voiture : elles ne savaient absolument pas à qui se fier, y compris le président.

Daley se leva et laissa quelques dollars de pourboire.

« L'autre jour, Green et vous étiez convaincus qu'il n'était question que du bilan du président. Je vous ai dit ce que vous aviez envie d'entendre pour vous endormir. Mais il est question de lui sauver la vie. Je perds mon temps avec vous. Je vais me débrouiller autrement. »

Malone se mit à gravir l'escarpement aride. Des aigles et des vautours patrouillaient dans le ciel. L'éclat doré du soleil lui vrillait le cerveau et enveloppait son corps moite. Une fine couche de gravier parsemait le sentier dont la surface desséchée était composée d'un dépôt de sable et de limon.

Il suivit le sentier qui serpentait jusqu'en haut de la colline où trois rochers monumentaux s'étaient depuis longtemps effondrés, créant ainsi un tunnel jusqu'au sommet. Telle une fine pluie, de la poussière tombait des rochers. Malgré le soleil de plomb, il faisait frais dans le passage et Malone accueillit l'ombre avec bonheur. Le bout du tunnel se trouvait à moins de dix mètres de lui.

Il aperçut soudain un éclair rouge.

« Vous avez vu ça ?

– Ouais », s'exclama Pam.

Ils firent halte tandis que le phénomène se répétait.

Malone comprit alors ce qui se passait : en tombant dans les interstices séparant les trois rochers, les rayons du soleil au zénith se reflétaient sur le granit rouge et donnaient au tunnel une teinte cramoisie.

Quel phénomène intéressant.

« Admire l'anneau infini du serpent rouge de colère », disait l'énigme.

« Apparemment, les serpents rouges de colère ne manquent pas par ici », souligna Malone.

À mi-chemin, il remarqua une inscription latine gravée dans la paroi rocheuse. Il s'arrêta et la traduisit à haute voix.

« "N'approche pas d'ici, retire tes sandales de tes pieds car le lieu où tu te tiens est une terre sainte." »

Il reconnut ces mots.

« C'est un passage de l'Exode. Ce sont les paroles que Dieu adresse à Moïse par le biais du Buisson ardent.

– C'est ici que l'épisode a eu lieu ?

– Personne ne le sait. Les trois grandes religions s'accordent à dire que l'épisode s'est déroulé à Jebel Musa, le mont Moïse situé à une trentaine de kilomètres d'ici. Mais qui sait ? »

Au bout du tunnel, Malone fut soudain enveloppé par une vague de chaleur intense et aperçut un *farsh* sinueux parsemé de cyprès. Des nuages cotonneux couraient dans le ciel clair comme des broussailles poussées par le vent. Il fut ébloui par tant de clarté et plissa les yeux.

Pressés contre la paroi du monticule le plus lointain, nichés au creux de falaises vertigineuses, se dressaient des murs et des bâtiments collés les uns aux autres comme s'ils ne faisaient qu'un avec la roche. Leurs différentes couleurs, jaune, blanc et marron, se mêlaient comme sur une toile de camouflage. Plusieurs tours de guet paraissaient flotter dans l'air. Les cyprès verts et graciles contrastaient avec la terre cuite des tuiles. Les bâtiments de toutes tailles et formes se côtoyaient sans aucune logique et pour Malone, l'ensemble avait le charme anarchique d'un village de pêcheurs italien.

« Un monastère ? s'écria Pam.

– La carte indique qu'il y en a trois dans la région. Cela n'a rien d'un mystère. »

Un escalier raide était creusé dans la roche ; regroupées par trois, les marches alternaient avec la pierre lisse. Au pied des marches, un autre sentier traversait le *farsh,* contournait un petit lac niché parmi les cyprès et zigzaguait jusqu'à l'entrée du monastère.

« Nous y sommes », annonça Malone.

Stéphanie vit Daley quitter le restaurant. Cassiopée vint la rejoindre.

« Vous avez appris quelque chose d'utile ? demanda-t-elle en s'asseyant.

– D'après lui, Daniels est au courant de ses activités.

– Qu'est ce qu'il pouvait dire d'autre ?

– Daley n'a pas fait allusion à notre rencontre avec Daniels à Camp David hier soir.

– À part les agents des services secrets et le président, personne ne nous a vues. »

Effectivement. Elles avaient passé la nuit dans la maisonnette alors que deux agents montaient la garde dehors. À leur réveil, une collation les attendait dans le four. Daniels en personne les avait appelées pour leur demander d'organiser un rendez-vous avec Daley. Soit ce dernier n'était pas au courant, soit il refusait de dire ce qu'il savait.

« Pourquoi le président voudrait-il nous rencontrer en sachant que Daley risquait de contredire ses propos ? songea Stéphanie tout haut.

— Une question de plus à ajouter à la liste. »

À travers la devanture, Stéphanie vit Daley traverser le parking caillouteux d'un pas lourd pour regagner sa Land Rover. Elle ne l'avait jamais apprécié et quand elle avait enfin pu confirmer qu'il était mouillé dans des histoires pas très nettes, elle avait jubilé.

Mais désormais, elle n'était plus si sûre.

Daley monta dans sa voiture au fond du parking. Il fallait qu'elles y aillent elles aussi. Il était temps d'aller trouver Brent Green et de vérifier ce qu'il avait pu apprendre. Daniels n'avait pas fait allusion à un rendez-vous avec Green, mais elle pensait que c'était préférable.

Surtout maintenant.

Une explosion secoua le restaurant.

Une fois le choc initial passé, Stéphanie se rendit compte que le bâtiment était intact. Les cris se calmèrent dès que les clients le comprirent eux aussi.

Tout allait bien.

Sauf dehors.

La Land Rover de Larry Daley était la proie des flammes.

72

Péninsule du Sinaï

Malone approcha de la porte en bois sertie de métal. Les murs de granit rouges brûlés par le soleil dont les fondations reposaient sur des piliers gigantesques, descendaient en pente douce jusqu'à une série de terrasses où cyprès, orangers, citronniers et oliviers montaient la garde. De la vigne poussait entre les arbres. Un vent chaud soulevait des nuages de sable.

L'endroit était désert.

Au-dessus du portail, Malone remarqua une nouvelle inscription en latin, cette fois, le Psaume 118.

C'EST ICI LA PORTE DE YAHVÉ,
LES JUSTES ENTRERONT

« Que faisons-nous ? » voulut savoir Pam.

Malone avait remarqué que l'hostilité des lieux n'avait d'égale que son humeur de plus en plus maussade.

« Je suppose que cette corde n'est pas là par hasard. »

Un clocher surmontait le portail. Malone s'approcha pour tirer sur la corde. Une cloche métallique tinta plusieurs fois. Il s'apprêtait à recommencer quand au sommet du portail, une fenêtre s'ouvrit ; le visage d'un jeune homme barbu et coiffé d'un chapeau de paille apparut par l'ouverture.

« Peut-être puis-je vous être utile... déclara-t-il.

– Nous sommes venus visiter la Bibliothèque, répondit McCollum.

– Cet endroit n'est qu'un monastère, un lieu de solitude. Nous ne possédons pas de bibliothèque. »

Malone s'était demandé comment les Gardiens s'assuraient qu'un visiteur était bien un Invité. Le voyage pouvait s'avérer long et ils ne s'étaient jamais vu imposer la moindre contrainte à aucun stade de l'énigme. Il devait y avoir un dernier défi à relever. Un défi dont l'énigme ne faisait pas mention.

« Nous sommes des Invités et avons élucidé l'énigme, annonça-t-il. Nous souhaitons avoir accès à la Bibliothèque. »

La fenêtre se referma.

« Quel malotru, s'exclama Pam.

– Ils ne vont pas accueillir à bras ouverts tous ceux qui se présentent », remarqua Malone en s'épongeant le front.

La fenêtre s'ouvrit de nouveau et le jeune homme demanda :

« Quel est votre nom ? »

McCollum s'apprêtait à parler mais Malone lui serra le bras.

« Laissez-moi faire, murmura-t-il. George Haddad, répondit-il.

– Qui vous accompagne ?

– Mes collègues. »

Le jeune homme lui adressa un regard déterminé, comme s'il essayait de deviner s'il était digne de confiance.

« Puis-je vous poser une question ?

– Je vous en prie.

– Parlez-moi du chemin qui vous a conduits jusqu'ici.

– Le monastère hiéronymite de Belém, puis *Bethléem.org.* »

La fenêtre se referma.

On retirait des barres métalliques derrière le portail ; puis les robustes panneaux de bois s'entrouvrirent et le jeune homme barbu s'avança. Il portait des pantalons larges resserrés aux mollets, une grande cape d'un brun tirant sur le roux coincée dans la ceinture de son pantalon, une corde en guise de ceinture et des sandales.

« Soyez le bienvenu, George Haddad, fit-il en s'inclinant devant Malone. Vous avez résolu l'énigme. Aimeriez-vous visiter la Bibliothèque ?

– Avec plaisir.

– Alors, entrez et trouvez ce que vous cherchez », l'invita le jeune homme en souriant.

Ils franchirent le seuil en file indienne et descendirent un couloir sombre flanqué de blocs de pierre imposants qui faisaient rempart à la lumière du soleil. Au bout de trente pas, ils prirent à droite et la lumière du jour s'infiltra de nouveau entre les murs lorsqu'ils débouchèrent sur un jardin luxuriant où abondaient cyprès, palmiers, vigne, fleurs. Un paon paradait même entre les arbres.

Les notes douces d'une flûte créaient une atmosphère apaisante. Malone aperçut un musicien perché sur l'un des balcons soutenus par d'épaisses poutres de bois. Serrés les uns contre les autres, les bâtiments étaient tous de forme et de taille différentes. Cours, escaliers, grilles en fer forgé, voûtes, toits pointus et passages étroits se côtoyaient. Un aqueduc miniature acheminait l'eau d'un bout à l'autre du monastère. Tout semblait avoir surgi de terre sans que l'homme intervienne. On se serait cru dans un village médiéval.

Le petit groupe suivait l'homme au chapeau de paille.

Bien que le lieu fût propre et ordonné, Malone n'avait vu personne à part le joueur de flûte. Les rais de soleil luttaient avec les rideaux aux fenêtres mais rien ne bougeait derrière les vitres. Un potager en terrasse regorgeait de plants de tomates couverts de fruits. Un détail attira son attention : des panneaux solaires discrètement fixés aux nombreux toits et un certain nombre d'antennes satellites dissimulées derrière des avant-toits en bois ou en pierre qui semblaient faire partie des bâtiments. On se croirait à Disney World, songea Malone, car les équipements indispensables se dérobaient aux regards là aussi.

L'homme coiffé du chapeau de paille s'arrêta devant une porte qu'il déverrouilla à l'aide d'une énorme clé de cuivre. La petite troupe pénétra dans le réfectoire, grande salle à manger décorée de fresques murales représentant Moïse. Une odeur de saucisse et de chou flottait dans l'air. Au plafond, des poutres couleur chocolat et blanc cassé alternaient de part et d'autre d'un panneau en forme de diamant bleu pastel parsemé d'étoiles dorées.

« Vous avez dû faire un long voyage, remarqua le jeune homme. Nous pouvons vous offrir de quoi vous restaurer et vous rafraîchir. »

Sur l'une des tables reposait un plateau sur lequel étaient disposés des miches de pain doré et des bols remplis de tomates, d'oignon et d'huile. Un autre regorgeait de dattes, et le dernier contenait trois énormes grenades. De la vapeur s'échappait d'une bouilloire. Malone reconnut l'odeur du thé.

« C'est très gentil à vous, dit-il.

– Vraiment très gentil, ajouta McCollum, mais nous aimerions voir la Bibliothèque. »

L'espace d'une seconde, le visage anguleux du jeune homme trahit une certaine irritabilité.

« Nous préférons que vous mangiez et vous reposiez d'abord. Vous aurez peut-être envie de faire un brin de toilette avant d'entrer.

– Nous avons élucidé votre énigme, déclara McCollum en s'approchant du jeune homme. Nous voudrions voir la Bibliothèque.

– À vrai dire, c'est M. Haddad qui a résolu l'énigme et se verra autorisé à y accéder. L'invitation ne vaut ni pour vous ni pour madame. Le fait que vous ayez impliqué ces deux personnes devrait normalement nous conduire à annuler votre invitation, ajouta le jeune homme à l'attention de Malone.

– Pourquoi suis-je ici, dans ce cas ?

– Nous avons fait une exception.

– Comment savez-vous qui je suis ?

– Vous connaissiez le chemin. »

L'homme au chapeau de paille n'en dit pas plus et quitta le réfectoire en fermant la porte derrière lui.

Malone, Pam et McCollum restèrent silencieux.

« J'ai faim », remarqua Pam au bout d'un moment.

Malone aussi avait faim. Il posa son sac à dos sur la table.

« Faisons honneur à leur hospitalité, dans ce cas. »

73

Maryland

Stéphanie et Cassiopée sortirent en courant du restaurant. Il n'y avait plus rien à faire pour Larry Daley. Sa voiture n'était plus qu'une épave carbonisée, toujours la proie des flammes. L'explosion avait été limitée à son véhicule et n'avait occasionné que de rares dommages aux voitures voisines.

C'était une frappe ciblée.

« Il faut y aller », ordonna Cassiopée.

Stéphanie était du même avis.

Elles se hâtèrent de regagner leur voiture et Stéphanie sauta derrière le volant. Elle hésita au moment d'insérer la clé de contact.

« Qu'en pensez-vous ?

— À moins que le président en personne n'ait posé une bombe sur la voiture, ça devrait aller. Personne ne s'en est approché pendant que nous étions au restaurant, en tout cas. »

Stéphanie mit le contact. Le moteur vrombit. Les deux amies s'éloignèrent au moment où une voiture de police entrait dans le parking.

« Qu'est-ce que Daley vous a dit ? » dit Cassiopée.

Stéphanie lui résuma leur conversation.

« Je pensais qu'il n'était pas sérieux avec ses histoires de conspirations visant à assassiner Daniels. Mais maintenant... »

Une ambulance les croisa à vive allure.

« Pas besoin de se dépêcher. Il n'a rien vu venir.

– C'est un peu théâtral, renchérit Cassiopée. Il existe un tas de moyens plus discrets de le liquider.

– À moins de vouloir attirer l'attention sur sa mort. Le conseiller adjoint à la Sécurité nationale tué dans un attentat à la voiture piégée... Ça va faire du bruit. »

Prudente, Stéphanie roulait sciemment en-dessous de la limitation de vitesse ; elle quitta la ville pour rejoindre la route nationale. Elle s'arrêta à un carrefour et prit la direction du sud.

« Où allons-nous maintenant ?

– Il faut retrouver Green. »

Au bout de huit kilomètres, la silhouette d'une voiture se dessina dans son rétroviseur ; elle se rapprochait à vive allure. Stéphanie s'attendait à ce qu'elle la double et poursuive sa route sur la nationale quasi déserte, mais le coupé Ford s'approcha du pare-chocs arrière du VUS. Deux personnes étaient assises à l'avant.

« Nous avons de la compagnie. »

Stéphanie roulait à quatre-vingt-quinze kilomètres-heure sur une route qui serpentait à travers la campagne boisée. De rares fermes parsemaient les champs et la forêt.

Une arme apparut par la fenêtre côté passager de la voiture qui les filait. Il y eut une détonation et une balle vint ricocher sur le pare-brise arrière sans parvenir à le briser.

« Que Dieu bénisse les services secrets, s'écria Stéphanie. C'est du verre blindé.

– On ne peut pas en dire autant des pneus. »

Cassiopée avait raison. Stéphanie accéléra et la Ford en

fit autant. Elle donna un grand coup de volant et s'engouffra dans la file opposée, puis ralentit pour laisser la Ford la doubler. Le passager en profita pour leur tirer dessus mais les balles vinrent ricocher contre la portière.

« La voiture est blindée, elle aussi.

— Il faut reconnaître que les chars d'assaut ont du bon. Vous avez une idée de l'identité de nos poursuivants ?

— Celui qui nous tire dessus nous filait à Washington l'autre jour. Alors, je dirais que les Saoudiens nous ont retrouvées.

— Ils devaient surveiller Daley quand nous sommes arrivées.

— C'est bien notre chance. »

Stéphanie réintégra sa voie ; désormais, c'était elle qui suivait la Ford. Cassiopée baissa sa vitre et brisa le pare-brise arrière de la Ford de deux balles. Le conducteur tenta une manœuvre similaire en changeant de voie mais dut renoncer pour éviter un camion. Cassiopée en profita pour tirer une autre balle par le pare-brise arrière.

Le passager de la Ford la mit en joue mais Cassiopée l'abattit d'une balle.

« Ça se complique, annonça Stéphanie. Derrière nous. Une autre voiture. »

Le nouveau véhicule restait collé à leur pare-chocs. Il y avait également deux hommes à l'intérieur. Stéphanie accéléra car s'arrêter les mettrait à la merci de trois individus armés.

Après avoir évalué la situation, Cassiopée finit par prendre une décision.

« Je vais crever les pneus de la voiture devant nous. On s'occupera plus tard de celle qui nous suit. »

Il y eut un bruit sec suivi d'une détonation.

Le véhicule fit une embardée et Stéphanie comprit

tout de suite ce qui venait de se passer : leur pneu arrière droit venait d'éclater. Elle écrasa la pédale de frein en s'efforçant de ne pas perdre le contrôle de la voiture.

Une autre détonation retentit et il y eut une secousse sur la gauche.

Stéphanie savait que des balles ordinaires étaient incapables de faire exploser un pneu. Mais leurs roues arrière se dégonflaient et dans quelques minutes elles rouleraient sur les jantes. Elle se contenta de maîtriser la voiture, ce qui leur permettrait de parcourir un peu plus d'un kilomètre.

Cassiopée lui tendit une arme et changea le chargeur de la sienne. Elles allaient pouvoir s'abriter un moment derrière leur voiture mais il allait y avoir une fusillade, et l'heure matinale, ajoutée à la tranquillité du lieu, était bien plus propice à leurs agresseurs qu'elles ne l'auraient souhaité.

L'arrière de la voiture s'abattit sur la chaussée et un bruit sourd apprit à Stéphanie que le voyage s'arrêtait là.

Elle se gara et agrippa son arme.

La Ford s'arrêta sur le bas-côté.

Le véhicule qui les suivait fit de même.

Des hommes armés en descendirent.

Malone termina sa grenade, l'un de ses fruits préférés, et avala une autre tasse de thé amer. Cela faisait environ trois quarts d'heure qu'ils étaient seuls, même si Malone avait l'impression tenace qu'on les observait. Il inspecta prudemment la pièce en se demandant si des caméras de surveillance y avaient été dissimulées. Les tables étaient vides, le buffet poussé contre l'un des murs nus. Il imagina le doux cliquetis des assiettes qui s'entrechoquent, le frottement discret des fourchettes et les bavardages dans plusieurs langues qui accompagnaient certainement les repas de la congrégation. Au fond de la pièce, une porte close devait mener aux cuisines. Il faisait frais dans le réfectoire. Grâce aux épais murs de pierre sans doute, songea Malone.

La porte extérieure s'ouvrit et l'homme au chapeau de paille entra.

Malone remarqua qu'il se comportait comme un domestique, comme s'il ne pensait à accomplir qu'une seule tâche à la fois.

« Monsieur Haddad, êtes-vous prêt à entrer dans la Bibliothèque ?

— J'ai le ventre plein et je suis reposé.

— Alors, nous pouvons y aller. »

McCollum se leva d'un bond. Malone attendait de voir ce qu'il allait faire.

« Ça vous dérange si nous passons aux toilettes d'abord ?

— Je peux vous y conduire, proposa le jeune homme, mais ensuite vous devrez revenir ici. M. Haddad est l'unique Invité.

— Comme vous voulez. Emmenez-moi juste à la salle de bains.

— Vous êtes un Gardien ? le questionna Malone.

— En effet. »

Malone étudia le visage rond du jeune homme. Il avait un teint sans le moindre défaut, des pommettes hautes et ses yeux en amande lui donnaient un air oriental.

« Comment pouvez-vous gérer un tel endroit en étant si peu nombreux ? Nous n'avons croisé qu'un seul homme en arrivant.

– Ça n'a jamais posé de problème.

– Et en cas d'intrusion ? demanda McCollum.

– M. Haddad est un savant. Nous n'avons rien à craindre.

– Faites ce qu'il vous demande, nous attendrons ici », conseilla Malone sans relever.

Le Gardien se tourna vers Pam.

« Je n'en ai pas besoin, dit-elle.

– Nous ne serons pas longs. »

Stéphanie se tint prête. Celui qui venait d'éliminer Larry Daley s'en prenait maintenant à elle. Elle s'en voulait d'avoir mêlé Cassiopée à cette histoire, mais c'était un choix que son amie avait fait sciemment. Et dans le regard de la jeune femme, elle ne lut ni peur ni regret mais simplement de la détermination.

Les quatre hommes s'approchèrent de leur voiture.

« Prenez les deux premiers, ordonna Cassiopée, je m'occupe des deux autres. »

Stéphanie acquiesça.

Elles s'apprêtèrent à ouvrir leur portière et à faire feu. C'était plus sensé que de rester assises et de permettre ainsi aux individus armés de les attaquer. L'effet de surprise jouerait peut-être en leur faveur. Stéphanie se servirait de la portière et de la vitre comme bouclier aussi longtemps que possible.

Un bruit sourd retentit et augmenta en intensité ; la voiture se mit à vibrer.

Stéphanie vit les deux hommes les plus proches d'elles

se disperser au moment où une bourrasque s'abattait sur le véhicule. Un hélicoptère fit son apparition.

Une voiture s'arrêta dans un crissement de pneus.

Une fusillade retentit.

Les corps des deux agresseurs furent ballottés dans tous les sens. Stéphanie jeta un coup d'œil dans le rétroviseur. Leurs poursuivants tentaient de s'enfuir. Le corps de l'un des individus était étendu sur la chaussée.

La voiture fit demi-tour.

L'hélicoptère volait à une quinzaine de mètres du sol.

Un homme armé d'un fusil apparut par l'une des portes latérales. L'hélicoptère vint se poster près du fuyard et Stéphanie vit, même si elle ne pouvait les entendre, que des coups de feu étaient tirés. La voiture quitta brutalement la route et vint s'écraser contre un arbre.

Deux des agresseurs saignaient à mort sur la chaussée.

Stéphanie sortit de la voiture.

« Tout le monde va bien ? » demanda un inconnu.

En se retournant, Stéphanie reconnut l'agent des services secrets du musée près de la voiture.

« Ouais, ça va. »

Son téléphone portable, resté dans la voiture, sonnait. Stéphanie décrocha.

« Je me suis dit que vous auriez peut-être besoin d'un coup de main », déclara le président Daniels.

Sabre suivit le Gardien à travers le dédale de bâtiments où régnait un calme absolu. Le soleil jetait de longues ombres derrière les toits et à travers l'allée accidentée. On dirait une ville fantôme, songea-t-il. Morte, et pourtant si vivante.

Le jeune homme le conduisit jusqu'à un autre bâtiment où il trouva une salle de bains au sol recouvert de plomb. Un seau métallique suspendu au plafond servait de chasse d'eau. Il décida que c'était le moment ou jamais ; il s'empara de l'arme récupérée au monastère de Belém, sortit des toilettes et braqua le canon sur le visage du jeune homme.

« Allons à la Bibliothèque.

– Vous n'êtes pas l'Invité.

– Et si je vous tirais une balle dans la tête et que je la trouvais moi-même ? Que diriez-vous de ça ? »

Le jeune homme eut l'air plus surpris qu'effrayé.

« Suivez-moi », dit-il.

74

Vienne

Hermann ne tarda pas à apprendre que Thorvaldsen s'était rendu à la *Schmetterlinghaus*. Le chef de sa garde rapprochée, un grand gaillard solidement charpenté et déterminé, au teint olivâtre, l'accompagna jusqu'à la serre. Souhaitant rester discret, Hermann garda un pas mesuré, sourit en saluant à l'occasion les invités qui se promenaient dans la roseraie près de la maison.

Thorvaldsen avait fait le bon choix. Le bâtiment était suffisamment retiré. Il pourrait s'occuper de son problème en privé.

C'était exactement ce dont il avait besoin.

À travers le feuillage et la verrière, Thorvaldsen vit son hôte approcher. Il remarqua le pas déterminé et la mine décidée. Il reconnut aussi le chef des gardes du corps de Hermann.

« Gary, M. Hermann arrive. J'aimerais que tu te retires au fond de la serre et que tu te serves du feuillage pour te cacher. Il sera sans doute de méchante humeur et il faut que je m'occupe de lui. Je ne veux pas que tu te mêles de la conversation avant que je ne te le demande. Peux-tu me rendre ce service ? »

L'adolescent acquiesça.

« Vas-y, et ne fais pas de bruit. »

Gary s'enfuit le long du sentier qui fendait la forêt tropicale acclimatée et disparut dans le feuillage.

Hermann s'arrêta devant la serre.

« Attendez ici, ordonna-t-il au chef de sa garde rapprochée. Je ne veux pas être dérangé. Faites le nécessaire. »

Il ouvrit la porte et repoussa le rideau de cuir. Les papillons zigzaguaient en silence à travers l'air chaud. On n'avait pas encore allumé la musique. Thorvaldsen attendait assis dans l'un des fauteuils que Sabre et lui occupaient deux jours plus tôt. Hermann aperçut les lettres. Il brandit son arme.

« Vous avez dérobé l'un de mes biens, tonna-t-il.

– En effet. Et visiblement, vous souhaitez le récupérer.

– Tout ceci ne m'amuse plus, Henrik.

– J'ai votre fille.

– J'ai décidé que je pouvais vivre sans elle.

– J'en suis certain. Je me demande si elle en est consciente.

– Moi, au moins, j'ai toujours un héritier.

– Cela vous soulage de me parler comme ça ? dit Henrik, profondément blessé.

– Beaucoup. Mais comme vous l'avez justement souligné, Margarete mènera cette famille à sa perte une fois que je ne serai plus là.

— Elle tient peut-être de sa mère ? Si je me souviens bien, c'était une émotive elle aussi.

— Elle lui ressemble sur bien des plans. Mais je ne tolérerai pas que Margarete entrave le bon déroulement de nos projets. Si vous avez l'intention de lui faire du mal, allez-y. Je veux récupérer mon bien.

— Je suppose que vous les avez lues, dit Thorvaldsen en désignant les lettres.

— À maintes reprises.

— Vous avez plusieurs fois exprimé des opinions très tranchées sur la Bible. Vos critiques étaient lourdes de sous-entendus et je dois bien l'admettre, tout à fait rationnelles. J'ai réfléchi à la question. Il y a deux milliards de chrétiens, un peu plus d'un milliard de musulmans et environ quinze millions de juifs dans le monde. Le contenu de ces lettres les mettra très en colère.

— Voilà bien le défaut des religions : aucun respect pour la vérité. Aucune d'elles ne se soucie de ce qui est vrai, mais seulement de ce qu'elles peuvent faire passer pour la vérité.

— Les chrétiens seront obligés d'admettre que l'Ancien et le Nouveau Testaments ont été forgés de toutes pièces. Les juifs découvriront que l'Ancien Testament relate les aventures de leurs ancêtres dans un tout autre pays que la Palestine et les musulmans que le lieu le plus saint de leur religion était jadis occupé par les juifs.

— Je n'ai pas de temps à perdre avec vos remarques, Henrik. Rendez-moi ces lettres avant que mon garde du corps ne vous fasse quitter ces lieux.

— Et comment expliquerez-vous mon départ aux membres de l'organisation ?

— Je dirai que vous avez dû rentrer d'urgence au

Danemark pour raison professionnelle. Où est le fils de Malone ? »

Hermann chercha l'adolescent des yeux.

« Il est en train de s'amuser quelque part, fit Henrik, détaché. Je lui ai dit de ne pas faire de bêtise.

– Vous auriez dû mettre ce conseil en pratique vous-même. Je suis au courant de vos liens avec Israël et je suppose que vous les avez déjà informés de nos projets. Cela dit, et je suis sûr qu'ils vous en ont déjà averti, ils sont eux aussi à la recherche de la bibliothèque d'Alexandrie. Ils ont essayé de nous mettre des bâtons dans les roues mais leurs tentatives sont restées vaines jusqu'ici. Désormais, il est trop tard.

– Vous faites une confiance aveugle à votre employé. Il pourrait vous décevoir. »

Impossible pour Hermann d'exprimer ses doutes. Aussi déclara-t-il avec assurance :

« Impossible. »

Malone se leva et prit l'arme dans son sac.

« Je me demandais combien de temps tu allais attendre assis là, lui dit Pam.

– Assez longtemps pour savoir que notre ami ne revient pas. »

Il endossa le sac et ouvrit la porte. Pas le moindre bruit ni de voix ni de pas. La flûte s'était tue. Il régnait dans l'enceinte du monastère une atmosphère à la fois sacrée et sinistre.

Un carillon sonna quinze heures.

Ils traversèrent divers bâtiments dont chacun avait la

teinte et la texture des feuilles mortes. Une tour couleur mastic surmontée d'un dôme se dressait, solennelle. Les aspérités du pavage de la ruelle révélaient son âge. Seuls les sous-vêtements, chaussettes et pantalons en train de sécher sur un balcon prouvaient que l'endroit était habité.

Il aperçut McCollum et l'homme au chapeau de paille à l'angle de la ruelle, à une trentaine de mètres de là, en train de traverser une petite place au centre de laquelle coulait une fontaine. Le monastère avait visiblement accès à un puits car l'eau ne semblait pas manquer ; l'électricité non plus d'ailleurs, étant donné le nombre de panneaux solaires et d'antennes satellites visibles.

McCollum braquait une arme sur le crâne de l'homme au chapeau de paille.

« C'est bon de savoir que nous avions raison au sujet de notre partenaire, murmura Malone.

— Je suppose qu'il veut être le premier à voir la Bibliothèque.

— Ça, c'est très impoli. On y va ? »

Sabre braquait toujours son arme sur le crâne du Gardien. Ils passèrent devant d'autres bâtiments en s'enfonçant dans le complexe où les réalisations humaines côtoyaient celles de la nature.

Il abhorrait ce calme contre nature.

Une église toute simple à la façade jaune pâle venait se nicher au creux de la falaise. La nef voûtée qui bénéficiait de la lumière naturelle regorgeait d'icônes, de triptyques et de fresques. Une profusion de chandeliers dorés et argentés surplombait une mosaïque d'une grande complexité. Une telle opulence contrastait franchement avec l'extérieur de l'édifice.

« Ça n'a rien d'une bibliothèque, ici », souligna Sabre.

Un homme apparut à l'autel. Lui aussi avait le teint olivâtre, mais il était petit et avait les cheveux gris. Il était plus âgé, aussi. Sabre lui donnait environ soixante-dix ans.

« Soyez le bienvenu, dit-il. Je suis le bibliothécaire.

— Vous vous occupez de tout ça ?

— J'ai cet honneur, en effet.

— Je veux voir la Bibliothèque.

— Dans ce cas, vous devez relâcher l'homme que vous menacez d'une arme.

— Très bien, je vous suis, obtempéra Sabre en braquant son arme sur le vieil homme.

— Je vous en prie. »

Malone et Pam pénétrèrent dans l'église. Deux rangées de colonnes monolithiques en granit peintes en blanc et à chapiteaux dorés soutenaient la nef. On y avait exposé des médaillons représentant les prophètes de l'Ancien Testament et les apôtres du Nouveau. Aux murs, les fresques montraient Moïse recevant les Tables de la Loi et face au Buisson ardent. Reliquaires, patènes, calices et croix étaient exposés dans des vitrines.

Pas la moindre trace de McCollum ni de l'homme au chapeau de paille.

À sa droite, dans une alcôve, Malone remarqua deux cages en bronze. L'une contenait des centaines de crânes grisâtres empilés en un épouvantable monticule. L'autre accueillait une hideuse collection d'ossements entassés pêle-mêle.

« Des Gardiens ? l'interrogea Pam.

— Sans doute. »

Un autre détail dans cette nef nimbée de lumière attira l'attention de Malone. Il n'y avait pas de banc. Il se demanda si c'était une église orthodoxe. Difficile à savoir en se fondant uniquement sur la décoration, mélange hétéroclite traduisant l'influence de plusieurs religions.

Il traversa la nef pour gagner l'alcôve d'en face.

Là, perché sur une tablette de pierre, se détachant contre un vitrail éblouissant, il vit un squelette vêtu d'une robe pourpre brodée et d'un capuchon ; il était assis, tête légèrement penchée, pensif. Les os des doigts sur lesquels il restait quelques lambeaux de chair et d'ongles, étaient serrés sur une crosse et un rosaire. Au-dessous du squelette, trois mots étaient gravés dans le granit :

CUSTOS RERUM PRUDENTIA

« La prudence est la gardienne des choses », lut-il.

Le message semblait clair.

Un bruit qui ressemblait à un claquement de porte retentit derrière une iconostase à l'entrée de l'église. Arme au poing, Malone avança à pas de loup et franchit la porte au centre du vantail richement décoré.

Une unique porte perçait le mur.

Malone approcha.

Sur les panneaux en cèdre était gravé le texte du Psaume 118.

C'EST ICI LA PORTE DE YAHVÉ, LES JUSTES ENTRERONT

Il saisit la poignée en corde et tira. La porte s'ouvrit dans une cacophonie de grincements. Malone remarqua un détail. On avait apporté une touche de modernité à l'antique vantail : un verrou électronique avait été fixé de l'autre côté de la porte. Un fil électrique serpentait jusqu'aux gonds avant de disparaître dans un trou percé dans la pierre.

Pam le remarqua, elle aussi.

« C'est bizarre », commenta-t-elle.

Il était du même avis.

Quand Malone passa la tête de l'autre côté du seuil, sa confusion ne fit que croître.

75

Maryland

Stéphanie sauta de l'hélicoptère qui venait de les ramener à Camp David, Cassiopée et elle. Le président Daniels les attendait sur la piste d'atterrissage. L'ex-directrice de l'unité Magellan fondit droit sur lui dès que l'appareil s'éleva dans le ciel du matin avant de disparaître par-dessus la cime des arbres.

« Vous avez beau être président des États-Unis, vous n'en restez pas moins une sacrée pourriture, s'écria Stéphanie, hors d'elle. Vous nous avez envoyées au casse-pipe.

— Comment aurais-je pu deviner que vous vous feriez agresser ? rétorqua Daniels, incrédule.

— Vous allez nous dire qu'un hélicoptère transportant un tireur d'élite se trouvait dans le coin par hasard, c'est ça ? ironisa Cassiopée.

— Faisons quelques pas, voulez-vous ?» proposa le président.

Ils s'engagèrent sur un large sentier. Trois agents des services secrets les suivaient à une vingtaine de mètres de distance.

« Racontez-moi ce qui s'est passé », l'encouragea Daniels.

Une fois calmée, Stéphanie récapitula les événements de la matinée.

« Daley était persuadé qu'un complot vise à vous assassiner. »

Cela faisait bizarre de parler de Daley au passé.

« Il a raison. »

Ils s'arrêtèrent.

« J'en ai assez ! explosa Stéphanie. Je ne suis plus censée vous rendre de comptes mais vous me faites travailler en aveugle. Comment voulez-vous que j'arrive à quelque chose ?

– Je suis sûr que vous aimeriez récupérer votre place, n'est-ce pas ? »

Elle ne répondit pas immédiatement et, à son grand regret, son silence trahit son sentiment profond. Elle était à l'origine de l'unité Magellan qu'elle dirigeait depuis sa création. Les événements qui se déroulaient en ce moment ne la concernaient pas au début, mais désormais, des individus qu'elle n'aimait ni n'admirait la manipulaient. Aussi fit-elle une réponse sincère au président.

« Pas si je dois vous lécher les bottes. Ni faire courir d'autres dangers à Cassiopée.

– Suivez-moi », ordonna Daniels, de marbre.

Ils traversèrent les bois qui menaient à une cabane. Ils entrèrent et le président attrapa un lecteur de CD portable.

« Écoutez ça. »

> « Brent, je ne peux pas entrer dans les détails, mais hier soir j'ai assisté à une conversation entre votre vice-président et Alfred Hermann. L'ordre de la Toison d'or, ou plus exactement Hermann, a prévu de tuer le président des États-Unis.

— Vous avez entendu les détails ?

— Daniels effectue un voyage surprise en Afghanistan la semaine prochaine. Hermann a contacté les acolytes de Ben Laden et fourni les missiles nécessaires à la destruction de son avion.

— Vous portez une accusation sérieuse, Henrik.

— Ce n'est guère dans mes habitudes. J'ai été témoin de cette conversation, tout comme le fils de Cotton Malone. Pouvez-vous en informer le président ? Annulez le voyage. Cela réglera le problème dans l'immédiat.

— Certainement. Que se passe-t-il à Vienne, Henrik ?

— Trop de choses pour qu'il me soit possible d'entrer dans les détails. Je vous rappelle. »

« Cette conversation a été enregistrée il y a une heure, expliqua Daniels. Mon fidèle ministre de la Justice ne m'a toujours pas contacté. On aurait pu croire qu'il allait au moins essayer de le faire. On ne peut pas dire que je sois difficile à trouver.

— Qui a tué Daley ?

— Larry, paix à son âme, est allé très loin. C'était visiblement un homme très occupé. Il savait qu'il se passait quelque chose et a choisi de faire cavalier seul. Ça lui a coûté la vie. Ceux qui sont en possession de ses clés USB ont du sang sur les mains. »

Stéphanie et Cassiopée se dévisagèrent.

« Green, Stéphanie, finit-elle par articuler.

— Nous avons un vainqueur à notre concours du traître de l'année, on dirait.

— Faites-le arrêter, dans ce cas.

— Il nous faut davantage de preuves. La section trois de l'article trois de la Constitution est très claire : sont qualifiés de trahisons contre les États-Unis toute aide et soutien apportés à l'ennemi. Les gens qui veulent m'assassiner sont nos ennemis. Mais personne ne peut être convaincu de trahison sans le témoignage de deux témoins. Il nous faut donc d'autres preuves.

– Vous pourriez prendre cet avion pour l'Afghanistan, je suppose, et une fois qu'ils l'auront fait exploser en plein vol, vous aurez votre preuve. Cassiopée et moi pourrons témoigner.

– Elle est bien bonne, Stéphanie. Bon, je l'admets : je me suis servi de vous comme appât. Mais j'ai assuré vos arrières.

– C'est si gentil à vous.

– Impossible de faire sortir le gibier du bois sans un bon chien. Et tirer avant que cela arrive revient à gaspiller ses cartouches. »

Stéphanie comprenait Daniels. Elle avait donné le même genre d'ordre bien des fois elle aussi.

« Que voulez-vous que nous fassions ? demanda-t-elle, manifestement résignée.

– Que vous rencontriez Brent Green. »

Malone resta interloqué par ce qu'il découvrit. La porte de l'église donnait sur la falaise. Devant eux s'ouvrait un hall d'une quinzaine de mètres de large et autant de profondeur. À la lumière tamisée d'appliques en argent, les murs de granit dépoli luisaient comme un miroir ; le sol était recouvert d'une superbe mosaïque, le plafond décoré de frises et d'arabesques rouges et marron. À l'autre bout de la pièce se dressaient six rangées de piliers en marbre gris et noir décorés de bandes jaune pâle. Entre les piliers, sept portes perçaient la falaise comme autant de gueules béantes et sombres. Au-dessus de chacune des portes, il distingua une lettre de l'alphabet romain : V S O V O D A. Au-dessus des lettres, gravé dans la pierre, un autre passage de la Bible en latin tiré de l'Apocalypse.

« Ne pleure point, traduisit Malone : voici, le lion de la tribu de Juda a vaincu pour ouvrir le livre et ses sept sceaux. »

L'écho de pas résonna derrière les portes. Impossible de savoir laquelle des sept.

« McCollum est là-dedans, remarqua Pam, mais où ? »

Malone s'approcha de l'une des portes et entra. À l'intérieur, un tunnel pénétrait dans la roche, éclairé tous les cinq ou six mètres par une applique diffusant une lumière douce. Malone jeta un coup d'œil par la porte voisine qui s'ouvrait sur un autre tunnel s'enfonçant lui aussi au cœur de la montagne.

« C'est intéressant. Un nouveau test. Il y a sept possibilités, s'exclama Malone en posant son sac à dos. Et dire qu'il n'y a pas si longtemps on se contentait d'une carte de bibliothèque...

— Époque révolue, comme celle où on ne descendait d'un avion qu'après avoir atterri.

— Tu t'es très bien débrouillée pendant ce saut, reconnut-il, amusé par la remarque.

— Je n'ai plus envie d'y penser. »

Malone contemplait les sept portes.

« Tu savais que McCollum allait passer à l'action, n'est-ce pas ? C'est pour ça que tu l'as laissé partir avec le Gardien.

— Il n'est pas venu pour vivre une expérience intellectuelle. Et il n'a rien d'un chasseur de trésor. Ce type est un professionnel.

— Comme ce type avec qui je sortais et qui ne se contentait pas d'être avocat.

— Les Israéliens t'ont manipulée. Ne t'en veux pas, ils m'ont manipulé moi aussi.

— Tu crois que c'était un coup monté ?

— Que l'on s'est servi de nous, plutôt. Nous avons récupéré Gary trop facilement. Et s'il était prévu que je tue ses kidnappeurs ? Ensuite, quand je partais rejoindre George, ils n'avaient plus qu'à me suivre. Bien sûr, tu étais là et les Israéliens te surveillaient. Alors ils se sont assurés que je t'emmènerais avec moi en me faisant peur à l'aéroport et à l'hôtel. C'est logique. Comme ça, les Israéliens tuaient George et basta. Les kidnappeurs de Gary s'alliaient à nous pour arriver jusqu'ici. Ce qui signifie aussi que les kidnappeurs ont des priorités très différentes de celles des Israéliens.

— Tu crois que c'est McCollum qui a enlevé Gary ?

— Lui ou ceux qui l'emploient, du moins.

— Qu'est-ce qu'on fait alors ?»

Malone prit le chargeur de rechange qu'il gardait dans son sac et le fourra dans la poche de son treillis.

« On va le chercher.

— Quelle porte ?

— Tu as toi-même répondu à cette question à Lisbonne en disant que Thomas Bainbridge avait laissé certains indices. J'ai lu son roman dans l'avion. Il n'y a rien là-dedans de comparable à ce que nous avons vécu. Sa Bibliothèque se trouve dans le sud de l'Égypte. Aucune allusion à une quelconque énigme. Rien. Mais le monument dans le jardin, ça, c'est autre chose. Je me suis posé des questions sur la dernière partie de l'énigme que McCollum nous a livrée. Ça n'aurait aucun sens de franchir n'importe quelle porte une fois arrivés ici.

– À moins de menacer quelqu'un d'une arme.

– C'est vrai. Mais quelque chose cloche. Grâce à ce genre de précaution, ajouta Malone en désignant les portes, les Gardiens pouvaient aisément leurrer les intrus. Et où sont les moines ? Cet endroit est désert. »

Il relut les lettres gravées au-dessus des portes.

V S O V O D A.

Et la solution lui apparut.

« Tu t'es toujours demandé à quoi pouvait bien servir une mémoire eidétique.

– Non, je me suis toujours demandé pourquoi elle ne t'aidait pas à te souvenir de mon anniversaire ou de notre anniversaire de mariage.

– Cette fois, elle va servir à quelque chose, dit-il, amusé. Tu te rappelles la dernière partie de l'énigme ? "Mais prends garde aux lettres." Le monument, à Bainbridge Hall. Les lettres de l'alphabet romain. »

Il les revit clairement dans son esprit.

D O V O S V A V V M

« Tu te souviens, tu m'as demandé pourquoi le D et le M étaient séparés des huit autres lettres ? Maintenant, nous le savons, s'écria-t-il en désignant les portes. L'une te permet d'entrer et l'autre de sortir, j'imagine. C'est ce qu'il y a entre les deux dont je ne suis pas sûr, mais nous ne tarderons pas à savoir de quoi il retourne. »

76

Vienne

Thorvaldsen essaya d'évaluer la situation dans laquelle il se trouvait. Il fallait maîtriser Hermann et c'était précisément dans ce but qu'il avait apporté le revolver qu'il cachait sous son pull. Les lettres de saint Jérôme et de saint Augustin étaient toujours en sa possession, mais Hermann était armé lui aussi.

« Pourquoi avoir enlevé Gary Malone ? demanda-t-il.

– Je n'ai nullement l'intention de subir d'interrogatoire.

– Pourquoi ne pas me faire ce petit plaisir puisque je ne serai bientôt plus là ?

– Pour que son père fasse ce dont nous avions besoin. Et cela a marché. Malone nous a conduits tout droit à la Bibliothèque. »

Thorvaldsen se souvint des doutes émis par le vice-président la veille au soir et décida d'insister.

« En êtes-vous sûr ?

– Je suis toujours sûr de moi, Henrik. C'est ce qui nous différencie. C'est pour cela que je suis à la tête de cette organisation.

– Les membres n'ont aucune idée de vos projets. Ils croient les comprendre seulement. »

Il cherchait à savoir s'il pouvait glaner quelques

informations supplémentaires. Il avait demandé à Gary de se cacher pour deux raisons : primo, pour éviter d'éventer les informations qu'ils avaient entendues la veille car cela les mettrait en danger absolu. Secundo, il savait que Hermann viendrait armé et il devait affronter cette menace seul.

« Ils font confiance au Cercle, expliquait Hermann. Et nous ne les avons jamais déçus.

– Ce sont les documents que vous comptiez me montrer ? demanda Henrik en désignant les lettres.

– J'espérais qu'après avoir constaté quelle illusion la Bible est vraiment, après avoir eu la preuve de ses défauts inhérents, vous comprendriez que nous nous contentions de dire au monde ce qu'il devrait savoir depuis quinze cents ans.

– Le monde est-il prêt à l'entendre ?

– Je n'ai pas envie d'en parler, Henrik, rétorqua Hermann en brandissant son arme en direction de son interlocuteur. Dites-moi plutôt comment vous avez appris l'existence de ces lettres.

– Comme vous, Alfred, je suis toujours au courant.

– Je suis prêt à vous abattre. Je suis chez moi, en Autriche, et je saurai régler le problème une fois que vous ne serez plus là. Je pourrai me servir du fait que vous séquestrez ma fille, dire que vous cherchiez à m'extorquer de l'argent mais que l'affaire a mal tourné. Peu importe. Ça ne fera aucune différence pour vous.

– Je crois que vous préféreriez me voir mort.

– C'est évident. Tout serait plus facile. »

Thorvaldsen entendit un bruit de pas précipités au moment même où il vit Gary surgir de derrière les plantes vertes et plaquer Hermann au sol. L'adolescent était grand et maigre mais solide. Il réussit à renverser le vieil homme qui lâcha son arme.

Gary roula sur lui-même, se dégagea et s'empara du revolver.

Abasourdi par cette agression, Hermann s'agenouilla en s'efforçant de reprendre son souffle.

Thorvaldsen se leva, prit l'arme des mains de Gary et sans laisser à Hermann le temps de se lever, lui abattit la crosse sur la tempe.

Hébété, l'Autrichien s'effondra par terre.

« Quelle imprudence ! s'exclama Henrik. J'aurais pu me débrouiller tout seul.

— Comment ? Il vous menaçait d'une arme. »

Pas question d'avouer qu'il s'était senti au fond d'une impasse. Il se contenta de serrer l'épaule de Gary.

« C'est juste, mon garçon, mais ne recommence pas.

— Pas de problème, Henrik. La prochaine fois, je laisserai votre agresseur vous tirer dessus.

— Tu es exactement comme ton père, dit Henrik amusé.

— Et maintenant ? Il y a un autre type dehors.

— Sors et dis-lui que Herr Hermann a besoin de lui, murmura Thorvaldsen en conduisant Gary près de la porte. Laisse-le passer devant, je m'occupe du reste. »

Malone s'engagea dans le tunnel marqué de la lettre D. Le passage était étroit, à peine assez large pour permettre à deux personnes de marcher côte à côte, et s'enfonçait au cœur de la montagne. Il décrivit deux tournants. Des appliques jetaient une lumière douce. L'âcreté de l'air glacé lui piquait les yeux. Après une série de détours, ils pénétrèrent dans une salle décorée de fresques magnifiques. Malone fut émerveillé par leur éclat. Le Jugement dernier, les flammes de l'enfer jaillissant dans la rivière, un arbre de Jessé. Ils découvrirent sept portes, taillées dans le même mur que celle qu'ils venaient de franchir. Au-dessus de chacune d'elles était dessinée une lettre de l'alphabet. Sur le mur opposé ils aperçurent sept autres portes elles aussi désignées par une lettre.

D M V S O A I

« On commence par le O, c'est ça ? le questionna Pam.

— Tu apprends vite. Grâce au monument, nous sortirons de ce labyrinthe après avoir trouvé sept autres de ces carrefours. Il nous reste V O S V A V V. Thomas Bainbridge a laissé un indice important ; cependant cet indice ne veut rien dire jusqu'à ce qu'on arrive ici. C'est pour cela que les Gardiens n'y ont pas touché pendant trois cents ans. Il est dénué de sens.

— À moins d'être perdu dans ce dédale. »

Ils poursuivirent leur chemin dans le labyrinthe de passages, de couloirs sans issue et d'impasses. Le temps et l'énergie requis par la construction de ces tunnels stupéfiait Malone. Mais les Gardiens s'y employaient depuis plus de deux mille ans, laps de temps plus que suffisant pour faire preuve d'inventivité et de perfectionnisme.

Ils franchirent sept carrefours et Malone fut ravi de constater qu'à chaque fois, l'une des lettres inscrites sur le monument de Bainbridge Hall apparaissait au-dessus d'une porte. Il se tenait prêt à tirer, mais n'entendit pas un bruit. À chaque carrefour, ils s'émerveillaient devant de nouveaux hiéroglyphes, cartouches, lettres et symboles cunéiformes gravés dans la roche.

Après avoir franchi la septième intersection et être entré dans un nouveau tunnel, Malone sut qu'ils touchaient au but.

Après un coude, ils virent que la lumière était sensiblement plus forte qu'aux carrefours précédents. McCollum les y attendait peut-être, aussi Malone passa-t-il devant pour protéger Pam tout en avançant à pas de loup.

Au bout du tunnel, il demeura dans l'ombre pour jeter un coup d'œil dans la salle.

Elle était vaste, peut-être douze mètres de côté, et éclairée par des lustres. Les murs de six mètres de haut étaient décorés de mosaïques représentant des cartes : Égypte, Palestine, Jérusalem, Mésopotamie, Méditerranée. Les cartes n'étaient pas très précises, les lignes de côtes floues ; elles étaient rédigées en caractères grecs, arabes ou hébreux. Sur le mur d'en face s'ouvraient sept autres portes. Celle que désignait la lettre M menait certainement à la Bibliothèque elle-même.

Ils pénétrèrent dans la salle.

« Bienvenu, monsieur Malone. »

Deux hommes sortirent des ténèbres. Malone reconnut le Gardien que McCollum menaçait tout à l'heure, sans son chapeau de paille. Quant à l'autre, c'était Adam dont il avait croisé le chemin chez Haddad et au monastère de Belém.

Malone braqua son arme dans leur direction.

Aucun des deux ne bougea. Ils se contentèrent de lui adresser un regard inquiet.

« Je ne suis pas votre ennemi, expliqua Adam.

— Comment nous avez-vous trouvés ? voulut savoir Pam.

— C'est vous qui m'avez trouvé, pas le contraire. »

Malone revit l'homme en train d'abattre George Haddad. Il remarqua alors qu'il portait la même tenue que le jeune Gardien.

Aucun d'eux n'était armé.

Il baissa son revolver.

« Vous êtes un Gardien ? demanda-t-il à Adam.

— Un serviteur fidèle.

— Pourquoi avez-vous tué George Haddad ?

— Je n'ai rien fait de tel. »

Malone vit quelque chose bouger dans l'ombre derrière les deux hommes. Une silhouette franchit le seuil.

C'était Ève, rencontrée chez Haddad. Bien vivante.

« Monsieur Malone, nous vous devons une explication, concéda-t-elle, mais faisons vite. »

Malone resta de marbre.

« Nous nous trouvions à Londres pour faire diversion. Il était impératif que vous continuiez votre quête et le bibliothécaire pensait que la ruse était le meilleur moyen d'y parvenir.

— Le bibliothécaire ?

— Notre guide. Nous ne sommes pas nombreux mais l'avons toujours été suffisamment pour protéger cet endroit. De nombreux Gardiens ont servi notre cause, je suis sûre que vous avez vu leurs dépouilles en traversant l'église. Mais le monde change. Il devient de plus en plus difficile de poursuivre notre mission. Nos fonds viendront bientôt à manquer et ces derniers temps, nous n'arrivons plus à recruter grand monde. Et puis, nous sommes menacés. »

Malone attendit qu'elle s'explique.

« Depuis quelques années, quelqu'un nous traque. Cette personne a même sollicité l'aide de certains gouvernements pour nous trouver. L'incident impliquant George Haddad il y a cinq ans, quand vous avez réussi à le cacher, a révélé l'identité d'un Invité et l'a mis en danger. Cela n'était jamais arrivé auparavant. Tous les Invités ont par le passé respecté leur promesse de ne rien révéler, à part un : Thomas Bainbridge. Nous avons de la chance cependant, puisque cette transgression s'est révélée utile. Votre quête a été rendue possible par sa faiblesse.

— Vous saviez que nous venions ? s'étonna Pam.

— C'est nous qui avons décidé de la majeure partie des étapes de votre voyage, même si les Israéliens ont fait preuve d'une belle ténacité pour vous retrouver. Même les Américains s'en sont mêlés mais pour des raisons différentes, semble-t-il. Tout le monde avait l'air prêt à faire monter les enchères pour nous écarter. Le bibliothécaire a décidé de provoquer certains événements que nous contrôlions, des événements capables d'amener les principaux acteurs de l'affaire droit jusqu'à nous.

— Comment est-ce possible ?

— Vous êtes là, non ?

— Nous étions à Londres pour vous faire avancer dans la bonne direction, expliqua Adam. Nous avons mis en scène la fusillade pour qu'elle vous paraisse crédible. Vous avez été blessée accidentellement, dit-il à Pam. Je ne m'attendais pas à vous voir dehors.

— Comme ça, je ne suis pas le seul, intervint Malone. Mais Ève, George vous a tiré dessus. J'ai pris son arme, elle était chargée à balles réelles.

— Oui, il est bon tireur. Je suis couverte d'ecchymoses mais Dieu merci le gilet pare-balles a fait son œuvre.

— Ensuite, nous sommes partis pour Lisbonne dans le même but, reprit Adam, et aussi pour détourner l'attention des Israéliens. Il fallait que vous veniez seuls, tous les trois. Les autres, à l'abbaye, faisaient partie d'un commando du Mossad. Mais vous les avez éliminés.

– On dirait que tu n'es pas la seule à t'être fait piéger, Pam, remarqua Malone.

– L'homme qui vous accompagne s'appelle Dominick Sabre, expliqua Ève, même si James McCollum est bien son nom de naissance. Il est à la solde d'une organisation baptisée l'ordre de la Toison d'or. Il est venu prendre possession de la Bibliothèque.

– Et c'est moi qui l'ai amené jusqu'ici, dit Malone.

– Non, le corrigea Adam. Nous vous avons laissé l'amener.

– Où est ce fameux bibliothécaire ? voulut savoir Pam.

– Là-dedans. Il accompagne Sabre sous la menace d'une arme.

– Cotton, tu te rends compte de ce que ça signifie ? Si Ève n'a pas été tuée alors...

– Le bibliothécaire n'est autre que George Haddad.

– Il va mourir, acquiesça Ève des larmes plein les yeux.

– Il a fait entrer Sabre en sachant qu'il ne ressortirait pas vivant, précisa le jeune Gardien.

– Comment peut-il en être sûr ?

– L'Ordre, ou peut-être Sabre – reste à savoir lequel des deux – veut s'approprier le site sur lequel nous nous trouvons. Mais une chose est sûre : nous allons tous être tués. Et comme nous ne sommes pas nombreux, ce ne sera pas difficile.

– Il n'y a pas d'armes ici ?

– C'est interdit.

– Ce qui se trouve derrière cette porte vaut-il le sacrifice de sa vie ? demanda Pam.

– Absolument.

– Votre bibliothécaire a causé la mort d'un Gardien il y a bien longtemps. Il pense que son sacrifice lui permettra d'expier ce péché, expliqua Malone.

– Je sais, acquiesça Ève. Ce matin, quand il vous a vus sauter en parachute, il a su que sa dernière heure était arrivée. Il m'a expliqué ce qu'il allait devoir faire. Il a dit que vous mettriez un terme à ce qui est en train de se passer, dit-elle en s'approchant, les joues baignées de larmes. Alors, sauvez-le. Il n'est pas nécessaire qu'il meure. Sauvez-nous. »

Malone se tourna vers la porte surmontée de la lettre M, agrippa la crosse de son revolver et laissa tomber son sac à terre.

« Reste là, ordonna-t-il à Pam.

– Non, je t'accompagne. »

Cette femme qu'il avait tour à tour aimée et détestée semblait se trouver, comme Haddad, à la croisée des chemins.

« Je veux me rendre utile. »

Malone n'avait aucune idée de ce qui pourrait se produire au-delà de cette porte.

« Gary a besoin d'au moins un parent.

– Ce vieil homme a besoin de nous, lui aussi », lança Pam en le dévisageant.

77

Maryland

Stéphanie écoutait la station de radio Fox News. L'attentat avait été signalé à la police, la plaque minéralogique du véhicule vérifiée et Daley identifié. Les clients du restaurant avaient confirmé son identité d'après photo et décrit la femme assise à sa table. Des témoins avaient rapporté qu'elle avait quitté les lieux en compagnie d'une femme au teint basané avant l'arrivée de la police.

Aucun média n'avait rapporté que les cadavres d'hommes armés avaient été découverts à quelques kilomètres du lieu de l'attentat, ce qui n'avait rien d'étonnant. Les services secrets n'avaient pas traîné pour faire le ménage et s'étaient montrés efficaces.

Stéphanie et Cassiopée avaient changé de voiture ; Daniels leur avait procuré une Chevrolet Tahoe appartenant à ses services. Il souhaitait qu'elles quittent Camp David avant de passer le coup de téléphone. Elles se trouvaient maintenant à une centaine de kilomètres au sud de la résidence présidentielle, dans la banlieue nord de Washington. Stéphanie composa le numéro de Green sur son téléphone portable.

« J'attendais votre appel, s'écria le ministre de la Justice. Vous êtes au courant pour Daley ?

— Nous étions aux premières loges, déclara Stéphanie avant de lui expliquer ce qui s'était passé au restaurant.

— Que faisiez-vous là-bas ?

— Je prenais le petit déjeuner. C'est lui qui régalait.

— Pourquoi ce ton sarcastique ?

— Quand on assiste à la mort d'un homme, on a tendance à devenir cynique.

— Que se passe-t-il ?

— Les gens qui ont assassiné Daley ont tenté de nous éliminer Cassiopée et moi, mais nous sommes parvenues à leur échapper. Apparemment, ils suivaient Daley et ils s'en sont pris à nous dès que nous avons quitté le restaurant.

— Vous semblez avoir plusieurs vies, Stéphanie.

— Daley m'a confié certaines informations, Brent. Il se passe beaucoup de choses. Il était au courant. Il avait des preuves, aussi.

— C'était lui le traître ?

— Certainement pas. C'est le vice-président. Daley a accumulé un certain nombre de preuves contre lui. »

Le silence s'installa à l'autre bout du fil.

« Des preuves solides ?

— Suffisamment pour le *Washington Post.* Il était terrifié. C'est pour cela qu'il a voulu me rencontrer. Il voulait de l'aide. Il m'a remis certains documents.

— Alors votre vie est en danger, Stéphanie.

— Ça, nous l'avions compris. Nous avons besoin de votre aide maintenant.

— Bien sûr, vous l'aurez. Que voulez-vous que je fasse ?

— Les clés USB trouvées chez Daley ont un lien avec les preuves dont je dispose. Tout ceci suffira à faire tomber le vice-président et quand ce sera fait, nous en apprendrons davantage car je doute qu'il se sacrifiera pour protéger ses complices. La trahison est passible de peines sévères. Le jury peut décider d'opter pour la peine capitale. »

Silence.

« Savez-vous si Cotton a donné de ses nouvelles ? demanda Stéphanie.

— Si c'est le cas, je ne suis pas au courant. Je n'ai eu de nouvelles de personne. Et Thorvaldsen ? A-t-il contacté Cassiopée ?

— Pas de nouvelles. »

Stéphanie eut un coup au cœur en obtenant la preuve que Green faisait partie du complot. La souffrance qui se peignait sur son visage apprit à Cassiopée qu'il les avait trahies.

« Il faut que nous nous voyions, Brent. En privé. Juste vous, Cassiopée et moi. Votre emploi du temps est-il chargé ?

— Je peux m'arranger.

— Bien. Daley possède d'autres preuves, suffisamment probantes selon lui, pour révéler le nom des complices. Cela fait un moment qu'il les amasse. Les clés USB que je vous ai remises contiennent les enregistrements de conversations avec le directeur de cabinet du vice-président évoquant la succession une fois le président assassiné. Et ce n'est pas tout. Nous devons nous voir chez Daley. Pouvez-vous vous y rendre ?

— Bien sûr. Vous savez où les informations sont cachées ?

— Il me l'a révélé.

— Alors, occupons-nous de tout ça.

— C'est prévu. Rendez-vous là-bas dans une demi-heure, indiqua-t-elle en raccrochant.

— Je suis navrée », dit Cassiopée.

Stéphanie n'avait pas l'intention de se lamenter sur un échec qui n'était pas le sien.

« Restons concentrées. Green a fait exécuter Daley. Nous en sommes sûrs à présent. Et il complote aussi contre le président.

– Et contre nous, ajouta Cassiopée. Les types qui nous ont agressées travaillaient pour les Saoudiens qui croient visiblement Green et le vice-président de leur côté. Mais le vice-président négocie également avec l'ordre de la Toison d'or. Ça signifie que s'ils trouvent quelque chose, les Saoudiens n'en verront pas la couleur. L'Ordre se l'appropriera et s'en servira à sa guise. »

Aux abords du centre-ville, la circulation se figea.

« Espérons que les Saoudiens le comprendront avant de nous éliminer », remarqua Stéphanie en ralentissant.

78

Péninsule du Sinaï

George Haddad pénétra dans la bibliothèque d'Alexandrie suivi de son bourreau. La salle souterraine puissamment éclairée avait de quoi vous éblouir au premier abord. Les murs s'animaient de mosaïques retraçant des scènes de la vie quotidienne : un barbier en train de raser un client, un pédicure, un peintre, des tisserands. Haddad se rappelait encore sa première visite, mais son agresseur en revanche n'avait pas l'air très impressionné.

« D'où vient l'électricité ?

— Quel est votre nom ?

— Ce n'est pas une réponse.

— Je suis un vieil homme, remarqua Haddad avec un froncement de sourcils. Vous n'avez rien à craindre de moi. Simple curiosité.

— Dominick Sabre.

— Êtes-vous ici pour votre propre compte ou pour quelqu'un d'autre ?

— Pour mon compte. J'ai décidé de devenir bibliothécaire.

— C'est un métier difficile, vous verrez. »

Sabre sembla se détendre et jeta un coup d'œil alentour. La salle avait les proportions d'une cathédrale, des murs inclinés et une voûte en berceau. Le granit rouge poli brillait comme le rubis. Des colonnes taillées dans la roche, ornées de lettres, de visages, de plantes et d'animaux sculptés se dressaient jusqu'au plafond. Toutes ces salles et ces tunnels occupaient les anciennes mines des pharaons ; abandonnées pendant des siècles du temps du Christ, elles avaient été reconverties au fil du temps par des hommes obsédés par le savoir. À l'époque, on s'éclairait à la lueur des torches et des lampes à huile. Depuis une centaine d'années seulement, les progrès techniques avaient permis de débarrasser l'édifice de la suie qui l'encrassait et d'en retrouver la beauté d'origine.

« Qu'est-ce que c'est ? demanda Sabre en désignant un emblème qui se détachait sur le mur du fond.

— Une mosaïque représentant une tête de chacal qui ornait un char égyptien. C'est le hiéroglyphe de l'émerveillement. Chaque salle de la Bibliothèque est désignée par un symbole qui lui donne son nom. Cette salle est celle de l'Émerveillement.

— Vous ne m'avez toujours pas dit d'où venait l'électricité.

— Énergie solaire. L'électricité est à basse tension mais suffit à alimenter les éclairages, les ordinateurs et les appareils de communication. Transformer la lumière en énergie : saviez-vous que le concept d'énergie solaire est né il y a plus de deux mille ans ? Mais l'idée n'a fait sa réapparition qu'il y a cinquante ans.

— Où mène cette porte ?

— Aux quatre autres salles. La salle de la Province, de l'Éternité, de la Vie et la salle de Lecture. Chacune renferme des rouleaux, comme vous pouvez le constater. Celle-ci en contient approximativement dix mille. »

Haddad gagna avec désinvolture le centre de la pièce. Des rangées entières de coffres de pierre en forme de losange posés sur le côté renfermaient des manuscrits entassés en vrac.

« Nombre de ces manuscrits sont illisibles aujourd'hui. Le temps a fait son œuvre. Mais il y en a tant, ici : les œuvres du mathématicien Euclide, les traités de médecine de Hérophile, *l'Histoire* de Manéthon de Sebennytos qui relate le règne des premiers pharaons ; les œuvres de Callimaque, poète et grammairien.

— Vous êtes bavard.

— Je me disais simplement que puisque vous envisagez de devenir bibliothécaire, vous devriez commencer par apprendre votre métier.

— Comment tous ces manuscrits ont-ils été sauvés de la destruction ?

— Les premiers Gardiens ont fait preuve d'une grande sagesse en sélectionnant cet endroit. L'air de la montagne est sec. L'humidité est rare dans le Sinaï et, outre le feu, l'eau est le pire ennemi des manuscrits. Nous sommes prêts à affronter le feu, remarqua-t-il en désignant les extincteurs placés à intervalles réguliers tout autour de la pièce.

— Voyons les autres salles.

— Bien sûr. Il faut tout voir. »

Il conduisit Sabre vers la porte, ravi.

Son agresseur n'avait visiblement aucune idée de qui il était.

Voilà qui devrait au moins les mettre à égalité.

Hermann ouvrit les yeux. Trois papillons étaient posés sur sa manche et son bras reposait sur le sol en terre battue de la *Schmetterlinghaus.* Il avait mal à la tête et il se souvint du coup porté par Thorvaldsen. Il ne savait pas le vieux Danois capable d'autant de violence.

Il se leva et remarqua le chef de sa garde rapprochée étendu par terre à quelques mètres de lui.

Son arme avait disparu.

Il tituba vers son employé, soulagé qu'il n'y eût pas de témoin. Il consulta sa montre : il était resté inconscient environ vingt minutes. Il sentait des élancements sur sa tempe gauche. Il caressa délicatement la bosse qui s'y était formée.

Il se vengerait de Thorvaldsen pour cette agression.

Il chancelait toujours un peu mais réussit à reprendre l'équilibre et épousseta ses vêtements. Il secoua son garde du corps.

« Il faut y aller », ordonna-t-il.

L'homme se frotta le front et se leva.

« Pas un mot de tout ça. »

Son employé acquiesça.

Hermann décrocha le téléphone.

« Trouvez-moi Henrik Thorvaldsen. »

Il fut surpris de constater que l'employé qui lui répondit savait déjà où le Danois se trouvait.

« Il est devant l'entrée et s'apprête à quitter la propriété. »

79

Péninsule du Sinaï

Sabre n'en revenait pas d'avoir autant de chance. Il avait retrouvé la bibliothèque d'Alexandrie. Il était entouré de rouleaux, papyrus, parchemins et de ce que le vieil homme appelait codex, de petits livres compacts aux pages friables et jaunies, serrés sur les étagères comme des corps.

« Étrange qu'il fasse aussi frais, constata Sabre.

– La ventilation brasse l'air sec à l'intérieur des tunnels ou règne une grande fraîcheur. Encore une innovation récente. Les Gardiens qui m'ont précédé étaient ingénieux. Ils prenaient leur mission au sérieux. En ferez-vous autant ?»

Ils se trouvaient dans la troisième salle, la salle de l'Éternité ; un hiéroglyphe en mosaïque représentant un homme accroupi levant les bras au ciel comme un arbitre signalant un essai ornait l'un des murs. D'autres codex étaient entreposés sur des étagères qui couraient le long du mur, séparées par des allées. Le bibliothécaire lui avait expliqué que certains de ces ouvrages dataient du VIIe siècle, juste avant que la Bibliothèque n'ait été définitivement détruite par les musulmans.

« Les Gardiens ont récupéré beaucoup d'ouvrages au cours des mois qui ont conduit à ce changement à la tête du pouvoir, reprit le bibliothécaire. Ces textes sont introuvables ailleurs. Les faits, les événements, ce que l'humanité considère comme son histoire, tout cela serait bouleversé si l'on étudiait ces textes. »

Sabre était satisfait de l'entendre. Tout cela était synonyme d'une seule chose : le pouvoir. Il voulait en savoir plus et vite. Malone pouvait très bien avoir réussi à forcer un autre Gardien à le guider à travers le dédale. Mais son adversaire pouvait tout aussi bien avoir choisi d'attendre qu'il sorte. Cela paraissait plus logique. Sabre avait gravé un X dans l'encadrement de pierre chaque fois qu'ils avaient emprunté une porte. Il lui serait facile de retrouver son chemin. Et alors, il s'occuperait de Malone.

Cependant, il devait d'abord poser la question qu'Alfred Hermann aurait posée s'il avait été là.

« Certains de vos manuscrits concernent-ils l'Ancien Testament ? »

Haddad était ravi de voir que son Invité en était enfin venu au but de sa visite. Il s'était donné beaucoup de mal pour en arriver là. Après avoir mis en scène son assassinat à Londres, il avait attendu ; son appartement était équipé de micros et de vidéos de surveillance et il avait attendu pour voir si quelqu'un d'autre se manifestait. Évidemment, l'homme qui braquait maintenant un revolver sur lui avait découvert les informations laissées sur le disque dur de l'ordinateur et l'enregistrement audio.

Haddad avait ensuite attendu Malone à Bainbridge Hall puisque les documents entreposés sous son lit pointaient directement dans cette direction. Il ne s'attendait pas à voir Sabre. Le fait qu'il exécute les deux hommes qu'il avait lui-même envoyés à l'intérieur du manoir ne faisait que confirmer ses intentions maléfiques.

L'un des Gardiens avait réussi à suivre Malone jusqu'au Savoy et avait été témoin de son petit déjeuner avec Sabre. Il les avait ensuite vus embarquer sur un vol pour Lisbonne en compagnie de l'ex-femme de Malone. Comme Haddad avait élaboré lui-même l'énigme que son ami s'efforçait de résoudre, il savait exactement où le trio se rendait.

Ce qui expliquait pourquoi Adam et Ève avaient été envoyés à Lisbonne pour s'assurer que rien n'empêcherait Malone et son nouvel allié de gagner le Sinaï.

Haddad avait cru que le danger viendrait des gouvernements israélien, saoudien ou américain. Mais il se rendait compte à présent que la pire des menaces, c'était l'individu qui se tenait à deux mètres de lui. Il espérait que Sabre travaillait à son propre compte. Et à en juger par l'avidité que traduisaient ses paroles et ses gestes, il savait désormais que le danger pouvait être contenu.

« Un grand nombre de nos manuscrits concernent la Bible, dit Haddad. Cela a toujours été un des sujets de prédilection pour cette Bibliothèque.

— L'Ancien Testament. En hébreu. Y a-t-il des manuscrits ici ?

— Trois : deux apparemment copiés d'après des textes plus anciens et un original.

— Où ?»

D'un geste, Haddad désigna la porte par laquelle ils étaient entrés.

« Deux salles avant celle où nous nous trouvons. La salle de la Province. Si vous avez l'intention de devenir le bibliothécaire, vous allez devoir apprendre où les textes sont entreposés.

– Que racontent ces Bibles ?

– Que voulez-vous dire ? répondit Haddad, feignant l'ignorance.

– J'ai lu certaines lettres, la correspondance entre Jérôme et Augustin. Elles disent que l'Ancien Testament a été manipulé, la traduction altérée. D'autres Invités, au nombre de quatre, ont eux aussi étudié la question. Il y a cinq ans, l'un d'eux, un Palestinien, a affirmé que l'Ancien Testament relatait l'histoire du peuple juif qui vivait non en Palestine mais en Arabie Saoudite. Que pouvez-vous me dire à ce sujet ?

– C'est un sujet que je maîtrise parfaitement. Et ces hommes avaient raison. Les traductions acceptées de la Bible sont erronées. L'Ancien Testament relate effectivement les tribulations des juifs mais pas en Palestine, dans l'ouest de l'Arabie. J'ai lu un grand nombre de manuscrits ici, dans cette Bibliothèque, qui le prouvent. J'ai même eu accès à d'anciennes cartes de l'Arabie sur lesquelles certains lieux bibliques apparaissent.

– Montrez-les-moi, ordonna Sabre en braquant son arme sur Haddad.

– À moins que vous ne sachiez lire l'hébreu ou l'arabe, elles ne vous apprendront rien.

– Écoutez-moi bien, vieil homme : montrez-les-moi ou je vous tue avant de tenter ma chance avec vos subalternes.

– J'essaie juste de vous aider. »

Sabre ignorait totalement si les feuilles et les codex éparpillés sous ses yeux étaient bien ceux qu'Alfred

Hermann recherchait. Cela n'avait aucune importance. Il avait l'intention de vérifier tout ce qui l'entourait.

« Ce sont des traités rédigés au IIe siècle par des philosophes qui ont étudié à Alexandrie, expliquait le bibliothécaire. À l'époque, les juifs commençaient à peine à représenter une force politique en Palestine, à revendiquer leur supposée présence ancestrale et le droit absolu à vivre sur cette terre. Ça vous rappelle quelque chose ? Les chercheurs auxquels vous avez fait allusion ont démenti tout cela. Après avoir étudié les textes de l'Ancien Testament en hébreu conservés dans la Bibliothèque, ils ont déterminé que la version écrite des histoires qui faisaient alors partie de la tradition orale juive était très différente, surtout pour les plus anciennes. Il semblerait qu'au fil du temps, ces histoires aient été adaptées au pays où vivaient alors les juifs, la Palestine. Ils avaient simplement oublié leur passé en Arabie. Sans les toponymes, qui n'ont jamais changé, et l'Ancien Testament dans sa version originale en hébreu, ce passé n'aurait jamais été découvert. Ce texte-là est beaucoup plus tardif, remarqua le bibliothécaire en désignant un autre codex. Il date du Ve siècle, époque à laquelle les chrétiens ont décidé d'inclure l'Ancien Testament dans leur Bible. Ce traité prouve que les traductions ont été altérées pour que l'Ancien Testament soit conforme au Nouveau Testament naissant. Il s'agissait de fabriquer sciemment un message en se servant de l'histoire, de la religion et de la politique. »

Sabre ne quittait pas les livres des yeux.

Le bibliothécaire désigna un autre tas de parchemins enfermés dans un conteneur en plastique transparent.

« Voici la plus ancienne Bible que nous possédions. Elle a été rédigée quatre siècles avant Jésus-Christ, entièrement en hébreu. Il n'existe rien de tel au monde. Si je ne m'abuse, la plus ancienne Bible en dehors de celle-ci a été rédigée neuf siècles après Jésus-Christ. C'est elle que vous cherchez ? »

Sabre ne répondit pas.

« Vous êtes bizarre, remarqua soudain le bibliothécaire.

— Que voulez-vous dire ?

— Savez-vous combien d'Invités se sont aventurés ici ? Plusieurs milliers à travers les siècles. Notre livre d'or est impressionnant. Tout a commencé au XIIe siècle avec Averroès, le philosophe arabe et commentateur d'Aristote qui a réfuté les idées de saint Augustin. Il est venu étudier ici. Les Gardiens d'alors avaient décidé que l'heure était venue de faire partager leur savoir à certains individus triés sur le volet. La plupart sont tombés dans l'oubli ; c'étaient simplement des hommes et des femmes d'une intelligence exceptionnelle que les Gardiens avaient remarqués. Des esprits qui avaient apporté leur contribution au savoir de l'humanité. Avant l'invention de la radio, de la télévision, des ordinateurs, les Gardiens vivaient dans de grandes villes, toujours à la recherche d'Invités. Thomas d'Aquin, Dante, Pétrarque, Boccace, Poussin, Chaucer : des hommes de cette trempe se sont retrouvés entre ces murs. C'est ici que Montaigne a écrit ses *Essais* et Francis Bacon a rédigé sa célèbre formule "Je pris pour parti de considérer toute connaissance comme relevant de mon domaine" dans la salle de la Province.

— C'est censé avoir une quelconque valeur à mes yeux ?

— J'essaie de vous expliquer en quoi consiste votre fonction, dit le vieil homme avec un haussement d'épaules. Vous dites vouloir devenir bibliothécaire. Si c'est le cas, vous vous verrez accorder un grand privilège. Ceux qui ont occupé cette fonction par le passé ont rencontré Copernic, Kepler et Descartes. Robespierre. Benjamin Franklin. Même Newton. Tous ces érudits se sont nourris de ce que cet endroit avait à offrir et, à son tour, le monde s'est nourri de leur capacité à comprendre et à théoriser.

— Et aucun d'eux n'a jamais parlé de sa visite ici ?

— Pourquoi l'auraient-ils fait ? Nous ne courons pas après les honneurs. Ainsi, tout le mérite de leurs découvertes leur revenait. Les avons-nous aidés dans ce sens ? C'était notre rôle. C'est une belle réussite que d'être parvenu à préserver tout ce qui nous entoure. Serez-vous capable de poursuivre dans cette voie ?

— Combien de Gardiens y a-t-il ici ? demanda Sabre qui n'avait nulle intention de laisser quiconque mettre les pieds dans la Bibliothèque.

— Neuf. Nos effectifs sont très réduits.

— Où sont-ils ? Je n'en ai vu que deux dehors.

— Le monastère est vaste. Ils étaient occupés.

— Retournons dans la première salle, ordonna Sabre en agitant son arme. Il y a autre chose que je voudrais voir. »

Le vieil homme se mit en marche.

Devait-il le tuer ici ? s'interrogea Sabre. Non. Malone avait sans doute compris ce qui se passait. De deux choses l'une : soit son adversaire l'attendait à l'autre bout du labyrinthe, soit il se dirigeait vers eux.

De toute façon, le vieil homme lui serait utile.

80

En arrivant au bout du couloir, Malone aperçut une porte flanquée de deux sphinx. Il connaissait le symbolisme de cet être fabuleux : l'esprit d'un homme, la force d'un animal, l'ubiquité d'un oiseau. Des portes de marbre pivotaient sur des gonds de bronze.

En franchissant le seuil, Malone et Pam découvrirent toute l'opulence de la pièce.

Malone s'émerveilla du temps nécessaire à la réalisation d'une œuvre aussi extraordinaire. Des rangées de coffres placés en diagonale s'alignaient sur le dallage, espacés par d'étroites allées ; ils regorgeaient de rouleaux de parchemins. Malone approcha de l'un des coffres et prit le premier de la pile. Le document était dans un état de conservation remarquable mais il n'osa pas le dérouler. En jetant un coup d'œil à l'intérieur du cylindre, il vit qu'il était encore parfaitement lisible.

« Je n'aurais jamais cru que ce genre de chose pouvait encore exister, s'exclama Pam. C'est incroyable. »

Malone avait vu des choses extraordinaires, mais rien d'aussi merveilleux que ce que renfermait cette pièce. Sur l'un des murs rouges et luisants, Malone remarqua une inscription en latin : AD COMMUNEM DELECTATIONEM. *Pour le plaisir de tous.*

« Les Gardiens ont accompli quelque chose d'extraordinaire. »

Sur l'un des murs il aperçut une autre inscription. En s'approchant, il découvrit un avant-goût de ce qui les attendait : le nom des salles de la Bibliothèque en latin. Il traduisit à haute voix pour Pam.

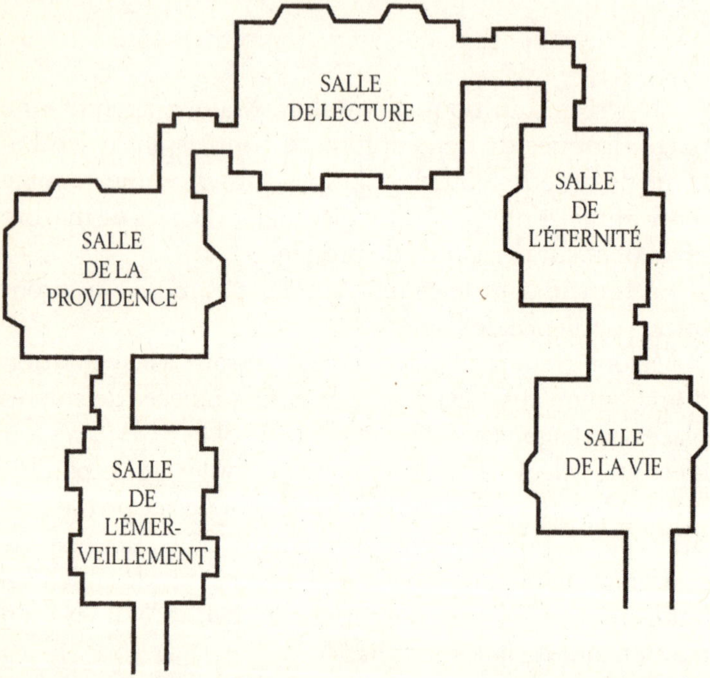

« Cinq salles, commenta Malone. Elles pourraient se trouver n'importe où. »

Un mouvement près de la porte du fond attira son attention.

Il aperçut George Haddad avant de voir McCollum.

« Couche-toi par terre », ordonna-t-il à Pam en levant son arme.

Quand il aperçut Malone, McCollum poussa Haddad au sol, pointa son arme vers le fond de la salle et fit feu. Malone plongea derrière les étagères qui les séparaient. La balle ricocha sur les colonnes de granit derrière lui.

« Vous n'avez pas perdu de temps, remarqua McCollum.

– Je ne voulais pas que vous vous sentiez seul.

– Le bibliothécaire m'a tenu compagnie.

– Vous avez eu l'occasion de faire connaissance tous les deux ?

– Il parle trop, mais connaît bien les lieux.

– Et maintenant ?

– Votre ex et vous devez mourir, j'en ai peur.

– Je vous avais prévenu de ne pas me prendre à rebrousse-poil.

– Allez-y, Malone. Je suis arrivé jusqu'ici, je n'ai pas l'intention de perdre maintenant. Je vous propose de jouer franc-jeu. Réglons ça tous les deux. Ici. Si vous gagnez, le vieux et votre ex sont sauvés. D'accord ?

– Vous imposez vos conditions. Montrez l'exemple. »

Haddad assistait à l'échange entre Sabre et Malone. Il fallait qu'ils règlent leurs comptes et lui devait s'acquitter de sa dette. Il se remémora le Gardien qui, des dizaines d'années plus tôt lui avait adressé un regard plein de détermination. Il n'avait tout simplement pas compris. Mais aujourd'hui, après avoir vu la Bibliothèque et en être devenu le responsable, il comprenait ce que ce saint homme savait déjà en 1948.

Il avait tué cet être bienveillant sans raison.

Et avait passé sa vie à le regretter.

« Levez-vous, ordonna Sabre au bibliothécaire. Très bien, Malone : je passe à l'acte. Il arrive. Allez-y », dit-il en agitant son arme.

Le bibliothécaire avança lentement entre les coffres. Sabre resta accroupi au bout de l'une des rangées.

Au bout d'une dizaine de mètres, le vieil homme s'arrêta avant de faire volte-face et de fusiller Sabre du regard. Que va-t-il faire ? se demanda Sabre. Il eut une intuition, eut l'impression que l'homme s'était déjà trouvé dans ce genre de situation et n'en craignait pas l'issue. Il renonça à le tuer car cela pourrait déclencher une réaction chez Malone.

Ce qu'il voulait éviter.

L'heure n'était pas encore venue.

Malone était le seul obstacle qui restait sur sa route. Une fois disparu, la Bibliothèque lui appartiendrait.

Il fut donc soulagé de voir le vieil homme s'éloigner.

81

Washington, DC

Stéphanie se gara en face de chez Larry Daley ; Cassiopée et elles finirent le chemin à pied. Pas la moindre trace de Brent Green, ni de personne d'autre d'ailleurs. Elles approchèrent de la porte d'entrée ; Cassiopée crocheta de nouveau la serrure et Stéphanie neutralisa l'alarme. Elle nota que le code n'avait pas changé. Daley n'y avait pas touché même après leur dernière effraction. Soit il était idiot, soit elle l'avait mal jugé encore une fois.

Tout était calme à l'intérieur. Cassiopée vérifia toutes les pièces pour s'assurer qu'elles étaient seules. Stéphanie entra dans l'alcôve où les deux amies avaient découvert les clés USB. Elles allèrent ensuite se poster près de la porte d'entrée.

Dix minutes plus tard, une voiture se gara devant la maison.

À travers les rideaux, Stéphanie vit Green descendre du véhicule et se diriger vers l'entrée.

Il était seul.

Elle adressa un signe de tête à Cassiopée avant d'ouvrir la porte.

Comme à l'accoutumée, Green portait un costume sombre et une cravate. Une fois que le ministre de la

Justice fut entré, elle verrouilla la porte. Cassiopée se posta près d'une fenêtre.

« Très bien, Stéphanie. Vous pouvez me dire ce qui se passe ?

— Vous avez les clés USB ? »

Il les sortit de la poche de sa veste.

« Vous avez écouté les enregistrements ?

— Bien sûr. Les conversations sont intéressantes mais en aucun cas compromettantes. On y parle du vingt-cinquième amendement, mais rien de plus. On l'évoque. Pas le moindre aveu ni la moindre allusion à une quelconque conspiration.

— Voilà pourquoi Daley a réuni d'autres preuves, expliqua Stéphanie. Il m'a avoué qu'il enquêtait là-dessus depuis un certain temps.

— Sur quoi enquêtait-il ? demanda Green, irrité.

— La conspiration, Brent. Le vice-président prépare l'assassinat de Daniels. L'attentat est prévu à l'occasion de sa visite surprise en Afghanistan la semaine prochaine. »

Green comprit qu'elle savait de quoi elle parlait.

« Quelles preuves Daley a-t-il découvertes ? demanda-t-il, stoïque.

— D'autres conversations. Il a placé un mouchard dans le bureau privé du vice-président. Ça n'a pas été tellement difficile puisqu'il était personnellement chargé de s'assurer qu'il n'était pas sous surveillance. Il semblerait que le vice-président entretienne des rapports étroits avec l'ordre de la Toison d'or. Alfred Hermann, l'homme qui se trouve à la tête de l'organisation, a organisé un attentat. Un missile doit faire exploser l'avion du président. Il a personnellement passé un accord avec les hommes de Ben Laden.

— Stéphanie, j'espère que les preuves amassées par

Daley sont vraiment concluantes. Ces accusations sont tout bonnement ahurissantes.

— Vous m'avez dit que le gouvernement était un véritable cloaque. Vous m'avez dit vouloir leur peau à tous. C'est l'occasion ou jamais.

— Comment prouver tout cela ?

— Nous avons les enregistrements. Daley m'en a parlé. Il m'a dit qu'il y était fait mention de toutes les personnes impliquées. Nous avions décidé de revenir les chercher ici quand sa voiture a explosé. »

Green se trouvait dans l'entrée, devant l'escalier où Daley et Heather Dixon se tenaient la veille encore. Il semblait absorbé par ses pensées. Prêt à passer aux choses sérieuses. Évidemment, bien qu'il lui eût menti au sujet de Thorvaldsen et eût omis de transmettre au président le renseignement obtenu par Henrik, il leur fallait des preuves concrètes de sa trahison.

« Je sais où les enregistrements sont cachés », précisa Stéphanie.

Elle lut enfin de l'intérêt dans le regard de Green. Cassiopée restait à l'écart, près de la fenêtre.

Stéphanie conduisit Green vers l'alcôve où se trouvaient la petite table et l'étroite bibliothèque. Des disques dans leurs boîtiers en plastique s'alignaient sur l'une des étagères. De la musique instrumentale de tout un tas de pays, même des chants grégoriens, ce qui lui parut curieux. Elle attrapa le disque intitulé *Merveilles tibétaines* qu'elle ouvrit. Il ne contenait pas le CD de musique mais un autre.

« Il aimait garder ses affaires à portée de main, expliqua Stéphanie.

— Qu'y a-t-il là-dessus exactement ?

— D'après lui, ce disque prouve qui fait partie de la

conspiration, conspiration dont personne n'aurait pu deviner l'ampleur d'ailleurs, expliqua Stéphanie, au comble de l'énervement. Vous voulez écouter ? »

Green ne répondit pas.

« Pourquoi révéler le nom du lien d'Alexandrie ? demanda Stéphanie.

— Je vous l'ai déjà dit : pour identifier le traître. Cela nous a donné plusieurs pistes sérieuses et nous a permis de découvrir que Pam Malone avait des liens avec Israël. Laisser libre accès à ce dossier a tout déclenché.

— Et vous y avez eu accès vous aussi, n'est-ce pas ?

— Pourquoi ces questions, Stéphanie ?

— Parce que je ne savais pas que vous connaissiez l'existence de ce dossier, et encore moins que vous le connaissiez suffisamment bien pour penser qu'Israël pourrait mordre à l'hameçon.

— Voilà qui est inattendu, répondit Green en penchant la tête d'un air interrogateur. Un contre-interrogatoire. »

Stéphanie n'était pas prête à lui faciliter les choses, pas maintenant.

« La première fois que nous avons parlé de cette affaire, vous avez été très clair : vous aviez sciemment laissé libre accès au dossier. Vous prétendiez qu'il ne contenait pas grand-chose si ce n'est une allusion au fait que Malone savait où George Haddad vivait. Pourtant, vous avez évoqué de manière précise l'alliance d'Abraham. Comment étiez-vous au courant de ce détail ?

— Le dossier n'avait rien de terriblement secret.

— Vraiment ? Ce n'est pas ce que Daley m'a dit. Il contenait d'après lui quelques informations connues d'une poignée de hauts responsables. Vous n'étiez pas sur la liste, précisa-t-elle avec insolence, et pourtant vous connaissiez pas mal de détails sur l'affaire. »

Green regagna le salon.

Stéphanie le suivit.

Cassiopée avait disparu.

Stéphanie la chercha du regard, inquiète.

« Mes associés se sont occupés d'elle, expliqua Green.

— Et qui va s'occuper de moi ?

— Cette tâche me revient, annonça Green en tirant un revolver de la poche intérieure de sa veste. Mais j'ai besoin de vous parler en privé au préalable.

— Pour vérifier ce que je sais ? Ce que Cassiopée sait ? Et qui d'autre est au courant ?

— Je doute que quelqu'un vous prête main-forte. Après tout, Stéphanie, vous n'êtes pas exactement dans les petits papiers de l'actuel président. Daley a essayé de s'allier avec vous mais ça n'a pas marché.

— Grâce à vous ?

— Nous avons bourré sa voiture d'explosifs et attendu le moment opportun. Tout ça fait partie de l'attaque terroriste dont Daley est la première victime et Daniels la dernière. Notre pays sera bientôt balayé par un véritable vent de panique.

— Que le vice-président va se faire un plaisir d'exploiter après avoir prêté serment. Ensuite, il va avoir besoin d'un vice-président, et c'est là que vous entrez en scène.

— Les occasions d'avancement sont rares à mon niveau, Stéphanie. Il faut saisir celles qui se présentent. Je serai le candidat idéal pour gérer cette crise. Je ferai l'unanimité.

— Vous êtes pitoyable.

— Je vous le concède, dit-il. Après tout, il ne vous reste que quelques minutes à vivre. Au fait, vous étiez censée être victime de l'attaque. Quand vous êtes arrivée dans ce restaurant, j'ai décidé d'en rajouter une couche, mais je ne sais comment vous avez réussi à éviter les hommes envoyés à vos trousses. Je n'ai toujours pas compris comment vous avez fait.

– Je suis bien entraînée. Cela fait toute la différence.

– Votre esprit va me manquer, remarqua-t-il avec un sourire froid.

– Vous vous rendez compte de ce que vous faites ? Vous faites usage de la violence pour renverser un président légitimement élu.

– Je crois que l'on appelle ça de la trahison. Mais Danny Daniels est un personnage faible et inepte qui ne comprend pas ce dont ce pays a besoin. Il soutient Israël envers et contre tout, ce qui a suffi à paralyser notre action au Moyen-Orient. L'heure est venue pour les États-Unis de changer de favori. Les Arabes ont tellement plus à offrir.

– C'est ce que permettra de faire le lien d'Alexandrie ?

– Je l'ignore. C'est au futur président de gérer le problème, et il prétend maîtriser la situation.

– Être aux affaires vous importe tant que ça ?

– Ce n'est pas rien d'être vice-président des États-Unis. Le fait d'avoir participé de façon aussi cruciale à la transition du pouvoir me permettra d'avoir des rapports privilégiés avec le président. Beaucoup de responsabilités, un minimum de visibilité.

– Vous allez me tuer ?

– Je n'ai pas le choix. Ce disque m'incrimine certainement. Je ne peux pas vous laisser l'emporter et je ne peux pas vous laisser partir non plus. »

Stéphanie se demandait où Cassiopée avait été emmenée. L'entrevue ne se passait pas comme prévu. Et elle ne s'attendait pas à ce que Green fût armé.

Fais traîner les choses, songea-t-elle soudain.

« Le ministre de la Justice des États-Unis est sur le point de m'abattre ?

— J'y ai réfléchi toute la journée et malheureusement, je n'ai guère le choix.

— Et toutes ces valeurs chrétiennes dont vous me rebattiez les oreilles ?

— La bataille fait rage, les règles ont changé. C'est une histoire de survie, Stéphanie. Comme je vous l'ai déjà dit, j'ai écouté les enregistrements sauvegardés par Daley sur ses clés USB. Le directeur de cabinet du vice-président y parle beaucoup du successeur du président. Beaucoup trop. Il ne dit rien de vraiment compromettant mais ses propos suffisent à susciter la suspicion. Daley enquêtait, c'est évident. Le disque qui est en votre possession est plus compromettant encore. Il ne doit pas sortir d'ici. Votre corps ne sera jamais retrouvé, évidemment. Un cercueil attend à l'ambassade d'Arabie Saoudite. L'un de leurs émissaires est décédé et souhaite être enterré chez lui. Vous embarquerez en sa compagnie à bord d'un vol diplomatique pour l'Arabie Saoudite.

— Vous n'avez rien laissé au hasard on dirait.

— Les amis, ça a du bon. Je suis en train de l'apprendre. J'ai longtemps fait cavalier seul, mais le travail en équipe me plaît. Tout ce qui intéresse les Saoudiens, c'est la destruction d'Israël. Nous leur avons promis que c'était faisable. Les Israéliens pensent que les Saoudiens sont leurs alliés sur ce dossier, mais ce n'est pas le cas. Ils travaillent avec nous depuis le début.

— Ils ignorent à quelles pourritures ils ont affaire. Tout est question d'argent et de pouvoir pour vous. Rien de plus.

— Vous aimeriez dire autre chose ? »

Stéphanie fit non de la tête.

Un coup de feu retentit.

82

Vienne

Thorvaldsen attendait en compagnie de Gary. En sortant de la *Schmetterlinghaus,* il avait appelé Jesper en lui demandant de lui envoyer une voiture avec chauffeur. Dès qu'ils seraient en route pour Copenhague, il donnerait l'ordre à son domestique de relâcher Margarete. Il n'avait pas pris la peine de récupérer leurs affaires. Le temps leur manquait. Tout ce qu'il emportait, c'était l'atlas contenant la correspondance de saint Augustin et de saint Jérôme.

Les voitures défilaient sur l'allée qui serpentait entre les arbres jusqu'à la grille. Tous les membres de l'Ordre ne passaient pas la nuit dans la propriété, et ils étaient nombreux à avoir choisi de rendre visite à des amis ou de descendre dans leur hôtel préféré à Vienne. Thorvaldsen reconnut certains des invités qui arrivaient et prit un moment pour bavarder. Cela lui permit aussi de faire comme si de rien n'était. Pourtant, ils devaient partir en emportant les lettres avant que Hermann ne reprenne connaissance.

« On est dans le pétrin ? voulut savoir Gary.

— Je ne sais pas trop, répondit Henrik, sincère.

— Vous n'avez pas été tendre avec ces deux types.

— Ah bon, tu trouves ?

— Je n'ai pas envie d'être là quand ils vont reprendre connaissance.

— Nous devons garder ces lettres et j'ai bien peur que notre hôte ne nous le permette pas.

— Et sa fille ? Il n'avait pas l'air de se soucier d'elle.

— Je crois qu'il ne s'y est jamais intéressé. Son enlèvement était suffisamment inattendu pour le déstabiliser le temps de nous permettre d'agir. Les hommes comme Alfred ne se soucient guère de leur famille », ajouta Thorvaldsen avec une pensée pour son fils décédé.

Comme ce devait être affreux. Sa femme et son fils lui manquaient. Voir Gary Malone se porter à son secours l'avait effrayé, mais cela lui avait aussi fait plaisir. Il donna à l'adolescent une tape sur l'épaule.

« Qu'est-ce qu'il y a ? demanda Gary.

— Ton père serait fier de toi.

— J'espère qu'il va bien.

— Moi aussi. »

Trois véhicules remontèrent à vive allure l'allée du château et se garèrent devant l'entrée ; des inconnus vêtus de costumes sombres descendirent du premier et du troisième. Après un rapide coup d'œil alentour, l'un des hommes ouvrit la portière du second véhicule.

Le vice-président des États-Unis, vêtu d'un pull-over en coton et d'un blazer bleu marine, en émergea.

Thorvaldsen et Gary qui se trouvaient à une vingtaine de mètres de là, virent le vice-président se diriger nonchalamment vers le château, flanqué de son escorte. À mi-chemin, il changea de direction.

Il venait droit sur eux.

Thorvaldsen le regardait avec un mélange de colère et de dégoût. Cet imbécile bouffi d'ambition semblait prêt à tout.

« Pas un mot, Gary. N'oublie pas : sois tout ouïe mais ne dis pas un mot.

— J'ai bien compris.

— Vous devez être Henrik Thorvaldsen, dit le vice-président en l'abordant et en se présentant.

— En effet. C'est un plaisir de faire votre connaissance, monsieur.

— Évitons les formalités, voulez-vous ? Vous êtes l'un des hommes les plus riches de la planète et je ne suis qu'un homme politique.

— Comment dit-on déjà ? À un cheveu de la présidence, c'est ça ?

— Oui, c'est ça, glousa le vice-président. Mais ça n'en reste pas moins un travail ennuyeux. Toutefois, cela me permet de voyager, et j'aime visiter des endroits comme celui-ci.

— Qu'est-ce qui vous amène ici aujourd'hui ?

— Alfred Hermann et moi sommes amis. Je lui rends une visite de courtoisie. »

Une quatrième voiture remonta l'allée, une BMW de couleur claire conduite par un chauffeur en uniforme. Thorvaldsen lui fit signe et la voiture approcha.

« Vous partez ? l'interrogea le vice-président.

— Nous devons nous rendre en ville.

— Et qui est ce jeune homme ? »

Thorvaldsen fit les présentations en donnant le vrai nom de Gary ; l'homme et l'adolescent échangèrent une poignée de main.

« C'est la première fois que je rencontre un vice-président », s'exclama Gary.

La BMW s'arrêta ; le chauffeur en descendit, fit le tour de la voiture et ouvrit la portière arrière.

« Et c'est la première fois que je rencontre le fils de Cotton Malone », remarqua le vice-président.

Thorvaldsen se rendit alors compte qu'ils étaient dans le pétrin. Il fut conforté dans cette idée en voyant Alfred Hermann approcher l'air triomphal, son garde du corps sur les talons.

« Brent Green vous présente ses respects. »

Et Thorvaldsen lut dans le regard dur du vice-président la trahison de Green.

« Vous n'allez nulle part, j'en ai bien peur, murmura le vice-président.

– Herr Thorvaldsen n'aura pas besoin de vos services, lança Hermann en claquant la portière arrière de la BMW. Vous pouvez y aller. »

Thorvaldsen était sur le point de protester, de faire une scène, quand il vit le garde du corps de Hermann approcher de Gary. L'arme que l'homme tenait sous sa veste était braquée sur l'adolescent.

Le message était clair.

« Absolument, dit-il au chauffeur. Merci d'être venu.

– Vous avez de moins en moins le choix, Henrik, ironisa Hermann en lui prenant l'atlas des mains.

– Il me semble, en effet, renchérit le vice-président.

– Que faites-vous ici ? s'exclama Hermann, décontenancé. Que se passe-t-il ?

– Faites-les entrer, je vais vous expliquer. »

83

Péninsule du Sinaï

Malone attendit que George Haddad fût à l'abri du chapiteau de la bibliothèque derrière laquelle Pam et lui s'étaient réfugiés.

« De retour d'entre les morts ?

— La résurrection a quelque chose de merveilleux.

— Cet homme veut tous vous tuer, George.

— J'avais compris. Heureusement, vous êtes là.

— Et si je ne parviens pas à l'en empêcher ?

— Alors, toute cette aventure n'aura servi à rien.

— Qu'est-ce qu'il y a là-bas au fond ?

— Trois autres salles plus la salle de Lecture ; toutes similaires à celle-ci. Il n'est pas facile de s'y cacher.

— Je suis censé avoir un règlement de compte avec lui, c'est ça ?

— Vous êtes arrivé ici grâce à moi, ne me décevez pas.

— Il y avait des moyens plus simples d'atteindre votre objectif, s'emporta Malone. Il est peut-être venu avec des renforts.

— J'en doute. Cela dit, je fais surveiller les alentours pour m'assurer que personne ne pénètre dans le *farsh.* Je parie qu'il agit seul et que personne ne viendra le rejoindre.

— Comment le savez-vous ? Les Israéliens ne nous ont pas lâchés d'une semelle.

— Ils sont partis. Il ne reste que lui », déclara Haddad en désignant McCollum.

Malone le vit franchir précipitamment une des portes pour s'enfoncer au cœur de la Bibliothèque. Trois pièces les séparaient de la salle de Lecture. Malone était sur le point de violer une multitude de règles qui lui avaient permis de rester en vie pendant douze ans quand il travaillait à l'unité Magellan. L'une était d'une évidence absolue : *ne jamais pénétrer dans un lieu sans savoir comment on va en sortir.* Cependant, une autre règle apprise lui revint en mémoire : *quand la situation se gâte, tout peut vous causer du tort, y compris l'inaction.*

« Sachez que cet homme est responsable de l'enlèvement de votre fils, expliqua Haddad. Il a également détruit votre librairie. Il est autant responsable de votre présence ici que moi. Il aurait tué Gary si le besoin s'en était fait sentir. Il se fera un plaisir de vous éliminer.

— Comment êtes-vous au courant pour Gary ? demanda Pam.

— Les Gardiens ont accès à une profusion d'informations.

— Et comment êtes-vous devenu bibliothécaire ?

— C'est compliqué.

— J'en suis sûr, oui. Nous allons avoir une longue conversation tous les deux quand tout sera fini.

— Oui, mon vieil ami, nous parlerons longuement, répéta Haddad avec un sourire.

— Surveillez Pam, recommanda Malone. Elle a beaucoup de mal à respecter les ordres.

— Vas-y, l'encouragea son ex-femme, ça ira. »

Trêve de discussion : Malone s'élança vers la sortie. Là, il se mit à l'abri de la porte. À environ cinq mètres devant lui, il aperçut l'entrée de la salle contiguë, les rayonnages en pierre, les gravures, les peintures et les mosaïques qui couraient sur toute la hauteur des murs. Il avança à pas de loup en rasant les murs de pierre polie. Il entra dans la salle et trouva de nouveau refuge derrière une rangée d'étagères. Cette pièce était plus carrée que la précédente et il remarqua qu'elle abritait à la fois des rouleaux et des codex.

Pas un bruit. Quelle folie ! Il se laissait attirer au cœur de la Bibliothèque. McCollum finirait par se retourner pour l'attaquer, et il aurait la main.

Mais quand ?

Haddad observait Pam Malone. À Londres, il s'était déjà efforcé de la jauger. Que faisait-elle là ? Les Gardiens avaient réuni des informations personnelles sur Cotton Malone, des détails dont George Haddad ne savait pas grand-chose. Malone parlait rarement de sa femme et de sa vie de famille. Leur amitié était intellectuelle, motivée par un amour des livres et du savoir. Mais il en savait suffisamment et l'heure était venue de se servir de ce qu'il savait.

« Il faut que nous retournions là-bas, déclara-t-il.

– Cotton nous a demandé de ne pas bouger d'ici.

– Il faut que nous retournions là-bas », répéta-t-il en dévisageant Pam.

Et pour prouver à quel point il était sérieux, il tira un pistolet des plis de son manteau.

Contrairement à ce qu'il avait anticipé, elle ne broncha pas.

« J'ai compris en surprenant le regard que vous lanciez à McCollum.

– C'est comme cela qu'il se fait appeler ? »

Pam acquiesça.

« Il s'appelle Sabre, c'est un tueur. Je pensais ce que j'ai dit dans mon appartement de Londres : j'ai une dette à payer, et je n'ai pas l'intention que Cotton la paie à ma place.

– Je l'ai lu dans vos yeux. Vous vouliez qu'il tire. Mais vous saviez qu'il ne le ferait pas.

– Les gens comme Sabre utilisent leur courage avec parcimonie. Ils le gardent pour quand ils en ont vraiment besoin. En ce moment, par exemple.

– Vous saviez que les choses se passeraient ainsi ?

– J'ignore si je le savais, si je l'envisageais ou si je l'espérais. Nous surveillions Sabre. Nous savions qu'il préparait quelque chose à Copenhague, et quand il a enlevé Gary, nous avons compris que c'était moi qu'il cherchait. C'est là que j'ai décidé de m'impliquer. Les espions israéliens ont découvert que j'avais essayé de reprendre contact avec la Cisjordanie, ce qui a fini par les pousser à agir. Et puis à Lisbonne, j'ai compris comment je pouvais vous attirer tous les trois jusqu'ici sans les Israéliens.

– Vous avez fait tout ça pour pouvoir mourir ?

– Je l'ai fait pour protéger la Bibliothèque. Sabre travaille pour une organisation qui veut sans doute s'emparer du savoir qu'elle renferme à des fins politiques et économiques. Ses membres enquêtent sur nous depuis un certain temps. Mais vous l'avez entendu : il est ici à son propre compte. En l'arrêtant, on met un terme à toute l'opération.

— Qu'allez-vous faire ?

— Il ne s'agit pas que de moi. Vous devez participer vous aussi.

— Moi ?

— Cotton a besoin de vous. Vous allez le laisser tomber ? »

Haddad vit Pam peser le pour et le contre. Il la savait intelligente, courageuse et culottée. Vulnérable aussi. Et encline à commettre des erreurs. Il avait passé sa vie à lire dans les pensées des gens et il espérait ne pas s'être trompé à son sujet.

« Hors de question », s'exclama-t-elle.

Sabre passa de la salle de la Province à la salle de Lecture où les tables étaient plus nombreuses et les étagères plus rares. En passant ici la première fois, il avait remarqué qu'une seule salle, celle de l'Éternité, la séparait de la Bibliothèque en forme de U. Des fenêtres en trompe-l'oeil, des alcôves ornées de fresques représentant de lointaines contrées ainsi qu'un éclairage adapté donnaient l'illusion de se trouver en plein air. Il devait sans cesse se rappeler qu'il se trouvait sous terre.

Il fit halte dans la salle de Lecture.

L'heure était venue de mettre à profit ce qu'il avait remarqué tout à l'heure.

Malone poursuivait son chemin, arme au poing. Il s'apprêtait à utiliser son dernier chargeur plein, mais au moins, il lui restait neuf balles. Il en gardait trois autres dans sa poche, soit douze occasions d'arrêter McCollum.

Son regard courait d'un mur à l'autre, du sol au plafond, ses sens en alerte. Il avait la poitrine et le dos couverts de sueur et l'air souterrain le glaçait. Il suivit le couloir qui donnait sur la salle suivante après avoir décrit un angle droit. Elle était éclairée. Ce que Haddad lui avait dit le poussait à avancer : McCollum avait enlevé Gary. Ce salaud avait osé toucher à son fils. Il l'avait emmené, avait forcé Malone à tuer un homme. Ces crimes ne pouvaient rester impunis. McCollum voulait la bagarre. Il ne tarderait pas à l'avoir.

Malone arriva devant l'entrée de la troisième salle, la salle de Lecture.

Une vingtaine de tables sombres et usées, faites d'épaisses planches de bois grossièrement taillées, étaient placées entre les étagères.

Malone remarqua la porte de sortie dans le mur d'en face.

La pièce était plus large que les deux autres, rectangulaire, et mesurait environ vingt mètres de long. Les murs étaient ornés de dalles et de linteaux d'origine byzantine ainsi que de mosaïques décrivant cette fois des activités féminines : on y voyait des femmes filer et tisser ou se livrer à des activités sportives. Il s'arracha à la contemplation de ces œuvres d'art pour se concentrer sur son problème.

Il s'attendait à tout moment à voir McCollum surgir d'entre les tables. Il était prêt. Mais rien de tel ne se produisit. Malone s'arrêta.

Quelque chose clochait.

C'est alors qu'il remarqua à l'autre bout de la pièce un

reflet sombre à la base du mur de granit rouge éclatant. Une image floue, comme s'il regardait à travers une bouteille, qui ondulait et se réfléchissait à la surface du sol.

Sous les tables.

Malone comprit.

84

Washington, DC

Stéphanie entendit le coup de feu mais aucune balle ne la toucha. Elle vit alors la plaie dans la tempe de Brent Green et comprit ce qui venait de se passer.

Elle se retourna.

Heather Dixon se tenait derrière elle, arme au poing.

Green s'effondra sur le parquet mais Stéphanie ne quitta pas Dixon des yeux jusqu'à ce que l'agent israélien baisse son arme.

Cassiopée approcha.

« Voilà, c'est réglé, commenta Dixon.

— Que s'est-il passé, Cassiopée ? demanda Stéphanie.

— Quand Green et vous êtes repartis vers le bureau, elle est apparue. Nous avions raison : Green était venu accompagné de quelques amis qui attendaient derrière la maison. Les services secrets les ont arrêtés et elle est entrée, expliqua Cassiopée en désignant Dixon.

— Vous collaborez avec le président, c'est ça ?

— Il le fallait. Ce salaud s'apprêtait à nous vendre, tous autant que nous étions. Votre vice-président et lui étaient sur le point de déclencher un conflit international avec leur projet.

— Et Daley et vous, alors ? insista Stéphanie qui avait perçu quelque chose dans le ton de l'agent.

— J'aimais bien Larry. Il nous a demandé notre aide, nous a expliqué ce qui était en train de se passer, et puis nous sommes devenus intimes. Croyez-le ou pas, il s'efforçait d'arrêter tout ça. Il faut lui reconnaître ce mérite.

— Les choses auraient été bien plus faciles si vous étiez venus me voir en m'expliquant toute l'histoire.

— Voilà exactement votre problème, Stéphanie, remarqua Dixon, l'air réprobateur. Vous vivez dans votre bulle, votre petit monde idéaliste. Vous détestiez Larry, vous n'aimiez pas Green et vous pensiez qu'on ne vous aimait pas, à la Maison-Blanche. Comment auriez-vous pu faire quoi que ce soit ?

— En revanche, elle faisait un appât idéal, n'est-ce pas ? ironisa Cassiopée.

— À chaque hameçon, il faut son appât, et dans cette histoire les appâts, c'était vous deux. »

Stéphanie tenait toujours le CD qu'elle avait caché dans le bureau de Daley. Un disque vierge destiné à faire réagir Green.

« Ils ont tout enregistré là-bas ? vérifia-t-elle. On l'avait équipée de micros avant son départ de Camp David.

— Toute la conversation, répondit Cassiopée.

— Et les Saoudiens ? Vous collaboriez ensemble lors de notre premier entretien.

— Ils se sont comportés comme à leur habitude : ils jouaient un camp contre l'autre. Au départ, ils étaient de mèche avec le vice-président en pensant qu'il allait pouvoir les aider à étouffer tout ce qui avait trait au lien d'Alexandrie. Et puis ils se sont rendu compte qu'il les menait en bateau. C'est là qu'ils se sont tournés vers nous et que nous avons conclu un marché. Ce jour-là, sur la promenade, ils n'étaient venus que pour vous pousser à l'action. Mais aucun de nous ne se doutait que vous vous étiez trouvé une alliée, ajouta Dixon en désignant Cassiopée de son arme. Je vous revaudrai ça pour la fléchette anesthésiante.

— Vous aurez peut-être un jour l'occasion de me rendre la monnaie de ma pièce.

— Peut-être », fit Dixon, amusée.

Stéphanie baissa les yeux sur le cadavre de Brent Green. Et dire qu'il avait suggéré qu'il s'intéressait à elle et que l'idée lui avait plu. Il l'avait même défendue, avait feint de vouloir démissionner pour lui témoigner son soutien et, tout à coup, elle avait remis en question les doutes qu'elle nourrissait à son égard.

Mais il jouait la comédie.

« Le président m'a envoyée pour en finir, reprit Dixon, interrompant le cours de ses pensées. Sans procès, sans que la presse s'en mêle. Le ministre de la Justice était un homme torturé qui a mis fin à ses jours. Il sera incinéré et un certificat de décès sera délivré par les médecins légistes de l'armée. Ils concluront au suicide. On lui offrira des funérailles somptueuses et on se souviendra de lui avec affection. Fin de l'histoire.

— Et le lien d'Alexandrie ?

— George Haddad a disparu. Nous espérons que Malone est avec lui. Haddad a contacté la Palestine il y a plusieurs mois et une nouvelle fois il y a quelques jours de cela. Après son premier coup de téléphone, et après que Larry m'eut fait certaines révélations, nous nous sommes intéressés de près à Pam Malone. Le Mossad projetait d'enlever Gary Malone, mais notre Premier ministre s'est dérobé. Et puis l'ordre de la Toison d'or nous a battus au poteau. Une fois Pam Malone sous surveillance, nous nous sommes contentés de suivre. Mais cette tactique n'a pas fonctionné si bien que ça. Et puis, toute cette histoire est arrivée. Daniels nous a assuré que rien ne transpirera. Le gouvernement de mon pays lui fait confiance.

— Quelqu'un a-t-il des nouvelles de Cotton ?

— Aux dernières nouvelles, il a sauté en parachute quelque part au-dessus du Sinaï. Mais cela n'a pas d'importance. Si découverte il y a, le marché conclu stipule que nous n'en entendions jamais parler.

— Et quand Daniels ne sera plus président ? l'interrogea Cassiopée.

— Toute cette histoire devrait être tombée dans les oubliettes d'ici là. Dans le cas contraire, Israël fera ce qu'il fait depuis des siècles : se battre bec et ongles. Nous nous en sommes toujours sortis et nous continuerons. »

Stéphanie en était persuadée. Mais il y avait un autre détail à évoquer.

« Et le vice-président ?

— D'après nos informations, seuls le vice-président, Brent Green et Alfred Hermann comprenaient exactement ce qui allait se passer. Quand Green a écouté la conversation entre Larry et le directeur de cabinet du vice-président, il a paniqué et a demandé aux Saoudiens d'éliminer Daley. Comme on pouvait s'en douter, ils ne nous en ont rien dit car nous les en aurions empêchés. Mais on ne peut pas faire confiance aux Arabes. Quand vous êtes arrivées pour votre rendez-vous avec Daley, il a de nouveau paniqué et a convaincu les Saoudiens de s'en prendre à vous aussi. Comme Daniels a porté un coup d'arrêt à l'attaque en faisant tuer tous les hommes de main et que Green n'est plus, c'est fini pour les Saoudiens.

— Et lui ? demanda Stéphanie en désignant le cadavre de Green.

— Une de nos équipes est prête à ramener ce salaud

chez lui où son corps sera découvert dans la journée. La mort de Larry ne sera pas attribuée à une attaque terroriste, contrairement à ce que Green avait prévu.

– Ça pourrait être compliqué. La voiture a explosé.

– L'affaire sera classée sans avoir été résolue. Mais il y aura certains sous-entendus, des sous-entendus que Daniels pourra exploiter, comme par exemple ce que ces idiots avaient prévu de faire. Le fait de pouvoir encore être utile outre-tombe aurait fait plaisir à Larry, je pense.

– Vous n'avez toujours pas expliqué comment le secret pourra être gardé tant que le vice-président est toujours là, remarqua Cassiopée.

– Ça, c'est le problème de Daniels. »

Dixon prit son téléphone portable, appuya sur une touche et annonça :

« Monsieur le président, Green est mort, comme vous le souhaitiez. »

85

Péninsule du Sinaï

Placé à dix mètres de Malone, Sabre visa ses jambes. Comme il n'y avait aucune chaise près des tables, il avait le champ libre. Il voulait que les jambes de Malone se dérobent sous lui pour l'achever facilement.

Il tira trois coups de feu.

Mais Malone avait disparu.

Merde.

Il roula sous la table voisine, rampa jusqu'au bout à la recherche de Malone sans parvenir à le trouver.

Alors, il comprit.

Ayant deviné que McCollum avait l'intention de viser ses jambes, Malone avait sauté sur la table la plus proche un instant à peine avant que trois tirs ne résonnent à travers la salle. Des presse-papiers de quartz aux reflets dorés tombèrent bruyamment. McCollum allait instantanément en déduire ce que Malone avait fait, aussi décida-t-il de tourner la situation à son avantage.

Il attendit un instant, roula par terre et aperçut son adversaire accroupi derrière l'une des tables. Malone visa et tira deux coups de feu, mais McCollum se réfugia derrière l'un des épais piédestaux qui parsemaient la salle.

Malone avait l'impression d'être une cible vivante.

Il se précipita derrière une rangée d'étagères à sa gauche.

« Pas mal, Malone, lança son adversaire depuis l'autre bout de la pièce.

– Je fais de mon mieux.

– Vous ne sortirez pas d'ici vivant.

– On verra.

– J'en ai tué de meilleurs que vous. »

Rodomontade ou manœuvre psychologique ?

Dans tous les cas, Malone n'était pas impressionné.

Haddad fit traverser la Bibliothèque à Pam dans la direction opposée à celle qu'avaient prise Sabre et Malone. Des tirs avaient déjà retenti. Le temps pressait. Ils pénétrèrent dans la cinquième salle, la bien nommée salle de la Vie, symbolisée par une croix de l'éternité en mosaïque.

Le vieil homme se hâta et s'arrêta devant l'entrée de la salle de l'Éternité. Des éclats de voix leur parvenaient depuis le fond du couloir. Manifestement, le règlement de compte avait lieu dans la salle de Lecture. Beaucoup de tables, moins d'étagères, plus de visibilité. Tout à l'heure, Sabre avait traversé la Bibliothèque pour reconnaître les lieux et remarqué tous les détails utiles. Il avait jadis fait de même lorsqu'il combattait les juifs. Toujours connaître le champ de bataille, c'était la règle.

Haddad avait une connaissance intime de ces lieux.

Cinq ans plus tôt, il avait secrètement résolu la quête

du héros, juste avant de solliciter l'aide de Cotton Malone. La première fois qu'il était venu, qu'il avait eu accès à la Bibliothèque et avait vu ses théories confirmées, il avait été bouleversé. Et quand les Gardiens lui avaient demandé de leur prêter main-forte, il avait été ravi. Beaucoup de Gardiens avaient été recrutés parmi les Invités, et tous s'accordaient à dire qu'il devait se voir confier la responsabilité de cette Bibliothèque. Ils étaient menacés et il avait accepté de résoudre leur problème. Mais au bout du compte, lui aussi avait eu besoin d'aide, ce qui expliquait l'implication de Malone.

La patience et les connaissances du vieil homme lui avaient été utiles.

Il espérait simplement ne pas s'être trompé.

Il attendait devant l'entrée de la salle de l'Éternité, Pam Malone derrière lui.

« Attendez ici », murmura-t-il.

Il avança prudemment dans le couloir, tourna l'angle et jeta un coup d'œil dans la salle de Lecture. Il perçut des mouvements à gauche et à droite. Un homme se cachait derrière les étagères et l'autre à l'abri des tables.

Il rejoignit Pam Malone à qui il tendit son arme.

« Il faut que j'y aille, déclara-t-il à mi-voix.

— Vous n'en ressortirez pas.

— C'est la fin.

— Et la longue conversation promise à Cotton ?

— J'ai menti. Vous l'aviez compris.

— C'est l'avocate en moi qui l'a deviné.

— Non, c'est l'être humain en vous. Nous faisons tous des choses que nous regrettons. J'en ai fait ma part. Mais au moins, à la fin de ma vie j'aurai pu préserver cette Bibliothèque. Vous comprenez ce que je veux dire, n'est-ce pas ?» ajouta-t-il, ayant décelé quelque chose dans le regard de Pam.

Elle acquiesça d'un hochement de tête.

« Alors vous savez ce que vous avez à faire. »

Pam était perplexe et George Haddad lui tapota l'épaule.

« Vous saurez quoi faire le moment venu. Vous êtes-vous déjà servie d'un revolver ? »

Elle fit non de la tête.

« Pointez-le devant vous et appuyez sur la gâchette. Attention au recul, tenez bon. »

Pam ne répondit pas mais il se contenta de savoir qu'elle avait compris.

« Je vous souhaite une vie prospère. Dites à Cotton que j'ai toujours eu du respect pour lui. »

George Haddad tourna les talons et avança vers la salle de Lecture.

« On peut rester là toute la journée, s'exclama Malone.

– Vous êtes dépassé, rétorqua McCollum. Vous êtes un peu rouillé, non ?

– Je suis encore capable de vous botter les fesses.

– Je vais vous dire ce que je vais faire, glousa McCollum. Je pense que je vais revenir sur mes pas et tuer votre ex-femme. J'aurais aussi tué votre fils si vous n'aviez pas descendu ces idiots que j'avais engagés. Au fait, vous croyiez mener la danse ? J'ai orchestré tout ça et vous avez couru comme un chien de chasse après le renard. Mon plan B, c'était de tuer le gamin. De toute façon, j'aurais trouvé George Haddad. »

Malone savait pertinemment ce que faisait son adversaire : il essayait de lui faire perdre son sang-froid, de le mettre en colère, de le provoquer. Mais il se posait une question.

« Vous l'avez trouvé ?

– Non. Vous étiez là quand les Israéliens l'ont tué. J'ai tout entendu. »

Tout entendu ? McCollum ignorait la véritable identité du bibliothécaire.

« Où avez-vous trouvé l'énigme ?

– C'est moi qui la lui ai donnée. »

C'était la voix de George Haddad.

Malone vit le Palestinien debout dans le chambranle de la porte du fond.

« Monsieur Sabre, je vous ai manipulé comme vous avez manipulé Cotton. J'ai laissé la cassette audio et les informations sur mon ordinateur à votre intention, y compris l'énigme que j'ai créée. Croyez-moi, l'énigme que j'ai eu à résoudre pour arriver jusqu'ici était autrement plus compliquée.

– Vous dites n'importe quoi.

– Il fallait qu'elle représente un défi. Si elle avait été trop facile, vous auriez pu penser qu'il s'agissait d'un piège ; trop compliquée, vous ne seriez jamais arrivé à la résoudre. Mais vous y teniez. Je vous ai même laissé une clé USB à côté de mon ordinateur sans que vous trouviez ça étrange. Encore un leurre pour vous attirer dans ce piège. »

Malone remarqua que de là où Haddad se tenait, il avait une vue dégagée de la cachette de McCollum. Mais il avait les mains vides, ce qui n'avait pas dû échapper à son adversaire.

« George, que faites-vous ?

— Je finis ce que j'ai commencé. »

Haddad avança vers McCollum.

« Ayez confiance, Cotton. Elle ne vous laissera pas tomber. »

Son ami continua d'avancer.

Sabre vit le bibliothécaire avancer vers lui. C'était donc lui, George Haddad ? Tout ce qui était arrivé aurait été planifié ? Il s'était fait manipuler ?

Le vieil homme avait appelé ça un piège. Impossible.

Il tira un coup de feu.

Dans la tête du bibliothécaire.

« Non ! » hurla Malone quand la balle toucha George Haddad.

Il avait tant de questions à lui poser, il y avait tant de zones d'ombre encore. Comment le Palestinien avait-il pu passer de la Cisjordanie à Londres et arriver jusqu'ici ? Qu'est-ce qui était en train de se passer ? Quel secret détenu par Haddad pouvait bien valoir tout ça ?

Une bouffée de colère monta en lui et il tira deux coups de feu dans la direction de McCollum, mais ils ne firent qu'endommager le mur du fond.

Haddad était étendu, sans vie, dans une mare de sang.

« Ce vieil homme avait des tripes, s'exclama McCollum, je l'aurais tué de toute façon. Il le savait peut-être ?

— Tu es un homme mort, s'écria Malone en guise de réponse.

— Je vous renvoie votre propre formule : vous allez sans doute trouver ce but difficile à atteindre. »

Il fallait en finir. Les Gardiens comptaient sur Malone. Haddad comptait sur lui.

C'est alors qu'il aperçut Pam dans l'embrasure de l'entrée. Elle se tenait dans l'ombre, cachée dans l'angle de la porte si bien que McCollum ne pouvait la voir.

Elle était armée.

« Ayez confiance », lui avait dit Haddad avant de mourir.

Pam et lui avaient passé le plus clair de leur vie ensemble et se détestaient depuis cinq ans ; pourtant, elle avait une place dans son cœur et lui dans le sien, et ils seraient toujours liés. À travers Gary bien sûr, mais aussi par un sentiment que ni l'un ni l'autre ne pouvait expliquer. Pas nécessairement de l'amour, mais un lien profond. Il ne laisserait jamais quelque chose lui arriver et il devait croire qu'il en était de même pour elle.

« Elle ne vous laissera pas tomber. »

Il ôta le chargeur de son revolver, visa McCollum et appuya sur la gâchette. La balle qui se trouvait déjà dans la chambre de son arme s'encastra dans le plateau d'une table.

Il y eut un déclic et il tira un autre coup de feu.

Il appuya une troisième fois sur la gâchette pour que les choses soient claires.

« C'est fini, Malone », s'écria McCollum.

Malone se leva en espérant que son adversaire ait envie de savourer l'exécution. Si McCollum prenait la décision de tirer depuis sa cachette, Pam et lui étaient morts. Mais il connaissait son ennemi. Ce dernier se leva, revolver braqué sur Malone, et quitta sa position pour se frayer un chemin vers lui. Il se tenait maintenant de dos à la porte. Sa vision périphérique ne l'aiderait même pas.

Malone devait gagner du temps.

« Vous vous appelez Sabre, c'est ça ?

– C'est le nom dont je me sers ici. McCollum est mon vrai nom.

– Qu'allez-vous faire ?

– C'est très simple : tuer tout le monde et garder tout ça pour moi.

– Vous n'avez pas la moindre idée de ce qui se trouve ici. Qu'allez-vous en faire ?

– Je prendrai conseil auprès de gens informés. Je parie qu'il y a tout un tas de choses intéressantes. La copie de l'Ancien Testament suffira à faire parler de moi. »

Pam n'avait pas bougé. Elle avait certainement entendu les déclics et savait que Malone était à la merci de McCollum. Il imaginait à quel point elle devait avoir peur. Elle avait vu des gens mourir ces derniers jours et aujourd'hui, la crainte de devoir donner la mort à son tour devait la submerger. Il avait ressenti cette incertitude lui aussi. Ce n'était jamais facile d'appuyer sur la détente. C'était un geste lourd de conséquences, et la crainte d'y faire face pouvait vous paralyser complètement. Il espérait simplement que son instinct l'emporterait sur sa crainte.

« Saluez Haddad de ma part », s'écria McCollum en levant son arme.

Pam se précipita vers les deux hommes et le bruit de ses pas déconcerta McCollum. Il tourna la tête vers la droite et perçut un mouvement du coin de l'œil. Malone en profita pour lui faire lâcher son arme d'un coup de pied et lui assener un coup de poing dans le visage qui le fit tituber. Malone se jeta sur lui, mais McCollum avait récupéré et en fit autant. Les deux hommes tombèrent sur une table d'où ils roulèrent par terre. Malone enfonça son genou dans l'estomac de son adversaire qui eut le souffle coupé.

L'ex-agent se redressa et souleva McCollum, persuadé qu'il serait sonné, mais l'homme lui assena un uppercut dans la poitrine et le visage.

La lumière vacilla tandis que Malone reprenait ses esprits. En se retournant, il vit McCollum, un poignard à la main. Celui qu'il avait vu à Lisbonne.

Il se tint prêt.

Mais il n'eut pas l'occasion d'agir.

Un coup de feu retentit.

McCollum eut l'air surpris, puis du sang gicla d'une plaie au côté droit. Un autre coup de feu et il leva le bras, recula de quelques pas. Un troisième, puis un quatrième coup de feu et son corps vacilla, ses yeux se révulsèrent tandis que du sang lui giclait de la bouche à chaque souffle ; il tomba par terre comme une masse.

Malone se retourna.

Pam baissa son arme.

« Il était temps ! » s'écria-t-il.

Pam ne dit rien, stupéfiée de ce qu'elle venait de faire. Malone approcha d'elle et lui fit baisser le bras. Elle lui lança un regard vide.

Des silhouettes sortirent de l'ombre.

Neuf personnes approchèrent sans bruit, au nombre desquelles Adam et le jeune homme au chapeau de paille. Ève s'agenouilla près du corps de George Haddad en pleurant.

Les autres l'imitèrent.

Pam et Malone les observèrent sans bouger.

« Je suppose que vous disposez d'une radio ? » demanda Malone au bout d'un moment, interrompant leur recueillement.

Adam hocha la tête.

« J'ai besoin de m'en servir. »

86

Vienne

Thorvaldsen se trouvait de nouveau dans la bibliothèque en compagnie de Gary Malone, mais cette fois Hermann et le vice-président des États-Unis les savaient là. Ils étaient seuls et des agents de sécurité montaient la garde devant les portes closes.

« Ils étaient là hier soir, annonça le vice-président dans tous ses états, ils devaient se cacher quelque part là-haut, ajouta-t-il en désignant les rayonnages. On dirait une salle de concert, ici. Il a appelé le ministre de la Justice pour tout lui raconter.

— Cela pose-t-il un problème ? voulut savoir Hermann.

— Non, heureusement : je nommerai Brent vice-président quand tout sera fini. Il gère la situation à Washington en mon absence. Au moins, tout est en ordre de ce côté-là.

— Cet homme a enlevé ma fille hier. Il a agi avant d'avoir surpris notre conversation.

— Ce qui soulève tout un tas de questions, remarqua le vice-président, de plus en plus agité. Alfred, je n'ai jamais émis le moindre doute sur vos décisions. Vous vouliez le lien d'Alexandrie et vous l'avez eu, j'y ai veillé. J'ignore ce que vous avez fait de cette information et je ne veux pas le savoir, mais c'est manifestement devenu un problème.

– Henrik, vous allez payer cher votre agression. Personne n'avait jamais osé me traiter ainsi.

– Il était peut-être temps que quelqu'un le fasse, déclara Thorvaldsen, imperturbable.

– Quant à vous, jeune homme... »

Thorvaldsen sentit sa gorge se nouer. Il n'avait pas prévu de mettre Gary en danger.

« Alfred, intervint le vice-président, le processus est lancé. Vous allez devoir prendre les choses en main. »

La sueur perla au front de Thorvaldsen en comprenant ce que ces mots impliquaient.

« Ces deux-là ne souffleront jamais mot de ce qu'ils savent.

– Vous tueriez ce garçon ? s'étonna Thorvaldsen.

– Vous seriez prêt à tuer ma fille, non ? Alors, quoi ? Oui, je serais prêt à le tuer, déclara Hermann, en frémissant de rage.

– Vous n'êtes pas habitué à ce genre de situation, n'est-ce pas, Alfred ?

– Vos sarcasmes ne mèneront nulle part. »

Mais ils permettraient à Thorvaldsen de gagner du temps, et il n'avait d'autre alternative. Il se tourna vers le vice-président.

« Brent Green était un homme bon. Que lui est-il arrivé ?

– Il ne m'a pas mis dans la confidence, je l'ignore. Je suppose qu'il a vu tout l'intérêt qu'il y avait à occuper mon poste. Les États-Unis ont besoin de dirigeants forts, de gens qui ne craignent pas d'exercer le pouvoir. Brent est comme ça, et moi aussi.

— Le pays n'a-t-il pas plutôt besoin d'hommes de caractère ?

— C'est très subjectif. Je préfère envisager cela comme un partenariat entre mon pays et la communauté économique internationale visant à atteindre des objectifs communs.

— Assassin ! » lança Gary.

On frappa doucement à la porte et Hermann traversa la pièce pour répondre. L'un des agents de sécurité du vice-président chuchota quelque chose à son oreille. Il eut l'air décontenancé, hocha la tête et l'agent se retira.

« Le président Daniels est en ligne, annonça Hermann.

— Qu'est-ce que c'est que cette histoire ? fit le vice-président, abasourdi.

— Il vous a retrouvé par le biais des services secrets. D'après le rapport de votre escorte, vous vous trouvez ici avec moi et deux autres personnes, dont un jeune garçon. Le président souhaite s'adresser à nous. »

Thorvaldsen comprit qu'ils n'avaient pas le choix. Le président était manifestement bien renseigné.

« Il voulait aussi savoir si j'avais un haut-parleur sur mon téléphone, expliqua Hermann en appuyant sur deux touches. Bonjour, monsieur le président, dit-il.

— Je ne crois pas vous avoir déjà rencontré. Danny Daniels, j'appelle de Washington.

— Non, monsieur, en effet. Quel plaisir de vous entendre.

— Mon vice-président est là ?

— Je suis là, monsieur le président.

— Thorvaldsen, vous êtes là ? Le fils de Malone est avec vous ?

— En effet.

— Avant tout, j'ai une nouvelle tragique à vous

annoncer. J'en suis encore tout retourné. Brent Green est mort. »

Le vice-président encaissa la nouvelle. Même Hermann broncha.

« C'est un suicide, reprit Daniels. Il s'est tiré une balle dans la tête, je viens de l'apprendre il y a quelques minutes. C'est affreux. Nous préparons un communiqué de presse avant que le scandale éclate.

— Comment est-ce arrivé ? l'interrogea le vice-président.

— Je ne sais pas, mais c'est arrivé et il n'est plus. Larry Daley est mort lui aussi dans l'explosion de sa voiture. Nous n'avons aucune idée de l'identité des coupables. »

Le vice-président eut l'air consterné et sembla s'affaisser dans son fauteuil.

« Voici où en est la situation, expliqua Daniels. Étant donné les circonstances, je ne vais pas être en mesure de me rendre en Afghanistan la semaine prochaine. Le pays a besoin de moi sur place et le vice-président va me remplacer. »

Ce dernier garda le silence.

« Vous êtes là ? tonna Daniels.

— Oui, monsieur, je suis là.

— Super. Rentrez à Washington dès aujourd'hui et soyez prêt à partir la semaine prochaine. Bien évidemment, si vous ne souhaitez pas effectuer ce voyage auprès de nos troupes, vous pouvez me remettre votre démission. À vous de choisir. Mais je préférerais que vous fassiez le voyage.

— Qu'êtes-vous en train de dire ?

— La ligne n'est pas sécurisée alors je doute que vous souhaitiez vraiment m'entendre dire ce que je pense. Je vais plutôt vous raconter une histoire. Mon papa la racontait souvent. Un oiseau qui migrait vers le sud pour y passer l'hiver fut pris dans le blizzard et tomba à terre. Il était gelé mais une vache vint à passer et déféqua sur l'oiseau. La bouse chaude le dégela et il se sentit si bien qu'il se mit à chanter. Un chat vint voir ce qui causait tant de tapage, offrit son aide, s'aperçut qu'il y avait de quoi faire un repas et croqua l'oiseau. Voici maintenant la morale de l'histoire : vos ennemis et vos amis ne sont pas toujours ceux que l'on croit. Et tant que vous avez chaud et que vous êtes content, même dans un tas de merde, il vaut mieux la fermer. Vous saisissez ?

— Parfaitement, monsieur. Quelle excuse me suggérez-vous d'invoquer pour justifier ma démission ?

— Difficile de vous servir du toujours populaire : *Pour passer plus de temps en famille.* Personne d'aussi haut placé que vous ne démissionne pour cette raison. Voyons : le dernier vice-président à avoir démissionné venait d'être mis en examen. Vous ne pouvez pas vous servir de cette excuse-là. Évidemment, vous ne pouvez pas avouer que vous avez été pris en train de commettre un crime de haute trahison. Que pensez-vous de : *Le président et moi semblons incapables de continuer à travailler ensemble* ? Fin politique comme vous l'êtes, je suis sûr que vous saurez choisir les mots avec soin car si j'entends quelque chose qui ne me plaît pas, je dirai toute la vérité. Dites que nous avons des problèmes, étendez-vous sur nos différends, dites à tout le monde que je suis un con. Ça me va. Mais ne dites rien que je n'aie pas envie d'entendre. »

Le vice-président semblait sur le point de protester mais eut la sagesse de comprendre que cela ne servirait à rien.

« Monsieur le président, intervint Thorvaldsen, Stéphanie et Cassiopée vont-elles bien ?

— Elles vont bien, Henrik, si vous me permettez de vous appeler ainsi ?

— Je vous en prie.

— Leur collaboration nous a été précieuse pour régler le problème ici.

— Et mon père et ma mère ? s'écria Gary.

— Ce doit être le fils de Cotton. Enchanté de faire ta connaissance, Gary. Ton père et ta mère vont bien. Je viens de parler avec ton père il y a quelques minutes. Ce qui m'amène à vous, Herr Hermann, ajouta le président avec mépris. Votre homme de main Sabre a découvert la bibliothèque d'Alexandrie. Pour être plus précis, c'est Cotton qui l'a fait pour lui mais il a tenté de s'en emparer. Sabre est mort. Vous avez perdu. Nous avons la Bibliothèque et je vous assure que personne ne saura jamais où elle se trouve. Hermann, il vaudrait mieux pour vous que Henrik et Gary Malone quittent votre château sans difficulté ; et plus un mot ou je dis aux Israéliens et aux Saoudiens qui a vraiment orchestré tout ça. Vous serez alors dans les ennuis jusqu'au cou. Vous n'aurez nulle part où vous cacher. »

Le vice-président s'avachit dans son fauteuil.

« Encore une chose, Hermann. Pas un mot à Ben Laden et à ses acolytes. Nous tenons à les croiser la semaine prochaine quand ils attendront mon avion. S'ils ne sont pas là avec leurs missiles prêts à tirer, j'envoie mes commandos à vos trousses. »

Hermann resta muet.

« Qui ne dit mot consent, n'est-ce pas ? Voyez-vous, ce qu'il y a de bien dans le fait d'être le chef du monde libre, c'est que des tas de gens sont prêts à satisfaire mes demandes. Des gens aux multiples talents. Vous avez l'argent, moi le pouvoir. »

Thorvaldsen n'avait jamais rencontré le président des États-Unis mais il l'aimait déjà.

« Gary, ton père sera de retour à Copenhague dans quelques jours. Et Henrik, merci pour tout ce que vous avez fait.

— Je ne suis pas sûr de m'être vraiment rendu utile.

— Nous avons gagné, non ? Et dans ce jeu, c'est tout ce qui compte. »

Il raccrocha.

Hermann restait muet.

« Ces lettres sont inutiles, Alfred, remarqua Thorvaldsen en désignant l'atlas. Vous ne pouvez rien prouver.

— Sortez.

— Avec plaisir. »

Daniels avait raison.

La partie était terminée.

87

Washington, DC
Lundi 10 octobre,
8 h 30

Stéphanie se trouvait dans le bureau ovale. Elle n'y avait jamais été très à l'aise, mais c'était différent aujourd'hui. Cassiopée et elle avaient rendez-vous avec le président Daniels.

Brent Green avait eu droit à des funérailles nationales la veille dans le Vermont. La presse avait fait l'éloge de sa personnalité et de son action au gouvernement. Démocrates et Républicains allaient le regretter. Daniels en personne avait prononcé l'homélie funèbre, lui rendant un hommage très émouvant. Les obsèques de Larry Daley avaient été célébrées en toute discrétion en Floride, en présence de quelques membres de sa famille et amis dont Cassiopée et Stéphanie.

Fascinant de voir à quel point Stéphanie s'était trompée sur le compte de Green et de Daley. Daley n'avait rien d'un saint mais il n'avait rien d'un assassin ni d'un traître non plus. Il avait tenté de mettre un terme à toute cette affaire, mais elle lui avait coûté la vie.

« Je veux que vous repreniez votre place à la tête de l'unité Magellan, déclara Daniels.

— Vous allez avoir du mal à justifier ce choix.

— Je n'ai pas à me justifier. Je n'ai jamais souhaité votre renvoi mais je n'avais pas le choix en l'occurrence. »

Elle avait envie de reprendre son poste. Elle aimait son travail. Mais quelque chose la chiffonnait.

« Et les pots-de-vin versés aux membres du Congrès ?

— Je vous l'ai dit Stéphanie, je n'étais au courant de rien. Cela dit, comme avec l'histoire de Green, le pays n'a rien à gagner à ce genre de scandale. Finissons-en et passons à autre chose. »

Stéphanie n'était pas vraiment persuadée de l'innocence de Daniels mais elle acquiesça. C'était ce qu'il y avait de mieux à faire.

« Donc personne n'apprendra jamais ce qui s'est passé, fit remarquer Cassiopée.

— Pas un mot », répondit Daniels, calé dans son fauteuil, les pieds sur le rebord de son bureau.

Le vice-président avait remis sa démission deux jours plus tôt, arguant de différends politiques avec le gouvernement. La presse avait réclamé une interview à cor et à cri, en vain jusque-là.

« J'imagine que mon ex-vice-président essaiera de se faire un nom, reprit Daniels. Quelques querelles publiques nous opposeront sans doute au sujet de la politique du gouvernement. Il va peut-être même tenter le coup pour les prochaines élections, mais ce genre de bataille ne me fait pas peur. Et en parlant de batailles, j'ai besoin que vous gardiez l'œil sur l'ordre de la Toison d'or. Cette organisation est un problème en puissance. Nous lui avons coupé l'herbe sous le pied une fois, mais elle reprendra du poil de la bête un jour, c'est certain.

— Que va faire Israël ? lança Cassiopée.

— Israël a ma parole : aucun document issu de la bibliothèque d'Alexandrie ne sera jamais rendu public. Seuls Cotton et son ex-femme savent où elle se situe, mais je ne vais même pas le coucher sur le papier. Que cette satanée

Bibliothèque reste un mystère. Stéphanie, vous avez fait la paix avec Heather ?

— Hier aux obsèques de Daley. Elle l'appréciait vraiment. Elle m'a appris certaines choses sur lui que j'ignorais.

— Vous voyez qu'il ne faut pas porter de jugements aussi catégoriques. Green a commandité l'assassinat de Daley après avoir étudié le contenu de ses clés USB. Elles révélaient certaines fuites et il a décidé de prendre les choses en main. Heather est un bon agent, elle fait du bon boulot. Green et le vice-président étaient prêts à détruire Israël. Seul leur intérêt comptait. Et vous pensiez que c'était moi qui posais problème.

— Encore un point sur lequel j'avais tort, monsieur le président.

— Vous repartez construire votre château en France, Cassiopée ?

— Je me suis absentée un bon moment, mes employés se demandent certainement ce qui m'est arrivé.

— S'ils sont comme les miens, tant que les salaires tombent, ils sont contents. Merci, mesdames, pour ce que vous avez fait », dit Daniels en se levant.

Stéphanie ne bougea pas de son siège. Elle se doutait de quelque chose.

« Qu'est-ce que vous nous cachez ? demanda-t-elle.

— Pas mal de choses, sans doute, répondit Daniels, le regard brillant.

— Ça concerne la Bibliothèque. Vous vous êtes montré terriblement désinvolte à ce propos tout à l'heure. Elle ne va pas rester cachée, n'est-ce pas ?

— Ce n'est pas à moi d'en décider. C'est la responsabilité de quelqu'un d'autre, quelqu'un que nous connaissons tous. »

Les cloches de la cathédrale de Copenhague sonnèrent quinze heures. La foule habituelle se pressait sur la Højbro Plads. Pam, Gary et Malone étaient installés en terrasse et venaient de terminer leur déjeuner. Pam et Malone étaient rentrés d'Égypte la veille après avoir rendu un dernier hommage à George Haddad le samedi en compagnie des Gardiens.

Malone fit signe au serveur de lui apporter l'addition.

À une cinquantaine de mètres de là, Thorvaldsen supervisait la rénovation de la librairie de Malone qui avait débuté une semaine plus tôt pendant leur absence. Des échafaudages couraient désormais le long des quatre étages de la façade et les ouvriers s'affairaient à l'intérieur et à l'extérieur de la boutique.

« Je vais dire au revoir à Henrik, annonça Gary avant de se précipiter à travers la foule.

– C'était triste samedi, cet hommage à George », remarqua Pam.

Malone savait qu'elle était encore bouleversée. Ils n'avaient pas beaucoup parlé de ce qui s'était passé dans la Bibliothèque.

« Tu vas bien ? lui demanda-t-il.

– J'ai tué un homme. C'était une ordure, mais ça ne change rien au problème. »

Malone ne répondit pas.

« Tu es sorti de ta cachette, Cotton, tu l'as défié en sachant que j'étais là. Tu savais que j'allais tirer.

– Je n'étais pas sûr de ce que tu ferais, mais je savais que tu ferais quelque chose et c'était tout ce dont j'avais besoin.

— Je ne m'étais jamais servie d'une arme auparavant. Quand Haddad me l'a donnée, il m'a simplement dit de viser et de tirer. Lui aussi savait que j'allais le faire.

— Relax, Pam. Tu as fait ce que tu avais à faire.

— Comme toi pendant toutes ces années. J'ai envie de te dire quelque chose, mais ce n'est pas facile », reprit-elle après un moment de réflexion.

Malone attendit.

« Je suis désolée. Sincèrement, pour tout ce qui s'est passé. Je n'ai jamais su ce que tu traversais sur le terrain. J'étais persuadée que tu faisais tout ça pour flatter ton ego, que c'était un truc de macho. Je ne comprenais pas, tout simplement. Mais maintenant, je comprends. J'avais tort. À propos de beaucoup de choses.

— Nous sommes deux. Moi aussi, je suis désolé. Pour tout ce qui n'a pas marché pendant toutes ces années.

— Bon, la séquence émotion est terminée.

— On fait la paix? proposa Malone en lui tendant la main.

— On fait la paix. »

Pam se pencha pour l'embrasser délicatement sur les lèvres. Le baiser donna le frisson à Malone qui ne s'y attendait pas.

« C'était quoi ça ? s'écria-t-il.

— Ne va pas te faire d'idées. Je pense que le divorce nous réussit bien à tous les deux, mais ça ne veut pas dire que j'ai tout oublié.

— Et si on faisait ce qu'il faut pour ne rien oublier?

— Très bien. Et pour Gary, qu'est-ce qu'on fait? Il a besoin de connaître la vérité.

— Il l'apprendra, admit Malone qui avait réfléchi au problème. Attendons un peu et nous en parlerons tous les trois. Je pense que ça ne changera pas grand-chose pour aucun d'entre nous, mais tu as raison : nous lui devons la vérité. »

Malone régla l'addition et ils allèrent rejoindre Thorvaldsen et Gary.

« Ce garçon va me manquer, avoua Henrik. Nous formons une bonne équipe, lui et moi. »

Malone et Pam avaient été mis au courant de ce qui s'était passé en Autriche.

« Je pense qu'il a eu plus que sa part d'aventures, constata Pam.

— Il est temps pour toi de retourner à l'école, renchérit Malone. C'est déjà assez grave que tu aies dû traverser tout ça. »

Il vit que Thorvaldsen le comprenait à demi-mot. Ils avaient évoqué le sujet la veille et même si l'idée que Gary ait plaqué au sol un homme armé le bouleversait, il était fier, au fond. Le sang des Malone avait beau ne pas couler dans les veines du garçon, il avait réussi à lui transmettre tout ce qui comptait vraiment à ses yeux.

« L'heure est venue de rentrer. »

Ils regagnèrent le bout de la place où Jesper attendait avec la voiture de Thorvaldsen.

« Assez d'aventures pour vous aussi, Jesper ? »

Le majordome se contenta de sourire et de hocher la tête. D'après Henrik, Jesper n'avait pas pu tenir plus de deux jours en tête à tête avec Margarete Hermann. Elle avait été relâchée samedi quand Gary et Thorvaldsen avaient regagné le Danemark sains et saufs. D'après ce que Henrik savait de Hermann, la relation qu'entretenaient le père et sa fille était loin d'être enviable. Ils n'avaient pas grand-chose en commun, à part les liens du sang.

« Je t'aime, dit Malone en embrassant son fils. Prends soin de ta mère.

— Elle n'a pas besoin de moi pour ça.

— N'en sois pas si sûr.

— Si tu as besoin de moi, tu sais où me trouver, dit-il à Pam.

— Même chose pour toi. Au moins, on sait assurer nos arrières, tous les deux. »

Ils n'avaient pas raconté à Gary ce qui s'était passé dans le Sinaï et n'avaient aucune intention de le faire. Thorvaldsen avait promis de prendre les Gardiens sous son aile et de fournir les fonds nécessaires au fonctionnement du monastère et de la Bibliothèque. On avait déjà prévu d'informatiser les manuscrits. De nouveaux Gardiens seraient recrutés et ils atteindraient de nouveau un nombre respectable. Le vieux Danois avait été ravi à l'idée de pouvoir les aider et il lui tardait de se rendre sur place.

Mais la visite se ferait dans le plus grand secret.

Thorvaldsen avait assuré à Israël qu'il contrôlait la situation et grâce aux garanties données par les États-Unis, les Israéliens semblaient satisfaits.

Pam et Gary montèrent dans la voiture. Malone leur fit un signe de la main tandis qu'ils s'engouffraient dans la circulation en direction de l'aéroport. Il se fraya ensuite un passage à travers la foule pour rejoindre Thorvaldsen qui surveillait les ouvriers en train de charrier des gravats.

« Vous vous sentez apaisé ? demanda Henrik.

— Ce poison est enfin parti, répondit Malone.

— Le passé est vraiment capable de vous torturer. »

Malone acquiesça.

« Ou d'être votre meilleur ami.

– Ça va être incroyable de voir ce que cette Bibliothèque renferme.

– Impossible de savoir quels trésors nous attendent. »

Du haut de l'échafaudage, des ouvriers passaient la façade du XVIe siècle au Karcher pour éliminer la suie qui la recouvrait.

« Elle va redevenir aussi belle qu'autrefois, remarqua Thorvaldsen. Ce sera à vous de rétablir l'inventaire. Il y aura beaucoup de livres à acheter. »

Malone avait hâte de commencer. C'était son travail, il était libraire. Mais il y avait aussi du bon à retenir les leçons apprises ces derniers jours. Il repensa à la façon dont sa famille avait été menacée et songea à ce qui comptait vraiment.

« Rien de tout ça ne compte vraiment », dit-il en désignant l'immeuble.

Le vieux Danois lui adressa un sourire bienveillant.

« Tout ça n'est que matériel, Henrik. Rien que matériel. »

Note de l'auteur

L'écriture de ce livre a nécessité de nombreux voyages au Danemark, en Angleterre, en Allemagne, en Autriche, à Washington DC et au Portugal. Le concept de départ a vu le jour au cours d'un dîner à Camden, Caroline du Sud, quand l'un des invités, Kenneth Harvey, m'a demandé si j'avais déjà entendu parler du chercheur libanais Kamal Salibi. Je répondis par la négative et Ken me fit cadeau de quatre des ouvrages de Salibi. Un an plus tard environ, la trame de ce livre prenait forme. Comme toujours, cependant, le résultat final est un mélange de réalité et de fiction.

L'heure est venue de savoir où commence l'une et où s'arrête l'autre.

La *nakba* décrite dans le prologue, par exemple, n'est que bien trop réelle et continue de pourrir les relations au Moyen-Orient.

Le monument décrit aux chapitres 8 et 34 s'inspire de celui qui orne les jardins de Shugborough Hall en Angleterre. Cela fait des décennies que les passionnés de culture *New Age* et de conspirations internationales s'efforcent d'en déchiffrer le sens. La conférence de presse décrite chapitre 8 a bien eu lieu à Shugborough Hall, et les interprétations données sont celles des experts consultés à cette occasion. Le concept selon lequel les lettres de l'alphabet romain constitueraient une carte est de mon invention.

Comme je le disais plus haut, j'ai emprunté à Kamal Salibi l'idée que l'Ancien Testament fait la chronique des tribulations du peuple juif ailleurs qu'en Palestine. En 1985, les théories de Salibi ont fait l'objet d'un ouvrage intitulé *La Bible est née en Arabie.* Le chercheur a ensuite développé ses idées dans trois autres livres intitulés *Who Was Jesus* (1988), *Secrets of the Bible People* (1988) et *The Historicity of Biblical Israel* (1998). L'anecdote concernant la façon dont George Haddad remarque un lien entre l'ouest de l'Arabie et la Bible telle qu'elle apparaît au chapitre 52 s'inspire de l'expérience de Salibi. Le gouvernement saoudien a bien rasé des villages entiers après la publication du premier livre du chercheur libanais ; les Saoudiens refusent toujours d'autoriser les fouilles archéologiques dans la région du Assir.

Les cartes reproduites aux chapitres 57 et 68 sont tirées des ouvrages de Salibi. L'idée que la terre promise par Dieu à Abraham se trouve à des lieues de ce que nous appelons aujourd'hui la Palestine est pour le moins sujette à controverse. Mais comme le soulignent Salibi et George Haddad, des recherches archéologiques pourraient permettre de trancher la question une fois pour toutes. Un mot sur la langue. Les termes « hébreu ancien » renvoient à la langue du texte original de la Bible. On en sait peu sur la graphie, la grammaire, la syntaxe ou la prononciation de cette langue. C'était une langue d'érudits, rarement parlée, qui a cessé d'être pratiquée entre le VIe et le Ve siècle avant Jésus-Christ. Ce terme a été préféré à « hébreu biblique » ou « hébreu rabbinique » ou toute autre appellation dans un simple souci de confort de lecture.

L'évocation des inconsistances de l'Ancien Testament aux chapitres 20, 23 et 57 n'a rien de révolutionnaire. Les érudits s'y intéressent depuis des siècles. Cependant, s'il ne fallait retenir qu'une chose de la Bible, c'est qu'il s'agit d'un document fluctuant; chaque génération semble laisser son empreinte sur l'interprétation qu'elle en fait.

L'anecdote concernant David Ben Gourion racontée au chapitre 22 est fidèle à la réalité. Le père de l'Israël moderne a radicalement changé de politique après 1965 en se montrant plus conciliant envers les Arabes. En conséquence, il fut tenu à l'écart de la politique israélienne jusqu'à sa mort, en 1973. Bien évidemment, j'ai inventé sa visite à la bibliothèque d'Alexandrie.

L'histoire de Nicolas Poussin telle qu'elle apparaît chapitre 29 est conforme à la réalité. Lui aussi a radicalement et brutalement changé de vie. Le passage concernant le sort réservé à son tableau *Les Bergers d'Arcadie* est conforme à la réalité et l'extrait de la lettre décrivant ce que Poussin avait peut-être appris secrètement authentique. Le mystère demeure sur ce qui a poussé le peintre à exécuter *Les Bergers d'Arcadie II,* image miroir de son premier tableau (reproduit sur le monument de Shugborough Hall).

Les Gardiens sont nés de mon imagination. S'ils avaient existé, la bibliothèque d'Alexandrie aurait peut-être été sauvée de la destruction. La description de la Bibliothèque faite au chapitre 21 est aussi fidèle que possible. Quant à la façon dont plus d'un demi-million de manuscrits ont pu se volatiliser, les trois théories présentées chapitre 21 sont celles des experts – qui ne peuvent trancher. Tous les savants mentionnés chapitre 32 sont des figures historiques, mais malheureusement, à cause de la destruction de la Bibliothèque, aucune de leurs œuvres ne nous est parvenue. Reste la carte de Piri Reis (mentionnée au chapitre 32) qui nous laisse entrevoir à quels trésors aujourd'hui disparus nous n'avons malheureusement plus accès.

La quête du héros est fictive, adaptée d'un mystérieux manuscrit intitulé *Le Serpent rouge* sur lequel je suis tombé à Rennes-le-Château en préparant *L'Héritage des Templiers.*

L'ordre de la Toison d'or est une société médiévale française dont la création est décrite chapitre 18. Un cercle du même nom existe toujours en Autriche mais l'organisation décrite ici n'y est nullement liée. La tenue et le collier décrits dans ce roman s'inspirent de ceux de l'Ordre médiéval.

Le monastère royal de Santa Maria de Belém se trouve à Lisbonne. Je m'y suis rendu deux fois et les détails concernant l'histoire et la splendeur de cet édifice – tels que rapportés chapitres 46, 48, 51, 53 et 54 – sont véridiques même si j'ai un peu modifié la géographie interne du lieu. C'est un monument remarquable, tout comme la ville de Lisbonne.

On peut voir le tabernacle qui joue un rôle charnière dans la quête du héros au monastère des Hiéronymites de Belém. La façon dont les rayons du soleil changent le plaquage d'argent en or émerveille les visiteurs depuis des siècles. De nos jours, pour que le phénomène soit constant, des projecteurs sont braqués en permanence sur le tabernacle. Je les ai bien sûr éliminés pour l'occasion.

Le musée national de l'Air et de l'Espace est l'un de mes endroits préférés au monde et j'ai été ravi qu'il puisse enfin trouver sa place dans un de mes livres. Le château de Kronborg (chapitre 9), Elseneur (chapitres 11 et 14), le Baumeister Haus de Rothenburg ob der Tauber (chapitre 22), la vallée du Rhin et le pont traversant la Moselle dans le centre de l'Allemagne (chapitre 27) existent tous.

La correspondance de saint Jérôme et de saint Augustin (chapitres 63 et 65) est issue de mon imagination. Ces deux érudits ont contribué à façonner la pensée de l'Église chrétienne naissante. Les lettres montrent comment saint Jérôme aurait pu adapter sa traduction de l'Ancien Testament en latin aux objectifs de la foi chrétienne émergente. C'est Salibi qui a relevé les inconsistances de la traduction latine de saint Jérôme mentionnées dans le roman. Elles soulèvent un grand nombre de questions fascinantes.

Je n'ai jamais sauté en parachute d'un Hercule C130, contrairement au colonel Barry King qui m'a tout expliqué.

Le monastère situé dans le Sinaï (chapitre 72) est composite, mélange des nombreux édifices de ce type qui parsèment cette région aride du Globe. Il n'est pas invraisemblable de situer les vestiges de la bibliothèque d'Alexandrie dans cette région (chapitre 78) car dans l'Antiquité, les Égyptiens en ont exploité les réserves minières souterraines et les galeries devaient encore exister après la naissance du Christ.

L'histoire du codex Sinaiticus (chapitre 63) est véridique. Le codex d'Alep (chapitre 23) qui date de 900 après J.-C. environ est exposé à Jérusalem et demeure le plus ancien exemplaire de l'Ancien Testament disponible à ce jour. Cela dit, un exemplaire de la Bible antérieur à la naissance du Christ – similaire à celui qui apparaît chapitre 79 – bouleverserait certainement notre connaissance de l'Ancien Testament.

Le conflit du Moyen-Orient fait toujours rage aujourd'hui. Il est fascinant de constater que les trois principales religions – judaïsme, islam et christianisme –

ont choisi de vénérer le même lieu à Jérusalem. Ces idéologies contradictoires luttent pour la suprématie depuis deux mille ans mais, au fond, comme il est dit chapitre 7, cette lutte ne concerne ni les frontières ni la liberté ni la politique. Elle concerne quelque chose de beaucoup plus basique : la parole divine.

Chacune des religions en possède sa propre version et croit que les deux autres ont tort.

Voilà qui, plus que tout le reste, explique pourquoi le conflit perdure.

À propos de l'auteur

Steve Berry est l'auteur de quatre romans classés parmi les meilleures ventes du *New* York *Times (L'Héritage des Templiers, Le Troisième secret, The Romanov Prophecy, The Amber Room),* traduits dans trente-cinq langues et disponibles dans trente-quatre pays du monde. Avocat ayant parcouru l'Europe, le Mexique, les Caraïbes et la Russie, il vit actuellement sur la côte de l'État de Géorgie. Il travaille en ce moment à son nouveau roman. Visitez son site internet à l'adresse www.steveberry.org.

Composition et mise en pages réalisées
par Text'oh! - 39100 Dole

Achevé d'imprimer par N.I.I.A.G.
en septembre 2008
pour le compte de France Loisirs, Paris

N° d'éditeur : 52958
Dépôt légal : septembre 2008
Imprimé en Italie